CB029348

ALMAS MORTAS

Equipe de realização – Revisão de provas: Eloísa Graziela Franco de Oliveira, Bárbara Borges e Raquel Fernandes Abranches; Projeto de capa: Adriana Garcia; Produção: Ricardo W. Neves e Sergio Kon.

ALMAS MORTAS

POEMA

NIKOLAI GÓGOL

TATIANA BELINKY
Tradução

SERGIO KON
Ilustrações

Título do original russo
Miórtvie Dúchi

Dados Internacionais de Catalogação na Publicação (CIP)
(Câmara Brasileira do Livro, SP, Brasil)

Gógol, Nikolai Vassilievitch, 1809-1852.
Almas mortas / Nikolai Gógol ; tradução Tatiana Belinky. – São Paulo : Perspectiva, 2014. – (Coleção Textos ; 22)

Tradução do original em russo.
2ª reimpr. da 1ª ed. de 2008
ISBN 978-85-273-0810-6

1. Romance russo I. Belinky, Tatiana. II. Título. III. Série.

07-10280 CDD-891.73

Índices para catálogo sistemático:

1. Romances : Literatura russa 891.73

1ª edição – 2ª reimpressão
[PPD]

EDITORA PERSPECTIVA LTDA.

Av. Brigadeiro Luís Antônio, 3025
01401-000 São Paulo SP Brasil
Telefax: (11) 3885-8388
www.editoraperspectiva.com.br

2019

SUMÁRIO

CRONOLOGIA

1809 Nasce em Velíkie Sorótchintzi, na Ucrânia, filho de uma família que houvera ascendido à nobreza no século XVIII. Foi o primeiro de doze irmãos.

1828 Partida para São Petersburgo.

1829 Primeira experiência literária: publica sob o pseudônimo de V. Álov o poema *Hanz Kuhelgarten,* do qual logo se arrependerá, devido às críticas, queimando os exemplares que conseguiu recuperar.

1830 Torna-se empregado público, tenta, sem sucesso, ser aceito como ator nos teatros imperiais e publica *Bassavriuk ou Noite de São João* nos Anais da Pátria. Escreve ainda *Guétman* (romance) e *Mulher* (Fragmento), primeira obra assinada com seu verdadeiro nome.

1831 Trava conhecimento com os poetas Pleitinov e Jukovski, muito chegados ao círculo imperial, e com a senhora Smirnov, acompanhante da tzarina. Publica o primeiro volume de *Serões numa Granja perto de Dikanka.* Coletânea que, além da já publicada novela *Noite de São João,* engloba *A Feira de Sorótchintzi, Noite de Maio ou Afogada* e *A Carta Perdida* e também dois capítulos de *Um Javali de Meter Medo*, narrativa ucraniana inacabada. Por influência de Pleitinov, é nomeado professor de história no Instituto Patriótico, destinado à educação feminina.

1832 Conhece Michel Pagodin, historiador e homem de letras, como também Serge Aksakov, escritor de feições realistas e líder do movimento eslavófilo. Durante o período absolutista de Nicolau I (1824-1855), uma das principais correntes político-intelectuais na Rússia era a dos eslavófilos, adeptos da autocracia tzarista, do cristianismo ortodoxo e das tradições russas, populares e nacionais, consideradas superiores aos valore do Ocidente. Gógol, embora tenha mantido contato com personalidades da corrente contrária, a dos ocidentalistas (como o jornalista e crítico literário Vissarion Bielinski, por exemplo) seu convívio social e suas inclinações culturais estiveram sempre mais próximas da vertente eslava. Esse fato não impediu, de um lado, que a crítica à burocracia e à corrupção tenham sido elementos de relevo na obra de Gógol. De outro, o escritor não deixou de ser admirado pelo tzar. Publicação do segundo volume de *Serões numa Granja perto de Dikanka*, englobando: *Noite de Natal, Uma Terrível Vingança, Ivan Fiódorovitch Chponka e sua Tia* e *Um Lugar Enfeitiçado.*

1834 Em fevereiro, vê publicado o seu *Plano de Ensino da História Universal* (série de artigos), com o qual pretendia uma vaga na Universidade de Kiev. Consegue, no entanto, ser nomeado, em julho, professor adjunto de história na Universidade de Petersburgo.

1835 Publica *Arabescos*, coletânea de novelas, que inclui: *A Avenida Niévski, O Retrato, Diário de um Louco,* além de lições universitárias e artigos de crítica e *Mirgórod* (novelas) entre as quais: *Fazendeiros de Tempos Idos, Taras Bulba* (primeira versão), *Viy* e *De como Brigaram Ivan Ivánovitch e Ivan Nikífotovitch*

1836 Gógol divulga *O Inspetor Geral* e *O Nariz* nos meios literários da Senhora Smirnov e de Jukovski. Púschkin consegue que a peça seja lida para o tzar Nicolau I, que autoriza sua publicação e representação, levada à cena do Teatro Aleksandrínski, em São Petersburgo. Na mesma cidade, a revista *O Contemporâneo* publica *O Nariz.* Viagem à Alemanha, Suíça e França. Termina *A Manhã de um Homem de Ação*, comédia.

1837 Em Paris, recebe a notícia da morte de Púschkin e abandona os escritos por algum tempo, extremamente abalado pelo acontecimento. Viaja a Roma e lá permanece até 1839, com raras saídas, sentindo-se bem na atmosfera conservadora do papado de Gregório XVI.

1839 Regressa à Rússia, passando pela Alemanha e Áustria. É acolhido em Moscou na casa de Michel Pogodin.

1840 Faz leituras de alguns capítulos de *Almas Mortas* e, em maio, vai para Viena e de lá novamente para Roma. Época de redação de *O Capote* e revisão de *Taras Bulba.*

1841 Retorno em outubro para a Rússia. Em novembro, submete *Almas Mortas* ao comitê de censura de Moscou, que o proíbe. Gógol resolve enviar a obra para Petersburgo.

1842 Em março, a censura libera os originais com cortes e correções, mas o escritor só recebe a obra em abril, quando pôde enviá-la ao prelo. Em maio, sai mais uma vez da Rússia, dirigindo-se à Alemanha e depois à amada Roma.

1843 Publicam-se em Petersburgo várias de suas obras em quatro volumes, sob coordenação de Prokopovitch, incluindo-se *O Capote*, *Os Jogadores*, *Roma*, *O Casamento, Himeneu.*

1844-1846 Período de muitas viagens pela Europa Ocidental, de um crescente misticismo, de longas fases de inatividade e de crises nervosas (queima toda a segunda parte de Almas Mortas, depois de cinco anos de trabalho).

1847 Publicação de *Trechos Escolhidos da Correspondência com Amigos*, gerando críticas ácidas e generalizadas entre amigos e inimigos.

1848 Viagem ao Oriente, no início do ano (Constantinopla, Grécia, Jerusalém) e, a partir de maio, retorno à Rússia e retomada de *Almas Mortas*.

1852 Desde o início do ano, intensifica seus hábitos místicos (jejuns, rezas), adoece gravemente em fevereiro e morre na manhã do dia 21, em Moscou.

1855 Publicação da segunda parte de *Almas Mortas*.

ALMA MORTAS, A VISÃO DE UM POETA

Boris Schnaiderman

O livro *Gogol* de Vladimir Nabokov inicia-se assim: "Nicolai Gógol, o mais estranho poeta em prosa que a Rússia jamais produziu"[1].

Realmente, neste caso, ele acertou em cheio, pois Nicolai Vassílievitch Gógol foi sobretudo um grande poeta em prosa. Poucas vezes na história da literatura alguém mereceu, em tal medida, semelhante definição.

Quando ele chamou sua vasta epopéia satírica de *poema* e não *romance*, com toda certeza sabia muito bem o que estava fazendo. Pois, escrita entre 1835 e 1852, ela se afasta completamente daquilo que o desenvolvimento do romance psicológico e social da época propunha como um modelo.

Celebrado geralmente como o iniciador da assim chamada escola natural russa, que procurava chamar a atenção para as duras condições de vida do povo, Gógol tinha um talento excepcional para o insólito e a caricatura. Não foi por acaso, pois, que V. V. Rózanov publicou, ainda no início do século XX, o livro *Sobre Gógol*[2], no qual expunha a tese de que o verdadeiro iniciador da "escola natural" teria sido Púschkin e não Gógol, isto é, Púschkin

1. Vladimir Nabokov, *Nikolai Gogol*, Norfolk, Connecticut: New Directions Books, 1944, p. 1.

2. V. V. Rózanov, *O Gógole*, 1906. Publicação mais recente: Grã-Bretanha: Litchworth Harts, 1970.

do conto "O Chefe da Estação" e poucos textos mais, em que trata da vida do povo simples da Rússia.

Mas, será justo? Surge-nos logo à lembrança aquele eterno e lancinante Akáki Akákievitch, com seu corpo franzino, a fala tatibitate e o nome que por si já definia uma criatura infeliz e oprimida, com aquela repetição coprológica da sílaba *ka*, designando um indivíduo cuja ocupação na vida consistia na cópia de documentos. E ao mesmo tempo, Gógol é o escritor de riso franco, desenfreado, como o de outro conto, *O Nariz*.

Outras características de seus textos contribuem igualmente para consagrá-lo como um poeta em prosa. A escrita gogoliana tem amplidão e desenvoltura, espraia-se na página, há volteios e musicalidade. Ao contrário da prosa de Púschkin, que parece marcar diferença em relação ao verso, Gógol está sempre bem próximo da expressão poética.

Veja-se, neste sentido, a primeira página de *Almas Mortas*, que marca admiravelmente o ritmo da narrativa, característica reproduzida muito bem em português na tradução de Tatiana Belinky. Dá até vontade de ficar relendo o trecho, com sua sonoridade envolvente, tanto em russo como em português.

Já o próprio título, *Almas Mortas*, para os religiosos certamente um oximoro, é rico em sugestões. Na linguagem comum, anterior à libertação dos servos da gleba, em 1861, designavam-se como "almas" os camponeses que um senhor de terras possuía. Dizia-se então, por exemplo: "Fulano possui duzentas almas". Mas falar de "almas mortas" acabava tendo algo de irrisão. Não foi por acaso, pois, que a censura da época obrigou o autor a substituir o título por *Aventuras de Tchítchikov ou As Almas Mortas*. Ficava menos incisivo, mas não eliminava a ironia. Enfim, é difícil advinhar as intenções da burocracia controladora num sistema opressivo.

Ora, o espertalhão de Gógol, Tchítchikov (nome que soa engraçado ao ouvido russo), teve a brilhante idéia de conseguir com alguns proprietários rurais que transferissem para o seu nome os títulos de propriedade dos servos falecidos depois do último recenseamento, e que só seriam eliminados para efeitos oficiais depois que se realizasse um novo censo.

O tema lhe fora sugerido por Púschkin, seu amigo, que ainda o presentearia com o argumento da peça *O Inspetor Geral*, a mais famosa de todo o repertório teatral russo. Não é que faltasse a Gógol capacidade de criar tipos e situações e construir enredos. Muito pelo contrário! Mas certos argumentos pareciam estar pedindo a sua verve satírica, a sua capacidade para o deboche.

Gógol soube nesta obra captar de modo tão agudo certas características freqüentes no homem russo, que os nomes de algumas personagens de seu poema deram origem a substantivos comuns. Assim, o substantivo *manílovschina*, derivado de Manilov, figura nos dicionários russos, designando "um devanear sem fundamento, uma passividade bonachona em relação à realidade".

O real, em Gógol, está sempre mesclado de fantástico; por exemplo, no final do conto "A Avenida Niévski", o próprio demônio acende os lampiões da via pública. Assim também, em "O Capote", o fantasma de Akáki Akákievitch arranca os capotes dos transeuntes, à procura daquele que lhe foi roubado. Aliás, uma adaptação televisiva brasileira simplesmente eliminou este final – certamente uma vitória do realismo mais comezinho! Mas, em Gógol, o descomunal, o inusitado, passam a fazer parte do cotidiano, o real torna-se muito mais vasto que a simples empiria.

Esta riquíssima fantasia, que fazia tudo aparecer de modo muito mais vigoroso, foi certamente a causa de sua desgraça, no final da vida, ligada com a elaboração de *Almas Mortas*. Nabokov tem páginas impressionantes sobre os últimos dias: aos 43 anos, Gógol entrou em depressão profunda e recusava alimentar-se, enquanto médicos alemães e franceses, radicados na Rússia, lhe prescreviam purgantes e sanguessugas[3].

Ele se considerava um fiel súdito do império dos czares. Embora ucraniano, encarava os eslavos orientais, isto é, russos, bielo-russos (naturais da atual Belarus) e ucranianos, como um povo só, sob a égide dos czares e as bênçãos da Igreja greco-ortodoxa.

Procurando superar a contradição entre esta concepção e seu poema, acabou vendo nele uma espécie de *Divina Comédia* russa, em que a primeira parte seria o *Inferno*, a segunda, o *Purgatório*, e a terceira, o *Paraíso*, com a comunhão perfeita entre os senhores de terra e os camponeses.

Mas, ao mesmo tempo, o grande criador literário não se satisfazia com o que ia escrevendo. Assim, certa vez, chegou a queimar tudo o que havia produzido após a conclusão da primeira parte, e os textos que aparecem na segunda parte deste livro foram conservados por amigos, à revelia do autor.

3. Vladimir Nabokov, op. cit., p. 1 e s.

Na verdade, a primeira parte do poema já é suficiente para a consagração de seu autor como um dos fundadores, ao lado de Púschkin, da literatura russa moderna. Veja-se o fecho triunfal dessa primeira parte, sem dúvida um dos pontos altos de toda a literatura. Uma história de malandragem e esperteza transforma-se, de súbito, em verdadeira apoteose. Aquela tróica em desabalada carreira, e que representa a Rússia, diante da qual todos os demais países se afastam respeitosos, imprime ao texto um tom grandiloqüente e patético.

Este parece um pouco estranho em nosso mundo de hoje, quando a Rússia passou de grande potência a "país emergente", ao lado de Brasil, Índia e China, e teve suas mazelas completamente expostas. Mas quantas vezes isto já aconteceu no passado, e seu povo acabou sempre se agigantando aos olhos do mundo!

A História está aí com as suas lições. Basta lembrar, além de tantas outras passagens, a derrota do exército nazista em Stalingrado, quando tudo parecia perdido, e depois que Stálin havia mandado fuzilar a fina flor dos generais russos.

Sim, às vezes parece estranha esta confiança absoluta de Gógol no papel triunfal da Rússia. Mas basta pensar um pouco no que o povo russo conseguiu, esquecer um pouco o fato, que pude constatar no início da década de 1970, de que, mesmo na época dos grandes feitos russos na exploração do espaço cósmico, era impossível encontrar em Moscou uma tesourinha de unhas à venda, e teremos a confirmação da visão profética e alucinante de *Almas Mortas*. Confiemos, pois, nesta visão de Gógol, mesmo que ela possa deixar alguém atordoado e perplexo.

Não tenhamos dúvida: os poetas têm sempre razão.

PEQUENA BIOGRAFIA

Paulo Bezerra

Nikolai Vassílievitch Gógol (1809-1852) nasceu numa aldeia ucraniana – Sorótchintzi – da província de Poltava. Filho de fazendeiro, passou a infância na fazenda, aldeia de Vassiliovka, distrito de Mirgorod, mais tarde descritos em sua obra.

Adolescente, conhece a vida popular, os costumes da aldeia ucraniana, apaixona-se pela história, pelas fábulas, canções e lendas do seu povo. Aos nove anos ingressa na escola municipal de Poltava, entrando aos doze para o Colégio de Ciências de Niéjin.

Durante os tempos de colégio manifesta-se o seu grande talento. Nesse período, segundo seus colegas, escreve várias poesias, uma tragédia, *Os Bandoleiros,* uma novela de cunho histórico, *Os Irmãos Tviordisláviitchi,* e uma sátira, *Algo Sobre Niéjin ou A Lei Não é Para Idiotas*, em que já se manifesta a sua veia humorística (essas obras não foram conservadas).

Em sua tenra adolescência, Gógol já manifesta seu gosto pelo teatro. Desempenha papéis cômicos no teatro do colégio, representando velhos etc., revelando grandes dotes de ator. Das matérias curriculares sente interesse especial pela etnografia e pela poesia popular ucranianas. Nada passa despercebido ao seu espírito observador: nos passeios e visitas registra cenas curiosas, grotescas, percebe o vazio, o trivial e também o belo que se manifesta na alma popular, como um arquiteto que sonda o terreno em que mais tarde alicerçará um grande edifício. Sente uma enorme sede de fazer algo útil, algo que concebe apenas vagamente, o que se vai refletir nas suas primeiras cartas e no primeiro poema que se conhece – *Hans Küchelgarten* (1827), um personagem romântico, saturado pela rotina que o cerca e sonhando com a realização de grandes ideais.

Concluindo seus estudos no colégio de Niéjin em 1828, muda-se para Petersburgo em 1829, onde vai conhecer, desde os primeiros dias, terríveis frustrações. As esperanças que deposita na publicação do seu poema *Hans Küchelgarten* não se justificam: poema de espírito ultrapassado, sentimental, romântico, é recebido com comentários severos pela crítica. Sua reação é arrebatada: recolhe das livrarias os exemplares do poema (editado em 1829 sob o pseudônimo de Y. Alov) e os destrói. Em fins de 1829 emprega-se como pequeno funcionário de uma repartição pública, de onde se transfere em 1830 para o departamento de assuntos fundiários. É uma época que lhe acarreta sérias privações: sente na própria carne a sorte cruel de um pequeno funcionário. No entanto, seu trabalho constitui uma riquíssima fonte de observações da vida do meio burocrático, torna-se a fonte daquela matéria-prima que usará com pena de mestre em toda a sua obra, particularmente em *O Capote, Diário de um Louco, O Nariz* e *Almas Mortas*. Ao mesmo tempo, freqüenta a Academia de Belas Artes, onde estuda pintura, experiência que lhe será de grande valia para as digressões teóricas que faz em *O Retrato*. Ainda em 1829, começa a trabalhar na composição das novelas da vida ucraniana, que serão mais tarde reunidas numa coletânea e publicadas no livro *Serões Numa Granja Perto de Dikanka*. Em 1830, a revista *Otiétchestvennie Zapiski* (Anais Pátrios) publica sua primeira novela – *Bassavriúk ou Noite de São João,* o que o aproxima dos meios literários petersburguenses. A publicação de *Noite de São João* deveria ser um acontecimento feliz na vida do jovem escritor. Porém a revista acabou certamente por introduzir modificações no texto, pois Gógol ficou muito insatisfeito, o que se pode ver pela carta escrita à mãe no dia 3 de junho de 1830, quando lhe enviaram a revista com a edição de sua novela:

> Quero preveni-la de que nesta revista, assim como em todas as que vierem posteriormente, a senhora não encontrará um só trabalho meu. Embora eu não tenha deixado de lado as minhas ocupações literárias, minhas obras não virão à luz senão depois de um longo espaço de tempo, pois não as escrevo para revistas[1].

1. N. V. Gógol, *Obras Escolhidas,* Moscou: Editora da Academia de Ciências da URSS, 1960, V 1, p. 367.

Com a publicação de sua primeira novela, Gógol vem a conhecer os poetas V. A. Jukovski, P. A. Plietnióv e, mais tarde, A. S. Púschkin. O encontro com Púschkin vai ser fundamental para o jovem escritor, pois encontrará naquele um companheiro leal e mestre experimentado, um permanente conselheiro e crítico leal de suas obras. E Púschkin iria lhe sugerir vários temas, entre os quais o de *Almas Mortas*.

Em 1831 publica a primeira parte dos *Serões,* divulgando a segunda no ano seguinte. Esta obra culmina um trabalho que, ao que tudo indica, tivera início em 1829, pois datam desse ano várias cartas dirigidas a parentes, pedindo informação sobre costumes do povo ucraniano. No dia 30 de abril de 1829 escrevia à mãe a seguinte carta:

> A senhora é dotada de uma inteligência aguda e observadora, conhece muito os costumes e as maneiras de ser dos ucranianos, e por isso sei que não se negará a me informar sobre eles em nossa correspondência. Preciso muito disso, muito mesmo. Espero que na próxima carta a senhora me descreva em detalhes o traje do sacristão rural, da veste superior até as botinas, com os respectivos nomes que tinham entre os ucranianos mais arraigados, mais antigos [...] quero igualmente os nomes dos trajes usados pelas nossas camponesas, até a última fita, assim como dos que mulheres casadas e homens usam atualmente.
>
> Segundo ponto: nome preciso, correto, do traje usado antes dos *guétmans*[2].
>
> Quero uma descrição mais minuciosa do casamento, sem perder de vista os mínimos detalhes [...] Quero mais algumas palavras sobre as *koliadás*[3], a noite de São João, as sereias [...] Existe entre a gente simples uma infinidade de crenças, histórias de horror, lendas, anedotas e mais anedotas etc., etc., etc. Tudo isso será sumamente interessante para mim[4].

E todos esses elementos o autor usa magistralmente nos *Serões,* muito particularmente em *Noite de Natal*, onde o folclore, as lendas, o fantástico e o folclore culinário são componentes do gênero.

A publicação dos *Serões de Dikanka* é saudada entusiasticamente pelos setores mais avançados da intelectualidade russa, especialmente por Púschkin e pela crítica literária democrática, trazendo grande popularidade ao autor e abrindo-lhe novas pers-

2. Entre os séculos XVI e XVII, chefe eleito da tropa cossacana da Ucrânia, entre os séculos XVII e XVIII, governante da Ucrânia.

3. Antigo ritual de Natal e Ano Novo, no qual grupos de jovens percorriam as casas dos vizinhos cantando canções alusivas a esses festejos e enaltecendo a generosidade dos visitados.

4. N. V. Gógol, op. cit., p. 363.

pectivas. Bielínski, expressão maior da crítica russa e uma espécie de guia moral e intelectual das gerações de Púschkin, Gógol e Dostoiévski, apreciaria mais tarde os *Serões* em um artigo sobre a novela russa e as novelas de Gógol:

> Eram crônicas poéticas da Ucrânia, crônicas cheias de vida e encanto. Tudo o que a natureza pode ter de belo, tudo que a vida campesina da gente simples pode ter de sedutor, tudo o que o povo pode ter de original, de típico, tudo isso brilha em cores radiantes nessas primeiras visões poéticas de Gógol. Era uma poesia jovem, viçosa, fragrante, suntuosa e encantadora como um beijo de amor.

Nesse período, paralelamente à atividade literária, Gógol estuda com afinco a história da Ucrânia, a história universal, reúne canções populares ucranianas. Em 1834, obtém, com ajuda de Plietnióv, o cargo de professor-assistente de História Universal, na Universidade de Petersburgo. Ali dá um ciclo de aulas, porém, desiludido com seus dotes pedagógicos, deixa a Universidade em 1835.

Os estudos de história, canções e lendas ucranianas serão tomados por base para a criação da novela *Tarás Bulba*. Em 1835 editam-se as coletâneas *Arabescos* e *Mirgórod,* que, depois dos quadros românticos e folclóricos da vida rural de *Serões de Dikanka,* punham plenamente em relevo os traços característicos do talento de Gógol. Com essa nova publicação, ele se afirma definitivamente no mundo literário russo, passa a ser considerado pelos maiores críticos da época como o legítimo representante da prosa russa. A simplicidade da composição, a presença do elemento popular em todos os seus matizes. O grotesco, uma forma quase totalmente peculiar de riso na literatura russa, a autenticidade dos tipos e situações fazem das novelas desse ciclo obras verdadeiramente originais. Aqui se projetam a novas alturas o riso e o grotesco gogolianos: ele não exagera o lado belo ou o lado triste da vida; procura revelar todos os aspectos da alma humana, mostrando sempre um profundo amor pela vida.

Referindo-se à essência realista e ao caráter nitidamente nacional da novela de Gógol, Bielínski caracteriza o humor gogoliano como "genuinamente russo, um humor sereno, simples, em que o autor parece fingir-se de simplório".

Em 1836, um acontecimento de transcendental importância, para Gógol e toda a vida cultural russa, sacode Petersburgo: em abril desse ano vai à cena no Teatro Alexandrino de Petersburgo a peça *O Inspetor Geral,* que irá posteriormente conhecer os palcos dos teatros de Moscou. A princípio o próprio autor se sente surpreso com a repercussão da peça e com o fato de a censura haver permitido sua encenação. É uma denúncia veemente de toda a burocracia, de tudo o que há de sombrio, horroroso e desumano na sociedade servil russa, um desafio aos elementos mais reacionários da nobreza. O clima que se seguiu à encenação de *O Inspetor Geral* oprimia e irritava o autor. Escreve uma carta a M. S. Shépkin, referindo-se à peça, na qual afirma:

> O impacto que ela causou foi grande e ruidoso. Todos estão contra mim. Funcionários velhos e respeitosos bradam que para mim não existe nada sagrado quando tenho a ousadia de me referir dessa maneira a homens do serviço público. Os policiais estão contra mim, os grandes comerciantes estão contra mim, os literatos estão contra mim... Agora eu vejo o que significa ser escritor cômico. O mínimo indício de verdade [...] e camadas inteiras se levantam contra você.

As palavras de Gógol refletem apenas parcialmente a realidade.Sua situação é paradoxal. Enquanto leva à cena uma peça em que denuncia os aspectos mais sombrios, reacionários e conservadores da velha sociedade russa, deixa-se cercar por amigos da corrente filoeslava, que representam justamente o oposto do profundo sentido democrático de sua obra. Cercado por tais amigos, não toma conhecimento das vozes que se levantam em sua defesa por parte da consciência democrática russa. Isolado dos setores mais autênticos da cultura de seu país, privado do apoio tão necessário numa hora como essa em que está literalmente sufocado pelas pressões, resolve procurar *outros ares* no exterior. Na Suíça, continua em 1836 a escrever o texto de *Almas Mortas* (iniciado em 1835). Chega a Paris em 1837, onde toma conhecimento da morte de Púschkin, fato que o deixa profundamente abalado. Em outubro de 1841 retorna à Rússia, trazendo a primeira parte de *Almas Mortas*. O comitê de censura de Moscou retém os manuscritos e proíbe a sua publicação Bielínski, que nessa ocasião se encontra em Moscou, leva consigo os manuscritos para Petersburgo, a pedido de Gógol.

Em fins de 1842 vem à luz o primeiro livro de *Almas Mortas*. O romance deixa grande impressão na consciência democrática e nos meios literários mais avançados do país. A crítica reacionária se entrincheira contra o escritor com a mesma ferocidade que o fizera quando da publicação de *O Inspetor Geral*. Bielínski toma a sua de- fesa, vendo no romance uma "criação genuinamente russa, extraída do fundo da vida popular, tão autêntica como patriótica".

Nesse mesmo ano Gógol publica *O Capote*, que viria colocá-lo ao lado dos maiores humanistas da literatura universal. É a síntese de uma sociedade desalmada, que tem na burocracia sua representação mais evidente, sendo, em termos literários, o alargamento e o enriquecimento do tema do pequeno homem já lançado por Púschkin (*O Chefe da Estação*) e agora promovido a tipo, que irá marcar definitivamente a literatura russa, terá desdobramentos imediatos em Dostoiévski e, mais tarde, em Turguêniev, Tolstói, Tchékhov e outros.

Em 1847 Gógol publica *Trechos Escolhidos da Correspondência com Amigos,* obra de conseqüências funestas para o autor, pois implica na renúncia à linha mestra de sua obra, isolando-o dos críticos que mais o haviam incentivado e defendido dos ataques da crítica reacionária. Isolado da consciência democrática de seu país, Gógol sofre profunda depressão nervosa depois da publicação da primeira parte de *Almas Mortas*. A segunda parte seria reescrita duas vezes, ficando incompleta e só vindo a luz após a morte do autor.

ALMAS MORTAS

Em 1835, depois de receber de Púschkin a sugestão do enredo de *Almas Mortas,* Gógol começa a escrever a obra. Sua intenção é escrever a *Divina Comédia* russa, portanto, um poema de fundo épico, e, aliás, é como poema que a obra acaba sendo publicada. Ele informa na "Confissão do Autor" que pretendia "mostrar no romance toda a Rússia, ainda que de um só aspecto". Afirma ainda que começara a escrever "sem definir um plano detalhado", sem uma noção precisa de "como deveria ser a personagem central", certo apenas de que o projeto engraçado que Tchítchicov poria em prática levaria o autor a "personagens e caracteres diversos", que

> a vontade de rir que surgira em mim mesmo criaria por si mesma uma infinidade de fenômenos cômicos, que eu tinha a intenção de mesclar com fenômenos comoventes [...] Quanto mais eu pensava minha obra, mais percebia que não devia ir pegando ao acaso os caracteres que me fossem surgindo, [mas devia] escolher aqueles que trouxessem de modo mais notório e profundo as nossas qualidades verdadeiramente russas, de raiz. Em minha obra, eu queria colocar preferivelmente aquelas qualidades externas da natureza russa, ainda não devidamente apreciadas por todos, e de preferência aquelas qualidades inferiores ainda não suficientemente ridicularizadas por todos.

Afirma ainda que pretendia reunir "só fenômenos psicológicos vivos", observações que vinha fazendo em torno do homem em profundidade e há muito tempo, mas que ainda "não havia confiado à pena". Em suma, Gógol se sente plenamente maduro ao iniciar a escrita de *Almas Mortas,* e prova disso é sua preocupação de travar conhecimento com pessoas "com quem pudesse aprender alguma coisa e esclarecer o que se faz na Rússia", procurar representantes de todos os segmentos sociais, "pessoas práticas e experientes" que estivessem voltadas para "toda sorte de maroteiras praticadas pelo interior da Rússia".

Eis, em síntese, o programa inicial de *Almas Mortas.* No entanto, em que realidade concreta Gógol assenta o "projeto engraçado de Tchítchicov" e como pretende mostrar "toda a Rússia?". Que dados objetivos embasam um enredo em que a aquisição de camponeses mortos com vistas a lucros e ascensão social é uma operação comercial juridicamente justificada? Em suma, qual é a relação entre literatura e história nessa fantasmagórica *Almas Mortas*?

A compra das "almas mortas" era um procedimento perfeitamente legal do ponto de vista da legislação feudal russa. Os servos, registrados como vivos entre um censo e outro, mesmo que morressem nesse intervalo permaneciam vivos para o fisco e sobre eles o proprietário continuava a pagar os mesmos impostos que pagava sobre os realmente vivos. Só depois que o próximo censo os registrasse como mortos, os proprietários ficavam liberados dos impostos. Portanto, eram pessoas juridicamente vivas, ainda que fisicamente mortas. Toda essa realidade factual está amplamente documentada em certidões, relatórios, requerimentos, declarações, tratados, inventários, etc., como o demonstra Borís Litvak em estudo riquíssimo[5].

Portanto, Tchítchicov, personagem central, parte da realidade factual da Rússia dos senhores feudais, dos burocratas e comerciantes para a aventura da compra das almas mortas com o fito de transformar-se em proprietário de terras e servos. Além da "legalidade" da aquisição das almas mortas, ainda existe um brecha que o Estado abre para favorecer os proprietários de terras e servos: o Conselho de Tutela paga ao adquirente de servos até duzentos rublos por alma, e Tchítchicov espera adquirir mil delas e começar

5. *Ótcherki istotchnikovedénia mássovoi dokumentátsii XIX i natchala XX v.* (Esboço de Estudo das Fontes da Documentação Maciça do Século XIX e Princípios do XX), Moscou: ed. Naúka, 1979.

a vida com uns duzentos mil rublos de capital na mão. E ainda é favorecido pelo destino, como constata nessa pérola de cinismo: "houve ainda há pouco uma epidemia que matou boa quantidade de gente, graças a Deus".

Todo o romance gira em tomo de Tchítchicov e de suas aventuras. Funcionário experimentado, que passara longos anos nos porões da burocracia e conhece a fundo todo tipo de negócios lícitos e ilícitos (principalmente os ilícitos) que ali se praticavam e os procedimentos "legais" empregados com tal fim, começa seu empreendimento por uma cidade sede de província, na qual só se produzem papéis e não há nenhum sopro de vida: é uma espécie de reino da burocracia, de paraíso de corruptos e concussionários, de reino dos mortos vivos. É daí que Tchítchicov leva a cabo a sua livre iniciativa, é também aí que irá registrar em cartório a escritura de compra e venda das almas mortas, que ele lavra de próprio punho para evitar despesas com escrivães, e faz tudo como manda a lei.

Desde as primeiras páginas revela-se um homem extremamente prático, arisco e meticuloso, que sonda o terreno com os cuidados de um arqueólogo. Ao criado da estalagem, primeiro habitante da cidade com quem conversa, faz perguntas a respeito de todas as autoridades constituídas, pede detalhes sobre todos os proprietários rurais importantes, o número de servos que cada um possui, a distância de suas propriedades em relação à cidade, a freqüência com que a visitam, o estado da província, completando essa sondagem com uma pergunta abstrusa sobre epidemias mortais, febres infecciosas, varíola ou semelhantes, tudo isso com o único fim de inteirar-se da morte de servos, chegar aos donos dos mortos e dar início ao negócio. Em suma, Tchítchicov sonda o terreno e acaba procurando só as pessoas certas.

Desfila ao longo do romance uma galeria de senhores de terra e de servos, tipos diferentes apenas em termos físicos, porque são todos absolutamente iguais na relação com os camponeses, que eles tratam como bens semoventes, e no imobilismo de suas imagens. Aliás, essa mesmice, essa monotonia caracteriza tudo, homens, relações humanas, objetos e ambientes ("as mesmas paredes pintadas com tinta a óleo [...] o mesmo teto fuliginoso, o mesmo lustre fuliginoso [...] os mesmos quadros ocupando a parede inteira [...] tudo igual como em toda a parte") que, juntos com a burocracia, formam um só corpo no mais completo imobilismo, quebrado apenas pelos deslocamentos de Tchítchicov à procura das almas mortas para tornar-se mais um senhor de terras e servos, mais um integrante do sistema social a perpetuar o imobilismo. Os proprietários rurais negociam as almas mortas com Tchítchicov como quem negocia mercadoria viva, e Sobakêvitch chega a negociar os servos mortos de acordo com as qualidades profissionais e físicas que eles tinham quando vivos. Graças à perfeita articulação dos senhores feudais com a burocracia, que registra toda a documentação referente à compra e venda das almas, o sistema acolhe Tchítchicov como um dos seus, e ele termina o romance dono de terras e servos vivos e mortos e com um rico capital de 300 mil rublos. Nessa articulação geral, os camponeses servos sofrem uma dupla espoliação: enquanto vivos, são objeto da espoliação total dos seus senhores no processo de acumulação primitiva, depois de mortos, servem como mercadoria viva para o enriquecimento de Tchítchicov e também para aliviar os ex-senhores do fardo do fisco e ainda lhes trazem algum dinheiro. Tudo em nome do dinheiro, símbolo maior da implantação das relações burguesas e de toda sorte de arrivismo que elas proporcionam na vida de uma sociedade. O século XIX é a era em que o capital consolida o seu domínio, e na Rússia, com seu atraso econômico e técnico, a penetração do dinheiro nas relações humanas assume uma forma dramática e lancinante dificilmente verificada em outro lugar. E quando as relações burguesas entram pela porta da sala, a ética e a virtude saem pela porta da cozinha, corroendo os fundamentos éticos do tecido social e transformando arrivistas em símbolos do homem de ação. Como constata o narrador, "transformaram em cavalgada o homem virtuoso [...] já é tempo de atrelarmos um patife". E aí entram Tchítchicov e a caterva.

Na representação da burocracia, Gógol retoma em largo e profundo o mesmo procedimento realista e sarcástico que aplicara em *O Inspetor Geral,* e a conclusão a que se chega retrata o clima de decomposição moral a que chegara o tecido social do Estado feudal russo: todos os burocratas são igualmente corruptos, igualmente vazios, igualmente formais, igualmente interessados apenas em praticar a concussão, justificam a propina como procedimento culturalmente necessário – "aceitamos propinas e fazemos coisas desonestas" – declara Tchítchicov. Nesse contexto, Tchítchicov é uma personagem tipo, que simboliza o conjunto social e está dentro de cada russo médio, como se verifica nessa diatribe do narrador com os eventuais críticos de sua obra: "Mas qual de vós, cheio de humildade cristã, não em voz alta, mas em silêncio, a sós consigo mesmo, nos momentos de exame de consciência, cravará no fundo da própria alma esta penosa indagação: "Será que dentro de mim mesmo não existe alguma parcela de Tchítchicov?" Pois sim, era só o que faltava! Mas se neste momento passar por perto algum conhecido, de posição nem muito alta, nem baixa demais, ele cutucará no mesmo instante o seu vizinho e lhe dirá, mal conseguindo conter o riso: "Olha, olha, lá vai Tchítchicov, foi Tchítchicov quem passou!". Essa generalização é tão abrangente, tipifica de tal modo o universo burocrático, que quando os rumores sobre a compra das almas mortas e um pretenso rapto da filha do governador por Tchítchikov tomam conta da cidade e coincidem com a nomeação de um novo governador-geral, de repente os funcionários começam a imaginar que Tchítchicov, cuja vida pregressa eles desconhecem totalmente, pode ser esse governador ou um "funcionário do gabinete do próprio governador-geral, enviado incógnito para fazer uma investigação secreta". Como todos, sem exceção, têm o rabo preso, instala-se entre eles o pandemônio, retomando o clima que se instala em *O Inspetor Geral,* quando os funcionários ficam sabendo que vão receber a visita de um inspetor geral. Aliás, *Almas Mortas* (até agora falamos apenas da primeira parte) amplia e aprofunda o tema central de *O Inspetor Geral.* Quando, na segunda parte do romance, Tchítchikov é desmascarado e preso pela falsificação de um testamento, o comerciante milionário Murázov entra em cena para salvá-lo e redimi-lo para a caridade cristã, mas quem o salva de fato são os funcionários, que recebem para isso trinta mil rublos. E forjam denúncias que comprometem literalmente todos os funcionários dos mais diversos escalões, transformam o processo contra Tchítchicov em tamanho caos, que "não havia meios nem modos de agarrar a ponta do fio da história". E Tchítchicov acaba livre.

Paira uma fatalidade sobre a sociedade russa: o funcionário novo, que acaba de ingressar no serviço público e ainda é honesto, será o corrupto de amanhã, a burocracia não é apenas um sistema, é um governo que "já se formou ao lado do governo legítimo", só que "muito mais forte que o governo legal".

O riso como ponto de partida.

Em uma das passagens de alta modernidade de *Almas Mortas,* na qual faz uma digressão metalingüística e discute procedimentos de construção da narrativa, Gógol afirma que "é necessária muita profundeza de alma para iluminar um quadro tirado da vida desprezada e transformá-lo numa jóia de criação", e que "o riso elevado e exaltado é digno de figurar ao lado do mais alto movimento lírico". Esse riso, que deriva da tradição da cultura popular e é capaz de iluminar esse quadro "da vida desprezada", é o que Gógol escolhe como procedimento de representação para dar conta de "toda a imensa vida que passa, mostrando-a por meio do riso, visível para o mundo todo, e através das lágrimas, para ele invisível". Segundo Bakhtin (*A Cultura Popular na Idade Média e no Renascimento*...), o riso e a cosmovisão carnavalesca que sedimentam o grotesco "destroem a seriedade limitada e... libertam a consciência humana, o pensamento e a imaginação para novas possibilidades". Assim, com a visão ambivalente do processo de representação, capaz de mostrar a vida pelas lentes do riso que o mundo vê e das lágrimas que ele não vê, Gógol se propõe superar as limitações da visão romântica do mundo, que reduz o riso a simples ironia, e fazer com que os homens pressintam "o grandioso trovejar de outros discursos". E ri de tudo, ri com as armas do grotesco.

Gógol é o grande mestre do grotesco e o consolida na literatura russa. A idiotice do universo russo, o vazio e a insignificância das personagens que povoam *Almas Mortas* se manifestam na linguagem desprovida de essencialidade, de originalidade, nas formas toscas de expressão que, ao se repetirem, apenas reiteram a monotonia e a falta de sentido das vidas dos falantes. Nas primeiras visitas de Tchítchicov às autoridades locais, o narrador registra essa passagem que traduz a homologia entre o ser e a forma de expressão desses habitantes: "Todos os funcionários estavam satisfeitos com a chegada da nova personagem. O governador se referia a ele como um cavalheiro de *boas intenções*; o procurador, como um homem *positivo*; o chefe dos gendarmes dizia que ele era um homem *letrado*; o presidente da Câmara, que ele era um homem *de saber e respeito*; o chefe de polícia, que era um senhor *respeitoso e amável*; a mulher do chefe de polícia, que ele era um cavalheiro *gentilíssimo e educadíssimo*" (grifos meus). Essas qualificações toscas atribuídas a Tchítchicov só ressaltam a falta de conteúdo e originalidade dos falantes, que parecem autômatos movidos apenas pela obrigação de dizer alguma coisa sem preocupação com o significado das palavras. Esse procedimento grotesco eleva a tal ponto a idiotice do meio rural russo que personagens diferentes dizem praticamente a mesma coisa e todas se caracterizam pela total insignificância.

Outra forma do grotesco muito usada por Gógol está ligada à incompatibilidade entre o homem, a função e seu desempenho. Em um mundo normal, um procurador é um homem que pensa, analisa, emite idéias e opiniões. Desconhecendo quem realmente era Tchítchicov e temerosos de que se tratasse de algum funcionário secreto do governo que estava ali para investigá-los, todos os funcionários se reuniram na tentativa de esclarecer alguma coisa e encontrar uma saída. Os boatos e falatórios produziram o efeito mais forte sobre o procurador: "Produziram, de fato, um efeito tão forte, que ele voltou para casa, começou a pensar, a pensar, e de repente, como se diz, sem mais aquela, morreu". Mandaram chamar o médico, mas viram que o procurador "já não passava de um corpo sem alma. E foi só então, entre condolências, que ficaram sabendo que o defunto até que tinha uma alma, alma esta que ele, por modéstia, nunca mostrara a ninguém... para que tinha morrido e para que tinha vivido, isso só Deus sabe". O procurador morre comicamente, a notícia da sua morte vem acompanhada da incongruência entre a função de fazer justiça e a sua total inutilidade, e essa incongruência provoca o riso mesmo que o fato da morte em si seja doloroso. Como afirma Bakhtin, em Gógol o riso vence tudo. Entre outras coisas, cria uma espécie de catarse do trivial".

O grotesco gogoliano opera constantemente com uma articulação de sinédoques e metonímias, graças às quais partes do corpo ou objetos inanimados, pertencentes a uma determinada pessoa de repente se personificam, obnubilam, deslocam ou substituem a própria pessoa viva ou a sua função. Na novela *O Nariz*, o major Kovaliov, de quem um barbeiro arrancara por imperícia "a parte cheiradora do corpo", de repente vê entrar em uma repartição pública seu próprio ex-nariz, e ainda por cima metido num uniforme e com uma patente superior à do seu legítimo dono. Em *Almas Mortas*, a burocracia é uma engrenagem animada, na qual a função é primária e os indivíduos humanos são secundários, podendo ser substituídos por uma parte visível do corpo ou objetos de uso, como neste exemplo: "Seria conveniente descrever os escritórios que nossos heróis tiveram de atravessar, mas o autor alimenta forte timidez em relação a quaisquer repartições, públicas... Nossos heróis viram muita papelada, papel de rascunho e papel em branco, cabeças inclinadas, nucas roliças, fraques, sobrecasacas de corte provinciano, e até mesmo um simples paletó cinza-claro que se destacava nitidamente, o qual, de cabeça virada e quase deitado sobre o papel, transcrevia com rapidez e desenvoltura algum protocolo sobre alienação de terras ou penhora de bens, usurpados por algum pacífico proprietário... O ruído das penas sobre o papel era grande e dava a impressão de diversas carroças cheias de gravetos atravessando um bosque por cima de um palmo de folhas secas". Portanto, não há feições humanas, há apenas cabeças inclinadas, nucas roliças, fraques, sobrecasacas e um simples paletó cinza substituindo o dono. O quadro se completa com o ruído das penas sobre o papel projetado à dimensão do ruído de diversas carroças cheias de graveto sobre folhas secas, numa hipérbole grotesca em que o sistema burocrático ganha dimensões superiores ao seu próprio espaço.

A passagem citada é intensamente grotesca e cômica pelo que tem de surpreendente: o paletó substituindo o dono na função. O cômico tem relação direta com o inesperado, que não deveria acontecer no andamento natural do discurso, mas que de repente acontece, quebra a expectativa sugerida pela lógica do discurso e provoca o riso. Como afirma Bakhtin (*Questões de Literatura e Estética*), "o grotesco em Gógol não é[...] uma simples violação da norma mas a negação de quaisquer normas estáticas, que alimentam a pretensão ao absoluto, ao eterno. Ele nega a evidência e o mundo natural em prol do inesperado e do imprevisível da verdade. É como se dissesse que não se deve esperar o bem do estável e habitual, mas do "milagre". Ele (o grotesco – P.B.) contém uma idéia popular renovadora e vivificante".

Gógol ri de tudo; da idiotice que caracteriza todo o universo das almas mortas e seus congêneres vivos, da engrenagem feudal que reduz o ser humano a meras peças sem vida, do espírito corrupto dos burocratas que só pensam em ganhar dinheiro ilícito para se tornar mais um senhor de terras e de servos, da posição ridícula dos críticos de sua obra que temem a crítica devastadora que ela traz com a sua imensa gargalhada. Ri do imobilismo, mas ao mesmo tempo cai em contradição ao ver a Rússia a mover-se com uma tróica em desabalada carreira. E comete uma incongruência quando, ao escrever a segunda parte de *Almas Mortas,* procura mudar radicalmente o tônus da narrativa e tornar o romance mais palatável ao sistema que demoliu pelo riso na primeira parte. Daí resulta sua grave crise, que se traduz na tentativa de dar continuidade à história, nos resvalos moralistas da segunda parte, na criação de personagens forçadamente positivas, oriundas do mesmo universo das almas mortas, na queima, por duas vezes, dos manuscritos e na morte. A segunda parte de *Almas Mortas* só viria à luz após a morte do autor, e assim mesmo de forma incompleta.

A modernidade de *Almas Mortas*.

No que se refere à composição, *Almas Mortas* impressiona pela sua contínua modernidade... O narrador define o papel do leitor, dialoga com ele, informa sobre o processo de composição da obra, discute a verossimilhança do narrado, faz do leitor uma espécie de terceiro no diálogo, admite o leitor como autor ("o leitor que tiver vontade, que complete a história como achar melhor"), intercala ficção com crítica literária, desenvolve uma reflexão profunda sobre o escritor e o público numa antecipação da estética da recepção que, mesmo já estando em Aristóteles, por exemplo, só seria formulada como teoria no século XX, critica a linguagem das elites e sua maneira de macaquear o estrangeiro, o herói dita tudo ao autor ("Tchítchicov... é quem manda aqui, para onde ele inventar de ir, teremos de segui-lo"), define com precisão a cultura oficial ("pálida e fria como o gelo", enfim, usa e abusa da metalinguagem. É verdade que não é o primeiro a fazê-lo na literatura russa. O diálogo com as personagens e o leitor já se encontra em Púschkin, como se vê nessa passagem do *Ievguiêni Oniéguin*:

> Amigos de Ludmila e Ruslam
> Ao herói do meu roman(ce)
> Sem prefácios nem intervalos
> Permita-me apresentá-lo:
> Oniéguin, meu bom camarada,
> Nasceu nas margens do Nievá,
> Onde e você, leitor, quiçá,
> Tenha nascido ou brilhado,
> Por lá outrora andei também
> Mas o Norte não me faz bem

Em um prefácio à edição de *Almas Mortas*, publicada em 1963 pela editora Lux, Boris Schnaiderman observou esse espírito antecipador de Gógol:

> Quanto Vieliemir Khliébnikov, essa figura surpreendente de rebelde iluminado, escreveu em 1916 a novela *Ka*, antecipando quase em dez anos o surrealismo, estava na realidade levando às últimas conseqüências o que fizera Gógol no seu *Diário de um Louco*, publicadas em 1835, e que apresentava uma indubitável antecipação da escrita automática. As combinações vocabulares inusitadas, as próprias montagens de palavras, tão ao gosto dos futuristas russos, têm também certo precedente em Gógol".

Gógol consolidou o grotesco na literatura russa, fez da cultura popular do riso o ponto de partida de sua obra, e levou o riso às últimas conseqüências. Sua herança teve continuidade em Saltikóv-Schedrin, Dostoiévski, Tchékhov, Maiakóvski, Zóschenko e tantos outros, que retomaram e reformularam a seu modo a tradição deixada pelo genial criador de *Almas Mortas*.

ALMAS MORTAS

POEMA

PRIMEIRA PARTE
CAPÍTULO I

Pelos portões da estalagem da cidade-sede da província NN entrou uma pequena sege de molas, bastante vistosa, daquelas em que costumam viajar solteirões, comandantes reformados, capitães de Estado-Maior, proprietários rurais donos de uma centena de almas de camponeses – em suma, todos aqueles a quem se costuma chamar de senhores de condição média. Na sege viajava um cavalheiro, não muito belo, mas tampouco de aspecto desagradável, nem muito gordo, nem magro demais; não se poderia dizer que fosse velho, mas também não era demasiado jovem. Sua chegada não causou na cidade nenhuma celeuma, nem foi acompanhada por nada de excepcional; apenas dois mujiques[1] russos, parados na porta do botequim defronte à estalagem, fizeram algumas observações, aliás referentes mais ao veículo do que ao passageiro. – Espia aquela roda – disse um para o outro –, estás vendo que roda? Que te parece, aquela roda chegaria até Moscou, se fosse o caso, ou não chegaria? – Chegaria – respondeu o outro. – Mas até Kazan eu acho que não chegaria. – Até Kazan não chegaria, não – disse o outro. E com isso terminou a conversa. E ainda, quando a sege parou diante da estalagem, passou um jovem de calças de fustão branco, bastante curtas e apertadas, e fraque com pretensões a moderno, debaixo do qual se via o peitilho preso por um alfinete de bronze de Tula[2] em

1. Camponês, homem rude, labrego. (N. da T.)
2. Importante centro metalúrgico, às margens do Upa. (N. da T.)

forma de pistola. O jovem voltou-se, olhou para a sege, segurando o boné que ia sendo levado pelo vento, e seguiu o seu caminho.

Quando a carruagem entrou no pátio, o cavalheiro viajante foi recebido por um criado de taverna tão vivo e irrequieto que mal dava para distinguir-lhe as feições. Ele surgiu muito ágil, de guardanapo na mão, todo comprido, de comprida sobrecasaca de algodão, sacudiu a cabeleira e acompanhou agilmente o cavalheiro recém-chegado escada e galeria de madeira acima, para lhe mostrar o alojamento que Deus lhe enviara. O alojamento era do tipo já conhecido, pois a estalagem também era do tipo já conhecido, isto é, exatamente do gênero ao qual costumam pertencer as estalagens das cidades-sedes de província, onde por dois rublos de diária o viajante tem direito a um dormitório com baratas espiando como ameixas secas de todos os cantos, e uma porta, sempre barrada por uma cômoda, dando para o aposento contíguo, no qual se instala um vizinho, homem calado e tranqüilo, mas extremamente curioso e muito interessado em conhecer todos os pormenores a respeito do hóspede itinerante. A fachada externa da estalagem correspondia ao seu interior: era muito longa, de dois pavimentos. O andar inferior não era rebocado, conservando à vista os tijolinhos vermelho-escuros, ainda mais escurecidos pelas violentas intempéries, e já sujinhos pela própria natureza. O andar superior era pintado com a eterna tinta amarela. Embaixo situavam-se lojinhas e vendas de arreios, cordas e roscas. A vendinha da esquina, ou melhor, a janela, era ocupada por um destilador de hidromel, com um samovar[3] de cobre vermelho e uma cara tão vermelha quanto o samovar, de maneira que de longe dava para pensar que na janela havia dois samovares, isto se um dos samovares não ostentasse uma barba negra como piche.

Enquanto o cavalheiro recém-chegado examinava o seu quarto, foram trazidos os seus pertences: primeiro uma grande mala de couro branco, um tanto surrada, mostrando que essa não era a sua primeira viagem. Essa mala foi trazida pelo cocheiro Selifan, homenzinho baixote, de casaco de pele de carneiro, e o criado Petruchka, rapagão de uns trinta anos, um tanto taciturno de aspecto, de nariz e beiços muito proeminentes. Depois da mala veio um pequeno baú de mogno marchetado com bétula da Carélia, um par de formas de madeira para botas e uma galinha assada embrulhada

3. Aparelho simples, a carvão, para conservar água fervendo para o chá. (N. da T.)

em papel azul. Quando tudo isso foi deixado no quarto, o cocheiro Selifan foi para a estrebaria cuidar dos cavalos e o criado Petruchka começou a se instalar no pequeno vestíbulo, uma biboca muito escura para a qual já tivera tempo de trazer o seu sobretudo, e junto com ele um certo odor próprio, que impregnava também o saco, trazido logo depois, com toda sorte de acessórios de toalete serviçal. Nesse buraco, ele ajeitou junto à parede uma cama estreitinha, de três pernas, forrando-a com um pequeno símile de colchão, morto e chato como uma panqueca e quiçá igualmente ensebado, que ele conseguira arrancar do proprietário da estalagem.

Enquanto os criados se atarefavam com a arrumação, o cavalheiro se dirigiu para o salão comum. Como soem ser esses salões comuns qualquer viajante sabe muito bem: as mesmas paredes pintadas com tinta a óleo, escurecidas em cima pela fuligem da chaminé e ensebadas embaixo pelas costas de toda sorte de itinerantes, mas mais ainda pelas dos comerciantes locais, pois nos dias de feira os mercadores vinham aqui de seis em seis e de sete em sete para degustar o seu conhecido par de xícaras de chá; o mesmo teto fuliginoso; o mesmo lustre fuliginoso com um sem-número de penduricalhos de vidro, pulando e tilintando toda vez que o criado corria pelos linóleos gastos, balançando agilmente a bandeja sobre a qual pousava uma infinidade de xícaras de chá, como gaivotas na praia; os mesmos quadros, ocupando a parede inteira, pintados a óleo – em suma, tudo igual como em toda a parte; a única diferença era que num dos quadros estava pintada uma ninfa de peitos tão desmesurados que o leitor decerto nunca viu nada parecido. Semelhante capricho da natureza, aliás, acontece em diversos quadros históricos, trazidos cá para a Rússia não se sabe quando, nem de onde, nem por quem, por vezes quiçá até pelos nossos fidalgos amantes das artes, que os compravam na Itália a conselho dos seus condutores. O cavalheiro tirou da cabeça o gorro e do pescoço um xale de lã com as cores do arco-íris, desses que para os casados a esposa executa com as próprias mãos, acompanhando-o de conselhos pertinentes, tais como agasalhar-se bem, e para os solteiros – não posso dizer com certeza quem os faz, sabe Deus quem, eu nunca usei um xale daqueles. Desvencilhando-se do xale, o cavalheiro mandou servir o almoço. Enquanto lhe traziam os pratos habituais das hospedarias, tais como sopa de repolho com pastel de massa folhada, especialmente guardado por várias semanas para os hóspedes de passagem, miolos com ervilhas, salsichas com chucrute, frango assado, um pepino salgado e o eterno pastel de massa folhada doce, sempre pronto para servir; enquanto lhe serviam tudo isso, requentado ou mesmo simplesmente frio, ele fez o criado, ou garçom, contar toda sorte de ninharias – quem fora o antigo dono da estalagem, e quem era o proprietário atual, e se ela dava muito lucro, e se o patrão era um grande malandro; ao que o criado, como de costume, respondia: – Ali, sim, meu senhor, é um grande espertalhão. – Tanto na esclarecida Europa como na esclarecida Rússia existe agora muita gente respeitável que não consegue comer num restaurante sem puxar conversa com o criado e, às vezes, até pilheriar alegremente com ele. Entretanto, o viajante não fazia apenas perguntas ociosas: indagou com extrema precisão quem era o governador da cidade, quem o procurador, quem o presidente da Câmara – numa palavra, não deixou escapar nenhum funcionário graduado; mas com precisão ainda maior, senão até com especial interesse, ele pediu pormenores sobre todos os proprietários rurais importantes: quantas almas de servos possuía cada um desses *pomiêchtchiki*[4], a que distância da cidade moravam, com que freqüência viajavam para a cidade e até qual era o caráter de cada um deles. Fez muitas perguntas a respeito da situação da região: se não tinha havido quaisquer doenças nessa província – epidemias mortais, febres infecciosas, varíola ou semelhantes –, tudo isso com uma insistência e minuciosidade que davam provas de mais do que simples curiosidade. Nas maneiras do cavalheiro havia algo de muito compenetrado e ele se assoava com muito vigor. Não se sabe como ele conseguia esse efeito, mas o seu nariz ressoava como uma trombeta. Esta qualidade, aparentemente inofensiva, valeu-lhe no entanto grande consideração por parte do criado da estalagem, de tal sorte que, toda vez que ouvia aquele som, ele sacudia a cabeleira, aprumava respeitosamente o corpo e, inclinando das alturas a cabeça, indagava se o cavalheiro precisava de alguma coisa.

Após o almoço, o cavalheiro tomou uma xícara de café e sentou-se no sofá, colocando atrás das costas uma almofada, dessas que nas estalagens russas costumam encher, em lugar de com lã macia, com algo muito semelhante a tijolos e paralelepípedos. Então ele começou a bocejar e fez-se acompanhar até o seu quarto, onde se deitou e adormeceu por duas horas. Tendo descansado, ele escreveu num papelucho, a pedido do criado da hospedaria, o seu cargo, nome e sobrenome, para as informações regulamentares de direito,

4. Plural de *pomiêchtchik*. Donos de grandes propriedades rurais, fazendeiros. (N. da T.)

na polícia. Naquele papelucho, enquanto descia as escadas, o criado leu, soletrando, o seguinte: "Conselheiro Civil Pável Ivánovitch Tchítchicov, proprietário rural, viajando a negócios particulares". Enquanto o criado ainda decifrava o bilhete, o próprio Pável Ivánovitch Tchítchicov saiu para conhecer a cidade, com a qual, ao que parece, ficou satisfeito, pois achou que não ficava a dever nada às outras sedes de província: como em todas, feria os olhos a cor amarela das casas de pedra, e apagava-se humildemente a cor cinzenta das casas de madeira. As casas eram todas iguais, de dois andares e de um andar e meio, com o eterno mezanino, muito bonito na opinião dos arquitetos locais. Por vezes essas casas pareciam perdidas no meio da rua larga como um campo e das intermináveis cercas de madeira; em outros lugares, elas se aglomeravam em grupos, e aqui se notava mais animação e movimento humano. Surgiam aqui umas placas quase apagadas pelas chuvas, com roscas e botas pintadas, ali uma outra com umas calças azuis desenhadas e a assinatura de um certo alfaiate de Archávia; acolá, uma loja com gorros, bonés e um cartaz dizendo: "Vassíli Fiódorov – Estrangeiro"; e, mais adiante, uma placa com o desenho de uma mesa de bilhar e dois jogadores envergando fraques, daqueles que usam nos nossos teatros os "convidados" que entram em cena no último ato. Os jogadores eram representados com os tacos apontados, os braços um tanto torcidos para trás e os pés virados de quem acaba de executar um *entrechat*[5] no ar. Debaixo de tudo isso constavam as palavras: "Eis aqui o Estabelecimento". Em alguns lugares, em plena rua, havia mesas com nozes, sabonetes e pães-de-mel semelhando sabonetes; em outro lugar, uma casa de pasto com um gordo peixe pintado, de garfo espetado no lombo. Mas o mais comumente visível eram as enegrecidas águias bicéfalas estatais, que agora foram substituídas pela lacônica inscrição "Casa de Bebidas". O calçamento era ruinzinho por toda parte. Ele espiou também o parque público, que consistia de umas árvores fininhas e fracas, com suportes triangulares embaixo, lindamente pintadas de verde com tinta a óleo. Entretanto, embora essas arvorezinhas não fossem mais altas do que juncos, os jornais se referiam a elas, quando descreviam a iluminação, dizendo que "a cidade se enfeitou, graças aos cuidados do prefeito, com um jardim cheio de árvores copadas e frondosas para refrescar os dias

5. Em francês, no texto: movimento ou passo de balé que consiste em tocar rapidamente as pernas, enquanto se executa um salto vertical. Salto durante o qual os pés se chocam várias vezes antes de tocarem novamente o solo. (N. da E.)

de canícula", e que naquela ocasião foi "muito comovente observar como os corações dos cidadãos estremeciam de gratidão, e vertiam copiosas lágrimas em sinal de reconhecimento a Sua Excelência, o prefeito". Tendo obtido informações minuciosas de um guarda sobre como chegar pelo caminho mais curto, se necessário, até a catedral, as repartições, a casa do governador, ele foi dar uma olhadela no rio que passava no centro da cidade; pelo caminho arrancou um cartaz pregado num poste, a fim de poder lê-lo com vagar ao chegar a casa, mirou fixamente uma senhora de aspecto agradável que passava pela calçada de madeira, acompanhada por um menino de libré militar e com uma trouxinha na mão, e, após lançar mais um olhar em redor, como quem quer memorizar bem a situação do lugar, dirigiu-se para casa, direto para o seu quarto, ligeiramente apoiado na escada pelo criado da hospedaria. Tendo-se fartado de chá, sentou-se à mesa, mandou que lhe trouxessem uma vela, tirou do bolso o cartaz, aproximou-o da vela e começou a ler, apertando um pouco o olho direito. Aliás, pouca coisa de interessante havia no tal cartaz: representava-se um drama do Sr. Kotzebu, no qual o papel de Roll era desempenhado pelo Sr. Poplióvin, e o de Cora, pela Srta. Ziáblova, e os outros papéis eram ainda menos notáveis; entretanto, ele leu tudo, chegou até mesmo ao preço da platéia e ficou sabendo que o cartaz fora impresso na tipografia municipal: depois virou-o do avesso, para ver se não havia alguma coisa do outro lado, mas, não tendo encontrado nada, esfregou os olhos, enrolou-o cuidadosamente e guardou-o no seu bauzinho, onde costumava guardar tudo o que lhe caía nas mãos. O dia, ao que parece, foi encerrado com uma porção de vitela fria, uma garrafa de sopa de repolho azedo e um sono ferrado, um ronco puxado, como se diz em algumas partes do vasto império russo.

O dia seguinte foi inteiramente dedicado a visitas: o recém-chegado foi visitar todas as autoridades municipais. Foi levar suas saudações ao governador, o qual se revelou, como o próprio Tchítchicov, nem gordo, nem magro; trazia a medalha da ordem de Sant'Ana ao pescoço, e dizia-se até que já fora proposto para ser condecorado com a Estrela; de resto, era um bonachão e às vezes até chegava a bordar sobre tule. Depois, foi ver o vice-governador, esteve em casa do procurador, do presidente da Câmara, do chefe de polícia, do arrendatário, do diretor das manufaturas do Estado... pena que seja um tanto difícil enumerar todos os poderosos deste mundo; mas basta dizer que o recém-chegado desdobrou-se numa atividade fora do comum quanto às visitas: ele apareceu até para render suas homenagens ao inspetor do Serviço de Saúde e ao arquiteto municipal. E depois ficou ainda bastante tempo sentado na carruagem, pensando a quem mais poderia fazer uma visita, mas já não encontrou mais funcionários públicos na cidade. Nas suas conversas com todas essas autoridades ele soube com muita arte lisonjear cada uma delas. Ao governador observou assim meio de passagem que na sua província se entra como no paraíso, as estradas por toda parte são como velado, e que os governos que nomeiam dignitários sábios são dignos de grandes encômios. Ao chefe de polícia, disse algo de muito lisonjeiro a respeito dos guardas municipais; e nas conversas com o vice-governador e com o presidente da Câmara, que ainda eram meros conselheiros de Estado, tratou-os por engano duas vezes de "Vossa Excelência", o que muito lhes agradou. A conseqüência de tudo isso foi que o governador lhe fez um convite para comparecer naquele mesmo dia a um sarau em sua casa, e os outros funcionários também lhe fizeram convites, um para jantar, outro para uma partida de *boston*[6], outro para uma xícara de chá.

De si mesmo, todavia, o recém-chegado aparentemente evitava falar muito; se falava de todo, eram só lugares-comuns, em tom de visível modéstia, e sua conversa nesses casos assumia um tom um tanto livresco: que ele não passava de um mísero verme deste mundo e não era digno de que se preocupassem com ele; que já passara por muitos transes na vida, que sofrera pela justiça, no serviço público, que tivera muitos inimigos, que haviam chegado a atentar contra sua vida, e que agora, desejando finalmente descansar, procurava um lugar para fixar residência, e que, tendo chegado a essa cidade, considerara seu dever inadiável testemunhar o seu respeito perante o seu primeiro dignitário. Eis tudo o que se ficou sabendo na cidade a propósito dessa nova personagem, que logo mais não deixou de comparecer ao sarau do governador. Os preparativos para esse sarau tomaram mais de duas horas de tempo, e aqui o recém-chegado demonstrou tais cuidados com a toalete como não se viram iguais em qualquer parte. Após uma breve sesta depois do almoço, ele mandou que lhe trouxessem o lavatório e ficou durante um tempo extremamente prolongado a esfregar com sabonete ambas as faces, esticando-as de dentro para fora com a língua; depois, tirando do ombro do criado da hospedaria uma toalha de rosto, enxugou com ela, por todos os lados, o seu rosto bochechudo, começando por trás das orelhas e bufando antes por duas

6. Jogo de cartas em voga na Europa, na época do poema. (N. da T.)

vezes bem na cara do criado. Depois, diante do espelho, pôs o peitilho, arrancou dois pelinhos que lhe apareciam nas narinas, e logo a seguir envergou um fraque cor de framboesa com brilho. Assim ataviado, rodou na sua própria carruagem pelas ruas infinitamente largas, parcamente iluminadas pela débil luz que se filtrava de algumas janelas. Em compensação, a casa do governador estava tão profusamente iluminada como se fosse para um baile; carruagens com faróis, no portão dois gendarmes, gritos de cocheiros ao longe – em suma, tudo como deve ser. Entrando no salão, Tchítchicov teve que fechar os olhos por um instante, porque o brilho das velas, lâmpadas e trajes femininos era terrível. Tudo estava inundado de luz. Fraques negros passavam saracoteando, em solos e aos montes, aqui e ali, como esvoaçam as moscas por cima de radioso açúcar refinado nos dias quentes do verão de julho, quando a velha despenseira o quebra e parte em cacos faiscantes diante da janela aberta; as crianças ficam olhando, agrupadas em volta dela, observando curiosas os movimentos de suas ásperas mãos brandindo o martelo, enquanto esquadrilhas aéreas de moscas, suspensas pelo ar ligeiro, entram voando atrevidamente, como autênticas donas de tudo, e, aproveitando-se da miopia da velha e do brilho ofuscante do sol, cobrem os pedaços saborosos, ora dispersas, ora em enxames espessos. Fartamente alimentadas pelo verão opulento, que já por si lhes oferece a cada passo toda sorte de guloseimas, elas entram voando sem a menor intenção de comer, e sim para se mostrar, desfilar para cá e para lá pelo monte de açúcar, esfregar uma contra a outra as patinhas traseiras ou dianteiras, ou coçar-se debaixo das asinhas, ou, estendendo as perninhas da frente, esfregar com elas a cabeça, voltar-se e sair voando, para logo voltar em novas e importunas esquadrilhas. Tchítchicov nem teve tempo de olhar em redor de si, quando foi agarrado pelo braço pelo próprio governador, que imediatamente o apresentou à governadora. O hóspede recém-chegado não se atrapalhou nem nesse momento, e disse um galanteio qualquer, muito discreto e pertinente, para um senhor de meia-idade, portador de um grau nem muito alto, nem baixo demais. Quando os pares dançantes apertaram todos os outros contra a parede, ele, as mãos atrás das costas, ficou uns dois minutos a observá-los com muita atenção. Muitas senhoras estavam bem vestidas e no rigor da moda, outras trajavam o que Deus houve por bem mandar para a cidade provinciana. Os homens, ali como em toda a parte, pertenciam a dois gêneros; o primeiro, dos fininhos, sempre a saracotear em volta das damas, alguns tão refinados que era difícil distingui-los dos seus congêneres de Petersburgo: usavam suíças penteadas com o mesmo gosto e capricho, ou meros rostos bastante agradáveis, lisos e escanhoados; sentavam-se ao lado das senhoras com a mesma desenvoltura, falavam francês e divertiam as damas, tal qual os de Petersburgo. Ao segundo gênero de homens pertenciam os gordos, ou aqueles do tipo de Tchítchicov, isto é, dos quais não se podia dizer que fossem gordos, mas que também não eram magros demais. Estes, ao contrário dos primeiros, olhavam as damas de esguelha e recuavam diante delas, e só lançavam olhares em redor, para ver se os criados do governador já estavam armando as mesas verdes para o jogo de *whist*[7]. Seus rostos eram redondos e cheios, alguns até ostentavam verrugas, um ou outro era sardento, e seus cabelos não eram penteados nem em topetes, nem em pastinhas, nem à maneira "que me leve o diabo", como dizem os franceses – os seus cabelos ou eram cortados rente, ou alisados, e as suas feições eram mais arredondadas e fortes. Esses eram os funcionários mais respeitáveis da cidade. Ai de nós, os gordos sabem arranjar-se melhor neste mundo do que os magrinhos. Os magrinhos são usados mais em serviços especiais, ou são meros supranumerários, e agitam-se para cá e para lá. Os gordos, porém, jamais ocupam postos duvidosos, mas sempre os efetivos, e, quando se instalam num emprego, fazem-no com força e solidez, de tal maneira que mais depressa o cargo vergará e rangerá debaixo deles, do que eles sairão do lugar. O brilho exterior não os atrai; o fraque deles não é tão bem cortado como o dos magricelas, mas em compensação o interior dos seus cofres é uma bonança de Deus. Ao magrinho, no fim de três anos não sobra nem uma alma de servo que não esteja empenhada. Mas com o gordo está tudo em paz: eis que lhe aparece em algum subúrbio uma casa, comprada em nome da mulher; depois, noutro recanto, outra casa; logo mais, um vilarejo perto da cidade; e mais tarde ele adquire uma aldeia inteira com tudo o mais. Finalmente, o gordo, tendo servido a Deus e ao Estado, e granjeado o respeito geral, deixa o serviço público, muda-se para o campo e se transforma em proprietário rural, senhor de servos, um autêntico *pomiêchtchik* russo, generoso anfitrião, e vive, e vive bem. E, depois dele, seus magros herdeiros, de acordo com o costume russo, esbanjam em cavalos e jogatina toda a fortuna paterna. Não se pode negar que pensamentos quase desse mesmo teor ocupavam a mente de Tchítchicov enquanto observava aquela reunião,

7. Jogo de cartas de origem inglesa. (N. da T.)

e a conseqüência disso foi que ele finalmente se aproximou dos gordos, onde encontrou quase todas as caras já conhecidas: o procurador de sobrancelhas muito espessas e negras e o olho esquerdo que piscava um pouco, como quem diz: "Venha comigo para o outro quarto, que tenho algo para lhe dizer" – um homem, aliás, sério e caladão; o diretor dos Correios, baixote, mas espirituoso e filosófico; o presidente da Câmara, homem assaz judicioso e amável – e todos eles cumprimentaram Tchítchicov como se fosse um velho conhecido, e Tchítchicov respondia aos cumprimentos, inclinando-se um pouco de lado, não sem um certo prazer, aliás. Ali mesmo ele ficou conhecendo o mui cortês e afável proprietário rural Manílov, e o bastante desajeitado Sobakêvitch, que imediatamente lhe pisou no pé, dizendo: "Peço perdão". Imediatamente lhe meteram na mão uma carta para o *whist,* que ele aceitou com a mesma e cortês mesura. Sentaram-se à mesa verde e não se levantaram mais até a ceia. Todas as conversas cessaram, como sempre acontece quando as pessoas se ocupam com coisas sérias. Embora o diretor dos Correios fosse um homem muito loquaz, até ele, assim que pegou nas cartas, incontinênti expressou na sua cara uma fisionomia pensante, cobriu o lábio inferior com o superior e conservou essa posição até o fim do jogo. Quando lhe saía uma figura, ele socava a mesa com mão forte e exclamava, se era uma dama: "Avante, velha coroca!", e, se era um rei: "Avante, mujique de Tambov!" E o presidente da Câmara repetia: "Arranco os bigodes dele! Arranco os bigodes dele!" Por vezes, quando batiam com as cartas na mesa, escapavam-lhes expressões: "Ali! Se não tem outro, vai o de paus mesmo!", ou simplesmente exclamações assim: "Ouros! Ourinhos! Espadão!", ou: "Espadim! Espadachim! Espadíssimo!", ou mesmo simplesmente: "Espadote!" – apelidos com que eles rebatizaram os naipes no seu grupo. Ao final do jogo, discutiram, como sói acontecer, bastante alto. O nosso hóspede recém-chegado também discutiu, mas de um jeito extremamente habilidoso, de modo que todos podiam ver que ele discutia, mas discutia agradavelmente. Ele nunca dizia: "O senhor saiu", mas sim: "O senhor houve por bem sair", "Tive a honra de cobrir o vosso dois", e assim por diante. Para agradar ainda mais aos seus adversários, ele lhes oferecia cada vez a sua tabaqueira de prata esmaltada, no fundo da qual se percebiam duas violetas, lá colocadas para fins de perfume. A atenção do recém-chegado foi especialmente atraída pelos proprietários Manílov e Sobakêvitch, acima mencionados. Ele informou-se imediatamente a respeito deles, chamando de lado o presidente e o diretor dos Correios. As poucas perguntas que fez mostraram que o convidado era portador não só de curiosidade, como também de meticulosidade; pois antes de tudo ele indagou quantas almas de camponeses cada um deles possuía e em que situação se encontravam as suas propriedades, e só depois perguntou pelos seus nomes e patronímicos. Em pouco tempo ele conseguiu encantá-los totalmente. O proprietário rural Manílov, homem ainda bastante jovem, de olhos doces como açúcar, que ele apertava sempre que ria, ficou simplesmente apaixonado por ele. Ficou a lhe apertar a mão forte e longamente e pediu encarecidamente que lhe fizesse a honra de uma visita à sua aldeia, a qual, segundo dizia, distava apenas quinze verstas[8] dos limites da cidade. Ao que Tchítchicov respondeu, com uma inclinação de cabeça muito cortês e um sincero aperto de mão, que não só estava disposto a fazê-lo com muito prazer, como até considerava tal visita como um sacrossanto dever. Sobakêvitch apenas disse, um tanto laconicamente: "Também o estou convidando", executando um rapapé com o pé metido numa bota de tão formidáveis dimensões, que um pé correspondente seria difícil de encontrar em qualquer parte, especialmente nos tempos atuais, quando até mesmo na Rússia os gigantes estão em vias de extinção.

No dia seguinte, Tchítchicov foi almoçar e passar o dia em casa do chefe de polícia, onde das três horas da tarde em diante eles permaneceram à mesa de *whist* e jogaram até as duas da madrugada. Ali, por sinal, ele ficou conhecendo o *pomiêchtchik* Nozdriov, homem de uns trinta anos, rapagão desenvolto, que após duas ou três horas passou a tratá-lo por "tu". Nozdriov tuteava também o chefe de polícia e o procurador e tratava-os amigavelmente. Porém, quando começaram o jogo mais forte, o chefe de polícia e o procurador seguiam com extrema atenção as suas paradas e vigiavam quase cada carta com que ele saía.

No dia seguinte, Tchítchicov passou a noite em casa do presidente da Câmara, o qual recebia as visitas, entre as quais duas senhoras, envergando um roupão bastante ensebado. Mais tarde, foi a uma recepção em casa do vice-governador, a um banquete em casa do concessionário de bebidas, a um pequeno almoço – que, aliás, valia por um grande – em casa do procurador, e a um lanche depois da missa, oferecido pelo prefeito da cidade, lanche esse que também valia por um almoço. Em suma, ele não precisava passar

8. Milha russa; exatamente 1 067 m. (N. da T.)

uma só hora em casa e voltava para a hospedaria unicamente para dormir. Este recém-chegado tinha um jeito especial de se encontrar bem em qualquer situação, e demonstrou ser homem de grande experiência mundana. Qualquer que fosse o assunto de uma conversa, ele sempre sabia sustentá-la: se o assunto era a criação de cavalos, ele falava de criação de cavalos; se a conversa girava em torno de bons cachorros, ele tinha também aqui judiciosas observações a fazer; se se tratava de um inquérito administrativo conduzido pela Câmara Municipal, ele demonstrava que tampouco lhe eram desconhecidos os assuntos judiciários; se se discutia o jogo de bilhar, nem em bilhar ele errava o alvo; se acontecia falarem sobre a virtude, também sobre a virtude ele discorria muito bem, até com lágrimas nos olhos; se sobre o preparo do ponche de vinho quente – também de vinho quente ele entendia bastante; de funcionários e inspetores aduaneiros? falava deles como se fosse ele mesmo um funcionário e inspetor de alfândega. E o mais notável é que tudo isso ele sabia envolver numa certa compostura – sabia conduzir-se corretamente. Não falava nem alto, nem baixo, mas inteiramente como se deve. Em suma, como quer que o encarassem, era sempre um homem de muito respeito. Todos os funcionários estavam satisfeitos com a chegada da nova personagem. O governador se referia a ele como a um cavalheiro de boas intenções; o procurador, como a um homem positivo; o chefe dos gendarmes dizia que ele era um homem letrado; o presidente da Câmara, que era um homem de saber e respeito; o chefe de polícia, que era um senhor respeitoso e amável; a mulher do chefe de polícia, que era um cavalheiro gentilíssimo e educadíssimo.

Até o próprio Sobakêvitch, que raramente se referia a quem quer que fosse pelo seu lado melhor, tendo voltado da cidade bastante tarde e, já completamente despido e deitado na cama ao lado da sua magra esposa, comentou com ela: – Sabes, benzinho, estive numa festa em casa do governador e num almoço em casa do chefe de polícia, e fiquei conhecendo o conselheiro civil Pável Ivánovitch Tchítchicov – uma pessoa encantadora! – Ao que a consorte retrucou: – Hum! – e deu-lhe um tranco com o pé.

Era essa a opinião, extremamente lisonjeira, que se formou na cidade a respeito do recém-chegado; e assim permaneceu até que um dia uma estranha peculiaridade sua e também um certo empreendimento, ou, como se diz nas províncias, uma certa passagem – sobre a qual o leitor será em breve informado – levaram a um estado de perplexidade total quase que a cidade inteira.

CAPÍTULO II

Já fazia mais de uma semana que o cavalheiro recém-chegado residia na cidade, freqüentando saraus e jantares e desse modo passando, como se diz, de forma muito amena o seu tempo.

Finalmente, ele resolveu estender suas visitas aos subúrbios e procurar os dois proprietários rurais, Manílov e Sobakêvitch, em cumprimento à palavra dada. Pode ser também que a isso o tivesse instigado um outro motivo, mais importante, um assunto mais sério, mais próximo do seu coração... Mas sobre tudo isso o leitor será informado aos poucos, em seu devido tempo, se tiver a paciência necessária para ler até o fim a presente história, muito longa, e que se irá ampliando e alargando à medida que se aproximar do fim, o qual coroa a obra.

O cocheiro Selifan recebeu ordens de atrelar os cavalos na já conhecida carruagem; Petruchka recebeu ordens de ficar em casa e cuidar do quarto e da mala. Não será supérfluo para o leitor travar conhecimento com esses dois servos, criados do nosso herói. Embora, naturalmente, essas duas personagens não sejam muito notáveis, desempenhando, como se costuma dizer, papéis secundários, ou mesmo de terceira categoria; embora as molas mestras e lances principais deste poema não se apóiem neles, e quando muito apenas os toquem ou rocem aqui e ali – acontece que o autor gosta muito de ser bem preciso em tudo, e, por este lado, sem embargo de ser um homem russo, quer ser meticuloso como um alemão. Aliás, isso não tomará muito tempo nem espaço, porque pouca coisa falta para acrescentar ao que já é do conhecimento do leitor, isto é, que Petruchka trajava uma sobrecasaca marrom bastante folgada, herdada do seu amo, e tinha, como costuma acontecer com gente da sua condição, nariz e beiços proeminentes. De caráter, era mais calado que falante; e tinha até uma nobre tendência para a instrução, isto é, a leitura de livros, com cujo conteúdo não se preocupava: tanto se lhe dava que se tratasse de aventuras amorosas, de uma simples cartilha ou de um breviário – ele lia tudo com a mesma atenção; se lhe caísse nas mãos um livro de química, ele não deixaria de lê-lo da mesma forma. Petruchka apreciava não o que lia, mas a leitura em si, ou, melhor dizendo, o próprio processo da leitura, o fenômeno de que, daquelas letras impressas, sai sempre uma palavra qualquer, por vezes sabe o diabo de que significado. Essas leituras aconteciam principalmente na posição supina, no vestíbulo, sobre a cama e o colchão, que, graças a essas condições, tornou-se morto e achatado como uma panqueca. Além da paixão pela leitura, ele tinha mais dois costumes, que constituíam os seus dois outros traços característicos: dormir sem tirar a roupa, assim como estava, com a mesma sobrecasaca no corpo, e trazer sempre consigo uma certa atmosfera específica, seu odor próprio, que evocava compartimentos um tanto superlotados, de modo que bastava que ele instalasse sua cama em qualquer lugar, mesmo num quarto nunca antes habitado, e levasse para lá seu velho redingote e seus trastes, que imediatamente se tinha a impressão de que naquele aposento vivia gente havia mais de dez anos. Tchítchicov, sendo pessoa assaz sensível e por vezes até implicante, aspirando o ar pela manhã, de nariz fresco, franzia a cara e sacudia a cabeça, resmungando: "Você, meu velho, com os diabos, sua muito, sei lá! Bem podia dar uma chegada até o banho público". Ao que Petruchka nada retrucava, tratando logo de ocupar-se com alguma coisa, fosse escovar o fraque do patrão, pendurado no gancho, ou simplesmente arrumar qualquer coisa. Quais seriam os seus pensamentos enquanto assim se calava? Quem sabe, ele dizia com seus botões: "Você também é dos bons, não se cansa de repetir quarenta vezes a mesma coisa"... Deus sabe, é difícil adivinhar o que pensa um servo doméstico[1] no momento em que seu senhor lhe faz uma admoestação. Assim, é só isso que, para começar, podemos dizer de Petruchka. O cocheiro Selifan era homem totalmente diverso... Mas o autor fica assaz

1. Dizia-se dos que trabalhavam em casa, por oposição aos que eram empregados na gleba. (N. da T.)

encabulado de ocupar o tempo do leitor com gente de categoria inferior, sabendo por experiência o quanto lhe desagrada o contato com as classes baixas. Assim é o homem russo: tem paixão por travar conhecimento com aqueles que estejam pelo menos um degrau acima dele mesmo, e conhecer de vista um conde ou duque é para ele mais importante do que qualquer relação de íntima amizade. O autor até receia pelo seu herói, que não passa de conselheiro civil. Os conselheiros da corte talvez condescendessem em ter relações com ele, mas aqueles que já atingiram cargos correspondentes ao generalato, aqueles, sei lá, quem sabe lhe atirariam um daqueles olhares de desprezo, que o homem lança orgulhosamente a tudo aquilo que rasteja a seus pés, ou, o que é pior ainda, quiçá passariam sem vê-lo, numa indiferença mortal para o autor. Mas, por mais lamentável que seja uma ou outra dessas hipóteses, é preciso, apesar de tudo, voltar para o nosso herói.

E assim, tendo dado todas as ordens necessárias na véspera, e tendo acordado de manhã bem cedo, tendo-se lavado e esfregado dos pés à cabeça com uma esponja molhada, o que se fazia só nos dias feriados – e acontece que aquele dia era domingo –, e tendo escanhoado a barba a ponto de as bochechas se transformarem em legítimo cetim no que diz respeito à maciez e ao brilho; e tendo enfiado o fraque cor de ariela[2] com brilho, e por cima o redingote forrado de pele de urso, ele desceu finalmente a escada, apoiado ora dum lado ora do outro pelo criado da hospedaria, e subiu à sua carruagem. A sege partiu pelos portões da hospedaria para a rua, sacolejando fragorosamente. Um padre que passava tirou o chapéu para saudá-lo, alguns moleques de camisas sujas estenderam as mãos, pedindo: "Patrão, uma esmola para o orfãozinho!" O cocheiro, reparando que um deles mostrava vontade de subir na traseira do carro, deu-lhe uma lambada com o chicote, e a sege continuou pulando nas pedras.

Não foi sem alegria que Tchítchicov divisou a distância a barreira listrada, que dava a conhecer que o calçamento, como qualquer outra tortura, tinha um fim. E após mais algumas dolorosas cabeçadas no forro da sege, Tchítchicov finalmente prosseguiu a viagem por estrada de terra macia. Nem bem a cidade se perdeu de vista, começaram a surgir dos dois lados do caminho toda sorte de absurdos e asneiras, segundo o nosso costume: montículos, pinheirais, raquíticas touceiras de pinho jovem, troncos queimados de

2. Espécie de baga de cor vermelho-escura. (N. da T.)

pinho velho, urzes emaranhadas e outras bobagens do mesmo tipo. Surgiam aldeias de casas enfileiradas em linha reta, de construção que mais lembrava lenha velha empilhada, cobertas por telhados cinzentos com toda sorte de enfeites de madeira em forma de toalhas bordadas. Alguns camponeses bocejavam, como de hábito, sentados em bancos diante das portas nos seus casacos de pele de carneiro. Camponesas de caras gordas e peitos apertados nos xales espiavam pelas janelas de cima; pelas de baixo olhava um bezerro ou aparecia o focinho míope de um porco. Em suma, as vistas conhecidas. Tendo ultrapassado o marco das quinze verstas, ele se lembrou de que aqui, segundo Manílov, devia ser a sua aldeia, mas o poste das dezesseis verstas ficou para trás, e ainda a aldeia de Manílov não aparecia, e, se não fossem dois mujiques que lhes vinham ao encontro, talvez eles nunca chegassem ao seu destino. À pergunta se ficava longe a aldeia Zamanílovka, os camponeses tiraram os chapéus, e um deles, sendo o mais inteligente e usando barba em cunha, respondeu:

– Será que não é Manílovka, e não Zamanílovka?

– Pois sim, é Manílovka.

– Manílovka! Pois então, é só passar mais uma versta, e lá está ela, isto é, logo à direita.

– À direita? – retrucou o cocheiro.

– À direita – disse o mujique. – Esta então é a estrada para Manílovka; mas Zamanílovka não existe nenhuma. A aldeia se chama assim, isto é, o nome dela é Manílovka, mas Zamanílovka aqui não há de todo. Ali, bem no alto do morro, você vai avistar uma casa de pedra, de dois andares, que é a casa senhorial, isto é, na qual vive o próprio senhor. Pois aquilo ali é a Manílovka, mas Zamanílovka aqui não existe nem nunca existiu.

E lá se foram eles à procura da aldeia Manílovka. Tendo feito mais duas verstas, encontraram um desvio para um caminho rural, mas passaram mais duas, e três, e quatro verstas, ao que parece, e ainda não tinham divisado o sobrado de pedra. Foi aí que Tchítchicov se lembrou de que, quando um amigo convida para a sua aldeia a quinze verstas da cidade, isso significa que a distância deve ser de pelo menos trinta. A aldeia Manílovka era pouco convidativa quanto à sua posição. A casa senhorial se erguia solitária, no alto do morro, isto é, numa elevação de terreno exposta a todos os ventos que tivessem vontade de soprar; a lombada do morro sobre o qual ela se erguia estava revestida por espinheiros aparados, com dois ou três canteiros espalhados à moda inglesa, com arbustos de lilases e acácias amarelas; cinco ou seis bétulas em pequenos grupos erguiam aqui e ali suas copas ralas de folhagem miúda. Debaixo de duas delas via-se um caramanchão de cúpula verde achatada, colunas de madeira azul-clara e uma inscrição: "Templo da Solitária Meditação"; mais abaixo havia uma lagoa, o que aliás não é de espantar nos jardins ingleses dos senhores rurais russos. No sopé dessa elevação, e em parte ao longo do próprio declive, viam-se os vultos acinzentados das isbás[3], casebres de troncos de árvores, que o nosso herói, não se sabe por que motivo, imediatamente se pôs a contar, e contou para mais de duzentas; em parte alguma entre essas cabanas camponesas havia um arbusto sequer ou qualquer espécie de vegetação verde; por toda parte só se viam as toras toscas. A paisagem era animada por duas camponesas, que, com as saias pitorescamente levantadas e sungadas por todos os lados, vadeavam a lagoa com água pelos joelhos, arrastando por duas alças uma rede velha e esfarrapada, onde se viam duas lagostas enroscadas e brilhava um peixe apanhado; aparentemente, as duas mulheres estavam brigadas e trocavam insultos. Mais ao longe, para o lado, via-se a silhueta escura, de cor triste e azulada, de um bosque de pinhos. O próprio tempo que fazia combinava com o ambiente: o dia não era nem claro, nem escuro, mas tinha uma certa cor cinza-claro, que só aparece nos uniformes velhos dos soldados de guarnição militar, esse exército aliás pacífico, mas freqüentemente não muito sóbrio nos dias feriados. Para completar o quadro não faltava sequer o galo, anunciador de tempo instável, o qual, apesar de ter dois buracos fundos na cabeça, causados pelos bicos de outros galos por conhecidas razões de rivalidade amorosa, esgoelava-se muito alto e até batia as asas, esgarçadas como esteiras velhas. Ao entrar no pátio, Tchítchicov viu o próprio dono da casa, de pé, na escada, trajando uma sobrecasaca verde, de mão na testa em forma de guarda-sol, a fim de melhor distinguir quem vinha chegando na carruagem. À medida que a sege se aproximava dos degraus da entrada, seus olhos ficavam mais alegres e o sorriso se espraiava mais e mais.

– Pável Ivánovitch! gritou ele por fim, quando Tchítchicov apeava do carro. Finalmente lembrou-se de nós!

Os dois amigos trocaram um beijo bem forte, e Manílov levou o seu hóspede para a sala. Embora o tempo no decorrer do qual

3. Casinha de aldeia, feita de troncos ou tábuas, térrea, geralmente de um cômodo. (N. da T.)

eles percorreram o vestíbulo, a ante-sala e a sala de jantar seja um tanto curto, tentaremos não obstante aproveitá-lo para dizer alguma coisa a respeito do dono da casa. Mas aqui o autor tem de confessar que tal empreendimento é muito difícil. Muito mais fácil é descrever caracteres de grande envergadura: aí é só jogar as tintas às mãos-cheias sobre a tela, olhos negros faiscantes, sobrancelhas revoltas, a fronte cortada por funda ruga, uma capa negra ou escarlate como o fogo atirada sobre os ombros – e o retrato está pronto. Mas todos esses senhores, dos quais existem muitos neste mundo, que à primeira vista parecem muito semelhantes entre si, e no entanto, fixando-os melhor, percebem-se neles muitas peculiaridades das mais sutis – esses senhores é que são os mais difíceis de retratar. Aqui será necessário concentrar muito a atenção, até conseguir forçar a se revelarem todos os traços finos, quase invisíveis, e de qualquer maneira será preciso aprofundar mais o olhar já aguçado pela ciência da observação.

Só Deus poderia dizer como era o caráter de Manílov. Existe uma espécie de gente da qual se diz: é gente assim-assim, nem isto nem aquilo, nem na cidade Bogdan nem na aldeia Selifan, como diz o provérbio. Talvez tenhamos de incluir Manílov nessa categoria. Seu aspecto exterior era vistoso. Os traços fisionômicos não eram desprovidos de simpatia, mas nessa simpatia havia uma porção excessiva de açúcar; nos seus modos e maneiras havia algo que se insinuava, procurando conhecer e agradar. Tinha um sorriso atraente, era louro, de olhos azuis. No primeiro minuto de conversa, ninguém escapava de dizer: "Que homem agradável e encantador!" No minuto seguinte, não se dizia nada, e no terceiro, já se dizia: "Que diabo de coisa é isto?" – e se tratava de afastar-se dele o mais possível; mas quem não se afastasse sentiria um tédio mortal. Não adiantava esperar dele uma palavra mais viva ou pelo menos mais irritada, como se pode ouvir de qualquer pessoa quando se toca num assunto que mexe com ela. Cada qual tem o seu ponto fraco: num, o ponto fraco se manifesta em cães de caça; outro dá a impressão de ser um grande amante de música e de sentir intensamente todas suas passagens profundas; o terceiro é um mestre da arte de se banquetear; o quarto desempenha um papel uma polegada mais alto do que o que lhe foi dado; o quinto, de ambições mais limitadas, dorme e sonha que sai a passeio em companhia de um ajudante-de-ordens, para se pavonear diante dos seus amigos, conhecidos e até desconhecidos; o sexto tem uma mão que sente pruridos insopitáveis de marcar a ponta de algum ás ou dois de paus, ao passo que a mão

do sétimo coça de vontade de estabelecer a ordem em algum lugar ou de se chegar à fisionomia de um guarda de estação ou dos postilhões. Em suma, cada um tem a sua especialidade, mas Manílov não tinha nada. Em casa ele falava muito pouco e quase que só pensava e meditava, mas quais eram os seus pensamentos, talvez nem Deus soubesse. Não se poderia dizer que ele se preocupasse com as suas terras; nunca saía para ver os campos, e a propriedade funcionava como que por si mesma. Quando o administrador lhe dizia: "Seria conveniente, patrão, fazer isso e aquilo", ele respondia com um costumeiro "Sim, não seria mau", sempre fumando o cachimbo, hábito que adquirira quando ainda servia no Exército, onde era tido na conta de oficial modestíssimo, delicadíssimo e letradíssimo. "Sim, justamente, não seria mau", repetia ele. Quando um dos seus mujiques vinha falar com ele e, coçando a nuca, dizia: "Meu patrão, permita que eu saia para trabalhar, para poder pagar o imposto", ele respondia, fumando o cachimbo: "Pode ir", e nem lhe passava pela cabeça que o campônio queria sair mas era para se embriagar. Às vezes, olhando dos degraus para o pátio e para a lagoa, ele comentava como seria bom se de repente se construísse uma passagem subterrânea na casa, ou uma ponte de pedra por cima da lagoa, com barracas de ambos os lados, onde comerciantes vendessem toda sorte de quinquilharias necessárias aos camponeses. Ao falar dessas coisas, seus olhos se tomavam excessivamente doces e o rosto assumia uma expressão extremamente satisfeita; no entanto, todos esses projetos terminavam assim mesmo, só em palavras. No seu gabinete havia sempre um livro, com um marcador na página catorze, que ele lia constantemente havia já dois anos. Em sua casa sempre faltava alguma coisa: na sala de visitas ele tinha uma mobília excelente, estofada com rico pano de seda, que decerto custara bastante caro; mas faltara pano para duas das poltronas, e essas poltronas lá estavam, cobertas por simples esteiras; de resto, o dono da casa, no decorrer de vários anos, sempre advertia as visitas com as palavras: "Não se sente nessas poltronas, elas ainda não estão prontas". Em outro aposento nem havia móveis de todo, embora nos primeiros dias após as suas bodas ele repetisse: "Benzinho, amanhã é preciso arranjar uns móveis para esta sala, ainda que provisórios". Ao anoitecer, punha-se na mesa um vistoso castiçal de bronze escuro com as Três Graças da Antigüidade, com um brilhante escudo de madrepérola, e ao lado desse, um outro, espécie de inválido de latão, manco, entortado para um lado e todo ensebado, coisa que aliás não era percebida nem pelo patrão, nem pela patroa, nem pelo criado. Sua mulher... em resumo, os dois estavam perfeitamente satisfeitos um com o outro. Apesar de já haverem transcorrido oito anos desde as suas bodas, cada um deles ainda trazia para o outro, todos os dias, ora um pedacinho de maçã, ora uma balinha, ou uma avelãzinha, e dizia em tom comovente e terno, expressando um amor total: "Abre, benzinho, a boquinha, que eu te darei este bocadinho". É evidente que nesses casos a boquinha se abria com muita graça. Nos dias natalícios preparavam-se surpresas: um forrozinho de miçangas para o paliteiro, coisas assim. E com certa freqüência acontecia que, sentados no sofá, de repente, e por motivos totalmente obscuros, o primeiro largava o seu cachimbo e a segunda, o seu bordado – se é que estava com ele nas mãos naquele momento –, e ambos trocavam um beijo tão lânguido e prolongado que no seu decorrer se poderia facilmente fumar uma cigarrilha inteira, das menores. Em resumo, o par era, como se costuma dizer, um casal feliz.

É verdade que se poderia alegar que numa casa existem muitas outras ocupações além de beijos prolongados e surpresas, e poder-se-iam propor diversas perguntas. Por que, por exemplo, a cozinha funciona mal e desorganizadamente? Por que a despensa está sempre um tanto vazia? Por que a despenseira é uma ladra? Por que os criados são uns bêbados pouco asseados? Por que toda a criadagem dorme desavergonhadamente e passa o resto do tempo na vadiagem? Mas tudo isso são assuntos de baixo teor, e Mme. Manílova é uma senhora bem educada. E a boa educação, como é sabido, adquire-se nos internatos. E nos internatos, como se sabe, três matérias principais constituem a base de todas as virtudes humanas: o idioma francês, indispensável para a harmonia da vida familiar; o piano, para poder oferecer momentos agradáveis ao esposo; e, finalmente, a parte da economia doméstica propriamente dita: a arte de tricotar bolsinhas e outras surpresas. De resto, existe toda sorte de aperfeiçoamentos e modificações nos métodos, especialmente nos tempos que correm; tudo isso depende mais do bom senso e dos dotes das diretoras dos internatos. Em outros internatos, a ordem pode ser: primeiro o piano, depois a língua francesa, e por fim a parte doméstica. Mas às vezes pode acontecer que a parte doméstica venha em primeiro lugar, isto é, a tricotagem de surpresas, depois o francês, e só por último o piano. Existem métodos diversos. Não seria supérfluo observar ainda que Mme. Manílova... mas confesso que tenho muito receio de falar de damas, além do que já é tempo de voltar aos nossos heróis, que a esta altura já estavam havia vários minutos parados diante da porta da sala de visitas, insistindo em dar passagem um ao outro.

– Por gentileza, não se preocupe tanto por minha causa, eu passarei depois – dizia Tchítchicov.

– Não, Pável Ivánovitch, não, o senhor é meu hóspede – dizia Manílov, indicando-lhe a porta com a mão.

– Não se incomode, por favor, não se incomode. Faça o favor de passar na frente – dizia Tchítchicov.

– Mas não, o senhor há de me desculpar, mas não posso permitir que um visitante tão simpático e ilustrado passe por último.

– Mas não, por que ilustrado?... Por favor, passe o senhor.

– Ah, não é possível, o senhor é que tem de passar primeiro.

– Mas por que razão?

– Ora, por isso mesmo! – disse Manílov com um sorriso agradável.

Finalmente os dois amigos passaram juntos, de lado, apertando-se um pouco mutuamente.

– Permita que lhe apresente a minha esposa – disse Manílov. – Benzinho! Este é Pável Ivánovitch!

Tchítchicov, com efeito, deparou com uma senhora na qual não havia reparado de todo, quando estava trocando mesuras com Manílov diante da porta. Era até jeitosa, e o roupão de seda de cor pálida, de bom talhe, ornava-a muito. Sua mão pequena e fina atirou apressadamente algo sobre a mesa e apertou um lencinho de cambraia de cantinhos bordados. Ela se levantou do sofá e Tchítchicov, não sem prazer, inclinou-se sobre a sua mãozinha. Mme. Manílova disse, até ciciando um pouco, que ele lhes tinha dado muita alegria com a sua chegada, e que seu marido não passava um dia sem lembrar o seu nome.

– Pois é – acrescentou Manílov –, ela tem-me perguntado sempre: "Mas por que o teu amigo não vem visitar-nos?" "Espera, benzinho, ele virá." E agora, finalmente, o senhor nos honrou com a sua visita. É verdadeiramente um deleite que o senhor nos trouxe... um dia de maio... uma festa do coração...

Tchítchicov, vendo que as coisas já haviam atingido a festa do coração, ficou até um tanto encabulado, e respondeu com modéstia que não era portador nem de um nome ilustre, nem sequer de um cargo elevado.

– O senhor é portador de tudo – interrompeu Manílov com o mesmo sorriso agradável –, tudo, e de mais ainda.

– Que achou o senhor da nossa cidade? – perguntou Mme. Manílova. – Passou agradavelmente o tempo?

– É uma cidade muito boa, uma excelente cidade – respondeu Tchítchicov –, e passei o meu tempo muitíssimo bem; a sociedade local é muito gentil e agradável.

– E que tal achou o nosso governador? – disse Mme. Manílova.

– Não é verdade que é um homem digníssimo e gentilíssimo? – acrescentou Manílov.

– É verdade pura – disse Tchítchicov –, um homem digníssimo. E como ele se adaptou ao seu cargo, como o compreende bem! Seria de desejar que houvesse mais homens como esse.

– E como ele consegue, sabe como é, receber todo mundo, observar sempre essa delicadeza em todos os seus atos – completou Manílov com um sorriso, e de tanto prazer apertou os olhos quase até fechá-los de todo, como um gato, quando lhe fazem ligeiras cócegas com um dedo atrás das orelhas.

– Um homem muito atencioso e delicado – continuou Tchítchicov –, e como é habilidoso! Nunca poderia supor uma coisa dessa. Como borda bem toda sorte de riscos intrincados! Ele me mostrou um porta-moedas de sua lavra: são poucas as damas capazes de bordar tão bem.

– E o vice-governador, não é verdade, que homem encantador? – disse Manílov, entrefechando novamente os olhos.

– Muito, um homem muito digno – respondeu Tchítchicov.

– Mas, com licença, que tal lhe pareceu o chefe de polícia? Não é verdade que é um homem muito agradável?

– Extremamente agradável, e como é inteligente, como é lido! Jogamos *whist* em casa dele, junto com o procurador e o presidente da Câmara, até o canto dos últimos galos; um homem muito, muito digno.

– E a sua opinião a respeito da esposa do chefe de polícia? – acrescentou Mme. Manílova. – Não é verdade que é uma senhora muito gentil?

– Oh, trata-se de uma das mulheres mais dignas que eu já tive a honra de conhecer – respondeu Tchítchicov.

Depois disso, eles comentaram o presidente da Câmara, o diretor dos Correios, e dessa maneira passaram em revista quase todos os funcionários da cidade, que se revelaram todos pessoas de grande dignidade.

– E o senhor sempre passa o seu tempo morando no campo? – perguntou finalmente, por sua vez, Tchítchicov.

– A maior parte do tempo, sim, passamos no campo – respondeu Manílov. – Às vezes, entretanto, vamos para a cidade, unicamente para nos encontrarmos com pessoas ilustradas. O senhor sabe, acaba-se ficando embrutecido, vivendo sempre no isolamento.

– É verdade, é verdade – disse Tchítchicov.

– Evidentemente – continuou Manílov –, as coisas seriam diferentes se tivéssemos uma vizinhança de boa qualidade; por exemplo, um homem assim, com quem de certo modo se pudesse conversar sobre coisas amenas, sobre relações amáveis, praticar alguma espécie de estudo, alguma coisa que estimulasse a alma, que proporcionasse, por assim dizer, uma espécie de elevação... – Aqui ele fez menção de expressar mais alguma coisa, mas, percebendo que já estava um tanto atrapalhado, desistiu com um gesto da mão e continuou: – Então, evidentemente, o campo e o isolamento ofereceriam muita coisa agradável. Mas o fato é que não existe mesmo ninguém... Só resta ler de vez em quando o periódico *O Filho da Pátria.*

Tchítchicov concordou plenamente com isso, acrescentando que nada pode ser mais agradável do que viver no isolamento, deleitar-se com o espetáculo da natureza e ler de vez em quando um livro qualquer...

– Mas, sabe – acrescentou Manílov –, tudo isso sem um amigo com quem partilhar essas coisas...

– Oh, isso é justo, é inteiramente justo! – interrompeu Tchítchicov. – De que valem então todos os tesouros do mundo?! "Não tenhas dinheiro, mas gente boa à tua volta", disse um certo sábio.

– E sabe, Pável Ivánovitch? – disse Manílov, exibindo no rosto uma expressão não apenas doce, mas até melosa, semelhante àquele remédio que um esperto médico mundano adoça impiedosamente, querendo com isso agradar ao paciente. – Então se experimenta um certo, por assim dizer, deleite espiritual... Como, por exemplo, agora, quando a sorte me concedeu a felicidade, posso dizer, ímpar, de conversar com o senhor e deleitar-me com a sua conversa amena...

– Por caridade, que conversa amena é essa?... Sou um homem insignificante, nada mais – retrucou Tchítchicov.

– Oh, Pável Ivánovitch, permita que eu seja franco: eu daria com satisfação metade dos meus bens, para possuir uma só parte dos seus méritos!

– Pelo contrário, eu é que consideraria, de minha parte, como a maior...

Não se pode prever até onde chegaria o mútuo derrame de sentimentos entre os dois amigos, se o criado, que acabava de entrar, não tivesse anunciado que o almoço estava servido.

– Por gentileza – convidou Manílov –, o senhor há de nos desculpar se não lhe oferecemos um almoço como os que são servidos em assoalhos encerados e nas grandes capitais; aqui é tudo simples, à maneira russa – sopa de repolho, mas de coração aberto. Venha para a mesa, por favor.

Aqui eles ainda ficaram algum tempo discutindo sobre quem deveria entrar primeiro, e finalmente Tchítchicov entrou na sala de jantar, de banda.

Na sala de jantar já se encontravam dois meninos, filhos de Manílov, daquela idade na qual já se põem as crianças à mesa dos adultos, mas ainda em cadeiras altas. Ao seu lado estava o preceptor, que o cumprimentou com uma vênia cortês, e um sorriso. A dona da casa sentou-se diante da sopeira; o hóspede foi instalado entre o patrão e a patroa, o criado amarrou os guardanapos no pescoço das crianças.

– Que crianças engraçadinhas! – disse Tchítchicov, olhando para os meninos. – Que idade têm eles?

– O mais velho tem sete anos feitos, e o menor fez seis ontem – disse Mme. Manílova.

– Femistóklius! – disse Manílov, dirigindo-se ao mais velho, que estava tentando livrar o queixo, amarrado no guardanapo pelo criado.

Tchítchicov levantou ligeiramente uma sobrancelha, ao ouvir esse nome um tanto grego, ao qual Manílov, por razões desconhecidas, dava a terminação em "inus", mas tratou logo de recompor a fisionomia na expressão habitual.

– Femistóklius, diga-me, qual é a maior cidade da França?

Aqui o preceptor concentrou toda a atenção sobre Femistóklius, e parecia querer pular-lhe dentro dos olhos, mas por fim tranqüilizou-se inteiramente e aprovou com a cabeça quando Femistóklius disse: – Paris.

– E a nossa capital, qual é? – perguntou de novo Manílov.

O preceptor ficou tenso de novo.

– Petersburgo – respondeu Femistóklius.

– E que outra?

– Moscou – respondeu Femistóklius.

– Que amor de menino inteligente! – disse Tchítchicov. – Mas veja só que coisa – continuou, dirigindo-se imediatamente, com um certo ar de espanto, a Manílov –, tão verdes anos e já tamanhos conhecimentos! Devo dizer-lhe que esta criança promete grandes coisas!

– Oh, mas o senhor ainda não o conhece – respondeu Manílov –, ele é extraordinariamente espirituoso. O menorzinho aqui, o Alkid, esse não é tão vivo, mas este aqui, assim que encontra alguma coisa, um bichinho, um inseto, logo os seus olhinhos começam a brilhar: corre atrás da criatura e já fica todo aceso. Vou argüi-lo quanto à parte diplomática. Femistóklius – prosseguiu ele, dirigindo-se de novo ao menino –, você quer ser embaixador?

– Quero – respondeu Femistóklius, mastigando o pão e balançando a cabeça para cá e para lá.

Nesse momento, o criado que estava atrás da sua cadeira enxugou o nariz do embaixador, no que agiu muito bem, pois do contrário teria caído na sopa um pingo considerável de natureza estranha.

A conversa à mesa começou com considerações sobre os prazeres duma vida tranqüila, interrompida pelas observações da anfitrioa a respeito do teatro municipal e dos atores. O preceptor seguia atentamente a conversa, observando os interlocutores, e assim que percebia que eles iam sorrir, incontinênti abria a boca e ria com entusiasmo. Provavelmente, era ele uma pessoa agradecida e com isso desejava pagar ao patrão o bom tratamento recebido. Uma vez, no entanto, seu rosto assumiu uma expressão áspera, e ele deu várias batidas severas na mesa, dirigindo um olhar fixo para as crianças sentadas defronte dele, o que foi pertinente, porque Femistóklius acabava de morder a orelha de Alkid, o qual, contraindo o rosto e abrindo a boca, preparava-se para rebentar em soluços dos mais lamentosos, mas, pressentindo que isso lhe poderia custar a perda de um dos pratos do almoço, recompôs a boca e pôs-se a roer, com lágrimas nos olhos, um osso de carneiro, em razão do que ambas as suas bochechas ficaram lustrosas de gordura.

A anfitrioa dirigia-se com grande freqüência a Tchítchicov com as palavras: “O senhor não está comendo nada, o senhor se serviu de muito pouco”. Ao que Tchítchicov respondia todas as vezes: “Muitíssimo agradecido, estou satisfeito, uma boa conversa é melhor do que qualquer iguaria”.

O almoço já terminara. Manílov estava extremamente satisfeito e, ao levantar-se da mesa, pôs o braço no ombro do hóspede, preparando-se para acompanhá-lo dessa maneira até a sala de visitas, quando este, com um ar muito significativo, declarou que tencionava falar com ele sobre um negócio muito importante.

– Neste caso, permita que o convide para o meu escritório – disse Manílov, e conduziu-o a uma pequena sala de janelas que davam para o bosque azulado. – Aqui é o meu cantinho – disse Manílov.

– Que salinha agradável! – disse Tchítchicov, passeando o olhar pelo aposento.

A saleta, de fato, não era desprovida de encanto; as paredes estavam pintadas de um azul-claro delicadinho, meio acinzentado; havia quatro cadeiras, uma poltrona, a mesa, com o livro e o marcador que já tivemos ocasião de mencionar, algumas folhas de papel escritas; porém, mais do que tudo, havia tabaco. Tabaco em várias formas: tabaco em caixas, e na tabaqueira, e por fim simplesmente esparramado em montes sobre a mesa. Nos parapeitos de ambas as janelas também havia montículos de tabaco queimado tirado do cachimbo, arrumados não sem cuidado em fileiras muito bonitas. Via-se que isso constituía, de vez em quando, um passatempo do dono da casa.

– Queira ter a bondade de acomodar-se nesta poltrona – disse Manílov. – Aqui ficará mais à vontade.

– Com sua licença, eu me sentarei na cadeira.

– Com sua licença, eu não lhe darei essa licença – disse Manílov com um sorriso. – Esta poltrona já está reservada para o meu caro hóspede. Quer queira, quer não, o senhor terá de sentar-se nela.

Tchítchicov sentou-se.

– Permita que lhe ofereça um cachimbo.

– Não, eu não fumo – retrucou Tchítchicov cordialmente, e com um certo ar de lástima. – Não adquiri o hábito; tenho receio; dizem que o cachimbo resseca.

– Permita-me a observação de que se trata de um preconceito. Eu até presumo que é mais saudável fumar cachimbo do que cheirar rapé. No nosso regimento havia um tenente que não tirava o cachimbo da boca não somente à mesa, como até em todos os outros lugares, com perdão da palavra. E agora ele já está com mais de quarenta anos e graças a Deus até agora está gozando de uma saúde perfeita.

Tchítchicov observou que essas coisas realmente acontecem e que na natureza existem muitas coisas inexplicáveis até para uma inteligência privilegiada.

– Mas permita-me que formule antes um pedido... – articulou ele com uma voz na qual se percebia uma expressão estranha, ou quase estranha, e em seguida, por motivos ignorados, lançou um olhar atrás de si. Manílov também, por motivos ignorados, lançou um olhar para trás. – Há quanto tempo o senhor entregou o seu relatório de recenseamento?

– Já faz tempo; para dizer a verdade, nem me recordo.

– E desde aquela época já morreram muitos dos seus camponeses?

– Não posso informar, não sei; isto eu precisaria perguntar ao meu administrador. Ei, alguém aí! Vá chamar o administrador, ele deve estar aqui hoje.

O administrador se apresentou. Era um homem de uns quarenta anos, de barba raspada, trajando sobrecasaca e que, ao que parecia, levava uma vida muito sossegada, porque seu rosto tinha um aspecto cheio e bolachudo, e a cor amarelada da pele e os olhos empapuçados mostravam que ele conhecia bem o valor dos edredões e colchões de plumas. Logo se podia perceber que ele seguira sua carreira como a seguem todos os administradores dos senhores rurais: começara como simples moleque doméstico alfabetizado, depois casara-se com alguma Maria-despenseira, e a seguir chegara a administrador. E, tendo chegado a administrador, comportava-se, está claro, como todos os administradores: ficava íntimo e compadre dos mais ricos da aldeia, carregava nas taxas dos mais pobres, acordava quase às nove da manhã, esperava pelo samovar e tomava seu chá.

– Escute aqui, meu caro, quantos camponeses nós perdemos desde que entregamos o último recenseamento?

– Mas como assim, quantos? Muitos morreram desde então – disse o administrador, e soltou um arroto, escondendo a boca com a mão, à maneira de escudo.

– É sim, confesso que eu mesmo já pensei isso – acudiu Manílov –, justamente, muitos, bastantes já morreram! Aqui ele se voltou para Tchítchicov e acrescentou: – Pois é, muitos mesmo.

– Mas quantos, em números, por exemplo? – indagou Tchítchicov.

– Sim, quantos, em números? – repetiu Manílov.

– Mas como, em números? Pois se não se sabe quantos morreram, ninguém os contou.

– Pois é, justamente – disse Manílov, dirigindo-se a Tchítchicov –, era o que eu presumia, uma alta mortalidade; o número de mortos é totalmente desconhecido.

– Então faça-me o favor, você, de contá-los – disse Tchítchicov ao administrador –, e faça uma lista minuciosa, nominal.

– Sim, isso mesmo, nominal – disse Manílov.

O administrador disse: – Às suas ordens! – e saiu.

– Para que fim o senhor precisa dessas informações? – perguntou Manílov, depois da saída do administrador.

Essa pergunta, ao que parece, incomodou o hóspede, em cujo rosto surgiu uma expressão um tanto tensa, que o fez até enrubescer, no esforço de exprimir algo que não obedecia muito bem às palavras. E, com efeito, Manílov acabou ouvindo coisas tão estranhas e extraordinárias, que ouvidos humanos nunca antes escutaram coisas semelhantes.

– O senhor me pergunta para que fins? Eis os meus fins: eu gostaria de comprar camponeses... – disse Tchítchicov; engasgou e não terminou a frase.

– Mas permita que lhe pergunte – disse Manílov – de que maneira deseja o senhor comprar os camponeses: com a gleba ou simplesmente avulsos, isto é, sem terra?

– Não, não é bem camponeses que eu quero – disse Tchítchicov; – o que eu quero são os mortos...

– Como é? Desculpe... eu sou meio duro de ouvido, pareceu-me ouvir uma palavra estranhíssima...

– Estou interessado em adquirir os mortos, que, aliás, devem constar do relatório do recenseamento como vivos – disse Tchítchicov.

Aqui Manílov deixou cair ao chão o seu cachimbo, e seu queixo caiu de tal forma, que ele ficou assim, de boca aberta, durante vários minutos. Os dois amigos, que haviam trocado idéias sobre os deleites da amizade, permaneceram imóveis, de olhos fixos um no outro, como aqueles retratos que antigamente se costumava pendurar um defronte do outro, dos dois lados de um espelho. Finalmente, Manílov ergueu do chão o cachimbo e olhou para o rosto de Tchítchicov de baixo para cima, procurando perceber se não havia qualquer espécie de sorriso nos seus lábios, se quem sabe aquilo não passava de pilhéria, mas não percebeu nada de semelhante, o rosto do hóspede parecia até mais compenetrado do que de costume; em seguida, ocorreu-lhe o pensamento de que o visitante quiçá tivesse perdido o juízo, assim de repente, e fitou-o fixamente, alarmado. Mas os olhos do hóspede estavam límpidos, não havia neles aquele fogo inquieto e selvagem que dança nos olhos de um homem enlouquecido, tudo estava em ordem e decoro, e por mais que Manílov matutasse em como deveria reagir, não conseguiu lembrar-se de nada melhor do que soltar da boca a fumaça restante num jato muito fino.

– De modo que eu gostaria de saber se o senhor poderia vender-me, transferir ou ceder, da maneira que lhe pareça mais adequada, camponeses desse tipo, não vivos na realidade, mas vivos no que se refere à forma legal.

Manílov, porém, ficou tão confuso e atrapalhado, que só conseguiu continuar a olhar para ele.

– Quer-me parecer que o senhor se encontra em dificuldade?... – observou Tchítchicov.

– Eu?... Não, eu não, não é isso – disse Manílov –, mas é que não consigo entender... desculpe-me... eu, naturalmente, não tive o privilégio de receber uma educação brilhante, tal qual a que se percebe em cada um dos seus movimentos; não domino a nobre arte da expressão verbal... Quem sabe, aqui... nessa sua exposição... oculta-se alguma coisa diferente... Quem sabe o senhor houve por bem expressar-se dessa maneira por uma questão de elegância de estilo?

– Não – replicou Tchítchicov –, não, eu exponho o assunto tal qual ele é, isto é, refiro-me àquelas almas que, de fato, já morreram.

Manílov perdeu-se completamente. Sentia que tinha de fazer qualquer coisa, fazer uma pergunta, mas que espécie de pergunta – sabe lá o Diabo. Por fim, ele acabou novamente soltando a fumaça do cachimbo, mas desta vez não mais pela boca e sim pelas narinas.

– E assim, se não houver impedimentos, e com a graça de Deus, poderíamos proceder à elaboração do contrato de compra e venda – disse Tchítchicov.

– Como, um contrato de compra e venda de almas mortas?

– Ah!, isso não! – disse Tchítchicov. – Vamos escrever que elas estão vivas, conforme consta de fato no relatório de recenseamento. Tenho o hábito de não me afastar nunca da legislação civil, embora já tenha sofrido por causa disso, em serviço, mas o senhor há de me perdoar: o dever para mim é sagrado, e a lei – perante a lei, eu fico mudo.

Essas últimas palavras agradaram a Manílov, mas apesar disso ele não conseguiu penetrar no sentido do negócio propriamente dito e, à guisa de resposta, pôs-se a chupar o seu cachimbo com tanta força, que este, por fim, começou a rouquejar como um fagote. Parecia que Manílov queria desse modo extrair do cachimbo uma opinião a respeito de tão insólita situação; mas o cachimbo trombeteava e nada mais.

– O senhor tem, quem sabe, algumas dúvidas?

– Ora, por quem é, de maneira alguma. Não me refiro a qualquer espécie de, como direi, não que eu abrigue qualquer preconceito crítico a respeito do senhor. Mas permita-me que indague: será que esse empreendimento, ou melhor, como direi, essa negociação – não será essa negociação pouco condizente com os regulamentos civis e outros aspectos da Rússia?

Nesse ponto, Manílov, com um certo movimento da cabeça, fitou mui significativamente o rosto de Tchítchicov, mostrando em todos os traços da sua fisionomia e nos seus lábios apertados uma expressão tão profunda como talvez jamais tenha sido vista num rosto humano, a não ser, quiçá, no de algum ministro excessivamente douto, e assim mesmo no momento da solução do mais complexo dos casos.

Mas Tchítchicov disse com simplicidade que tal empreendimento ou negociação de maneira alguma contrariava os regulamentos civis e outros aspectos da Rússia, e um minuto depois acrescentou que o Tesouro até teria lucros, pois recolheria os impostos legais.

– Então, o senhor acha...?

– Acho que estará tudo bem.

– Ali, se estiver tudo bem, então a coisa muda de figura: não tenho nada a objetar – disse Manílov, e tranqüilizou-se completamente.

– Agora só resta entrarmos em acordo quanto ao preço.

– Como assim, o preço? – disse novamente Manílov, e fez uma pausa. – Será que o senhor imagina que eu seria capaz de aceitar dinheiro por almas que, de certa maneira, já encerraram a sua existência? Já que o senhor houve por bem ter uma vontade, por assim dizer, fantástica, eu de minha parte lhe cederei essas almas desinteressadamente, e ainda tomarei a mim a lavratura do contrato de compra e venda.

Digno de graves censuras seria o historiador desses acontecimentos, se deixasse de mencionar a satisfação que tomou conta do visitante ao ouvir tais palavras pronunciadas por Manílov. Apesar de toda a sua sisudez e compostura, naquele instante ele quase executou um salto à maneira dos bodes, coisa que, como se sabe, só se executa nos transportes de alegria mais intensos. Com efeito, ele virou-se na poltrona com tanto ímpeto, que rebentou o pano de lã que recobria a almofada; o próprio Manílov lançou-lhe um olhar um tanto perplexo. Movido pela gratidão, Tchítchicov soltou imediatamente tamanho fluxo de agradecimentos, que o anfitrião ficou perturbado, enrubesceu todo e, sacudindo a cabeça em sinal de protesto, finalmente conseguiu articular que aquilo não passava de uma ninharia, e que ele, com efeito, só tivera a intenção de provar de algum modo a sua cordial simpatia, essa atração magnética da alma, e que as almas defuntas não passavam, por assim dizer, de completa porcaria.

– Porcaria de maneira alguma – disse Tchítchicov, apertando-lhe a mão, e deixou escapar um suspiro muito profundo. Parecia estar predisposto a confidências cordiais, e não foi sem sentimento e expressão que pronunciou, finalmente, as palavras seguintes: – Se o senhor soubesse que grande serviço acaba de prestar com essa, em seu dizer, porcaria, a um pobre homem sem eira nem beira! Sim, é verdade, o que foi que eu já não sofri? Tal qual um barco qualquer entre as ondas furiosas... Quantas perseguições, quantas injustiças, que desgraças já não suportei, e por quê? Só porque sempre fui fiel à verdade, porque tinha a consciência limpa, porque sempre estendi a mão à viúva desamparada, ao órfão abandonado!... – E aqui ele até enxugou com o lenço uma lágrima furtiva.

Manílov estava completamente comovido. Os dois amigos ficaram por longo tempo apertando-se as mãos e fitando-se nos olhos transbordantes de lágrimas. Manílov parecia nunca mais querer soltar a mão do visitante, e continuava a cingi-la com tanta força, que o outro já não sabia mais como libertar-se. Finalmente, tendo conseguido arrancá-la devagarinho, lembrou que não seria mau lavrar o contrato logo, e que seria bom que Manílov viesse em pessoa para a cidade, a fim de assiná-lo. Então, pegou o seu chapéu e começou a se despedir.

– Como! O senhor já quer ir embora? – disse Manílov, caindo em si de repente, quase assustado.

Neste momento, entrou no escritório Mme. Manílova.

– Lisa querida – disse Manílov em tom um tanto lastimoso –, Pável Ivánovitch nos está abandonando!

– Isto é porque nós aborrecemos a Pável Ivánovitch – respondeu Mme. Manílova.

– Minha senhora! Aqui – disse Tchítchicov –, aqui, neste lugar – e ele pôs a mão sobre o coração –, sim, aqui ficará guardado o prazer das horas que passei em sua companhia! E, creia-me, para mim não existiria felicidade maior do que viver com a senhora senão na mesma casa, pelo menos na mais estreita vizinhança.

– Pois sabe duma coisa, Pável Ivánovitch? – disse Manílov, a quem muito agradara tal pensamento. – Como seria de fato aprazível, se vivêssemos assim juntos, debaixo do mesmo teto, ou sob a sombra de algum olmeiro frondoso, filosofando um pouco, aprofundando alguma coisa!...

– Oh! Isso seria um viver paradisíaco! – disse Tchítchicov com um suspiro. – Adeus, senhora! – continuou ele, beijando a mão de Mme. Manílova. – Adeus, caríssimo amigo! Não esqueça o meu pedido!

– Ora, fique tranqüilo! – respondeu Manílov. – Separamo-nos aqui por não mais do que dois dias.

Todos passaram para a sala de jantar.

– Adeus, queridos petizes! – disse Tchítchicov a Femistóklius e Alkid, que estavam entretidos com um soldado de pau que já não tinha braço nem nariz. – Adeus, meus pequerruchos. Desculpem-me se não lhes trouxe mimos, porque confesso que nem sabia que vocês existiam neste mundo, mas agora, quando eu vier, trarei, sem falta. Para você, vou trazer um sabre. Você quer um sabre?

– Quero – respondeu Femistóklius.

– E para você, um tambor; está certo, um tambor para você? – continuou ele, inclinando-se para Alkid.

– Tambor – sussurrou Alkid em resposta, e abaixou a cabeça.

– Muito bem, vou trazer-lhe um tambor. Um tambor bonito mesmo, que faz assim: rrram-tam, rra-ta-ta, rra-ta-ta... Adeus, lindinho, até logo! – Aqui ele beijou a cabeça do garoto e voltou-se para Manílov e sua consorte com aquele leve sorriso com o qual é costume dirigir-se aos pais à guisa de comentário sobre a inocência dos desejos dos seus filhos.

– Reconsidere, fique aqui, Pável Ivánovitch! – disse Manílov, quando já estavam todos nos degraus da entrada. – Veja só aquelas nuvens!

– São nuvens pequenas – retrucou Tchítchicov.

– Mas o senhor conhece o caminho da casa de Sobakêvitch?

– Era isso o que eu ia perguntar-lhe.

– Com sua licença, vou já explicar ao seu cocheiro.

Aqui, Manílov, com a mesma solicitude, deu as explicações necessárias ao cocheiro, e uma vez até tratou-o de "senhor".

O cocheiro, informado de que era preciso deixar passar duas curvas e entrar na terceira, disse: – Entendido, excelência – e Tchítchicov partiu, acompanhado por mesuras e agitar de lenços dos donos da casa, nas pontas dos pés.

Manílov permaneceu muito tempo nos degraus, seguindo com os olhos a carruagem que se afastava, e, quando esta sumiu de todo, ainda permaneceu ali, fumando o seu cachimbo. Finalmente, entrou em casa, sentou-se numa cadeira e entregou-se à meditação, sinceramente satisfeito por ter proporcionado uma ligeira alegria ao seu hóspede. Depois, seus pensamentos se desviaram para outros assuntos, e por fim voaram Deus sabe para onde. Pensava nos encantos da vida entre amigos, em como seria bom viver com um amigo à beira de um rio qualquer; depois começou a construir uma ponte sobre esse rio, depois uma casa enorme com um mirante tão alto que dava para avistar até Moscou, e onde ficariam ao entardecer, tomando chá ao ar livre, a tecer considerações sobre assuntos de natureza agradável. Depois, imaginou-se chegando, junto com Tchítchicov, em carruagens suntuosas, a uma reunião social, em que conquistavam todo mundo com o encanto de sua companhia, e que então o próprio monarca, tomando conhecimento dessa grande amizade, os agraciava com o generalato, e ainda sabe Deus o quê, coisas que nem ele mesmo conseguia entender mais. O estranho pedido de Tchítchicov interrompeu de súbito todos esses devaneios. Essa idéia não conseguia acomodar-se na sua cabeça: como quer que a revirasse, não conseguia esclarecê-la, e assim ficou sentado, a fumar o seu cachimbo, o que demorou até a hora de servir o jantar.

CAPÍTULO III

Entrementes, Tchítchicov, muito bem disposto, recostava-se na sua sege, que rodava já havia algum tempo pela estrada principal. O capítulo anterior já deu a entender no que consistia o objeto primordial do seu gosto e de suas inclinações, por isso não é de estranhar que ele logo tenha mergulhado no mesmo, de corpo e alma. As suposições, cálculos e reflexões que se sucediam na expressão do seu rosto eram obviamente muito agradáveis, pois de minuto em minuto deixavam atrás de si vestígios de um sorriso de satisfação. Imerso nesses pensamentos, ele não prestava atenção alguma às mui judiciosas observações que o cocheiro, contente com a acolhida que havia recebido dos serviçais de Manílov, dirigia ao cavalo pedrês atrelado do lado direito da tróica[1]. Esse cavalo pedrês era muito astuto e só fingia que estava puxando, enquanto o timoneiro, um baio, e o alazão do varal esquerdo, chamado Presidente, porque foi adquirido de um certo presidente, esforçavam-se de todo o coração, de tal sorte que até nos seus olhos se percebia o prazer que usufruíam com isso.
– Podes desistir da esperteza, que eu sou mais esperto do que tu! – dizia Selifan, erguendo-se na boléia e largando uma chicotada no lombo do preguiçoso. – Aprende o teu serviço, vagabundo germânico! O baio, este sim, é um cavalo sério, cumpre o seu dever, e eu lhe darei uma ração a mais de bom grado, porque

1. Grupo de três, trinca; geralmente refere-se a cavalos. (N. da T.)

ele é um cavalo sério, e o Presidente também é um cavalo honesto... Eia, eia! Não adianta sacudir as orelhas! Presta atenção quando falam contigo, bobalhão! Não vou ensinar-te nada de mau, ó ignorante! Eh, onde é que te estás metendo? – Aqui ele lhe deu mais uma lambada com o chicote, acrescentando: – Eh, bárbaro! Bonaparte maldito! – Depois, gritou para os três: – Eh, vocês aí, meus queridos! – e passou o chicote nos lombos dos três, não mais como castigo, mas para mostrar que estava satisfeito com eles. Tendo-lhes proporcionado esse prazer, voltou-se de novo para o pedrês: – Pensas que conseguirás ocultar o teu comportamento? Não, tens de viver honestamente, se queres que te respeitem. Viste o patrão onde estivemos, esse tem gente boa a seu serviço. Tenho gosto em conversar com gente boa; com gente boa pode-se fazer amizade, eu logo fico amigo de um homem de bem, seja para beber chá, seja para comer – com muito gosto, se o homem for bom. Um homem de bem tem o respeito de todos. Aqui o nosso patrão, por exemplo, ele merece o respeito de qualquer um, porque ele, estás ouvindo, serviu no serviço público, ele é conselheiro, percebes?...

Raciocinando assim, Selifan se embrenhou por fim nas mais complicadas abstrações. Se Tchítchicov prestasse atenção, ficaria sabendo de muitas minúcias referentes à sua própria pessoa; mas seus pensamentos estavam tão tomados pelo seu assunto predileto, que somente um forte ribombar de trovão o fez cair em si e lançar um olhar em redor; o firmamento inteiro se encobrira com nuvens escuras, e a poeirenta estrada estava salpicada de gotas de chuva. Finalmente, outro trovão ressoou mais alto e mais próximo, e a chuva irrompeu em torrentes. No princípio, caindo em direção oblíqua, ela fustigou um dos lados da capota, depois o outro, depois, mudando de direção e caindo em linha reta, pôs-se a tamborilar diretamente sobre o teto da cabina; por fim, os pingos já espirravam no rosto de Tchítchicov, o que o forçou a puxar as cortinas de couro com duas janelinhas redondas, destinadas à observação das paisagens do caminho, e a dar ordens a Selifan para correr mais depressa. Selifan, também interrompido bem no meio da conversa, percebeu que de fato não era conveniente demorar. Prontamente extraiu de sob a boléia um certo lixo de pano cinzento, enfiou-o nas mangas, agarrou as rédeas com força e deu um berro com a sua tróica, que mal arrastava as pernas, pois sentia uma agradável moleza, causada pela instrutiva conversa do cocheiro. Mas Selifan não conseguia lembrar se já havia passado duas ou três curvas.

Concentrando-se e recordando o caminho feito, percebeu que já havia passado uma grande quantidade de curvas. E como acontece que o bom russo, nos momentos decisivos, sempre encontra uma saída sem entrar em considerações supérfluas, ele, entrando para a direita na primeira encruzilhada, gritou: – Upa, vocês aí, amigões queridos! – e partiu a galope, pouco se incomodando com o rumo do caminho escolhido.

No entanto, a chuva prometia prolongar-se. A poeira da estrada logo se transformou em lamaçal, e os cavalos tinham cada vez mais dificuldade para arrastar a sege. Tchítchicov já começava a ficar bastante preocupado por não ter ainda chegado à casa de Sobakêvitch. Pelos seus cálculos, já deviam ter chegado havia muito tempo. Ele espiava para os lados, mas a escuridão era tal que não se via um palmo adiante do nariz.

– Selifan! – disse ele por fim, debruçando-se para fora da carruagem.

– Que é, patrão?

– Espia se não dá para ver a aldeia.

– Não, patrão, não dá para ver nada em parte alguma! – Após o que Selifan, sacudindo o chicote, entoou uma canção, que não era bem uma canção, mas uma coisa muito comprida, uma cantilena que não tinha fim, na qual entrava tudo: todos os gritos e interjeições de estímulo e alento com que se costuma espicaçar cavalos de extremo a extremo em toda a Rússia; e qualificativos de todas as espécies, sem muita escolha, assim, tudo o que lhe vinha para a língua, de tal sorte que por fim ele chegou a chamá-los de secretários.

Entrementes, Tchítchicov começou a notar que a sege sacolejava para todos os lados e o mimoseava com solavancos fortíssimos, o que fez com que ele compreendesse que haviam saído da estrada e estavam, provavelmente, arrastando-se sobre um campo lavrado. Parece que Selifan também já se apercebera disso, mas não se dava por achado.

– O que é isso, ó trapaceiro, que caminho é este que estás fazendo? – disse Tchítchicov.

– Que é que eu posso fazer, patrão, com um tempo desse? A escuridão é tanta que nem dá para ver o chicote! – Dizendo isso, o cocheiro entortou a sege de tal maneira, que Tchítchicov teve de segurar-se com ambas as mãos. E só então ele percebeu que Selifan estava um tanto embriagado.

– Segura, segura, vais tombar o carro! – gritou ele para o cocheiro.

– Não, patrão, como pode dizer que eu vou tombar? – dizia Selifan. – Não é bom tombar o carro, eu mesmo sei disso; eu nunca vou tombar o carro, de modo algum. – E com isso começou a virar a sege ligeiramente, virou mais, e mais, e finalmente fê-la capotar, caindo de lado. Tchítchicov foi atirado na lama, de quatro, com os pés e as mãos. Selifan conseguiu fazer parar os cavalos, os quais, aliás, teriam parado sozinhos, pois estavam muito fatigados. Este acidente de todo inesperado deixou o cocheiro totalmente estupefato. Apeando da boléia, ele se plantou diante da sege, de mãos nos quadris, enquanto o seu amo se debatia na lama, tentando desatolar-se dela, e disse, após alguns instantes de reflexão: – Ora vejam, não é que tombou mesmo?!

– Estás bêbado como um sapateiro! – disse Tchítchicov.

– Não, patrão, como pode ser isso? Eu, bêbado? Eu sei que não é boa coisa ficar bêbado. Conversei um pouco com os companheiros, porque a gente pode conversar com um homem de bem, não há nada de mau nisso; e comemos um pouco, juntos. Comer juntos não é pecado, pode-se comer com um homem de bem.

– O que foi que eu te disse da última vez em que tomaste um pileque? Hein? Já te esqueceste?

– Não, Excelência, como poderia esquecer? Eu conheço a minha obrigação. Eu sei que não é bom um homem embriagar-se. Eu só conversei com um homem de bem, porque...

– Eu vou mas é dar-te uma surra daquelas, que é para ensinar-te a conversar com homens de bem!

– Como Vossa Excelência achar melhor – respondeu Selifan, sempre disposto a concordar com tudo; – se quiser surrar-me, vai surrar-me, não tenho nada contra. Por que não me dar uma surra, se for merecida? Para isso quem manda é o patrão. É preciso dar uma surra de vez em quando, porque o mujique às vezes se solta, então é preciso pôr em ordem... Se eu mereci, o patrão pode surrar-me; por que não surrar, se é preciso?

Ante tais considerações o amo não conseguiu encontrar resposta de espécie alguma. Mas nesse meio tempo, ao que parece, o próprio destino resolveu apiedar-se dele: ouviu-se o latir de cães ao longe. Tchítchicov, muito aliviado, mandou tocar os cavalos. O cocheiro russo tem um bom faro em lugar dos olhos; e disso resulta que ele às vezes fecha os olhos e toca em frente a toda a velocidade, e sempre acaba chegando a alguma parte. Selifan, não enxergando um palmo na frente do nariz, dirigiu os cavalos numa reta só no rumo certo da aldeia, de tal forma que só parou quando a sege se chocou com a cerca e já não havia mesmo para onde ir mais. Tchítchicov só conseguiu divisar, através da névoa espessa de chuva, algo de parecido com um telhado. Então mandou Selifan procurar a porteira, o que sem dúvida levaria muito tempo se na Rússia, em vez de porteiros, não existissem cachorros bravos, que anunciaram a sua chegada em tons tão altos que ele teve de tapar os ouvidos com os dedos. Uma luz acendeu-se numa das janelas e lançou um feixe pálido que conseguiu alcançar a cerca, mostrando a porteira aos nossos viajantes. Selifan pôs-se a bater, e logo depois, abrindo a porteira, emergiu um vulto coberto por um capotão rústico, e amo e servo ouviram uma voz rouca de camponesa:

– Quem bate? Que barulho é esse?

– Viajantes, titia, deixa a gente pousar por esta noite – falou Tchítchicov.

– Olha só que andarilho – disse a velha –, isto são horas de chegar? Isto aqui não é estalagem – aqui quem mora é a dona destas terras, nossa patroa.

– Que podemos fazer, titia? estás vendo que perdemos o caminho. Não vais querer que passemos uma noite como esta no meio da estepe!

– Pois é, o tempo está feio, está escuro o tempo – acrescentou Selifan.

– Mas quem é o senhor? – perguntou a velha.

– Sou um fidalgo, titia.

A palavra "fidalgo" fez com que a velha parasse para pensar um pouco.

– Espere aí, eu vou dizer para a patroa – articulou ela, e uns dois minutos depois já voltava com uma lanterna na mão.

A porteira se abriu. Uma luz brilhou em outra janela. A sege, entrando no pátio, parou diante de uma casa pequena, que mal se podia divisar naquela escuridão. Apenas metade da casinha estava iluminada pela luz que saía das janelas; via-se ainda uma poça de água na frente da casa, na qual a luz se refletia diretamente. A chuva tamborilava sonoramente no telhado de madeira e escorria em borbotões murmurantes para dentro de um barril ali colocado para recolhê-la. Enquanto isso, a cachorrada se esmerava, latindo em todos os diapasões imagináveis: um, atirando para trás a cabeça, soltava um latido tão prolongado e caprichado, como se recebesse um alto ordenado para fazê-lo; outro ladrava aos arrancos, como um sacristão; entre os dois soava, como um sininho postal, um soprano infatigável, que devia pertencer a um cãozinho novo, e tudo isso, finalmente, era arrematado por um ladrar em baixo-profundo, quiçá de um velhote de robusta natureza canina, porque rouquejava, como costuma rouquejar o contrabaixo do coral, quando o recital está em pleno andamento: os tenores se esticam na ponta dos pés, no afã de alcançar as notas altas, e todos os mais se esforçam para cima, revirando a cabeça, e só ele, afundando o queixo mal-escanhoado no colarinho, encolhendo-se e abaixando-se quase até o chão, dali solta a sua nota, que faz tremer e vibrar as vidraças. Já por esse recital de latidos, constituído de tais vocalistas, poder-se-ia supor que a aldeia não era das piores; mas o nosso encharcado e enregelado herói não pensava em nada, a não ser numa boa cama. A sege mal teve tempo de parar, e ele já saltava para o degrau, cambaleava e por pouco não levava um tombo.

Nesse momento saiu para os degraus uma outra mulher, mais nova do que a primeira, mas muito parecida com ela, que o acompanhou até um aposento. Tchítchicov lançou de relance duas olhadelas: o quarto estava forrado de papel bem velhinho, listrado;

quadros representando uns pássaros; entre as janelas, pequenos espelhos antiquados, em molduras escuras em forma de folhagens enroladas; atrás de cada espelho havia coisas enfiadas: uma carta, ou um baralho velho, ou uma meia; um relógio de parede com flores pintadas no mostrador... impossível notar mais alguma coisa. Tchítchicov sentia que seus olhos se grudavam como se alguém os tivesse pincelado com mel. Um minuto depois, entrou a dona da casa, mulher já de certa idade, de touca de dormir colocada às pressas, de flanela no pescoço – uma daquelas matronas, pequenas proprietárias de terras, que vivem queixando-se das más colheitas e dos prejuízos, andam de cabeça inclinada para um lado, e no entanto vão juntando uns dinheirinhos em sacolas de pano, distribuídas pelas gavetas das cômodas. Num saquinho separam só os rublos de ouro, noutro as moedas de meio rublo, no terceiro, as de um quarto, embora à primeira vista pareça que não há nada nas gavetas além de roupa branca, e camisetas, novelos de linha, e uma bata velha descosida, destinada a ser transformada em vestido, se o vestido velho por acaso ficar queimado durante a assadura de panquecas festivas com recheios variados, ou ficar puído por si mesmo. Mas o vestido não ficará queimado nem se gastará por si mesmo; a velhinha é cuidadosa, e o destino da bata é jazer por muito tempo na gaveta, em forma de panos descosidos, para depois caber por testamento à sobrinha-neta, junto com toda sorte de outros trastes.

Tchítchicov desculpou-se pelo incômodo causado por sua chegada intempestiva.

– Não é nada, não é nada – disse a patroa. – Mas com que tempo feio Deus o trouxe até aqui! Tamanho temporal e ventania... Seria bom comer alguma coisa depois dessa jornada, mas estamos no meio da noite, impossível preparar comida a estas horas.

As palavras da dona da casa foram interrompidas por um estranho sibilar, tanto que o hóspede ia ficando assustado: o ruído fazia pensar que o quarto todo estivesse cheio de serpentes; mas, olhando para cima, tranqüilizou-se, pois percebeu que era o relógio de parede que estava com vontade de bater horas. O sibilar foi imediatamente seguido de um rouquejar, e finalmente, num esforço supremo, o relógio bateu duas horas, com um som que semelhava pauladas num pote rachado, após o que o pêndulo voltou a estalar tranqüilamente para a direita e a esquerda.

Tchítchicov agradeceu à senhora, dizendo que não tinha necessidade de nada, que ela não se incomodasse com coisa alguma, que, além de uma cama, ele não pedia nada, e só manifestou curiosidade quanto ao lugar em que se encontrava, e se estava longe da propriedade do *pomiêchtchik* Sobakêvitch, ao que a velha respondeu que jamais ouvira tal nome e que esse proprietário não existia de todo.

– A senhora conhece ao menos o Manílov? – disse Tchítchicov.

– E quem é esse Manílov?

– É um proprietário rural, boa senhora.

– Não, nunca ouvi falar dele, não existe esse proprietário.

– Quais são os que existem, então?

– Bobrov, Svinhin, Kanapátiev, Karápkin, Trepákin, Plêchacov.

– É gente rica ou não?

– Não, meu senhor, não temos por aqui gente rica. Um tem umas vinte almas, outro umas trinta, mas desses que sejam donos de uma centena não há por aqui.

Tchítchicov se deu conta de que tinha vindo parar numa região bastante perdida.

– Ao menos estamos muito longe da cidade?

– Dezesseis verstas, por aí. Que pena que não possa oferecer-lhe nada para comer! O senhor tomaria talvez um pouco de chá?

– Agradeço, boa senhora. Não preciso de nada, a não ser duma cama.

– É verdade, depois duma viagem dessa é muito necessário descansar. O senhor pode acomodar-se aqui mesmo, neste divã. Eh, Fetínia, traze um colchão de plumas, travesseiros e lençóis. Mas que tempo Deus nos mandou! Que trovão! Eu fiquei a noite inteira com uma vela acesa diante da imagem. Mas, meu caro, está com as costas e o lado cobertos de lama, como um porco! Onde conseguiu sujar-se assim?

– E ainda tenho que dar graças a Deus porque só me sujei, preciso agradecer por não me ter arrebentado todo.

– Ai, meus santos, que barbaridade! Não seria bom esfregar-lhe as costas com alguma coisa?

– Obrigado, obrigado. Não se preocupe comigo, mande apenas que a sua criada seque e limpe a minha roupa.

– Estás ouvindo, Fetínia? – disse a patroa, dirigindo-se à mulher que surgira na porta com uma vela na mão, e que já tivera tempo de trazer um edredão e que, ao afofá-lo de todos os lados, soltara todo um dilúvio de plumas pelo quarto inteiro. – Pega o capote deste senhor junto com toda a roupa e seca tudo diante do fogo, como fazias antigamente com as coisas do defunto patrão, e depois esfrega e deixa tudo em ordem.

– Sim, patroa! – disse Fetínia, enquanto estendia o lençol sobre o colchão e colocava os travesseiros.

– Pronto, a sua cama já está arrumada – disse a dona da casa. – Adeus, meu amigo, desejo-lhe uma noite tranqüila. Mas será que não precisa mesmo de mais nada? Quem sabe está acostumado a que alguém lhe coce os calcanhares, antes de dormir? Meu finado não conseguia adormecer sem isso.

Mas o hóspede recusou também que lhe coçassem os pés. A patroa se retirou e ele apressou-se a tirar toda a roupa, tanto a de cima como a de baixo, e entregou tudo a Fetínia, a qual, desejando-lhe por sua vez uma boa noite, saiu carregando toda aquela indumentária ensopada. Ficando só, Tchítchicov olhou, não sem prazer, para o seu leito, que se erguia quase até o teto. Fetínia, ao que parece, era mestra em afofar colchões de plumas. Quando, subindo numa cadeira, ele galgou essa cama, ela cedeu debaixo dele quase até o chão, e as plumas, deslocadas, voaram por todos os cantos do aposento. Ele apagou a vela, enrolou-se no cobertor de chitão e, enrodilhando-se debaixo dele como uma rosca, adormeceu no mesmo instante.

Acordou no dia seguinte de manhã, já bastante tarde. Pela janela, o sol batia-lhe direto nos olhos, e as moscas, que na véspera dormiam placidamente no teto, voltaram-se todas para ele: uma pousou-lhe no lábio, outra na orelha, a terceira tentava pousar bem no olho, mas aquela que teve a imprudência de se aproximar da sua narina, ele, estremunhado, aspirou-a para dentro do nariz, o que o forçou a soltar um forte espirro, circunstância essa que foi a causa do seu despertar. Lançando um olhar pelo aposento, percebeu agora que nem tudo eram pássaros nos quadros das paredes: entre eles estava um retrato de Kutúzov e, pintado a óleo, um certo ancião de lapelas vermelhas na túnica militar, conforme se usava nos tempos do Czar Pável Petróvitch. O relógio emitiu novamente o seu chiado e bateu dez horas; pela fresta da porta espiou um rosto de mulher, que se escondeu incontinênti, porque Tchítchicov, na ânsia de dormir melhor, havia tirado do corpo toda a roupa. O rosto que entrevira pareceu-lhe um tanto conhecido. Pôs-se a pensar de quem poderia ser, e por fim lembrou-se de que se tratava da dona da casa. Enfiou a camisa. A sua roupa, já seca e limpa, estava estendida a seu lado. Acabando de se vestir, foi até o espelho e espirrou de novo, com tanta força, que um peru, que nesse meio tempo se aproximara da janela – e a janela era muito baixa, perto do chão –, gorgolejou-lhe de repente e muito depressa qualquer coisa na sua língua estranha, decerto "seja bem-vindo", em resposta ao que Tchítchicov o cha-

mou de bobo. Chegando-se à janela, começou a examinar as vistas que se descortinavam diante dele: a janela dava quase para dentro do galinheiro – em todo caso, o quintalzinho que se via estava todo cheio de aves e toda sorte de animais domésticos. Havia um sem-número de galinhas e peruas; entre elas pavoneava-se um galo, em passos comedidos, sacudindo a crista e inclinando a cabeça para um lado, como se estivesse escutando alguma coisa; uma porca com a sua família encontrava-se ali mesmo, e ali mesmo, ao fuçar num monte de lixo, comeu distraidamente um pinto e, sem se dar conta disso, continuou a devorar cascas de melancia na sua devida ordem. Esse pequeno quintal, ou galinheiro, estava limitado por uma cerca de tábuas, atrás da qual se estendiam largas hortas de repolhos, cebolas, batatas, beterrabas e outros legumes domésticos. Pelas hortas, aqui e ali, espalhavam-se macieiras e outras árvores frutíferas, cobertas com redes para proteção contra as gralhas e os pardais, dos quais os últimos se locomoviam em verdadeiras nuvens oblíquas de um lado para outro. Com a mesma finalidade, estavam ali erigidos diversos espantalhos em hastes compridas e de braços abertos; um deles ostentava uma touca da própria patroa. Atrás das hortas viam-se as isbás dos camponeses, casinhas essas que, embora construídas sem nenhuma ordem e sem formarem ruas regulares, mostravam, segundo a observação de Tchítchicov, a satisfação dos seus habitantes, pois eram bem conservadas: nos telhados, os sarrafos estragados pelo tempo estavam substituídos por novos; as porteiras nunca estavam tortas; e diante dos galpões cobertos, voltados para o seu lado, ele via aqui uma carroça de reserva, quase nova, e acolá até mesmo duas.

"Mas a aldeiazinha dela não é tão pequena assim", disse ele, e ali mesmo resolveu conversar e estreitar mais as suas relações com a patroa. Então espiou pela fresta da porta por onde ela enfiara a cabeça ainda havia pouco e, vendo-a sentada diante da mesinha de chá, entrou ao encontro dela com um ar alegre e cordial.

– Bom dia, paizinho. Descansou bem? – disse a patroa, erguendo-se um pouco do seu lugar. Estava mais bem arrumada do que na véspera, de vestido quente e já sem a touca, mas ainda trazia qualquer coisa enrolada no pescoço.

– Muito bem, muito bem – respondeu Tchítchicov, sentando-se na poltrona. – E a senhora, como passou, mãezinha?

– Mal, meu paizinho.

– Como assim?

– Insônia. A cintura me doía o tempo todo, e a perna, aqui neste ossinho, não parava de doer.

– Vai passar, vai passar, mãezinha, não dê atenção a essas coisas.

– Deus permita que passe. Eu bem que me untei com banha de porco, e também esfreguei óleo canforado. Mas o que é que vai beber com o chá? Este frasco é de aguardente de frutas.

– Aguardente de frutas não vai mal, mãezinha.

O leitor, creio eu, já deve ter percebido que Tchítchicov, apesar do seu ar carinhoso, falava com a velha mais livremente do que com Manílov, e não fazia nenhuma cerimônia. E preciso dizer que aqui na Rússia, se ainda não alcançamos os estrangeiros em alguma coisa, pelo menos no saber tratar já os ultrapassamos de muito. Não é possível enumerar todos os matizes e sutilezas do nosso tratamento. Um francês ou um alemão jamais conseguirá distinguir ou compreender todas as suas peculiaridades e diferenças; ele falará quase no mesmo tom tanto com um milionário como com um vendedor de tabaco, embora, no seu íntimo, curve-se bem baixo diante do primeiro. Entre nós já não é assim: nós temos sabichões consumados, que conversam com um proprietário rural dono de duzentas almas de um modo totalmente diverso daquele com que falam com um possuidor de trezentas, e com aquele que tem trezentas, falarão diferentemente de como falam com aquele que tem quinhentas, e, por sua vez, sua fala com o dono de quinhentas almas não será igual àquela que usarão com o proprietário de oitocentas – numa palavra, encontrarão matizes diferentes mesmo que cheguemos a um milhão de almas. Suponhamos, por exemplo, que exista uma repartição, não aqui, mas nos confins do mundo; e nessa repartição, suponhamos, existe o chefe da repartição. Peço que reparem nele, quando está sentado entre os seus subordinados – o temor não os deixará articular uma palavra! Orgulho e nobreza, e sei lá o que mais, estão expressos no seu semblante. É só lançar mão de um pincel e pintá-lo: é um Prometeu[2], nada menos que um Prometeu! Olhar de águia, andar sereno: solene. Mas essa mesma águia, assim que sai da sua sala e se aproxima do escritório do seu superior, corre apressada, com passinhos de perdiz, com os papéis debaixo do sovaco, tão prestimosa que chega até a perder o fôlego. Em sociedade e nas recepções, em que nem todos ocupam cargos muito altos, o Prometeu permanece o mesmo Prometeu, mas, assim que aparece alguém mais graduado do que ele, o Prometeu sofre uma transformação tamanha, que nem o próprio Ovídio[3] seria capaz de inventar: vira mosca, menos do que mosca, encolhe até ficar do tamanho dum grão de areia! "Mas este não é o Ivan Petróvitch", dirão, ao vê-lo. "O Ivan Petróvitch é mais alto de porte, este aqui é baixote e magricela; aquele tem a fala sonora e a voz de baixo e nunca ri, mas este aqui é uma coisa incrível, fala em trinados como um pássaro e não pára de rir." Mas, chegando mais perto, constatarão: é de fato Ivan Petróvitch! "Sim senhor, que coisa!", pensarão consigo... Mas voltemos às personagens da nossa história. Tchítchicov, como já tínhamos visto, não fazia cerimônia alguma, e por isso, tomando nas mãos a xícara de chá e adicionando-lhe a aguardente de frutas, pôs-se a falar da seguinte forma:

– A senhora, mãezinha, é dona de uma boa aldeola. Quantas almas ela tem?

– De almas, meu paizinho, ela tem pouco menos de oitenta – disse a patroa –, mas por azar os tempos andam maus, no ano passado as colheitas foram tão ruins que Deus nos livre e guarde.

2. Herói da mitologia grega, roubou fogo ao céu; simboliza o filantropo, o benfeitor ou defensor da espécie humana. (N. da E.)

3. Poeta latino (43 a.C. - 16 d.C.). (N. da E.)

– Apesar disso, os camponeses têm bom aspecto, as casinhas são resistentes. Mas permita-me perguntar o seu nome de família. Eu estava tão distraído, cheguei tarde da noite...

– Koróbotchka, secretária ministerial.

– Muitíssimo grato. E prenome e patronímico?

– Nastácia Petrovna.

– Nastácia Petrovna? É um bonito nome, Nastácia Petrovna. Tenho uma tia carnal, irmã de minha mãe, chamada Nastácia Petrovna.

– E o seu nome, qual é? – perguntou a *pomiêchtchitsa. O* senhor deve ser assessor, imagino.

– Não, mãezinha – respondeu Tchítchicov com um risote –, assessor acho que não sou, mas viajo assim, a negócios particulares.

– Ah, então o senhor é comprador! Mas que pena que eu já tenha vendido o meu mel tão barato aos comerciantes, quando o senhor, paizinho, poderia tê-lo comprado de mim.

– Pois aí está, eu não teria comprado mel.

– Que outra coisa então? Quem sabe, cânhamo? Mas também de cânhamo tenho pouco agora – umas poucas libras ao todo.

– Não, mãezinha, a mercadoria é de outra espécie: diga-me, têm morrido camponeses seus?

– Nem me fale, paizinho – dezoito homens! – disse a velha com um suspiro. – E tudo gente tão boa que morreu, bons trabalhadores. É verdade que nasceram outros depois, mas o que é que valem? é tudo criançada; mas o fiscal chegou, mandando pagar a taxa por alma, da mesma forma. Os homens estão defuntos, mas eu tenho de pagar como se estivessem vivos. Na semana passada morreu queimado o meu ferreiro, era um ferreiro tão capaz e também era mestre serralheiro.

– Mas então houve um incêndio aqui, mãezinha?

– Deus me livrou duma desgraça dessa, um incêndio teria sido pior ainda; ele se queimou por si mesmo, meu paizinho. Não sei como, as entranhas dele pegaram fogo, ele tinha bebido demais, foi só uma chama azul que saiu dele, e ele se foi consumindo, consumindo, enegreceu como um tição – e era um ferreiro tão habilidoso! E agora nem posso sair com o meu carro: não tenho ninguém para ferrar os cavalos.

– Tudo é a vontade de Deus, mãezinha – disse Tchítchicov com um suspiro. – Não se pode dizer nada contra a sabedoria divina... Não quer cedê-los a mim, mãezinha?

– Ceder quem, paizinho?

– Todos esses aí, que morreram.

– Mas cedê-los de que maneira?

– Muito simples, assim mesmo. Ou então, se preferir, venda-os. Eu lhe darei dinheiro por eles.

– Mas como assim? Confesso que não estou entendendo. Não é que o senhor vai querer desenterrá-los das sepulturas?

Tchítchicov percebeu que a velha estava longe e que era imprescindível esclarecer-lhe do que se tratava. Em poucas palavras, ele lhe explicou que a transferência ou compra constaria apenas no papel e que as almas seriam registradas como se fossem vivas.

– Mas para que é que o senhor precisa delas? – perguntou a velha, de olhos arregalados de espanto.

– Isto já é assunto meu.

– Mas se elas estão mortas!

– E quem é que está dizendo que estão vivas? É por isso mesmo que elas lhe dão prejuízo – por estarem mortas: a senhora paga imposto por elas, e agora eu vou livrá-la das preocupações e dos pagamentos. Está entendendo? E não só vou livrá-la de tudo isso, como ainda lhe pagarei quinze rublos. Está tudo claro agora?

– Confesso que não sei – articulou a patroa pausadamente. – O caso é que até agora eu nunca vendi almas mortas.

– E era só o que faltava! Seria mais que um milagre, se a senhora as tivesse vendido a alguém. Ou será que a senhora pensa que existe algum proveito real nesses defuntos?

– Não, eu não penso tal coisa. Que proveito pode haver neles? Proveito nenhum. A única coisa que me confunde é que eles já estão mortos.

"Eh, esta velha parece dura de entendimento!" pensou Tchítchicov com os seus botões.

– Escute, mãezinha. Tente raciocinar direito: a senhora está-se arruinando, paga pelo morto uma taxa como se estivesse vivo...

– Ah, meu paizinho, nem me fale! – concordou a velha. – Ainda faz três semanas recolhi mais de cento e cinqüenta rublos. E isso porque engraxei o chefe dos fiscais.

– Pois então, está vendo? E agora, imagine bem o seguinte: não será mais preciso que a senhora engraxe o fiscal, porque quem paga por eles agora sou eu; eu, e não a senhora; eu assumo todas as obrigações e encargos. Farei até um contrato de compra, está entendendo?

A velha ficou pensativa. Estava percebendo que o negócio de fato parecia vantajoso, mas era demasiado novo e inusitado; e por isso ela começou a recear fortemente que esse comprador a estivesse ludibriando de alguma forma: afinal, o homem chegara não se sabia de onde, e ainda por cima no meio da noite.

– Como é, mãezinha, negócio fechado? – disse Tchítchicov.

– Francamente, paizinho, nunca me aconteceu estar vendendo defuntos. Já cedi almas vivas: há uns três anos vendi duas raparigas ao protopope[4]; esse padre me pagou cem rublos por cabeça e ficou muito agradecido, saíram-lhe duas boas trabalhadoras, tecem guardanapos com as próprias mãos.

– Mas não estou falando de camponeses vivos, que fiquem em paz! O que me interessa são os mortos.

– Confesso que tenho medo, assim da primeira vez, posso acabar levando um prejuízo. Quem sabe o senhor está tentando enganar-me, e eles... eles quem sabe valem mais do que isso?

– Escute, mãezinha! Não seja assim! O que é que eles podem valer? Considere: não passam de pó. Está entendendo? Simples pó, nada mais. Tome por exemplo qualquer coisa inútil, a última das coisas, um simples trapo, por exemplo: até o trapo tem seu preço, poderá ser comprado por uma fábrica de papel; mas isso, disso ninguém precisa, não serve para nada. Diga a senhora mesma: para que serve isso?

– Bem, lá isso é verdade. Não serve para nada mesmo; a única coisa que me perturba, me segura mesmo, é que eles já estão mortos.

"Diabo de velha cabeçuda!", disse Tchítchicov consigo mesmo, já começando a perder a paciência. "Vá alguém entender-se com ela! Até me fez suar, a maldita!" E aqui, tirando o lenço do bolso, ele começou a enxugar o suor que de fato lhe brotava na testa. Mas, cá entre nós, Tchítchicov se irritava sem razão: às vezes homens respeitáveis, até mesmo homens de Estado, em ocasiões semelhantes resultam autênticos Koróbotchkas. Quando um desses se encasqueta em alguma coisa, não há como dissuadi-lo: por mais argumentos que se lhe apresentem, claros como o dia, todos saltam, repelidos por ele, como uma bola de borracha que bate na parede. Depois de enxugar o suor, Tchítchicov resolveu tentar trazê-la para o bom caminho, atacando por algum outro lado.

– A senhora, mãezinha – disse ele –, ou não quer entender as minhas palavras, ou então está falando assim, à toa, só por falar... Estou-lhe dando dinheiro: quinze rublos em notas. Está compreen-

4. Padre do rito grego entre os russos. O protopope é superior ao pope. (N. da T.)

dendo? Este papel é dinheiro, a senhora não pode achá-lo na rua. Agora, confesse: por quanto a senhora vendeu o seu mel?

– A doze rublos a arroba.

– A senhora está incorrendo no pecado da mentira. Não o vendeu por doze rublos.

– Por Deus que vendi.

– Então, está vendo? Mas era mel. A senhora o colheu, quiçá, no decorrer de um ano inteiro, com cuidados, preocupações e fadigas; teve de se deslocar, de tratar das abelhas, de alimentá-las no porão o inverno inteiro; ao passo que as almas mortas são um negócio que não é deste mundo. Aqui a senhora não teve de empregar esforço algum de sua própria parte, aquilo aconteceu porque era a vontade divina que eles deixassem este mundo, causando prejuízos à senhora. E ali a senhora recebeu pelo seu trabalho e esforço doze rublos, ao passo que aqui receberá por nada, de graça, e não serão doze, mas quinze rublos, e não em moedas de prata, mas tudo em notas azuis[5].

Após argumentos tão convincentes, Tchítchicov já quase não duvidava mais de que a velha entregaria os pontos.

– Realmente – respondeu a proprietária –, minha situação de viúva inexperiente é tão difícil! Talvez seja melhor eu aguardar um pouco, quem sabe chegam alguns comerciantes, aí poderei comparar os preços.

– Mas que vergonha, mãezinha! É mesmo uma vergonha! Que é que está dizendo aí, pense um pouco! Quem é que vai querer comprá-los? De que lhe servirão esses mortos, diga-me?

– Nunca se sabe, às vezes podem ser aproveitados em alguma coisa, na economia rural... – retrucou a velha, e nem terminou a frase, ficou de boca aberta a olhar para ele quase com medo, querendo saber o que ele teria a dizer depois disso.

– Defuntos na economia rural! Mas olhe só que idéia! Só se for para espantar pardais na sua horta, durante a noite, quem sabe?

– Deus nos livre e guarde! Que barbaridades o senhor está dizendo aí! – articulou a velha, persignando-se.

– E onde mais queria a senhora instalá-los? A propósito, as ossadas e as sepulturas, tudo isso fica aqui com a senhora, a cessão é só no papel. Bem, como é? E então? Responda, pelo menos.

A velha ficou pensativa de novo.

5. As notas de rublo eram indicadas popularmente pela cor: assim, as notas azuis valiam cinco rublos; as vermelhas, dez; as brancas, vinte e cinco. (N. da T.)

– Que é que está pensando, Nastácia Petrovna?

– Francamente, não consigo atinar como devo agir; talvez seja melhor que eu lhe venda o cânhamo mesmo.

– Mas que cânhamo? Pelo amor de Deus, eu estou pedindo coisa completamente diversa, e a senhora quer empurrar-me o seu cânhamo! Cânhamo é cânhamo, algum dia eu venho e compro também o cânhamo. Então, como é que é, Nastácia Petrovna?

– Por Deus do céu, é uma mercadoria tão estranha, nunca vista!

Aqui Tchítchicov perdeu as estribeiras, bateu furioso com a cadeira no chão e mandou a senhora para o diabo.

À menção do diabo a proprietária ficou sobremaneira assustada.

– Ai, não mencione o nome dele, pelo amor de Deus! – exclamou ela, empalidecendo toda. – Ainda de anteontem para ontem o maldito me apareceu em sonhos a noite inteira. Fiquei com vontade de pôr as cartas para ver o futuro, depois das orações da noite, e parece que Deus me mandou aquele tal, como castigo. Apareceu-me horroroso, com uns chifres mais longos que chifres de boi!

– Pois admira-me que a senhora não sonhe com dezenas deles. O que eu quis oferecer-lhe foi de pura caridade cristã: estou vendo uma pobre viúva que sofre, que passa privações... Pois agora pode ir para os quintos do inferno e arrebentar, a senhora e toda a sua aldeia!

– Ai, que palavras de insulto e grosseria! – disse a velha, fitando-o amedrontada.

– Também, que palavras quer que eu use com a senhora? A senhora em verdade se comporta, com perdão da palavra, como um vira-lata deitado num monte de feno: nem come sozinha, nem deixa outro comer. E eu, que estava disposto a comprar da senhora diversos produtos de uso doméstico, porque eu também faço fornecimentos para o governo... – Aqui ele faltou à verdade, embora de passagem e sem pensar, mas de improviso e com muita sorte. Os tais fornecimentos para o governo causaram forte impressão em Nastácia Petrovna, tanto assim que ela disse com voz já quase suplicante:

– Mas por que foi que o senhor ficou tão irritado? Se eu soubesse que era um homem tão irascível, nem começaria a contradizê-lo.

– Irritado? Tenho lá motivo para ficar irritado? Todo esse negócio não vale uma casca de ovo, eu é que não me vou irritar por tão pouco!

– Pois bem, está certo, vendo-lhe os defuntos por quinze rublos em notas! Mas olhe lá, paizinho, a respeito daqueles fornecimentos ao governo: se precisar comprar farinha de trigo, ou de centeio, ou semolina, ou gado para abate, não vá se esquecer de mim!

– Não, mãezinha, não esquecerei – dizia ele, ao mesmo tempo em que limpava com a mão o suor que lhe escorria em riachos pelo rosto. Aí perguntou à velha se ela tinha na cidade alguma pessoa de sua confiança, ou conhecida, a quem pudesse dar uma procuração para a lavratura do contrato e de tudo o mais.

– Como não, o filho do protopope, Padre Cirilo, é funcionário da Câmara Municipal – disse a Sra. Koróbotchka.

Tchítchicov pediu-lhe que lhe mandasse a procuração, e, para evitar maiores esforços, até se dispôs a redigi-la ele mesmo.

"Que bom seria", pensou nesse meio tempo a velha Koróbotchka, "se ele comprasse para o governo a minha farinha e o meu gado. É preciso agradá-lo. Ainda sobrou massa de ontem, preciso mandar a Fetínia fritar umas panquecas; também seria bom fazer um pastelão com ovos, é um prato que aqui fazemos bem, e não toma muito tempo".

A patroa saiu a fim de cuidar da execução da sua idéia relativa ao pastelão e, decerto, completá-la com outras obras-primas da sua culinária doméstica, enquanto Tchítchicov voltava para a sala onde havia passado a noite, a fim de retirar os papéis necessários do seu estojo. A sala já estava de havia muito arrumada, os suntuosos edredões já haviam sido retirados, diante do divã estava uma mesa coberta. Tendo colocado o estojo sobre a mesa, ele descansou um pouco, pois sentia-se banhado em suor, como num rio: tudo o que trazia no corpo, desde a camisa até as meias, estava ensopado. "Arre, como me esfalfou a velha maldita!", disse ele, depois de repousar um pouco, e abriu o estojo. O autor está convencido de que existem leitores tão curiosos, que gostariam de conhecer até a disposição interna desse estojo. Pois não, por que não os satisfazer? Eis aqui essa disposição interna: bem no centro, uma saboneteira; atrás da saboneteira, seis ou sete compartimentos estreitinhos para as navalhas; depois, escaninhos quadrados para a areia mata-borrão e o tinteiro, com uma cavidade em forma de barco entalhada entre os dois, para as penas, o lacre, e tudo o que fosse mais comprido; depois, toda sorte de compartimentos, com tampinhas e sem tampinhas, para as coisas mais curtas, cheios de cartões de visita, bilhetes fúnebres, entradas de teatro e outros convites, dobrados e guardados como recordações. Toda a gaveta superior, com todas as divisões, era removível, e debaixo dela havia um espaço ocupado por resmas de papel; depois havia uma pequena gaveta secreta para dinheiro, que saía imperceptivelmente do lado do estojo. Essa gavetinha era sempre aberta e imediatamente fechada com tanta rapidez pelo seu dono, que não seria possível dizer ao certo quanto dinheiro ela continha. Tchítchicov pôs-se a trabalhar logo, e, tendo apontado a pena, começou a escrever. Nesse momento entrou a dona da casa.

– Bonito bauzinho o seu, meu paizinho – disse ela, sentando-se ao lado dele. – Foi comprado em Moscou, com certeza.

– Em Moscou – respondeu Tchítchicov, sem parar de escrever.

– Eu logo vi: lá todo trabalho é bem feito. Três anos atrás, minha irmã trouxe de lá umas botinhas quentes para as crianças: mercadoria tão resistente! estão durando até hoje. Ai, gente, quanto papel timbrado que o senhor tem aí! – continuou ela, espiando para dentro do estojo. E, com efeito, havia muito papel timbrado ali. – O senhor bem podia dar-me uma folha de presente! Eu tenho tanta falta disso! Às vezes preciso fazer uma petição para o juiz, e não tenho papel apropriado.

Tchítchicov explicou que aquele papel não era para esses fins, que se destinava à lavratura de contratos e não servia para fazer petições. Em todo caso, para sossegá-la, deu-lhe uma folha qualquer, valendo um rublo.

Tendo escrito a carta, fez a velha assiná-la e pediu-lhe uma pequena relação dos seus camponeses. Descobriu então que a proprietária não mantinha livros de espécie alguma, nem fazia anotações ou relações, mas sabia quase tudo de cor, e imediatamente fê-la ditar-lhe o que sabia. Alguns dos camponeses causaram-lhe certa estranheza com os seus sobrenomes, e mais ainda com as suas alcunhas, tanto assim que, toda vez que ouvia uma delas, ele parava por um momento, e só depois começava a escrever. Ficou especialmente espantado com um certo Piotr Saviêlhev Não-Respeita-a-Gamela, tanto que não pôde deixar de comentar: – Este é comprido mesmo! – Um outro tinha um "Tijolo-de-Vaca" dependurado no seu nome, outro ainda chamava-se simplesmente "Roda-Ivan". Ao terminar de escrever, aspirou um pouco de ar pelo nariz e percebeu um cheiro tentador de alguma coisa quente, frita na manteiga.

– Quer ter a gentileza de provar alguma coisa? – disse a patroa.

Tchítchicov voltou-se e viu que na mesa já estavam servidos cogumelos, pasteizinhos, queijadinhas, pãezinhos, rosquinhas, torradinhas, bolinhos de frigideira com toda sorte de acompanhamentos: acompanhamento de cebolinha, de semente de papoula, de requeijão, de creme de leite, e um sem-número de outros quitutes.

– Isto é um pastelão com ovo – anunciou a patroa.

Tchítchicov puxou sua cadeira até o pastelão com ovo e, tendo engolido sem perda de tempo pouco mais da metade, gabou-lhe o sabor. De fato, o pastelão era mesmo gostoso, e depois de toda a maçada e trabalheira com a velha, parecia ainda melhor.

– E umas panquecas? – perguntou a dona da casa.

Em resposta, Tchítchicov enrolou três panquecas juntas, molhou-as na manteiga derretida e meteu-as na boca, limpando os lábios e as mãos com o guardanapo. Tendo repetido essa operação mais umas três vezes, pediu à patroa que mandasse atrelar a sua sege. Nastácia Petrovna despachou imediatamente Fetínia, ordenando-lhe ao mesmo tempo que trouxesse mais panquecas quentes.

– As suas panquequinhas são muito gostosas, mãezinha – disse Tchítchicov, atacando a nova leva das quentinhas.

– É verdade, aqui em casa as panquecas são bem-feitas – disse a patroa –, mas temos um problema: a colheita foi má, a farinha não é das melhores... Mas que pressa é esta, paizinho? – articulou ela, vendo que Tchítchicov estava pegando o seu gorro. – Pois se ainda nem acabaram de atrelar a sua carruagem?

– Já deve estar atrelada, sim, mãezinha. Comigo essas coisas andam depressa.

– Então, por favor, não se esqueça dos fornecimentos ao governo.

– Não vou esquecer, não vou esquecer – dizia Tchítchicov, saindo para o vestíbulo.

– E banha de porco, o senhor não compra? – perguntou a velha, acompanhando-o.

– Por que não haveria de comprar? Compro, sim, mas mais tarde.

– Vou ter banha de porco lá pelo Natal.

– Compraremos, compraremos, vamos comprar de tudo, e banha de porco também.

– Quem sabe vão precisar de penas de aves. Vou ter penas de aves também, pela época da Quaresma.

– Está bem, está bem – dizia Tchítchicov.

– Está vendo agora, paizinho? A sege ainda não está pronta – disse a patroa, quando saíram para a soleira.

– Vai ficar pronta, vai ficar pronta logo. Explique-me apenas como é que se chega à estrada principal.

– Como é que eu vou conseguir isso? – disse a dona da casa. – É difícil de explicar, há muitas curvas; quem sabe eu mando uma rapariga acompanhá-lo para mostrar o caminho. O senhor deve ter um lugar na boléia para ela poder sentar.

– Claro que sim.

– Então vá lá, dou-lhe a menina, ela conhece o caminho. Mas cuidado, veja lá, não vá carregá-la consigo. Uns comerciantes já me levaram uma, desse jeito.

Tchítchicov garantiu-lhe que não levaria a menina, e Koróbotchka, tranqüilizada, já começou a examinar tudo o que havia no seu quintal. Olhou fixamente para a despenseira, que trazia do porão uma vasilha de mel, depois para um camponês que aparecera no portão, e pouco a pouco foi mergulhando na sua vida doméstica.

Mas para que ocuparmo-nos tanto com a Sra. Koróbotchka? Seja Koróbotchka, seja Manílov, seja a vida doméstica ou não-doméstica – passemos ao largo! Não são essas as maravilhas deste mundo: o que é alegre pode transformar-se em triste num ápice, se ficarmos muito tempo parados a contemplá-lo, e então Deus sabe que coisas podem passar-nos pela cabeça. Quem sabe até nos ponhamos a pensar: mas será verdade mesmo que a Koróbotchka está num degrau tão baixo na escala infinita do aperfeiçoamento humano? Será de fato tão profundo o abismo que a separa da sua irmã, inexpugnavelmente protegida pelas paredes da aristocrática mansão com suas perfumadas escadarias de ferro forjado, cobres reluzentes, madeiras de lei e tapeçarias, essa irmã que boceja atrás de um livro inacabado, à espera de uma visita da alta sociedade, quando terá a oportunidade de brilhar espirituosamente, expressando pensamentos decorados, pensamentos que, pelas leis da moda, devem ocupar a cidade durante a semana inteira; pensamentos que não se referem ao que se passa na sua própria casa e nas suas propriedades, abandonadas e arruinadas graças à sua ignorância da economia doméstica e rural, mas sim à última reviravolta política que se prepara na França, e ao rumo que está tomando o catolicismo moderno? Mas adiante, adiante! Para que falar disso? Mas por que será que, no meio dos momentos mais leves, alegres e despreocupados, às vezes surge por si mesma uma corrente estranha? O riso ainda nem teve tempo de se apagar do nosso semblante, e já nos transformamos em outro, entre as mesmas pessoas, e já é outra a luz que ilumina o nosso rosto...

– Aqui está a sege, aqui está ela! – exclamou Tchítchicov, avistando finalmente a sua carruagem que se aproximava. – Que é que estavas fazendo, imbecil, que demoraste tanto? Ao que parece, a bebedeira de ontem ainda não passou de todo!

Selifan não respondeu nada a esta invectiva.

– Adeus, mãezinha! Mas e a sua rapariguinha, onde é que está?

– Eh, Pelagueia! – disse a proprietária a uma menina de uns onze anos, parada ao lado da escada, de vestido de pano rústico e pés descalços que de longe pareciam botas, tão rebocados estavam de lama fresca. – Vai mostrar o caminho a este patrão.

Selifan ajudou a menina a subir na boléia, e ela, apoiando o pé no estribo do patrão, primeiro sujou-o bem de lama, e depois encarapitou-se lá em cima e instalou-se ao lado dele. Depois dela, o próprio Tchítchicov pôs um pé no estribo do carro e, fazendo a sege inclinar-se para a direita, pois era pesadinho, acomodou-se por fim, dizendo:

– Ah! Agora estou bem! Adeus, mãezinha!

Os cavalos arrancaram.

Durante o caminho todo Selifan esteve taciturno e ao mesmo tempo muito atento ao seu serviço, o que sempre acontecia com ele quando se sentia culpado de alguma coisa, ou quando estava embriagado. Os cavalos estavam admiravelmente limpos. A colheira de um deles, que até então lhe era posta quase sempre em péssimo estado, de modo que a estopa aparecia por baixo do couro, estava perfeitamente remendada. Durante todo o caminho, Selifan conservou-se calado, apenas estalava o chicote e não dirigia nenhum discurso edificante aos cavalos, se bem que o pedrês, naturalmente, tivesse muita vontade de ouvir alguma coisa educativa, porque nessas ocasiões as rédeas sempre pendiam meio frouxas nas mãos do gárrulo cocheiro e o chicote só roçava os lombos por mera formalidade. Mas dos lábios taciturnos, desta vez, só se ouviam exclamações monotonamente desagradáveis: – Eh, eh, gralha velha! Boceja aí, boceja! – e nada mais. Até mesmo o baio e o Presidente estavam descontentes, não tendo ouvido nenhuma vez os costumeiros "queridos" e "digníssimos". O pedrês sentia lambadas muito desagradáveis nas suas ancas largas e roliças. "Arre, que ele está furioso hoje!", pensava ele consigo mesmo, mexendo as orelhas. "E sabe onde acertar, o danado! Não solta o chicote no lombo, mas escolhe os lugares mais sensíveis: bate nas orelhas ou por baixo, na barriga."

– À direita agora? – dirigiu-se em tom seco o cocheiro à menina sentada ao seu lado, apontando-lhe com o chicote a estrada enegrecida pela chuva, por entre os campos refrescados, de um verde vivo.

– Não, não, eu vou mostrar quando for hora – respondeu a menina.

– Para onde agora? – disse Selifan, quando chegaram mais perto.

– Por ali – respondeu a rapariguinha, apontando com a mão.

– Eh, boba! – disse Selifan. – Mas se isto é à direita mesmo: não sabes nem onde é a direita e a esquerda!

Embora o dia fosse muito bonito, a terra estava tão lamacenta que as rodas da sege, levando-a pelo caminho, ficaram logo recobertas por uma grossa camada de barro, como feltro, o que acrescentou bastante peso à carruagem. Para piorar as coisas, o solo estava pegajoso ao extremo. E tudo isso foi a causa de eles não conseguirem sair do meio das povoações antes do meio-dia. Sem a menina até isso teria sido impraticável, porque os caminhos se espalhavam para todos os lados, como lagostas apanhadas quando são sacudidas para fora do saco, e Selifan escapou de perder-se novamente, desta vez já sem ser culpado.

Logo depois, a menina estendeu o braço e apontou para uma construção escura e distante, dizendo:

– Ali é a estrada principal!

– E aquele edifício? – perguntou Selifan.

– É a taverna – disse a menina.

– Bem, daqui para diante já podemos viajar sozinhos – disse Selifan; – podes voltar para casa.

Fez parar a sege e ajudou a menina a descer, resmungando entre dentes: – Eh, bichinho de pernas pretas!

Tchítchicov deu-lhe uma moeda de cobre, e a pequena foi-se embora, já bem contente por ter podido viajar na boléia.

CAPÍTULO IV

Chegando à taverna, Tchítchicov mandou parar o carro por dois motivos. Um, para dar descanso aos cavalos, e outro, para ele mesmo se alimentar e se refazer um pouco. O autor deve confessar que sente inveja do apetite e do estômago desse tipo de gente. Para o autor nada, absolutamente nada significam todos esses grandes senhores, que vivem em Petersburgo e Moscou, e passam o seu tempo em meditações sobre o que irão comer amanhã e que espécie de almoço inventarão para depois de amanhã, e que não atacam o tal almoço sem antes despachar uma pílula garganta abaixo; gente que engole ostras, caranguejos marinhos e outros monstros, e depois viaja para as estações de águas de Carlsbad ou do Cáucaso. Não, esses senhores jamais despertaram a sua inveja. Mas os senhores do tipo mediano que numa parada pedem presunto, na outra um leitão, na terceira uma fatia de esturjão ou alguma lingüiça assada com cebola, e depois, como se nada tivesse acontecido, sentam-se à mesa a qualquer hora, e a sopa de esturjão com enguia e ovas lhes borbulha e chia entre os dentes, acompanhada de bolo de arroz ou pastel de salmão, de tal sorte que desperta o apetite do espectador – estes senhores, estes sim, gozam de um invejável dom divino! Mais de um dos senhores de classe alta sacrificaria no mesmo instante metade das almas de camponeses que possuísse e metade das suas propriedades, hipotecadas e não hipotecadas, com todas as benfeitorias à moda russa ou estrangeira, só para poder ser dono de um estômago igual àquele que tem o senhor de classe média;

o azar é que por dinheiro nenhum, nem em troca de propriedades, com ou sem benfeitorias, é possível adquirir um estômago desse de que são donos os senhores do tipo mediano.

A taverna de madeira escurecida acolheu Tchítchicov debaixo do seu alpendre hospitaleiro, sustentado por pequenos postes de madeira entalhada, parecidos com castiçais de igreja antigos. A taverna semelhava uma isbá russa em ponto um tanto maior. Cornijas rendilhadas de madeira nova em redor das janelas e debaixo do teto destacavam-se em vivo colorido contra as paredes escuras; os postigos das janelas estavam enfeitados com jarras de flores pintadas.

Galgando a estreita escada de madeira, ele subiu para um amplo vestíbulo, onde deu com uma porta que se abriu rangendo e com uma velha gorda vestida de chitas coloridas, que lhe disse: – Por aqui, por favor! – No interior da casa, encontrou todos os velhos conhecidos que qualquer um encontra nas pequenas tavernas russas tão comuns à beira das estradas, a saber: um samovar azinhavrado, paredes de pinho aplainado, um armário-cantoneira com chaleiras e xícaras, ovinhos de porcelana dourada diante das imagens de santos, pendentes de fitas azuis e vermelhas, uma gata com sua ninhada nova, um espelho que em vez de dois olhos mostrava quatro e em lugar de um rosto, uma espécie de panqueca; finalmente, maços de ervas aromáticas e de cravos espetados ao lado das imagens e tão ressequidos que a pessoa que quisesse cheirá-los desandava a espirrar e nada mais.

– Tens leitão? – foi a pergunta que Tchítchicov dirigiu à mulher parada diante dele.

– Tenho.

– Com raiz-forte e creme azedo?

– Com raiz-forte e creme azedo.

– Traze-o aqui!

A velha foi remexer nas coisas e trouxe um prato, um guardanapo tão engomado que ficava de pé como uma casca de árvore seca, depois uma faca de cabo de osso amarelecido, fininha como um canivete, um garfo de dois dentes e um saleiro que ninguém conseguia colocar de pé sobre a mesa.

O nosso herói, segundo o seu costume, imediatamente entabulou conversa com a taverneira, e indagou se ela era a única dona da taverna ou se havia também um dono, e quanto lucro dava a taverna, e se eles tinham filhos morando com eles, e se o filho mais velho era homem solteiro ou casado, e que espécie de mulher era a dele, com dote grande ou não, e se o sogro estava satisfeito, se não estava zangado por ter recebido poucos presentes de núpcias – numa palavra, não deixou escapar nada. Nem é preciso dizer que ele teve a curiosidade de perguntar se havia proprietários rurais naquela região, e ficou sabendo que havia diversos: Blókhin, Potchitáiev, Milnói, Tcheprakov, o coronel, Sobakêvitch. – Ah, então conheces o Sobakêvitch? – perguntou ele, e logo ficou sabendo que a velha conhecia não só o Sobakêvitch, como também o Manílov, e que Manílov é mais generoso do que Sobakêvitch: manda logo preparar uma galinha, pede também carne de vitela; quando há fígado de carneiro, pede também fígado de carneiro, e experimenta tudo o que houver, ao passo que Sobakêvitch pede um prato só, mas em compensação devora tudo, e até exige repetição, pelo mesmo preço.

Enquanto conversava assim, mastigando o leitão do qual já sobrara só um pedaço, Tchítchicov ouviu o ruído das rodas de uma carruagem que se aproximava. Olhando pela janela, viu uma carruagem ligeira que parara diante da taverna, tirada por uma tróica de bons cavalos. Da carruagem apearam dois homens. Um era louro, de porte alto; o outro, um pouco mais baixo, moreno. O louro trajava um redingote azul-marinho, o moreno, uma simples bata listrada. Ao longe, vinha-se arrastando uma carrocinha vazia, puxada por quatro cavalos magros e peludos, de colheiras arrebentadas e arreios de corda.

O louro dirigiu-se imediatamente para a escada, enquanto o moreno se demorava apalpando alguma coisa dentro da carruagem, enquanto falava com o criado e ao mesmo tempo acenava para a carrocinha que vinha atrás deles. Sua voz pareceu a Tchítchicov um tanto conhecida. Enquanto o examinava, o louro já tivera tempo de encontrar a porta e abri-la. Era um homem alto, de rosto magro, ou, como se costuma dizer, marcado, de bigodes ruivos. Pelo seu rosto queimado percebia-se que conhecia o fumo, senão da pólvora, pelo menos do tabaco. Ele cumprimentou Tchítchicov cortesmente, ao que este respondeu da mesma forma. Dentro de alguns minutos eles já teriam estreitado relações e entabulado uma boa conversa, pois a abertura estava feita, já que ambos, quase simultaneamente, expressaram sua satisfação pelo fato de que a poeira da estrada já estava assentada graças à chuva da véspera e que agora viajar se tornara fresco e agradável. Mas nisto entrou o seu companheiro moreno, que arrancou o boné da cabeça, atirou-o sobre a mesa e afofou com gesto vaidoso a sua basta cabeleira negra. Era um rapagão de estatura mediana, muito bem proporcionado, de faces cheias e coradas, dentes brancos como a neve e suíças negras como azeviche. Era viçoso, com as cores do sangue e do leite; seu rosto exalava saúde.

– Ora, ora, ora! – gritou ele de repente, estendendo os braços ao ver Tchítchicov. – Que ventos te trouxeram aqui?

Tchítchicov reconheceu Nozdriov, aquele mesmo com quem almoçara em casa do procurador, e que, em poucos minutos, ficara tão íntimo dele que já começara a tratá-lo por "tu", embora ele, Tchítchicov, não lhe tivesse dado motivo algum para tanto.

– Por onde andaste? – disse Nozdriov, e, sem esperar resposta, continuou: – Pois eu, meu amigo, venho da feira. Podes felicitar-me: perdi tudo o que tinha! Podes acreditar, nunca na minha vida me vi tão depenado! Até tive de vir com cavalos alugados! Olha pela janela, vê com teus próprios olhos! – Aqui ele mesmo forçou a cabeça de Tchítchicov, de tal forma que este quase bateu com a testa na moldura da janela. – Estás vendo que porcaria? Quase não conseguem arrastar-me até aqui, tive de passar para a carruagem dele. – E, dizendo isso, Nozdriov apontou com o dedo o seu companheiro. – Ainda não se conhecem? Este é meu cunhado Mijúiev! Falamos de ti a manhã inteira. "Queres ver como vamos encontrar-nos com o Tchítchicov hoje?", dizia-lhe eu. Mas, meu amigo, se tu soubesses como eu estourei! Não vais acreditar, mas não só entreguei meus quatro trotadores – larguei tudo o mais também. Pois se fiquei até sem corrente e sem relógio... – Tchítchicov olhou e viu que de fato o homem estava sem corrente nem relógio. Até lhe pareceu que uma das suas suíças estava menor, menos espessa do que a outra. – E pensar que, se eu tivesse apenas vinte rublos no bolso – continuou Nozdriov –, nem mais nem menos que vinte rublos, teria recuperado tudo, e não só teria recuperado tudo, mas, palavra de honra, ainda teria posto mais trinta mil na carteira.

– Era isso mesmo que dizias lá – respondeu o louro – mas, quando eu te dei cinqüenta rublos, tu os fizeste voar no mesmo instante.

– Eu não os teria perdido, por Deus que não teria! Foi uma burrada que eu fiz; não fosse por isso, eu não os teria perdido. Se eu tivesse deixado passar aquele sete, eu teria até quebrado a banca!

– Mas não a quebraste – disse o louro.

– Não quebrei, porque fiz aquela asneira com o sete. E tu, achas talvez que o teu major joga muito bem?

– Bem ou mal, o fato é que ele te deixou limpo.

– Grande vantagem! – disse Nozdriov. – Desse jeito eu também posso limpar a ele. Não, ele que tente jogar dobrado, aí então eu vou ver que espécie de jogador ele é! Mas em compensação, amigo Tchítchicov, que farra nós fizemos nos primeiros dias! De fato, a feira foi excelente. Os próprios comerciantes comentavam que nunca viram tamanha afluência de compradores. De minha parte, tudo o que foi trazido da minha aldeia vendeu-se pelos preços mais vantajosos. E como nos divertimos! Agora, só de lembrar... diabo! Quero dizer, é uma pena que tu não estivesses conosco! Imagina que a três verstas da cidade estava acampado um regimento de dragões. Pois acredita que os oficiais, todos eles, quarenta oficiais ao todo, estavam na cidade; e quando começamos a beber, meu irmão... O Capitão de Cavalaria Potselúiev... Tão simpático! E que bigodes, meu irmão! O vinho de Bordeaux para ele é simplesmente bordozinho. "Traze aqui um bordozinho, mano!" E o Tenente Kuvchínnikov... Que pessoa mais encantadora, amigo! Este, pode-se dizer de boca cheia, é um verdadeiro farrista. Ficamos juntos o tempo todo. E que vinho nos soltou o Ponomáriev! Precisas saber que ele é um ladrão e que na sua venda não se pode comprar nada: ele mistura ao vinho toda sorte de drogas: sândalo, rolha queimada e até mesmo sabugueiro, o gatuno! Mas em compensação, quando resolve tirar de um certo quartinho afastado, que ele chama de Especial, uma garrafinha qualquer, então, meu irmão, é o Empíreo[1]! E que champanha tínhamos lá! Perto dele, o champanha do governador é uma zurrapa. Imagine só, não era um simples Cliquot, mas um tal de Cliquot-Matradoure, o que significa Cliquot duplo. E ainda conseguimos uma garrafinha de vinho francês chamado Bonbon. E o aroma? Roseta e tudo o mais. Que pândega, amigo!... Mais tarde chegou um príncipe e mandou comprar champanha e não sobrava uma só garrafa em toda a cidade. Os oficiais tinham bebido tudo. Acreditas que eu sozinho esvaziei dezessete garrafas de champanha durante o almoço?

– Deixa disso, não consegues beber dezessete garrafas – observou o louro.

– Afirmo como homem honrado que bebi – retrucou Nozdriov.

– Podes afirmar o que quiseres, mas eu te digo que não és capaz de beber nem dez garrafas.

– Queres apostar que bebo?

– Apostar o quê?

– Ora, aposta a espingarda que compraste na cidade.

1. Celeste, supremo; a parte mais elevada do céu, habitada pelos deuses, na mitologia grega. (N. da E.)

– Não quero.

– Vamos, aposta, experimenta!

– Não quero experimentar nada.

– Pois é, ficarias sem a espingarda como estás sem gorro. Eh, amigo Tchítchicov, como eu lamentei que não estivesses lá! Tenho certeza de que não te separarias do Tenente Kuvchínnikov. Havias de dar-te com ele às mil maravilhas. Ele não é como o procurador e todos aqueles funcionários avarentos da nossa cidade, que tremem por causa de cada copeque. Este, meu amigo, joga qualquer coisa – banca, faraó[2], o que quiseres. Ora, Tchítchicov, o que te teria custado ir até lá? Palavra que és um porqueira por causa disso, um sujeito à-toa! Beija-me, querido, quero-te um bem imenso! Mijúiev, olha, vê como o destino nos reuniu: e o que é ele para mim, e o que sou eu para ele? Ele chegou sabe Deus de onde, eu também moro aqui... E quantas carruagens havia lá, irmão, e tudo isso *en gros*[3]. Joguei a sorte e ganhei dois potes de brilhantina, uma xícara de porcelana e uma guitarra. Aí joguei mais uma vez e perdi tudo, miséria, e ainda seis rublos mais. Mas se soubesses que mulherengo é esse Kuvchínnikov! Fomos juntos a quase todos os bailes. Havia uma dona toda enfeitada de babados e franzidos e sei lá o que mais... Eu só pensei: "Que diabo!" Mas o Kuvchínnikov, estou-te dizendo, ele é um danado mesmo, sentou-se ao lado dela e toca a derramar galanteios, e ainda por cima em língua francesa!... É incrível, mas o homem não deixava escapar nem uma reles camponesa. Ele chama a isso "aproveitar os moranguinhos". E que peixes, que filés de esturjão maravilhosos levaram para lá! Eu até trouxe um comigo, por sorte lembrei-me de comprá-lo quando ainda tinha dinheiro no bolso. Mas tu para onde vais agora?

– Visitar uma certa pessoa – disse Tchítchicov.

– Ora, deixa para lá a tal pessoa, vem comigo para a minha casa!

– Não posso, não dá, tenho negócios a tratar.

– Negócios, negócios, que idéia! Olha só que Negociante Ivánovitch me saíste!

– É verdade mesmo, vou a negócios, e negócios importantes.

– Pois aposto que mentes! Fala duma vez! Quem é que vais visitar?

– Está bem: o Sobakêvitch.

2. Jogo de azar. (N. da T.)

3. Em francês, no texto: em grosso, por atacado. (N. da E.)

Aqui Nozdriov desandou a rir, numa cascata daquelas gargalhadas de homem viçoso e sadio, que mostram duas fileiras de dentes alvos como torrões de açúcar, que sacodem as bochechas e fazem com que o vizinho, três aposentos adiante, acorde sobressaltado, arregalando os olhos e exclamando: "Mas o que foi que deu nele?!"

– O que é que isso tem de tão engraçado? – disse Tchítchicov, meio desapontado com aquele riso.

Mas Nozdriov continuava a gargalhar convulsivamente, repetindo:

– Ai, tem piedade, por Deus, que eu arrebento de rir!

– Não vejo graça nenhuma: eu lhe dei minha palavra – disse Tchítchicov.

– Mas tu vais arrepender-te de estares vivo, quando chegares lá – aquele ali é um avarento de marca maior! Eu conheço o teu caráter, vais sofrer uma decepção cruel, se pensas encontrar ali uma mesinha de jogo ou uma boa garrafa de um Bonbon qualquer. Escuta, amigo, manda ao diabo o Sobakêvitch e vem para a minha casa comigo! Vou-te servir um esturjão daqueles! O Ponomáriev, aquele animal, desfazia-se em mesuras: "É só para o senhor, pode revirar a feira toda, não vai encontrar outro igual". Mas é um gatuno terrível, eu lhe disse isso bem na cara: "Tu e o nosso comprador, dois grandes velhacos é o que sois!" E o safado só fica rindo, alisando a barba. Eu e o Kuvchínnikov íamos todas as manhãs comer na venda dele. Ali, mas ia-me esquecendo de te contar: sei que agora não vais deixar-me em paz, mas já te vou avisando, não vendo nem por dez mil rublos. Eh, Porfírio! – gritou ele pela janela para o seu criado, que segurava uma faca numa das mãos e na outra unia casca de pão com um pedaço de esturjão que tivera a sorte de conseguir cortar de passagem, enquanto retirava alguma coisa do carro. – Eh, Porfírio! – gritava Nozdriov – traze aqui o cachorrinho! Mas que filhote! – continuou ele, dirigindo-se a Tchítchicov. É roubado, o dono não queria vendê-lo por preço nenhum. Eu até lhe ofereci a égua alazã que recebi em troca do Khvostiriov, recordas? – Tchítchicov, em verdade, nunca tinha visto nem a égua alazã nem o tal Khvostiriov.

– Patrão, não vai querer comer alguma coisa? – perguntou nesse momento a velha, aproximando-se dele.

– Não quero nada. Eh, irmão, que pândega que foi! Mas, por outra, traze aqui um cálice de vodca; que vodca tens aí?

– De anis – respondeu a velha.

– Está bem, traze a vodca de anis – disse Nozdriov.

– Então traze um cálice para mim também – disse o louro.

– No teatro havia uma atriz que cantava como um canário, a danada! Kuvchínnikov, que estava sentado ao meu lado, falou: "Eta, irmão, isto é caso de aproveitar o moranguinho!" Devia haver umas cinqüenta barracas. O Fenardi girou que nem um moinho durante quatro horas seguidas. – Nesse momento ele recebeu o cálice das mãos da velha, que lhe fez uma reverência profunda. – Ah, traze aqui o bichinho! – berrou ele, vendo Porfírio, que entrava com o cachorrinho. Esse Porfírio trajava uma bata acolchoada, parecida com a do seu amo, mas muito mais ensebada.

– Traze o bichinho aqui, deixa-o aqui no chão!

Porfírio pôs o filhote no chão, e o cachorrinho, esticando as quatro patas, ficou a cheirar o solo.

– É este o cachorrinho! – disse Nozdriov, erguendo-o pelo cangote. O filhote emitiu um ganido bastante lamentoso.

– Mas tu não fizeste o que eu mandei – disse Nozdriov, dirigindo-se a Porfírio enquanto examinava meticulosamente a barriga do filhote –, tu nem tentaste catar as pulgas dele!

– Não, senhor, eu catei sim.

– Então por que essas pulgas?

– Não posso saber. Quem sabe saíram da própria carruagem.

– Mentes, mentes, nem pensaste em catá-las; acho até que lhe passaste as tuas próprias pulgas, imbecil. Mas olha aqui, Tchítchicov, vê que orelhas, apalpa com as próprias mãos.

– Não é preciso, dá para ver assim mesmo: é de boa raça! – respondeu Tchítchicov.

– Não, pega nele, apalpa-lhe as orelhas!

Tchítchicov, para agradar-lhe, apalpou as orelhas do bichinho, acrescentando:

– Sim, vai dar um belo cão.

– E o focinho, sentes como é frio? Toca com a mão.

Não querendo melindrá-lo, Tchítchicov tocou no focinho do filhote, e disse:

– Tem bom faro.

– Um autêntico perdigueiro – continuou Nozdriov; – confesso que faz muito tempo que eu estava cobiçando um perdigueiro. Toma aí, Porfírio, leva-o embora.

Porfírio levantou o filhote por baixo da barriga e carregou-o para a carruagem.

– Ouve aqui, Tchítchicov, agora tu tens de vir para casa comigo, sem falta, são só cinco verstas, chegaremos numa arrancada só, e de lá, se quiseres, poderás ir à casa do Sobakêvitch.

"Afinal de contas", pensou consigo Tchítchicov, "posso ir mesmo até a casa do Nozdriov. Ele não é pior do que ninguém, um homem igual aos outros, e ainda por cima perdeu tudo na jogatina. Ao que parece, está disposto a tudo, portanto quem sabe poderei arrancar alguma coisa dele pelo barato."

– Está bem, vamos – disse ele –, mas não queira segurar-me lá, que o meu tempo é precioso.

– Agora sim, meu coração, isto é que é falar! Assim é que é bom, espera, vou beijar-te por isso! – E aqui Nozdriov e Tchítchicov se beijaram. – Ótimo! Assim rodaremos os três juntos!

– Não, peço a fineza de me dispensares – disse o louro –, eu tenho de voltar para casa.

– Nada disso, nada disso, meu velho, não vou deixar-te!

– Palavra que minha mulher vai ficar zangada; agora tu podes passar para a sege dele.

– Não, não, não! Nem penses nisso!

O louro era um desses indivíduos em cujo caráter existe uma certa obstinação. O outro nem tem tempo de abrir a boca, que eles já estão prontos a discutir, e aparentemente jamais concordarão com o que está em evidente oposição à sua maneira de pensar; nunca dirão que um tolo é inteligente, e, especialmente, nunca concordarão em dançar conforme a música alheia; mas, no fim, o que resulta é que no seu caráter aparece maleabilidade; eles concordam com o que refutavam; chamarão o tolo de sábio e acabarão dançando o melhor que possam conforme a música alheia; em suma, começam alisando e acabam borrando.

– Bobagens! – disse Nozdriov em resposta a um argumento aduzido pelo louro; enfiou o gorro na cabeça dele, e o louro seguiu ao encalço dos outros dois.

– O patrão esqueceu de pagar pela vodca – disse a velha.

– Ali, sim, está certo, vovozinha. Escuta, cunhadinho, faze o favor de pagar, eu estou sem um copeque no bolso.

– Quanto é? – disse o cunhadinho.

– Pouca coisa, paizinho, só vinte copeques – disse a velha.

– Que exagero! Dá-lhe metade, que chega e sobra.

– É pouco, patrão – disse a velha, mas aceitou o dinheiro, agradecida, e até correu esbaforida para abrir-lhes a porta. Ela não sofria prejuízo, pois tinha cobrado quatro vezes o valor da vodca.

Os viajantes acomodaram-se. A sege de Tchítchicov rodava emparelhada com aquela na qual se instalaram Nozdriov e o seu cunhado, e por isso os três podiam conversar à vontade durante o caminho. Atrás deles seguia, atrasando-se o tempo todo, a pequena carruagem de Nozdriov, puxada pelos magros cavalos de aluguel. Nesta viajava Porfírio com o cachorrinho.

Considerando que a conversa dos três viajantes não continha maior interesse para o leitor, faríamos melhor se disséssemos alguma coisa a respeito do próprio Nozdriov, ao qual quiçá caberá um papel de não pouca importância no nosso poema.

A fisionomia de Nozdriov já deve ser algo conhecida do leitor. É do tipo que todo mundo já teve oportunidade de encontrar muitas vezes. São os chamados bons sujeitos, conhecidos na infância e na escola como companheirões, e que nem por isso deixam de ser bastante espancados com certa freqüência. No seu rosto há sempre um quê de franco, aberto, disposto. Entabulam relações rapidamente e sem perda de tempo passam a nos tratar por tu. Fazem amizade de repente e ao que parece para todo o sempre, mas quase sempre acontece que o novo amigo briga com eles na mesma noite, numa noitada entre amigos. Eles são sempre tagarelas, farristas, boêmios, gente saliente. Aos trinta e cinco anos, Nozdriov era, sem tirar nem pôr, o mesmo dos dezoito e dos vinte: sempre pronto para uma farrinha. O casamento não o modificara em nada, tanto mais que a esposa não demorara a transferir-se para o outro mundo, deixando dois garotinhos dos quais ele positivamente não precisava. Quem tomava conta das crianças era uma ama-seca bonitinha.

Nozdriov não conseguia ficar em casa por mais de um dia. Seu nariz apurado percebia a milhas de distância onde havia uma feira com toda sorte de reuniões e bailes; num átimo ele estava lá, discutia e promovia confusões diante do pano verde, pois tinha, como todos os de sua laia, certa paixão por um joguinho carteado. No baralho, como já tivemos ocasião de perceber no primeiro capítulo, seu jogo não era de todo limpo e impecável; conhecia muitos truques e sutilezas, e por isso o seu jogo terminava muitas vezes em outro tipo de jogo: ou levava uma surra de botinadas, ou então recebia um tratamento especial à custa de suas espessas e excelentes suíças, a tal ponto que muitas vezes voltava para casa com uma única suíça, e esta mesma bastante rala. Mas suas bochechas sadias e rechonchudas estavam tão bem formadas e continham tamanha capacidade de crescimento, que as suíças logo se desenvolviam de novo, até melhores do que antes. E o que é mais estranho, o que só pode acontecer na Rússia, é que, passado algum tempo, ele já se encontrava de novo com aqueles companheiros que o tinham surrado, e encontrava-os como se nada tivesse acontecido, nem da parte dele, nem da parte dos outros.

De certo modo, Nozdriov era uma personagem histórica. Nenhuma reunião de que ele participasse acabava sem uma história; sempre acontecia uma história qualquer: ou ele era obrigado a deixar a sala de braço dado com dois gendarmes, ou os próprios companheiros eram forçados a empurrá-lo para fora. E, se não acontecia isso, sempre acontecia alguma outra coisa que jamais poderia ocorrer com outro: ou embebedava-se no bufê até ficar reduzido a um riso ininterrupto, ou então contava tantas fanfarronadas que acabava com vergonha das próprias mentiras. E mentia sem a menor necessidade: de repente, contava que tinha um cavalo de pelo azul ou cor-de-rosa, e outras tolices que tais, a ponto de os ouvintes acabarem por afastar-se, dizendo: "Eh, meu velho, estás passando da conta!"

Existem pessoas que encontram um prazer especial em fazer sujeiras para o próximo, às vezes sem qualquer motivo. Às vezes, por exemplo, é até um varão ilustre, de aspecto nobre, condecoração no peito, aperta-vos a mão, conversa sobre temas profundos que induzem à meditação, e de repente, ali mesmo, diante dos vossos olhos, vos faz uma sujeira. E uma sujeira de reles funcionário subalterno, e não uma de cavalheiro de estrela no peito, que conversa sobre temas que induzem à meditação, de modo que só vos resta pasmar e dar de ombros e nada mais. Nozdriov alimentava essa mesma e estranha paixão. Aquele que mais dele se aproximasse mais depressa sofreria a sua ação daninha: uma intriga sem pé nem cabeça, um casamento desmanchado, um negócio desfeito e nem por isso ele se considerava seu inimigo; pelo contrário, se por acaso se encontrasse de novo com a vítima, tratava-a com toda a cordialidade e até reclamava: "És um grande tratante, nunca vens visitar-me".

Sob muitos aspectos, Nozdriov era um homem multifacetado, isto é, um homem de sete instrumentos. No mesmo instante ele vos propunha fazer qualquer viagem, nem que fosse ao fim do mundo, entrar em qualquer espécie de empreendimento, trocar tudo o que tivesse por tudo o que quisésseis. Espingarda, cachorro, cavalo – tudo era objeto de barganha, mas de fato sem fins lucrativos: era simplesmente devido a uma certa insopitável esperteza e vivacidade de caráter. Se na feira ele tinha a sorte de encontrar um simplório e depená-lo no jogo, comprava montes de tudo o que antes lhe caíra sob os olhos, nas barracas: arreios, incenso, lenços para a ama, um potro, uvas passas, um lavatório de prata, linho holandês, semolina, tabaco, pistolas, arenques, quadros, amolador de facas, panelas, botas, louça de faiança – até gastar o dinheiro todo. É verdade que rara era a vez em que essas coisas chegavam até a sua casa; geralmente no mesmo dia tudo isso passava às mãos de outro jogador mais afortunado, às vezes até acrescido do próprio cachimbo com piteira e tabaqueira, outras vezes mesmo dos quatro cavalos com tudo o mais: carruagem e cocheiro, de modo que o ex-dono de tudo saía, de casaquinho breve ou de simples bata, em busca de um amigo qualquer para aproveitar a sua condução.

Assim era Nozdriov! Quem sabe dirão que ele é um tipo superado, que Nozdriov não existe mais, hoje em dia. Infelizmente, não terão razão os que assim falarem. Nozdriov ainda permanecerá por muito tempo neste mundo, e não será fácil exterminá-lo. Ele está entre nós por toda parte e, quiçá, apenas traja um cafetã[4] diferente; mas os seres humanos são superficiais e pouco perspicazes, e um homem de roupa diferente lhes parece um outro homem.

Nesse meio tempo, os três veículos já haviam estacionado diante dos degraus da casa de Nozdriov. A casa não estava de modo algum preparada para recebê-los. No meio da sala de jantar erguia-se um cavalete de madeira, e dois mujiques encarapitados nele caiavam as paredes, ao som de uma cantilena interminável; o soalho estava todo salpicado de cal. Nozdriov mandou imediatamente que os homens e o cavalete desocupassem o local e saiu correndo para o outro aposento, a fim de dar ordens. Os hóspedes ouviram-no encomendando o almoço ao cozinheiro. Percebendo isso, Tchítchicov, que já começava a sentir um certo apetite, compreendeu que antes das cinco horas eles não se sentariam à mesa. Nozdriov voltou e levou seus visitantes para verem tudo o que havia na sua aldeia, e, em pouco mais de duas horas, mostrou-lhes absolutamente tudo, de modo que nada mais restou para mostrar. Em primeiro lugar, foram examinar a estrebaria, onde viram duas éguas, uma tordilha e outra alazã, depois um potro baio de aspecto insignificante, pelo qual Nozdriov jurava ter pago dez mil rublos.

– Não pagaste dez mil por ele – observou o cunhado. – Ele não vale nem mil.

– Palavra que dei dez mil – disse Nozdriov.

– Podes dar quantas palavras quiseres – respondeu o cunhado.

– Pois então, queres fazer uma aposta? – disse Nozdriov.

O cunhado não queria fazer uma aposta.

Depois Nozdriov mostrou-lhes umas cocheiras vazias, onde antes também houvera bons cavalos. Na mesma cavalariça, viram um bode, que, segundo uma velha superstição, era indispensável

4. Casaco comprido, cinturado. (N. da T.)

para o bem-estar dos cavalos, o qual, aparentemente, dava-se muito bem com eles, pois passeava debaixo das suas barrigas como na própria casa. A seguir, Nozdriov levou-os para lhes mostrar um filhote de lobo preso numa corrente. – Este é o lobinho! – disse ele. – Eu o alimento com carne crua de propósito, quero que ele seja uma verdadeira fera! – Foram depois visitar a lagoa, onde, segundo Nozdriov, havia peixes tão grandes que dois homens mal conseguiam puxar da água um deles, informação esta da qual o seu parente não deixou de duvidar imediatamente.

– Tchítchicov – disse Nozdriov –, eu vou mostrar-te, um par de cães excelentes: a musculatura das coxas é de espantar, o focinho é uma agulha! – e levou-os até uma casinha muito bonita e bem construída, no meio de um amplo pátio cercado por todos os lados. Entrando no pátio, viram ali todas as espécies de cães, puros e mestiços, de todos os tipos e raças, peludos e lisos, de todas as cores e matizes: pretos, cinzentos, malhados, ruivos, castanhos, fulvos, de orelhas pretas, de orelhas cinzentas... Havia ali todos os apelidos, todos os nomes imperativos: Dispara, Espanta, Voa, Chispa, Fogueira, Ligeiro, Faísca, Danado, Querida, Bandido, Recompensa, Tutora. No meio deles, Nozdriov era, sem tirar nem pôr, um pai no meio da sua família; todos eles, arrebitando as caudas, que os caçadores entendidos em cães chamam de lemes, dispararam ao encontro dos visitantes e puseram-se a cumprimentá-los. Uma dezena deles colocou as patas nos ombros de Nozdriov. Danado deu a mesma prova de amizade a Tchítchicov, e, erguendo-se nas patas traseiras, deu-lhe uma lambida em plena boca, o que fez com que Tchítchicov cuspisse bem depressa. Todos admiraram os cães, que causavam espanto pela musculatura das coxas; eram de fato excelentes animais. Depois, foram ver uma cadela da Criméia, que já estava cega, e, na opinião de Nozdriov, deveria morrer logo, mas uns dois anos atrás fora uma cadela muito boa; examinaram também a cadela – a cadela, de fato, era cega. Em seguida, foram olhar o moinho de água, onde faltava o "adejador", a peça – na qual se apóia a mó superior, que gira rapidamente no fuso – "adeja", na maravilhosa expressão do mujique russo.

– E aqui neste lugar logo haverá uma forja! – disse Nozdriov.

Depois de andar um pouco, viram de fato uma forja, examinaram também a forja.

– Neste campo aqui – disse Nozdriov, apontando o campo com o dedo –, é tal a quantidade de lebres que nem dá para enxergar a terra; eu mesmo apanhei uma pelas patas traseiras, com as mãos.

– Deixa disso, não dá para apanhar uma lebre com as mãos! – observou o cunhado.

– Pois eu apanhei, e apanhei mesmo! – respondeu Nozdriov. – E agora vou levar-te – continuou, dirigindo-se a Tchítchicov – para ver o limite onde terminam as minhas terras.

Nozdriov conduziu os seus hóspedes através de um campo que era em boa parte constituído de montículos. Os hóspedes tiveram de abrir caminho por entre alqueives e sulcos lavrados. Tchítchicov começava a sentir-se cansado. Em muitos lugares, brotava água sob o peso dos seus pés, tão baixo era o terreno. A princípio, eles ainda se poupavam e pisavam com todo o cuidado, mas depois, vendo que isso de nada adiantava, começaram a andar de qualquer jeito, em frente, sem reparar onde a lama era maior ou menor. Tendo vencido uma boa distância, divisaram com efeito o tal limite, que consistia em um pequeno marco de madeira e um fosso estreitinho.

– Este é o limite! – disse Nozdriov. – Tudo o que está vendo deste lado, tudo isso é meu, e mesmo do lado de lá, todo aquele bosque que azula ali a distância, e tudo o que fica por detrás do bosque, tudo aquilo é meu.

– E desde quando aquele bosque ficou sendo teu? – perguntou o cunhado. – Será que o compraste recentemente? Ele não era teu antes.

– Sim, eu o comprei há pouco tempo – respondeu Nozdriov.

– Quando é que tiveste tempo de comprá-lo, tão de repente?

– Como não? Faz uns três dias que o comprei, por sinal que paguei um preço alto, com os diabos!

– Mas se naqueles dias tu estavas na feira!

– Mas que simplório! Então não é possível estar ao mesmo tempo na feira e comprar terras? Pois então, eu estava na feira, e o meu administrador fez a compra aqui, na minha ausência.

– Só se foi o administrador! – disse o cunhado, mas mesmo assim ficou na dúvida e sacudiu a cabeça.

Os visitantes voltaram para casa pelo mesmo caminho horrível. Nozdriov levou-os ao seu escritório, no qual, aliás, não havia nem sinal das coisas que habitualmente se encontram em escritórios, ou seja, livros ou papéis; só havia sabres e duas espingardas penduradas na parede: uma no valor de trezentos, e outra, de oitocentos rublos. O cunhado, vendo aquilo, limitou-se a balançar a cabeça. Depois, foram exibidos punhais turcos, num dos quais, por engano, estava gravado em russo: “Mestre Savelic Sibiriakov”. Em seguida, o anfitrião mostrou-lhes um realejo, que pôs a funcionar imediatamente. O realejo até que não tocava mal, mas parece que alguma coisa aconteceu no seu interior, porque a mazurca terminava com a canção *Malborough Foi para a Guerra,* e *Malborough Foi para a Guerra* terminava inesperadamente numa velha valsa muito conhecida. Nozdriov já parara de dar-lhe corda havia tempo, mas o realejo tinha um rolo muito animado, que não queria sossegar de maneira alguma, e que ficou ainda por muito tempo assobiando por sua própria conta. Então chegou a vez da exibição de cachimbos – de madeira, de barro, de espuma, curados e não curados, forrados de camurça e não forrados, um chibuque[5] turco de boquilha de âmbar, recém-ganho no jogo, uma tabaqueira bordada por certa condessa que, numa estação postal, apaixonara-se perdidamente por ele, e que tinha, na sua opinião, mãozinhas do mais refinado *superflu* – palavra essa que para ele parecia significar o cúmulo da perfeição.

Após um antepasto de esturjão, sentaram-se à mesa, finalmente, já quase às cinco horas. O bem-comer, obviamente, não constituía o interesse principal na vida de Nozdriov; as iguarias não representavam papéis de relevo: algumas estavam chamuscadas, outras, meio cruas. Percebia-se que o cozinheiro se deixava guiar mais por uma espécie de inspiração, e punha na panela o que lhe aparecia mais à mão: se era a pimenta que estava mais perto, punha pimenta, se era repolho, metia repolho, socava leite, presunto, ervilhas – em suma, um vale-tudo: desde que esteja quente, um sabor qualquer há de aparecer. Em compensação, Nozdriov caprichava nos vinhos; ainda antes de servirem a sopa, ele já enchera para cada convidado um grande copo de vinho do Porto e outro de Haute-Sauterne, porque nas capitais de província e cidades distritais não existe o Sauterne simples. Em seguida, Nozdriov mandou trazer uma garrafa de um Madeira como nem o marechal-de-campo bebera igual. Com efeito, o Madeira até queimava a boca, porque os comerciantes, conhecendo o paladar dos proprietários rurais, que gostavam do bom Madeira, reforçavam-no impiedosamente com rum e às vezes até o batizavam com vodca real, na certeza de que os estômagos russos resistem a tudo. Depois, Nozdriov mandou vir mais uma garrafa toda especial, que, segundo dizia, era uma combinação de "borgonhon-champanhon". Ele enchia os dois copos dos seus convidados, à direita e à esquerda, tanto do cunhado como de Tchítchicov, com muita assiduidade. Mas Tchítchicov reparou, de soslaio, que ele não se servia com a mesma freqüência. Esta observação o pôs de sobreaviso, e, toda vez que Nozdriov começava a falar muito ou a servir o cunhado, Tchítchicov

5. Espécie de cachimbo oriental, de cabo longo. (N. da T.)

esvaziava rapidamente o seu copo para dentro do prato. Pouco depois, trouxeram uma aguardente de sorvas, que tinha, no dizer de Nozdriov, um sabor de pura nata, mas na qual, surpreendentemente, percebia-se o cheiro de vodca da mais ordinária, em toda a sua força. Por fim, beberam um certo bálsamo, de nome até difícil de lembrar, tanto que o próprio anfitrião, na segunda vez, já o chamou por outro nome.

O repasto já terminara havia muito, todos os vinhos já tinham sido provados, mas os convivas ainda continuavam sentados à mesa. Tchítchicov de maneira alguma queria tocar no seu assunto principal na frente do cunhado. Afinal, o cunhado era pessoa estranha, e o assunto exigia uma conversa íntima e amistosa. Aliás, o cunhado não apresentava perigo algum, porque estava bastante embriagado e, sentado na sua cadeira, cochilava, deixando pender a cabeça de minuto em minuto. Percebendo afinal ele mesmo que não se encontrava em bom estado, começou a pedir que o deixassem voltar para casa, mas com uma voz tão mole e preguiçosa como se, na expressão popular russa, quisesse pôr o cabresto no cavalo usando uma torquês.

– Nada disso, não vou deixar! – disse Nozdriov.

– Não, não me magoes, meu amigo, deixa-me ir – dizia o cunhado – senão ficarei muito magoado.

– Tolices, bobagens! Vamos arrumar já uma mesinha de jogo!

– Arruma o teu jogo sozinho, mano, eu não posso ficar, minha mulher vai reclamar muito, eu preciso contar-lhe como foi a feira. É preciso, mano, é preciso agradá-la, sabe. Não, não me detenhas mais!

– Ora, manda tua mulher para a...! Que grandes coisas tens para fazer com ela?

– Não, mano. Ela é tão distinta e fiel! Presta-me tantos serviços... Acredita, fico até com lágrimas nos olhos... Não, não me prendas mais; vou partir, como um homem de bem. Asseguro-te isso em sã consciência.

– Ele que se vá, de que serve ele neste estado? – disse Tchítchicov a Nozdriov em voz baixa.

– É mesmo! – disse Nozdriov. – Detesto este tipo de derretimentos! – e acrescentou em voz alta: – Pois bem, vai com o Diabo, vai derreter-te com a tua mulher, molengão!

– Não, mano, não me insultes, não me chames de molengão – respondeu o cunhado. – Eu devo a minha vida a ela. É tão bondosa, tão meiga, faz-me tantos carinhos... fico comovido até as lágrimas; ela vai perguntar o que eu vi na feira, preciso contar-lhe tudo, ela é tão boazinha!

– Então vai duma vez, conta-lhe as tuas lorotas! Aqui está o teu gorro.

Não, irmão, tu não deves referir-te a ela dessa maneira; dessa maneira, pode-se dizer, é a mim que ofendes, e ela é tão boazinha!

– Pois então, vai voando para ela, anda!

– Sim, mano, eu vou, desculpa-me por não poder ficar. Gostaria muito, mas não posso mesmo.

O cunhado ainda ficou por longo tempo repetindo as suas desculpas, sem perceber que já de havia muito estava sentado na sege, havia muito passara pela porteira e que diante dele já se estendiam havia muito tempo os campos desertos. Deve-se presumir que sua mulher não chegou a ouvir muitos pormenores sobre a feira.

– Que porcalhão! – dizia Nozdriov, olhando pela janela a sege que se afastava. – Como se foi arrastando! O cavalinho lateral não é mau, há muito que estou de olho nele. Mas com aquele ali não se pode resolver nada. Um molengão, molengão e nada mais!

Depois disso, entraram na sala. Porfírio trouxe as velas, e Tchítchicov viu de repente nas mãos do anfitrião um baralho de cartas surgido não se sabe de onde.

– Como é, irmão? – disse Nozdriov, apertando os lados do baralho com os dedos de maneira a curvá-lo, fazendo com que arrebentasse e saltasse o invólucro de papel. – Vamos, só como passatempo, eu abro a banca com trezentos rublos!

Mas Tchítchicov fingiu que não ouvira nada nem percebera do que se tratava, e disse, como quem se lembra de repente:

– Ah, antes que eu esqueça: tenho um pedido para te fazer.

– Que pedido?

– Primeiro promete que vais atendê-lo.

– Mas que pedido é esse?

– A tua palavra primeiro.

– Como queiras.

– Palavra de honra?

– Palavra de honra.

– O pedido é o seguinte: tu deves ter muitos camponeses que já morreram e ainda não foram riscados das tuas listas de recenseamento.

– Tenho, sim – e então?

– Quero que os passes para mim, para o meu nome.

– E para que queres isso?

– É que eu preciso deles.

– Mas para que fim?

– Preciso porque preciso… isto já é assunto meu – em suma, preciso deles.

– Tu deves estar tramando alguma coisa. Vamos, confessa – o que é?

– Tramando coisa nenhuma – o que é que se pode tramar com uma ninharia dessa?

– Mas para que precisas deles?

– Mas que sujeito curioso! Qualquer besteira que vê, já quer apalpar com a mão e meter o nariz até para cheirar!

– Mas por que então não me queres dizer?

– Que é que tu ganhas se ficares sabendo? É um simples capricho, assim, uma fantasia.

– Pois então fica sabendo: enquanto não me contares a razão, não farei o negócio!

– Ah, não, assim já fica feio, é desonesto de tua parte: deste a palavra de honra e agora queres dar para trás.

– Pensa o que quiseres, mas não farei nada enquanto não me disseres do que se trata.

"Que será que eu lhe poderia dizer?", pensou Tchítchicov, e após um minuto de reflexão declarou que precisava das almas mortas para adquirir maior peso na sociedade, pois não possuía grandes propriedades, e estas poucas alminhas o ajudariam, por ora, a manter as aparências.

– Mentes, mentes! – disse Nozdriov, sem deixá-lo terminar a explicação. – Mentes, mano!

Tchítchicov já tinha percebido ele mesmo que sua invenção não era das melhores e o pretexto era bastante fraco.

– Está bem, então vou contar a verdade – disse ele, corrigindo-se –, mas, por favor, não vás revelar isto a ninguém. Eu resolvi casar-me; mas preciso informar-te de que o pai e a mãe da noiva são pessoas muito ambiciosas. Estou com um problema tremendo, dá até vontade de desistir do trato: eles exigem sem falta que o noivo possua nada menos que trezentas almas, e como acontece que me faltam quase cento e cinqüenta camponeses…

– Estás mentindo outra vez! mentes! – gritou de novo Nozdriov.

– Escuta, amigo – disse Tchítchicov –, agora eu não menti nem um tantinho assim – e mostrou com o polegar a mais ínfima porção do dedo mínimo.

– Aposto a cabeça como estás mentindo!

– Mas isto já está beirando a ofensa! Por quem me tomas? Por que achas que eu não faço outra coisa a não ser mentir?

– É porque eu te conheço, mano: sei que és um grande malandro, permite que to diga como bom amigo! Se eu fosse o teu chefe, mandaria enforcar-te na primeira árvore.

Tchítchicov sentiu-se melindrado com essa observação. Qualquer expressão indelicada, um pouco grosseira ou ofensiva ao decoro era-lhe desagradável. Ele até não gostava de ser tratado com familiaridade, em circunstância nenhuma, a não ser quando o interlocutor era de posição muito elevada. E por isso, agora, ele ficara totalmente ofendido.

– Palavra de honra que te mandaria enforcar – repetiu Nozdriov; – digo-te isso com toda a sinceridade, sem intenção de te magoar, mas assim, entre bons amigos.

– Há limites para tudo – disse Tchítchicov com dignidade. – Se queres exibir-te com semelhante linguagem, é melhor que vás para as casernas – e acrescentou em seguida: – Se não queres dá-los de presente, podes vender-me as tuas almas mortas.

– Vender! Mas se eu te conheço, sei que és um tratante, não pagarás o preço justo por elas!

– Eh, mas tu também és dos bons! Olha lá! De que é que elas são feitas, as tuas almas – de brilhantes?

– Estás vendo? É como eu pensava. Eu te conhecia.

– Tem paciência, mano, que impulsos judaicos são esses que te movem? O que devias fazer era dar-mas de presente!

– Escuta aqui, para te provar que não sou nenhum explorador, não te cobrarei nada por elas. Compra o meu potro, e eu tas darei como brinde.

– Mas o que é isso, homem, que é que vou fazer com um potro? – disse Tchítchicov, sinceramente espantado com semelhante proposta.

– Como, o que vais fazer? Mas se eu paguei dez mil rublos por ele, e vou vendê-lo a ti por apenas quatro mil!

– Mas de que me serve um potro? Eu não faço criação.

– Mas escuta, homem, não estás compreendendo: eu só levarei três mil rublos agora, os outros mil poderás pagar-me mais tarde.

– Mas se eu não preciso de potro nenhum, ora essa!

– Está bem, então compra-me a égua alazã.

– Não preciso de égua tampouco.

– Pela égua e mais o tordilho que viste na estrebaria, eu te cobrarei apenas dois mil rublos.

– Eu já te disse que não preciso de cavalos.

– Poderás vendê-los, na primeira feira te darão o triplo por eles.

– Neste caso é melhor que tu mesmo os vendas, se tens certeza de lucrar o triplo.

– Eu sei que posso lucrar, mas quero que tu também ganhes.

Tchítchicov agradeceu-lhe a bondade, mas recusou redondamente tanto a égua alazã como o cavalo tordilho.

– Bem, então compra-me uns cães. Vou vender-te um par de cães tão bons que até dá arrepios na pele só de pensar! Peitudos, bigodudos, de pelo eriçado como espinhos! O tórax enorme, as patas acolchoadas, quando correm não tocam no chão!

– De que me servem cachorros? Não sou caçador.

– É que eu gostaria que tu tivesses uns cães. Está bem, se não queres comprar os cachorros, compra-me o realejo; palavra de honra que ele me custou um milhar e meio: passo-to por novecentos rublos.

– Mas o que é que eu vou fazer com um realejo? Não sou nenhum alemão, para me arrastar com ele pelas estradas, pedindo dinheiro.

– Mas este não é dos realejos que os alemães carregam. É um órgão; examina-o bem – é todo de mogno. Vou mostrar-te já! – Aqui Nozdriov, agarrando Tchítchicov pela mão, começou a arrastá-lo para a outra sala, e, por mais que este fincasse os pés no chão e protestasse que já sabia que espécie de realejo era, foi obrigado a escutar mais uma vez como é que Malborough foi para a guerra. – Se não queres comprar a dinheiro, tenho outra idéia, ouve: eu te darei o realejo e quantas almas mortas eu tiver, em troca da tua sege e mais trezentos rublos de quebra.

– Era só o que faltava – como é que eu vou transportar-me depois?

– Eu te darei outra carruagem. Vem para o alpendre, eu te mostro – é só pintá-la e ficará como nova!

"Mas este sujeito está endemoninhado!", pensou consigo mesmo Tchítchicov, e decidiu desvencilhar-se de qualquer maneira de quaisquer carruagens, realejos, e todas as espécies de cães, não obstante os arrepiantes pêlos eriçados e patas acolchoadas.

– Mas se eu te ofereço a carruagem, o realejo e todas as almas mortas!

– Não quero – disse Tchítchicov mais uma vez.

– Mas por que é que não queres?

– Não quero porque não quero, simplesmente, e basta.

– Mas como és difícil, homem! Estou vendo que contigo não dá para fazer como se faz entre bons amigos e companheiros; que sujeito, palavra!... Logo se vê que és um homem de duas caras!

– Mas será que tenho cara de bobo, eu? Pensa bem: para que iria eu adquirir toda sorte de coisas que me são totalmente inúteis?

– Por favor, não digas mais nada. Agora já te conheço muito bem. És um patife de marca! Mas ouve aqui, vamos jogar uma partida de banca? Aposto todos os defuntos numa cartada, e mais o realejo.

– Ah, jogar banca significa expor-se ao desconhecido – disse Tchítchicov, enquanto lançava uma olhadela de soslaio para as cartas que o outro tinha nas mãos. Os dois baralhos pareceram-lhe um tanto artificiais, e mesmo o colorido do verso tinha um aspecto bastante suspeito.

– Por que desconhecido? – disse Nozdriov. – Desconhecido coisa nenhuma! É só ter um pouco de sorte, e podes ganhar um mundo! Lá vai ela! Olha a sorte! – dizia ele, começando a dar as cartas para espicaçar o interesse do parceiro. – Mas que sorte! Que sorte incrível! Olha – está saindo, está saindo! Cá está ele, aquele nove maldito que me fez perder tudo! Eu bem que sentia que ele ia trair-me, mas fechei os olhos e pensei comigo: "Que te leve o diabo, anda, trai-me, maldito!"

Quando Nozdriov estava dizendo isso, Porfírio trouxe uma garrafa. Mas Tchítchicov recusou com firmeza tanto a bebida como o jogo.

– E por que razão tu não queres jogar? – disse Nozdriov.

– Porque não estou com disposição. De mais a mais confesso que não sou muito amigo do baralho.

– E por que não és amigo?

Tchítchicov deu de ombros e respondeu:

– Porque não.

– És uma boa droga.

– Que é que vou fazer? Deus me criou assim.

– Não passas de um moleirão! Antes eu pensava que eras um homem às direitas, pelo menos até certo ponto, mas tu não entendes quando te tratam bem. Não se pode conversar contigo como entre pessoas amigas... nenhuma franqueza, nenhuma sinceridade! Um perfeito Sobakêvitch, patife da mesma laia!

– Mas por que me estás insultando? Que culpa tenho eu, se não jogo? Vende-me as almas e pronto, já que és um tipo que treme todo por causa de tal ninharia.

– Não vou vender-te droga nenhuma! Eu já ia, já queria dar-te tudo de presente, mas agora não vais receber nada! Nem por três reinos vendo-te as almas! Miserável, sovina nojento! Daqui em diante não quero mais relações de espécie alguma contigo! Porfírio, vai dizer ao cavalariço que não dê aveia aos cavalos dele, eles que passem a feno.

Por esta conclusão Tchítchicov não esperava de forma alguma.

– Melhor teria sido que eu nunca tivesse posto os olhos em ti! – disse Nozdriov.

Entretanto, apesar desse desentendimento, o anfitrião e o hóspede jantaram juntos, embora desta vez não aparecessem na mesa vinhos de nomes exóticos. Havia uma só garrafa com uma coisa de Chipre, que era, como se diz, uma zurrapa em toda a acepção do termo.

Depois do jantar, Nozdriov acompanhou Tchítchicov até um quarto onde estava preparada uma cama para ele:

– Aqui tens uma cama! Não quero nem desejar-te uma boa noite!

Depois da saída de Nozdriov, Tchítchicov ficou só, num estado de espírito dos mais desagradáveis. Estava descontente consigo mesmo e repreendia-se por ter ido lá e perdido o seu tempo à toa. Mas reprochava-se mais ainda por ter falado com ele do seu negócio, por ter sido imprudente como uma criança, como um bobo: pois o negócio certamente não era do tipo que se pudesse confiar a um Nozdriov. Nozdriov era um homem-lixo, Nozdriov podia mentir, exagerar, espalhar Deus sabe o quê, podiam surgir complicações e intrigas – muito mau, muito mau. "Sou um bobalhão", dizia ele para si mesmo. Passou uma noite de sono agitado. Uns insetos miúdos e muito vorazes picavam-no sem cessar, dolorosamente, tanto que ele raspava com os cinco dedos o lugar atingido, resmungando: "Ah, que o diabo vos carregue junto com o Nozdriov!"

Acordou de manhã bem cedo. A primeira coisa que fez foi enfiar o roupão e sair para o pátio, para ordenar a Selifan que atrelasse a sege imediatamente. Voltando para o quarto, encontrou-se no pátio com Nozdriov, que também estava de roupão e cachimbo entre os dentes.

Nozdriov saudou-o cordialmente e perguntou como tinha passado a noite.

– Assim, assim – respondeu Tchítchicov, muito secamente.

– Pois eu passei mal, mano – disse Nozdriov; – uns bichos nojentos me atormentaram a noite inteira, e na boca, depois de ontem, parecia que acampou um esquadrão inteiro. E imagina: sonhei que levava uma surra! Palavra! E calcula só de quem? Aposto que não consegues adivinhar: do Capitão Potselúiev e do Kuvchínnikov!

"Pois é", pensou consigo mesmo Tchítchicov, "bom teria sido se te curtissem o couro na realidade!"

– Palavra de honra! E doeu muito! Acordei – com os diabos, a coceira é de verdade, devem ser as pulgas, essas bruxas. Bem, vai vestir-te agora, logo mais irei ter contigo, preciso só descompor um pouco o canalha do meu administrador.

Tchítchicov entrou no quarto para se vestir e se lavar. Quando saiu para a sala de jantar, já encontrou a mesa posta, com o aparelho de chá e uma garrafa de rum. A sala mostrava vestígios do almoço e do jantar da véspera; ao que parecia, a vassoura era um instrumento desconhecido na casa. Havia migalhas de pão espalhadas pelo assoalho, e as cinzas do fumo continuavam a enfeitar a toalha de mesa. O próprio anfitrião, que entrou logo depois, não trazia nada debaixo do roupão, a não ser o peito nu, no qual crescia uma espécie de barba. Com o cachimbo turco numa mão e a xícara de chá na outra, ele seria o modelo ideal para um pintor que não apreciasse muito senhores frisados e alisados como anúncios de barbearia, ou de cabeça raspada à escovinha.

– Então, já pensaste melhor? – disse Nozdriov, após um breve silêncio. – Não queres jogar as almas?

– Eu já te disse que não jogo, mano; comprar, sim – se quiseres, eu compro.

– Não quero vender, isto não se faz entre amigos. Não me fica bem tirar vantagem sabe Deus do quê. Num joguinho de banca, sim – é outra conversa. Uma rodada só, vamos!

– Eu já disse que não.

– E uma barganha?

– Não quero.

– Sabes duma coisa? Vamos jogar damas, se ganhares, as almas são todas tuas. Olha que eu tenho muitas dessas que precisam ser riscadas das listas. Eh, Porfírio, traze aqui o tabuleiro de damas.

– É tempo perdido, não vou jogar.

– Mas isto não é jogo de cartas: aqui não pode haver azar ou trapaça – é tudo pura arte. Preciso até avisar-te de que eu jogo muito mal, terás de dar-me uma vantagem inicial.

"Acho que vou aceitar", pensou Tchítchicov com seus botões, "jogarei uma partida com ele! Eu jogava damas até que muito bem, e neste jogo vai ser difícil ele fazer trapaça."

– Pois bem, aceito, jogaremos uma partida de damas.

– As almas vão pelo valor de cem rublos!

– Para que tanto? Basta que vão por cinqüenta!

– Não, que conta é essa, cinqüenta? Então vou incluir nessa quantia um cachorrinho de raça média, ou um sinete de ouro para a corrente do relógio.

– Como queiras! – disse Tchítchicov.

– E quanto é que me vais dar adiantado? – disse Nozdriov.

– A troco de quê, isso? Evidentemente, nada.

– Então, pelo menos, dá-me dois lances de vantagem.

– Não quero, eu mesmo sou mau jogador.

– Já estamos sabendo como vós jogais mal! – disse Nozdriov, saindo com uma pedra.

– Faz um bom tempinho que não pego num jogo de damas! – disse Tchítchicov, saindo com uma também.

– Já estamos sabendo como vós jogais mal! – disse Nozdriov, avançando com outra pedra.

– Faz um bom tempinho que não pego num jogo de damas – disse Tchítchicov, movendo outra pedra.

– Já estamos sabendo como vós jogais mal! – disse Nozdriov, movendo uma pedra, ao mesmo tempo em que, com o punho da manga, movia outra.

– Faz um bom tempinho que não pego... Eh, eh! O que foi isso, mano? Põe de volta!

– O quê?

– A pedra, essa – disse Tchítchicov, e no mesmo momento viu quase diante do seu nariz uma terceira pedra que, ao que parecia, já estava insinuando-se para dama; de onde tinha surgido, só Deus sabia. – Não – disse Tchítchicov, levantando-se da mesa –, não é possível jogar contigo! Assim não se joga, movendo três pedras ao mesmo tempo!

– Por que três? Foi um engano. Ela se moveu sem querer, vou pô-la de volta no lugar, pronto.

– E a outra, de onde surgiu?

– Que outra?

– Esta aqui, que está querendo passar para dama.

– Esta agora, como se não te lembrasses!

– Ah, não, mano, eu contei todos os lances e lembro-me de tudo: tu a puseste aí agora mesmo, o lugar dela é aqui!

– Como o lugar, que lugar? – disse Nozdriov, ficando vermelho. – Mas tu, amigo, pelo que vejo és um invencioneiro!

– Não, mano, parece que o invencioneiro és tu, só que malsucedido.

– Por quem é que me estás tomando? – disse Nozdriov. – Então achas que eu vou fazer trapaça?

– Não te tomo por coisa nenhuma, só que nunca mais vou jogar contigo, de agora em diante.

– Não, tu não podes desistir! – dizia Nozdriov, começando a ficar excitado – o jogo já começou!

– Tenho todo o direito de desistir, já que tu não jogas como compete a um homem decente.

– Não, estás mentindo, não podes dizer uma coisa dessa!

– Não, mano, quem está mentindo és tu!

– Eu não fiz trapaça e tu não podes desistir, tens de terminar a partida!

– Não podes obrigar-me a fazer isso – disse Tchítchicov friamente, e misturou as pedras no tabuleiro.

Nozdriov ficou furioso e avançou para Tchítchicov, tanto que este teve de recuar alguns passos.

– Eu vou obrigar-te a jogar! Não importa que tenhas misturado as pedras, eu me lembro de todos os lances. Vamos colocá-las de volta, nos mesmos lugares.

– Não, amigo, o caso está encerrado, não vou jogar contigo.

– Então não queres jogar?

– Tu mesmo estás vendo que não é possível jogar contigo.

– Não, quero que repitas, repete, não vais querer jogar? – dizia Nozdriov, avançando mais ainda.

– Não quero! – disse Tchítchicov, mas, para evitar imprevistos, pôs as duas mãos diante do rosto, pois a situação estava-se tornando realmente explosiva.

Essa precaução foi de grande utilidade, porque Nozdriov levantou a mão... e bem podia ter acontecido que uma das simpáticas e rechonchudas bochechas do nosso herói se cobrisse de ignomínia indelével; mas, tendo conseguido, com muita sorte, desviar o golpe, ele agarrou Nozdriov por ambas as suas atrevidas mãos e segurou-as com força.

– Porfírio, Pávluchka! – gritava Nozdriov, furibundo, forcejando por libertar-se.

Ouvindo essas palavras, Tchítchicov, para não permitir que os servos domésticos fossem testemunhas de tão tentador espetáculo, e sentindo ao mesmo tempo a inutilidade de continuar segurando Nozdriov, soltou-lhe as mãos. No mesmo momento entrou Porfírio e com ele Pávluchka, rapagão reforçado, com quem não seria nada vantajoso entrar em atrito.

– Então não queres mesmo terminar a partida? – repetiu Nozdriov. – Responde sem rodeios!

– Não existe possibilidade de terminar a partida – disse Tchítchicov, enquanto espiava pela janela. Viu a sua sege, já toda atrelada, e Selifan, que parecia esperar apenas um gesto para trazê-la até a frente da casa, mas não havia possibilidade alguma de escapar da sala: a porta estava barrada pelos dois avantajados palermas de servos.

– Então não queres terminar a partida? – repetiu Nozdriov, a cara ardendo como uma fogueira.

– Se tu jogasses como compete a um homem de honra... Mas agora não posso.

– Ah, com que então não podes, canalha! Quando percebeste que não estavas ganhando, não pudeste mais! Desçam o braço nele! Batam! – berrou ele, fora de si, para Porfírio e Pávluchka, enquanto ele mesmo empunhava o cachimbo turco de pau de cerejeira. Tchítchicov ficou lívido como cal. Tentou dizer alguma coisa, mas sentiu que seus lábios se moviam sem emitir som algum.

– Batam! Batam! – bradava Nozdriov, lançando-se para frente com o seu chibuque de cerejeira, todo afogueado e suado, como se avançasse para uma fortaleza inexpugnável. – Pau nele! – urrava, com a mesma voz com que brada, no ardor de uma carga decisiva: "Avante, rapaziada!" para o seu pelotão, um jovem tenente impetuoso, cuja coragem insensata já lhe valeu tamanha fama, que são necessárias ordens especiais para contê-lo quando as coisas esquentam. Mas o tenente já sentiu o gosto do fogo do combate, tudo gira na sua cabeça, diante dele voa a imagem de Suvórov[6], ele se lança para perpetrar um ato heróico. "Avante, rapaziada!", brada ele, atirando-se para a frente, sem pensar que está prejudicando o plano da ofensiva geral, que milhões de canos de fuzil apontam pelas seteiras das muralhas altas e inexpugnáveis da fortaleza, que o seu débil destacamento voará pelos ares, e que já se ouve o sibilar da bala que calará sua garganta destemperada.

Mas se Nozdriov representava o tenente desesperado avançando sobre a fortaleza, a fortaleza que ele estava atacando não parecia de modo algum inexpugnável. Pelo contrário, a fortaleza sentia um tal pavor, que sua alma parecia ter ido parar nos calcanhares. Já a cadeira, com a qual intentara defender-se, fora arrancada das suas mãos pelos dois servos, já, de olhos fechados, mais morto do que vivo, ele se preparava para provar o gosto do cachimbo circassiano do seu anfitrião, e sabe Deus o que teria acontecido com ele, se... Mas os fados houveram por bem salvar os ombros, os flancos e todas as distintas partes do nosso herói. Totalmente inesperado, como que caído do céu, ressoou o

6. Famoso marechal-de-campo russo. (N. da T.)

tilintar metálico de guizos, ouviu-se claramente o fragor das rodas de uma carroça que parava de repente na frente da casa, e até se ouviu o eco forte do resfolegar pesado dos esbaforidos cavalos da tróica que estacara diante dos degraus da casa. Automaticamente, todos olharam pela janela: um homem de bigodes e sobrecasaca meio militar estava descendo da carroça. Tendo-se informado no vestíbulo, ele entrou na sala naquele mesmo momento, quando Tchítchicov ainda nem tivera tempo de recuperar o fôlego do susto que tomara, e se encontrava na situação mais lamentável em que jamais se viu mortal algum.

– Queiram informar-me: quem é aqui o Sr. Nozdriov? – disse o desconhecido, olhando com certa perplexidade para Nozdriov, que estava plantado no meio da sala brandindo o cachimbo, e para Tchítchicov, que mal e mal começava a se refazer de sua desvantajosa situação.

– Permita-me indagar primeiro: com quem tenho a honra de falar? – disse Nozdriov, aproximando-se do homem.

– Com o capitão da polícia distrital.

– E o que deseja?

– Vim para notificá-lo sobre a intimação que me foi comunicada, segundo a qual o senhor se encontra à disposição da Justiça até a decisão final do seu processo.

– Que asneira é essa, que processo? – disse Nozdriov.

– O senhor está envolvido no caso do proprietário Maxímov, como parte culpada de agressão pessoal a vergastadas em estado de embriaguez.

– O senhor está mentindo! Nunca vi mais gordo o tal Maxímov!

– Prezado senhor! Permita que lhe comunique que eu sou um oficial. O senhor pode falar neste tom com o seu criado, mas comigo não!

Neste ponto Tchítchicov, sem esperar pela resposta de Nozdriov a estas palavras, agarrou apressadamente o seu gorro e, esgueirando-se por trás das costas do capitão da polícia distrital, escapuliu para o pátio, meteu-se na sua sege e ordenou a Selifan que tocasse os cavalos a galope.

CAPÍTULO V

Nosso herói, entretanto, continuava deveras apavorado. Embora a sege voasse a toda, e a aldeia de Nozdriov já se tivesse há muito perdido de vista, encoberta pelos campos, colinas e declives, ele ainda lançava para trás olhares assustados, como se esperasse a todo momento ver-se alcançado por perseguidores. Respirava com dificuldade, e, quando tentou pôr a mão sobre o coração, sentiu que este palpitava como uma codorniz na gaiola. "Mas que aperto ele me fez passar, aquele danado!" E aqui muitos votos pesados e augúrios fortes foram endereçados a Nozdriov; entre eles havia até algumas palavras chulas. O que fazer? Nosso herói era russo, e, ainda por cima, estava irado. Ademais, o caso não era de brincadeira. "Digam o que quiserem", disse ele consigo mesmo, "mas, se o capitão da polícia não chegasse a tempo, quem sabe eu nem veria mais a luz do dia! Teria sumido como uma bolha na água, sem deixar rastro, sem deixar herdeiros, não deixando para os filhos futuros nem propriedades, nem um nome honrado!" O nosso herói se preocupava muito com os seus descendentes.

"Mas que patrão imprestável!", pensava consigo Selifan. "Ainda não vi um senhor tão ruim. Merece que lhe cuspam na cara por isso! É melhor deixar um homem sem comer, mas um cavalo tem que ser alimentado, porque um cavalo gosta de aveia. É o seu sustento: o mesmo que, por exemplo, é o mingau para nós, a aveia é para o cavalo, é o sustento dele."

Parece que os cavalos também estavam pensando mal de Nozdriov: não só o baio e o Presidente, mas até o pedrês estava de mau humor. Se bem que ele sempre recebesse a parte pior da aveia, e Selifan não deixasse de dizer-lhe: “Toma aqui, patife!”, ao encher a sua manjedoura, mesmo assim aquilo era aveia, e não reles feno, ele a mastigava com prazer, e muitas vezes metia o seu longo focinho nas manjedouras dos vizinhos, para experimentar como era o sustento deles, especialmente quando Selifan não se encontrava na estrebaria, mas agora, só feno... Todos estavam descontentes.

Mas logo mais todos os descontentes foram interrompidos nas suas meditações de um modo repentino e totalmente inesperado. Todos, sem exceção do próprio cocheiro, despertaram e caíram em si somente quando foram abalroados por uma carruagem de seis cavalos e quase em cima das suas cabeças ouviram-se os gritos das senhoras que viajavam dentro dela, e as invectivas e ameaças do cocheiro estranho: – Tu aí, patife! Não ouviste quando eu te gritei: “À direita! Desvia para a direita!”, dorminhoco? Estás bêbado ou o quê?

Selifan percebeu que bobeara, mas, como bom russo que não gosta de dar o braço a torcer, não quis admitir sua culpa, e retrucou imediatamente, endireitando o corpo: – E tu, que pressa é essa, por que disparaste dessa maneira? Empenhaste os olhos no botequim, quem sabe? – Depois do que ele começou a tentar fazer recuar a sege, a fim de se desembaraçar dos arreios alheios, mas a coisa não era fácil, estava tudo emaranhado. O alazão cheirava com curiosidade os novos companheiros que tinham vindo parar dos dois lados dele. Enquanto isso, as senhoras dentro da carruagem olhavam para tudo isso com expressão de medo nos rostos. Uma era velha, e outra, mocinha de uns dezesseis anos, de cabelos dourados, alisados com muita graça e jeito na graciosa cabecinha. O delicado oval do seu rosto se arredondava como um ovinho fresco e brilhava com uma brancura transparente, tal qual um ovinho, quando, novo, recém-posto, é erguido contra a luz pela mão morena da despenseira, deixando-se atravessar pelos raios do sol; suas róseas orelhinhas eram também transluminadas pelos cálidos raios solares.

Assim, o susto estampado nos seus lábios entreabertos, as lágrimas nos olhos, era tudo nela tão encantador, que o nosso herói ficou a olhar para ela durante vários minutos, sem prestar atenção alguma à confusão reinante entre os cavalos e os cocheiros.

– Recua, afasta-te, corvo da província! – gritava o cocheiro estranho. Selifan puxou as rédeas para trás, o outro cocheiro fez o

mesmo, os cavalos também recuaram um pouco, mas logo se chocaram de novo, embaraçados nos tirantes. Nessas circunstâncias, o cavalo pedrês gostou tanto dos novos amigos que lhe apareceram graças aos azares da fortuna, que não queria mais sair da posição em que se achava, e, apoiando o focinho no pescoço do seu novo companheiro, parecia estar segredando-lhe alguma coisa no ouvido, decerto uma asneira descomunal, porque o outro não parava de sacudir as orelhas.

O tumulto resultante acabou por atrair os camponeses da aldeia, que, por sorte, não ficava longe do local. Como semelhante espetáculo é uma verdadeira festa para o mujique, o mesmo que um jornal ou o clube para um alemão, em pouco tempo havia uma multidão deles em volta do carro, de tal forma que na aldeia só ficaram as velhas e as crianças de colo. Desemaranharam-se os arreios, alguns trancos no focinho do pedrês obrigaram-no a recuar; em suma, eles foram desembaraçados e separados. Mas, fosse pelo desgosto por terem sido separados dos novos amigos, ou simplesmente por teimosia, os cavalos recém-chegados não se moviam do lugar e, por mais que o cocheiro os chicoteasse, permaneciam como que plantados no solo. A participação dos camponeses alcançou proporções indescritíveis. Cada um queria dar mais conselhos que o outro: – Anda, Andriuchka, puxa o cavalo da direita, e o tio Mitiai que monte no do meio! Monta, tio Mitiai! – O tio Mitiai, magro e comprido, de barba ruiva, encarapitou-se sobre o cavalo do centro e logo ficou parecido com um campanário de aldeia, ou melhor, com um gancho, daqueles com que se tira água do poço. O cocheiro vergastou os cavalos, mas nada feito, o tio Mitiai não conseguiu ajudar em nada. – Pára, pára! – gritavam os mujiques. – Monta tu, tio Mitiai, no lateral, e no central que monte o tio Minhai! – O tio Minhai, mujique espadaúdo de barba negra como carvão e pança parecida com o gigantesco samovar no qual se ferve o hidromel para toda uma feira, não se fez de rogado e montou no cavalo do centro, o qual quase arriou até o chão debaixo do seu peso.

– Agora a coisa vai! – gritavam os mujiques. – Cutuca-o, cutuca-o! Esquenta-o com o chicote, aquele ali, o baio, que se está empinando como um mosquitão!

Mas, vendo que a coisa não andava, e que não adiantava cutucação nenhuma, o tio Mitiai e o tio Minhai montaram ambos no cavalo do centro, e no do lado colocaram o Andriuchka. Por fim, o cocheiro, perdendo a paciência, enxotou tanto o tio Mitiai como o tio Minhai, no que agiu bem, porque dos cavalos começou a subir um vapor, como se eles tivessem galopado de um fôlego só de uma estação postal até a outra. O cocheiro deixou-os descansar um minuto, e depois eles já andaram por si mesmos.

No decorrer de todas essas manobras, Tchítchicov ficou observando a jovem desconhecida com muita atenção. Tentou mesmo por várias vezes entabular conversa com ela, mas não conseguiu achar um jeito. E nisso as senhoras partiram, a graciosa cabecinha de traços delicados e talhe fino perdeu-se de vista, como algo parecido com uma visão, e novamente ficou só a estrada, a sege, a tróica de cavalos já conhecidos do leitor, Selifan, Tchítchicov, e a amplidão deserta dos campos da região.

Em toda parte, onde quer que seja na vida, quer nas camadas áspero-pobres e mísero-humildes da sociedade, quer nas monótono-frias e enfadonho-asseadas classes altas, em qualquer nível, surge uma vez na vida de um ser humano uma visão, diversa de tudo o que até então lhe fora dado encontrar, e que, por uma única vez que seja, desperta nele um sentimento diferente de todos aqueles que lhe foram destinados sentir em toda a sua existência. Por toda parte, ao revés de todas as tristezas e aborrecimentos de que é tecida a nossa vida, passa um dia, como um rastilho luminoso, uma alegria fulgurante, como às vezes acontece quando uma carruagem suntuosa, com arreios de ouro, cavalos garbosos e vidraças faiscantes passa a galope ao largo de uma mísera aldeola perdida, que nunca viu nada a não ser uma pobre carroça rural. E muito tempo depois os mujiques ainda ficam lá parados, de boca aberta, olhos arregalados e gorro na mão, embora de velho já tenha sumido de vista a maravilhosa equipagem. Do mesmo modo, a jovenzinha loura também surgiu de todo inesperada, em nossa novela, e desapareceu da mesma maneira. Se naquele momento, em vez de Tchítchicov, lá estivesse algum rapaz de vinte anos, fosse ele hussardo, ou estudante, ou simplesmente um principiante na carreira da vida – Deus do céu! o que não despertaria, o que não se moveria e não falaria dentro dele! Por muito tempo ficaria ele imóvel, insensível, de olhos perdidos na distância, esquecido do seu rumo e meta, das repreensões que o esperassem, das descomposturas pelo atraso, esquecido de si mesmo, do dever, do mundo e de tudo o que nele existe.

Mas o nosso herói já era de meia-idade e de caráter frio e circunspecto. Também ele parou e ficou pensativo. Os seus pensamentos, porém, não eram tão vagos, eram bem mais conscientes, e em parte até mesmo muito positivos e claros.

"Jeitosa, a mulherzinha!", disse ele, abrindo a tabaqueira e cheirando o rapé. "Mas o que há de tão bom nela que agrada? O bom é que, obviamente, ela acaba de sair de algum instituto ou internato, e que não há nela ainda nada de, como se costuma dizer, muito feminino, ou seja, aquilo que as mulheres feitas têm de mais desagradável. Agora ela ainda é como uma criança, tudo nela é simples e direto, ela dirá o que lhe vier à cabeça, rirá quando tiver vontade de rir. Dela pode-se moldar qualquer coisa, ela pode vir a ser uma maravilha, como pode também vir a ser uma porcaria, e porcaria é o que ela será! É só deixar que agora comecem a trabalhá-la e formá-la as mamãezinhas e titias. Num ano conseguirão enchê-la de tanta futilidade, que nem o próprio pai poderá reconhecê-la. Não se sabe de onde, aparecerão a afetação e a presunção, ela começará a se mover de acordo com linhas e maneiras preestabelecidas, a pensar e tramar como, e com que, e quanto é preciso falar, de que jeito olhar para cada um, a cada minuto terá receio de dizer mais do que convém, por fim acabará ficando atrapalhada, e o fim da história será que ela começará a mentir e mentirá a vida inteira, e o resultado só o Diabo sabe o que será!" Aqui ele fez uma pausa, e depois acrescentou: "Mas seria curioso saber a que família ela pertence. Quem será o seu pai? Será um rico proprietário de índole sisuda, ou um digno funcionário aposentado, com algum capital adquirido durante o serviço público? Se, por exemplo, se acrescentassem a essa donzela uns duzentos milheiros de rublos de dote, ela poderia transformar-se num petisco muito, mas muito tentador. Poderia constituir, por assim dizer, a felicidade de um homem de bem".

Os duzentos milheiros de rublos começaram a delinear-se tão agradavelmente na sua imaginação, que ele começou a se aborrecer consigo mesmo por não ter aproveitado a confusão com os cavalos e as carruagens para indagar do postilhão ou do cocheiro quem eram as passageiras. Logo, porém, a aldeia de Sobakêvitch, surgindo diante dele, dissipou seus pensamentos e obrigou-os a voltarem-se para o seu assunto permanente.

A aldeia pareceu-lhe bastante grande; dois bosques, um de bétulas, outro de pinhos, ladeavam-na como duas asas, uma clara, outra escura, pela direita e pela esquerda; no centro via-se uma casa de madeira com sobreloja, telhado vermelho e paredes cinza-escuras, ou melhor, rústicas – uma casa do tipo daquelas que entre nós se constroem para militares ou colonos alemães. Percebia-se que durante a sua construção o arquiteto tivera de lutar o tempo todo com o gosto do dono. O arquiteto era pedante e queria simetria, mas o dono queria o seu conforto, e, aparentemente em conseqüência disso, mandara tampar todas as janelas dum dos lados e abrira em seu lugar uma só, pequena, da qual precisava, ao que parece, para uma despensa escura. A fachada frontal também não ficara no centro do prédio, por mais que o arquiteto se debatesse, porque o dono mandara tirar uma das colunas laterais, resultando uma frente com três colunas em vez das quatro previstas. O quintal era cercado por uma grade de madeira forte e desmedidamente grossa. O proprietário parecia preocupar-se muito com a solidez. Para a construção das cavalariças, galpões e cozinhas, tinham sido utilizadas grossas toras inteiriças, destinadas à duração eterna. As isbás dos camponeses também não eram casebres comuns: não ostentavam paredes enfeitadas, entalhes de madeira e outras fantasias, mas tudo era reforçado e admiravelmente bem construído. Até o poço era feito de carvalho tão duro como só se usa na construção de moinhos e navios. Em suma, tudo o que ele via era firme e inabalável, numa espécie de ordem rija e pesadona.

Ao chegar aos degraus da entrada, Tchítchicov entreviu dois rostos que surgiram na janela quase ao mesmo tempo: um feminino, de touca, estreito e comprido como um pepino, e outro masculino, redondo e largo como uma abóbora da Moldávia, dessas de que na Rússia se fazem balalaicas, aquelas balalaicas leves, de duas cordas, prazer e orgulho do rapagão de vinte anos, janota e conquistador, que pisca o olho e assobia para as donzelas de alvos colos e pescoços brancos, que se aglomeram à sua volta para ouvir seu dedilhar suave. Tendo espiado, ambos os rostos sumiram no mesmo instante. Um lacaio de casaco cinza com galões azuis e colarinho alto saiu para os degraus e acompanhou Tchítchicov para o vestíbulo, onde o próprio dono da casa já viera ao seu encontro, recebendo-o com um lacônico "Por favor!" e levando-o em seguida para o interior da casa.

Tchítchicov lançou um olhar de esguelha para Sobakêvitch, e desta vez ele lhe pareceu bastante parecido com um urso de talhe médio. Para completar a semelhança, o fraque que ele envergava era realmente cor de urso, as mangas muito compridas, as calças muito longas, e caminhava pesadamente, a torto e a direito, pisando a toda hora nos pés alheios. Sua tez era afogueada, quente, da cor das moedas de cobre de cinco rublos. É de conhecimento geral que no mundo existem muitas dessas faces, na leitura das quais a natureza não quis dar-se muito trabalho, não usou nenhum dos instrumentos finos, tais como lixas, brocas e quejandos, mas simplesmente desceu a machadinha com toda a força: uma machadada, e saiu o nariz, outra, e resultaram os lábios; com dois movimentos de verruma grossa, fez os olhos, e soltou o resultado, sem lixá-lo, para o mundo, dizendo: "Vive!" Essa imagem troncuda e solidamente construída era também a de Sobakêvitch. Conservava geralmente a cabeça baixa, não mexia o pescoço de todo, e, por força dessa imobilidade, raramente olhava para o interlocutor, mas sempre para o canto da estufa ou para a porta. Tchítchicov relanceou-lhe mais uma olhadela, enquanto passavam para a sala de jantar: um urso! Um urso sem tirar nem pôr! Havia até uma estranha coincidência de nomes: ele até se chamava Mikhail Semiónovitch[1]. Conhecendo o costume do anfitrião de pisar nos pés dos outros, Tchítchicov movia os seus com muito cuidado, e sempre deixava o outro passar na sua frente. O próprio dono da casa, ao que parece, suspeitava dessa sua fraqueza, e imediatamente perguntou: – Não o estou incomo-

1. O diminutivo de Mikhail, Michka, é o nome popular do urso na Rússia. (N. da T.)

dando? – Mas Tchítchicov agradeceu, dizendo que não acontecera ainda incômodo algum.

Tendo entrado na sala de visitas, Sobakêvitch indicou uma poltrona e disse novamente: – Por favor! – Ao sentar-se, Tchítchicov olhou para as paredes e para os quadros que havia nelas. Eram todos retratos de valentões, generais gregos, representados de corpo inteiro: Maurocordato de calções vermelhos e uniforme, de óculos no nariz, Miauli,Canari[2]. Todos esses heróis tinham coxas tão grossas e bigodes tão indescritíveis, que até davam arrepios no corpo todo. Entre os musculosos gregos, por motivos e com fins desconhecidos, estava o retrato de Bagration[3], magro e seco, com estandartes e canhões pequeninos embaixo, e na mais estreita das molduras. Depois vinha a heroína grega Bobelina[4], cuja perna parecia maior do que o corpo inteiro dos janotas que proliferam nos salões de hoje em dia. Aparentemente, o dono da casa, sendo um homem sadio e forte, queria que o seu ambiente fosse enfeitado por gente também forte e saudável. Perto da Bobelina, junto da janela, havia uma gaiola da qual espiava um melro escuro de pintinhas brancas, também muito parecido com Sobakêvitch. Hóspede e hospedeiro não tiveram tempo de ficar calados por mais de dois minutos, pois a porta da sala se abriu, e entrou a dona da casa, senhora bastante alta, de touca enfeitada de fitas retintas com pigmentos caseiros. Ela entrou majestosamente, mantendo a cabeça empinada, como uma palmeira.

– Esta é a minha Feodúlia Ivánovna! – disse Sobakêvitch.

Tchítchicov inclinou-se sobre a mãozinha de Feodúlia Ivánovna, a qual ela quase lhe meteu pela boca adentro, tendo ele, então, a oportunidade de notar que ela lavara as mãos com salmoura de pepinos.

– Queridinha – continuou Sobakêvitch –, quero apresentar-te Pável Ivánovitch Tchítchicov, que tive a honra de conhecer em casa do governador e do chefe dos Correios.

Feodúlia Ivánovna convidou-o a sentar-se, dizendo também "Por favor!" e fazendo um movimento com a cabeça, semelhante àquele que fazem as atrizes que representam o papel de rainhas. Após o que ela se instalou no sofá, cobriu-se com seu xale de lã de merino e não piscou mais um olho nem moveu uma sobrancelha.

2. Famosos ativistas do movimento libertário grego contra o jugo turco, nos anos de 1820. (N. da T.)

3. Célebre general russo. (N. da T.)

4. Valente guerrilheira grega contra os turcos. (N. da T.)

Tchítchicov tornou a levantar os olhos, e viu de novo Canari com as coxas musculosas e bigodes intermináveis, Bobelina e o melro na gaiola.

Durante quase cinco minutos completos todos se conservaram em silêncio; só se ouvia o som das bicadas do melro contra a madeira da gaiola de pau, em cujo fundo ele pescava migalhas de pão. Tchítchicov examinou mais uma vez o aposento e tudo o que ele continha; tudo era sólido, pesado, extremamente desajeitado, e tinha uma estranha semelhança com o próprio dono da casa; no canto da sala havia uma escrivaninha de nogueira, barriguda, com quatro pernas estranhíssimas, um urso consumado. A mesa, as poltronas, as cadeiras – tudo era duma qualidade poderosa e inquietante –, em suma, cada objeto, cada cadeira, parecia dizer: "Eu também sou um Sobakêvitch!", ou: "Eu também sou muito parecido com Sobakêvitch!"

– Falamos do senhor em casa do presidente da Câmara, o Sr. Ivan Grigórievitch – disse finalmente Tchítchicov, vendo que ninguém se dispunha a iniciar a conversa –, na quinta-feira passada. Passamos o tempo muito agradavelmente.

– Sim, naquela noite eu não estive em casa do presidente – respondeu Sobakêvitch.

– Pois é um homem excelente!

– Quem? – disse Sobakêvitch, olhando para o canto da estufa.

– O presidente.

– Bem, isso pode ter sido uma impressão sua: apesar de ser maçom, ele é um imbecil como há poucos na face da terra.

Tchítchicov ficou um pouco perplexo com essa definição em parte tão áspera, mas, corrigindo-se logo, prosseguiu:

– É claro, ninguém é perfeito, mas, em compensação, o governador, que ótima pessoa!

– É o primeiro bandido do mundo!

– Como assim, o governador, um bandido? – disse Tchítchicov, sem conseguir compreender como o governador fora parar na categoria dos bandidos. – Confesso que jamais poderia imaginar uma coisa dessa – continuou ele. – Mas permita-me observar, entretanto, que as suas atitudes não demonstram nada de semelhante, pelo contrário, sente-se nele até bastante delicadeza. – E aqui ele até mencionou como prova as bolsas que o governador bordara com suas próprias mãos, e referiu-se elogiosamente à expressão cordial do seu rosto.

– A cara dele também é de bandido! É só pôr-lhe na mão uma faca e soltá-lo na estrada – vai esfaquear o primeiro que encontrar, por causa de um copeque! Ele e o seu vice-governador, os dois – são Gog e Magog[5]!

"Não, com esses ele não está em boas relações", pensou consigo mesmo Tchítchicov. "Vou tentar falar do chefe de polícia, este parece que é seu amigo."

– De resto, no que me diz respeito – disse ele –, confesso que pessoalmente agrada-me mais que todos o chefe de polícia. Parece um caráter tão reto, aberto: seu rosto exprime franqueza e sinceridade.

– É um trapaceiro! – disse Sobakêvitch com toda a frieza. – É capaz de traí-lo, ludibriá-lo, e ainda de almoçar com o senhor depois disso! Conheço-os a todos: são todos gatunos, toda aquela cidade é assim: é um gatuno em cima do outro, montado no terceiro. Todos uns judas. Só existe lá um homem decente: é o procurador; mas este mesmo, para dizer a verdade, é um porcalhão.

Após tão elogiosas, embora um tanto breves, biografias, Tchítchicov se convenceu de que não valia a pena mencionar os outros funcionários, e lembrou-se de que Sobakêvitch não gostava de falar bem de ninguém.

– Como é, queridinho, vamos almoçar? – dirigiu-se a Sobakêvitch a sua esposa.

– Por favor! – disse Sobakêvitch.

Após o que, chegando-se à mesa onde estava o antepasto, hóspede e anfitrião entornaram cada um o tradicional cálice de vodca, acompanhando-o, como se faz em toda a vasta Rússia, nas cidades e nas aldeias, com toda sorte de salgadinhos e outros petiscos estimulantes, e dirigiram-se para a sala de jantar, seguindo a dona da casa, que os precedia em movimentos de ganso majestoso. A pequena mesa estava posta para quatro pessoas. Para o quarto lugar logo surgiu uma, é difícil definir com segurança, senhora ou senhorita, parenta, governanta, ou simplesmente uma agregada da casa: alguém sem touca, de uns trinta anos de idade, de lenço colorido na cabeça. Há certos indivíduos que existem no mundo não como um objeto, mas como pintinhas ou manchinhas sobre um objeto. Sentam-se sempre no mesmo lugar, mantêm a cabeça na mesma posição, são quase tomados por peças de mobiliário, e pode-se pensar que dos seus lábios jamais escapou uma palavra; e no entanto, em algum recanto, na despensa ou na cozinha, descobre-se que… oh, oh!

5. Rei e povo associados, na Bíblia, com impiedade, maldade. (N. da T.)

– A sopa de repolho, queridinha, está muito boa hoje! – disse Sobakêvitch, provando a sopa, e despejando no seu prato, direto da travessa, um enorme pedaço de *nhanha*, conhecida iguaria que se serve com a sopa de repolho e consiste de tripa de carneiro recheada com trigo sarraceno, miolos e mocotó. – Uma *nhanha* dessa – continuou ele, dirigindo-se a Tchítchicov – o senhor jamais conseguirá comer na cidade, lá lhe servirão Deus sabe o quê!

– Em casa do governador, entretanto, a mesa não é das piores – disse Tchítchicov.

– Mas o senhor tem idéia de como eles preparam tudo aquilo? Não terá coragem de comer, se ficar sabendo.

– Não sei como se preparam os pratos, não posso julgar, mas as almôndegas de porco e o cozido de peixe estavam excelentes.

– Foi o que lhe pareceu. Mas eu é que sei o que eles compram na feira. Aquele canalha de cozinheiro, que aprendeu essas coisas com um francês, vai e compra um gato, esfola, e põe na mesa como lebre.

– Puf! Que coisas desagradáveis estás dizendo, queridinho – disse a esposa de Sobakêvitch.

– Que queres que eu faça, queridinha? É assim que eles fazem, não é culpa minha se todos eles fazem assim. Tudo o que há de restos, que a nossa Akulka joga, com perdão da palavra, no balde de lixo, eles põem na sopa! Sim, na sopa! Tudo na sopa!

– Sempre contas essas coisas à mesa! – retrucou de novo a esposa de Sobakêvitch.

– Ora, queridinha – disse Sobakêvitch –, não sou eu que faço essas coisas, e posso dizer-te sem rodeios, eu é que não vou comer porcarias. Uma rã, podes trazê-la empanada em açúcar, que eu não a ponho na boca, e uma ostra, menos ainda: eu sei com que se parece uma ostra. Mas prove este carneiro – continuou ele, dirigindo-se a Tchítchicov –, isto aqui é lombo de carneiro com papa de trigo! Isto não tem nada a ver com o *fricassé* que fazem nas cozinhas dos outros senhores, de carne de carneiro que ficou rolando na feira durante quatro dias! Isso são invenções dos doutores alemães e franceses; eu os enforcaria a todos por isso! Inventaram a tal da dieta, a cura pela fome! Só porque a natureza germânica deles é de ossos finos e sangue ralo, pensam que podem manobrar com o estômago russo! Nada disso, está tudo errado, é tudo... – Aqui Sobakêvitch até sacudiu a cabeça de raiva. – Falam de progresso, progresso, e esse tal de progresso – pfu! Eu até diria uma outra palavra, mas não fica bem diante da mesa. Comigo não é assim.

Quando aqui servimos porco, quero que tragam o porco inteiro para a mesa, se é carneiro, que tragam o carneiro todo, se é pato – o pato inteiro. Prefiro comer dois pratos, mas comer à vontade, até fartar a alma. – E Sobakêvitch confirmou as palavras com a ação: derrubou metade do carneiro no seu prato, devorou tudo, roeu, chupou até o último ossinho.

"Sim senhor", pensou Tchítchicov, "este aqui é um garfo respeitável!"

– Comigo não é assim – dizia Sobakêvitch, limpando as mãos no guardanapo –, comigo as coisas são diferentes das de um Pliúchkin qualquer: esse sujeito é dono de oitocentas almas, mas vive e come pior do que um dos meus pastores!

– Quem é esse Pliúchkin? – perguntou Tchítchicov.

– Um gatuno – respondeu Sobakêvitch. – Um avarento, tão sovina que é difícil imaginar. Os presidiários nas galés vivem melhor do que ele: mata de fome todos os seus servos.

– Deveras! – retrucou Tchítchicov, interessado. – E o senhor diz que de fato os servos dele morrem em grandes quantidades?

– Morrem como moscas.

– Não me diga, como moscas! E permita-me perguntar: ele mora longe daqui?

– A cinco verstas.

– Só cinco verstas! – exclamou Tchítchicov, e até sentiu uma ligeira palpitação no coração. – E, saindo dos portões desta casa, é para a direita ou para a esquerda?

– Eu não lhe aconselharia sequer procurar saber o caminho para a casa daquele cão! – disse Sobakêvitch. – É mais desculpável ir a qualquer lugar indecoroso do que à casa dele.

– Não, eu não perguntei com nenhuma intenção especial, é só porque tenho interesse em conhecer toda espécie de lugares – respondeu Tchítchicov a isso.

O lombo de carneiro foi seguido por empadas de queijo, cada uma das quais maior do que o prato, depois veio um peru do tamanho de uma vitela, recheado de toda sorte de delícias: ovos, arroz, fígados e sabe-se lá o que mais, e que caía no estômago como um bolo de pedra. Com isso terminou o almoço: mas, quando se levantaram da mesa, Tchítchicov sentiu um peso duas vezes maior. Passaram para a sala de visitas, onde já encontraram uma tigela com geléia – nem de pêra, nem de ameixa, nem de outra baga, na qual, aliás, não tocaram nem o hóspede nem o anfitrião. A senhora saiu para distribuí-la em outras tigelinhas, e, aproveitando sua ausência, Tchítchicov voltou-se para Sobakêvitch, o qual, refestelado numa poltrona, só bufava depois de tão lauto repasto e emitia pela boca uns sons inarticulados, persignando-se e cobrindo-a com a mão a todo instante. Tchítchicov dirigiu-se a ele com as seguintes palavras:

– Gostaria de falar-lhe a respeito de um certo negócio.

– Aqui tem outra geléia – disse a dona da casa, entrando com outra tigelinha –, é de nabo cozido no mel!

– Vamos prová-la mais tarde! – disse Sobakêvitch.

Podes ir para o teu quarto agora, Pável Ivánovitch e eu vamos tirar os fraques e descansar um pouco!

A anfitrioa já se dispunha a mandar buscar colchões e travesseiros, mas o marido disse: – Não é preciso, vamos descansar nas poltronas – e a patroa se retirou.

Sobakêvitch inclinou ligeiramente a cabeça, preparando-se para ouvir de que negócio se tratava.

Tchítchicov começou a conversa muito de longe, mencionou o império russo em geral, referiu-se mui elogiosamente às suas dimensões, disse que até mesmo o mais antigo Império Romano não fora tão vasto, e que o espanto dos estrangeiros era justificado... Sobakêvitch ouvia tudo, de cabeça inclinada. E que graças aos regulamentos existentes nesse império, cuja fama não tem igual, as almas recenseadas, encerrada a sua carreira terrena, continuam, no entanto, até a época do novo recenseamento, a ser computadas junto com as vivas, a fim de, desta maneira, não sobrecarregar a administração com uma infinidade de informações fragmentárias e inúteis, aumentando a complexidade do mecanismo estatal, já por si bastante complicado... Sobakêvitch continuava a escutar, de cabeça inclinada; e que, no entanto, apesar de toda a justeza dessa medida, ela vem a ser muitas vezes onerosa para muitos proprietários, obrigando-os a lançar seus impostos pelos mortos como se se tratasse de objetos vivos, e que ele, Tchítchicov, no seu grande respeito pessoal pelo anfitrião, estaria até disposto a tomar parcialmente a si esse encargo realmente pesado. Quando se referia ao assunto principal, Tchítchicov se expressava com muita cautela, nunca chamando as almas de mortas, mas apenas de inexistentes.

Sobakêvitch escutava tudo da mesma maneira, de cabeça inclinada, e sem que nada remotamente semelhante a uma expressão assomasse no seu rosto. Parecia que naquele corpo não existia alma nenhuma, ou, se existia, situava-se não no lugar devido, mas, como no bruxo lendário Kochtchêi, o Imortal, algures atrás dos montes, e envolta numa casca tão grossa que o que quer que se movesse no fundo dela não conseguia produzir qualquer comoção na superfície...

– E então?... – disse Tchítchicov, esperando, não sem alguma emoção, pela resposta.

– O senhor precisa de almas mortas? – perguntou Sobakêvitch com toda a simplicidade, sem o menor espanto, como se estivessem falando de trigo.

– Sim – disse Tchítchicov, e tornou a amenizar a expressão, acrescentando: – inexistentes.

– Hão de encontrar-se, por que não?... – disse Sobakêvitch.

– E, caso se encontrem, presumo que o senhor... gostaria de ver-se livre delas?

– Se quiser, estou disposto a vendê-las – disse Sobakêvitch, já levantando um pouco a cabeça e percebendo que o comprador, decerto, esperava auferir aqui alguma vantagem.

"Com os diabos!", pensou Tchítchicov consigo mesmo, "este aqui já está vendendo antes de eu abrir a boca!", e articulou em voz alta:

– E, digamos, quanto ao preço? Se bem que, para dizer a verdade, trata-se de um objeto... que falar de preço até parece esquisito...

– Bem, para não pedir muito – cem rublos cada uma! – disse Sobakêvitch.

– Cem rublos! – exclamou Tchítchicov, boquiaberto, e fitando-o bem nos olhos, sem saber se tinha ouvido mal, ou se fora a língua de Sobakêvitch que, por sua natureza desajeitada, se enrolara e pronunciara uma palavra em vez de outra.

– Por quê o senhor está achando caro? – articulou Sobakêvitch, e acrescentou: – E que preço seria o seu, por exemplo?

– O meu preço! Acho que nós estamos enganados, ou não nos compreendemos mutuamente, esquecemos em que consiste o assunto da conversa. Posso oferecer de minha parte, com a mão no coração, oitenta copeques por alma; é o meu preço mais alto!

– Ora vejam só que calma! Oitenta copeques!

– Bem, segundo o meu juízo, acho que não se pode dar mais.

– Veja bem que não estou vendendo alparcatas de palha.

– Mas o senhor há de convir que não se trata tampouco de gente.

– E o senhor acha que vai encontrar um bobalhão que lhe vá vender uma alma recenseada por oitenta copeques?

– Com sua licença, por que é que o senhor as chama de recenseadas, se as almas propriamente ditas já há muito estão mortas, e o que sobra delas não passa de um som impalpável? Em suma, para não perder mais tempo em conversas sobre esse assunto, posso dar-lhe um rublo e meio por peça; mais do que isso é impossível.

– O senhor devia ter vergonha de mencionar uma quantia dessa! Regateie, proponha um preço razoável!

– Não posso, Mikhail Semiónovitch, creia-me, em sã consciência, não posso: o que não é possível fazer, não é possível fazer – dizia Tchítchicov, mas acabou aumentando a oferta para mais meio rublo.

– Mas por que pechincha tanto? – disse Sobakêvitch. – Garanto-lhe que não é caro! Outro qualquer, gatuno, poderá enganá-lo, vender-lhe lixo em vez de almas; mas as minhas são como nozes escolhidas, todas perfeitas: quando não é um mestre-artesão, então é outro mujique reforçado. Veja por exemplo o construtor de carros Mikhêiev! Ele nem construía carruagens que não fossem de molas! E não eram dessas como as feitas em Moscou, que duram uma hora – eram carruagens sólidas, ele mesmo as forrava, ele mesmo as envernizava com as próprias mãos.

Tchítchicov ia abrir a boca para observar que, apesar disso, esse Mikhêiev já estava morto havia muito tempo; mas Sobakêvitch fora arrastado, como se diz, pela força da palavra, da qual lhe nasceram até o ardor e o dom da eloqüência:

– E o Stepan-Rolha, o carpinteiro? Aposto a cabeça que em parte alguma o senhor encontrará um mujique como aquele! Que força ele tinha! Se ele servisse na Guarda Real, nem sei o que lhe dariam, um colosso de quase sete pés de altura!

Tchítchicov quis observar novamente que o Rolha também não existia mais neste mundo; mas Sobakêvitch parecia ter tomado o freio nos dentes: as palavras brotavam-lhe em torrentes, e não se podia fazer nada senão ouvi-lo:

– E o Míluchkin-Oleiro! Era capaz de colocar uma estufa em qualquer tipo de casa. E Maxim Teliátnicov, o sapateiro: num piscar de olhos, estava pronto um par de botas, e botas de se tirar o chapéu, botas de primeiríssima! E Ieremêi Sorokopliókhin! Este mujique sozinho valia pelos outros todos juntos: ia fazer vendas em Moscou, só de tributo me trazia quinhentos rublos de cada vez. É este o meu tipo de gente! Nada de parecido com o que lhe venderia algum Pliúchkin.

– Mas, com licença – disse por fim Tchítchicov, estupefato diante dessa avalancha de palavras que parecia não ter fim –, para que é que o senhor fica aí enumerando-lhes as virtudes, que agora não tem mais sentido algum, considerando que toda essa gente já está morta? "Defunto, só se for para escorar cerca", diz o ditado.

– É, naturalmente, estão mortos – disse Sobakêvitch, como que caindo em si e lembrando que de fato eles já estavam mortos, e depois acrescentou: – Por outro lado, que dizer desses que agora são os chamados vivos? Que espécie de gente são eles? São moscas, não são gente.

– De qualquer forma, eles existem, ao passo que aqueles não passam de sombras.

– Isso não, sombras não! Posso declarar que homens como o Mikhêiev, homens assim o senhor não encontrará mais; ele era uma máquina, um gigante que não cabia nesta sala! Não, isso não é uma sombra! E tinha uma força nos costados, como nem um cavalo tem igual; quero ver aonde o senhor vai encontrar uma sombra dessa!

As últimas palavras, ele já as disse dirigindo-se aos retratos de Bagration e Colocotroni, como sói acontecer com interlocutores, quando um deles, de repente, não se sabe por que, se dirige não àquele a quem são destinadas as suas palavras, mas a um terceiro, até desconhecido, que se encontra lá por acaso, e do qual ele sabe que não vai ouvir nem resposta, nem opinião, nem confirmação, mas em quem, entretanto, crava os olhos como se o convocasse para mediador; e o desconhecido, um tanto atrapalhado no primeiro instante, não sabe se deve responder sobre o assunto do qual não sabe nada, ou ficar um pouco ali, calado, simplesmente por cortesia, para logo depois ir-se embora.

– Não, mais de dois rublos não posso pagar – disse Tchítchicov.

– Está bem, só para que não saia por aí dizendo que cobrei alto e não quis fazer-lhe nenhuma concessão, concordo: setenta e cinco rublos por alma, mas em notas – só por ser um negócio entre amigos!

"Mas o que é isso, realmente", pensou consigo Tchítchicov, "será que ele me toma por imbecil mesmo?" E acrescentou em voz alta:

– Na verdade, acho tudo isso muito estranho: parece que entre nós está sendo representada uma peça de teatro, uma comédia, não consigo explicá-lo de outra forma... O senhor parece homem bastante sagaz, goza dos privilégios da instrução. Portanto, compreende que se trata de artigo de somenos. O que é que vale? Quem precisa dele?

– O senhor não está querendo comprar? Logo, alguém precisa.

Aqui Tchítchicov mordeu os lábios e não soube o que responder. Tentou começar a falar de certas circunstâncias de clã e família, mas Sobakêvitch respondeu simplesmente:

– Eu não quero saber das suas relações de família, assuntos familiares não me dizem respeito, são negócio seu. O senhor tem necessidade das almas, então eu lhas vendo, e vai arrepender-se se deixar de comprá-las.

– Dois rublozinhos – disse Tchítchicov.

– Eh, "quando começa a falar a esmo, a gralha só faz repetir o mesmo", como diz o ditado. O senhor montou nos tais dois rublos, e não quer mais apear deles. Faça o favor de fazer uma oferta às direitas!

"Arre, o Diabo que o carregue, este cachorro", pensou consigo Tchítchicov, "vou aumentar-lhe mais meio rublo de lambujem!"

– Pois então, que seja: eu lhe darei mais meio rublo por alma.

– Pois então, que seja: eu também lhe darei minha última palavra: cinqüenta rublos! Juro que estou tendo prejuízo, em lugar nenhum o senhor comprará gente tão boa tão barato!

"Mas que sovina!", disse consigo Tchítchicov, e logo continuou em voz alta, em tom bastante contrariado:

– Mas o que é isso, afinal de contas?... como se isso fosse mesmo um negócio sério; se eu quiser, ganho as almas de graça, em qualquer outro lugar. E ainda me dirão obrigado, com muito prazer, por livrá-los disso o mais depressa possível. Só um imbecil fará questão de conservá-las consigo e ainda pagar imposto por elas!

– Mas será que o senhor sabe, e digo-lhe isso entre amigos, que compras dessa espécie nem sempre são lícitas, e se eu ou qualquer outro revelar isso, a pessoa em questão perderá qualquer crédito no que se refere a contratos ou quaisquer compromissos lucrativos?

"Então é nisso que estás pensando, safado!", pensou Tchítchicov, mas retrucou de imediato, com o seu ar de maior sangue-frio:

– Como queira, se eu estou comprando não é por alguma necessidade, como o senhor parece estar imaginando, mas assim, por mero capricho do meu próprio pensamento. Se não quiser dois rublos e meio, adeus!

"Este aqui é duro de roer, não cede!", pensou Sobakêvitch.

– Vá lá, desisto, dê-me trinta rublos por alma e pode levá-las!

– Não, estou vendo que o senhor não quer vender mesmo – adeus!

– Com licença, com licença – disse Sobakêvitch, sem soltar-lhe a mão e pisando-lhe no pé, pois o nosso herói esquecera de se precaver, e, por castigo, teve de soltar um chiado e pular num pé só.

– Peço desculpas! Parece que lhe causei incômodo. Queira sentar-se aqui. Por favor! – Aqui ele forçou Tchítchicov a sentar-se numa poltrona, até com certa destreza, como um urso que já passou por mãos humanas já sabe dar cambalhotas e executar toda sorte de truques, quando lhe perguntam: "Mostra agora, Michka, como as velhas suam na sauna", ou então: "Michka, como é que os garotos furtam ervilhas?"

– Realmente, estou perdendo meu tempo à toa, estou com pressa.

– Fique mais um minutinho, eu já lhe vou dizer uma coisa agradável. – Aqui Sobakêvitch sentou-se mais perto dele e disse-lhe baixinho ao ouvido, como se fosse um segredo: – Quer um quarto?

– Ou seja, vinte e cinco rublos? Não, não e não! Nem um quarto de um quarto, não aumento nem mais um copeque.

Sobakêvitch calou-se. Tchítchicov também ficou calado. O silêncio prolongou-se por uns dois minutos. Da parede, Bagration, com o seu nariz aquilino, observava muito atento o decorrer da transação.

– Afinal de contas, qual é a sua oferta definitiva? – disse finalmente Sobakêvitch.

– Dois rublos e meio.

– Palavra que para o senhor uma alma humana não vale mais do que um nabo fervido. Dê-me ao menos três rublos por alma!

– Não posso.

– Bem, estou vendo que com o senhor não se arranja nada mesmo, pois seja! Fico com o prejuízo, mas que fazer? Tenho uma índole assim, canina: não posso deixar de proporcionar prazer ao próximo; acho que precisamos lavrar o contrato, para que fique tudo em ordem.

– Evidentemente.

– Era o que eu pensava, teremos de ir até a cidade.

Assim foi fechado o negócio. Ambos decidiram ir à cidade no dia seguinte, a fim de assinarem o contrato de compra e venda. Tchítchicov pediu a lista dos camponeses. Sobakêvitch concordou imediatamente, e ali mesmo postou-se diante da escrivaninha e pôs-se a elaborar a lista de próprio punho, escrevendo não só os nomes mas registrando até as qualidades meritórias de cada um.

E Tchítchicov, por falta do que fazer, e encontrando-se por trás dele, ficou a contemplar toda a vasta estrutura do anfitrião. Quando olhou para aquele costado, amplo como o lombo dos atarracados cavalos de Viatka, e para as suas pernas, que pareciam aqueles postes baixos de ferro forjado que se colocam nas calçadas, não pôde deixar de exclamar mentalmente: "Sim senhor, como Deus te aquinhoou! És de fato o que se pode chamar de mal cortado mas bem costurado!... Será que já nasceste assim, urso, ou ficaste ursificado com a vida neste buraco distante, as semeaduras de trigo, as amofinações com os mujiques, e por causa de tudo isso te transformaste no que se costuma chamar de unha-de-fome? Mas não, acho que serias o mesmo, ainda que te tivessem criado à moderna, solto no mundo, vivendo em São Petersburgo e não nesta aldeia no fim do mundo. A diferença toda consiste em que agora tu devoras meio quarto de carneiro com papa de trigo, encerrando a refeição com uma torta de queijo do tamanho dum prato, e naquele caso comerias almôndegas com trufas. E também, em que agora és proprietário de camponeses, e os tratas bem, claro, não irias maltratá-los, porque te pertencem e seria pior para ti mesmo; mas, no segundo caso, serias chefe de funcionários públicos, que tiranizarias sem dó, sabendo que eles não são servos, propriedade tua, ou então roubarias os cofres do Estado! Não, quem nasceu para punho fechado, não consegue viver de mão aberta! Mas se tentarem forçá-lo a abrir um dedo ou dois, será pior ainda. Se um desses tipos roçar a superfície de uma ciência qualquer, assim que conseguir um posto um pouco melhor, ai daqueles que conheçam de fato alguma ciência! E ainda dirá depois: 'Agora é que eu vou mostrar-me!' E aprontará tais e tantas que deixará muitos com gosto ruim na boca... Ah, se todos esses miseráveis..."

– A lista está pronta – disse Sobakêvitch, voltando-se.

– Está pronta? Mostra-me, por favor. – Ele correu os olhos pela lista e admirou sua meticulosidade e precisão: não só estavam explicitamente anotados ofício, apelido, idade e estado civil de cada mujique morto, mas até mesmo, nas margens, havia anotações especiais referentes ao seu comportamento, sobriedade – em suma, dava gosto olhá-la.

– Agora, por favor, um adiantamentozinho! – disse Sobakêvitch.

– E para que quer um adiantamentozinho? Na cidade, o senhor vai receber o dinheiro todo duma vez.

– Bem, o senhor sabe, é o costume.

– Nem sei como dá-lo ao senhor, eu não trouxe dinheiro comigo. Ah, sim, tenho aqui dez rublos.

– O que é que são dez rublos? Dê-me pelo menos cinqüenta!

Tchítchicov ia começando a tirar o corpo, alegando que não os tinha; mas Sobakêvitch afirmou tão categoricamente que ele tinha o dinheiro, sim, que acabou por tirar mais uma notinha, dizendo:

– Pois não, aqui tem mais quinze, total vinte e cinco. O recibo, por favor.

– E para que precisa de recibo?

– É sempre melhor ter um recibo. Nunca se sabe o que pode acontecer.

– Está bem, então passe-me o dinheiro!

– Para que quer o dinheiro? O dinheiro está aqui na minha mão! Assim que me der o recibo, no mesmo instante receberá o dinheiro.

– Mas, com sua licença, como posso emitir o recibo? É preciso primeiro ver o dinheiro.

Tchítchicov soltou as notas sobre a escrivaninha de Sobakêvitch, e este, segurando-as com os dedos de uma mão, com a outra escreveu num papelucho que recebera um sinal de vinte e cinco rublos em notas do governo, por conta da venda de almas. Acabando de redigir a nota, examinou mais uma vez as notas recebidas.

– O papel está meio velhinho! – disse ele, examinando uma das notas contra a luz –, está um pouco rasgado, mas não faz mal, entre amigos essas coisas não têm importância.

"Sovina, avarento!", pensou consigo Tchítchicov, "e tratante, ainda por cima!"

– Será que não lhe interessam almas do sexo feminino?

– Não, obrigado.

– Eu não lhe cobraria muito. Sendo para amigo, um rublozinho por unidade.

– Não, obrigado, não tenho necessidade de sexo feminino.

– Bem, se não tem necessidade então não há de que falar. Gostos não se discutem: "uns preferem o pope, outros a mulher do pope", diz o ditado.

– Queria pedir-lhe ainda uma coisa: que esta transação fique só entre nós dois – disse Tchítchicov, ao se despedir.

– Isto se entende por si mesmo. Não há necessidade de meter terceiros no negócio: o que se realiza entre amigos próximos e sinceros deve permanecer exclusivamente entre eles. Adeus! Agradeço a sua visita. E peço que não se esqueça: quando tiver uma horinha de folga, venha almoçar conosco, passar o tempo. Quem sabe teremos outra oportunidade de ser úteis um ao outro?

"Pois sim, era só o que faltava!", pensava consigo Tchítchicov, acomodando-se na sege. "Arrancou-me dois rublos e meio por alma morta, unha-de-fome do diabo!"

Tchítchicov estava aborrecido com o procedimento de Sobakêvitch. Afinal de contas, eram conhecidos, haviam-se encontrado em casa do governador, e em casa do chefe de polícia, e no entanto o sujeito se comportara como um estranho completo, cobrando-lhe dinheiro por coisa nenhuma! Quando a sege saiu do pátio, ele olhou para trás e viu que Sobakêvitch continuava parado nos degraus, e, ao que parecia, seguia-o com os olhos, procurando descobrir para onde se dirigia o seu visitante.

– Patife, ainda está plantado ali! – disse ele entre dentes, e ordenou a Selifan que, depois de virar a sege na direção das isbás dos camponeses, a fizesse sair de maneira que ela não ficasse visível pelo lado do pátio senhorial. Ele queria fazer uma visita a Pliúchkin, cujos camponeses, segundo Sobakêvitch, morriam como moscas, mas não gostaria de que Sobakêvitch ficasse sabendo disso. E quando a sege já estava saindo da aldeia, chamou o primeiro mujique, o qual, tendo encontrado na estrada um enorme tronco de árvore, arrastava-o no ombro para o seu casebre, como uma formiga infatigável:

– Eh, barbudo! Como é que eu posso ir daqui para a casa do Pliáchkin, sem passar pela casa do teu senhor?

O mujique pareceu ficar atrapalhado com esta pergunta.

– Como é, não sabes?

– Não, meu senhor, não sei.

– Mas o que é isso! Já estás de cabelo branco, e não conheces Pliúchkin, o sovina, aquele que não dá de comer à sua gente?

– Ah! O remendado, o remendado! – exclamou o mujique.

Ele havia pronunciado um substantivo antes da palavra "remendado", muito expressivo mas impronunciável em sociedade, e por isso não o mencionaremos aqui. Pode-se, porém, imaginar que se tratava de uma definição muito arguta e certeira, porque Tchítchicov continuava sorrindo na sua sege muito depois de o mujique ter sumido de vista, e eles já terem avançado bastante no seu caminho.

Como o povo russo sabe expressar-se vigorosamente! E quando resolve premiar alguém com uma palavra forte, esta lhe atingirá a família e a descendência, ele a arrastará consigo para o serviço, e para a aposentadoria, e ela o seguirá até Petersburgo e até o fim do mundo. E, por mais que a vítima se esforce e tente nobilitar seu apelido, mesmo que obrigue uns escribas, a peso de ouro, a lhe fabricar uma árvore genealógica que o faça passar por descendente de alta e antiga nobreza, de nada adiantará: a alcunha gritará bem alto, como o corvo da fábula, e revelará alto e bom som a origem do cognome. O que foi dito com pontaria certeira, tal qual o que ficou escrito, não se derruba nem com um machado. E como sói ser certeiro tudo aquilo que procede das profundezas da Rússia, onde não penetraram nem alemães, nem finlandeses, nem quaisquer outras tribos, mas só existe o puro talento nativo, o espírito russo, vivo e agudo, que tem sempre a resposta na ponta da língua, e não fica a chocá-la como uma galinha os seus ovos, mas solta-a na cara qual tabefe, como um passaporte para todo o sempre! E não adianta mais tentares delinear a forma do teu nariz ou da tua boca: com um só traço estás descrito dos pés à cabeça!

Assim como é incontável o número de igrejas, mosteiros com cúpulas, zimbórios, cruzes espalhados pela santa e piedosa Rússia, incontável é a quantidade de tribos, clãs, povos, que se aglomeram, movem-se e agitam-se sobre a face da Terra. E cada povo, que traz em si uma reserva de forças, uma alma repleta de dons criadores, de brilhantes peculiaridades específicas e outros dons divinos, cada um soube destacar-se de modo único por suas palavras próprias, com as quais, expressando qualquer assunto que seja, reflete nessa mesma expressão uma parte da sua índole característica. Assim, o conhecimento da alma humana e a serena ciência da vida se refletem no falar do britânico; leve e faceiro, brilha e cintila o efêmero verbo do francês; pensada e ponderada, nem sempre acessível a todos, elabora o alemão sua palavra enxuta e intelectualizada; mas não existe palavra tão vibrante e ágil, que se solta tão livre e espontânea do âmago da alma, que ferve e borbulha com tanta vida, como uma bem aplicada e certeira palavra russa.

CAPÍTULO VI

Antigamente, faz tempo, nos anos da minha infância distante, perdida para sempre, eu gostava de chegar pela primeira vez a um lugar desconhecido: não importava o que fosse, um vilarejo, uma pobre cidadezinha da província, uma aldeia, um arraial – muita coisa interessante descobria ali o meu curioso olhar de criança. Qualquer construção, qualquer coisa que ostentasse o sinal de alguma peculiaridade, o que quer que fosse, tudo me fazia parar, tudo me espantava. Podia ser um edifício público, de pedra, de arquitetura bem conhecida, com metade das janelas falsas, destacando-se solitário entre o monte de humildes casinhas térreas, de toras maldescascadas; ou uma cúpula redonda, bem-acabada, toda revestida de chapas de ferro branco, erguendo-se sobre uma igreja nova, caiada de branco como a neve; ou uma feira; ou um janota provinciano perdido no meio da cidade – nada escapava à minha jovem e aguda observação, e, de nariz para fora do carro em que viajava, eu olhava tanto para o corte inusitado de alguma sobrecasaca, como para os caixotes cheios de pregos, de cera amarela, de passas e de sabão, que entrevia de passagem nas portas das vendas, junto com potes de confeitos moscovitas embolorados; olhava também para o oficial de Infantaria que ia passando, vindo de sabe Deus que distrito para o tédio provincial, e para o mercador de casaco de couro da Sibéria, que passava voando no seu carrinho ligeiro, e seguia-os em pensamento na sua pobre vida. Se passava um funcionário de província, já lá estava eu imaginando: aonde será que ele vai? A uma recepção em casa de um companheiro, ou à sua própria casa, para, depois de passar meia hora nos degraus da entrada à espera do anoitecer, sentar-se para jantar cedo com a mãe, a irmã, a cunhada e toda a família; e sobre o que conversarão à mesa quando uma criadinha de colares no pescoço ou um moleque de casaco grosso lhes trouxer, já depois da sopa, uma vela de sebo num velho castiçal da família?

Passando perto da aldeia de algum proprietário, eu olhava curioso para um alto e esguio campanário de madeira, ou para uma velha, ampla e escura igreja também de madeira. De longe, acenavam-me alegremente, por entre a folhagem das árvores, o telhado vermelho e as brancas chaminés da casa senhorial, e eu esperava, impaciente, que se abrissem para ambos os lados os jardins que a escondiam, e ela me aparecesse em todo o seu aspecto exterior, naquele tempo, para mim – ai! –, ainda nada vulgar. E por esse exterior eu procurava adivinhar quem seria o próprio dono da casa: se seria gordo, se teria filhos homens, ou quem sabe meia dúzia de filhas, moças de riso cristalino, folguedos de menina, e, como nos contos de fadas, a sempre formosa irmã caçula, e se elas teriam olhos negros, e se o pai seria um homem alegre, ou taciturno como o mês de setembro nos seus últimos dias, a olhar para o calendário e a falar do centeio e do trigo, assuntos tão enfadonhos para a juventude.

Agora, é com indiferença que me aproximo de qualquer aldeia desconhecida, e vejo com indiferença o seu aspecto banal; meus olhos frios não lhe acham graça, não me diverte o que em anos passados despertaria uma expressão viva no meu rosto, riso e conversas intermináveis, e que agora passa sem tocar-me, e meus lábios imóveis guardam um silêncio incurioso. Oh, minha mocidade! Oh, minha inocência!

Enquanto Tchítchicov pensava na alcunha que os camponeses haviam posto em Pliúchkin e ria-se intimamente dela, nem percebeu que já penetrara no centro de uma grande aldeia com muitas isbás e ruas. Mas logo teve de tomar conhecimento disso, graças a um vigoroso solavanco, produzido pelo calçamento de madeira, ao lado do qual o de pedra, da cidade, era brincadeira. As toras desse calçamento, como teclas de piano, levantavam-se e abaixavam-se, subiam e desciam, e o viajante incauto adquiria ou um galo na nuca, ou uma equimose na testa, ou acontecia que até mesmo acabasse por morder, e mui dolorosamente, a própria língua com os próprios dentes.

Tchítchicov notou algo de estranhamente decrépito em todas as casas da aldeia: as toras das isbás estavam velhas e escuras; muitos telhados estavam furados como peneiras – de alguns sobrava apenas a cumeeira e as vigas laterais, como as costelas de um esqueleto. Aparentemente, os próprios moradores tinham acabado de arrancar sarrafos e coberturas, raciocinando, com toda a razão, que durante a chuva esses telhados não os protegiam, e, com bom tempo, não eram necessários, e de resto não havia motivo para ficarem enfornados dentro das casas, quando tinham espaço de sobra tanto no botequim como na grande estrada, ou onde bem entendessem. As janelas dos casebres não tinham vidraças, algumas delas estavam tapadas com trapos e roupas velhas; as sacadinhas de balaústres, que, não se sabe por quê, costumam adornar algumas isbás russas, estavam tortas e enegrecidas de maneira nada pitoresca.

Por trás das casinhas, em muitos lugares, havia longas filas de enormes medas de trigo, ali esquecidas havia muito tempo: tinham a cor de tijolo velho mal cozido; nos cumes crescia toda sorte de capim silvestre e até espinheiros se agarravam nelas pelos lados. O trigo, ao que parecia, pertencia ao dono da aldeia. Por detrás das pilhas de trigo e dos decrépitos telhados surgiam e brilhavam no ar transparente, ora à direita, ora à esquerda, conforme as curvas que a sege fazia, as duas igrejas da aldeia, uma ao lado da outra: uma de madeira, abandonada, e outra de pedra, de paredes amarelinhas, toda manchada e rachada. Aos poucos começou a aparecer a casa senhorial, e finalmente emergiu inteira, no lugar onde a cadeia de isbás se interrompia e no seu lugar surgia, como um terreno baldio, uma horta ou plantação de couves, rodeada de uma cerca baixa, parcialmente quebrada.

Parecia um velho inválido esse estranho castelo, comprido, comprido sem medida. Em alguns lugares era assobradado, em outros, térreo; sobre o telhado escuro, que nem sempre protegia o bastante a sua velhice, apareciam dois mirantes, um defronte do outro, ambos já abalados, despidos da pintura que os cobrira outrora. As paredes da casa mostravam aqui e ali a textura nua do estuque, e, via-se, haviam sofrido muito com toda sorte de intempéries, chuvas, borrascas e mudanças de tempo outonais. Das janelas, só duas estavam abertas, as outras tinham os postigos fechados ou estavam até tapadas por tábuas pregadas. Essas duas janelas, por sua vez, também eram meio cegas; numa delas destacava-se a mancha escura de um triângulo de papel azul colado no vidro.

O velho e vasto jardim, selvagem e abandonado, que se estendia por trás da casa, que continuava depois da aldeia e se perdia no campo, era, ao que parece, a única nota refrescante nessa vasta aldeia, e só ele era verdadeiramente pitoresco na sua deserta amplidão. Qual nuvens verdes e cúpulas de folhas tremulantes, limitavam o horizonte os cumes unidos das árvores de frondes crescidas em liberdade. Um enorme e branco tronco de bétula, de copa arrancada por um raio ou um vendaval, erguia-se no meio dessa massa verde, alto e roliço como uma faiscante coluna de mármore legítimo; seu cume quebrado em bisel, pontiagudo, que o arrematava à guisa de capitel, destacava-se na sua nívea alvura como um gorro ou um pássaro negro. O lúpulo, que sufocava embaixo os sabugueiros, sorveiros e nogueiras silvestres, passava por cima de todo o cercado e trepava pelo tronco acima, envolvendo a bétula quebrada até a metade, de onde se dependurava, procurando agarrar-se aos cumes das outras árvores, ou pendia no ar, enrolando em argolas os seus fortes ganchos, balouçando levemente ao vento. Aqui e ali as brenhas verdes se separavam, iluminadas pelo sol, e desvendavam no meio delas uma parte funda e escura, como uma negra fauce hiante, toda mergulhada na sombra, e mal-e-mal se divisava lá embaixo uma vereda estreita, balaústres caídos, um caramanchão cambaio, um tronco oco de salgueiro, envolvido por um emaranhado de folhas e galhos ressequidos como espinhos, e, de repente, um ramo fresco de bordo, que estendia ao lado suas verdes folhas-patas, debaixo de uma das quais um raio de sol, penetrando lá Deus sabe como, súbito a metamorfoseava em folha de fogo translúcido, maravilhosamente radiosa naquelas trevas espessas. Mais para o lado, já bem na beira do parque, algumas faias altas, maiores que as outras, suspendiam enormes ninhos de corvos nos seus cumes tremulantes. Algumas delas tinham galhos quebrados, mas não inteiramente destacados do tronco, pendentes dos lados com as suas folhas secas. Em suma, tudo era belo, como não o conseguem criar nem a natureza, nem a arte, mas como pode acontecer quando ambas se encontram juntas; quando, por cima do trabalho humano, muitas vezes atabalhoado e sem sentido, passa a natureza com o seu cinzel definitivo, aliviando as massas pesadas, destruindo a grosseira simetria e a pobreza da planificação simplória e nua, infundindo maravilhoso calor a tudo o que foi organizado com a frieza de uma ordem limpa e meticulosa.

Após uma ou duas voltas, nosso herói encontrou-se finalmente na frente da própria casa, que lhe pareceu agora ainda mais taciturna. Um mofo esverdeado já recobria a velha madeira da cerca e do portão. Um sem-número de construções – dependências para a criadagem, galpões, armazéns, porões, visivelmente envelhecidos – enchia o pátio; perto delas, à direita e à esquerda, viam-se outros quintais. Tudo testemunhava que antigamente ali fervilhara uma vida intensa em larga escala, mas agora tudo tinha um aspecto sombrio e abandonado. Não se percebia nada que emprestasse alguma vida ao quadro: nem portas que se abrissem, nem gente que passasse, nada que indicasse alguma faina, alguma ocupação doméstica viva. Só o grande portão principal estava aberto, e isso mesmo porque um mujique acabava de entrar com uma carreta carregada, coberta por uma esteira, como que surgido de propósito para dar uma aparência de vida a esse lugar esmorecido; em outra hora também ele estaria trancado a sete chaves, pois da alça de ferro pendia um cadeado gigante.

Ao lado de uma das construções, Tchítchicov percebeu logo um vulto que começou a discutir com o mujique que acabava de chegar com a carreta. Durante algum tempo, não conseguiu distinguir a que sexo pertencia o vulto, se era um camponês ou uma camponesa. A sua roupa era de um gênero muito indeterminado, muito parecida com um roupão feminino; na cabeça trazia uma carapuça, dessas que são usadas pelas servas domésticas, mas a voz da personagem pareceu-lhe um tanto roufenha demais para uma mulher. "Ah, é mulher", pensou consigo mesmo, e logo acrescentou: "Ih, não é, não!" "Mas é claro que é mulher!", disse ele por fim, examinando-a melhor. O vulto, por seu lado, olhava para ele com a mesma insistência. Aparentemente, um visitante não constituía novidade para ele, porque examinou não só a ele, como também a Selifan e aos cavalos, começando pelo rabo e acabando pelo focinho. Pelo molho de chaves que trazia à cintura e pelas palavras bastante pesadas com que descompunha o mujique, Tchítchicov concluiu que se tratava da despenseira.

– Escuta aqui, titia – disse ele, saindo da sege –, o teu patrão?...

– Não está – interrompeu a mulher, sem esperar pelo fim da pergunta, e um momento depois acrescentou: – E o que precisa dele?

– Tenho um negócio!

– Entre na casa! – disse a despenseira, voltando-lhe as costas sujas de farinha, com um grande rasgão mais abaixo.

Tchítchicov entrou no vestíbulo amplo e escuro, do qual soprava um bafo frio, como dum porão. Do vestíbulo, passou para um aposento, também escuro, parcamente iluminado por uma luz que se filtrava através duma larga fresta embaixo da porta. Abrindo essa porta, ele encontrou-se finalmente na claridade, e ficou estarrecido diante da desordem que se descortinou aos seus olhos. A impressão era de que estavam raspando os soalhos da casa inteira, e tinham amontoado ali, provisoriamente, toda a mobília. Sobre uma das mesas havia até uma cadeira quebrada, e, ao lado dela, um relógio de pêndulo parado, no qual uma aranha já havia tecido sua teia. Ali mesmo, encostado do lado contra a parede, havia um armário cheio de prataria velha, frascos de cristal e porcelana chinesa. Sobre o *bureau* marchetado de mosaico de madrepérola, que em parte já se desprendera e deixara atrás de si apenas uns pequenos regos amarelos, cheios de cola, havia uma porção de coisas de toda espécie, um monte de papeluchos cobertos de escrita miúda, seguros por um peso de mármore em forma de ovo, um livro muito antigo encadernado em couro vermelho, um limão todo seco, do tamanho de uma avelã, um braço de poltrona quebrado, um cálice com um líquido não identificado e três moscas, coberto por uma carta, um pedacinho de lacre, um farrapo de pano apanhado não se sabe onde, duas penas sujas de tinta, secas como se fossem tísicas, um palito de marfim totalmente amarelecido, com o qual o dono da casa decerto já escarafunchara os dentes antes da invasão de Moscou pelos franceses.

Pelas paredes, muito apertados e sem ordem alguma, pendiam alguns quadros: uma gravura comprida e amarela de uma batalha qualquer, com enormes tambores, soldados bradando de chapéus de três bicos e cavalos afogando-se, sem vidro, montada numa moldura de mogno com finos filetes de bronze e argolas de bronze nos cantos. Ao lado dela, ocupava metade da parede uma enorme pintura enegrecida, feita a óleo, representando flores, frutas, uma melancia talhada, um focinho de javali e um pato pendurado de cabeça para baixo. Do meio do teto pendia um lustre num saco de lona, que, de tanto pó, já parecia um casulo de bicho-da-seda, dentro do qual está a larva. No canto do aposento amontoava-se tudo o que era mais grosseiro e indigno de ficar em cima das mesas. O que, exatamente, se encontrava naquele monte era difícil de definir, porque a poeira em cima dele era tanta, que as mãos de quem ousasse tocá-lo transformar-se-iam logo em luvas. O que se percebia melhor era um pedaço de pá quebrada e uma sola de bota velha, que apareciam mais à superfície. Jamais se poderia dizer que neste aposento pudesse morar um ser vivo, se a sua presença não fosse denunciada por uma carapuça velha e surrada que estava em cima da mesa.

Enquanto Tchítchicov examinava todo aquele estranho ambiente, abriu-se a porta lateral e entrou a mesma despenseira que ele havia visto no quintal. Mas só agora ele percebeu que se tratava não de uma despenseira, mas antes de um despenseiro: em todo caso, uma despenseira não costuma fazer a barba, enquanto este, pelo contrário, a fazia, e, ao que parece, mui raramente, porque o seu queixo, junto com a parte inferior da bochecha, parecia uma daquelas raspadeiras de arame de ferro com as quais se limpam os cavalos nas estrebarias.

Tchítchicov, assumindo uma expressão interrogativa, esperava impaciente pelo que lhe iria dizer o despenseiro. O despenseiro, por sua parte, também esperava pelo que Tchítchicov tinha para lhe dizer. Finalmente, Tchítchicov, admirado com o estranho mal-entendido, aventurou-se a perguntar:

– E então, o teu patrão? Está no seu quarto, ou o quê?

– Aqui está o patrão – disse o despenseiro.

– Onde? – repetiu Tchítchicov.

– Que tem o senhor, paizinho, está cego? – perguntou o despenseiro. – Ora essa! O patrão sou eu mesmo!

Aqui o nosso herói teve de dar um passo para trás sem querer, e fitou o outro fixamente. Já tivera oportunidade de encontrar toda sorte de pessoas, até mesmo algumas que nós e o leitor jamais teremos ocasião de conhecer; mas uma personagem como essa ele ainda não havia visto.

Seu rosto não apresentava nada de especial; era quase igual ao de muitos velhotes magros, só o seu queixo é que era muito proeminente, projetava-se tanto para a frente, que ele era obrigado a cobri-lo com o lenço a todo o momento, para não babar em cima dele; os olhinhos miúdos ainda não se tinham apagado e corriam por baixo das sobrancelhas cabeludas como ratos, quando, pondo o focinho pontudo para fora das tocas escuras, orelhas empinadas e bigodes em riste, sondam os arredores, a ver se não há algum gato ou algum garoto travesso escondido por perto, e farejam desconfiados o próprio ar. Muito mais notável era a sua indumentária; não existem modos nem meios de decifrar de que elementos se compunha o seu roupão: as mangas e as abas superiores estavam tão ensebadas e lustrosas que pareciam couro da Rússia, daquele que se usa para fazer botas; atrás, em vez de duas abas, pendiam quatro, das quais escapavam tufos de algodão. Também no pescoço ele trazia enrolado algo difícil de entender: uma meia, ou uma liga, ou uma faixa para a cintura, mas de modo algum uma gravata. Em suma, se Tchítchicov o encontrasse, assim ataviado, na porta de alguma igreja, com certeza lhe daria dois copeques de esmola.

Porque é preciso dizer, para honra do nosso herói, que ele tinha um coração compassivo e jamais conseguia conter-se e não dar a um pobre dois copeques de esmola. Porém diante dele não estava um mendigo, diante dele estava um *pomiêchtchik*, um proprietário rural. E esse proprietário era senhor e dono de mais de mil almas, e que alguém tentasse encontrar outro que possuísse mais trigo em grão, farinha ou simplesmente em medas; cujos depósitos, armazéns e secadouros estivessem mais repletos de lonas, lãs, linhos, peles de carneiro cruas e curtidas, peixes secos e toda sorte de legumes e carnes defumadas. Alguém que desse uma olhadela no seu quintal dos fundos, onde, preparadas para reserva, veria tais quantidades de utensílios de madeira e louça nunca usados, que julgaria encontrar-se na grande feira em Moscou, para onde acorrem todos os dias atarefadas sogras e noras, com as suas cozinheiras, para fazer suas provisões domésticas, e onde branqueja aos montes toda sorte de madeira trabalhada: lavrada, aplainada, torneada e traçada; tonéis, manjedouras, tinas, odres, jarras com bicos e sem bicos, cestas, peneiras, bacias onde as camponias põem os seus fusos e toda sorte de tralha, caixas de álamo fino curvado, caixas cilíndricas de bétula trançada, e tanta coisa mais que se usa na Rússia rica e pobre. Para que fim, indagar-se-ia, precisava Pliúchkin de tamanho despropósito de semelhantes artefatos? Uma vida inteira não bastaria para usá-los, até mesmo em dois domínios do tamanho daquele seu – mas mesmo aquilo tudo lhe parecia pouco. Nunca satisfeito com o que tinha, ele saía todos os dias para andar pelas ruas da sua aldeia, espiando embaixo das pontes e das passarelas, e tudo o que lhe caía nas mãos, fosse uma sola velha, um trapo de mulher, um prego de ferro, um caco de barro, tudo ele carregava para a sua casa e punha naquele monte que Tchítchicov vira no canto do aposento. “Lá vai o pescador para a pesca!”, diziam os camponios quando o viam sair para as suas caçadas. E, com efeito, depois da sua passagem não era mais preciso varrer as ruas: se acontecia a um oficial em trânsito perder uma espora, num ápice essa espora ia parar no já conhecido monte; se uma camponesa distraída esquecia seu balde junto do poço, ele carregava também o balde. Entretanto, se um mujique esperto o apanhava em flagrante, não discutia, e devolvia o objeto subtraído; mas se este chegava a ir parar no monte, adeus: jurava que a coisa lhe pertencia, que fora por ele comprada algures, de alguém, ou lhe fora legada pelo avô. No seu quarto, apanhava do chão tudo o que via: um pedacinho de lacre, um papelucho, uma peninha, e colocava tudo na escrivaninha ou no beiral da janela.

E no entanto, tempos houve em que ele fora apenas um patrão parcimonioso! Era casado, homem de família, e os vizinhos vinham visitá-lo, para almoçar com ele e aprender administração doméstica e sábia economia. Tudo transcorria ativamente e funcionava em compasso regular: os moinhos giravam, moviam-se os engenhos, trabalhavam as fábricas de tecidos, as bancas de carpintaria, as tecelagens. Em toda parte penetrava o olho perscrutador do dono, e, como aranha diligente, ele percorria, atarefado mas desenvolto, todos os recantos da sua teia de grande proprietário rural. Suas feições não refletiam sentimentos demasiado fortes, mas tinha olhos inteligentes; sua fala era impregnada de experiência e conhecimento do mundo, e o visitante sentia prazer em ouvi-lo; a patroa, cordial e falante, era famosa pela hospitalidade; ao encontro do hóspede saíam duas meninas bonitinhas, as filhas, ambas louras e viçosas como rosas; e vinha correndo o filho, garoto travesso que beijava todo mundo, sem se importar se a visita gostava ou não de semelhante recepção. Todas as janelas da casa ficavam abertas, no mezanino ficavam os aposentos do preceptor, um francês de barba muito escanhoada, grande caçador, que sempre trazia para o almoço marrecos ou perdizes, e às vezes apenas ovos de codorna, com os quais mandava fazer uma omelete para si mesmo, porque na casa ninguém mais a comia. No mezanino morava também a sua compatriota, governanta das duas senhoritas. O dono da casa apresentava-se à mesa de sobrecasaca, um pouco usada, é verdade, mas arrumada, os cotovelos em ordem, sem remendos em lugar algum.

Mas a boa senhora da casa faleceu. Parte das chaves, e com elas parte das preocupações miúdas, passou para ele. Pliúchkin tornou-se mais inquieto, e, como todos os viúvos, mais desconfiado e mais avaro. Não podia confiar inteiramente na filha mais velha, Aleksandra Stepánovna, e com razão, porque Aleksandra Stepánovna não demorou a fugir com um capitão de Cavalaria, Deus sabe de que regimento, e casou-se com ele às pressas, numa igreja da aldeia, por saber que o pai não gostava de oficiais por um estranho preconceito, segundo o qual todos os militares eram jogadores e esbanjadores. O pai mandou-lhe ao encalço a sua maldição, mas não se deu ao trabalho de persegui-la. E a casa ficou ainda mais vazia.

O proprietário começou a mostrar sinais cada vez mais evidentes de avareza, e as cãs, fiéis companheiras que surgiram na sua áspera cabeleira, ajudaram-na a desenvolver-se ainda mais. O preceptor francês foi despedido, porque chegara o tempo do serviço militar do filho; madame foi enxotada, porque se descobriu que ela não estava isenta de culpa no caso do rapto de Aleksandra Stepánovna; o filho, tendo sido despachado para uma cidade-sede de distrito, a fim de conhecer na Câmara, segundo a opinião do pai, um serviço público sério, alistou-se ao invés no Exército e escreveu ao pai, já depois de engajado, pedindo dinheiro para o fardamento – e está claro que recebeu para isso o que no linguajar do povo se chama uma figa. Por fim, morreu-lhe a última filha e o velhote ficou só, único dono, proprietário e guardião das suas riquezas.

A vida solitária alimentou-lhe fartamente a avareza, a qual, como é sabido, tem uma fome de lobo, e, quanto mais come, mais insaciável se torna. E os sentimentos humanos, que já não eram nele muito profundos, foram-se esmaecendo mais e mais, e a cada dia que passava alguma coisa se perdia nessa já gasta ruína. E, nisso, aconteceu-lhe, como que de propósito para confirmar a sua opinião a respeito dos militares, que o filho perdeu tudo o que tinha no baralho; então ele lhe mandou, do fundo da alma, a sua maldição paterna, e nunca mais quis saber sequer se o filho existia no mundo ou não. A cada ano que passava, fechavam-se mais janelas na sua casa, até que por fim sobraram só duas, das quais uma, como o leitor já sabe, estava tapada com papel; de ano em ano foram-se perdendo de vista as partes mais importantes da sua organização agrícola-industrial, e sua mesquinha atenção voltava-se para os papeluchos e as penas de escrever que colecionava no seu quarto. Tornava-se cada vez mais intratável para com os compradores que vinham adquirir os seus produtos. Os mercadores regateavam, regateavam, e por fim abandonaram-no de todo, comentando que aquele era um demônio em forma de homem. O feno e o trigo apodreciam, as pilhas e medas transformavam-se em verdadeiro estrume, nem que fosse para adubar plantações de couve. Nos porões, a farinha virava pedra e só se podia parti-la a machadadas, e nos linhos, lãs e tecidos domésticos dava medo tocar, porque se desfaziam em pó. Ele mesmo já esquecia quanto e o que possuía, e só lembrava em que lugar do armário ficava um certo frasco com os restos de alguma aguardente, no qual ele fizera uma marca, para que ninguém a bebesse às escondidas; e de onde se encontravam suas penas de escrever e o pedacinho de lacre. E, no entanto, os proventos da propriedade continuavam a entrar como dantes: o mujique era obrigado a trazer o mesmo tributo, cada camponesa era obrigada a contribuir com a mesma quantidade de nozes, a tecelã tinha de fornecer a mesma quantidade de pano, e tudo isso era amontoado nos depósitos, e tudo se transformava em podridão e frangalhos, até que ele mesmo tornou-se uma espécie de frangalho da humanidade.

Aleksandra Stepánovna veio um par de vezes com o filho pequeno, na tentativa de conseguir alguma coisa do pai; ao que parece, a vida de campanha com o capitão de Cavalaria não era assim tão atraente como lhe parecera antes das bodas. Pliúchkin, entretanto, perdoou-lhe e até deixou o netinho brincar com um botão que estava em cima da mesa, mas dinheiro não lhe deu nenhum. De outra feita, Aleksandra Stepánovna chegou com dois pequerruchos, e trouxe-lhe um bolo e uma bata nova, porque para a bata que o papai usava dava não só pejo mas até vergonha de olhar. Pliúchkin acarinhou ambos os netos, e, colocando um sobre o joelho direito e outro sobre o esquerdo, fê-los balançar totalmente como se andassem a cavalo; ficou com o bolo e com a bata, mas não deu à filha absolutamente nada. E com isso foi-se embora Aleksandra Stepánovna.

Em suma, era dessa categoria o latifundiário que estava diante de Tchítchicov! É bom esclarecer que semelhante fenômeno raramente aparece na Rússia, onde todos gostam mais de se abrir e se espalhar do que de se encolher, e ele se torna ainda mais surpreendente porque ali mesmo, na vizinhança, é fácil encontrar um *pomiêchtchik* farrista e mão-aberta, que esbanja dinheiro com todo o ímpeto e largueza senhorial russos e que, como se costuma dizer, queima a vida por ambas as pontas. O viajante desprevenido pára estupefato diante da sua suntuosa residência, a matutar em que príncipe será esse que surgiu de repente no meio dos pequenos proprietários obscuros: parecem castelos as suas brancas mansões de pedra, com sua infinidade de chaminés e mirantes, ladeadas por alas e cercadas por um rebanho de pavilhões e toda sorte de alojamentos para hóspedes. E quanta coisa ele não oferece? Espetáculos, festas, bailes; a noite inteira resplandece o parque, iluminado por tochas e lampiões e animado por música incessante. Metade da província, engalanada e festiva, passeia e se diverte debaixo das árvores, e ninguém se assusta ou fica impressionado quando, teatralmente iluminado pela luz artificial, salta do maciço verde um galho nu, e por causa disso, lá no alto, parece mais escuro, mais sombrio e muito mais ameaçador o firmamento noturno; e lá em cima, longe, farfalhando a folhagem e afundando-se mais nas trevas espessas, balouçam indignados os taciturnos cumes do arvoredo contra esse brilho vulgar que embaixo põe a nu as suas raízes.

Pliúchkin já estava lá parado havia vários minutos sem pronunciar uma palavra, mas Tchítchicov ainda não conseguira iniciar a conversa, desconcertado tanto pelo aspecto do próprio dono como de tudo aquilo que havia no seu aposento. Durante muito tempo, não conseguiu encontrar uma maneira de abordar o assunto que motivara a sua visita, e já ia enveredando pela explicação de que, impressionado com a fama das raras virtudes e qualidades de caráter do anfitrião, sentira-se no dever de trazer-lhe pessoalmente os protestos do seu respeito, mas caiu em si, sentindo que assim já era demais. Relanceando mais um olhar de soslaio sobre tudo o que enchia o quarto, Tchítchicov sentiu que as palavras "virtudes" e "raras qualidades de caráter" podiam ser vantajosamente substituídas pelas palavras "economia" e "ordem"; e por isso, modificando nesse sentido o seu discurso, acabou dizendo que, impressionado pela sua fama de homem econômico e extraordinário administrador de suas propriedades, considerou seu dever fazer-lhe essa visita, para conhecê-lo e trazer-lhe pessoalmente os protestos do seu respeito. Está claro que teria sido possível inventar um pretexto diferente e melhor, mas acontece que naquele momento nada de diferente lhe veio à cabeça.

Em resposta, Pliúchkin balbuciou qualquer coisa por entre os lábios, pois que dentes não havia, mas precisamente o quê, não se sabe; provavelmente, o sentido geral era: "Vai para o Diabo que te carregue com os teus respeitos!" Mas como a hospitalidade entre nós é tão enraizada que até um avarento não tem forças para transgredir suas leis, ele acrescentou no mesmo instante, um pouco mais compreensivelmente: "Tenha a bondade de sentar-se!"

– Há muito tempo que não recebo visitas – disse ele –, e devo confessar que não encontro muita vantagem nelas. Inventaram esse costume indecoroso de se visitarem uns aos outros, e a ordem doméstica é que sofre... e ainda se é obrigado a dar feno aos cavalos! Eu já almocei há muito tempo e a minha cozinha é baixa, péssima, a chaminé está em ruínas: se mando acender o fogão, posso provocar um incêndio.

"Então é assim!", pensou consigo Tchítchicov. "Ainda bem que em casa do Sobakêvitch pude consumir um pastel e um naco de lombo de carneiro!"

– E até parece uma piada de mau gosto, mas não me resta um único punhado de feno em toda a casa! – continuou Pliúchkin. – E, com efeito, como posso evitar isso? A terra é pouquinha, os mujiques são preguiçosos, não gostam de trabalhar, só pensam em escapulir para o botequim... Se não me cuido, acabo tendo que sair pelo mundo a pedir esmolas, depois de velho!

– E, no entanto, chegou aos meus ouvidos – observou Tchítchicov delicadamente – que o senhor possui mais de mil almas.

– Quem foi que disse isso? O senhor, paizinho, devia ter cuspido no olho de quem lhe disse tal coisa! Aquele gaiato com certeza queria divertir-se à sua custa. Falam, falam em mil almas, mas que tentem comprá-las, não encontrarão nada! No ano passado a maldita febre exterminou um monte de camponeses meus.

– Não diga! E exterminou muitos? – exclamou Tchítchicov, condoído.

– Sim, foram-se muitos.

– E, com licença da pergunta, quantos foram em números?

– Umas oitenta almas.

– Não é possível!

– Eu não iria mentir-lhe, paizinho.

– Permita-me mais uma pergunta: estas almas, suponho que o senhor as conta a partir do dia da entrega da última lista de recenseamento?

– Se fosse assim, eu ainda daria graças a Deus – disse Pliúchkin –, mas o pior é que, daquele dia até agora, já serão umas cento e vinte.

– Deveras! Cento e vinte?! – exclamou Tchítchicov, e até ficou um pouco boquiaberto de espanto.

– Estou velho demais, paizinho, para começar a mentir. Já estou na sétima dezena da vida! – disse Pliúchkin. Parecia que tinha ficado um tanto abespinhado com aquela exclamação quase jubilosa. Tchítchicov percebeu que de fato não ficava muito decente tamanha falta de sensibilidade para com a desgraça alheia, razão pela qual suspirou imediatamente e expressou suas condolências.

– Condolências não enchem o bolso – disse Pliúchkin. – Aqui por perto mora um capitão, sabe-se lá de onde ele surgiu, que insiste em que é meu parente: "Titio, titio!", e beija-me a mão, e quando começa a expressar suas condolências, faz tamanha choradeira que tenho de tapar os ouvidos. Tem a cara toda vermelha, na certa bebe até cair. Deve ter perdido todo o dinheiro durante o serviço ativo como oficial, ou alguma atriz de teatro lhe arrancou tudo o que tinha, por isso agora ele me vem com as condolências!

Tchítchicov tentou explicar que as suas condolências eram de espécie muito diferente das do capitão, e que ele estava disposto a prová-lo com atos e não palavras vãs, e em seguida, sem rodeios, ali mesmo manifestou sua disposição de tomar a si a obrigação do pagamento dos impostos por todos os camponeses falecidos em tão tristes circunstâncias.

Essa proposta, ao que parece, apanhou Pliúchkin totalmente de surpresa. Com os olhos esbugalhados de espanto, ele quedou-se a fitar demoradamente o visitante, e por fim perguntou:

– Diga-me, paizinho, o senhor não serviu no serviço militar?

– Não – respondeu Tchítchicov com certa astúcia –, servi no serviço civil.

– No civil? – repetiu Pliúchkin, e começou a mastigar com as gengivas, como se estivesse comendo. – Mas como pode fazer isso? Seria um prejuízo para o senhor!

– Para lhe ser agradável, não hesitarei em arcar até com um prejuízo.

– Ai, meu paizinho! Ai, meu benfeitor! – exclamou Pliúchkin, sem perceber, na sua alegria, que do nariz lhe começou a surgir o rapé, de um modo bem pouco pitoresco, a maneira de cale grosso, e que as abas da sua bata, abrindo-se, mostraram um traje nada apropriado para exibição. – Ah, que consolo trouxe para este pobre velho! Ai, meu Deus do céu! Ai, meus santos! – e Pliúchkin não conseguia dizer mais nada.

Mas não passou nem um minuto, e esta felicidade, que surgira tão de repente na sua cara inexpressiva como pau, sumiu com a mesma rapidez, como se nunca lá tivesse estado, e as suas feições assumiram de novo sua expressão preocupada. Ele até se assoou com o lenço e, enrolando-o numa bola, começou a esfregá-lo no lábio superior.

– Mas como, então, permita que lhe pergunte e não se zangue: como assim, o senhor se dispõe a pagar o imposto pelas almas, todos os anos? E esse dinheiro, o senhor o pagará a mim, ou o recolherá aos cofres públicos?

– Olhe, vamos fazer o seguinte: lavraremos um contrato de compra dessas almas, como se fossem vivas, e como se o senhor mas vendesse.

– Sim, um contrato de compra... – disse Pliúchkin, pensativo, e pôs-se novamente a mastigar com os lábios. – Esse negócio de contrato de compra, isso representa despesas. Os escrivães são uns exploradores! Antigamente, a gente se livrava deles com meio rublo de cobre e um saco de farinha, mas agora vai uma carroça inteira de grão e mais uma cédula vermelha, tamanha ganância! Não entendo como é que os sacerdotes ainda não deram a devida atenção a essas coisas: alguém deveria fazer um sermão a respeito – digam o que disserem, mas ninguém resiste à palavra de Deus!

"Bem, quanto a ti, acho que resistes!", pensou consigo Tchítchicov, e acrescentou logo que, pelo respeito que lhe dedicava, estava pronto a arcar também com as despesas da lavratura do contrato.

Ouvindo que até as despesas do contrato ele queria tomar a si, Pliúchkin concluiu que o visitante devia ser um completo idiota, e só estava fingindo que tinha sido funcionário público, mas que na realidade devia ter sido oficial do Exército e cortejador de atrizes. Apesar disso, entretanto, não conseguia dissimular sua alegria, e desejou toda sorte de benesses não só a ele, mas até mesmo aos seus filhinhos, sem indagar se ele os tinha ou não. Aproximando-se da janela, bateu com os dedos na vidraça e gritou: – Prochka! – Um minuto depois, percebeu-se que alguém entrou correndo no vestíbulo, onde ficou um bom tempo a se agitar e a bater as botas, esbaforido, e por fim a porta se abriu e entrou Prochka, garoto de uns treze anos, de botas tão grandes que ele quase escapava delas a cada passo que dava. O motivo de Prochka usar essas botas enormes já será explicado: Pliúchkin tinha, para todos os seus criados, um único par de botas, que devia ficar sempre na ante-sala. Qualquer um deles que fosse chamado para dentro da casa atravessava todos os quintais descalço, mas, entrando no vestíbulo, calçava as botas e, já assim ataviado, entrava na sala. Saindo da sala, deixava novamente as botas no vestíbulo, e seguia o seu caminho nas suas próprias solas naturais. Se alguém espiasse pela janela num dia de outono, especialmente num daqueles em que de manhã já começam as primeiras geadas, veria que a criadagem toda executava no pátio uns saltos que dificilmente o mais perito dos bailarinos seria capaz de igualar num palco.

– Olhe só, paizinho, que carantonha! – disse Pliúchkin a Tchítchicov, apontando com o dedo o rosto de Prochka. – É burro como uma porta, mas experimente deixar alguma coisa solta – vai furtá-la no mesmo instante! O que é que vieste fazer aqui, bobão, fala, dize, o quê? – Aqui Pliúchkin fez um pequeno silêncio, ao qual Prochka respondeu na mesma moeda. – Vai preparar o samovar, estás ouvindo? E pega esta chave aqui e leva-a para a Mavra, ela que vá para a despensa: lá, na prateleira, está uma torrada que ficou do bolo que Aleksandra Stepánovna me trouxe quando esteve aqui – é para servir com o chá!... Espera, para onde vais? Bobalhão, eh, que bobalhão! Que é que tens, o Diabo te faz cócegas nos calcanhares?... Primeiro ouve o que te dizem: a torrada, pode ser que esteja um pouco estragada na parte de cima, então essa parte tem que ser raspada com a faca, sem desperdiçar as migalhas, e levada para o galinheiro. E olha aqui, moleque, não vás pôr os pés na despensa, senão, já sabes, mando dar-te uma surra de vara de bétula, para melhorar o sabor!

Se estás com um bom apetite agora, será para melhorá-lo mais ainda! Experimenta só entrar na despensa – eu vou ficar olhando pela janela, estás ouvindo? Não se pode confiar neles para coisa alguma – continuou ele, voltando-se para Tchítchicov, depois que Prochka se retirou junto com as suas botas. E logo depois já começou a olhar também para Tchítchicov com certa desconfiança. Toda aquela extraordinária generosidade começou a parecer-lhe um tanto inverossímil, e ele pensou consigo: "Sabe lá o Diabo, pode ser que ele não passe de um simples fanfarrão, como todos esses esbanjadores: conta uma porção de mentiras, só para conversar um pouco e se aproveitar do chá, e depois vai-se embora!" Em vista disso, por precaução e também para experimentá-lo, disse que não seria mau se realizassem o contrato de compra o mais cedo possível, porque nunca se sabe o que pode acontecer a um homem – hoje está vivo, e amanhã, só Deus sabe.

Tchítchicov declarou-se pronto a lavrar o contrato até naquele mesmo instante, e só pediu a lista dos camponeses mortos.

Isto tranqüilizou Pliúchkin. Percebia-se que ele estava tramando alguma coisa, e, com efeito, lançando mão das chaves, ele se aproximou do armário e, destrancando a porta, mexeu demoradamente por entre os copos e xícaras, e por fim articulou:

– Não consigo encontrá-lo, mas eu tinha aqui um excelente licorzinho, se é que alguém não o bebeu! São todos tamanhos ladrões! Ali, mas não será isto aqui? – Tchítchicov viu nas suas mãos um frasquinho, envolto em pó como numa malha de lã. – É ainda do tempo da minha finada, foi ela mesma quem fez – continuou Pliúchkin –, a diaba da despenseira quase que o perde, enfornou-o até sem tampar, a canalha! Tinha ficado cheio de insetos e sujeira, mas eu tirei o fixo todo, e agora está limpinho. Vou encher-lhe um cálice.

Tchítchicov procurou esquivar-se de tomar aquele licorzinho, dizendo que já tinha comido e bebido.

– Já comeu e já bebeu! – disse Pliúchkin. – Mas está claro, um homem de fino trato se conhece logo: não come e está farto e alimentado. Não é como algum outro, desses gatunos que, quanto mais comida se lhes dá, mais... Como o tal capitão – assim que chega, começa: "Titio", diz, "dê-me alguma coisa para comer!" E eu sou tão tio dele como ele é meu avô. Decerto não tem nada para comer em casa, então fica por aí, pelas casas alheias. Mas o senhor queria um rol de todos aqueles parasitas? Como não, eu, como se tivesse pressentido, anotei-os todos num papel especial, que era para riscá-los por ocasião do próximo recenseamento.

Pliúchkin pôs os óculos e começou a revolver a sua papelada. Desatando os barbantes de toda sorte de pilhas, brindou o seu hóspede com tamanha nuvem de poeira que este até espirrou. Finalmente, extraiu dali um papelucho, recoberto de escrita por todos os lados. Os nomes dos camponeses enchiam-no como um enxame de mosquitos. Havia-os de toda espécie: Paramónov, e Pímenov, e Pantelêimonov, e apareceu até um tal de Grigóri Vem-Mas-Não-Chega; o total chegava a cento e vinte e poucos. Tchítchicov não pôde deixar de sorrir diante de tamanha fartura. Guardando a lista no bolso, observou para Pliúchkin que seria preciso que ele fosse à cidade para a assinatura do contrato.

– Para a cidade? Mas como assim?... E a casa, como posso deixá-la? A minha gente aqui não presta, ou são ladrões ou velhacos: num só dia limpam tudo, não vai sobrar nem um cabide para pendurar o casaco.

– E o senhor não tem algum conhecido na cidade?

– Que conhecido? Todos os meus conhecidos ou morreram ou ficaram desconhecidos. Mas espere, paizinho! Tenho, sim, como é que não! – exclamou ele de repente. – Mas se o próprio presidente é conhecido meu, até costumava vir visitar-me em tempos idos – como não o conhecer! Éramos companheiros de infância, trepávamos juntos pelos muros! Como é que não é meu conhecido? – É conhecido, e como! Poderia escrever para ele, não poderia?

– Naturalmente, para ele mesmo.

– E como não, um conhecido desse! Fomos amiguinhos na escola!

E naquela fisionomia petrificada deslizou uma espécie de raio de luz, expressou-se algo, não um sentimento, mas o pálido reflexo de um sentimento, um acontecimento semelhante ao emergir das águas de um afogado, cujo aparecimento, já não mais esperado, provoca gritos de júbilo na multidão que se aglomera nas margens. Mas em vão os esperançosos irmãos e irmãs lhe lançam uma corda e esperam pelo reaparecimento do dorso ou dos braços cansados de lutar – aquela aparição foi a última. Tudo está mudo, e ainda mais deserta e aterradora se torna depois disso a superfície lisa do insensível elemento. Assim também o rosto de Pliúchkin, após o perpassar momentâneo de um sentimento, quedou-se ainda mais insensível e mais insosso.

– Aqui na mesa havia uma folha de papel em branco disse ele –, mas não sei onde ela foi parar: os meus criados são uns imprestáveis!

E começou a procurar em cima da mesa e embaixo da mesa, e por fim pôs-se a gritar: "Mavra! Ó Mavra!"

Ao chamado acorreu uma mulher com um prato, sobre o qual estava o pedaço do bolo seco, a "torrada" já conhecida do leitor. E entre os dois teve lugar o seguinte diálogo:

– Onde foi que meteste o papel, bandida?

– Juro por Deus, patrão, que não vi papel algum, sem ser aquele pedacinho com que o senhor cobriu o cálice.

– Pois eu vejo pelos teus olhos que o furtaste!

– Mas para que eu iria furtar o papel? Não ia servir-me de nada, eu não sei ler nem escrever.

– Mentes, levaste o papel ao sacristão, ele está sempre rabiscando alguma coisa, por isso levaste o papel para ele.

– Ora, o sacristão, se quiser papel, sabe muito bem onde achá-lo sozinho, ele se importa bem pouco com o vosso papelucho!

– Espera só e verás, no dia do Juízo Final os demônios vão espetar-te com forquilhas em brasa por causa disso! Vais ver como te assam!

– E por que haviam de assar-me, se não pus um dedo no tal papel? Poderia ser por alguma outra fraqueza de mulher, mas por furto, não, disso ainda ninguém me acusou!

– Pois vais ver, os demônios vão espetar-te com ferro em brasa! Vão dizer: "Toma, gatuna, porque enganavas teu amo!", e vão espetar-te com garfos em brasa!

– Mas eu vou dizer: "Estou inocente, por Deus, estou inocente, não furtei nada..." Mas lá está a vossa folha de papel, em cima da mesa, ali! O patrão sempre me acusa sem razão!

Pliúchkin, com efeito, viu o papel, estacou por um momento, movendo as gengivas, e depois articulou:

– Mas o que foi que aconteceu, por que pões a boca no mundo desse jeito? És muito impertinente! Não se pode dizer uma palavra a esta mulher, que ela devolve logo uma dezena! Vai buscar fogo para eu lacrar a carta, anda. Mas espera aí, não vás pegar uma vela de cera, a cera é coisa que se consome: derreteu, acabou e não há mais, é prejuízo puro. Vai trazer um graveto aceso, anda!

Mavra retirou-se e Pliúchkin, acomodando-se na poltrona e lançando mão da pena, ficou ainda algum tempo revirando nas mãos a folha de papel, ponderando se não daria para cortá-la em duas, mas acabou convencendo-se de que não era possível; então enfiou a pena num tinteiro com um líquido embolorado e muitas moscas no fundo, e começou a escrever, desenhando letras que pareciam notas musicais, contendo a todo momento o ímpeto da mão que saltava pela folha toda, grudando avaramente uma linha na outra, e lamentando em pensamento o fato de que assim mesmo acabaria sobrando bastante espaço em branco.

A este ponto de mesquinharia, sovinice, sordidez pôde descer aquele homem! Pôde transformar-se tanto! Parece possível isto? Tudo parece possível, qualquer coisa pode acontecer com um ser humano. O impetuoso jovem de hoje recuaria horrorizado se lhe mostrassem o seu próprio retrato, depois de velho. Tratai pois de levar convosco, para o caminho, ao sair dos doces anos da juventude para a áspera e embrutecedora maturidade, cuidai de levar convosco todos os impulsos humanos, não os deixeis pelo caminho, não podereis recolhê-los mais tarde! É terrível, aterradora a velhice que vos espera no futuro, ela nada faz retornar, não devolve nada! A sepultura é mais clemente do que ela, na sepultura se inscreverá: "Aqui jaz um homem!" Mas nada se poderá ler nas linhas insensíveis da desumana velhice.

– Não teria o senhor algum conhecido ou amigo – disse Pliúchkin, dobrando a carta – que tivesse necessidade de almas fugidas?

– E o senhor tem também almas fugidas? – perguntou Tchítchicov imediatamente, alertado.

– Pois é, o caso é que tenho. Meu genro fazia as revisões, garantia-me que as almas sumiram sem deixar vestígios, mas ele é militar, sabe fazer tilintar as esporas, mas quando se trata de assuntos judiciários...

– E quantas seriam essas almas fugidas?

– Dá para umas sete dezenas...

– Não!

– Juro por Deus! Aqui comigo não passa um ano sem que alguém fuja. É uma gente muito comilona, por falta de que fazer adquiriram o hábito de se empanturrar, quando nem eu mesmo tenho o que comer... De modo que eu aceitaria por eles o que me dessem. O senhor faça-me esse favor, diga isso ao seu amigo: se ele recuperar uma dezena que seja, já ganhará um bom dinheirinho. O senhor sabe que cada alma recenseada vale uns quinhentos rublos.

"Ah, não, isto aqui o tal do nosso amigo não vai nem cheirar", disse Tchítchicov com os seus botões, e a seguir explicou que para semelhante negócio não se encontraria um amigo em parte alguma, que as despesas legais com um caso dessa natureza não compensam os aborrecimentos que ele dá, e que, de resto, é melhor cortar as abas do próprio casaco do que ter de se haver com os tribunais, dos quais é bom conservar-se a distância; mas que, se o Sr. Pliúchkin se encontrava realmente num aperto tão grande, ele, Tchítchicov, movido pela simpatia, estava disposto a pagar... mas era coisa tão irrisória que nem valia a pena falar disso.

– Mas quanto é que o senhor daria por elas? – perguntou Pliúchkin, judeificado, as mãos tremendo como azougue.

– Estou pronto a dar vinte e cinco copeques por alma.

– E como é que o senhor faria a compra – a dinheiro?

– Sim, à vista, em moeda corrente, no ato.

– Só que, paizinho, considerando a minha pobreza, bem que o senhor poderia dar-me quarenta copeques por alma...

– Excelentíssimo! – disse Tchítchicov – não só quarenta copeques, mas até quinhentos rublos por alma eu lhe pagaria! Pagaria com prazer, porque vejo – vejo um venerável e bondoso ancião, sofrendo por culpa de sua própria bondade.

– Ah, é isso mesmo, por Deus, é a pura verdade! – disse Pliúchkin, deixando pender a cabeça e balançando-a compungidamente. – É tudo por culpa da minha bondade.

– Pois é, está vendo como eu compreendi o seu caráter num instante. Assim, por que não lhe daria eu quinhentos rublos por alma? Porém... não possuo os meios; se quiser, pois não, posso aumentar-lhe cinco copeques por peça, de maneira que cada alma ficará em trinta copeques.

– Pois não, paizinho, como queira, mas poderia ao menos acrescentar mais dois copeques por alma.

– Seja, acrescento mais dois copeques. Quantas são elas? Parece-me que falou em setenta?

– Não. O total vai a setenta e oito.

– Setenta e oito, setenta e oito, a trinta copeques por alma, dá... – aqui o nosso herói pensou não mais que um segundo, e disse logo: – isso dá vinte e quatro rublos e noventa e seis copeques! – Ele era forte em aritmética. Imediatamente, fez Pliúchkin dar-lhe um recibo e entregou-lhe o dinheiro, que este segurou com as duas mãos e carregou para a escrivaninha como se estivesse levando uma bacia cheia de líquido, com medo de derramá-lo; lá chegando, examinou-o mais uma vez e depositou-o, também com mil cautelas, numa das gavetas onde, com certeza, era seu destino permanecer enterrado até o dia em que o Padre Carpo e o Padre Policarpo, dois sacerdotes da sua aldeia, o enterrassem a ele próprio, para a incontida alegria do genro e da filha, e talvez até do capitão que se lhe impingira como parente. Tendo guardado o dinheiro, Pliúchkin sentou-se na poltrona e aparentemente já não encontrava mais assunto para conversa.

– Então, já se está preparando para ir embora? – disse ele, percebendo um pequeno movimento que Tchítchicov fez apenas para tirar o lenço do bolso.

Esta pergunta lembrou-lhe que de fato não havia motivo para se demorar mais.

– Sim, já está na hora de ir! – respondeu ele, pegando o chapéu.

– E o chá?

– Não, o chá ficará para um outro dia.

– E eu, que já mandei preparar o samovar! Confesso que eu mesmo não sou muito amigo de chá: é uma bebida cara, e o preço do açúcar também subiu uma barbaridade. Prochka! Não preciso mais do samovar! Devolve a torrada à Mavra, estás ouvindo? Ela que a ponha de volta no mesmo lugar, ou melhor, não, passa-a para cá, eu mesmo vou guardá-la. Adeus, paizinho, Deus o abençoe, entregue o senhor mesmo a carta ao presidente. Sim! Ele que a leia, ele é velho conhecido meu. E como não! Fomos contemporâneos, amigos de infância!

Em seguida, aquele fenômeno estranho, aquele velhote encarquilhado, acompanhou-o até o portão do pátio, após o que mandou imediatamente trancar o portão, fez a ronda das despensas, a fim de verificar se estavam em seus postos os guardas que ficavam em todos os cantos, batendo com pás de madeira em tonéis vazios, em vez da costumeira chapa de ferro; depois disso foi dar uma vista de olhos na cozinha, onde, sob o pretexto de verificar se os criados estavam bem-alimentados, empanturrou-se valentemente de sopa de repolho com papa de trigo, e, tendo descomposto todos até o último por ladroeira e mau comportamento, voltou para o seu aposento. Ficando só, ele até pensou em algum modo de recompensar o visitante por tão desmedida – realmente! – generosidade. "Vou presenteá-lo", pensou consigo mesmo, "com meu relógio de algibeira: é um bom relógio, um relógio de prata, não é algum relojinho de estanho ou de bronze; está um pouquinho estragado, mas ele pode mandar consertá-lo; é um homem ainda jovem, precisa de um relógio de algibeira para impressionar a noiva! Ou por outra, não", acrescentou depois de meditar um pouco, "é melhor deixá-lo para ele em testamento, para que se lembre de mim depois da minha morte."

Mas o nosso herói estava no mais jovial dos estados de espírito, mesmo sem o relógio. Aquela inesperada aquisição era realmente um presente, uma verdadeira dádiva. De fato, diga-se o que disser, não eram só as almas mortas, mas ainda por cima também as fugitivas, e ao todo mais de duzentas unidades! Naturalmente, mesmo antes de chegar à aldeia de Pliúchkin, ele já pressentia que teria um lucro qualquer, mas jamais poderia ter previsto semelhante cornucópia!

Durante toda a viagem ele esteve excepcionalmente alegre: assobiava, fazia música com os lábios no punho fechado, à guisa de corneta, e por fim entoou uma canção de tal maneira extraordinária, que o próprio Selifan escutou, escutou, e disse, sacudindo a cabeça: "Ora veja só como o patrão está cantando!"

A noite já estava caindo quando se aproximaram da cidade. Luz e sombra se confundiam inteiramente, e parecia que os próprios objetos também se misturavam. A viga colorida da barreira assumiu uma cor indefinida; o bigode do soldado de guarda na guarita parecia estar na testa, muito acima dos olhos, e o nariz parecia ter sumido de todo. Solavancos fragorosos deram a perceber que a sege tinha alcançado o calçamento. Os lampiões ainda não estavam acesos, aqui e ali começavam apenas a iluminarem-se as janelas das casas, e nos becos e travessas aconteciam as cenas e conversas inseparáveis dessa hora do dia em todas as cidades onde há muitos soldados, cocheiros, trabalhadores e criaturas de um gênero especial, em forma de damas de chapéus vermelhos e sapatos sem meias, as quais, como morcegos, esvoaçam pelos cruzamentos das ruas. Tchítchicov nem as notava, e não reparou nem mesmo em muitos funcionários fininhos, de bengalinhas, que decerto estavam regressando às suas casas após um passeio pelos subúrbios. De raro em raro, chegavam aos seus ouvidos certas exclamações, ao que parece, femininas: "Mentes, bêbado! Nunca eu admiti tamanha grosseria!", ou então: "Não me ponhas a mão, estúpido! Vem para a delegacia, que eu te provo uma coisa!" Em suma, aquelas palavras que de repente escaldam como água fervente algum sonhador de vinte anos, quando, voltando do teatro, ele traz na cabeça uma rua na Espanha, uma noite cálida, uma encantadora imagem de mulher, com uma guitarra e cabelos em cachos. Sonhos e devaneios povoam-lhe a imaginação. Ele está nas nuvens, está em colóquio com Schiller – e eis que, de súbito, ressoam nos seus ouvidos as palavras fatais, e ele se vê de novo na terra, e mesmo na Praça do Feno, e até diante do botequim, e de novo começa a pavonear-se diante dele a vida cotidiana.

Finalmente, após um solavanco especialmente violento, a sege afundou-se, como numa fossa, nos portões da hospedaria, e

Tchítchicov foi recebido por Petruchka, que, segurando as abas da sobrecasaca com uma das mãos, pois não gostava de que as abas se abrissem, com a outra começou a ajudá-lo a apear da carruagem. O criado também saiu correndo, de vela na mão e guardanapo no ombro. Se Petruchka ficou contente com o retorno do patrão, não se sabe; em todo caso ele e Selifan trocaram piscadelas, e a sua fisionomia geralmente taciturna desta vez pareceu desanuviar-se um pouco.

– O patrão fez um longo passeio – disse o criado, iluminando a escada.

– Sim – disse Tchítchicov, depois de galgar a escada. – E tu, como estás?

– Bem, graças a Deus – respondeu o criado, com uma curvatura. – Ontem chegou um tenente militar, ocupou o número dezesseis.

– Um tenente?

– Não se sabe quem é, veio de Riazan, os cavalos são baios.

– Está certo, está certo, continua comportando-te bem! – disse Tchítchicov, e entrou no seu quarto. Passando pelo vestíbulo, torceu o nariz e disse a Petruchka: – Podias ao menos ter aberto as janelas!

– Mas eu as abri – disse Petruchka, mentindo. De resto, o seu amo sabia perfeitamente que ele estava mentindo, mas já não tinha vontade de discutir. Depois da jornada daquele dia, sentia-se muito fatigado. Tendo pedido o mais leve dos jantares, constante de um simples leitão, despiu-se sem perda de tempo e, enrodilhando-se debaixo do cobertor, adormeceu logo, num sono forte e profundo, um sono maravilhoso como só é dado dormir àqueles felizardos que não conhecem nem as hemorróidas, nem as pulgas, nem os dotes intelectuais excessivos.

CAPÍTULO VII

Feliz o viajante que, depois de um caminho longo e tedioso, com o seu frio, lama, sujeira, tilintar de guizos, consertos, querelas, cocheiros, ferreiros e toda espécie de patifes de estrada, vê por fim o telhado amigo com as luzinhas aproximando-se, vê abrirem-se os aposentos familiares, é recebido com ruidosa alegria pela criadagem que corre ao seu encontro, pelo alarido e correria das crianças e por palavras doces e tranqüilizadoras, interrompidas por ósculos ardentes, capazes de enxotar da memória todas as lembranças desagradáveis. Feliz é o pai de família, dono de um refúgio assim mas ai do celibatário!

Feliz o escritor que, passando ao largo das personagens enfadonhas, repugnantes, que nos repelem com o seu triste realismo, aproxima-se das personagens que mostram a elevada dignidade humana; o escritor que, no grande torvelinho das imagens cotidianas, soube escolher apenas as poucas exceções, que não modificou jamais a elevada afinação da sua lira, jamais desceu dos seus altos cumes até os seus irmãos humildes e apagados, e, sem tocar a terra, mergulhou inteiro nas suas imagens tão distantes dela e tão exaltadas. Seu destino feliz é duplamente invejável: entre esses caracteres superiores ele está como na própria família, ao mesmo tempo em que a sua fama ressoa pelo mundo. Ele obscureceu com incenso embriagador os olhos dos homens; enganou-os com lisonjas maravilhosas, escondendo o que há de triste na vida, mostrando-lhes só o que existe de belo e sublime. Todos o aplaudem e seguem em cortejo o seu carro de triunfo. Chamam-no de grande poeta universal, o que paira alto acima de todos os outros gênios, como paira a águia acima das outras aves de alto vôo. A simples menção do seu nome já faz vibrar os jovens corações ardentes, lágrimas de emoção brilham em todos os olhos... Ninguém o iguala em seu poder – ele é um deus!

Mas diversa é a sorte, outro é o destino do escritor que se atreveu a descortinar tudo aquilo que está diuturnamente diante dos olhos, e o que não enxergam os olhos indiferentes – todo o terrível, espantoso limo de mesquinharia que enlameia a nossa vida, toda a profunda, assustadora frieza dos caracteres fragmentados e vulgares que pululam no nosso tantas vezes amargo e tedioso caminho terrestre; o escritor que, com o vigor do seu cinzel impiedoso, ousou expô-los em alto e nítido relevo aos olhos do mundo inteiro! Não são para ele os aplausos populares, não lhe será dado ver as lágrimas de reconhecimento e o entusiasmo unânime das almas por ele comovidas; ao seu encontro não correrá a jovenzinha de dezesseis anos, de cabeça virada e coração apaixonado; não lhe será dado deliciar-se com o doce som da sua própria música; e ele não escapará, por fim, ao juízo contemporâneo, ao hipócrita e insensível julgamento dos seus contemporâneos, que chamarão de baixas e vis as criações por ele amadas, reservar-lhe-ão um recanto desprezível no rol dos escritores culpados de ofender a humanidade, atribuir-lhe-ão os vícios dos heróis por ele pintados, roubar-lhe-ão o coração e a alma e a chama do próprio talento. Pois o juízo contemporâneo não reconhece que são igualmente maravilhosas as lentes que mostram os sóis e as que mostram os movimentos dos ínfimos insetos; não reconhece o juízo contemporâneo que é necessária muita profundeza de alma para iluminar um quadro tirado da vida desprezada e transformá-lo numa jóia de criação; não reconhece o juízo contemporâneo que o riso elevado e exaltado é digno de figurar ao lado do mais alto movimento lírico, e que há todo um abismo entre ele e os trejeitos de um canastrão de feira! Nada disso reconhece o juízo contemporâneo, e transforma tudo em reproche e insulto contra o escritor repudiado; sem companhia, sem resposta, sem compreensão, ficará ele só no meio da estrada. É dura a sua carreira e amarga a sua solidão.

E por muito tempo ainda, por força de um maravilhoso poder superior, será meu destino caminhar ao lado dos meus estranhos heróis, vendo toda a imensa vida que passa, mostrando-a por meio do riso, visível para o mundo todo, e através das lágrimas, para ele invisíveis! E está longe ainda o tempo em que o furioso vendaval da inspiração surgirá de fonte mais possante, num terror sagrado, e os homens pressentirão, tomados de tremor emocionado, o grandioso trovejar de outros discursos...

A caminho! A caminho! Desaparece, ruga que vieste anuviar-me a fronte, vai-te, sombra que vieste escurecer o meu semblante! Mergulhemos duma vez de corpo inteiro na vida, com todo o seu tumulto silencioso e seus guizos, e vejamos o que está fazendo o nosso Tchítchicov.

Tchítchicov acordou, espreguiçou-se, e sentiu que estava bem dormido e descansado. Ficou ainda uns dois minutos deitado de costas, quando de repente estalou os dedos, lembrando-se, de cara radiante, de que agora era dono de quase quatrocentas almas. Saltou imediatamente da cama, sem ao menos mirar-se no espelho para ver o próprio rosto, do qual gostava sinceramente, e no qual, ao que parece, a parte que mais lhe agradava era o queixo, pois com muita freqüência se gabava dele diante dos amigos, especialmente enquanto fazia a barba. "Repara só", costumava dizer, alisando-o com a mão, "repara só no meu queixo: é totalmente redondo!" Mas desta vez ele não olhou nem para o queixo, nem para o rosto, mas calçou sem mais delongas, tal como estava, as botas de marroquim decorado com desenhos multicores, dessas que se vendem muito na cidade de Torjok, graças aos impulsos desleixados do caráter russo, e, de camisola, esquecendo a sua sisudez e respeitável meia-idade, executou no quarto dois saltos à escocesa, batendo os calcanhares com bastante agilidade.

Logo em seguida, pôs mãos à obra: aproximou-se do bauzinho e esfregou as mãos com a mesma satisfação com que as esfrega um incorruptível juiz distrital no momento em que ataca o antepasto, e tirou de dentro dele a papelada. Queria terminar tudo logo, sem deixar nada esperando na gaveta. Resolveu redigir ele mesmo os contratos, escrevê-los e copiá-los, para não ter de pagar nada aos escrivães. Conhecia perfeitamente o formulário oficial, e começou logo, em letras graúdas: "Ano de mil oitocentos e tantos", em seguida, "proprietário rural Fulano", e o resto, como se deve. Em duas horas estava tudo pronto. Quando depois ele olhou para aquelas folhas, para os nomes dos camponeses que, de fato, já tinham sido camponeses, que trabalhavam, aravam, bebiam, carregavam, enganavam os seus amos, ou, quem sabe, eram simplesmente bons mujiques, um sentimento estranho, incompreensível para ele mesmo, apossou-se dele. Cada um dos papeizinhos parecia ter um caráter próprio, especial, e graças a isso os próprios mujiques mortos adquiriam um caráter particular. Aqueles que haviam pertencido a Koróbotchka, quase todos tinham alcunhas e apelidos. A lista de Pliúchkin distinguia-se pela economia de estilo: muitas vezes só estavam marcadas as iniciais dos prenomes e patronímicos, seguidas de dois pontos. O rol de Sobakêvitch impressionava pela extraordinária abundância de pormenores, não deixando escapar nenhuma das qualidades do camponês; de um deles dizia: "bom carpinteiro", de outro, "entende do serviço e não se embriaga". Também estavam meticulosamente anotados o nome do pai e da mãe, e o comportamento de ambos; só ao lado do nome de um certo Fedótov constava: "filho de pai desconhecido e da rapariga Capitolina, mas tem boa índole e não é ladrão". Todas essas minúcias davam um certo frescor àquelas listas: parecia que os mujiques estavam vivos ainda ontem. Após contemplar demoradamente todos aqueles nomes, Tchítchicov comoveu-se e articulou com um suspiro: "Que monte de vós se acumulou aqui, meus queridos! Que será que fazíeis quando vivos, meus amigos? Como era a vossa dura vida?" E seus olhos caíram sobre um dos nomes: era o do nosso já conhecido Piotr Saviêlhev Não-Respeita-A-Gamela, que pertencera outrora à proprietária Koróbotchka. E novamente ele não resistiu e comentou: "Mas que comprido que és, ocupas a linha toda! O que eras tu, mestre-artesão, ou simples mujique, e qual foi a morte que te levou? Foi no botequim, ou foi na estrada que morreste, atropelado por uma carroça desajeitada? Stepan-Rolha, de sobriedade exemplar. Aqui está ele, o Rolha, aquele colosso que serviria para soldado da Guarda! Deves ter atravessado a pé todos os distritos, de machado à cintura e botas no ombro, comendo dois copeques de pão e cinco de peixe seco, mas trazias de volta na sacola uma centena de rublos de cada viagem, e quem sabe até alguma nota costurada nos calções de lona ou enfiada na bota – onde foi que tu acabaste teus dias? Será que, para ganhar mais um pouco, te meteste debaixo da cúpula duma igreja, ou te encarapitaste na própria cruz, e de lá, falseando o pé no andaime, te esborrachaste no chão, para que um tio Mikhei qualquer, passando por ali, coçasse a nuca e comentasse: 'Eh, moço, quem mandou te meteres nisso?', e depois, amarando-se com uma corda, trepasse para o teu lugar? Maxim Vitela, sapateiro. Eh, sapateiro! 'Bêbado como um sapateiro', diz o provérbio. Eu te conheço, meu velho; se quiseres, conto a tua história inteira: foste aprender com um alemão, que alimentava os aprendizes todos juntos, curtia-lhes o lombo com a correia por qualquer falta e não os deixava sair para a rua para vadiar; e eras uma maravilha de sapateiro, e o alemão não se cansava de te elogiar, falando com a mulher ou com o *Kamerad*[1]. E, quando terminou o teu aprendizado, disseste: 'Agora vou abrir minha própria oficina, e não serei como o alemão, que se rala por cada copeque, mas ficarei rico da noite para o dia'. E então, tendo pago ao teu senhor e proprietário um bom tributo, abriste a tua vendinha, com um monte de encomendas, e te puseste a trabalhar. Arranjaste não se sabe onde uns couros meio podres a preço de pechincha e ganhaste, é certo, o dobro em cada bota, mas as tuas botas começaram a rebentar duas semanas depois, e tiveste de ouvir as piores descomposturas. E a tua oficina ficou às moscas, e tu começaste a beber e a cair pelas ruas, resmungando: 'É duro viver neste mundo, um russo não consegue ganhar a vida, tem sempre os alemães para atrapalhá-lo'. E que raio de mujique é este: Elisaveta Pardal? Que diabo! É mulher! Como é que ela veio parar aqui? Sobakêvitch ladrão, conseguiu tapear-me!" Tchítchicov tinha razão, tratava-se de fato de uma mulher. Como ela fora parar ali, não se sabe, mas o seu nome estava inscrito com tanta arte, que à primeira vista poder-se-ia tomá-lo por um nome de mujique, até estava escrito de maneira a parecer "Elisaveto" em vez de "Elisaveta". Mas Tchítchicov não aceitou tal coisa e riscou-a no mesmo instante. "Grigóri Viaja-Mas-Não-Chega! Que espécie de homem eras tu? Terás sido um cocheiro, que, munido de uma tróica de cavalos e uma carreta de capota, abandonaste para sempre o lar, tua toca familiar, e te puseste a carregar mercadores pelas feiras? Terá sido na estrada que entregaste a Deus tua alma, ou foste despachado pelos próprios companheiros por causa de alguma rubicunda mulheraça? Ou foi pela mão de algum vagabundo de estrada, tentado pelas tuas luvas de couro e teus três cavalinhos atarracados? Ou quem sabe tu mesmo, deitado na enxerga, cismando, cismando, te ergueste e sem mais aquela te meteste no botequim, e, logo depois, de ponta-cabeça num buraco do gelo do rio, e adeus! Eh, povinho russo! Não gostas de morrer da tua própria morte natural! E vós agora, meus queridinhos?", passando o olhar para o papelucho no qual estavam marcadas as almas fugidas de Pliúchkin. "Vós ainda estais vivos, mas para que prestais agora? Valeis o mesmo que os mortos, e para onde será que vos carregaram os vossos pés ligeiros? Era ruim a vossa vida com Pliúchkin, ou fugistes simplesmente porque vos deu vontade de vagabundear pelos bosques e assaltar os viajantes das estradas? Estareis presos nas cadeias ou aderistes a novos senhores e lavrais a

1. Em alemão, no texto: companheiro, camarada. (N. da E.)

terra para eles? Ieremêi Kariákin, Nikita Volokita[2] e seu filho, Anton Volokita – até os apelidos fazem pensar em bons corredores. Popov, servo doméstico. Este deve ser alfabetizado. Não pegou em faca, porém é ladrão com dignidade. Mas o capitão-inspetor apanhou-te sem passaporte, e lá estás tu, enfrentando com galhardia o interrogatório policial. 'A quem pertences?', pergunta o inspetor, te mimoseando nesta inevitável ocasião com um adjetivo apimentado. 'A tal e tal proprietário', respondes com desembaraço. 'Por que estás aqui?', diz o inspetor. 'O amo deixou-me sair para ganhar o tributo', respondes sem titubear. 'Onde está teu passaporte?' 'Com o patrão, o proprietário Pimenov?' 'Chamem o Pimenov! O senhor é o Pimenov?' 'Sou eu.' 'Ele lhe entregou o seu passaporte?' 'Não, não me deu passaporte nenhum.' 'Então por que estás mentindo?', diz o capitão-inspetor, acrescentando uma palavrinha forte. 'Está certo', respondes, muito descarado, 'não lhe entreguei o passaporte porque cheguei tarde em casa, mas deixei-o com o sineiro, Antip Prokhórov.' 'Que venha o sineiro! Recebeste o passaporte dele.' 'Não recebi passaporte nenhum dele.' 'Por que mentes de novo?', diz o capitão-inspetor, temperando a fala com alguma palavra forte. 'Onde está teu passaporte?' 'Estava comigo', respondes, muito esperto, 'Mas parece que o deixei cair pelo caminho.' 'E este redingote de soldado,' diz o capitão-inspetor, pespegando-te outro nome reforçado, 'por que o furtaste? E o baú com moedas de cobre do cura, por que o surripiaste?' 'Nada disso', respondes, sem piscar, 'o ofício de ladrão não é minha especialidade.' 'Mas então por que o redingote foi encontrado contigo?' 'Como posso saber? Decerto alguém o trouxe e deixou comigo.' 'Mas que salafrário, que salafrário!', diz o policial, balançando a cabeça, as mãos nos quadris. 'Vamos, ponham-lhe as grilhetas e cadeia com ele!' 'Pois não, com muito gosto', respondes. E, tirando do bolso a tabaqueira, ofereces amavelmente rapé aos dois inválidos que estão colocando os ferros nos teus pés, e perguntas-lhes se estão reformados há muito tempo e em que batalhas combateram. E agora vives na cadeia, sossegado, enquanto o teu caso corre em juízo. E ordena o juiz: transferir-te de Tsarevokokchaisk para a cadeia de tal cidade, e o juiz de lá dá outra ordem: transferir-te para algum Vessiegonsk, e tu passas de cárcere para cárcere e dizes, examinando o teu novo *habitat:* 'Não, a cadeia de Vessiegonsk é mais limpa, é mais espaçosa e a companhia lá é

2. Adjetivo que significa, em russo, conquistador, aquele que gosta de correr atrás de saias. (N. da T.)

melhor!' Abakum Firov! E tu, o que andas fazendo, meu velho? Por onde andas, em que lugares? Quem sabe teu destino te levou até o Volga e te apegaste à vida livre, junto com os barqueiros?"

Aqui Tchítchicov se interrompeu e ficou pensativo. Em que pensava ele? No destino de Abakum Firov, ou ficara pensativo assim, como fica qualquer russo, de qualquer idade, posição ou posses, quando se põe a cismar sobre uma vida livre e sem peias? E de fato, onde estaria agora o Firov? Passeia alegre e ruidoso no porto de embarque de trigo, junto com os negociantes. Flores e fitas no chapéu, diverte-se a turba dos barqueiros, despedindo-se das esposas e das amantes, altas, esguias, enfeitadas com fitas e colares; rondas, cantos e danças, a praça fervilha, enquanto os carregadores, entre gritos, palavrões e incitamentos, transportando nas costas fardos de quase dez arrobas, despejam ruidosamente ervilhas e trigo nos porões das barcaças, derrubam sacas de aveia e de outros grãos, e por toda a praça se estendem as pilhas, arrumadas como pirâmides, de fardos e sacos, e é formidável o aspecto do enorme arsenal, até que esteja todo descarregado nos bojos profundos dos barcos de transporte, e a frota imensa comece a descer rio abaixo, junto com os gelos da primavera, qual longa fila de gansos. Lá é que trabalhareis de fato, barqueiros do Volga! E juntos, como antes passeastes e vos soltastes, agora atacareis o duro labor e suor, arrastando a correia ao som de uma longa cantiga, imensa como a própria Rússia.

"Eh, eh, já é meio-dia!", disse por fim Tchítchicov, lançando um olhar para o relógio. "Que é que estou fazendo aqui, perdendo tempo à toa? Ainda se estivesse cuidando dos negócios, mas não, comecei a falar sozinho e ainda por cima caí em devaneio! Que asno que eu sou, realmente!"

Com essas palavras, ele substituiu seu traje escocês por um europeu, apertou bem a rechonchuda barriga com a fivela do cinto, borrifou-se com água-de-colônia, apanhou o gorro quente e, com a papelada debaixo do braço, dirigiu-se para o cartório civil a fim de registrar seus contratos. Apressava-se, não porque receasse chegar atrasado – isso ele não receava, porque o presidente era seu conhecido e poderia prolongar ou encurtar à vontade a audiência, como o Zeus de Homero[3], que encompridava os dias e mandava noites breves, quando queria pôr fim às desavenças dos seus heróis predi-

3. Zeus ou Júpiter é o principal dos deuses da mitologia greco-romana, símbolo da necessidade de ordem no universo. Aparece na obra de Homero como aquele que preside às reuniões deliberativas dos deuses sobre o destino dos mortais. (N. da E.)

letos, ou deixá-los completar suas brigas –, mas era ele mesmo que tinha vontade de encerrar esses negócios o mais depressa possível; antes disso, tudo lhe parecia intranqüilo e incômodo: sempre lhe passava o pensamento de que as almas, afinal de contas, não eram de todo autênticas, e que em casos assim o melhor era sacudir logo esse fardo dos ombros.

Nem bem saíra à rua, ponderando todas essas coisas e arrastando ao mesmo tempo nas costas um urso forrado de lã marrom, quando cruzou, bem na volta do caminho, com outro senhor, também coberto de pele de urso forrada de lã marrom, e de gorro quente com orelhas. O cavalheiro soltou um grito de alegria, pois era Manílov. Ambos se abraçaram efusivamente, e permaneceram uns cinco minutos nesta posição, no meio da rua. Os beijos de parte a parte foram tão entusiásticos que os dois ficaram o resto do dia com os dentes incisivos doloridos. A alegria do encontro fez com que na cara de Manílov restassem apenas o nariz e a boca, pois os olhos haviam sumido inteiramente. Segurou a mão de Tchítchicov na sua cerca de um quarto de hora, esquentando-a até arder. Em termos dos mais finos e delicados, contou-lhe como viera voando, com o fim especial de abraçar o querido Pável Ivánovitch; e encerrou o discurso com um elogio tal, como quiçá só coubesse dizer a uma donzela que se convida para dançar. Tchítchicov abriu a boca, ainda sem saber como agradecer, quando de repente Manílov extraiu de sob as suas peles um papel enrolado em canudo e amarrado com uma fitinha rosa, e lho entregou mui destramente com dois dedos.

– O que é isso?

– Os mujiquezinhos!

– Ah! – Imediatamente, Tchítchicov desenrolou o papel, correu os olhos por ele e admirou a beleza e limpeza da escrita. – Como está bem feita! – disse ele – nem será preciso copiar. E com uma vinheta em volta! Quem foi que fez esta margem tão artística?

– Ah, nem me pergunte – disse Manílov.

– Foi o senhor?

– Minha mulher.

– Ai, meu Deus! Estou até encabulado por ter-lhes dado tanto trabalho.

– Nada é trabalho quando é para Pável Ivánovitch.

Tchítchicov agradeceu com uma curvatura. Informado de que este ia para o cartório civil para registrar os contratos, Manílov manifestou sua vontade de acompanhá-lo. A cada elevação de terreno, ou montículo, ou degrau, Manílov sustentava Tchítchicov pelo braço, quase erguendo-o do chão, acrescentando com um sorriso amável que jamais permitiria que Pável Ivánovitch machucasse os seus pezinhos. Tchítchicov, encabulado, não sabia como agradecer, pois percebia que era um tanto pesado. Entre trocas de gentilezas, chegaram finalmente à praça onde ficava o local das audiências, um grande edifício de três andares, de pedra, todo branco como cal, decerto para simbolizar a pureza das almas dos funcionários que lá trabalhavam. Os outros prédios da praça não correspondiam em imponência ao edifício de pedra. Eram, a saber, guarita com um soldado de fuzil ao ombro, dois ou três pontos de carros de aluguel e, finalmente, muros compridos com as conhecidas inscrições e desenhos, riscados a carvão e a giz; mais nada se encontrava nessa solitária, ou, como se diz entre nós, bonita praça.

Nas janelas do segundo e do terceiro andares assomavam as cabeças incorruptíveis dos sacerdotes de Témis[4], e sumiam logo, decerto graças à entrada do chefe da seção na sala. Os dois amigos subiram a escada em corrida desabalada, porque Tchítchicov, procurando evitar o apoio do braço de Manílov, apressava o passo, e Manílov, por seu lado, também estugava o seu, tentando não permitir que Tchítchicov se fatigasse, razão pela qual ambos estavam bastante esbaforidos quando entraram no escuro corredor. Nem o corredor nem as salas chegaram a impressioná-los pela limpeza. Naquele tempo ainda ninguém se incomodava com isso, e o que sujo estava, sujo permanecia, sem adquirir com isso um aspecto mais agradável. Têmis recebia os visitantes à vontade, como estava, de roupão e chinelos.

Seria conveniente descrever os escritórios que os nossos heróis tiveram de atravessar, mas o autor alimenta forte timidez em relação a quaisquer repartições públicas. Até quando lhe acontecia ter de passar por elas, mesmo as mais importantes e bem apresentadas, com assoalhos e mesas polidas, tudo fazia para atravessá-las com a máxima rapidez, com os olhos humildemente baixos e fixos no chão, e por isso ignora inteiramente o brilho e a prosperidade de tudo aquilo. Nossos heróis viram muita papelada, papel de rascunho e papel em branco, cabeças inclinadas, nucas roliças, fraques, sobrecasacas de corte provinciano, e até mesmo um simples paletó cinza-claro que se destacava nitidamente, o qual, de cabeça virada e quase deitada sobre o papel, transcrevia com rapidez e desenvol-

4. Deusa grega da justiça. "Sacerdotes de Têmis" são ironicamente chamados pelo autor os funcionários do cartório. (N. da E.)

tura algum protocolo sobre alienação de terras ou penhora de bens, usurpados por algum pacífico proprietário, que terminava seus dias tranqüilos às voltas com a Justiça, e que já criara filhos e netos sob a sua asa; e ouviram trechos de frases breves, pronunciadas em voz rouca: "Empreste-me, Fedossei Fedossêievitch, o dossiê do caso n. 368!" "O senhor sempre dá sumiço à tampa do tinteiro público!" Às vezes uma voz mais imponente, sem dúvida a de um dos chefes de seção, ressoava em tom de ordem: "Toma, copia isto! Se não, mando tirar-te as botas e ficarás aqui sentado seis dias sem comer". O ruído das penas sobre o papel era grande e dava a impressão de diversas carroças cheias de gravetos atravessando um bosque por cima de um palmo de folhas secas.

Tchítchicov e Manílov dirigiram-se à primeira mesa, onde estavam dois funcionários ainda jovens e perguntaram:

– Por favor, onde fica a seção de contratos?

– E o que deseja? – perguntaram ambos os funcionários, voltando-se.

– Preciso entrar com uma petição.

– Mas o que foi que o senhor comprou?

– Eu gostaria de saber primeiro onde fica a mesa de contratos, aqui ou em outro lugar?

– O senhor precisa explicar primeiro o que comprou e qual foi o preço, e então lhe diremos onde é, antes não é possível.

Tchítchicov percebeu logo que os dois funcionários estavam simplesmente curiosos, como todos os funcionários jovens, e queriam emprestar maior peso e importância a si mesmos e às suas funções.

– Escutem aqui, meus caros – disse ele –, eu sei muito bem que todos os assuntos de compra e venda, qualquer que seja o preço, se resolvem num só e mesmo lugar, por isso peço-lhes que nos indiquem esse lugar, e, caso não saibam o que acontece na frente do seu nariz, podemos indagar de outra pessoa.

A isso, os dois funcionários não responderam nada, apenas um deles apontou com o dedo para um canto da sala, onde um velhote remexia papéis em cima duma mesa. Tchítchicov e Manílov esgueiraram-se por entre as mesas e dirigiram-se ao velho, que estava muito atento ao seu trabalho.

– Com sua licença – disse Tchítchicov, com uma curvatura –, é aqui que se trata de contratos?

O velho levantou os olhos e articulou pausadamente:

– Aqui não se trata de contratos.

– E onde é então?

– Na seção de Expedição de Contratos.

– E onde fica a seção de Expedição de Contratos?

– Fica com Ivan Antônovitch.

– E onde está Ivan Antônovitch?

O velho apontou com o dedo para o outro canto da sala. Tchítchicov e Manílov encaminharam-se em direção a Ivan Antônovitch. Ivan Antônovitch já relanceara um olhar por cima do ombro e já os examinara de soslaio, mas no mesmo instante aprofundara-se ainda mais atentamente no seu serviço.

– Com sua licença – disse Tchítchicov com uma curvatura –, é aqui que se trata de contratos?

Ivan Antônovitch parecia não ter ouvido e continuava cada vez mais absorto na papelada, sem responder à pergunta. Logo se via que se tratava de um homem na idade da razão, não de algum mocinho irrequieto e tagarela. Ivan Antônovitch parecia ter bem mais de quarenta anos; tinha uma cabeleira basta e negra; e todo o meio do seu rosto se projetava para a frente e se concentrava no nariz; em suma, era uma daquelas caras que em sociedade se costuma chamar de focinho de cântaro.

– Com sua licença, é aqui a expedição de contratos? – disse Tchítchicov.

– É aqui – disse Ivan Antônovitch, virando seu focinho de cântaro e recomeçando a escrever.

– O meu negócio é o seguinte: comprei, de diversos proprietários deste distrito, camponeses para levar embora. Já tenho os contratos redigidos, só falta registrá-los.

– E os vendedores estão presentes?

– Alguns estão aqui, outros me deram procurações.

– E o senhor trouxe o requerimento?

– Trouxe o requerimento, sim. Eu gostaria... eu tenho um pouco de pressa... não seria possível encerrar o assunto hoje mesmo, por exemplo?

– Não, hoje não é mais possível – disse Ivan Antônovitch. – É preciso indagar primeiro, investigar se não há algum impedimento.

– De resto, no que se refere ao aceleramento do processo, acontece que Ivan Grigórievitch, o presidente, é muito meu amigo...

– Acontece que Ivan Grigórievitch não é o único; existem outros aqui – disse Ivan Antônovitch asperamente.

Tchítchicov compreendeu a indireta lançada por Ivan Antônovitch e disse:

– Os outros também não serão esquecidos, eu mesmo já fui funcionário público e conheço essas coisas...

– Vá falar com Ivan Grigórievitch – disse Ivan Antônovitch com voz um pouco mais cordial; – ele que dê ordens a quem de direito, que quanto a nós não precisa preocupar-se.

Tchítchicov tirou do bolso uma nota, que pôs na mesa diante de Ivan Antônovitch, o qual não a percebeu de todo, cobrindo-a distraidamente com um livro. Tchítchicov fez menção de mostrá-la, mas Ivan Antônovitch deu-lhe a entender com um simples movimento da cabeça que não era preciso mostrar nada.

– Ele vai acompanhá-los até a sala de audiências – disse Ivan Antônovitch, com um meneio de cabeça, e um dos oficiantes, que se encontrava ali, o que servira a deusa Têmis com tanto zelo que estourara os cotovelos de ambas as mangas, cujo forro havia muito que estava à vista, graças ao que fora promovido a encarregado do registro, apresentou-se para servir-lhes de guia, como outrora Virgílio servira a Dante[5], e levou-os à sala de audiências, onde havia uma única e ampla poltrona, na qual, diante da mesa, atrás de um espelho e de dois grossos volumes de leis, refestelava-se, só como um sol, o presidente. Diante deste recinto o novo Virgílio sentiu tamanha veneração que não teve coragem de pôr os pés lá dentro e deu meia volta, mostrando as costas da roupa, tão surrada que parecia uma esteira, com uma pena de galinha grudada nela. Entrando na sala, os recém-chegados perceberam que o presidente não estava só: diante dele estava Sobakêvitch, sentado e completamente oculto pelo espelho. A chegada dos visitantes provocou uma interjeição, a poltrona oficial foi ruidosamente afastada. Sobakêvitch também se levantou da cadeira e ficou visível por todos os lados, com as suas mangas compridas. O presidente recebeu Tchítchicov com os braços abertos, e na sala de audiência ressoaram os beijos de saudação. Os amigos se informaram sobre os respectivos estados de saúde, e revelou-se que ambos sentiam dores na cintura, o que foi logo atribuído à vida sedentária. Aparentemente, o presidente já tinha sido informado sobre a compra por Sobakêvitch, porque começou a felicitar o nosso herói, que ficou um tanto perturbado, especialmente vendo que Sobakêvitch e Manílov, com os quais fechara negócio em separado, agora se encontravam frente a frente. Contudo, ele agradeceu ao presidente e, dirigindo-se imediatamente a Sobakêvitch, perguntou:

5. Na *Divina Comédia*, Dante se imagina conduzido por Virgílio através do Inferno e do Purgatório. (N. da E.)

– E a sua saúde, como vai?

– Não tenho queixa, graças a Deus – disse Sobakêvitch.

E, de fato, não havia de que se queixar: era mais fácil o ferro apanhar um resfriado e tossir, que esse homem extraordinariamente bem constituído.

– É, o senhor sempre foi famoso pela boa saúde – disse o presidente –, e o seu falecido pai também era um homem forte.

– É verdade, meu pai sozinho enfrentava um urso – disse Sobakêvitch.

– Pois quer-me parecer – disse o presidente – que o senhor também seria capaz de derrubar um urso, se quisesse enfrentá-lo em combate singular.

– Não, eu não derrubaria um urso – respondeu Sobakêvitch –, o finado era mais forte do que eu; – e continuou com um suspiro: – não, os homens já não são o que eram; a minha própria vida, mesmo, que vida é essa? Uma vida assim, assim...

– Mas o que é que falta em sua vida, que é que ela tem? – disse o presidente.

– Nada de bom, nada de bom – disse Sobakêvitch, balançando a cabeça. – Julgue o senhor mesmo, Ivan Grigórievitch: já passei dos quarenta e nunca estive doente; nem ao menos uma dor de garganta, uma espinha, um furúnculo nada! Não, isso não é bom, é mau sinal! Qualquer dia desses terei de pagar por isso. – E aqui Sobakêvitch caiu em melancolia.

"Essa agora", pensaram ao mesmo tempo Tchítchicov e o presidente, "logo do que o homem resolveu se queixar!"

– Tenho uma carta aqui, para o senhor – disse Tchítchicov, tirando do bolso a carta de Pliúchkin.

– De quem? – perguntou o presidente, e, abrindo a carta, exclamou: – Ah! De Pliúchkin. Ele ainda se está arrastando por esta vida? Que destino! Era um homem tão inteligente, tão rico! E agora...

– Um cachorro – disse Sobakêvitch –, um velhaco, matou de fome toda a gente dele.

– Pois não, pois não – disse o presidente, tendo lido a carta –, estou pronto a servir de procurador. Quando deseja registrar o contrato, agora ou mais tarde?

– Agora – disse Tchítchicov; – eu até queria pedir-lhe que o fizesse ainda hoje, se possível, porque amanhã eu gostaria de deixar a cidade. Eu já trouxe os contratos e a petição.

– Tudo isso está muito bom, mas tenha paciência, nós não vamos deixar que o senhor se vá assim tão depressa. Registraremos os contratos hoje mesmo, mas o senhor ainda ficará morando um pouco entre nós. Vou dar as ordens já – disse ele, e abriu a porta para o escritório, repleto de funcionários, que semelhavam abelhas laboriosas espalhadas pelos favos, se é que se podem comparar repartições públicas com favos de mel: – Ivan Antônovitch está aqui?

– Está – respondeu uma voz do interior.

– Mande-o para cá! E logo Ivan Antônovitch "Focinho-de-Cântaro" apareceu na sala de audiências e inclinou-se respeitosamente.

– Ivan Antônovitch, faça o favor de pegar todos estes contratos e...

– E não se esqueça, Ivan Grigórievitch – interveio Sobakêvitch –, precisaremos de testemunhas, pelo menos duas de cada parte. Mande chamar agora mesmo o procurador; ele é um desocupado e com certeza está em casa sem fazer nada; quem faz tudo por ele é o escrivão Zolotukha, o maior papa-gorjetas do mundo. Também o inspetor do serviço médico é outro desocupado que deve estar em casa, se é que não saiu para jogar baralho, e aqui por perto há uma porção de outros, mande chamar quem estiver mais próximo, Trukhatchêvski, Beguchkin, todos eles sobrecarregam a terra com o seu peso inútil!

– Justamente, justamente – disse o presidente, e na mesma hora despachou um servente para buscá-los a todos.

– Tenho mais uma coisa para pedir-lhe – disse Tchítchicov: – faça-me a gentileza de mandar buscar o procurador de uma proprietária com a qual também fiz um negócio, o filho do Padre Kirilo – ele trabalha aqui mesmo, nesta repartição.

– Pois não, vamos mandar chamá-lo também – disse o presidente. – Tudo será feito, e peço-lhe que não dê nada aos funcionários: os meus amigos não precisam pagar. – E, dizendo isso, deu em seguida uma ordem a Ivan Antônovitch, da qual este obviamente não gostou. Os contratos pareceram causar boa impressão ao presidente, especialmente quando viu que as compras todas somavam quase cem mil rublos. Durante vários minutos ele fitou Tchítchicov nos olhos, com expressão de grande satisfação, e por fim falou:

– Então é assim! Fez a aquisição, Pável Ivánovitch!

– Fiz a aquisição – respondeu Tchítchicov.

– Pois fez muito bem, muito bem mesmo!

– Realmente, também acho que não poderia ter feito coisa melhor. Digam o que disserem, mas a meta de um homem não está definida, enquanto não pisa definitivamente e com pé firme em base sólida, em vez de em alguma leviana quimera da mocidade. – E aqui, muito a propósito, ele fez uma diatribe contra o liberalismo de todos os jovens, e com toda a razão. Notava-se, porém, nas suas palavras algo de pouco convincente, como se ele estivesse, ao mesmo tempo, dizendo para si mesmo: "Ai, mentes, meu velho, e como mentes!" Ele até evitou encontrar os olhos de Sobakêvitch e Manílov, com medo de ler alguma coisa nos seus rostos. Mas o seu receio era infundado: o rosto de Sobakêvitch nem se mexeu, enquanto Manílov, encantado com a frase, só podia balançar a cabeça com aprovação, na atitude de um amante do *bel canto*, quando a cantora, superando o próprio violino, acaba de piar uma nota tão aguda que nenhuma garganta de pássaro conseguiria igualar.

– Mas por que o senhor não conta ao Ivan Grigórievitch – retrucou Sobakêvitch – o que foi exatamente que o senhor adquiriu; e o senhor, Ivan Grigórievitch, por que não pergunta que espécie de aquisição ele fez? Uma gente tão boa! Ouro puro! Eu até lhe vendi o construtor de carruagens, o Mikhêiev.

– Não me diga, vendeu até o Mikhêiev? – disse o presidente. – Eu conheço o Mikhêiev: um mestre-artesão de mão cheia; reformou a minha sege. Mas espere um momento, como é isso?... O senhor não me havia dito que ele tinha morrido?

– Quem, o Mikhêiev, morto? – disse Sobakêvitch, imperturbável. – Foi o irmão dele que morreu, mas ele está mais vivo do que nunca e cada vez mais forte. Outro dia construiu uma carruagem tão perfeita que nem em Moscou conseguem fazer igual. De fato, ele deveria trabalhar só para Sua Majestade.

– Sim, Mikhêiev é um grande artífice – disse o presidente –, e até me espanta que o senhor tenha decidido desfazer-se dele.

– E não foi só o Mikhêiev, sabe! Foi também Stepan-Rolha, o carpinteiro, Míluchkin, o oleiro, Teliátnicov, o sapateiro – foram todos eles, vendi todos! – E quando o presidente perguntou por que os tinha vendido, já que eram homens indispensáveis para a casa e mestres-artesãos, Sobakêvitch respondeu com um gesto de desânimo: – Ah, foi à toa! Uma veneta que me deu: "Está aí", disse comigo, "vou vender e pronto" e vendi mesmo, à toa! – Após o que deixou pender a cabeça, como se estivesse muito arrependido por ter fechado aquele negócio, e acrescentou: – Estou aqui, um homem de cabelos brancos, mas até agora ainda não criei juízo.

– Mas com licença, Pável Ivánovitch – disse o presidente –, como é que o senhor compra camponeses sem terra? Será para transferência e colonização alhures?

– É para colonização mesmo.

– Bem, se é para colonização, explica-se. E para que lugar?

– Para o lugar... para o distrito de Kherson.

– Oh, as terras lá são excelentes! – disse o presidente, e referiu-se mui elogiosamente ao desenvolvimento das pastagens de lá. – E o senhor tem terras em quantidade suficiente ali?

– Bastantes. As suficientes para ocupar os camponeses que comprei.

– Tem rio ou lagoa?

– Rio. Aliás, existe uma lagoa também. – Dizendo isso, Tchítchicov relanceou uma olhadela para Sobakêvitch, e, embora Sobakêvitch continuasse imóvel como dantes, pareceu-lhe ler nas linhas do seu rosto: "Ai, como mentes! Duvido que exista esse rio, ou a lagoa, e mesmo a tal da terra!"

No decorrer da conversa, começaram a chegar, pouco a pouco, as testemunhas: o já nosso conhecido procurador pisca-pisca, o inspetor do Serviço de Saúde Trukhatchêvski, Beguchkin e os outros – aqueles que, no dizer de Sobakêvitch, sobrecarregavam a terra com seu peso inútil. Muitos deles eram totalmente desconhecidos para Tchítchicov; e os que faltavam, inclusive alguns supérfluos, foram convocados ali mesmo, de entre os funcionários. Trouxeram mesmo não só o filho do padre, como até o próprio Padre Kirilo. Cada uma das testemunhas se registrou, com todos os seus títulos e cargos, à sua própria maneira: um com escrita redonda, outro com letra oblíqua, outro quase de cabeça para baixo, desenhando umas letras até então nunca vistas no alfabeto russo.

Nosso conhecido Ivan Antônovitch despachou tudo com muita destreza: os contratos foram registrados, carimbados, lançados no livro e onde mais de direito, com o recolhimento da taxa de meio por cento, e, quanto à publicação no "Relatório", Tchítchicov teve de pagar uma verdadeira ninharia. O próprio presidente ordenou que se cobrasse dele só metade do imposto; a outra metade, não se sabe como, foi lançada na conta de outro solicitante.

– E agora – disse o presidente, quando tudo estava terminado –, só falta comemorar a boa compra!

– Estou mais do que pronto – disse Tchítchicov depende de o senhor marcar a hora. Seria até pecado de minha parte não fazer saltar duas ou três rolhas de espumante para tão agradável companhia.

– Não, o senhor não compreendeu; o espumante somos nós que oferecemos – disse o presidente –, é a nossa obrigação, nosso dever. O senhor é nosso hóspede, somos nós que o recebemos. Sabem duma coisa, cavalheiros? Façamos o seguinte: vamos, todos em bloco, à casa do chefe de polícia – ele é um verdadeiro mágico: basta que dê uma só piscadela ao passar pelo mercado de peixe ou pelo porão de bebidas, e teremos garantido um verdadeiro banquete! E podemos aproveitar a ocasião para uma partidinha de *whist*!

Um convite desse ninguém recusa. A simples menção de peixe despertou um forte apetite nas testemunhas. No mesmo instante, todos lançaram mão dos bonés e dos gorros e deu-se por terminada a audiência.

Quando atravessavam o salão do escritório, Ivan Antônovitch "Focinho-de-Cântaro", aproveitando uma respeitosa curvatura, sussurrou para Tchítchicov:

– O senhor comprou cem mil rublos de camponeses, mas só me deu uma reles notinha branca pelos meus serviços!

– Também, que espécie de camponeses, ora essa! – respondeu-lhe Tchítchicov, também cochichando. – Uma gente inferior, de péssima qualidade, não vale nem metade do preço!

Ivan Antônovitch compreendeu que o visitante era homem de caráter firme e que não lhe daria mais nada.

– E quanto foi que o senhor pagou ao Pliúchkin, por alma? – sussurrou-lhe Sobakêvitch no outro ouvido.

– E o senhor, por que foi que incluiu Pardal na lista? – retrucou-lhe Tchítchicov em troca.

– Que Pardal? – disse Sobakêvitch.

– A mulher, a camponesa – Elisaveta Pardal, com o *a* final do nome disfarçado em *o*.

– Não incluí Pardal nenhum! – disse Sobakêvitch, e reuniu-se aos outros convidados.

Finalmente o grupo todo chegou à casa do chefe de polícia. O chefe de polícia era de fato um mágico: assim que ouviu do que se tratava, no mesmo instante chamou um ordenança, rapaz despachado de botas de verniz, e sussurrou-lhe ao ouvido, ao que parece, não mais do que duas palavras, acrescentando apenas: – Entendeste? – e logo depois, na outra sala, enquanto os convidados se entretinham no *whist*, surgiam sobre a mesa esturjões inteiros e em postas, salmão, caviar preto e vermelho, arenques, filés de esturjão defumado, línguas de fumeiro, queijos diversos – tudo isso da parte do mercado de peixe. Depois apareceram acréscimos da parte do dono da casa, da sua própria cozinha: um pastelão de peixe, com cabeça e tudo, no qual entravam as cartilagens e a carne de um esturjão de nove arrobas, outro pastelão de cogumelos, frituras, bolinhos de coalhada, pasteizinhos.

O chefe de polícia era uma espécie de pai e benfeitor na cidade. Entre os concidadãos sentia-se inteiramente em família, e nas vendas e mercados servia-se como na despensa de sua própria casa. Pode-se dizer que ele era o homem certo no lugar certo, e atingira a perfeição no exercício das suas funções; era até difícil dizer se ele fora feito para aquele cargo, ou se o cargo fora feito para ele. Cumpria os seus deveres com tanta sabedoria, que auferia o dobro de lucros em comparação com os seus predecessores, e no entanto granjeara o afeto de toda a cidade. Em especial, queriam-lhe bem os negociantes, justamente porque não era orgulhoso: sempre aceitava ser padrinho dos seus filhos, e, muito embora os escorchasse bem de quando em quando, fazia-o com jeito e habilidade – dava-lhes palmadinhas nos ombros, ria com eles, oferecia-lhes chá, prometia ir à casa deles jogar damas, perguntava-lhes pelos negócios, e por tudo o mais. Se ficava sabendo que um rebento estava doente, aconselhava um remédio – em suma, um amigão! Quando saía de carro para cuidar da ordem na cidade, não deixava de dizer uma palavrinha amável a uns e a outros: "Como é, Mikhêitch, precisamos terminar aquele joguinho!". "É, sim", respondia o outro, tirando o gorro, "Precisamos". "Ah, meu caro Iliá Paramónitch, precisas dar uma chegada à minha casa para ver meu trotador: pode apostar com o teu, trata de atrelá-lo para uma corrida, veremos quem ganha!" O mercador, que era louco por trotadores, ficava todo sorridente e, afagando a barba, respondia com muito gosto: "Veremos, Aleksêi Ivánovitch!" Até os botequineiros todos, nessa hora, tirando os gorros respeitosamente, entreolhavam-se com satisfação, como querendo dizer: "Que bom homem é o Aleksêi Ivánovitch!" Numa palavra, ele conquistara inteira popularidade, e a opinião dos comerciantes era que Aleksêi Ivánovitch "leva o seu quinhão mas em troca não te deixa na mão".

Percebendo que a comida estava servida, o chefe de polícia sugeriu aos visitantes que terminassem o jogo depois do almoço, e todos se dirigiram para aquele aposento do qual emanavam os odores que já havia algum tempo faziam cócegas nas ventas dos convidados, e para o interior do qual Sobakêvitch já lançara diversos olhares pela porta, marcando de longe um esturjão especial numa grande travessa separada. Os convivas, tendo entornado cada um o seu cálice de vodca cor de oliva escura, dessa cor que só existe nas pedras transparentes da Sibéria, das quais se cortam carimbos na Rússia, avançaram para a mesa de garfo em punho, atacando-a por todos os lados, e começando a revelar, como se diz, cada um o seu caráter e as suas inclinações, carregando um sobre o caviar, outro sobre o salmão, outro sobre o queijo. Sobakêvitch, sem dar a mínima atenção a todas essas miudezas, acomodou-se ao lado do enorme esturjão e, enquanto os outros bebiam, conversavam e comiam, ele, no decorrer de pouco mais de um quarto de hora, deu cabo do peixe inteiro, de sorte que, quando o chefe de polícia se lembrou dele e, dizendo "E o que achais, cavalheiros, desta obra-prima da natureza?", ia aproximar-se dele com o garfo, junto com os outros, viu que da obra-prima da natureza só restava o rabo; e Sobakêvitch, fingindo que não tinha nada com aquilo, já estava diante duma travessa afastada, cutucando com o garfo um peixinho seco, dos pequenos. Tendo liquidado o esturjão, Sobakêvitch acomodou-se numa poltrona e já não comeu nem bebeu mais, refestelado, a piscar as pálpebras pesadas.

O chefe de polícia, ao que parece, não gostava de economizar vinho – os brindes não tinham fim. O primeiro brinde foi bebido, como o leitor talvez já tenha adivinhado, à saúde do novo *pomiêchtchik* de Kherson, depois outro, ao bem-estar dos seus camponeses e sua feliz transferência, depois à saúde de sua futura esposa, uma beldade, o que arrancou um sorriso agradável dos lábios do nosso herói. Os convivas o rodearam por todos os lados e começaram a instar com ele para que permanecesse na cidade pelo menos umas duas semanas mais:

– Não, Pável lvánovitch! Tenha paciência, isto é como esfriar a isbá à toa: pisa na soleira e já de volta! Não, o senhor tem de passar algum tempo conosco! Olhe, vamos até casá-lo: não é verdade, Ivan Grigórievitch, que vamos casá-lo?

– É verdade, vamos, vamos casá-lo! – ecoou o presidente. – O senhor pode espernear à vontade, pode fincar pés e mãos, mas nós vamos casá-lo! Não, velhinho, já que veio cair aqui, não reclame agora. Nós aqui não gostamos de brincadeiras.

– Ora, para que espernear, fincar pés e mãos? – disse Tchítchicov, sorrindo. – O casamento não é coisa assim, para tanto: o que falta é a noiva.

– Acharemos a noiva, como não? Teremos tudo, tudo o que o senhor quiser será arranjado!

– Bem, se for assim...

– Bravo, ele fica! – gritaram todos. – Viva, hurra, viva Pável Ivánovitch, viva! – E todos se acercaram dele com as taças nas mãos, para batê-las em brinde.

Tchítchicov chocou taças com todos. "Não, não, mais!" – diziam aqueles que eram mais entusiasmados, e novamente fizeram tchim-tchim; depois meteram-se a brindar pela terceira vez, e pela terceira vez chocaram-se as taças. E em pouco tempo todos ficaram extraordinariamente alegres. O presidente, que era um homem muito amável quando estava alegre, abraçou Tchítchicov muitas vezes, repetindo em transportes cordiais: – Minha alma querida! Meu coraçãozinho! – E até, estalando os dedos, começou a dançar em volta dele, cantarolando o conhecido refrão: "Eh, eh, tu, mujique de Kamarinsk".

Depois do champanha, abriram um vinho da Hungria, que aumentou ainda mais a alegria e a animação do grupo. O *whist* foi relegado ao esquecimento. Discutia-se, gritava-se, falava-se de tudo: de política, até de assuntos militares; alguns externavam opiniões liberais, pelas quais em outra ocasião teriam surrado os próprios filhos. Resolveram ali mesmo uma chusma de problemas dos mais complexos. Tchítchicov nunca se sentira com tão boa disposição, já se imaginava um verdadeiro proprietário rural de Kherson, falava de toda sorte de melhoramentos, de colheitas triplas, da felicidade e bem-aventurança de suas almas, e começou a recitar para Sobakêvitch os versos da carta de Werther para Carlota[6], em resposta aos quais o outro só respondia piscando os olhos pesados, refestelado na poltrona, porque o esturjão consumido o induzia fortemente ao sono.

Tchítchicov percebeu afinal que estava começando a soltar-se demais, pediu condução e aproveitou-se da carruagem do procurador. O cocheiro do procurador, como se viu pelo caminho, era um rapaz experiente, porque guiava os cavalos com uma só mão, enquanto, com a outra atrás das costas, sustentava o ilustre passageiro. Desta maneira, na sege do procurador, Tchítchicov chegou à sua hospedaria, onde por muito tempo ainda sua língua ficou balbuciando toda sorte de bobagens: uma noiva loura e rosada, de covinha na face direita, aldeias de Kherson, capitais. Ele chegou até a dar algumas ordens a Selifan: que reunisse todos os camponeses recém-transferidos para fazer uma chamada nominal, cabeça por cabeça. Selifan ficou escutando calado durante muito tempo, depois saiu do quarto e disse a Petruchka: "Vai despir o patrão!"

Petruchka pôs-se a tirar-lhe as botas e quase que arrasta ao chão o amo junto com elas. Mas por fim as botas foram descalçadas, o patrão despiu-se como é devido e, depois de rolar algum tempo na cama, a qual rangia impiedosamente, acabou por adormecer como um autêntico proprietário rural de Kherson.

6. Personagens do romance em forma de cartas, *Sofrimentos do Jovem Werther*, escrito por Goethe (1774). (N. da E.)

Enquanto isso, Petruchka levou para o corredor suas calças e o fraque cor de framboesa com brilho, que estendeu num cabide de madeira e no qual se pôs a bater com um relho e uma escova, enchendo de pó o corredor inteiro. Quando já ia guardá-los, espiou para baixo pela galeria e viu Selifan, que voltava da estrebaria. Seus olhos se encontraram e os dois se entenderam pelo faro: "O patrão caiu num sono de pedra, podemos aproveitar e dar uma voltinha". No mesmo instante, tendo levado para o quarto as calças e o fraque, Petruchka desceu a escada, e os dois saíram juntos, sem fazer qualquer comentário sobre a meta da excursão e conversando pelo caminho sobre coisas de todo alheias. O passeio não foi longo: na realidade, o que fizeram foi só atravessar a rua, até a casa que ficava em frente à hospedaria, e passar por uma porta de vidro baixa e enfumaçada, que se abria para uma espécie de porão, onde já estavam reunidos em volta de mesas de madeira homens de todos os tipos: barbudos e barbeados, de samarra em cima da pele e em mangas de camisa, e alguns até de redingote de lã. Precisamente o que Petruchka e Selifan foram fazer lá, só Deus sabe, mas o fato é que os dois emergiram uma hora mais tarde, de braços dados, observando um silêncio absoluto, cheios de atenções recíprocas, e guardando-se mutuamente contra toda sorte de ângulos e obstáculos. De mãos dadas, sem se soltarem, os dois levaram todo um quarto de hora galgando a escada; por fim conseguiram vencê-la e chegaram ao topo. Petruchka permareceu cerca de meia hora parado diante da sua cama baixinha, calculando como deitar-se mais decentemente, e por fim deitou-se atravessado, com os pés apoiados no chão. Selifan também se esparramou na mesma cama, com a cabeça acomodada na barriga de Petruchka, esquecido de que não era ali que ele devia estar dormindo, mas quiçá no dormitório da criadagem, senão na própria estrebaria, junto dos cavalos. Ambos adormeceram no mesmo instante, entoando um coro de roncos de um vigor inaudito, ao qual o seu amo, do quarto vizinho, respondia com um delicado silvo nasal.

Logo depois deles, tudo sossegou na hospedaria, e um sono pesado envolveu a estalagem. Uma única janela ainda permanecia iluminada, a do quarto ocupado por um tenente de Riazan, evidentemente grande apreciador de botas, pois já havia encomendado quatro pares e estava continuamente experimentando o quinto. Várias vezes ele já se aproximara da cama a fim de tirá-las e deitar-se, mas não conseguia decidir-se a descalçá-las: as botas estavam realmente bem-feitas, e por muito tempo ele ficou ainda ali, levantando a perna e examinando o tacão feito com arte e às mil maravilhas.

CAPÍTULO VIII

As compras de Tchítchicov tornaram-se o assunto do dia. A cidade começou a comentar, opinar e ponderar se era vantajoso comprar camponeses para transferência e colonização. Nas discussões, muitos demonstraram grande conhecimento do assunto. "Está claro", diziam alguns, "isso nem se discute: as terras nos distritos do sul são boas e férteis, isso todos sabem; mas como é que os camponeses de Tchítchicov vão passar sem água? Não existe rio nenhum ali." "Isso ainda não seria nada, não haver água não seria nada, Stepan Dmítrievitch, mas a transferência, a mudança é que é uma coisa sem garantia. Todos sabem como é o mujique: pôr-se a lavrar uma terra nova, sem nada de seu, nem isbá, nem quintal, nem nada – ele não agüenta, foge como dois e dois são quatro, some e não deixa rastro." "Não, Alekséi Ivánovitch, com sua licença, mas eu não concordo com o que me diz, que o mujique de Tchítchicov vai fugir. O homem russo se adapta a tudo, acostuma-se com qualquer clima. Pode mandá-lo até para Kamtchatka, dê-lhe apenas umas luvas quentes, e ele esfregará as mãos, pegará no machado e irá derrubar árvores para construir a sua isbá nova." "Mas, Ivan Grigórievitch, estás deixando escapar um ponto importante: ainda não perguntaste que espécie de mujiques o Tchítchicov adquiriu. Esqueces que um proprietário não iria vender servos de boa qualidade. Sou capaz de apostar que os mujiques de Tchítchicov são ladrões e beberrões da pior categoria, vadios e arruaceiros." "Está certo, está certo, concordo, é verdade que ninguém vende gente boa, e que os mujiques de Tchítchicov são bêbados, mas é preciso tomar em consideração que é aqui que está a moral, justamente nisso é que se encerra a moral: eles podem ser uns imprestáveis agora, mas, mudando-se para terras novas, podem transformar-se de repente em súditos excelentes. Há muitos exemplos como este, assim, no mundo, e mesmo na história." "Nunca, nunca", dizia o diretor das fábricas do Estado, "acreditem, isso jamais poderá acontecer. Porque os camponeses de Tchítchicov terão agora dois inimigos fortes. O primeiro inimigo é a proximidade dos distritos malo-russos, onde, como se sabe, a venda do álcool é livre. Asseguro-lhes que eles cairão na bebedeira e em duas semanas transformar-se-ão em esponjas imprestáveis. O outro inimigo é o próprio hábito da vida de vagamundo que o camponês adquire inevitavelmente durante essas migrações. A não ser que Tchítchicov não os solte de vista e os mantenha na rédea curta, que os castigue por qualquer ninharia – e não por intermédio de outrem, mas que ele mesmo, pessoalmente, lhes aplique o tabefe e o pescoção necessários". "E para que é que Tchítchicov haveria de se incomodar e dar pescoções sozinho, se pode encontrar um administrador para fazer essas coisas?" "Ah, sim, experimente encontrar um administrador: são todos uns malandros!" "São malandros quando os próprios donos se omitem dos próprios negócios." "Isto é verdade!", corroboraram muitos. "Se os proprietários entendessem ao menos um pouco dos assuntos das suas propriedades, e se soubessem diferenciar entre os seus servos, então sempre teriam bons administradores." Mas o diretor declarou que por menos de cinco mil rublos não se acha um administrador que preste. Já o presidente disse que é possível achar um até por três mil rublos. Mas o diretor retrucou: "E onde é que o senhor vai encontrá-lo? Só se for dentro do seu próprio nariz!" Mas o presidente disse: "Não é no meu nariz, mas aqui, neste mesmo distrito, a saber: Piotr Petróvitch Samoilov: este é o administrador de que Tchítchicov precisa para os seus mujiques!"

Muitos se colocavam com veemência no lugar de Tchítchicov, e as dificuldades com a transferência de tão grande quantidade de camponeses os amedrontava sobremaneira. Começaram a se preocupar seriamente com a possibilidade de um motim entre gente tão desassossegada como eram aqueles camponeses de Tchítchicov. Ao que o chefe de polícia observou que não havia motivo para recear a rebelião, já que para conjurá-la existe o poder do capitão da Polícia Distrital, e que o capitão nem precisaria ir lá em pessoa, bastaria que mandasse o boné do seu uniforme, que só esse boné seria suficiente para fazer os camponeses correrem até o local da sua nova residência. Muitos deram sua opinião sobre a melhor maneira de extirpar o espírito de rebelião que tomara conta dos camponeses de Tchítchicov. Havia opiniões de toda espécie: algumas que evocavam uma crueldade verdadeiramente militar e uma severidade de todo excessiva; mas havia também outras que exalavam mansuetude. O chefe dos Correios observou que um dever sagrado aguardava Tchítchicov, o qual poderia tornar-se, segundo ele, uma espécie de pai para os seus camponeses, poderia até introduzir no meio deles a ação benfazeja da instrução, e, ao dizer isso, fez referências muito elogiosas à escola de ensino mútuo pelo método de Lancaster.

Assim se falava e se ponderava na cidade, e muitas pessoas, movidas pela solicitude, chegaram a transmitir a Tchítchicov alguns daqueles conselhos, e até lhe ofereceram uma escolta para comboiar os camponeses sem perigo até o lugar de sua nova moradia. Tchítchicov agradeceu os conselhos, dizendo que os aproveitaria se tivesse oportunidade, mas recusou a escolta com toda a firmeza, dizendo que absolutamente não era necessária, que os camponeses que adquirira eram de índole excepcionalmente cordata, sentindo até grande predisposição para a emigração voluntária, e que a possibilidade de uma rebelião entre eles estava totalmente excluída.

Todas essas discussões e comentários produziram entretanto as conseqüências mais favoráveis e inesperadas para Tchítchicov: correu o boato de que ele era nada mais nada menos que um milionário. Os moradores da cidade, como já tivemos ocasião de constatar no primeiro capítulo, já se haviam afeiçoado cordialmente a Tchítchicov à primeira vista, mesmo sem isso; mas agora, depois desses boatos, essa afeição tomou-se mais cordial ainda.

De resto, para dizer a verdade, todos eles eram uma gente muito boa, viviam em harmonia uns com os outros, mantinham relações inteiramente amistosas, e as suas conversas traziam a marca de uma cordialidade e brevidade muito especiais: "Caro amigo Iliá Ilitch", "Escuta, meu caro Antipátor Zakhárievitch!", "Estás mentindo, queridinho Ivan Grigórievitch!" Ao nome do chefe dos Correios, que se chamava Ivan Andrêievitch, acrescentavam sempre: "*Sprechen Sie Deutsch*[1], Ivan Andrêievitch?" – Em suma, era tudo muito em família. Muitos não eram desprovidos

1. Em alemão, no texto: "Fala alemão?" (N. da E.)

de cultura: o presidente da Câmara sabia de cor a *Liudmila,* de Jukóvski[2], que então ainda era uma novidade da moda, e recitava com maestria algumas passagens, especialmente: "Dorme o bosque, o vale dorme", e a palavra "psst!", de tal forma que se tinha a impressão exata de que o vale estava dormindo; para maior realismo ele até fechava os olhos nesse momento. O chefe dos Correios era mais dado à filosofia, e lia com bastante afinco, até mesmo à noite, as *Noites,* de Young, e a *Chave para os Mistérios da Natureza,* de Ekkarthausen, das quais fazia transcrições de trechos bem longos, mas que trechos eram esses, ninguém sabia; de resto, ele era um homem de ditos espirituosos, de fala florida, e gostava, como ele mesmo dizia, de enriquecer o discurso. E enriquecia o discurso com um sem-número de partículas de toda sorte, quais sejam: "senhor meu amigo, assim e assado, sabes, estás compreendendo, podes imaginar, por assim dizer, de certa forma, inclusive", e outras, que ele derramava aos sacos; também enriquecia o discurso com bastante acerto piscando e apertando um dos olhos, o que sempre emprestava uma expressão fortemente cáustica a muitas das suas observações satíricas.

Os outros também eram gente mais ou menos ilustrada: alguns liam Karanizin, outros as *Notícias de Moscou,* outros até não liam nada. Um era o que se costuma chamar um peso morto, ou seja, um homem que tinha de levar um tranco para se decidir a fazer alguma coisa; outro era do gênero marmota, desses que ficam a vida toda deitados, e que nem a trancos se levantam, em hipótese alguma. Quanto ao aspecto exterior, já estamos sabendo, eram todos homens sacudidos, não havia um tísico no meio deles. Todos eram daquela categoria a quem as esposas, nos colóquios de natureza terna, que se processavam na intimidade, davam nomes carinhosos como: bolota, gorduchinho, pancinha, pãozinho, quiqui, juju etc.

Mas, de maneira geral, eram eles uma gente bonachona, cheia de hospitalidade, e qualquer pessoa que se tivesse sentado à sua mesa ou passasse uma noite em sua casa jogando *whist* já se tornava amiga íntima; quanto mais Tchítchicov, com suas qualidades e maneiras encantadoras, que conhecia a fundo os segredos do agradar! Criaram-lhe tanta afeição que ele não conseguia descobrir um meio de escapar da cidade. Dos homens ele só ouvia, o tempo todo: "Uma semana só, só mais uma semanazinha, fique aqui conosco, Pável Ivánovitch!" – numa palavra, só faltava carregá-lo no colo.

2. Autor clássico russo. (N. da T.)

Mas incomparavelmente mais notável era a impressão (objeto de assombro completo!) que Tchítchicov exercia sobre as senhoras. Para poder esclarecer isto um pouco que seja, seria necessário dizer muita coisa a respeito das senhoras em apreço, da sua sociedade, descrever, como se diz, em cores vivas as suas qualidades de espírito; mas isto é muito difícil para o autor. Por um lado, ele sente-se limitado pelo ilimitado respeito que nutre pelas esposas dos senhores funcionários, e por outro lado... por outro lado, é simplesmente difícil. As senhoras da cidade de N. eram... Não, não consigo, de maneira alguma: sinto como que uma timidez. Nas senhoras da cidade N., o que mais se notava era... É até estranho, a pena não quer levantar-se, como se estivesse cheia de chumbo. Assim seja: o encargo de descrever-lhes o caráter terá de ficar para aquele que possui tintas mais vivas e que as tem em maior número na sua paleta; quanto a nós, limitar-nos-emos a uma palavra ou duas sobre o seu aspecto exterior e sobre as coisas mais superficiais.

As senhoras da cidade de N. eram o que se pode chamar de apresentáveis, e sob este aspecto elas poderiam servir de exemplo a todas as outras. No que se refere ao comportamento, ao bom-tom, à etiqueta, a uma infinidade de requintes sociais dos mais finos, e, em especial, no que diz respeito à moda até as últimas minúcias, nisso tudo elas ultrapassavam até as damas da sociedade de Petersburgo e Moscou. Vestiam-se com muito gosto, passeavam pela cidade em caleças leves, como prescrevia a última moda, com um lacaio a se balançar na traseira, de libré com galões dourados. Um cartão de visita, ainda que escrito sobre um dois de paus ou um ás de ouros, era coisa muito sagrada. Por causa dele, duas senhoras muito amigas e até aparentadas romperam relações definitivamente, justamente porque uma delas não retribuiu uma visita. E por mais que os maridos e os parentes se esforçassem para reconciliá-las, nada conseguiram, e então descobriu-se que tudo era possível fazer neste mundo, menos uma coisa, esta totalmente impossível: reconciliar duas senhoras que se desavieram por causa de uma visita não retribuída. E assim as duas damas permaneceram em mútua desavença, conforme a expressão da sociedade local. As questões de precedência nos lugares de honra também eram causa de uma infinidade de cenas assaz violentas, que inspiravam nos maridos, por vezes, concepções inteiramente cavalheirescas e romanescas de defensores das suas damas. Naturalmente, não aconteciam duelos entre eles, porque todos eram funcionários públicos, mas em compensação cada um tratava de fazer uma sujeira maior para o outro, o que, como é sabido, pode ser às vezes bem mais doloroso do que qualquer duelo.

Quanto à moral, as senhoras da cidade de N. eram de costumes severos, cheias de nobre indignação contra todos os vícios e quaisquer tentações, e castigavam sem piedade todas as fraquezas. Se, porém, com alguma dentre elas se passava algo assim, como se costuma dizer, "diferente", isso se passava em segredo, de modo que nada deixasse perceber que algo se passava; guardavam-se as aparências e conservava-se toda a dignidade, e o próprio marido era tão bem preparado que, mesmo quando via algo "diferente", ou disso ouvia falar, respondia com um sábio dito popular: "E não é da nossa conta o que o tio à tia conta".

É preciso acrescentar ainda que, tal qual muitas damas de Petersburgo, as senhoras da cidade de N. distinguiam-se pela singular cautela e propriedade nas palavras e expressões. Nunca diziam: "assoei-me", "estou suada", "cuspi", mas diziam: "aliviei o nariz", ou "recorri ao auxílio do lenço". Em hipótese alguma era permitido dizer: "este copo ou este prato fedem". Não se podia sequer dizer algo que desse a entender tal coisa, mas dizia-se, ao invés: "este copo está-se portando mal", ou algo parecido. Para enobrecer ainda mais o idioma russo, metade das palavras foi simplesmente descartada da linguagem falada, razão por que tornava-se necessário recorrer com grande freqüência à língua francesa, mas, em compensação, em francês as coisas mudavam de figura: aí eram permitidas palavras bem mais fortes do que as mencionadas.

Pois é isso o que se pode dizer das senhoras da cidade de N., falando mais superficialmente. Mas, se olharmos mais fundo, está claro que descobriremos muitas outras coisas; porém é muito perigoso espiar as profundezas dos corações femininos. De modo que, limitando-nos à superfície, vamos prosseguir. Até então, todas as senhoras ainda falavam pouco de Tchítchicov, isto sem lhe negar a justa apreciação quanto ao seu agradável trato social; mas, desde o momento em que correram os boatos a respeito dos seus milhões, descobriram-se nele outras virtudes. Aliás, as senhoras não eram nem um pouco interesseiras; a culpa de tudo cabia à palavra "milionário" – não ao próprio milionário, mas justamente à palavra; pois o simples som dessa palavra, afora qualquer saco de dinheiro, encerra algo assim, que age por igual sobre as pessoas vis, e sobre as pessoas mais ou menos, e sobre as pessoas de bem – em suma, age sobre todos. O milionário leva a vantagem de poder ver a baixeza totalmente desinteressada, a baixeza pura, sem base em cálculos de qualquer espécie; muitos têm plena consciência de que nada receberão dele, nem têm direito a coisa alguma, mas tentam pelo menos insinuar-se na sua frente, fazer-lhe uma barretada, sorrir-lhe, fazer-se convidar a todo custo para aquele almoço para o qual sabem que o milionário foi convidado. Não vamos dizer que essa sutil predisposição para a baixeza tivesse encontrado guarida entre as senhoras da cidade. Contudo, em muitos salões começou-se a comentar que, embora, evidentemente, Tchítchicov não fosse um homem belo, em compensação ele era assim como deve ser um homem, e, se ele fosse mais reforçado ou mais gordo, aí então já seria pior. Ao mesmo tempo, houve comentários até um tanto ou quanto desairosos com referência ao homem magrinho: que não era homem, mas sim uma espécie de palito, ou coisa que o valha. Os trajes femininos viram-se enriquecidos por toda sorte de adornos. Na hospedaria armou-se uma confusão, quase um tumulto: as carruagens que chegavam eram tantas, que até resultou uma espécie de festa popular espontânea. Os comerciantes se espantavam, vendo que algumas peças de tecidos trazidas da feira e que não tinham tido saída, por causa do preço considerado muito alto, de repente encontraram compradores e foram arrematadas à porfia. Durante a missa, uma das senhoras veio com uma "roda" tão ampla debaixo do vestido, que ocupou metade da igreja, a ponto de um inspetor de polícia particular que se encontrava ali ter dado ordem ao povo para que se afastasse, isto é, que se aproximasse da plataforma, a fim de evitar que se amarrotasse de algum modo o toalete de Sua Excelência.

O próprio Tchítchicov, afinal, não pôde deixar de perceber parcialmente tão extraordinária atenção. Certo dia, voltando para casa, encontrou na sua mesa uma carta. De onde viera e quem a trouxera, não conseguiu averiguar: o criado da hospedaria explicou que alguém a trouxera e não dissera da parte de quem viera. A carta começava em tom muito peremptório, assim: "Não, eu preciso escrever-te!" Depois a carta dizia que existe uma comunhão secreta entre as almas; esta verdade era reforçada por uma série de pontos, que ocupavam quase metade da linha. A seguir vinham alguns pensamentos, assaz notáveis pela sua justeza, de modo que consideramos quase nossa obrigação citá-los: "O que é a nossa vida? Um vale onde as amarguras fizeram sua morada. O que é o mundo? Uma multidão de seres que não têm sentimentos". Depois, a missivista dizia que molhava de lágrimas as linhas de uma terna mãe que, já lá vão vinte e cinco anos, não está mais neste mundo. E convidava Tchítchicov a ir-se embora para o deserto, a deixar para sempre a cidade, onde os homens vivem confinados e sufocados, sem poder respirar o ar puro. E a carta terminava até numa nota de decidido desespero, encerrando-se com os versos seguintes:

Duas rolas mostrar-te-ão
Os meus restos frios.
Arrulhando dir-te-ão
Que ela morreu chorando rios.

O último verso não tinha métrica, mas isto não era importante: a carta estava redigida no espírito daquela época. Não trazia assinatura alguma – nem nome, nem sobrenome, nem mesmo data, dia ou mês. Apenas um *post-scriptum* acrescentava que o próprio coração do destinatário devia adivinhar quem lhe escrevia, e que no baile do governador, a realizar-se no dia seguinte, a missivista estaria presente em pessoa.

Tchítchicov ficou muito interessado. O anonimato continha tanta coisa atraente e estimulante, que ele releu a carta uma segunda e uma terceira vez, e por fim disse: "Seria bem curioso descobrir quem poderia ter escrito isto!"

Em suma, parece que a coisa se estava tornando séria. Tchítchicov ficou pensando no caso durante mais de uma hora e por fim, abrindo os braços e inclinando a cabeça, pronunciou: "Mas que a carta está escrita com muita, muita graça, está mesmo!" Em seguida, é claro, a carta foi enrolada e guardada no bauzinho, em estreita vizinhança com um anúncio de teatro e um convite de casamento, que havia sete anos repousavam no mesmo lugar e na mesma posição. Pouco depois, um portador lhe trouxe, de fato, um convite para o baile do governador – coisa assaz corriqueira nas capitais de distrito: onde há governador, há baile, de outra forma não poderá medrar de modo algum o necessário afeto e respeito por parte da nobreza local.

Tudo o que não se referia ao assunto foi imediatamente deixado de lado e afastado, e tudo se voltou para os preparativos para o baile, pois na verdade havia muitos motivos estimulantes e espicaçantes para isso, em vista do que, quiçá desde a criação do mundo, ninguém levou tanto tempo fazendo a toalete. Uma hora inteira foi dedicada exclusivamente ao exame do rosto no espelho. Nosso herói tentou comunicar-lhe toda uma extensa gama de expressões: ora majestosa e circunspecta, ora respeitosa, mas com um sutil sorriso, ora simplesmente respeitosa, sem sorriso; o espelho recebeu algumas vênias e curvaturas, acompanhadas de sons um tanto vagos, lembrando de certo modo sons franceses, embora Tchítchicov não conhecesse francês de todo. Ele fez até algumas surpresas agradáveis para si mesmo, com trejeitos de boca e de sobrancelha, e chegou mesmo a tentar alguma coisa com a língua; em suma, que é que um homem não faz quando está a sós consigo mesmo, sentindo que é bonito, e sabendo além disso que ninguém está espiando pela fresta da porta!... Por fim, fez um pequeno carinho no próprio mento, dizendo: – Ah, queixinho lindo! – e começou a se vestir. A mais agradável das disposições acompanhava-o no decorrer de toda a operação: afivelando os suspensórios ou dando o laço na gravata, ele fazia vênias e curvaturas com especial agilidade, e, embora não dançasse nunca, chegou a executar um *entrechat*. Este *entrechat* produziu uma pequena conseqüência inocente: a cômoda estremeceu e a escova caiu da mesa.

Seu aparecimento no baile causou extraordinária comoção. Todos os presentes voltaram-se ao encontro dele, este com as cartas na mão, aqueloutro no ponto mais interessante da conversa, cortando a frase quando estava dizendo: "... porém o Tribunal Rural respondeu a isso em primeira instância que..." Mas o que o Tribunal Rural respondeu, isto ele já deixou de lado, apressando-se a correr ao encontro do nosso herói a fim de saudá-lo.

"Pável Ivánovitch! Ah, meu Deus do céu, é Pável Iváriovitch! Querido Pável Ivánovitch! Estimadíssimo Pávei Ivánovitch! Pável Ivánovitch de minha alma! Mas o senhor está aqui, Pável Ivánovitch! Aqui está ele, o nosso Pável Ivánovitch! Permita-me um abraço, Pável Ivánovitch! Mas deixem-me chegar perto dele, quero beijá-lo, o meu queridíssimo Pável Ivánovitch!" E Tchítchicov sentiu-se abraçado por vários lados simultaneamente. Mal teve tempo de se desvencilhar dos braços do presidente, quando já se viu nos braços do chefe de polícia; o chefe de polícia passou-o para o inspetor do serviço médico; o inspetor do serviço médico para o arrendatário, o arrendatário para o arquiteto... O governador, que naquele momento estava com as senhoras, com um bilhete de sorteio numa das mãos e um cãozinho fraldeiro na outra, avistando-o, jogou ao chão o bilhete e o fraldeiro: o cachorrinho só pôde ganir. Em suma, a sua chegada esparramou satisfação e alegria extraordinárias. Não havia um rosto que não refletisse o prazer, ou pelo menos o reflexo do prazer generalizado. Isto sói acontecer nas fisionomias dos funcionários por ocasião da inspeção dos postos a seu cargo por um superior hierárquico da capital: passado o primeiro sobressalto, eles perceberam que muita coisa até lhe agradou, e ele próprio resolveu fazer um gracejo, isto é, articular duas ou três palavras, acompanhadas de um sorriso amável. Sorriem em dobro, em resposta a isso, os funcionários mais próximos dele; sorriem também, de coração, os mais afastados, que aliás mal e mal ouviram as palavras que ele pronunciara, e, finalmente, um soldado de polícia qualquer, postado lá longe junto da porta, bem na saída, que jamais sorrira em toda a sua vida, e que ainda um momento antes ameaçara o povo com o punho fechado, até ele, obedecendo à imutável lei do reflexo, deixa transparecer no seu semblante uma espécie de sorriso, embora este sorriso se pareça mais com o que acontece com quem se prepara para espirrar depois de uma forte pitada de rapé.

Nosso herói respondia a todos e a cada um e sentia-se extraordinariamente leve e ágil: cumprimentava com mesuras para a direita e para a esquerda, um pouco de lado, segundo o seu costume, mas inteiramente à vontade, o que encantou a todo mundo. As senhoras cercaram-no incontinênti, como uma grinalda coruscante, trazendo consigo verdadeiras nuvens de perfumes de toda espécie: uma exalava rosas, outra emitia olor de primavera e violetas, a terceira estava toda impregnada de resedá. Tchítchicov só levantava o nariz para o alto e cheirava o ar. Os trajes das senhoras ostentavam um bom gosto sem fim: musselinas, cetins, sedas, eram de cores tão pálidas e modernas, que não era sequer possível achar-lhes nomes (a este ponto chegara o refinamento do gosto). Laços de fita e ramos de flores adejavam aqui e ali pelos vestidos, na mais pitoresca desordem, embora essa desordem tivesse dado muito trabalho às cabeças preocupadas. Leves adornos na cabeça eram sustentados só pelas orelhas e pareciam estar dizendo: "Eh, vou sair voando, pena que não possa erguer esta beldade comigo!" As cinturas estavam bem apertadas e assumiam formas das mais firmes e agradáveis à vista (é preciso notar que de um modo geral todas as damas da cidade de N. eram um tanto cheias de corpo, mas cingiam os cordões dos espartilhos com tanta habilidade, e eram tão agradáveis no trato que a sua gordura passava inteiramente despercebida). Tudo nelas era pensado e calculado com extraordinária previsão; o pescoço, os ombros, estavam descobertos justamente até o ponto certo, e não mais do que isso; cada uma desnudara os seus domínios até o limite máximo, quando sentia, na sua própria convicção, que eles podiam causar a perdição de um homem. Tudo o mais estava oculto com especial bom gosto: ora por uma leve gravatinha de fita, ora por

uma echarpe mais leve que um doce de creme *chantilly* conhecido pelo nome de "beijo", que envolvia etereamente o pescoço, ora usavam no decote, sob o vestido, pequenos biombos rendilhados de fina cambraia, conhecidos sob o nome de "recatos". Esses recatos escondiam na frente e nas costas aquilo que já não podia causar a perdição de um homem, ao mesmo tempo que faziam desconfiar de que justamente ali é que se encontrava a própria perdição. As longas luvas não chegavam até as mangas, mas deixavam descoberta, de caso pensado, a parte mais tentadora do braço, acima do cotovelo, que muitas delas tinham invejavelmente roliça e firme: em algumas, as luvas de pelica chegavam a rebentar na tentativa de avançar um pouco mais alto. Em suma, parecia que em tudo estava inscrito: "Não, isto aqui não é uma província, isto é uma capital, é a própria Paris!" Apenas aqui e ali surgia alguma touca inédita no mundo ou até mesmo alguma pluma quase de pavão, contrariando todas as modas, ao gosto da portadora. Mas não se escapa disso, é característico da cidade da província: mais cedo ou mais tarde ela se trai inevitavelmente.

Tchítchicov, olhando para as damas, pensava: "Qual delas poderia ser a autora da carta?", e já ia metendo o nariz em frente, quando esse mesmo nariz foi abalroado por um torvelinho de cotovelos, galões, mangas, pontas de fitas, xales perfumados e vestidos. A cavalgada precipitava-se em galope desenfreado: a esposa do chefe de polícia, o capitão-inspetor, uma dama de pluma celeste, uma dama de pluma branca, o príncipe georgiano Tchikhaikhilídzev, um alto funcionário de Petersburgo, um alto funcionário de Moscou, o francês Coucou, Perkhunóvski, Berebendóvski – tudo se arrancou do lugar e saiu turbilhonando...

"Lá vai ela! A província está dançando!", articulou Tchítchicov, recuando um pouco; mas, assim que as damas voltaram às suas cadeiras, ele recomeçou a perscrutá-las: será que não era possível descobrir, pela expressão dos olhos ou das feições, qual delas era a autora da carta? Mas de modo algum lhe foi possível descobrir pela expressão dos olhos ou das feições qual delas era a autora da carta. Em todos os rostos percebia-se algo assim, mal-e-mal revelado, assim, imperceptivelmente sutil – ah, tão sutil!... "Não", disse consigo mesmo Tchítchicov, "as mulheres, elas são um assunto tão..." Aqui ele até fez um gesto de desânimo com a mão: "Nem dá para falar nisso! Vá alguém tentar explicar ou decifrar tudo o que desliza pelos seus rostos, todas as alusões, as indiretas – não conseguirá decifrar nada! Só os seus olhos já são um reino tão incomensurável, que um homem, se lá entrar, nunca mais encontrará a saída! Não conseguirão arrancá-lo de lá nem com ganchos, nem com coisa alguma. Experimente, por exemplo, descrever-lhes apenas o brilho: úmido, aveludado, açucarado – e sabe Deus o que mais! Áspero e macio, e todo lânguido, ou como diria outro, voluptuoso, ou sem volúpia, mas pior que o voluptuoso: crava-se no coração de um homem e sai tocando pela sua alma inteira, como um arco de violino. Simplesmente impossível encontrar palavras adequadas: elas são a metade 'galanterosa' do gênero humano, e nada mais!"

Peço perdão! Parece que os lábios do nosso herói deixaram escapar uma palavrinha recolhida na rua. Que se há de fazer? É assim a situação do escritor na Rússia! De resto, se a palavra apanhada na rua foi parar no livro, a culpa não é do escritor, a culpa é dos leitores, e muito especialmente os leitores da alta sociedade: são eles os primeiros de cuja boca não se ouve uma só boa palavra russa. Em compensação, brindam-nos com vocábulos franceses, alemães e ingleses em tal profusão que chegam a cansar, e fazem-no até conservando a pronúncia de cada um: em francês, anasalada e com rotacismo; em inglês, falam como compete a um pássaro, e até compõem uma cara de pássaro, e ainda zombam daquele que não consegue compor uma cara de pássaro; já quanto ao russo, não nos oferecem nada – a não ser que, talvez por patriotismo, façam construir a sua casa de veraneio em estilo de isbá russa. São assim os leitores de classe alta, e com eles todos aqueles que se consideram de classe alta! E, no entanto, quantas exigências! Querem sem falta que tudo esteja escrito na linguagem mais severa, pura e nobre – em suma, querem que o idioma russo desça de repente das nuvens por si mesmo, bem torneado, e que pouse direto nas suas línguas, as quais eles não precisam mais do que pôr para fora, escancarando a boca. Não se discute que é incompreensível a parte feminina do gênero humano; mas, prezados leitores, é preciso confessar que existem coisas ainda mais incompreensíveis!

Tchítchicov, no entanto, já estava completamente perplexo, sem poder decidir qual das senhoras era a autora da missiva. Tentara encará-las com um olhar penetrante, mas só percebera do lado delas outros olhares expressando todos algo assim, algo que transmitia ao mesmo tempo esperanças fagueiras e doces tormentos ao coração de um pobre mortal, de modo que acabara desistindo: "Não, é impossível adivinhar!"

Isso, porém, de maneira alguma diminuiu a excelente disposição em que se encontrava o nosso herói. Ele trocava, com alegre desenvoltura, palavras amáveis com algumas das senhoras; aproximava-se ora de uma, ora de outra, com passinhos curtos e miúdos, ou, como se diz, saltitantes, à maneira dos velhinhos janotas de baixa estatura, que calçam sapatos de salto alto e estão sempre, muito ligeiros, em volta das senhoras. Depois de saltitar pelo salão, com algumas curvas bastante ágeis para a direita e para a esquerda, ele executava um elegante arrasta-pé em forma de rabinho breve ou à maneira de uma vírgula. As damas ficaram muito satisfeitas e bem impressionadas, e não só descobriram nele um monte de coisas amáveis e agradáveis, mas começaram até a encontrar algo de majestoso no seu semblante, alguma coisa até marcial e bélica, o que, como é sabido, agrada muito às mulheres. Chegou até a haver um princípio de altercação entre elas: tendo notado que ele costumava postar-se junto da porta, algumas procuravam à porfia ocupar a cadeira mais próxima dela, e, quando uma felizarda o conseguiu antes das outras, por pouco não se deu uma cena desagradável, e muitas, que gostariam de ter feito o mesmo, acharam por demais repugnante tamanho descaramento.

Tchítchicov ficou tão entretido com a conversa das senhoras, ou melhor, as senhoras o envolveram e o tontearam de tal forma com as suas conversas, lançando-lhe aos montes insinuações e alegorias tão finas e tão sutis que ele se via obrigado a decifrá-las, num esforço que até fez brotar o suor na sua fronte, que ele chegou a esquecer o dever das boas maneiras, que manda dirigir-se em primeiro lugar à dona da casa. E só se lembrou disso quando ouviu a voz da própria governadora, que já estava de pé diante dele havia algum tempo.

A governadora disse, em tom carinhoso e malicioso, com um amável balançar de cabeça: – Ah, então é assim que o senhor é, Pável Ivánovitch!... – Não posso transmitir com exatidão as palavras da governadora, mas ela disse algo repleto de grande graciosidade, à maneira pela qual se expressam as damas e os cavalheiros nas novelas dos nossos autores da moda, dados à descrição de salas de visitas e sempre dispostos a se gabar dos seus conhecimentos do bom-tom, no espírito de: "Será que alguém se apossou do vosso coração a tal ponto, que nele não se encontra mais lugar, nem mesmo o mais ínfimo escaninho, para aqueles que tão cruelmente esquecestes?"

O nosso herói voltou-se incontinênti para a governadora e já estava preparando-se para dar-lhe uma resposta que decerto nada ficaria a dever àquelas dadas nas novelas em voga por todos os

Zvônskis, Línskis, Lídins, Grêmins e toda sorte de militares de língua ligeira, quando, erguendo inadvertidamente os olhos, quedou-se paralisado, como que atingido por um raio.

Diante dele não estava só a governadora: ela segurava pelo braço uma jovenzinha de dezesseis anos, viçosa loirinha de feições finas e delicadas, queixinho pontudo e rostinho de redondez encantadora, que um pintor tomaria para modelo de madona, e que só muito raramente se encontra na Rússia, onde tudo gosta de aparecer em proporções amplas e generosas, tudo o que existe: as montanhas e os bosques, as estepes e os rostos e os lábios e os pés. Era a mesma loirinha que ele vira na estrada, quando vinha da casa de Nozdriov, e quando, por estupidez dos cavalos ou dos cocheiros, as suas carruagens colidiram de modo tão estranho, emaranhando os arreios, e o tio Mitiai e o tio Minhai se ofereceram para desemaranhar o negócio. Tchítchicov ficou tão perturbado que não conseguiu articular uma só palavra adequada, e balbuciou sabe Deus o quê, coisa que nem Grêmin, nem Zvônski, nem Lídin jamais teriam feito.

– O senhor ainda não conhece a minha filha? – perguntou a governadora. – Ela acaba de voltar do instituto, onde terminou os estudos.

Ele respondeu que já tivera a felicidade de conhecê-la por obra do acaso, e tentou acrescentar mais alguma coisa, porém mais alguma coisa não quis sair de sua boca. Após mais umas duas ou três palavras, a governadora acabou por afastar-se com a filha para o outro extremo do salão, a fim de apresentá-la a outros convidados, enquanto Tchítchicov permanecia plantado no mesmo lugar, como um homem que saiu todo alegre para dar um passeio pela rua, de olhos dispostos a ver tudo, e de repente estaca, imobilizado, lembrando-se de que esquecera alguma coisa; e então já não existe no mundo nada mais tolo do que um homem nesta situação: num instante a expressão despreocupada abandona o seu rosto; ele se esforça por lembrar o que tinha esquecido – teria sido o lenço? mas o lenço está no bolso; seria o dinheiro? mas o dinheiro também está no bolso; parece que tudo está com ele, e no entanto um espírito ignoto sussurra-lhe ao ouvido que ele esqueceu alguma coisa. E agora ele já mira com olhar perdido e vago a multidão que se move na sua frente, as carruagens que voam ligeiras, os uniformes e espingardas do regimento que passa marchando, o letreiro na sua frente – e não enxerga nada direito. Do mesmo modo Tchítchicov tornou-se de repente alheio a tudo o que acontecia à sua volta. Entrementes, dos perfumados lábios das senhoras fluía para ele um sem-número de insinuações e perguntas, impregnadas de sutileza e amabilidade. "Será que podemos, nós, pobres mortais, ter a audácia de perguntar o que o senhor está sonhando?" "Onde ficam as plagas felizes por onde adeja o seu pensamento?" "É permitido perguntar pelo nome daquela que o fez descer para este doce vale da meditação?"

Mas ele respondia a tudo com uma mudez de ausente e as frases amáveis afundavam como se caíssem na água. Nosso herói levou essa falta de atenção ao cúmulo de cometer a indelicadeza de logo depois afastar-se delas para o outro lado da sala, na ânsia de descobrir para onde fora a governadora com a filha. Mas as senhoras, ao que parece, não queriam soltá-lo tão cedo; cada uma tomou a decisão íntima de empregar todas as suas armas, tão perigosas para os nossos corações, e de pôr em ação tudo o que tinham de melhor.

É preciso notar que algumas damas – eu disse algumas, e isto não significa todas – têm uma pequena fraqueza: quando percebem em si mesmas alguma coisa especialmente bonita, seja a testa, ou a boca, ou as mãos, elas já pensam que esta parte melhor do seu rosto será sempre a primeira a chamar a atenção de todos, e todos começarão de repente a falar a uma só voz: "Vejam, vejam que maravilhoso nariz grego ela tem!", ou então: "Que fronte clássica, encantadora!" Aquela que tem ombros bonitos tem a certeza antecipada de que todos os cavalheiros ficarão completamente enfeitiçados e ficarão dizendo o tempo todo, quando ela estiver passando: "Oh, que lindos ombros tem aquela mulher!", e nem olharão para o seu rosto, cabelos, testa ou nariz, e, mesmo que olhem, será como para alguma coisa de fora. É assim que pensam algumas senhoras. De modo que cada senhora fez a si mesma a promessa de ser a mais fascinante durante as danças, e de mostrar em todo o seu esplendor aquilo que tinha de mais admirável.

A esposa do diretor dos Correios, ao valsar, inclinava a cabeça para um lado tão languidamente que parecia de fato alguma coisa de extraterreno. Uma senhora muito gentil – que viera para a festa sem a menor intenção de dançar, por causa, como ela mesma disse, de uma pequena *incommodité*[3] em forma de um caroço na perna direita, em conseqüência do que precisou até calçar umas botas de pelúcia – não agüentou e deu algumas voltas pelo salão com suas botas de pelúcia, com o fim exclusivo de não permitir que a mulher do chefe dos Correios ficasse realmente muito cheia de si.

3. Em francês, no texto: incômodo, desconforto. (N. da E.)

Mas tudo isso não conseguiu de maneira alguma causar a impressão desejada em Tchítchicov. Ele nem sequer olhava para os volteios das senhoras, mas erguia-se o tempo todo nas pontas dos pés, para tentar ver por cima das cabeças onde se teria metido a interessante loirinha. Às vezes ele se abaixava também, dobrando os joelhos, para espiar por entre os ombros e os dorsos, e finalmente conseguiu localizá-la, sentada ao lado da mãe, sobre cuja cabeça balouçava majestosamente uma espécie de turbante oriental ornado de penas.

Parecia que ele queria tomá-las de assalto. Se era a sua disposição primaveril que agia sobre ele, ou se alguém o estava empurrando por detrás, o fato é que ele avançava para a frente com ímpeto e decisão, sem olhar para coisa alguma. O arrendatário levou tamanho tranco dele, que oscilou perigosamente e mal-e-mal conseguiu equilibrar-se numa das pernas, sem o que com certeza teria arrastado consigo na queda a fileira toda; o chefe dos Correios também tropeçou e lançou-lhe um olhar de espanto, misturado com uma ironia bastante fina, mas ele nem sequer os viu: ele só via, a distância, a loira, que estava calçando uma luva comprida, e, sem dúvida alguma, ardia de vontade de sair volteando pelo parquete. Lá adiante, quatro pares já estavam atacando a mazurca; os tacões castigavam o assoalho, e um capitão de Infantaria trabalhava de corpo e alma, com os braços e com as pernas, executando passos tão intrincados como ninguém ainda sonhara tentar. Tchítchicov passou raspando pela mazurca, quase pelos próprios tacões, até o lugar onde estava sentada a governadora com a sua filha. Mas aproximou-se delas com muita timidez, sem os passinhos ágeis e saltitantes de ainda há pouco, e até parou meio atrapalhado, mostrando em todos os seus movimentos um certo enleio desusado.

Não se pode afirmar com certeza se o que despertara no nosso herói era um sentimento amoroso – é até passível de dúvida que senhores dessa categoria, isto é, que não são de fato gordos, mas também não são de fato magros, sejam capazes de sentir amor; mas, apesar de tudo, alguma coisa estranha se passava aqui, alguma coisa de uma espécie que ele mesmo não conseguia explicar: pareceu-lhe, como ele mesmo contou mais tarde, que todo o baile, com todo o seu rumor e burburinho, ficou por alguns minutos muito distante; violinos e trompas soavam longe, atrás dos montes, e tudo mergulhou numa névoa parecida com o fundo negligentemente pintado de um quadro. E neste fundo crepuscular e mal esboçado somente sobressaíam, claras e bem delineadas, as feições delicadas da encantadora loirinha: seu rostinho de oval perfeito, seu talhe fininho, fininho, como só pode existir numa colegial nos primeiros meses depois de sair do internato, seu vestidinho branco, quase singelo, que a envolvia com leveza e graça, moldando as linhas puras do seu vulto esguio e juvenil. Toda ela parecia uma espécie de brinquedo nitidamente entalhado em marfim; ela sozinha se destacava branca e translúcida no meio da multidão turva e opaca.

Como se vê, é assim que acontece no mundo. Como se vê, até os Tchítchicov se transformam em poetas por alguns minutos na vida. Mas a palavra "poeta" já é forte demais. Em todo o caso, ele sentiu-se completamente como algo de semelhante a um rapaz jovem, quase um hussardo.

Vendo uma cadeira vazia ao lado delas, apossou-se dela imediatamente. No princípio a conversa se arrastava, mas logo depois a coisa andou, e até começou a tomar um certo ímpeto, mas... aqui, para grande desgosto nosso, precisamos observar que as pessoas circunspectas e as que ocupam cargos importantes costumam ser um tanto pesadas nas conversas com as damas. Nessa arte são mestres os senhores tenentes ou, no máximo, capitães. Só Deus sabe como eles o conseguem: aparentemente, nem dizem coisas muito interessantes, mas a donzela a todo instante se balança na cadeira de tanto rir. Em compensação, um conselheiro de Estado põe-se a falar sabe Deus o quê: começa a ponderar que a Rússia é um Estado muito vasto, ou solta um galanteio que, naturalmente, tem o seu lado espirituoso, mas que exala um terrível cheiro de livro; e se consegue dizer algo de engraçado, ele próprio ri muito mais do que aquela que o está ouvindo.

Fazemos estas considerações aqui, para que o leitor compreenda por que a loirinha começou a bocejar durante o discurso do nosso herói. O herói, no entanto, não percebia nada, e relatava uma infinidade de coisas agradáveis que já tivera ocasião de contar em casos semelhantes em diversos lugares: no distrito de Simbirsk, em casa de Sofron Ivánovitch Bespêtchni, onde estava também sua filha Adelaida Sofrônovna com três cunhadas: Maria Gavrílovna, Aleksandra Gavrílovna e Adelhaide Gavrílovna; em casa de Fiódor Fiódorovitch Perekróiev, na província de Riazan; em casa de Frol Vassílievitch Pobiêdonossni, no distrito de Penzensk, e em casa de seu irmão Piotr Vassílievitch, onde estavam sua concunhada Caterina Mikháilovna e suas sobrinhas Rosa Fiódorovna e Emília Fiódorovna; no distrito de Viatsk, em casa de Piotr Farsónofievitch, onde estava também a irmã de sua nora, Pelagueia Iegórovna, com a sobrinha Sófia Rostislávnaia e duas irmãs de criação – Sófia Aleksándrovna e Maclatura Aleksándrovna.

O comportamento de Tchítchicov desagradou sobremaneira a todas as senhoras presentes. Uma delas passou de propósito perto dele, a fim de dar-lhe a perceber isso, e até esbarrou mui negligentemente na loira com a ampla roda do seu vestido, e ao mesmo tempo manobrou a echarpe: que esvoaçava nos seus ombros de tal maneira que a sua ponta roçou o próprio rosto da jovem. Ao mesmo tempo, atrás dele, escapou de uma boca feminina, junto com o olor de violetas, uma observação assaz mordaz e ferina. Mas, ou ele não a ouviu mesmo ou fingiu não ouvir, e o fato é que aquilo não foi bom, pois a opinião das damas deve ser respeitada: e ele arrependeu-se disso, porém mais tarde, e portanto tarde demais.

Uma indignação justa em todos os sentidos expressou-se em muitos semblantes. Por maior que fosse o peso de Tchítchicov na sociedade, e muito embora ele fosse um milionário e o seu rosto mostrasse algo de majestoso e até de marcial e bélico, existem coisas que as damas não perdoam a ninguém, seja ele quem for, e então, adeus! Há casos em que a mulher, por mais fraca e desamparada que seja em relação ao homem, torna-se de repente mais forte não só do que o homem, mas de tudo o mais que existe no mundo. O descaso mostrado por Tchítchicov, mesmo quase involuntário, restabeleceu entre as senhoras a harmonia que já estava à beira da ruína graças ao caso da posse da cadeira perto da porta. Elas houveram por bem ouvir insinuações malignas em algumas palavras secas e simples por ele ditas. Para cúmulo do azar, um jovem compôs ali mesmo uns versos satíricos a respeito da sociedade dançante, sem o quê, como se sabe, quase nunca termina um baile de governador de província. Esses versos foram imediatamente atribuídos a Tchítchicov. A indignação crescia e as senhoras começaram a falar dele pelos cantos, em termos muito pouco lisonjeiros. Quanto à pobre colegial, esta foi totalmente aniquilada, e sua sentença já estava lavrada e assinada.

Entretanto, uma surpresa muito desagradável estava-se preparando para o nosso herói: enquanto a loira bocejava ouvindo as historinhas que ele lhe contava, acontecidas em diversas épocas e lugares, e ele até chegava a tocar no nome do filósofo grego Diógenes[4], pela porta do salão irrompeu Nozdriov. Se ele se arrancou do bufê ou da saleta verde reservada para o jogo mais forte do que o *whist*

4. Filósofo grego, conhecido por "O Cínico" (400?-325 a.C?). (N. da E.)

costumeiro, se foi por sua espontânea vontade ou se saiu empurrado, não se sabe – o fato é que ele surgiu alegre, estimulado, de braço dado com o procurador, a quem já devia estar arrastando assim havia algum tempo, porque o infeliz procurador virava para todos os lados as suas bastas sobrancelhas, como que procurando achar um meio de se libertar de tão amigável passeio de braço agarrado. Realmente, era uma coisa insuportável: Nozdriov, tendo haurido coragem em duas xícaras de chá, naturalmente reforçado com rum, falava pelos cotovelos. Vendo-o ainda de longe, Tchítchicov decidiu-se pelo sacrifício, isto é, o de deixar o invejável lugar que ocupava para afastar-se dali o mais depressa possível, pois tal encontro não lhe augurava nada de bom. Mas, como que por desaforo, neste momento apareceu o governador, e, com grandes demonstrações de entusiasmo por ter encontrado Pável Ivánovitch, deteve-o, pedindo-lhe para ser juiz numa discussão sua com duas senhoras sobre o tema da durabilidade ou não do amor feminino; e nesse meio tempo, Nozdriov já o via e encaminhava-se direto ao seu encontro.

– Ah, o proprietário de Kherson, o proprietário de Kherson! – gritava ele, aproximando-se e torcendo-se de riso, o que fazia tremer suas bochechas viçosas e coradas como rosas na primavera. – Como é? Comprou muitos defuntos? É que o senhor não sabe, Excelência – berrava ele, voltando-se agora para o governador –, a verdade é que ele mercadeja com almas mortas! Palavra de honra! Escuta aqui, Tchítchicov! Tu não passas de um – eu te digo isso como amigo, todos nós aqui somos teus amigos, Sua Excelência aqui também – mas eu te enforcaria, palavra de honra que te enforcaria!

Tchítchicov simplesmente não sabia mais onde estava sentado.

– Vossa Excelência nem vai acreditar – continuou Nozdriov. – Quando ele me disse: "Vende-me as almas mortas!", eu quase estourei de riso. Então chego aqui e contam-me que ele comprou três milhões de rublos de camponeses para transferência: que transferência que nada! Pois se ele pechinchou pelos mortos comigo! Tchítchicov, tu não passas de um patife, palavra de honra, um patife de marca, aqui está Sua Excelência que me ouve, não é verdade, senhor procurador?

Mas tanto o procurador, como Tchítchicov, como o próprio governador ficaram tão perturbados que não conseguiam dizer positivamente nada, enquanto Nozdriov, sem dar-lhes a mínima atenção, continuava o seu discurso semi-sóbrio:

– Tu, hein, mano? Tu, tu... não te deixo em paz até que me expliques para que queres as almas mortas. Ouve aqui, Tchítchicov, devias ter vergonha, realmente, tu sabes muito bem que não tens um amigo melhor do que eu. Está aqui Sua Excelência que sabe disso, não é verdade, procurador? O senhor não vai acreditar, Excelência, como nós dois somos íntimos e ligados, isto é, se o senhor perguntasse, assim como eu estou aqui, se o senhor me perguntasse: "Nozdriov! Responde com a mão na consciência, quem te é mais caro, o teu próprio pai ou o Tchítchicov?", eu responderia: "Tchítchicov", palavra de honra... Dá licença, meu coração, quero pespegar-te um *baiser*[5]. O senhor terá de permitir, Excelência, que eu beije o meu amigo. Sim, Tchítchicov, nada de resistência, deixa-me imprimir um "bezezinho" na tua nívea bochecha!

Nozdriov levou tamanho empurrão com o seu "bezê" que quase se estatelou no chão: todos recuaram e afastaram-se dele, e ninguém mais o escutava. Todavia, suas palavras a respeito das almas mortas tinham sido proclamadas em altos brados e acompanhadas de gargalhadas tão ruidosas, que chamaram a atenção até das pessoas que estavam nos cantos mais distantes do recinto. Essa novidade tinha conotações tão estranhas, que todos pararam, perplexos, com uma expressão estupidamente interrogativa nos rostos petrificados. Tchítchicov reparou que muitas senhoras se entreolharam com piscadelas cáusticas e ferinas, e alguns semblantes adquiriram um certo ar ambíguo, que aumentou ainda mais a perturbação do nosso herói. Toda gente sabia muito bem que Nozdriov era um consumadíssimo mentiroso, e ninguém se espantava ouvindo dele os absurdos mais incríveis; mas o mortal, bem, é até difícil entender como é feito este mortal: por mais estúpida que seja a novidade, basta apenas que ela seja novidade para que ele a transmita sem falta a outro mortal, ainda que seja só para dizer: "Veja que espécie de boatos andam soltando por aí!", e o outro mortal terá muito prazer em prestar-lhe ouvidos, nem que seja só para depois exclamar: "Mas isto não passa de mentira deslavada que não merece atenção alguma!" E a história não deixará de circular sem falta pela cidade inteira, e todos os mortais, quantos quer que sejam, a comentarão até fartar-se e depois admitirão que tudo isso não merece atenção e não é digno de comentários.

Este incidente aparentemente insignificante deixou o nosso herói bastante aborrecido. Por mais tolas que sejam as palavras de um néscio, às vezes elas são suficientes para confundir um homem inteligente. Ele começou a sentir-se incomodado, mal à vontade,

5. Em francês, no texto: beijo. (N. da E.)

exatamente como se tivesse pisado, com a bota polida à perfeição, numa poça suja e fétida. Em suma, a coisa não estava nada boa, nada boa mesmo! Tentou não pensar mais no incidente, procurou distrair-se, sentou-se para jogar *whist*, mas tudo lhe marchava como uma roda torta: por duas vezes ele jogou contra o naipe do adversário e, esquecendo que não se pode bater a terceira, entrou como um tonto e bateu o seu próprio. O presidente não conseguia compreender como Pável Ivánovitch, que sempre jogava tão bem, podia cometer tamanhos erros, e até lhe cortou o rei de espadas, com o qual, segundo suas próprias palavras, contava como se fosse com Deus. Naturalmente, o chefe dos Correios e o presidente e até mesmo o chefe de polícia, como sói acontecer, pilheriavam à custa do nosso herói: "Não estará ele acaso enamorado?", e "Nós sabemos que o coração de Pável Ivánovitch foi atingido, e sabemos até quem foi que o feriu". Mas tudo isso não lhe trazia consolo algum, por mais que ele tentasse sorrir e responder com outras pilhérias.

Durante o jantar ele também não conseguiu ficar a gosto, embora a companhia fosse muito agradável e Nozdriov já tivesse sido removido havia muito tempo, pois as próprias senhoras acharam que a sua conduta estava ficando escandalosa demais: no meio do *cotillon*[6] ele se sentara no chão e ficara agarrando os dançarinos pelas abas dos fraques, o quê, na opinião das damas, já passava da conta.

A ceia foi muito alegre, e todos os rostos, iluminados pelos castiçais de três velas, entre flores, confeitos e garrafas, brilhavam com a expressão do mais franco prazer. Os oficiais, as senhoras, os fraques – tudo ficou amável e até enjoativamente adocicado. Os homens pulavam das cadeiras para tirar as travessas das mãos dos criados e oferecê-las, com ágeis mesuras, às senhoras. Um coronel apresentou uma molheira à sua dama na ponta da espada desembainhada. Senhores de idade respeitável, entre os quais se sentava Tchítchicov, discutiam em voz alta, enquanto mastigavam grandes bocados de peixe ou carne, impiedosamente empapados em mostarda, e discutiam justamente assuntos de que ele sempre participava; mas ele parecia agora um homem exausto ou abatido por longa jornada, que não consegue raciocinar e não tem mais forças para prestar atenção a coisa alguma. Finalmente, sem esperar pelo fim da ceia, ele retirou-se para casa muito mais cedo que de costume.

6. Em francês, no texto: divertimento composto de danças e de jogos, de serpentinas e confetes, e que encerra um baile. (N. da E.)

Lá, naquele quarto tão conhecido do leitor, com a porta barrada pela cômoda, e as baratas que às vezes espiavam dos cantos, o seu estado de espírito e seus pensamentos continuavam tão inquietos e inseguros como a poltrona na qual estava sentado. Sentia o coração pesado, apertado, opresso por uma espécie de vácuo, "Que vão para o diabo que os carregue, todos aqueles que inventaram esses bailes!", dizia ele, irado. "O que é que eles estão festejando, esses cretinos? As colheitas são más, há carestia no distrito, e eles fazem bailes! Que coisa! O mulherio todo engalanado de trapos! Coisa nunca vista, algumas se enfeitaram com mil rublos de roupa! E é à custa do tributo dos camponeses, ou, o que é pior ainda, à custa da consciência de nós outros, os homens. Pois já se sabe por que aceitamos propinas e fazemos coisas desonestas: só para dar dinheiro para a mulher comprar um xale novo, ou toda sorte de bugigangas, raio que as parta, sei lá como se chamam. E isso por quê? Para que alguma Intrometida Sídorovna não vá dizer que o vestido da mulher do chefe dos Correios era mais fino, e por isso, zás! lá se vão mil rublos. Todos gritam: 'O baile, o baile, alegria!', e o baile é uma droga, não tem nada de russo, nem o espírito é russo, nem a maneira é russa! É o diabo: um homem adulto, maior de idade, de repente salta, todo de preto, teso, esticado como um diabrete, e se põe a sapatear como um bobo. Alguns até, emparelhados com as damas, conversam com os outros sobre assuntos sérios, sem por isso deixar de arrastar os pés e saltitar como cabritos para todos os lados! Tudo por obrigação, tudo por obrigação! Só porque um francês aos quarenta anos é o mesmo criançola que era aos quinze, nós também temos que imitá-lo! A verdade é que depois de cada baile eu me sinto como se tivesse cometido um pecado; nem quero lembrar-me dele. Na cabeça fica um vazio, como depois de uma conversa com um homem mundano: ele fala de tudo, toca em tudo pela rama, solta tudo o que conseguiu extrair dos livros, tudo colorido, bonitinho, mas a cabeça não aproveitou nada.

E logo se percebe que até uma conversa com um simples comerciante, que só conhece o seu negócio, mas o conhece bem e a fundo, da própria experiência, é mais proveitosa que toda essa lengalenga. Que é que sobra desse baile, digam-me, o quê? Se, por exemplo, algum escritor inventasse de descrever aquela cena toda, tal como foi, até no livro ela seria tão oca e sem sentido como na realidade. Que cena é essa? É moral, é imoral? Nem o Diabo entende! Resta só cuspir e fechar o livro."

Assim desairosamente se referia Tchítchicov aos bailes em geral. Mas, ao que parece, imiscuía-se aqui ainda outro motivo de indignação. O seu desgosto principal não era tanto o baile, mas aquilo que acontecera no baile, aquele incidente que o deixara numa situação dúbia diante de todos, que o colocara numa luz esquisita, num papel ambíguo. Naturalmente, encarando o acontecido com olhos de homem sensato, ele via que tudo aquilo não era nada, que uma palavra tola não tem importância, especialmente agora, quando o negócio principal já estava feito e encerrado como se deve. Mas o homem é um ser estranho: aborrecia-o fortemente a má disposição daquelas mesmas pessoas que ele não respeitava e às quais se referia com aspereza, criticando sua frivolidade e seus trajes. Isto o incomodava ainda mais porque, examinando bem o que acontecera, viu que o causador daquilo era em parte ele mesmo. Todavia, ele não estava zangado consigo mesmo, no que tinha razão, está claro. Todos nós temos uma pequena fraqueza para com a nossa própria pessoa e nos poupamos um pouco, esforçando-nos por encontrar um próximo sobre o qual derramar nosso despeito, por exemplo, um criado ou um funcionário subalterno que teve a má sorte de aparecer nesse momento, ou a esposa, ou, finalmente, uma cadeira, que se vê atirada longe, até a porta, quebrando a perna ou o encosto: ela que fique sabendo quanto vale a nossa ira. Assim também Tchítchicov não demorou a encontrar aquele próximo, destinado a carregar nos ombros tudo aquilo que sua raiva podia inspirar-lhe. Este próximo era Nozdriov, e nem é preciso dizer que ele foi lapidado por todos os lados com tamanha avalancha de impropérios, como talvez só algum mujique malandro ou um postilhão bêbado pudesse ser mimoseado por um capitão viajado e experiente, às vezes mesmo um general, que, além de muitos vocábulos fortes que já se tornaram clássicos, acrescenta ainda uma série de expressões desconhecidas, de sua própria invenção. Toda a árvore genealógica de Nozdriov foi atingida, e muitos dos membros de sua família, da linha ascendente, sofreram duramente.

Mas, enquanto Tchítchicov, sentado em sua incômoda poltrona, perturbado pelos pensamentos e pela insônia, insultava diligentemente a Nozdriov e a toda a sua parentela; e diante dele ardia uma vela de sebo, cujo pavio havia muito se cobrira com um gorro negro e fuliginoso, ameaçando apagar-se a todo instante; e pela sua janela espiava a noite escura e cega, pronta para tingir-se de azul com a proximidade da madrugada; e a distância se cruzava o canto dos galos; e na cidade toda adormecida arrastava-se, quem sabe, um redingote de lã grosseira, uniforme de algum infeliz, de classe e posto desconhecidos, que conhece – ai! – um só caminho, trilhado demais pelo turbulento povo russo; enquanto isso, do outro lado da cidade, tinha lugar um acontecimento que ia piorar ainda mais a desagradável situação do nosso herói.

Acontece que, pelas ruas e vielas distantes da cidade, rodava rangendo um veículo assaz estranho, de natureza e nome difíceis de precisar. Não parecia nem uma diligência, nem uma caleça, nem uma sege, mas semelhava antes uma gorda melancia bochechuda e convexa, colocada sobre rodas. As bochechas dessa melancia, ou melhor, suas portinholas, que conservavam vestígios de cor amarela, fechavam-se muito mal devido ao péssimo estado das maçanetas e dos trincos, amarrados de qualquer jeito com cordas. A melancia estava repleta de almofadas de chita em forma de tabaqueiras, rolinhos e simplesmente travesseiros, atulhada de sacos contendo pães, bolos, brioches, sonhos e roscas de massa cozida. Um empadão de galinha e um pastelão salgado até espiavam para fora. A traseira do carro estava ocupada por uma personagem do gênero dos lacaios, de casaco de pano caseiro e barba por fazer ligeiramente grisalha, personagem esta conhecida pela denominação geral de "moço". O ranger e rechinar dos aros de ferro e dos parafusos enferrujados despertou o guarda do outro lado da cidade, o qual, brandindo a sua alabarda, pôs-se a berrar, estremunhado, com toda a força dos pulmões: – Quem vem lá? – mas, vendo que não vinha ninguém, e só se ouviam rangidos distantes, caçou na gola do seu uniforme um bicho qualquer e, aproximando-se do lampião, executou-o ali mesmo em cima da unha. Após o que, pondo de lado a alabarda, tornou a pegar no sono, conforme as regras da sua ordem militar.

Os cavalos caíam continuamente sobre os joelhos, porque não tinham ferraduras, além do que, ao que parece, conheciam mal o tranqüilo calçamento da cidade. O calhambeque, após algumas voltas de rua em rua, fez uma curva e entrou finalmente numa viela escura perto da pequena igreja paroquial de São Nicolau e parou na frente do portão da casa da mulher do protopope. Uma rapariga saltou do carro, de lenço na cabeça e colete de lã, e socou o portão com os dois punhos com tanta força, que era ver um homem. (O "moço" de casaco de pano caseiro foi logo depois arrancado da traseira do carro pelos pés, pois dormia como um morto.) Os cães começaram a ladrar, e o portão, escancarando-se por fim, engoliu, embora com dificuldade, aquele desajeitado meio de transporte.

O veículo entrou no pátio escuro, atravancado de lenha, galinheiros e toda sorte de gaiolas, e dele desceu uma senhora: esta senhora era a proprietária rural e secretária ministerial Koróbotchka. Logo depois da saída do nosso herói, a velhinha ficara tão preocupada com a possibilidade de ter sido enganada por ele que, tendo passado três noites seguidas em claro, decidiu viajar para a cidade, apesar de os cavalos não estarem ferrados, para verificar pessoalmente qual era o preço corrente das almas mortas, e se ela, Deus nos livre e guarde, não cometera um erro, vendendo-as por um preço abaixo do seu valor real.

Qual foi a conseqüência acarretada pela chegada à cidade da Sra. Koróbotchka, o leitor poderá saber por uma certa conversa que teve lugar entre duas certas senhoras. Essa conversa... mas é melhor que essa conversa passe para o capítulo seguinte.

CAPÍTULO IX

De manhã, mais cedo até do que a hora convencionada na cidade de N. para as visitas, da porta de uma casa cor de laranja, com mezanino e colunas azul-celestes, emergiu adejando uma senhora de esvoaçante e elegantíssima *cloak*[1] xadrez, acompanhada por um lacaio de uniforme com várias golas, e galão dourado no chapéu redondo encerado. No mesmo instante, a senhora esvoaçou, com pressa desusada, pelos degraus descidos de uma leve caleça estacionada na entrada, para dentro dela. O lacaio, incontinênti, bateu a portinhola atrás dela, recolheu os degraus e, agarrando-se às correias na traseira do carro, gritou para o cocheiro: – Toca!

A senhora levava uma novidade recém-ouvida e sentia uma necessidade incontrolável de transmiti-la o mais cedo possível. Ela espiava pela janelinha a todo instante e via, para seu indizível desgosto, que ainda faltava metade do caminho. Cada casa lhe parecia mais longa que de costume; o branco edifício de pedra do asilo de pobres, com suas janelas estreitas, não queria acabar de passar, a ponto de fazê-la exclamar:

– Maldita construção, será que ela não tem fim?! – O cocheiro já recebera por duas vezes a ordem: "Mais depressa! Mais depressa, Andriuchka! Estás lento de não se agüentar, hoje!"

Finalmente, a meta foi alcançada. A carruagem parou na frente de uma casa de madeira, térrea, de cor cinza-escuro, com pequenos

1. Em inglês, no texto: espécie de pelerine. (N. da T.)

baixos-relevos brancos por cima das janelas, altas grades de madeira, brancas, na frente das janelas, e uma cerca estreita, atrás da qual viam-se umas arvorezinhas finas, todas esbranquiçadas por causa da poeira da cidade, que nunca as deixava. Nas janelas havia potes com flores, um papagaio a balouçar-se, pendurado pelo bico num aro dentro da gaiola, e dois cachorrinhos que dormiam ao sol. Nesta casa morava uma íntima amiga da senhora recém-chegada. O autor se vê em grandes dificuldades para descrever estas duas senhoras de tal modo que não se zanguem com ele, como se zangaram outrora. Chamá-las por sobrenomes falsos é perigoso. Qualquer que seja o nome inventado, sem dúvida se encontrará, em algum recanto do nosso país, pois ele é grande, alguém que tenha esse nome, e que sem falta ficará furioso, e criará um caso de vida ou morte: dirá que o autor foi já às escondidas para espioná-lo, para descobrir quem é ele, e que tipo de casaco veste, e qual é a Agrafena Ivánovna que visita, e o que gosta de comer. Chamá-las pelos títulos verdadeiros, Deus me livre, é mais perigoso ainda. Entre nós, agora, todos os portadores de títulos e cargos estão tão exacerbados, que tudo o que aparece em letra de forma já lhes parece ofensa pessoal – deve ser por causa das condições atmosféricas. Basta que se diga que numa cidade reside um homem tolo, e isto já constitui uma alusão pessoal: de repente saltará um senhor de aspecto respeitável e gritará: "Acontece que eu também sou um homem, portanto, eu também sou tolo!" Em suma, perceberá logo do que se trata. Por isso, para evitar todas essas coisas, chamaremos a senhora que estava recebendo a visitante como ela era chamada quase unanimemente na cidade de N., isto é: uma senhora agradável em todos os sentidos.

Essa designação foi por ela adquirida legitimamente, pois de fato ela nada poupara para tornar-se agradável e encantadora ao derradeiro grau, embora, na realidade, através daquela amabilidade toda transparecesse a mais viva malícia de um caráter feminino, e cada uma das suas palavras amáveis ocultasse a mais mordaz alfinetada; e ai daquela – Deus nos livre e guarde! – que fizesse ferver-lhe o sangue, passando-a para trás de alguma maneira! Mas tudo isso estava disfarçado pela mais fina sociabilidade mundana, dessa que só existe nas cidades da província. Todos os seus movimentos eram modelos de bom gosto, ela até gostava de poesia, sabia até, às vezes, inclinar a cabeça de maneira sonhadora, e todos estavam de acordo em que ela era, de fato, uma senhora agradável em todos os sentidos.

A outra senhora, isto é, a recém-chegada, não possuía um caráter tão multifacetado, por isso a chamaremos apenas: uma senhora simplesmente agradável. Sua chegada acordou os cachorrinhos que dormiam ao sol: a felpuda cadelinha Adele, sempre emaranhada no seu próprio pêlo, e o machinho Potpourri, de perninhas finas. Uma e outro, latindo sonoramente, levaram seus rabos enrolados para o vestíbulo, onde a visitante se desembaraçava da sua capa esvoaçante, para emergir num vestido de cor e padrão da moda, com longas caudas no pescoço; todo o recinto ficou inundado de Jasmins.

Assim que a senhora agradável em todos os sentidos soube da chegada da senhora simplesmente agradável, entrou correndo no vestíbulo. As duas senhoras agarraram-se pelas mãos, beijaram-se e soltaram gritinhos, desses que soltam as colegiais quando se encontram logo depois de terminarem o internato, quando as respectivas mamãs ainda não tiveram tempo de explicar-lhes que o pai de uma é mais pobre, e ocupa um cargo menos importante que o da outra. O beijo foi sonoro, porque os cãezinhos se puseram a latir de novo, levando por isso uma pancadinha com o lenço, e as duas senhoras dirigiram-se para a sala de visitas, naturalmente azul-celeste, com um divã, uma mesa oval e até uns pequenos biombos com trepadeiras. Atrás delas vieram correndo e rosnando a felpuda Adele e o pernalta Potpourri nas suas perninhas finas. – Por aqui, aqui, neste cantinho! – dizia a dona da casa, acomodando a visita no canto do divã. – Assim! Assim mesmo! Aqui tem uma almofada! – E, dizendo isso, enfiou-lhe atrás das costas uma almofada, na qual estava bordado em lã um cavaleiro medieval, da maneira como eles sempre saem bordados em talagarça: o nariz em escada e a boca quadrada. – Como estou contente por vê-la... Eu ouvi que alguém vinha chegando e fiquei pensando: "Quem poderia ser, tão cedo?" Aí a Paracha disse: "É a vice-governadora"; então eu falei: "Ora essa, lá vem essa bobona cacetear-me de novo", e já ia mandando dizer que não estava em casa...

A visitante já ia atacar o assunto e contar a novidade, mas a exclamação que neste momento soltou a senhora agradável em todos os sentidos imprimiu de repente outro rumo à conversa.

– Que algodãozinho tão alegre! – exclamou a senhora agradável em todos os sentidos, olhando para o vestido da senhora simplesmente agradável.

– Sim, é muito alegrinho. No entanto, Prascóvia Fiódorovna acha que seria melhor se o xadrez fosse mais miúdo e as pintinhas fossem azuis em vez de castanhas. Mandaram uma fazendinha para a irmã dela, uma verdadeira delícia, nem dá para explicar em palavras. Imagine só: listras fininhas, fininhas, as mais finas que se possam imaginar, o fundo é azul-celeste, e, atravessando as listras, olhinhos e patinhas, olhinhos e patinhas... uma coisa incomparável! Pode-se dizer sem medo de errar que nunca se fez nada de parecido no mundo inteiro!

– Querida, isto é berrante.

– Oh, não, não é berrante.

– Oh, sim, é berrante!

É preciso observar que a senhora agradável em todos os sentidos era parcialmente materialista, inclinada à negação e à dúvida, e repudiava um bom número de coisas na vida.

Aqui a senhora simplesmente agradável explicou que aquilo de maneira alguma era berrante, e exclamou:

– Ah, meus parabéns: não se usam mais babados!

– Como assim, não se usam mais?

– No seu lugar agora usam-se festõezinhos.

– Festõezinhos?! Ah, que coisa feia!

– Pois é o que se usa: festõezinhos, tudo festõezinhos – pelerines de festõezinhos, festõezinhos nas mangas, festõezinhos nos ombros, festõezinhos embaixo, festõezinhos em toda parte.

– Não fica bem, Sófia Ivánovna, usar tantos festõezinhos.

– É uma graça, Ana Grigórievna, uma gracinha. São adoráveis, e fazem-se com duas costuras, ourelas largas e por cima... Mas espere, agora é que eu vou fazê-la ficar espantada, a senhora vai dizer que... Vamos, espante-se: imagine só, os corpetes vêm agora ainda mais longos, com a frente em península, e a barbatana da frente saindo inteiramente dos limites; a saia fica toda franzida em volta, como nas saias-balão de antanho, e até se forra com um pouco de algodão atrás, para ficar uma completa *belle femme*[2].

– Bem, isso já é simplesmente... posso declarar! – disse a senhora agradável em todos os sentidos, com um gesto da cabeça, cheio de dignidade.

– Pois é, isso realmente já é, posso declarar! – respondeu a senhora simplesmente agradável.

– Diga o que quiser, mas eu jamais imitarei uma coisa dessa.

– Eu digo o mesmo... Realmente, quando se imagina até onde às vezes pode chegar a moda... não tem cabimento! Pedi o molde à

2. Em francês, no texto: bela senhora. (N. da E.)

minha irmã, só por brincadeira, para rir. A minha Melânia já começou a costurar.

– Mas então a senhora tem o molde? – exclamou a senhora agradável em todos os sentidos, não sem um perceptível pequeno sobressalto.

– Como não? Minha irmã me trouxe.

– Querida, empreste-me o molde, por tudo o que é sagrado.

– Que pena, já o prometi à Prascóvia Fiódorovna. Só se for depois dela.

– E quem é que vai usar alguma coisa depois da Prascóvia Fiódorovna? Acho muito esquisito da sua parte dar preferência a estranhos em detrimento dos seus.

– Mas ela é minha tia em segundo grau.

– Pois sim! Que tia é essa? Só pelo lado do marido... Não, Sófia Ivánovna, nem quero ouvir mais nada, assim até parece que a senhora quer ofender-me de propósito! Pelo que vejo, já se cansou de mim, está simplesmente querendo romper relações comigo!

A pobre Sófia Ivánovna já não sabia mais o que fazer. Estava percebendo só agora que se metera entre dois fogos fortes. É nisto que dá a vontade de se vangloriar! Tinha ímpetos de crivar de alfinetes a sua língua de trapo.

– Mas diga-me uma coisa, como vai o nosso cativante-encantador? – perguntou nesse momento a senhora agradável em todos os sentidos.

– Meu Deus do céu! Que é que estou fazendo, sentada aqui? Que bom que a senhora me lembrou! Porque sabe, Ana Grigórievna, por que motivo eu vim aqui hoje? – E neste ponto a visitante até perdeu o fôlego, de tal forma as palavras se atropelavam na sua boca, na ânsia de saírem como gaviões em mútua perseguição; e era preciso realmente ser tão desumana como era a sua íntima amiga para ter a coragem de interrompê-la:

– Pode elogiá-lo quanto quiser, pode pô-lo nas nuvens – dizia a outra com vivacidade maior que a habitual –, mas vou dizer-lhe francamente, e direi também na cara dele, que ele é um homem que não vale nada, não vale nada, nada, nada!

– Mas ouça o que eu tenho para lhe revelar...

– Soltaram o boato de que ele é bem-apessoado, bonito, mas a verdade é que ele é feio, é feio mesmo, e tem um nariz, um nariz que é... que é... completamente antipático.

– Mas com licença, com licença, deixe-me contar... Ana Grigórievna, queridinha, deixe-me contar! É uma verdadeira história, nem queira saber, "Seonapel-istoar[3]"! – dizia a visitante, com uma expressão de quase desespero e voz completamente suplicante. Convém observar que na conversa das duas senhoras imiscuíam-se muitas palavras estrangeiras e às vezes até longas frases inteiras em francês. Mas, por mais que o autor se curve perante os benefícios salvadores que o idioma francês traz à Rússia, por mais profunda que seja a reverência que ele sente pelo louvável costume da nossa alta sociedade de se exprimir nesse idioma a todas as horas do dia, graças, sem dúvida, ao seu imenso amor pela pátria – apesar de tudo isso, ele não consegue introduzir uma frase em qualquer língua estrangeira neste seu poema russo. Assim, continuamos em russo.

– Mas que história é essa?

– Ai, vida minha, Ana Grigórievna, se a senhora pudesse imaginar a situação em que eu me vi hoje, calcule só: de manhã cedo veio à minha casa a mulher do protopope, do Padre Kirilo, e sabe o quê? O nosso hóspede, o paradigma de virtude, sabe como é que ele é?

– Não! Não me vai dizer que ele andou fazendo a corte também à mulher do padre?

– Ai, Ana Grigórievna, se fosse só fazer a corte, ainda não seria nada! Escute só o que me contou a mulher do protopope: chegou à casa dela, vinda às pressas lá da sua propriedade, a *pomiêchtchitsa* Koróbotchka, assustada e pálida como a morte, contando um verdadeiro romance, preste atenção: no meio da noite; escuridão total, a casa toda dormindo, de repente ouve-se um barulho terrível no portão, batidas de apavorar, gritos, urros: "Abram, abram, senão arrombamos o portão!" Que me diz a isso? Que tal lhe parece o cativante-encantador depois disso?

– Mas por que a Koróbotchka, ela é jovem e bela, por acaso?

– Nada disso, é uma velhota.

– Ai, que gracinha! Então ele foi conquistar a velha! Depois disso, onde é que fica o bom gosto das senhoras da nossa cidade? Acharam por quem apaixonar-se!

– Mas não, Ana Grigórievna, não é nada disso que está pensando. Imagine agora o seguinte: ele surge diante dela, armado até os dentes, à Rinaldo Rinaldini[4], e exige: "Venda-me imediatamente todas as almas que morreram aqui". A Koróbotchka

3. "*Ce qu'on appelle histoire*": é o que se chama uma história; francês mal falado, grafado em russo pelo autor. (N. da T.)

4. Bandido italiano, herói do romance do mesmo nome, de autoria de Cristiano Augusto Vulpius, muito popular na Rússia no princípio do séc. XIX. (N. da T.)

responde muito sensatamente, dizendo: “Não posso vendê-las porque elas estão mortas”. “Não”, diz ele, “não estão mortas, e isto é assunto meu, saber se estão mortas ou não estão mortas”, e grita: “Não estão mortas, não estão mortas!” Numa palavra, armou-se um escândalo tremendo: a aldeia toda veio correndo, as crianças choravam, todos gritavam, ninguém se entendia, simplesmente um orrior, orrior, orrior[5]!... Não pode calcular, querida Ana Grigórievna, como eu fiquei perturbada ouvindo tudo isso! “Patroazinha querida”, disse a minha Machka, “mire-se no espelho, está pálida, pálida!” “Não tenho tempo para espelhos”, respondi, “tenho que ir correndo contar tudo à Ana Grigórievna”. Mandei atrelar a caleça no mesmo instante, o cocheiro Andriuchka perguntou para onde eu queria ir, e eu nem conseguia responder, fiquei olhando para ele feito uma tonta, acho que ele até pensou que perdi o juízo. Ai, Ana Grigórievna, se pudesse imaginar como eu fiquei transtornada!

– Mas isto é muito estranho – disse a senhora agradável em todos os sentidos; – o que será que podem significar essas almas mortas? Confesso que não consigo entender nada disso. Já é a segunda vez que eu ouço falar das tais almas mortas – meu marido ainda afirma que é tudo mentira do Nozdriov: mas alguma coisa deve existir atrás disso.

– Mas imagine só, Ana Grigórievna, em que situação eu fiquei depois de ouvir isso. “E agora”, diz a Koróbotchka, “eu não sei mais o que fazer. Ele me obrigou a assinar não sei que documento falso, jogou na mesa quinze rublos em notas de papel, e eu”, diz ela, “eu sou uma viúva, uma mulher inexperiente e desamparada, não entendo nada dessas coisas...” É isso que está acontecendo! Mas se pudesse imaginar, querida, como tudo isso me deixou transtornada!

– Diga o que quiser, mas aqui não se trata das almas mortas, aqui se oculta algo mais do que isso.

– Confesso que eu também pensei isso – disse não sem espanto a senhora simplesmente agradável, e sentiu na mesma hora uma grande vontade de descobrir o que mais poderia estar oculto ali. Chegou até a perguntar, pausadamente: – E o que é que, na sua opinião, se oculta aqui?

– E a senhora o que é que acha?

5. *Horreur* (horror): francês mal pronunciado, grafado em russo pelo autor. (N. da T.)

– O que eu acho?... Eu... confesso que estou totalmente desnorteada...

– Mas eu gostaria de saber quais são as suas idéias a respeito disso.

Mas a senhora simplesmente agradável não encontrou nada para dizer. Ela só sabia ficar transtornada, mas não tinha capacidade para aventar uma hipótese arguta, seus recursos não davam para tanto, e por isso, mais do que qualquer outra, tinha necessidade de conselhos e de amigas dedicadas.

– Ouça então o que significam essas almas mortas – disse a senhora agradável em todos os sentidos, e a visitante transformou-se na audição personificada: suas orelhinhas se esticaram por si mesmas, ela soergueu-se, sentada quase sem tocar no divã e sem se segurar, e, apesar de ser um tanto volumosa, ficou de repente mais fininha, tornou-se semelhante à leve penugem que sai voando pelo ar ao menor sopro.

Assim um fidalgo russo, apaixonado por cães e caçadas, cavalgando pela orla do bosque, do qual a qualquer instante deverá saltar a lebre acuada pelos batedores, transforma-se todo inteiro, com o seu cavalo e a chibata no ar, num único momento congelado, pólvora prestes a explodir. Está todo inteiro nos olhos cravados no ar nevoento, ele vai alcançar o animal, e vai abatê-lo, implacável, por mais que se erice contra ele toda a estepe nevada, jogando-lhe estrelas de prata nos olhos, na boca, nos bigodes, nas sobrancelhas e no seu gorro de castor.

– As almas mortas... – disse a senhora agradável em todos os sentidos.

– O quê, o quê? – interveio a visita, muito agitada.

– As almas mortas!...

– Fale, pelo amor de Deus!

– São simplesmente uma coisa que ele inventou para desviar as atenções. O que ele quer mesmo é seqüestrar a filha do governador.

Esta conclusão era realmente de todo inesperada e surpreendente sob todos os pontos de vista. A senhora simplesmente agradável, ao ouvir isso, ficou simplesmente petrificada, pálida, pálida como a morte e, de fato, deveras transtornada.

– Ai, meu Deus do céu! – exclamou ela, juntando as mãos – isto é uma coisa que eu jamais poderia supor!

– Pois eu confesso que, assim que a senhora abriu a boca, já percebi do que se tratava – respondeu a senhora agradável em todos os sentidos.

– Mas, Ana Grigórievna, e a educação de internato, onde é que fica depois disso? A pureza, a inocência!

– Que inocência? Eu ouvi aquela menina dizer coisas que, confesso, não teria coragem de repetir aqui!

– Sabe, Ana Grigórievna, é simplesmente de partir o coração o que se vê hoje em dia, até que ponto chegou a imoralidade.

– E os homens ficam loucos por ela. Quanto a mim, confesso que não vejo nada de especial nela... É de uma afetação insuportável.

– Ah, Ana Grigórievna, queridinha, ela é uma estátua, nem sombra de qualquer expressão naquele rosto.

– Ah, e como é afetada! Como é afetada! Meu Deus, quanta afetação! Não sei quem lhe ensinou isso, mas eu ainda nunca vi uma mulher tão cheia de denguice.

– Querida, ela é uma estátua, e é pálida como a morte.

– Ah, não diga isso, Sófia Ivánovna, ela se pinta sem dó nem piedade.

– Que está dizendo, Ana Grigórievna?! Ela é como giz, giz, o mais puro giz.

– Querida, eu fiquei sentada ao lado dela: o carmim tem um dedo de grossura e descasca aos pedaços, como estuque. Foi a mãe quem lhe ensinou isso, ela mesma é uma coquete e a filha promete superar a mãezinha.

– Com sua licença, pode jurar pelo que quiser, que eu aqui estou pronta e disposta a perder já os filhos, o marido, toda a minha propriedade, se naquele rosto existe uma sombra que seja de qualquer colorido!

– Ai, o que está dizendo, Sófia Ivánovna! – disse a senhora agradável em todos os sentidos, juntando as mãos.

– Ah, como é que a senhora pode ser assim, realmente, Ana Grigórievna! Não posso acreditar nos meus próprios olhos! – disse a senhora simplesmente agradável, juntando as mãos por sua vez.

Não fique o leitor surpreendido pelo fato de as duas senhoras não estarem de acordo a respeito do que ambas tinham visto quase que ao mesmo tempo. A verdade é que existem no mundo muitas coisas que possuem essa estranha propriedade: olhadas por uma determinada senhora, são completamente brancas, mas, vistas por outra, tornam-se vermelhas, vermelhas como morangos.

– Está aí, vou-lhe dar mais uma prova de que ela é pálida – continuou a senhora simplesmente agradável; – lembro-me como se fosse agora: eu estava sentada ao lado de Manílov e disse-lhe: "Repare só como ela é pálida!" Palavra que é preciso ser tão tolo como são os nossos homens para poder-se encantar por ela! E, quanto ao nosso cativante-encantador... Ih, como ele me pareceu nojento! Não pode imaginar, Ana Grigárievna, até que ponto ele me pareceu nojento!

– E, no entanto, havia lá várias senhoras que não ficaram de todo indiferentes aos seus encantos.

– Quem, eu, Ana Grigórievna? Está aí uma coisa que a senhora não pode dizer! Jamais, jamais!

– Mas eu não me estava referindo à senhora! Como se não houvesse mais ninguém naquele baile!

– Jamais, jamais, Ana Grigórievna! Permita-me chamar sua atenção: eu me conheço muito bem. Pode ser, isso sim, que se trate de alguma outra dama, dessas que gostam de se dar ares de superioridade.

– A senhora me desculpe, Sófia Ivánovna! Permita que lhe diga que ninguém ainda pode acusar-me de comportamento menos discreto. Alguma outra, pode ser que sim, mas eu, não, permita que lhe diga isso.

– E por que a senhora ficou tão melindrada? Lá estavam também outras senhoras, havia até algumas que se precipitaram, sobre a cadeira ao lado da porta, só para ficar mais perto dele.

É óbvio que tais palavras, pronunciadas pela senhora simplesmente agradável, deveriam necessariamente desencadear uma tempestade, mas, surpreendentemente, ambas as senhoras ficaram quietas e calmas, e não aconteceu coisa alguma. A senhora agradável em todos os sentidos lembrou-se de que o molde do vestido moderno ainda se encontrava nas mãos da outra, enquanto a senhora simplesmente agradável se deu conta de que ainda não ficara sabendo os pormenores do descobrimento feito pela sua íntima amiga, razão por que a paz se restabeleceu rapidamente. De resto, ambas as damas, diga-se de passagem, não abrigavam em suas índoles o impulso de causar dissabores à próxima, e de um modo geral não havia maldade em seu caráter; era assim, sem querer, que, durante a conversa, nascia-lhes imperceptivelmente um pequeno desejo de trocar alfinetadas. Havendo oportunidade, era-lhes impossível resistir ao gostinho de espetar uma à outra com uma palavrinha certeira: "Tome aqui! Engula esta!" Existem necessidades de toda espécie nos corações humanos, tanto os do sexo masculino como do feminino.

– O que eu não posso compreender – disse a senhora simplesmente agradável – é como é que Tchítchicov, sendo uma pessoa de fora, estranha na cidade, pôde decidir-se a dar um passo tão temerário. Não é possível que ele não tenha cúmplices.

– E a senhora acha, por acaso, que eles não existem?

– Mas, na sua opinião, quem poderia ajudá-lo numa coisa dessa?

– Poderia ser Nozdriov, por exemplo.

– Não me diga! Nozdriov?

– Por que não? Ele seria bem capaz disso. Não sabe que ele já tentou vender o próprio pai, ou melhor ainda, perdê-lo no jogo?

– Ai, meu Deus, Ana Grigórievna, que novidades interessantes me está contando! Eu nunca poderia imaginar que Nozdriov estivesse metido nesta história!

– Pois eu sempre imaginei.

– As coisas que podem acontecer neste mundo, realmente! Quando se pensa... diga a senhora, diga, quem é que poderia supor, quando Tchítchicov chegou aqui, à nossa cidade, quem é que poderia imaginar que ele faria uma carreira tão estranha na sociedade?! Ai, Ana Grigórievna, se a senhora soubesse como eu fiquei transtornada! Se não fosse a sua benevolência e amizade, eu estaria perdida! A minha Machka viu que eu estava pálida como a morte. "Patroazinha querida", disse ela, "a senhora está pálida como a morte." "Machka", respondi, "não estou para isso agora". Mas que acontecimento! Então o Nozdriov também está metido nisso! Sim, senhora!

A senhora simplesmente agradável tinha muita vontade de descobrir maiores minúcias a respeito do seqüestro – a que horas seria e tudo o mais, mas desejava o impossível. A senhora agradável em todos os sentidos declarou simplesmente que não sabia. Ela não sabia mentir: pressupor alguma coisa era assunto diferente, e assim mesmo só quando a suposição se baseava numa convicção íntima. Mas quando existia essa convicção íntima, aí então sim, ela sabia defender seu ponto de vista – e que tentasse quem quer que fosse, mesmo algum advogado famoso por seu talento de vencedor das opiniões alheias, que ele tentasse competir aqui: ficaria sabendo logo quanto vale uma convicção íntima.

Não há nada de extraordinário no fato de que ambas as senhoras tivessem ficado inteiramente convencidas daquilo que haviam pressuposto antes como simples hipótese. A nossa confraria masculina, gente inteligente, como gostamos de considerar-nos, age quase da mesma maneira. A prova disso são as nossas discussões científicas. No princípio, o sábio entra com muita cautela, amedrontado, começa tímido, comedido, abre com a mais humilde das indagações: não se teria originado lá? Não teria sido aquele rincão que deu o nome a esse país? Ou então: será que tal documento não pertence a outra época, mais recente? Ou então: não seria o caso de, atrás do nome deste povo, pressupor aqueloutro? E cita imediatamente estes e aqueles autores antigos; mas assim que percebe algum indício, ou simplesmente o que lhe parece um indício, de concordância, já pega impulso e anima-se, conversa com os autores da antigüidade de igual para igual, interroga-os e até já responde sozinho, por eles, a essas argüições, esquecendo inteiramente que começara por uma modesta hipótese. Já tem a impressão de que ele mesmo assistiu a tudo e viu tudo, já lhe parece que tudo está claro – e a ponderação termina com estas palavras: "E foi, pois, assim que as coisas se passaram; e é, pois, este o povo que se deve subentender, e é de tal ponto de vista que se deve considerar o assunto!" E logo sai a proclamar as suas conclusões *ex cathedra* – e a recém-descoberta verdade sai correndo pelo mundo, acumulando seguidores e admiradores.

No momento em que as duas damas acabavam de resolver com tanta precisão e perspicácia tão intricado caso, entrou na sala o procurador, com a sua fisionomia sempre imóvel, suas sobrancelhas espessas e seu olho pisca-piscante. As duas damas puseram-se a relatar-lhe à porfia todos os acontecimentos, contaram tudo sobre a compra das almas mortas, a intenção de seqüestrar a filha do governador, e deixaram-no totalmente confuso, de modo que ele ficou lá plantado no mesmo lugar, a piscar o olho esquerdo e a bater com o lenço na própria barba, sacudindo grãos de fumo, sem entender coisa nenhuma. E nessa posição as duas senhoras o deixaram, partindo cada uma para o seu lado, a fim de alertar a cidade, empreendimento esse que conseguiram pôr em prática em pouco mais de meia hora.

A cidade ficou em polvorosa total: tudo entrou em fermentação e ninguém compreendia coisíssima alguma. As duas senhoras souberam soltar tanta fumaça nos olhos de todos, que todos, e em especial os funcionários, quedaram-se atordoados durante algum tempo. Sua situação, nos primeiros momentos, era semelhante à posição de um colegial adormecido, em cujo nariz os colegas, levantando-se mais cedo, enfiaram um "hussardo", ou seja, um canudinho cheio de rapé. A vítima estremunhada, tendo aspirado o rapé com toda a força da respiração sonolenta, acorda sobressaltada, olha para todos os lados, como um tonto, de olhos esbugalhados, e não consegue compreender onde está nem o que lhe aconteceu; e só depois começa a distinguir as paredes iluminadas pelos raios oblíquos do sol, o riso dos companheiros escondidos pelos cantos, e a manhã que espia pela janela, com o bosque acordado a cantar com milhares de gargantas de pássaros e o riacho iluminado, serpenteando seus brilhos por entre os caniços finos, todo salpicado de crianças nuas a chamar para o banho – e só então começa a perceber que está com um hussardo enfiado no nariz.

Tal era, exatamente, a situação dos habitantes e dos funcionários da cidade no primeiro momento. Cada um quedou-se parado como um carneiro, de olhos arregalados. As almas mortas, a filha do governador e Tchítchicov confundiram-se e misturaram-se nas suas cabeças de um modo assaz estranho; e só mais tarde, passado o primeiro atordoamento, começaram como que a distingui-los separadamente e a ver as coisas por partes, começaram a exigir satisfações e a ficar irritados, vendo que o assunto não queria esclarecer-se de modo algum. Que história era essa, realmente, que diabo era isso das almas mortas? Não existe lógica nenhuma nessas almas mortas: como é que alguém pode comprar almas mortas? Quem pode ser imbecil a este ponto? E com que espécie de falsa moeda ele paga tal compra? E para que fim, e qual é o negócio no qual se podem usar almas mortas? E para que se imiscuiu aí a filha do governador? E, se o sujeito queria raptá-la, qual era a necessidade de comprar almas mortas para isso? E se é para comprar almas mortas, para que então seqüestrar a filha do governador? Será que queria dar-lhe de presente as tais almas mortas? Que espécie de absurdos são esses que se espalharam pela cidade? Que lugar é este, onde uma pessoa não tem tempo de se virar sem que alguém solte logo semelhante boataria? – e se ao menos ela tivesse qualquer sentido... Entretanto, se os boatos correram, alguma razão devia existir para isso... Mas que espécie de razão pode existir naquelas almas mortas? Razão nenhuma, não há razão. O que há é muito simples: insensatez, absurdo, disparate, botas à milanesa! Simplesmente intolerável!... Em suma, começaram falatórios e mais falatórios, e a cidade inteira só falava das almas mortas com a filha do governador, de Tchítchicov com as almas mortas, da filha do governador com Tchítchicov, e tudo quanto existia ficou em polvorosa.

A cidade, até então sonolenta, ergueu-se como varrida por um furacão! Emergiram das suas tocas todos os bradípodes e marmotas, enfurnados em casa, de roupão e chinelos, há vários anos, pondo a culpa disso ou no sapateiro que lhes fez botas apertadas, ou no alfaiate, ou no cocheiro beberrão. Todos aqueles que há muito tempo já interromperam quaisquer relações sociais e só se davam, como se diz, com os senhores Repousinski e Deitadóvski (termos famosos, derivados dos verbos "repousar" e "deitar-se", muito em andamento aqui entre nós, na Rússia, do mesmo modo que a frase: "Fazer uma visita aos Srs. Ressonóvski e Roncavítski", referente a todas as categorias de sono inabalável, de lado, de costas, e em todas as posições, acompanhadas de roncos, ressonar pelo nariz e demais acessórios); todos aqueles a quem não se conseguia arrancar de casa nem com a tentação de um convite para degustar uma sopa de peixe de quinhentos rublos, com esturjões de duas jardas e toda sorte de tortas de carne e repolho que se derretem na boca – numa palavra, de repente a cidade revelou-se populosa e grande e cheia de animação. Apareceram caras novas: um certo Sissói Pafúntievitch e um Macdonald Kárlovitch, de quem nunca sequer se ouvira falar antes. E nos salões surgiu, como um poste, uma personagem comprida, comprida, de mão furada por um tiro, e de uma altura nunca vista. As ruas se encheram de seges de cabine, berlindas, inéditas, calhambeques rangedores e rilhadores – e começou a confusão.

Em outra época e sob outras condições, semelhantes rumores talvez nem merecessem atenção alguma. Mas a cidade de N. havia muito tempo não recebia novidades de qualquer espécie. Nem ao menos aconteceu, no decorrer de três meses, nada daquilo que nas grandes capitais se denomina *commèrage*, ou mexerico, o que, como se sabe, é tão importante para uma cidade como o abastecimento regular de gêneros alimentícios.

Os falatórios da cidade tomaram de repente dois rumos de opinião totalmente contrários: formaram-se dois partidos opostos, o masculino e o feminino. O partido masculino, menos perspicaz, preocupava-se mais com as almas mortas. Mas o feminino ocupou-se exclusivamente com o seqüestro da filha do governador. Neste partido – é preciso que se observe, para fazer justiça às damas – havia muito mais ordem e prudência: não é por acaso que o seu destino é serem boas donas de casa e organizadoras. Com elas, tudo assumiu logo um aspecto vivo e nítido, tomou formas limpas e evidentes, explicou-se, deslindou-se – em suma, resultou num quadro bem-acabado. Ficou esclarecido que Tchítchicov já estava apaixonado havia muito tempo, que o casal se encontrava no jardim, à luz do luar, que o governador estaria até disposto a entregar-lhe a mão da filha, porque Tchítchicov era rico como um judeu – se não fosse o problema da esposa que ele abandonara (como elas descobriram que Tchítchicov era casado, é coisa ignorada), e que a esposa, sofrendo por causa do seu amor sem esperanças, escrevera uma carta dramática e comovente ao governador, e que Tchítchicov, vendo que o pai e a mãe jamais concordariam com isso, decidira-se pelo rapto.

Em outras casas contava-se a história de um modo um pouco diferente: que Tchítchicov não tinha esposa alguma, mas que, como homem fino e acostumado a jogar na certa, resolvera, com o fim de conseguir a mão da filha, começar pela mãe, com quem tivera então uma secreta ligação amorosa, e só depois se declarara a respeito da mão da filha. Mas a mãe, assustada, temendo a realização de um crime contrário à religião, e sentindo a alma roída pelos remorsos da consciência, recusara redondamente, levando assim Tchítchicov a decidir-se pelo rapto. E a tudo isso acrescentavam-se muitas explicações e emendas, à medida que os boatos penetravam nas mais recônditas vielas. Acontece que na Rússia as camadas sociais mais baixas gostam muito de comentar as intrigas que têm lugar nas camadas sociais mais altas, razão por que essas coisas todas começaram a ser comentadas em casebres onde ninguém jamais havia sequer posto os olhos em Tchítchicov, e de onde saíram outros acréscimos e ainda maiores esclarecimentos.

O enredo tornava-se de minuto em minuto mais interessante, tomava dia a dia contornos mais definidos, e por fim, completo, em todo o seu perfeito acabamento, chegou em transmissão direta aos ouvidos da própria governadora. A governadora, como mãe de família, como primeira dama da cidade, e finalmente como uma dama que não desconfiava de nada de semelhante, sentiu-se completamente insultada por tamanhas intrigas e encheu-se de uma indignação sob todos os pontos de vista justificada. E a pobre loirinha agüentou o mais desagradável *tête-à-tête*[6] que uma jovem de dezesseis anos jamais teve de suportar. Desabaram sobre a sua cabeça verdadeiras torrentes de perguntas, interrogações, interpelações, repreensões, ameaças, admoestações, que levaram a mocinha a desfazer-se em pranto, soluçando sem entender uma palavra de tudo aquilo. E o porteiro recebeu ordens terminantes de não receber Tchítchicov em hora alguma e sob pretexto algum.

Tendo terminado o seu trabalho no que dizia respeito à governadora, as senhoras começaram a assediar o partido masculino, tentando convertê-lo para o seu lado e afirmando que a história das

6. Em francês, no texto: face a face; conversa particular entre duas pessoas. (N. da E.)

almas mortas não passava de invencionice, criada especialmente para desviar a atenção de todos, a fim de melhor executar o plano do rapto da filha do governador. Muitos dos homens até se deixaram convencer e aderiram ao partido feminino, apesar de se verem por isso submetidos a severas críticas dos seus próprios companheiros, que os chamaram de maricas e rabos-de-saia – nomes estes, como é do conhecimento geral, extremamente ofensivos ao sexo masculino.

Mas, por mais que os homens se armassem e se defendessem, não havia no seu partido aquela ordem que reinava no feminino. Tudo entre eles era tosco, áspero, mal-arrumado, mal-acabado, desarmonioso, feio; e na cabeça só havia confusão, distração, desordem, obscuridade de pensamentos – em suma, em tudo se mostrava claramente a oca natureza masculina, natureza grosseira, pesada, incapaz de aconchego doméstico ou de convicções íntimas, desleal, indolente, cheia de dúvidas intermináveis e eternos receios. Eles teimavam que tudo isso era absurdo, que o rapto da filha do governador era uma proeza mais própria de hussardo do que de civil, que Tchítchicov não faria semelhante coisa, que as mulheres são mentirosas, que mulher é como saco: o que puserem nele, carrega, e que o objeto principal, aquele ao qual se devia dar toda a atenção, eram as almas mortas, que, aliás, só o Diabo sabia o que significavam, mas que uma coisa era certa, e era que nelas se ocultava alguma coisa nada boa e assaz suspeita.

A razão por que os homens desconfiavam de que nas almas mortas se ocultava alguma coisa nada boa e assaz suspeita saberemos em seguida: um novo governador-geral acabava de ser designado para aquela província – um acontecimento que, como sabemos, precipitava o funcionalismo num estado de forte tensão: logo começariam as impugnações, repreensões, vitupérios e toda sorte de remédios amargos com que os chefes gostam de brindar os seus subordinados no serviço público. "E agora?", pensavam os funcionários. "Basta só que ele fique sabendo que espécie de boatos estúpidos correm pela nossa cidade, que só por isso ele é capaz de nos passar um sabão de murchar as orelhas!" O inspetor dos serviços médicos empalideceu de repente – imaginou sabe-se lá o quê: quem sabe se as palavras "almas mortas" não se refeririam aos doentes, mortos em grande quantidade durante a epidemia de febre maligna, contra a qual não tinham sido tomadas medidas adequadas, e se Tchítchicov não seria um funcionário do próprio gabinete do governador-geral, enviado incógnito para fazer uma investigação secreta? Comunicou seus receios ao presidente. O presidente respondeu que isso era tolice, mas logo em seguida empalideceu por sua vez, fazendo-se estas perguntas: E se as almas compradas por Tchítchicov fossem mesmo mortas? E ele, que permitira registrá-las em contrato, e ainda servira pessoalmente como procurador de Pliúchkin? E se isso chegasse ao conhecimento do novo governador-geral? E então?! Bastou apenas que ele mencionasse essas perguntas a uns e a outros, e uns e outros empalideceram também: o medo é mais contagioso do que a peste e dissemina-se num ápice. Súbito, todos encontraram em si mesmos uma série de pecados que nem mesmo existiam. A expressão "almas mortas" adquiriu de repente conotações tão dúbias, que começaram a desconfiar se não haveria nela uma alusão a certos cadáveres enterrados às pressas em conseqüência de dois acontecimentos mais ou menos recentes.

O primeiro acontecimento deu-se quando uns mercadores de Solvitchegodsk, que tinham vindo para a feira na cidade, ofereceram uma festa pelo término dos negócios aos seus colegas, mercadores de Ustisosolsk, uma comemoração à moda russa com umas invenções à estrangeira: orchatas, ponches, bálsamos e congêneres. A festa, como sói acontecer, terminou em briga. Os de Solvitchegodsk deram cabo dos de Ustisosolsk, embora também tivessem apanhado daqueles uma forte coça no lombo, ilhargas e cocoruto, com marcas atestando o tamanho descomunal dos punhos dos defuntos. Um dos vitoriosos ficou até com o aspirador simplificado rente, segundo a expressão dos próprios combatentes, isto é, ficou com o nariz totalmente esmagado, de modo que do rosto não lhe emergia mais do que meio dedo de altura do que sobrava. Os vencedores reconheceram sua culpabilidade, explicando que haviam passado um pouco da conta; e consta que o seu arrependimento foi reforçado por quatro notas de cem rublos de cada um. De resto, o assunto permaneceu um tanto obscuro: os inquéritos e investigações realizados revelaram que os rapazes de Ustisosolsk tinham morrido de asfixia por fumaça, e por isso foram enterrados assim mesmo, como asfixiados.

O outro acontecimento, relativamente recente, foi o seguinte: os camponeses de propriedade do Estado da aldeola Soberba- Piolhenta, aliando-se aos seus iguais da aldeola de Provoca-Leitão, teriam varrido da face da terra a polícia rural na pessoa do assessor, um tal de Drobiájkin, porque a polícia rural, isto é, o assessor Drobiájkin, deu para visitar a sua aldeia com excessiva assiduidade, o que às vezes era pior do que a febre epidêmica, e a polícia rural, portadora de certas fraquezas do coração, estava sempre de olho nas mulheres e raparigas da aldeia. Na verdade, não se sabe nada ao certo, embora em seus depoimentos os camponeses tivessem declarado com toda a franqueza que o assessor era libertino como um gato, e que mais de uma vez eles o pegaram em flagrante, e uma vez até o expulsaram, nu em pêlo, de uma das isbás onde se tinha introduzido. Naturalmente, a polícia rural merecia castigo pelas suas fraquezas do coração, mas também não era possível inocentar os mujiques de Soberba-Piolhenta e Provoca-Leitão de tomarem a lei em suas próprias mãos, se é que eles estavam realmente implicados no assassinato. Mas o caso permaneceu obscuro – a polícia rural foi encontrado na estrada, o uniforme da polícia rural estava em frangalhos, e, quanto à fisionomia da polícia rural, nem dava para reconhecê-la. O caso rolou por diversos tribunais e acabou indo parar no Fórum da capital do distrito, onde foi julgado em sessão privada, de acordo com o seguinte raciocínio: como não se sabe quais dentre os camponeses realmente participaram, considerando que eles são muitos; e como Drobiájkin já é um homem morto, portanto não levará muita vantagem se ganhar a causa; e como os mujiques ainda estão vivos – uma sentença favorável é para eles bastante importante; considerando tudo isso, tomou-se esta decisão: que o assessor Drobiájkin foi o causador da sua própria morte, por ter oprimido os camponeses de Soberba-Piolhenta e Provoca-Leitão, e morreu durante a viagem de volta, no seu trenó, de um ataque apoplético.

Parecia que o caso estava bem-arrematado, mas os funcionários, por motivos ignorados, começaram a pensar que era justamente daquelas almas mortas que se tratava. Aconteceu então que, como se fosse de propósito, naquele momento em que os senhores funcionários já estavam bastante aborrecidos com as novas preocupações que tinham, chegaram às mãos do governador, simultaneamente, dois ofícios. Um deles dizia que, segundo informações e denúncias recebidas, encontrava-se no seu distrito um falsificador de notas bancárias, que se ocultava sob nomes diversos; e ordenava que se instaurasse imediatamente um rigoroso inquérito. O outro ofício, procedente do governador do distrito vizinho, informava que de lá fugira, escapando ao processo legal, um perigoso bandido, e que, se nesse distrito aparecesse algum homem suspeito, que não tivesse apresentado quaisquer passaportes ou documentos de identidade, ele deveria ser imediatamente detido.

Estes dois ofícios deixaram todo mundo atordoado. As conclusões e hipóteses anteriores caíram por terra. Está claro que de maneira alguma se poderia supor que qualquer um desses casos tivesse qualquer relação com Tchítchicov. E, no entanto, cada qual, quando se pôs a pensar pelo seu lado, lembrou que de fato ainda não sabia quem era na realidade esse Tchítchicov; que ele mesmo se referia de um modo bastante vago à sua própria pessoa: dizia, é verdade, que sofrera a bem do serviço público, mas tudo isso de um modo pouco claro; e, quando se lembraram então de que ele até comentara que tinha muitos inimigos, que haviam chegado até a atentar contra sua vida, ficaram ainda mais pensativos: quer dizer que a vida dele estivera em perigo, quer dizer que ele fora perseguido, quer dizer que decerto ele cometeu alguma coisa que... mas quem é ele, afinal de contas? É claro que ninguém iria pensar que ele fosse capaz de falsificar papel-moeda, e, muito menos, de ser bandido: todo o seu aspecto desmentia isso; mas, apesar de tudo, quem era ele, afinal de contas?

E então, finalmente, os senhores funcionários fizeram-se a pergunta que deveriam ter-se feito no começo, isto é, no primeiro capítulo deste poema. Decidiram fazer algumas indagações junto às pessoas que haviam vendido as almas, para ao menos ficarem sabendo que espécie de compra era aquela, e o que exatamente se deveria entender por aquelas almas mortas, e se o comprador não explicara a algum deles, mesmo sem querer, mesmo de passagem, quais eram as suas verdadeiras intenções, e se não revelara a alguém quem ele era, na realidade.

Em primeiro lugar, dirigiram-se a Koróbotchka, mas pouca coisa conseguiram aí, pois ela só contou que o homem pagara quinze rublos pelo lote, e que comprava penas também, e que prometera comprar muitas outras coisas, e que fornecia também sebo ao Estado, e que por isso mesmo devia ser um malandro, porque ela já conhecera um que comprava penas e fornecia sebo ao Estado, e que tinha enganado todo mundo, e que engazopara a mulher do protopope em cem rublos. E tudo o mais que ela disse não passava de repetição das mesmas coisas, de modo que os funcionários perceberam que a Koróbotchka não passava de uma velha tola.

Manílov respondeu que punha a mão no fogo por Pável Ivánovitch, como se fosse por si mesmo, que estaria pronto a sacrificar tudo o que tinha em troca de uma centésima parte das virtudes de Pável Ivánovitch, e de um modo geral referiu-se a ele nos termos mais lisonjeiros, acrescentando alguns pensamentos a respeito da amizade, já com os olhos entre-fechados. Esses pensamentos explicaram, sem dúvida, os ternos impulsos do coração de Manílov, mas não forneceram aos funcionários esclarecimento algum sobre o problema em questão.

Sobakêvitch respondeu que, na sua opinião, Tchítchicov era um homem de bem, e que os camponeses que ele lhe vendera eram escolhidos a dedo e completamente vivos em todos os sentidos; mas que ele não podia responsabilizar-se pelo que acontecesse dali para diante, que, se eles morressem todos na estrada durante a transferência, a culpa não seria dele, e sim da vontade de Deus, e que no mundo existem não poucas febres e doenças mortais, e que existem casos em que perece a população de aldeias inteiras.

Os senhores funcionários recorreram ainda a outro método, não muito nobre, mas que costuma ser empregado de quando em quando: procurar por meios indiretos, por intermédio de toda sorte de relações entre a criadagem, sondar os criados de Tchítchicov sobre o que eles sabiam a respeito da vida pregressa e condições antigas do seu patrão. Mas aí também conseguiram descobrir pouca coisa. De Petruchka só perceberam o forte odor que sempre o acompanhava, e de Selifan, souberam que o patrão tinha sido funcionário público civil e que havia servido na Alfândega, e nada mais. Gente dessa classe tem um costume assaz estranho: quando lhes perguntam alguma coisa diretamente, nunca se lembram de nada, não conseguem reunir as idéias, e até respondem simplesmente que não sabem nada. Agora, se lhes perguntarem qualquer outra coisa, então voltam ao assunto e soltam tudo com mil pormenores que nem interessam a ninguém. Todas as pesquisas empreendidas pelos funcionários só lhes revelaram uma coisa: que a única coisa certa era que eles não sabiam nada a respeito de Tchítchicov, e que, no entanto, ele com toda a certeza devia ser alguém, apesar de tudo.

Por fim, resolveram convocar uma reunião para a discussão definitiva do momentoso assunto, a fim de decidir pelo menos o que e como fazer, e que medidas empreender, e que espécie de pessoa exatamente ele era: um homem que devia ser agarrado e detido como um mal-intencionado, ou um homem que poderia, ao contrário, agarrá-los e detê-los a eles, como uns mal-intencionados. Para esse fim, resolveram fazer uma reunião especial em casa do chefe de polícia, pai e benfeitor da cidade, já conhecido dos leitores.

CAPÍTULO X

Tendo-se reunido em casa do chefe de polícia, pai e benfeitor da cidade, já conhecido dos leitores, os funcionários tiveram a oportunidade de observar mutuamente que tinham até emagrecido por causa de todas essas preocupações e inquietações. E, com efeito, a nomeação do novo governador-geral, mais aqueles ofícios de tão grave teor, acrescidos daqueles boatos mirabolantes, tudo isso deixou marcas visíveis nos seus rostos e os fraques de muitos ficaram perceptivelmente mais folgados no corpo. Todos estavam abatidos: o presidente emagrecera, o inspetor do Serviço de Saúde emagrecera, o procurador emagrecera, e um certo Semion Ivánovitch, que nunca era chamado pelo nome de família, e que ostentava no dedo indicador um anel que gostava de mostrar às senhoras, até ele emagrecera. É verdade que, como sempre acontece, havia também alguns homens da laia dos destemidos, que não perderam o sangue-frio – mas eram bem poucos: de fato, o chefe dos Correios era o único. Só ele não se deixava abalar no seu perfeito equilíbrio e sempre costumava dizer em casos semelhantes:

– Nós aqui os conhecemos bem, esses senhores governadores-gerais! Já os vi passarem por aqui e serem substituídos – uns três ou quatro deles –, enquanto eu, meus senhores, eu já estou aqui, neste lugar, há trinta anos!

Ao que os outros funcionários geralmente respondiam:

– Para ti é fácil falar, "Sprechen-Sie-Deutsch" Ivan Andrêievitch: o teu serviço é o correio, tudo o que tens a fazer é receber e despachar correspondência. Quando muito, podes fazer a malandragem de fechar o expediente uma hora mais cedo, ou cobrar um dinheirinho de um comerciante pela expedição de uma carta trazida fora de hora, ou expedir alguma encomenda que não era para ser expedida. Num serviço desse qualquer um pode ser santo. Mas eu só queria ver se o Diabo começasse a tentar-te todos os dias – tu nem queres nada, não pedes nada, mas ele te oferece, te impinge, te dá sem pedires. Tua vida é fácil, tens só um filhinho, mas comigo é diferente, Deus abençoou minha Prascóvia Fiódorovna, não deixa passar um ano sem lhe mandar ora uma Praskuchka, ora um Petruchka. No meu lugar a tua cantiga também seria outra.

Assim falavam os funcionários. Agora, se é ou não é possível resistir às tentações do Diabo, é assunto fora da alçada do autor.

Na assembléia aqui reunida notava-se a ausência daquela coisa indispensável que o povo chama de bom senso. A verdade é que nós não fomos criados para as sessões representativas. Em todas as nossas reuniões, a começar pelos conselhos rurais de camponeses, até as comissões científicas e quejandas, se não podemos contar com uma cabeça segura para dirigir tudo, o que acontece é uma grande confusão. É até difícil explicar a causa disso: deve ser da própria índole do nosso povo, que só consegue realizar conselhos bem-sucedidos quando se trata de organizar uma ceia ou festança, clubes e jogatinas à moda estrangeira. E, no entanto, a disposição existe, quiçá para qualquer tipo de empreendimento: num ápice, estamos prontos a fundar sociedades beneficentes, estimulantes e sabe-se lá que outras. As finalidades são sempre maravilhosas, mas sempre acaba não saindo nada. Pode ser que isso aconteça porque, de repente, damo-nos por satisfeitos bem no começo e já achamos que tudo está realizado. Por exemplo, tendo planejado alguma sociedade em benefício dos indigentes, e tendo reunido vultosas contribuições em dinheiro, imediatamente, para comemorar tão meritória ação, oferecemos a todas as altas autoridades da cidade um almoço, pelo preço, está claro, da metade da soma arrecadada; e, com o que restou, aluga-se imediatamente uma excelente sede para a comissão organizadora, com guardas e calefação, após o que, de tudo o que foi arrecadado, sobram para os pobres cinco rublos e meio; e mesmo sobre a distribuição destes nem todos estão de acordo, cada qual quer favorecer alguma comadre sua.

Em todo caso, a reunião que se realizava agora era de uma espécie totalmente diversa: organizara-se em conseqüência de uma necessidade premente. Não se tratava de quaisquer pobres ou indigentes, o caso dizia respeito a cada um dos funcionários em pessoa, tratava-se de um perigo que ameaçava a todos por igual; de modo que aqui o ambiente deveria ser de maior unanimidade, mais íntimo. No entanto, não aconteceu nada disso.

Já sem falar nas divergências inerentes a todos os conselhos, revelou-se nas opiniões dos presentes uma insegurança até incompreensível: um dizia que Tchítchicov era falsificador de notas bancárias do Estado, para logo em seguida acrescentar: "Mas também pode ser que não seja"; outro afirmava que ele era funcionário do gabinete do governador-geral, e completava imediatamente: "De resto, sabe-se lá, afinal ele não tem um carimbo na testa". A hipótese de ser ele um bandido encontrou repulsa geral; todos acharam que, além do seu aspecto exterior de pessoa de boas intenções, sua conversa também não continha nada que sugerisse um homem capaz de ações violentas.

De repente, o chefe dos Correios, que ficara durante alguns minutos mergulhado em reflexões, fosse por uma súbita inspiração, fosse por outro motivo, exclamou inesperadamente:

– Meus senhores, sabeis quem ele é?

O tom de voz em que foi enunciada essa exclamação continha algo de estarrecedor, de modo que obrigou todos a gritarem ao mesmo tempo:

– Quem é?!

– Ele é, meus senhores, ele é – o Capitão Kopêikin!

E quando todos perguntaram, a uma voz, quem era esse tal de Capitão Kopêikin, o chefe dos Correios falou:

– Com que então não sabeis quem é o Capitão Kopêikin?

Todos responderam que não sabiam, que ignoravam por completo quem poderia ser o Capitão Kopêikin.

– O Capitão Kopêikin – disse o chefe dos Correios, entreabrindo a sua tabaqueira só até a metade, com receio de que algum dos presentes enfiasse nela seus dedos, sobre cuja limpeza ele alimentava dúvidas, tendo até o hábito de comentar: "Sei lá, meu velho, onde é que andaste metendo esses teus dedos! E o tabaco é coisa que requer asseio". – O capitão Kopêikin... – repetiu ele, já cheirando o rapé –, mas, um momento: se eu contar a história toda, pode resultar algo sobremaneira interessante, de certo modo quase um poema, digno da pena de algum escritor.

Todos os presentes manifestaram o desejo de conhecer essa história, ou, como se expressara o chefe dos Correios, algo sobremaneira interessante, de certo modo quase um poema, digno da pena de algum escritor, e ele começou como segue:

HISTÓRIA DO CAPITÃO KOPÊIKIN

– Após a campanha de 1812, meu senhor – começou o chefe dos Correios, muito embora na sala não houvesse apenas um senhor, mas seis senhores –, após a campanha de 1812, um certo Capitão Kopêikin foi recambiado com uma leva de feridos. Não me recordo se foi em Krásnoie ou em Leipzig, mas o fato é, imagine só, que ele havia perdido um braço e uma perna. Bem, naquele tempo não existia ainda nenhuma dessas disposições, está entendendo? a respeito dos feridos de guerra: esse tal fundo dos inválidos foi criado, de certo modo, muito mais tarde. O Capitão Kopêikin viu-se na necessidade de trabalhar, mas acontece que, está compreendendo? ele só tinha o braço esquerdo. Então tentou pedir ajuda ao pai, mas o pai respondeu: "Não posso alimentar-te, mal consigo", imagine só, "ganhar o pão para mim mesmo". E aí o meu Capitão Kopêikin resolveu, meu senhor, deslocar-se para Petersburgo, a fim de fazer uma solicitação ao imperador, a ver se quem sabe conseguia algum favor monárquico. Pretendia dizer que "foi assim e assado, de certo modo, por assim dizer, eu lutei, arrisquei a vida, derramei meu sangue..." Bem, meu senhor, ele conseguiu, aos trancos e barrancos, em trens de carga ou em carros da Intendência, chegar a Petersburgo. Então, pode imaginar: um Capitão Kopêikin qualquer vem parar de repente numa capital como não existe outra, por assim dizer, no mundo inteiro! Viu-se de súbito num outro mundo, um tipo de vida, por assim dizer, uma verdadeira Sheherazade. De repente, imagine, uma Perspetiva Niévski, ou, sei lá, uma Rua das Ervilhas, ou, imagine, a tal Rua da Fundição, o diabo! E ali a "agulha" do Almirantado espetando o céu, e acolá umas pontes penduradas por artes do Diabo, imagine só, sem apoio nenhum – numa palavra, meu senhor, uma cidade de Semíramis, e é só! Foi procurar um alojamento para alugar, mas tudo aquilo até morde de tão caro: cortinados, alfombras, um inferno, está entendendo? tapeçarias, a Pérsia em pessoa. Anda-se e pisa-se, por assim dizer, sobre verdadeiros capitais. Simplesmente, caminha-se pela rua, e o nariz só sente o cheiro de milheiros de rublos. Mas toda a fortuna do meu capitão consiste numa mísera dezena de notas azuis. Afinal, conseguiu ajeitar-se numa estalagem de Revel por um rublo diário, com um almoço que é um prato de sopa de repolho com um pedaço de carne batida. Percebeu que não dava para viver assim. Pôs-se então a indagar a quem devia dirigir-se. Disseram-lhe que existe, de certo modo, uma comissão, uma espécie de diretório, está enten-

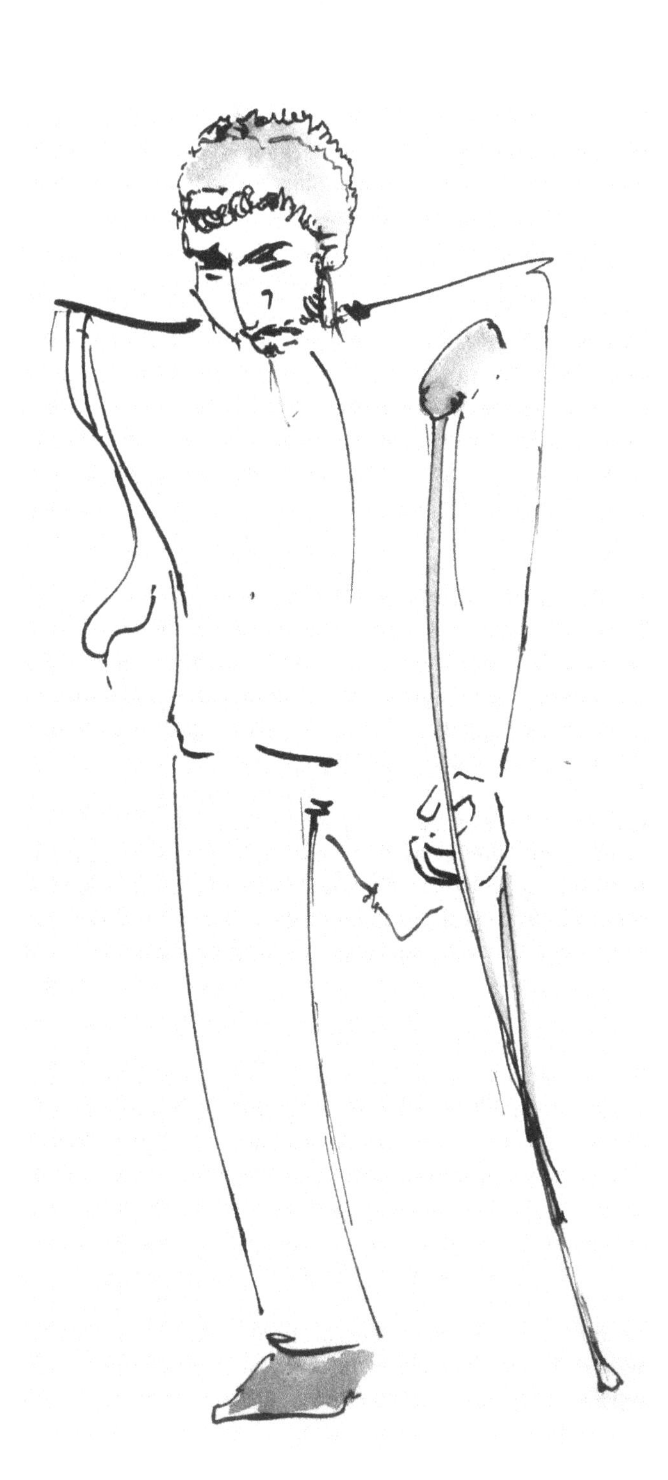

dendo? e o comandante é o general-em-chefe Fulano de Tal. Naquela época, é bom que saiba, meu senhor, o soberano ainda não se encontrava na capital; as tropas, imagine só, ainda não tinham voltado de Paris, estavam todas no exterior. O meu Kopêikin levantou-se bem cedo, raspou como pôde a barba, com a mão esquerda, porque o barbeiro representava de certo modo uma despesa, enfiou o seu surrado uniforme e partiu com a sua perna de pau, imagine só, à procura do próprio comandante, aquele tal fidalgo. Indagou onde poderia encontrá-lo. "Ali", disseram-lhe, mostrando um prédio na avenida marginal do palácio. Um casebre, está entendendo? As vidraças das janelas, imagine só, quais espelhos de cem jardas, de modo que os jarrões e tudo o mais que existe lá dentro parece estar do lado de fora, é só querer que de certo modo dá para alcançar tudo aquilo com a mão, da rua: mármores preciosos forrando as paredes, balaústres de metal, qualquer maçaneta de porta obriga um homem a sair correndo para a venda, comprar dois copeques de sabão e esfregar as mãos umas duas horas, antes de se atrever a pegar nela. Numa palavra, tudo lá é tão polido e brunido, que de certo modo é de enlouquecer. Um simples porteiro tem todo o aspecto de generalíssimo: alabarda dourada, fisionomia de conde, tal e qual um gordo lulu de estimação, colarinhos de cambraia, uma canalhice!... O meu Kopêikin conseguiu arrastar-se como pôde, com a sua perna de pau, escada acima, até a sala de audiências, onde se meteu logo num canto, todo espremido, para não roçar com o cotovelo, pode imaginar, alguma América ou Índia – um vasão assim, todo de porcelana dourada, está entendendo? Bem, pode imaginar que ele ficou esquentando o lugar ali, de pé, até fartar-se porque ainda teve o azar de chegar numa hora, está entendendo? em que o general de certo modo estava acabando de se levantar da cama e o camareiro lhe estava trazendo quem sabe alguma bacia de prata, está entendendo? para toda sorte de abluções. Lá ficou o meu Kopêikin esperando durante umas quatro horas, quando por fim entrou um ajudante-de-ordens ou qualquer outro tipo de funcionário de plantão. "O general", disse ele, "vai aparecer logo na sala de audiências". A sala de audiências, nesse meio tempo, já se enchera, está entendendo? de mais gente do que feijões num prato. E todos aqueles ali, está entendendo? não são como nós aqui, escravos: lá é tudo funcionário de classe quatro e cinco, comandante, meu senhor, e aqui e acolá havia até um gordo macarrão a enfeitar as dragonas: o generalato, por assim dizer. No mesmo instante perpassou pela sala assim como uma leve agitação, como algum zéfiro ligeiro. Aqui e ali ouviu-se um "psst, psst", e por fim tudo caiu num silêncio terrível. Entrou o fidalgo. Bem, pode imaginar, meu senhor, um representante do próprio Estado! No seu rosto, pode imaginar, havia uma, por assim dizer – bem, de acordo com a sua posição, está entendendo?... um alto dignitário... uma expressão assim mesmo, está entendendo?... Toda aquela gente reunida na sala de audiências perfila-se no mesmo instante: todos esperam, tremem, aguardam a decisão, por assim dizer, do seu destino. O ministro, ou fidalgo, aproxima-se ora de um, ora de outro: "O que deseja? E o senhor, o que deseja? O que vem pedir? Qual é o seu assunto?" Finalmente, meu senhor, chegou a vez de Kopêikin. E Kopêikin, tomando fôlego: "Assim e assado, Vossa Excelência, derramei meu sangue, perdi, por assim dizer, pernas e braços, não posso trabalhar e tomo a liberdade de solicitar a benevolência do monarca". O ministro vê o homem de perna de pau, a manga direita vazia, presa ao peito da farda: "Está bem", responde, "pode voltar daqui a uns dias". O meu Kopêikin sai de lá quase entusiasmado: um, que teve a honra de merecer uma audiência, por assim dizer, com o fidalgo mais eminente; e dois, que agora, por assim dizer, ia-se decidir finalmente alguma coisa quanto à sua pensão de inválido. E nesse espírito, está entendendo? ele saiu capengando aos saltos pela calçada. Entrou na taverna de Pálkin para um cálice de vodca, almoçou, meu senhor, no Restaurante London, encomendou uma almôndega com alcaparras, pediu um frango com toda sorte de floreios, consumiu uma garrafa de vinho, à noite foi ao teatro – em suma, está entendendo? fez uma farrinha. Ao sair, andando pela calçada, viu uma espécie de inglesa, esguia como um cisne, imagine só, e o meu Kopêikin – o sangue dele já estava, sabe, esquentado – já ia correr atrás da dama, com a perna de pau martelando pela calçada, mas mudou de idéia: "Não, não", pensou, "vou esperar até receber a minha pensão, agora já andei gastando demais". E assim, meu senhor, uns três ou quatro dias mais tarde, lá se foi o meu Kopêikin novamente ao gabinete do ministro, esperou que ele aparecesse, e tornou a falar com ele: "Assim e assado", disse, "voltei para conversar, para ouvir as ordens de Vossa Excelência no que se refere aos ferimentos por mim sofridos e às moléstias...", e por aí além, está entendendo? num estilo adequado. O fidalgo, pode imaginar, reconheceu-o imediatamente: "Ah, sim", falou, "está bem", falou, "mas desta vez ainda não lhe posso dizer nada, a não ser que terá de aguardar a chegada do soberano; então, sem a menor dúvida, serão tomadas as providências e expedidas as ordens a respeito dos feridos; mas sem a vontade, por assim dizer, imperial, não posso fazer nada". Uma saudação, está entendendo? e adeus. Kopêikin, pode imaginar, saiu de lá na mais infame das situações. Ele, que já estava pensando que no dia seguinte mesmo ia sair o seu dinheiro: "Aqui tens, meu caro, come, bebe e alegra-te". E, ao invés disso, mandam-no esperar, sem ao menos marcar qualquer prazo. Daí ele saiu de lá mais murcho do que um cachorro que o cozinheiro acaba de enxotar com um balde de água no lombo: rabo entre as pernas, orelhas caídas. "Ah, não", pensava consigo mesmo, "vou voltar para lá, vou explicar que estou no fim do meu último pedaço de pão, se não me ajudam terei de morrer, de certa maneira, de fome." Em suma, meu senhor, ele tornou a voltar para a marginal do palácio. Responderam-lhe: "Impossível, ele não recebe, volte amanhã". No dia seguinte – a mesma coisa. E o porteiro nem quer olhar mais para ele. E, nesse meio tempo, está entendendo? das suas dez notas azuis no bolso só resta uma. Antes, uma vez ou outra, ele comia sopa de repolho, um naco de carne de boi, mas agora só compra na vendinha um arenque qualquer ou um pepino salgado e alguns copeques de pão – numa palavra, o desgraçado já está passando fome. Mas nem por isso deixa de sentir um apetite de lobo. Quando passa perto dum daqueles restaurantes – o cozinheiro, lá, pode imaginar, é estrangeiro, um desses franceses de fisionomia escanhoada, roupa holandesa, avental alvo como a neve, e está preparando algum "fenzérve[1]", almôndegas com trufas – numa palavra, um "supé-delicatés[2]" tamanho que o meu capitão fica com água na boca e tem vontade até de se comer a si mesmo, de tanto apetite. E, ao passar pelas vitrinas dos Armazéns Miliútin, espia pelas vidraças, por assim dizer, aqueles esturjões enormes, cerejinhas a cinco rublos cada, uma melancia gigante, verdadeira carruagem-diligência, à espera do trouxa que pague cem rublos por ela – em suma, a cada passo uma tentação maior que a outra, a boca se enche de água, e tudo o que ele ouve é – "volte amanhã". Pois pode imaginar, meu senhor, a situação do coitado: aqui, por um lado, por assim dizer, está o esturjão e a melancia, e pelo outro, oferecem-lhe sempre o mesmo prato: "amanhã". Por fim, a coisa ficou, de certo modo, insuportável para o infeliz, e ele decidiu tomar a cidadela de assalto, está entendendo? Esperou diante da porta até

1. *Fines Herbes* (ervas finas): referência à clássica omelete francesa em linguagem abastardada. (N. da T.)

2. *Souper Déticatesse* (jantar finíssimo), outra expressão francesa mal pronunciada. (N. da T.)

chegar algum outro solicitante e então conseguiu esgueirar-se com a sua perna de pau, junto com um general qualquer, até a sala de audiências. O ministro apareceu, como de costume: "O que deseja? O que deseja?" "Ah!", disse, vendo Kopêikin, " eu já não lhe disse que deve aguardar a decisão?" "Perdoe-me, Excelência, mas eu estou, por assim dizer, sem um pedaço de pão..." "E o que quer que eu faça? Eu não posso fazer nada: trate de ajudar-se sozinho, por enquanto, procure encontrar recursos próprios." "Mas Vossa Excelência pode julgar, sozinho, de certo modo, que espécie de recursos eu posso encontrar, sem uma perna e um braço." "Mas", disse o dignitário, "convenha que eu não posso sustentá-lo, de certo modo, por minha própria conta; tenho muitos feridos, todos com direitos iguais... Arme-se de paciência. Quando o soberano chegar, dou-lhe a minha palavra de honra de que Sua Majestade, na sua benevolência, não o deixará ao abandono." "Mas, Excelência, eu não posso esperar", disse Kopêikin, e falou, de certa maneira, sem delicadeza. O fidalgo, está entendendo? começou a ficar agastado. E realmente, imagine só, a sala está cheia de generais aguardando decisões, ordens; assuntos, por assim dizer, de importância, negócios de Estado, necessitando de execução imediata – cada minuto perdido pode ser decisivo –, e aqui está esse demônio importuno que insiste e não desiste. "Desculpe-me", falou o fidalgo, "não tenho tempo, tenho negócios mais importantes que o seu à minha espera". Era uma insinuação, por assim dizer sutil, de que estava na hora de Kopêikin se retirar. Mas o meu Kopêikin, está entendendo? com a fome a espicaçá-lo, responde: "Como queira Vossa Excelência, mas eu não saio deste lugar até que Vossa Excelência me dê uma solução". Bem, pode imaginar, responder deste modo a um fidalgo daquele, a quem basta dizer uma palavrinha, e o sujeito sai voando aos trambolhões, até que nunca mais seja encontrado... Mesmo aqui, se um funcionário, um só grau abaixo do nosso, nos diz uma coisa dessa, isso já se considera uma afronta... Imagine só ali, meu senhor, as proporções, as relações naquele caso: um general-em-chefe e um Capitão Kopêikin qualquer! Noventa rublos e um zero! O general, está entendendo? só lhe lançou um olhar – e um olhar de general, está entendendo? é uma arma de fogo: olhou, e o coração de qualquer um já não está mais lá, já saltou do peito. Mas o meu Kopêikin, imagine só, agüentou firme, ficou ali plantado no mesmo lugar sem se mexer, criou raízes. "O que é que está fazendo aí?", disse o general, e começou a perder as estribeiras. De resto, dizer a verdade, o general até que foi bastante benevolente: outro ter-lhe-ia pregado tamanho susto, que o deixaria tonto por três dias seguidos, mas este disse apenas: "Está bem, se acha que a vida aqui é muito cara, se não consegue morar na capital esperando tranqüilamente pela solução do seu caso, vou mandá-lo para fora por conta do Estado. Quero um postilhão aqui, já! Despachar este indivíduo para o lugar de residência, já!" O tal do postilhão já estava lá, a postos: um rapagão de sete pés de altura, dono de umas manoplas, pode imaginar, já feitas pela própria natureza para esse tipo de serviço, um verdadeiro brutamontes... E assim o nosso servo de Deus foi agarrado, meu senhor, e atirado numa carreta de posta, em companhia do postilhão. "Ora", pensou Kopêikin com os seus botões, "pelo menos não preciso pagar pela viagem, já é alguma coisa, obrigado". E assim, meu senhor, lá se foi ele viajando de postilhão, e, viajando de postilhão, foi raciocinando, por assim dizer, consigo mesmo: "Se o general mandou que eu procurasse meus próprios recursos para me ajudar sozinho, muito bem, é o que vou fazer, vou achar meus próprios recursos!" Pois bem, de que maneira ele foi levado e para onde, são coisas que ninguém sabe. E assim, está entendendo? quaisquer notícias sobre o paradeiro e o destino do Capitão Kopêikin caíram no rio do olvido, um Letes[3] qualquer, como dizem os poetas. Mas com sua licença, meus senhores, é justamente neste ponto que começa, por assim dizer, o fio, a trama inicial do romance. De modo que ninguém soube onde fora parar o Capitão Kopêikin. Mas imaginem só, não passaram nem dois meses, quando apareceu nas florestas de Riazan uma quadrilha de bandidos, e o chefe desta quadrilha era, meu senhor, nenhum outro senão...

– Mas com licença, Ivan Andrêievitch – disse de repente, interrompendo-o, o chefe de polícia –, tu mesmo não acabaste de dizer que o Capitão Kopêikin não tem um braço e uma perna, enquanto Tchítchicov...

Aqui o chefe dos Correios soltou uma interjeição e aplicou sonoro tapa em sua própria testa, chamando-se a si mesmo, de público, de pedaço de asno. Não conseguia compreender como fora possível que essa circunstância não lhe tivesse vindo à cabeça logo no princípio do relato, e confessou que era muito bem fundado e justo o provérbio que diz: "A esperteza do russo chega com atraso". Mas, um minuto mais tarde, ele mesmo já tentava uma esperteza para tirar o corpo e consertar a gafe, comentando que, entretanto, na Inglaterra a ciência mecânica já estava muito aperfeiçoada, e

3. Um dos rios do inferno; seu nome significa esquecimento. (N. da E.)

que saíra nos jornais que um inglês tinha inventado umas pernas de pau tão perfeitas, que bastava acionar uma pequena mola invisível, e pronto, elas carregavam a pessoa tão depressa e tão longe, que depois era até difícil encontrá-la.

Mas todos continuavam duvidando de que Tchítchicov fosse o Capitão Kopêikin, e achavam que o chefe dos Correios levara longe demais a sua hipótese. De resto, eles mesmos não ficaram para trás, e, estimulados pela brilhante suposição do chefe dos Correios, quase que foram parar mais longe ainda. Entre diversas hipóteses bastante interessantes surgiu por fim uma, que fica até estranho mencionar: se não seria Tchítchicov outro senão Napoleão disfarçado; que há muito tempo os ingleses invejam à Rússia a sua extensão e vastidão, ao ponto de já terem aparecido caricaturas onde se via um russo conversando com um inglês: o inglês está de pé, com a mão atrás das costas, segurando um cão, e o cão representa Napoleão, e o inglês diz ao russo: "Olha aqui, cuidado, se não te comportas, solto o cachorro em cima de ti!" E então, quem sabe agora eles soltaram o cão da ilha de Santa Helena e o açularam sobre a Rússia, e agora ele está penetrando na Rússia como Tchítchicov, mas na realidade não é Tchítchicov coisa nenhuma.

Está claro que os funcionários não acreditaram nisso; todavia, ficaram pensativos, e cada um, examinando o caso consigo mesmo, achou que o rosto de Tchítchicov, se ele se virasse e ficasse de lado, lembrava muito o retrato de Napoleão. O chefe de polícia, que estivera na campanha de 1812 e vira Napoleão em pessoa, não podia sequer deixar de confessar no seu íntimo que Napoleão não era mais alto do que Tchítchicov, e que a sua compleição física também era do tipo que não se pode chamar de gordo demais, mas tampouco se pode dizer que seja magro demais.

Pode ser que alguns leitores achem tudo isso inverossímil; o autor também está disposto a concordar com eles que tudo isso é inverossímil. Mas, como que por desaforo, tudo se passou exatamente assim como está sendo contado, e é tanto mais espantoso quanto a cidade de N. não ficava perdida no interior do país, mas, pelo contrário, localizava-se na proximidade de ambas as capitais. De resto, é preciso não esquecer que tudo isso se passou pouco depois da famosíssima expulsão dos franceses. Naquela época todos os nossos proprietários rurais, funcionários civis, comerciantes, taberneiros e todos os letrados e até os iletrados transformaram-se, pelo período de pelo menos oito anos, em políticos. *As Notícias de Moscou* e o *Filho da Pátria* eram lidos e relidos sem dó nem piedade, e chegavam às mãos do último leitor em frangalhos imprestáveis para qualquer uso. Em lugar das perguntas: "A como vendeu a medida de aveia, meu velho? Como aproveitou a primeira neve de ontem?", as pessoas diziam: "Que é que dizem os jornais? Será que não deixaram Napoleão fugir da ilha outra vez?" Os comerciantes tinham muito receio disso, porque acreditavam piamente no vaticínio de um certo profeta, encarcerado já havia três anos. Esse profeta viera não se sabe de onde, de alpercatas e peliça em cima da pele, fedendo a peixe podre, e anunciava que Napoleão era o Anticristo e estava preso numa corrente de pedra, atrás de seis muros e de sete mares, mas que mais tarde romperia a corrente e dominaria o mundo inteiro. Graças a essa profecia, o profeta foi parar, como era de esperar, na cadeia, mas nem por isso a sua profecia deixou de fazer efeito e de causar a maior confusão entre os mercadores. Durante muito tempo ainda, até no meio dos mais lucrativos negócios, os comerciantes, comemorando-os na estalagem, a bebericar o seu chá, continuavam a falar do Anticristo. Muitos dos funcionários, e dos nobres também, não conseguiam deixar de pensar nisso, e, contaminados pelo misticismo que, como se sabe, andava em grande moda naquele tempo, viam em cada uma das letras que compunha o nome "Napoleão" algum significado oculto; muitos até descobriram nele números apocalípticos. De maneira que não há nada de surpreendente no fato de os funcionários terem ficado pensativos quanto a este ponto. Logo, porém, caíram em si, percebendo que a sua imaginação estava tomando o freio nos dentes, e que tudo aquilo não era nada disso. Pensaram, pensaram, ponderaram, ponderaram, e decidiram por fim que não seria mau fazer mais algumas boas perguntas a Nozdriov. Como tinha sido ele o primeiro a trazer à luz do dia a história das almas mortas, e mantinha, como se diz, estreitas relações com Tchítchicov, era de se supor que ele soubesse alguma coisa a respeito da vida do amigo; convinha, pois, tentar mais uma vez e ver o que Nozdriov tinha para contar.

Gente esquisita, esses senhores funcionários, e com eles todas as outras classes: eles sabiam muito bem que Nozdriov era um mentiroso, que não se podia acreditar numa palavra do que ele dizia, nem mesmo na mais ínfima ninharia, e, no entanto, foram recorrer justamente a ele! E vá alguém entender o ser humano! Não acredita em Deus, mas acredita que, se sentir coceira na base do nariz, vai morrer com toda a certeza; deixará passar despercebida uma criação poética, límpida como o dia, toda impregnada de harmonia e de elevada e singela sabedoria, mas atirar-se-á justamente sobre a obra de um poetastro qualquer, confusa, prolixa, onde a natureza é quebrada e distorcida, e disso ele gostará, e gritará encantado: "Ei-lo aqui, ei-lo, o verdadeiro conhecedor dos segredos do coração!" Passa a vida inteira sem dar um copeque furado pelos médicos, mas por fim recorre a alguma curandeira, cujo tratamento consiste em cusparadas e palavras mágicas, ou, melhor ainda, inventa ele mesmo uma infusão qualquer de sei lá que porcarias, a qual, Deus sabe por que razão, parece-lhe ser exatamente o que ele precisa para a sua moléstia. Naturalmente, podemos desculpar em parte os nossos funcionários, por causa da sua situação deveras complicada. Dizem que um homem que se afoga agarra-se a uma palha, e nesse momento ele não tem juízo para pensar que uma palha pode servir quando muito de montaria a uma mosca, enquanto ele pesa cinco arrobas, se não todas as seis; mas esta idéia não lhe passa pela cabeça e ele se agarra à palha. Do mesmo modo os nossos senhores funcionários agarraram-se a Nozdriov.

O chefe de polícia escreveu-lhe imediatamente um bilhete, convidando-o para uma reunião à noite em sua casa, e o ordenança das botas de verniz e atraentes bochechas rosadas saiu incontinênti a trote, segurando a espada, para o alojamento de Nozdriov.

Nozdriov estava ocupado com um trabalho importante. Já havia quatro dias que não saía do quarto, não deixava que ninguém entrasse e recebia o almoço pela janela – numa palavra, ele ficara até magro e esverdeado. Esse trabalho exigia grande atenção: consistia em escolher, de entre algumas dezenas de dúzias de cartas, um baralho completo, mas tão bem marcado, que se pudesse confiar nele como no melhor amigo. Havia trabalho ali para pelo menos mais duas semanas. E, durante esse tempo todo, Porfírio devia limpar o umbigo do filhote de mastim com uma escovinha especial e lavá-lo com sabão três vezes por dia. Nozdriov ficou muito irritado porque vieram perturbá-lo no seu isolamento, e, para começar, mandou o ordenança para o diabo que o carregue; mas, quando leu no bilhete do policial que havia perspectivas de lucro, porque naquela reunião esperava-se a visita de um novato, sossegou no mesmo momento, trancou a porta a chave, meteu um abrigo qualquer e partiu para lá.

Os depoimentos, testemunhos e hipóteses de Nozdriov apresentaram um contraste tão marcante em comparação com os dos senhores funcionários, que até as suas últimas suposições ruíram por terra. Nozdriov era um homem para quem decididamente não existiam dúvidas de qualquer espécie: quão tímidas e vacilantes eram as hipóteses deles, tão firmes e convictas eram as de Nozdriov. Ele respondeu a todas as perguntas sem uma hesitação, declarando que Tchítchicov comprara almas mortas no valor de alguns milhares de rublos, e que ele mesmo lhe fizera uma venda dessa, porque não via motivo algum para deixar de fazê-la. À pergunta se ele não achava que Tchítchicov poderia ser um espião que estava tentando descobrir alguma coisa, Nozdriov respondeu que ele era espião, sim, que já na escola, onde eles tinham sido colegas, o seu apelido era "fiscal", e que por isso alguns companheiros, entre os quais ele mesmo, lhe tinham dado uma ligeira surra, de modo que foi preciso colocar-lhe duzentas e quarenta sanguessugas só na testa –, isto é, ele queria dizer quarenta, as duzentas a mais saíram sozinhas, sem querer.

À pergunta se Tchítchicov não seria falsificador de papel-moeda, respondeu que ele era falsificador, sim, e a propósito disso contou uma anedota a respeito da extraordinária habilidade de Tchítchicov: de como as autoridades souberam que na casa dele havia dois milhões de rublos em notas falsas, selaram-lhe a casa e puseram-lhe guarda, dois soldados em cada porta, e como Tchítchicov substituiu todas as notas numa só noite, de modo que no dia seguinte, quando tiraram os selos, constataram que as notas eram autênticas.

À pergunta se era verdade que Tchítchicov tinha a intenção de seqüestrar a filha do governador, Nozdriov respondeu que sim, e que ele mesmo o tinha ajudado, e que, se não fosse ele, a coisa não teria dado certo – e neste ponto caiu em si e percebeu que tinha mentido à toa, e que podia até prejudicar-se desta maneira, mas já não conseguiu mais segurar a língua. De resto, isso teria sido difícil, porque lhe vieram à cabeça, por si mesmos, pormenores tão interessantes, que não era possível desistir deles: apareceu até o nome daquela aldeia onde se encontrava a igreja paroquial na qual os fugitivos deveriam casar-se, a saber, a aldeia Trukhmatchevka; o sacerdote era o Pope Sídor, que exigira setenta e cinco rublos pela cerimônia, e mesmo assim só porque Tchítchicov ameaçara denunciá-lo por ter casado o farinheiro Mikhailo com a própria comadre, e que ele, Nozdriov, tinha-lhe cedido a sua própria sege e encomendado mudas de cavalos em todas as estações. As minúcias do seu relato chegaram ao ponto de ele citar até os nomes dos cocheiros.

Os funcionários tentaram tocar no assunto relacionado com Napoleão, mas tiveram de se arrepender da tentativa, porque Nozdriov começou a despejar uma enxurrada de disparates que não só não tinham qualquer feição de verdade, como não tinham qualquer feição de coisa nenhuma, de modo que todos os presentes se afastaram dele, com um suspiro. Só o chefe de polícia continuou a escutá-lo durante longo tempo, na esperança de que aparecesse pelo menos qualquer coisa de aproveitável, mas por fim também ele fez um gesto de desânimo e disse: "O diabo que te entenda!" E todos concordaram em que "não adianta o boi ordenhar, que leite ele nunca vai dar".

E assim os funcionários ficaram numa situação ainda pior do que a anterior, e a reunião terminou sem que eles ficassem sabendo quem e o que era Tchítchicov. E ficou claro que espécie de criatura é o ser humano: é sábio, inteligente e sensato em tudo o que se refere aos outros, mas não a ele próprio. Que conselhos prudentes e firmes ele sabe prodigalizar nos momentos difíceis da vida! "Que cabeça lúcida!", grita a multidão. "Que caráter inabalável!" Mas espere só que sobre esta lúcida cabeça desabe alguma desgraça, ou que este caráter inabalável se veja diante de um momento difícil da vida: lá se vai o caráter, e o varão inabalável se transforma num lamentável poltrão, numa criança pusilânime e fraca, ou num molengão, como diria Nozdriov.

Todos esses falatórios, opiniões e boatos produziram, não se sabe por que motivo, um efeito mais forte sobre o pobre do procurador. Produziram, de fato, um efeito tão forte, que ele voltou para casa, começou a pensar, a pensar, e de repente, como se diz, sem mais aquela, morreu. Se foi um ataque de apoplexia, ou outra coisa qualquer que o liquidou, o fato é que, conforme ele estava sentado na cadeira, desabou sem aviso de cara no chão. Como sói acontecer, houve gritos, mãos na cabeça: "Ai, meu Deus!" Mandaram chamar o médico para fazer uma sangria, mas aí viram que o procurador já não passava de um corpo sem alma. E foi só então, entre condolências, que ficaram sabendo que o defunto até que tinha tido uma alma, alma esta que ele, por modéstia, nunca mostrara a ninguém.

E, no entanto, a chegada da morte era tão terrificante no homem pequeno, quão terrificante era no grande homem: aquele que ainda havia pouco andava, movia-se, jogava *whist*, assinava toda sorte de papéis e era visto com tanta freqüência entre os funcionários, com as suas sobrancelhas espessas e seu olho piscante, agora jazia sobre a mesa; o olho esquerdo já não piscava mais, mas uma sobrancelha continuava erguida, parecendo querer exprimir uma espécie de interrogação. O que era que o defunto indagava, para que tinha morrido e para que tinha vivido, isso só Deus sabe.

Mas, afinal de contas, tudo isso é absurdo! Não tem cabimento de espécie alguma! Não é possível que os funcionários pudessem fazer-se tamanho medo, eles próprios! Criar semelhante fantasmagoria, fugir de tal forma à realidade, quando até uma criança percebe do que se trata! Assim falarão muitos leitores, e acusarão o autor de inverossimilhança, ou então chamarão os pobres funcionários de imbecis, porque o homem é generoso no uso da palavra "imbecil" e está pronto a mimosear o próximo com ela vinte vezes ao dia. Basta que se tenha uma parte tola em dez, para ser reconhecido como imbecil, apesar das nove partes boas. É fácil para o leitor emitir julgamentos do alto do seu cômodo mirante, do qual descortina o horizonte e vê tudo o que se passa lá embaixo, onde o homem só consegue enxergar um objeto próximo. Também na história universal da humanidade houve séculos inteiros que aparentemente poderiam ser riscados e apagados como supérfluos. Muitos erros foram cometidos no mundo, erros que hoje, parece, nem uma criança cometeria. Que caminhos tortuosos, obtusos, estreitos, impraticáveis, caminhos que a desviavam para longe, escolheu a humanidade, na ânsia de atingir a verdade eterna, quando diante dela se descortinava uma estrada ampla e reta como o caminho que leva ao santuário magnífico designado para a morada do rei! Era um caminho mais largo e mais suntuoso que todos os outros caminhos, inundado de sol e iluminado por fogos a noite inteira – mas os homens passavam ao largo dele, mergulhados em trevas espessas. E quantas vezes, já levados para ele pela providência divina, ainda assim eles conseguiam desviar-se e perder-se, conseguiam, em plena luz do dia, afundar-se novamente em brenhas intransponíveis, souberam novamente cegar de fumaça os próprios olhos, e, arrastando-se no encalço de fogos-fátuos, conseguiram, enfim, chegar até à beira do abismo, para depois, cheios de terror, perguntarem uns aos outros: onde está a saída, onde está o caminho?

Agora, a geração presente vê tudo com clareza, espanta-se com os erros e zomba da insensatez dos seus antepassados, sem ver que esta crônica foi escrita com o fogo celeste, que cada uma das suas letras brada, que de todos os lados um dedo acusador aponta para ela, para ela mesma, a geração presente. Mas a geração presente ri, e, rindo, orgulhosa e auto-suficiente, dá início a uma nova série de erros e mal-entendidos, dos quais mais tarde zombarão seus descendentes.

Tchítchicov estava totalmente ignorante de todos aqueles acontecimentos. Como que de propósito, naqueles dias ele havia apanhado um ligeiro resfriado – coriza e uma pequena inflamação da garganta, na distribuição das quais é assaz generoso o clima de muitas das nossas capitais de distrito. E, para evitar que se interrompesse – Deus não o permita! – a sua vida sem que ele deixasse descendentes, o nosso herói decidiu que era melhor ficar uns três dias sem sair do quarto. No decorrer desses dias, ele fez incessantes gargarejos com leite e figos, os quais depois comia, e conservou o tempo todo uma almofadinha de camomila e cânfora amarrada à bochecha. Para ocupar o tempo ocioso, fez algumas listas novas e minuciosas dos camponeses que adquirira, chegou mesmo a ler um tomo qualquer da *Duquesa de Lavallière*[4] que achara na mala, examinou toda sorte de objetos e bilhetes que se encontravam no bauzinho, releu alguns deles, e tudo isso deixou-o deveras entediado. Ele não conseguia compreender por que nenhum dos funcionários da cidade viera uma vez que fosse visitá-lo e perguntar pela sua saúde, quando ainda há pouco o pátio da estalagem vivia cheio de carruagens – ora do chefe dos Correios, ora do procurador, ora do presidente. Tchítchicov só encolhia os ombros, perplexo, andando para cá e para lá no seu quarto.

Finalmente sentiu-se melhor e ficou contentíssimo ao perceber que já podia sair para o ar livre. Sem perda de tempo, começou a cuidar da sua toalete; destrancou o bauzinho, encheu um copo de água quente, tirou escova e sabonete e preparou-se para fazer a barba; e já não era sem tempo, que, apalpando o queixo com a mão e lançando um olhar para o espelho, disse: "Eh, que floresta começou a medrar aqui!", e, com efeito, se não era bem uma floresta, o fato é que uma semeadura bastante densa já lhe despontara no queixo e pelas bochechas. Bem escanhoado, começou a enfiar a roupa com rapidez e agilidade, tanto assim que quase pulou fora das calças. E finalmente, vestido, aspergido com água-de-colônia e bem agasalhado, aventurou-se para a rua, não sem antes ter amarrado a bochecha, por medida de precaução.

Sua saída, como sempre acontece com uma pessoa que acaba de sarar, foi muito festiva. Tudo o que se lhe deparava tinha um aspecto risonho: as casas, os mujiques que passavam, aliás de catadura bastante amarradas, já que alguns deles até já tinham tido tempo de trocar alguns sopapos com os seus semelhantes.

Tchítchicov tinha resolvido que a sua primeira visita seria feita ao governador. Durante o caminho, muitos pensamentos lhe vieram

4. Romance da Condessa de Genlis, escritora francesa muito popular na época. (N. da T.)

à mente. A loirinha dançava-lhe na cabeça, a sua imaginação até começou a soltar-se tanto que ele já estava sorrindo e caçoando um pouco de si mesmo. E, nesse agradável estado de espírito, ele chegou ao portão da casa do governador. E já estava no vestíbulo começando a tirar o sobretudo, quando o porteiro o deixou estarrecido com essas palavras totalmente inesperadas:

– Tenho ordem para não recebê-lo.

– O quê? Acho que não me reconheceste! Olha bem para o meu rosto! – disse Tchítchicov, surpreso.

– Como não reconheci? Não é a primeira vez que vejo o senhor – respondeu o porteiro. – Acontece que eu tenho ordens de não receber certas pessoas e de receber todas as outras.

– Mas o que é isso? O que aconteceu? Por que razão?

– Se recebi essa ordem, deve haver uma razão – disse o porteiro, e acrescentou: – Pois é. – E depois disso postou-se diante dele, muito à vontade, deixando de lado aqueles modos prestimosos com que antes se apressava a ajudá-lo a tirar o sobretudo. Parecia estar pensando consigo mesmo: "Eh-eh! Se os patrões te enxotam da sua porta, não deves passar de uma boa ralé!"

"Coisa incompreensível!" pensou consigo Tchítchicov, e dirigiu-se imediatamente para a casa do presidente da Câmara, mas o presidente ficou tão embaraçado ao vê-lo que não conseguiu dizer coisa com coisa e falou de maneira tão desconexa que ambos ficaram encabulados.

Saindo de lá, Tchítchicov ficou matutando pelo caminho, a ver se conseguia entender a que se referiam as palavras do presidente, que alusões estaria fazendo, mas não conseguiu entender nada.

Tentou ainda fazer outras visitas: ao chefe de polícia, ao vice-governador, ao chefe dos Correios, mas todos eles ou não o receberam, ou receberam-no de um modo tão estranho, tão embaraçado, sua conversa era tão forçada e confusa, eles se mostraram tão atrapalhados, que Tchítchicov ficou perplexo e chegou a duvidar da sanidade mental daqueles senhores. Procurou ainda falar com mais algumas pessoas, para tentar descobrir pelo menos algum motivo para tudo aquilo, mas não chegou a descobrir coisa alguma. Como um sonâmbulo, ficou perambulando sem meta pela cidade, incapaz de decidir se fora ele mesmo que enlouquecera ou os funcionários que tinham perdido o juízo, se tudo isso lhe acontecia em sonho, ou se era na vida real que desandara uma insensatez pior que um pesadelo.

Já bem tarde, quase ao pôr-do-sol, ele voltou para a estalagem da qual saíra tão bem disposto, e de puro aborrecimento mandou que lhe trouxessem chá para o quarto. Mergulhado em pensamentos e confusas considerações sobre o absurdo da sua situação, começou a servir-se, quando a porta se abriu de repente e diante dele, sem aviso nenhum, surgiu Nozdriov.

– Bem diz o provérbio: "Para o amigo, sete verstas não é distância!" – falava ele, tirando o gorro. – Eu estava passando, vi luz na janela, e então pensei: "Vou entrar um pouco, decerto ele não está dormindo". Ah, mas que bom que tu estás com o chá na mesa, tomarei uma xicarazinha com muito gosto: hoje, no almoço, empanturrei-me como um porco, já estou até sentindo uma balbúrdia no estômago. Manda encher o cachimbo para mim onde está o teu cachimbo?

– Mas se eu não fumo cachimbo – disse Tchítchicov secamente.

– Deixa disso, como se eu não soubesse que és um fumador inveterado. Ei, lá! Como é mesmo o nome do teu criado? Ei, Vacramei, escuta aqui!

– O nome dele não é Vacramei, e sim Petruchka.

– Como assim? Não tinhas antes um Vacramei?

– Nunca tive Vacramei nenhum.

– É verdade, quem tem um Vacramei é o Deriêbin. Imagina só a sorte do Deriêbin: a tia dele brigou com o filho porque o rapaz se casou com uma serva, e agora passou a propriedade toda para o nome dele! Eu só fiquei pensando que bom seria ter uma tia dessa para as despesas futuras! Mas o que é que há contigo, mano? Por que te afastaste assim de toda a gente, não visitas ninguém, nem nada? Claro, eu sei que estás às vezes muito ocupado com assuntos científicos, que gostas de ler. – Por que caminhos Nozdriov chegara à conclusão de que o nosso herói se ocupava com assuntos científicos e gostava de ler é coisa que confessamos não saber informar, e muito menos o próprio Tchítchicov. – Ah, mano Tchítchicov, se ao menos tivesses visto... olha, aqui, sim, encontrarias alimento para o teu espírito satírico. – Por que razão Tchítchicov tinha um espírito satírico, também é coisa que ignoramos. – Imagina só, mano, em casa do comerciante Perepêndiev, estávamos jogando *gorka*[5], e foi um tal de dar risada! Perepêndiev, que estava comigo, falou: – "Se o Tchítchicov estivesse aqui agora, como ele estaria, sabe?!..." – Tchítchicov nem sabia da existência de nenhum Perepêndiev. – Mas confessa, mano, confessa que agiste como um patife comigo, aquele dia na minha casa, quando jogamos damas: sabes muito bem

5. Jogo de cartas russo. (N. da T.)

que eu tinha ganho a partida... É, sim, mano, tu simplesmente me engazopaste, foi isso mesmo. Mas eu não consigo guardar raiva, o Diabo que me entenda... Outro dia, com o presidente... Ah, sim! Preciso contar-te que na cidade todo mundo está contra ti: estão pensando que fabricas notas falsas, espremeram-me contra a parede, mas eu te defendi com unhas e dentes, até inventei que fomos companheiros de escola, que conheci teu pai, nem queiras saber, enrolei-os para valer.

– Eu?! Fabrico notas falsas?! – exclamou Tchítchicov, dando um pulo na cadeira.

– Dize-me uma coisa, para que os apavoraste daquela maneira? – continuou Nozdriov. – Eles estão meio doidos de medo, imaginam-te bandido e espião, é o diabo! E o procurador até morreu de medo, o enterro é amanhã. Tu não vais? Para dizer a verdade, eles estão é com medo do novo governador-geral, receiam que lhes aconteça alguma coisa por tua causa. Mas a minha opinião quanto ao governador-geral é que, se ele empinar o nariz e começar a fazer-se de muito importante, não vai conseguir nada com a nobreza. A nobreza tem que ser tratada com cordialidade, é o que ela exige, não é certo? Está claro, ele pode trancar-se no seu gabinete e não oferecer nenhum baile, mas o que é que ele ganha com isso? Mas tu, Tchítchicov, eu acho que tu partiste para um negócio arriscado.

– Que negócio arriscado? – perguntou Tchítchicov, inquieto.

– Esse de seqüestrar a filha do governador. Eu, confesso que já contava com isso, palavra que contava! Da primeira vez que vos vi juntos no baile, já pensei comigo: "Eh, não é à toa que o Tchítchicov..." Aliás, acho que fizeste uma escolha errada, não vejo nada de especialmente bonito nela. Mas existe aqui uma outra parenta do Bicússov, essa sim, é uma moça e tanto! Pode-se dizer, um veludo de primeira!

– Mas o que é isso, o que estás dizendo? Como?! seqüestrar a filha do governador, que é isso? – dizia Tchítchicov, de olhos esbugalhados.

– Ora, deixa disso, mano, que homem dissimulado que és! E eu, confesso que vim pelo seguinte: vim disposto a ajudar-te. Seja: vou servir-te de padrinho, ofereço a carruagem e a muda de cavalos, mas com uma condição: tens de emprestar-me três mil rublos. Preciso deles, meu velho, é uma questão de vida ou morte!

Durante toda essa tagarelice de Nozdriov, Tchítchicov esfregou os olhos algumas vezes, procurando convencer-se de que não estava sonhando aquilo. Ele, um falsário, raptor da filha do governador, a morte do procurador, da qual ele teria sido a causa, a chegada do governador-geral – tudo isso o deixava bastante preocupado e receoso. “Bem, se as coisas chegaram a este ponto”, pensou com seus botões, “então não posso perder mais tempo, tenho de me escafeder daqui o mais cedo possível.”

Tratou de livrar-se depressa de Nozdriov, chamou imediatamente Selifan, e ordenou que ele se preparasse de madrugada, a fim de poderem deixar a cidade às seis horas da manhã, sem falta: que tudo estivesse revisado, a sege engraxada, etc. e tal. Selifan articulou: “Está certo, Pável Ivánovitch!”, mas continuou parado ali durante alguns minutos, sem se mexer do lugar. No mesmo instante, Tchítchicov mandou que Petruchka tirasse de sob a cama a sua mala, já bastante empoeirada, e começou a enchê-la às pressas, junto com o criado, de meias, camisas, roupa branca lavada e por lavar, encóspias, calendário... Tudo isso ia para a mala sem ordem alguma, pois ele queria estar pronto desde a véspera, para que no dia seguinte não houvesse atraso nenhum.

Selifan, que ficara plantado na porta durante uns dois minutos, finalmente saiu do quarto, muito vagarosamente. Devagar, tão devagar como é possível imaginar, foi descendo a escada, deixando as marcas das suas botas surradas nos degraus carcomidos, sem parar de coçar a nuca com a mão o tempo todo. O que significava esse coçar da nuca? O que significa em geral, coçar a nuca? Seria aborrecimento porque tinha de desistir do encontro marcado no botequim com um confrade de samarra miserável e correia na cintura? Ou seria porque já arranjara, nesse novo lugar, uma nova querença, e agora tinha que deixar para trás o namoro no portão, ao entardecer, segurando diplomaticamente nas suas umas alvas mãozinhas, naquela hora em que o crepúsculo desce sobre a cidade, e um rapagão de camisa escarlate dedilha a balalaica diante da criadagem doméstica, e a gente do povo se queda em conversa tranqüila depois do longo dia de trabalho? Ou seria simplesmente a pena de deixar o canto recém-aquecido na cozinha, junto ao fogão, debaixo da samarra, e a boa sopa de repolho com o fofo pastelão à moda da cidade, para se arrancar novamente e sair a se arrastar pela lama, debaixo de chuva e dos outros dissabores da estrada? Como adivinhá-lo? Só Deus o sabe. Muita coisa pode significar o coçar da nuca do povo russo.

CAPÍTULO XI

Todavia, nada aconteceu de acordo com as previsões de Tchítchicov. Em primeiro lugar, ele acordou mais tarde do que imaginava – foi a primeira contrariedade. Levantou-se e mandou imediatamente indagar se a sege já estava atrelada e se tudo estava pronto, mas foi informado de que a sege não estava atrelada e de que nada estava pronto. Foi a segunda contrariedade. Ficou muito zangado e já disposto a passar uma valente descompostura no nosso amigo Selifan; só esperava, impaciente, para ver com que espécie de explicação ele ia tentar justificar-se. Logo Selifan apareceu na porta e o seu patrão teve o prazer de ouvir as mesmas conversas que habitualmente os amos ouvem dos criados nos casos em que há necessidade de partir às pressas.

– Mas, Pável Ivánovitch, precisamos ferrar os cavalos primeiro.

– Ah, porcalhão! Pedaço de asno! Por que não me falaste nisso antes? Não dava tempo, com certeza?

– É, tempo, lá isso dava... Mas há as rodas também, Pável Ivánovitch, vai ser preciso pôr aros novos, as estradas agora andam muito esburacadas, sacolejam muito... E também preciso avisar, com sua licença, que a frente da sege está toda desconjuntada, é capaz de não agüentar até a segunda estação.

– Mas que patife! – exclamou Tchítchicov, juntando as palmas das mãos num golpe, e avançou para ele, a ponto de Selifan, com medo de receber um mimo do patrão, recuar uns passos, desviando-se. – Queres matar-me, é isso que queres? Queres esfaquear-me pelas costas? Queres assassinar-me no meio da estrada, bandido, porcalhão maldito, monstro marinho? Hein? Hein? Ficamos parados aqui três semanas inteiras, foi ou não foi? E nem uma palavra eu ouvi da tua boca imunda, nem um som! E agora, no último minuto, é que me vens com essas conversas? Quando está tudo pronto, só falta subir no carro e partir, é neste momento que vens passar-me esta rasteira, não é? Hein? E tu bem que sabias de tudo isso antes, não sabias? Não sabias, hein? Responde! Sabias?

– Sabia – respondeu Selifan, de cabeça baixa.

– E então, por que não me disseste nada, hein?

Selifan não respondeu, mas, de cabeça baixa, parecia estar dizendo para si mesmo: "Gozado como isso aconteceu, veja só: não é que eu sabia mesmo, e não falei nada?"

– Pois agora vai correndo buscar o ferreiro, e que tudo esteja terminado e pronto em duas horas. Estás ouvindo? Em duas horas, sem falta, e se não estiver, eu te, eu te… eu te dobro como um chifre e faço um nó! – O nosso herói estava muito irritado.

Selifan já ia saindo para cumprir as ordens recebidas, mas parou na porta e disse:

– Ah, patrão, mais uma coisa, é sobre o cavalo pedrês, sabe, era melhor vendê-lo duma vez, porque ele, Pável Ivánovitch, é um verdadeiro patife: é um cavalo assim, que simplesmente Deus me livre, só dá amolação.

– Pois é! Vou já sair correndo para vendê-lo no mercado!

– Juro por Deus, Pável Ivánovitch, ele só é bom para ser olhado, mas na verdade é o mais manhoso dos cavalos, um cavalo assim em parte alguma se…

– Asno! Quando eu resolver vendê-lo, eu o venderei. E dispenso tuas opiniões, estás ouvindo? O que eu quero ver é isso: se não me trouxeres os ferreiros neste instante e se tudo não estiver pronto em duas horas, vou dar-te uma coça tamanha, que não vais reconhecer tua própria cara! Some daqui! Fora!

Selifan saiu.

Tchítchicov ficou muito mal-humorado e atirou para o chão o sabre que sempre viajava com ele pelas estradas, a fim de infundir o devido temor a quem fosse necessário. Levou um quarto de hora às voltas com os ferreiros até chegar a um acordo, porque os ferreiros, como sói acontecer, eram uns refinados malandros, e, percebendo que o assunto era de urgência, exigiram seis vezes mais que o preço normal pelo serviço. E, por mais que ele reclamasse e os chamasse de ladrões, assaltantes, exploradores dos viajantes, aludisse até ao Juízo Final, não conseguiu demover os ferreiros das suas intenções: eles agüentaram firmes e não só não cederam no preço, como ainda se demoraram no trabalho, em vez de duas horas, cinco horas e meia. Durante esse tempo, Tchítchicov teve o prazer de gozar os momentos agradáveis, tão conhecidos de todo viajante, quando tudo já está nas malas e no quarto só se vêem pedaços de barbante e papeluchos jogados pelo chão junto com outros detritos e lixo, quando um homem não pertence nem à estrada, nem ao lugar onde se encontra, vê pela janela os transeuntes arrastando-se, a falar sobre os seus copeques e a levantar os olhos com uma curiosidade tola, para, depois de fitá-lo, continuar o seu caminho, o que espicaça ainda mais o mau humor do infeliz viandante encalhado. Tudo o que existe, tudo o que ele pode ver: a vendinha defronte da sua janela, e a cabeça da velha que mora do outro lado da rua, espiando pela janela de cortinas curtinhas, tudo lhe repugna, mas ele não se afasta da janela, fica ali, ora distraindo-se, ora prestando novamente uma espécie de atenção obtusa a tudo o que se move e não se move diante dele, e esmaga por despeito uma mosca que nesse momento zumbe e se debate contra a vidraça debaixo do seu dedo.

Mas todas as coisas têm um fim, e o minuto tão esperado chegou: tudo estava pronto, a frente da sege devidamente consertada, as rodas equipadas com aros novos, os cavalos alimentados, e os ferreiros espertalhões despediram-se, a contar as moedas recebidas e a fazer votos de boa viagem. Por fim, a sege estava atrelada, dois pães brancos frescos colocados dentro dela, Selifan, com alguma coisa de comer metida no próprio bolso, já na boléia, e o nosso herói, finalmente, pôde subir para o seu coche, diante do boné agitado pelo criado da estalagem, lá postado na sua sobrecasaca de algodão, e dos lacaios e cocheiros da hospedaria e vizinhanças, que se haviam reunido para apreciar a despedida do patrão alheio, e de toda espécie de outras circunstâncias que costumam acompanhar uma partida. Tchítchicov acomodou-se e a sege, do tipo daquelas usadas por solteirões, que permanecera tanto tempo parada na cidade e quiçá tanto cansara a paciência do leitor, franqueou os portões da estalagem e partiu.

"Graças a Deus!", pensou Tchítchicov, e persignou-se. Selifan estalou o chicote. Ao seu lado aboletou-se Petruchka, que antes ficara pendurado no estribo, e o nosso herói, acomodando-se melhor sobre o tapetinho da Geórgia, ajeitou atrás das costas uma almofada de couro, espremendo os dois pães quentes, e a carruagem saiu novamente a saracotear e a rebolar, graças ao calçamento, que, como se sabe, tinha uma forte energia propulsora.

Tchítchicov olhava com uma sensação indefinida para as casas, os muros, as cercas e as ruas, que, pelo seu lado, também como que saltitando, recuavam lentamente, e os quais só Deus sabe se o destino lhe reservava tornar a ver algum dia no decorrer de sua vida. Ao dobrar a esquina de uma das ruas, a sege teve que parar para deixar passar um longo e interminável cortejo fúnebre, que a ocupava em todo o seu comprimento. Tchítchicov, pondo a cabeça para fora da janela, mandou que Petruchka perguntasse quem estava sendo enterrado, e ficou sabendo que se tratava do enterro do procurador. Repleto de sensações desagradáveis, nosso herói refugiou-se imediatamente no canto da sege, cobriu-se com a manta de couro e fechou as cortinas. Durante esse tempo, enquanto a sege teve de permanecer parada, Selifan e Petruchka, de cabeças devotamente descobertas, examinavam quem, como, de que e sobre o que passava, contando um por um os pedestres e os rodantes, enquanto o seu amo, tendo-lhes dado ordem de não reconhecer nem cumprimentar os criados conhecidos, também se pôs, por sua vez, a examinar timidamente, através das janelinhas de vidro que havia nas cortinas de couro, o acompanhamento do enterro: o féretro estava sendo seguido por todos os funcionários, de chapéu na mão. Começou a recear que reconhecessem a sua sege, mas eles tinham outras preocupações. Nem sequer se estavam distraindo com as conversas sobre coisas da vida cotidiana que geralmente têm lugar entre as pessoas que acompanham um defunto. Todos os seus pensamentos estavam, naquela hora, concentrados sobre eles mesmos: pensavam em como seria o novo governador-geral, de que maneira ele atacaria o serviço e como os receberia. Atrás dos funcionários, que iam a pé, seguiam as carruagens, do interior das quais espiavam as senhoras, de toucas de luto. Pelos movimentos dos seus lábios e braços percebia-se que conversavam animadamente. Talvez também estivessem falando do governador-geral e fazendo previsões acerca dos bailes que ele iria dar, e trocando idéias a respeito dos seus eternos festõezinhos e lacinhos. Por último, atrás das carruagens, seguiam alguns carros de aluguel vazios, em fila indiana, e finalmente nada mais restava, e o nosso herói pôde prosseguir sua viagem. Afastando as cortinas de couro, ele suspirou: “Lá se foi o procurador! Viveu, viveu e depois morreu! E agora os jornais vão publicar que se finou, para tristeza dos subordinados e de toda a humanidade, aquele homem, cidadão respeitado, pai extremoso, marido exemplar, e acrescentarão ainda

muitas outras coisas; dirão quiçá que ele partiu acompanhado pelo pranto das viúvas e dos órfãos; e, no entanto, se formos examinar bem o caso, tudo o que ele tinha a seu crédito era um par de sobrancelhas espessas". Neste ponto, mandou que Selifan apressasse o passo, pensando ao mesmo tempo com seus botões: "Afinal de contas, foi bom eu ter cruzado com o enterro; dizem que dá sorte encontrar-se com um defunto".

No entanto, a sege já havia entrado por ruas mais desertas; logo começaram a passar apenas as longas cercas de madeira que anunciavam o fim da cidade. O calçamento também já terminara, passaram a barreira, a cidade ficou para trás e mais nada; e novamente estavam na estrada. E de novo, de ambos os lados da estrada real, começaram a passar os marcos de verstas, guardas de estações, poços, filas de carroças, aldeias cinzentas com seus samovares, suas camponesas, e o estalajadeiro esperto e barbudo, correndo-lhes ao encontro com aveia na mão, e o andarilho de alpercatas surradas, arrastando-se a pé há oitocentas verstas, cidadezinhas construídas às pressas, com vendinhas de madeira, barris de farinha, alpercatas, pães brancos e outras miudezas, barreiras coloridas, pontes em reparo, campos infindáveis de um lado e do outro, coches de viagem dos donos da terra, um soldado a cavalo carregando um caixote verde com chumbo em grão e as marcas do seu batalhão de artilharia, sulcos semeados, verdes e amarelos, e sulcos negros, recém-rasgados, cobrindo de listras, a intervalos, as estepes, uma canção entoada ao longe, cumes de pinhos no nevoeiro, bimbalhar de sinos a se perder na distância, corvos em bandos como moscas, e o horizonte sem fim... Rússia, Rússia! Vejo-te, daqui da minha lonjura formosa, maravilhosa, eu te vejo: tudo em ti é pobre, disperso e sem aconchego; não possuis, para alegrar os olhos surpresos, audazes milagres da natureza coroados por audazes milagres da arte: cidades com altos palácios de muitas janelas fundidos com as rochas, árvores e musgos pitorescos fundidos com as casas por entre a eterna poeira de água das cachoeiras; a cabeça não se joga para trás para poder ver em cima, lá no alto, um nunca acabar de moles de pedra; não brilham por entre escuros arcos sobrepostos, envoltos em vinhas e hera, em musgos e incontáveis milhões de rosas silvestres, não brilham por entre eles, ao longe, linhas eternas de montanhas radiosas tentando alcançar o límpido firmamento de prata. Tudo no teu interior é escancarado e deserto, tudo é plano; como pontos, como marcos quase imperceptíveis, surgem nas planuras as tuas cidades de pouca altura; nada acaricia, nada encanta a vista. E, no entanto, que misteriosa força secreta é essa que nos arrasta para ti? Por que soa sem cessar nos meus ouvidos a tua tristonha canção, ressoando ao longo e ao largo, de mar a mar, por toda a tua extensão? O que vibra nela, nessa canção? Que é isso que me chama, que chora e me aperta o coração? Que sons são esses, de ternura dolorosa, que me penetram a alma e me envolvem o coração? Rússia! O que queres de mim? Que laço misterioso é esse que nos une em segredo? Por que me fitas assim, por que tudo o que em ti existe voltou para mim esse olhar cheio de expectativa?... Ainda me quedo aqui, imóvel e perplexo, mas sobre minha cabeça já se debruça uma nuvem escura, plena de chuvas ameaçadoras, e meu pensamento emudece diante da tua imensidão. Que profecia se oculta nessa extensão ilimitada? Não será aqui, no teu ventre, que deverá brotar a idéia incomensurável, já que tu mesma és incomensurável? Não será aqui o lugar do nascimento do gigante-herói, já que aqui há espaço para ele crescer e soltar-se? E, possante, envolve-me a vastidão tremenda, abalando meu imo com terrível pujança; e um poder sobre-humano ilumina meus olhos: eia! que imensidão faiscante, sublime, nunca vista no mundo inteiro! Rússia!...

– Freia, segura, imbecil! – gritou Tchítchicov para Selifan.

– Eu já te ensino com este sabre! – berrou um postilhão de bigodes de uma jarda de comprimento, galopando-lhes ao encontro. – Não enxergas, o Demo que te coma a alma?! Não vês que é viatura do Estado? – E, como um fantasma, sumiu entre fragor e poeira a tróica do correio.

Que estranha atração, que enlevo, que fascínio residem na palavra: estrada! E como é maravilhosa ela mesma, a estrada! O dia claro, as folhas de outono, o ar gelado... Abotoemos melhor o sobretudo de viagem, puxemos o gorro sobre as orelhas, aconcheguemo-nos mais no canto da cabine. Pela última vez, um calafrio percorre os membros, para logo ser substituído por um calor agradável. Os cavalos voam... Uma tentadora modorra se insinua e as pálpebras ficam pesadas, e já é como em sonho que se ouve *Não São as Alvas Neves* na cantiga do cocheiro, e o bufar dos cavalos, e o estrépito das rodas – e logo já se está roncando, encostado no vizinho espremido no canto. E quando se acorda, já ficaram para trás cinco paradas. E há a lua, a cidade desconhecida, igrejas com vetustas torres de madeira e agulhas enegrecidas, casas de tábuas escuras, e casas brancas, de pedra. O luar aqui e ali semelha lenços de linho branco pendurados pelas paredes, pela calçada, pelas ruas, cortados ao viés por sombras negras como carvão. Qual metal polido brilham os telhados de madeira iluminados pelos raios oblíquos, e nem vivalma em parte alguma: todos dormem. Solitária, uma única luzinha bruxuleia numa das janelas: talvez um sapateiro a terminar um par de botas, ou um padeiro a cuidar duma fornada – que importa? Mas a noite! Potências celestes, que noite se abre nas alturas! E o ar, e o firmamento, alto, distante, espraiando-se imenso na sua profundidade, tão sonoro e claro!... Mas respira fresco bem nos nossos olhos o frio bafo noturno, e nos embala, e já estamos cochilando, e mergulhando no sono, e roncando, e o pobre vizinho apertado contra o canto se mexe enfezado, sentindo sobre si o nosso peso.

Ao despertar, novamente se descortinam aos nossos olhos os campos e as estepes, nada em lugar nenhum – tudo deserto, tudo escancarado. O marco de estrada corre-nos ao encontro com o seu número; a manhã está nascendo; no frio céu esbranquiçado surge uma pálida linha dourada; o vento fica mais áspero e fresco: apertemos melhor o sobretudo quente!... Que frio gostoso! Que delicioso sono nos envolve de novo! Um solavanco, e outra vez acordamos. O sol está alto no firmamento. Ouve-se uma voz: "Cuidado! Cuidado!" – é uma carroça que desce pela encosta: embaixo, um dique e um lago grande e claro, a brilhar como um fundo de cobre sob os raios do sol. Uma aldeia, isbás espalhadas pela colina; como uma estrela, brilha a cruz da torre da igreja rural, um pouco de lado; tagarelice de camponeses e um apetite insuportável no estômago... Meu Deus! Como és bela, às vezes, estrada longa, comprida! Quantas vezes, como um afogado prestes a perecer, eu me agarrei a ti, e tu generosamente me ajudaste e me salvaste! E quantas idéias maravilhosas me deste, quantos sonhos poéticos me inspiraste, quantas impressões admiráveis me fizeste sentir!...

Mas também o nosso amigo Tchítchicov estava sentindo nesse momento uns devaneios não de todo prosaicos. Vamos ver o que ele estava sentindo. No começo, não sentia nada e só olhava para trás, querendo certificar-se de que tinha realmente saído da cidade; mas, quando percebeu que a cidade já havia muito se perdera de vista e que não se viam mais nem as forjas, nem os moinhos, nem nada daquilo que rodeava a cidade, e até as brancas cumeeiras das igrejas de pedra já haviam mergulhado terra adentro, ele começou a se preocupar só com a estrada, só olhava para a direita e para a esquerda, e a cidade de N. desapareceu da sua memória, como se ele nunca lá tivesse estado, como se tivesse passado por ela há muito, muito tempo, na infância. Por fim, a própria estrada deixou de interessá-lo e ele começou a entrefechar os olhos e a se reclinar na almofada.

O autor confessa que ficou até satisfeito com isso, pois encontrou dessa forma uma oportunidade para falar um pouco do seu herói. Porque até agora, como o leitor já deve ter percebido, ele sempre se viu impedido disso, ora pelo Nozdriov, ora pelos bailes, ora pelos mexericos da cidade, ora, finalmente, por mil outras ninharias, que só parecem ninharias quando estão registradas num livro, mas enquanto estão rolando pela sociedade são consideradas assuntos assaz importantes. Mas agora deixemos tudo de lado e ponhamos mãos à obra.

É muito duvidoso que o herói por nós escolhido agrade aos leitores. Que as senhoras não gostarão dele, isso já podemos afirmar sem hesitação, porque as senhoras exigem que um herói seja o supra-sumo da perfeição, e se ele apresentar a mínima jaça, física ou espiritual, é um desastre! Por mais fundo que o autor lhe perscrute a alma, ainda que reflita melhor que um espelho a sua imagem, não lhe darão valor algum. A simples corpulência e a idade mediana de Tchítchicov já o prejudicarão bastante: em hipótese alguma elas perdoarão a gordura num herói, e muitas senhoras, virando o rosto, dirão: "Ih, como ele é feio!"

Ai! Tudo isso é do conhecimento do autor; e, não obstante, ele não pode escolher para seu herói um homem virtuoso, porém... quem sabe, ainda nesta mesma história, sentir-se-á vibrar em cordas até agora não tocadas, surgirá a riqueza incomensurável do espírito russo, passará um varão dotado de virtudes divinas, ou uma formosa donzela russa, sem igual no mundo inteiro, em todo o esplendor da sua maravilhosa alma feminina, toda anelos generosos e desprendimento. E perto deles parecerão privados de vida todos os entes virtuosos de outras tribos, como é morto o livro ao lado do verbo vivente! Erguer-se-ão os movimentos russos... e então se verá quão profundamente arraigado na natureza eslava está tudo aquilo que a natureza dos outros povos só roçou pela rama... Mas para que e por que falar daquilo que ainda está no futuro? Não fica bem ao autor, já há muito tempo homem feito, educado na áspera vida interior e na revigorante sobriedade da solidão, deixar-se arrastar pelo entusiasmo, como um adolescente. Tudo tem sua vez, seu lugar, sua hora! Mas, apesar de tudo, não tomei para meu herói um homem virtuoso. E posso até revelar o motivo. É porque já está em tempo de dar finalmente um descanso ao pobre homem virtuoso; porque já soam ocas nos lábios as palavras "homem virtuoso";

porque transformaram em cavalgadura o homem virtuoso, e não há escritor que não o monte, espicaçando-o com o chicote e com o que mais lhe cair nas mãos; porque extenuaram de tal forma o homem virtuoso, que agora ele já não tem mais nem sombra de virtude, mas sobraram dele apenas pele e ossos em lugar do corpo; porque é com hipocrisia que apelam para o homem virtuoso; porque não respeitam o homem virtuoso. Não, já é tempo de atrelarmos um patife. Atrelaremos, pois, um patife!

Obscura e humilde é a origem do nosso herói. Seus pais eram fidalgos – se da nobreza rural ou particular, é coisa que só Deus sabe. Não era parecido com eles, de rosto: pelo menos, a parenta que assistiu ao seu nascimento, mulherzinha baixota e atarracada, dessas que são geralmente cognominadas de patas-chocas, tomando o recém-nascido nos braços, exclamou: "Saiu completamente diferente do que eu esperava! Ele deveria ser parecido com a avó materna, o que seria melhor também, mas ele foi sair, como diz o ditado: nem ao pai, nem ao avô, mas ao moço que passou!"

No começo, a vida encarou-o com olhos um tanto azedos e pouco hospitaleiros, como que através de uma janela embaçada pela neve: nem um amigo, nem um companheiro na infância! O quartinho acanhado, de janelas pequenas que não se abriam nem no inverno, nem no verão; o pai, homem doente, de longa bata forrada de pele de carneiro e chinelas de tricô nos pés sem meias, a suspirar o tempo todo, perambulando pelo quarto e cuspindo numa escarradeira no canto; as horas intermináveis sentado no banco, de pena na mão e tinta nos dedos e até nos lábios; a inscrição eternamente diante dos olhos: "Não mintas, obedece aos mais velhos, traze a virtude no coração"; o eterno arrastar das chinelas pelo quarto e a voz familiar, mas sempre severa: "Outra vez bobeando!", que soava no momento em que a criança, entediada com o trabalho monótono, enfeitava a letra com algum rabinho ou arabesco; e a sempre conhecida, sempre desagradável sensação, quando, logo depois dessas palavras, a sua orelha era dolorosamente torcida pelas unhas dos longos dedos que a agarravam por detrás: eis o pobre quadro da sua primeira infância, da qual ele mal-e-mal guardava uma pálida recordação.

Mas tudo na vida muda depressa: um belo dia, com o primeiro sol da primavera e a cheia dos rios, o pai, levando o filho, saiu num pequeno coche puxado por um cavalinho baio, desses que os comerciantes de cavalos costumam chamar de pegas, guiado por um cocheiro miúdo e corcunda, fundador e pai da única família de servos pertencente ao pai de Tchítchicov, o qual exercia quase todas as funções na sua casa. Com esta pega, arrastaram-se durante mais de um dia e meio; pernoitaram em caminho, atravessaram um rio, comeram empadas frias com carne de carneiro frita e, finalmente, no terceiro dia, chegaram à cidade. Diante do menino brilharam, num esplendor inesperado, as ruas da cidade, deixando-o boquiaberto durante alguns minutos. Mas logo em seguida a pega despencou-se junto com o coche num buraco que marcava o início de uma viela estreita, toda em declive e cheia de lama, onde ficou sapateando durante muito tempo, espicaçada pelo corcunda e pelo próprio amo, lutando para se safar da vala; finalmente, conseguiu sair e arrastá-los até um pequeno quintal, situado na ladeira, com duas macieiras em flor na frente de uma casinha velha, com um jardinzinho atrás, pequeno, baixinho, consistindo apenas em sabugueiros e sorveiras, e, escondida no fundo, uma cabana de tábuas, coberta com telhas de madeira, com uma única janelinha estreita e opaca. Ali morava uma parenta deles, velhinha caquética que ainda ia à feira todas as manhãs e depois secava as meias no samovar, e que fez um carinho na bochecha do menino e admirou-lhe a gordura. Era ali que ele teria de ficar morando e freqüentar todos os dias as aulas da escola municipal. O pai apenas pernoitou lá e no dia seguinte já se pôs a caminho de casa. Os olhos paternos não verteram lágrimas na despedida; o menino recebeu um rublo e meio em cobre para as despesas e guloseimas e, o que é mais importante, um sábio conselho: "Olha aqui, Pavlucha, estuda, nada de travessuras nem vadiagem, porém mais que tudo trata de agradar aos professores e superiores. Se souberes agradar ao superior, mesmo que não sejas bom nos estudos nem tenhas qualquer talento dado por Deus, sempre te sairás bem e passarás na frente de todos. Não te dês com os companheiros de escola, eles não têm nada de bom para ensinar-te; mas, se não o puderes evitar, então procura fazer amizade com os mais ricos, que te poderão ser úteis algum dia. Não convides nem presenteies ninguém, mas comporta-te de maneira a seres tu o convidado e o presenteado; porém mais que tudo trata de guardar e economizar cada copeque: ele é a coisa de mais confiança neste mundo. Um colega, um amigo, não perderá a primeira ocasião de te engazopar, e, em caso de dificuldade, não hesitará em te denunciar, mas o copeque, esse não, esse nunca te trairá, qualquer que seja o teu problema. Tudo no mundo se consegue e se resolve com o copeque". Tendo deixado esses preceitos, o pai separou-se do filho e empreendeu a longa jornada de volta para casa com a sua pega, e desde então o filho nunca mais o viu, mas suas palavras e preceitos calaram fundo em sua alma.

Já no dia seguinte Pavlucha começou a freqüentar as aulas. Não revelou nenhuma aptidão especial para qualquer ciência; distinguiu-se mais pela aplicação e pela ordem; mas em compensação revelou-se nele um outro tipo de inteligência, pelo lado prático. Ele logo percebeu e compreendeu tudo, e começou a se comportar em relação aos companheiros de tal maneira que eles sempre o obsequiavam, e ele, ao contrário, não só nunca lhes dava nada, como até, às vezes, depois de guardá-las por algum tempo, revendia-lhes as próprias coisas que eles lhe tinham dado. Ainda bem criança ele já sabia privar-se de tudo. Do rublo e meio que recebera do pai, ele não gastou nem um copeque, pelo contrário – no mesmo ano já conseguiu aumentar seu capital, demonstrando uma habilidade quase fenomenal: esculpiu um passarinho de cera, pintou-o e vendeu-o muito bem. Depois, durante algum tempo, dedicou-se a outras especulações, a saber: comprava guloseimas na feira, sentava-se na classe perto dos colegas mais ricos, e assim que percebia que um dos companheiros começava a sentir náuseas – sinal da fome que chegava –, estendia-lhe por baixo do banco, como que sem querer, um pedaço de pão-de-mel ou um pãozinho, e, tendo-o espicaçado, cobrava em dinheiro e em proporção ao apetite que excitara. Durante dois meses, passou todo o seu tempo em casa às voltas com um rato, que colocara numa gaiolinha de madeira, e conseguiu que o rato ficasse nas patinhas traseiras, deitasse e levantasse obedecendo ao seu comando, e depois vendeu-o também por bom preço. Quando juntou cinco rublos, costurou a boca do saquinho de dinheiro e começou a encher um novo.

No que se refere aos superiores, seu comportamento foi ainda mais previdente. Ninguém sabia ficar tão quieto no seu banco. É preciso notar que o professor gostava sobremaneira de silêncio e boa conduta e não suportava meninos inteligentes e espertos; parecia-lhe sempre que eles deviam estar zombando dele. Bastava um deles ter-lhe chamado a atenção pela vivacidade de espírito, bastava um desses meninos mexer-se no seu lugar ou mover sem querer uma sobrancelha, para incorrer imediatamente na sua ira. Ele o perseguia e castigava impiedosamente. "Eu já te curo esta impertinência e rebeldia!", dizia. "Eu te conheço como a palma da minha mão, como tu mesmo não te conheces. Vais ficar de joelhos comigo! Vais passar fome!" E o infeliz garoto, sem mesmo saber por que, ralava os joelhos e passava fome dias seguidos. "Bem-dotados? Talentosos? Tolices!", costumava dizer o professor. "Para mim o que vale é só o comportamento. Dou as notas mais altas em todas as matérias ao aluno que não sabe patavina, mas tem conduta exemplar; mas aquele no qual percebo espírito rebelde ou zombeteiro, esse ganha zero, mesmo que meta o próprio Sólon[1] no chinelo!" Assim falava o professor, que detestava mortalmente o fabulista Krilov, por ter dito: "Por mim, podes beber: relevo o vício, se hábil és e bom no teu ofício", e que sempre contava, com deleite no rosto e nos olhos, como, numa escola onde ele lecionava antigamente, o silêncio que reinava era tal, que se podia ouvir o vôo duma mosca; e que nenhum dos seus alunos, no decorrer de um ano inteiro, deu um pigarro ou assoou o nariz uma vez que fosse, e que até soar a campainha ninguém poderia adivinhar se havia alguém na classe ou não.

Tchítchicov compreendeu logo o espírito desse superior e qual deveria ser seu comportamento perante ele. E não movia uma sobrancelha, não piscava um olho durante todo o tempo de duração da aula, por mais que o beliscassem por trás; assim que soava a campainha, precipitava-se adiante de todos para trazer ao professor o gorro de três orelhas (o professor andava de gorro de três orelhas); tendo-lhe entregue o gorro de três orelhas, corria para ser o primeiro a sair da classe, e procurava cruzar o seu caminho umas três vezes, cumprimentando-o de chapéu na mão a cada um dos encontros. Este empreendimento foi coroado de êxito completo. Durante toda a sua permanência no colégio Tchítchicov sempre teve ótima colocação, e ao término do curso recebeu aprovação geral em todas as matérias, um atestado e um livro com letras douradas "pela dedicação exemplar e comportamento irrepreensível".

Quando deixou o colégio, nosso herói era um jovem de aspecto bastante atraente, com um queixo que já exigia navalha. Nessa época morreu-lhe o pai. Sua herança consistia em quatro jaquetas de lã irreversivelmente surradas, duas batas velhas forradas de pele de carneiro e uma quantia insignificante em dinheiro. Obviamente, o pai sabia dar bons conselhos com referência à economia de copeques, mas ele mesmo não economizara muitos. Tchítchicov vendeu imediatamente, por mil rublos, a decrépita casinha com o seu pedacinho de terra, e transferiu a família de servos para a cidade, tencionando instalar-se ali e entrar para o serviço público.

1. Legislador ateniense, um dos sete sábios da Grécia (640-558 a.C.). (N. da E.)

Nessa mesma época, foi expulso do colégio, por estupidez ou qualquer outro pecado, o pobre professor amante do silêncio e do comportamento exemplar. O infeliz começou a beber de desgosto, e logo já não tinha mais recursos nem para beber. Doente, sem um pedaço de pão, sem auxílio, ele estava perecendo num cubículo sem aquecimento, esquecido de todos. Alguns dos seus antigos alunos, aqueles inteligentes e espirituosos que ele sempre tivera sob suspeita de rebeldia e conduta irreverente, tendo tomado conhecimento da sua situação miserável, imediatamente juntaram dinheiro para ajudá-lo, para isso até vendendo algumas coisas necessárias. O único que se esquivou com a desculpa de não ter nada foi Pavlucha Tchítchicov, que lhes deu uma mísera moeda de cinco copeques, a qual os companheiros lhe jogaram na cara no mesmo instante, dizendo: "Eh, sovina!" O pobre professor escondeu o rosto nas mãos, quando soube desse ato dos seus antigos discípulos; as lágrimas saltaram aos borbotões dos seus olhos apagados, como se ele fosse uma criança desamparada. "No meu leito de morte Deus mandou que eu chorasse", disse ele em voz sumida, e acrescentou: "Eh, Pavlucha! como pode alguém mudar assim! Ele, que era tão comportado, nenhuma rebeldia, uma seda! Engazopou-me, ah, como me engazopou!..."

Entretanto, não se pode dizer que a natureza do nosso herói fosse tão áspera e dura, ou que os seus sentimentos estivessem tão embotados, a ponto de não conhecer piedade nem compaixão. Ele era capaz de sentir tanto uma como outra, e até gostaria de ajudar, desde que isso não implicasse quantia considerável, pois não podia tocar naquele dinheiro que estava separado para não ser tocado; em suma, o conselho do pai: "guarda e economiza o copeque", fora-lhe proveitoso. Mas ele não tinha amor ao dinheiro pelo dinheiro; não era dominado pela avareza ou sovinice – não, não eram elas que o moviam: ele sonhava era com uma vida de conforto, com toda sorte de amenidades: carruagens, uma casa muito bem montada e arrumada, almoços deliciosos – era isso que estava sempre dançando na sua cabeça. Era para poder, em algum dia futuro, gozar finalmente tudo isso, para isso é que era zelosamente guardado o copeque, por ora recusado com tanta avareza tanto a si mesmo como aos outros. Quando passava disparado na sua frente algum ricaço em sua linda carruagem, puxada por finos trotadores ricamente ajaezados, ele ficava como que petrificado no lugar, e depois, voltando a si como após um sono prolongado, dizia: "E pensar que aquele ali já foi empregado de escritório! Que usava o cabelo cortado em rodela!"

Tudo o que evocava opulência e fartura produzia nele uma impressão que nem ele mesmo compreendia.

Terminado o colégio, ele nem quis descansar, tão forte era o seu desejo de pôr-se logo em campo e trabalhar no serviço público. No entanto, apesar dos seus atestados elogiosos, não lhe foi fácil conseguir o emprego público na Câmara. Até mesmo nas províncias mais distantes é preciso ter proteção! O empreguinho que ele conseguiu era ínfimo, um ordenado de trinta ou quarenta rublos por ano. Mas ele estava decidido a trabalhar furiosamente, a vencer tudo e a triunfar. E, com efeito, ele deu provas verdadeiramente inauditas de dedicação, paciência e limitação das próprias necessidades. Desde a manhã, bem cedo, até a noite cerrada, sem esmorecer nem física nem moralmente, ele escrevia, atolado na papelada, não ia para casa, dormia nas mesas das salas da repartição, almoçava muitas vezes com os guardas, e, apesar de tudo isso, sabia conservar-se asseado, vestir-se com decoro, comunicar ao semblante uma expressão amável e até um certo quê de nobreza aos movimentos. É preciso notar que os funcionários da Câmara se distinguiam muito especialmente pela aparência insignificante e mesmo feia. Alguns tinham caras que pareciam pão mal-assado: a bochecha inchada para um lado, o queixo entortado para outro, o lábio superior inflado como uma bolha, rachado ainda por cima; em suma, muito feios mesmo. Falavam todos de um modo enfezado, como se quisessem bater nos outros; ofereciam freqüentes sacrifícios a Baco[2], mostrando desta forma que no caráter eslavo ainda existem muitos remanescentes do paganismo; muitas vezes até chegavam ao local de trabalho, como se diz, já tocados, razão por que o ambiente na repartição não era agradável e o ar nada tinha de aromático. No meio dessa espécie de funcionários não era possível que deixassem de reparar em Tchítchicov, que se destacava em tudo como um contraste completo, tanto pela fisionomia agradável como pela voz insinuante e pela total abstinência de quaisquer bebidas fortes.

E no entanto, apesar de tudo isso, não era fácil o seu caminho. Coubera-lhe por chefe um funcionário já envelhecido que era o exemplo e a imagem de uma insensibilidade e impassibilidade pétreas: perpetuamente o mesmo, inacessível, jamais um sorriso assomou ao seu semblante, nunca ele saudou quem quer que fosse com ao menos uma pergunta sobre a saúde. Ninguém jamais o viu diferente de como era na repartição, nem mesmo na rua, nem se-

2. Deus do vinho na mitologia romana. (N. da E.)

quer em sua própria casa; se ao menos uma vez ele demonstrasse interesse por alguma coisa, se ao menos uma vez se embebedasse e, embriagado, se permitisse uma risada; ou mesmo se se entregasse à selvagem alegria à qual se entrega um bandido num momento de bebedeira – mas nem sombra existia nele de qualquer coisa semelhante. Nele não existia absolutamente nada, nem de malvado, nem de bondoso, e havia algo de sinistro nessa ausência de tudo. Seu rosto asperamente marmóreo, sem qualquer irregularidade apreciável, não sugeria nenhuma semelhança: seus traços tinham uma severa coerência harmônica. Apenas as numerosas perebas e bexigas que os salpicavam colocavam-lhe a fisionomia na categoria daquelas nas quais, segundo o dito popular, o Diabo vai à noite martelar ervilhas.

Dir-se-ia que não podia haver força humana capaz de se aproximar de um homem desse e de conquistar sua boa disposição, mas Tchítchicov tentou. Começou por procurar agradar-lhe com toda sorte de pequenas coisas quase imperceptíveis: estudou atentamente a maneira de ele apontar suas penas de escrever, e, preparando algumas segundo aquela amostra, sempre lhas colocava ao alcance da mão; soprava e varria da sua mesa a areia mata-borrão e o tabaco; arranjou um trapinho novo para o seu tinteiro; descobriu onde ele guardava o chapéu, o chapéu mais horrível que já se viu na face da terra, e sempre o punha ao lado dele um minuto antes do fim do expediente; limpava-lhe as costas, se por acaso ele as sujasse de cal da parede – mas tudo isso passou inteiramente sem ser notado, como se nunca tivesse sido feito. Finalmente, Tchítchicov farejou a vida doméstica e familiar do seu homem, descobriu que ele tinha uma filha já madura, de rosto também do tipo onde aparentemente ervilhas eram marteladas na calada da noite, e resolveu iniciar o ataque por este flanco. Descobriu qual era a igreja que ela freqüentava aos domingos e postava-se sempre na frente dela, muito bem-arrumado, o peito da camisa fortemente engomado – e o empreendimento foi coroado de êxito: o taciturno chefe ficou abalado e convidou-o para tomar chá! E o pessoal da repartição nem teve tempo de perceber o que acontecia, quando as coisas já se ajeitaram de forma que Tchítchicov foi morar em casa do chefe, ficou sendo seu homem de confiança, tornou-se indispensável, fazia-lhe as compras de farinha e açúcar, tratava a filha como se fosse sua noiva, chamava o velho de paizinho e beijava-lhe a mão. E todo mundo na Câmara pensava que no fim de fevereiro, antes da Quaresma, teriam lugar as bodas. O terrível chefe começou até a recomendar Tchítchicov perante os escalões superiores, e algum tempo depois Tchítchicov era nomeado chefe de uma seção onde aparecera uma vaga. E isso, ao que parece, encerrava a meta principal das suas relações com o velho chefe, porque, imediatamente depois da nomeação, ele despachou secretamente o seu baú, e no dia seguinte já se instalou em novo domicílio. Parou de tratar o velho de paizinho e não mais lhe beijou a mão, e, quanto ao casamento, o assunto foi relegado ao esquecimento, como se nunca nada tivesse acontecido. Entretanto, sempre que se encontrava com o antigo chefe, apertava-lhe a mão cordialmente e convidava-o para tomar chá, de modo que o velhote, apesar da sua eterna impassibilidade e rude indiferença, cada vez que isto acontecia, sacudia a cabeça e balbuciava consigo mesmo: "Enganou-me, engazopou-me, o filho do Diabo!"

Este foi o umbral mais difícil que Tchítchicov teve de atravessar. Dali para diante tudo foi mais fácil e bem-sucedido. Ele tornou-se um homem preeminente. Revelou-se possuidor de todas as qualidades necessárias nesse seu mundo: tanto a amenidade nos modos e maneiras de agir, como a vivacidade nos assuntos do trabalho. Com esses recursos ele conseguiu em pouco tempo aquilo que se costuma chamar um lugar quentinho, o qual soube aproveitar da melhor maneira. É preciso notar que naquela época teve início uma rigorosa perseguição de toda espécie de propinas, perseguição essa que não o assustou nem um pouco; muito pelo contrário, aproveitou-se imediatamente dela em seu próprio benefício, demonstrando dessa forma a engenhosidade russa, que aparece sempre nas horas de aperto.

Tchítchicov agia da seguinte forma: assim que chegava um solicitante e metia a mão no bolso para dele extrair as "cartas de recomendação assinadas pelo Príncipe Khovánski[3]", como se diz aqui na Rússia, ele retrucava com um sorriso, afastando-lhe a mão: "Não, não, meu senhor... está pensando que eu... não, não... Isto aqui é o nosso dever, a nossa obrigação, temos de fazê-lo sem qualquer gratificação! O senhor pode ficar tranqüilo, amanhã mesmo estará tudo pronto. Queira deixar-me seu endereço, o senhor não precisa nem mesmo vir aqui, tudo lhe será entregue a domicílio". O solicitante, encantado, voltava para casa cheio de entusiasmo, pensando: "Até que enfim aparece um homem do tipo de que precisamos ter muitos, um verdadeiro diamante precioso!" Mas o solicitante espera um dia, espera outro, e não lhe trazem os papéis do seu negócio,

3. Alusão humorística ao dinheiro. (N. da T.)

nem tampouco no terceiro dia. Ele volta à repartição: o processo nem foi iniciado. "Oh, desculpe!", diz Tchítchicov, muito respeitoso, segurando-lhe ambas as mãos, "estávamos com tanta coisa acumulada; mas amanhã mesmo estará tudo feito, amanhã, sem falta, prometo; estou até encabulado!" E tudo isso acompanhado pelos gestos mais insinuantes. Se ao falar se abrem as abas do seu avental, a sua mão trata logo de consertar o negócio, segurando as abas. Mas nem amanhã, nem depois de amanhã, nem no terceiro dia os papéis são levados à casa do solicitante. O solicitante se põe a matutar: será que não se passa aqui alguma coisa? Informa-se, e fica sabendo que é preciso gratificar os escriturários. "Ora, por que não? Estou disposto a dar-lhes um quarto de rublo ou dois." "Não, um quarto de rublo não serve, tem que ser uma branquinha para cada um." "Uma branquinha! Vinte e cinco rublos para cada escriturário!", exclama o solicitante. "Mas por que fica tão irritado?", respondem-lhe. "É assim mesmo que acaba sendo; os escriturários receberão um quarto de rublo cada um e o resto vai para os chefes." O obtuso solicitante bate na testa e amaldiçoa veementemente a nova ordem, a perseguição das propinas e as maneiras corteses e enobrecidas dos funcionários. Antigamente pelo menos se sabia o que se devia fazer: entregava-se uma nota vermelhinha ao encarregado do assunto e, com esses dez rublos, negócio resolvido, mas agora é uma branquinha para cada um, e ainda por cima o aborrecimento da demora de uma semana até adivinhar o caminho; ao diabo o desprendimento e a nobreza dos funcionários! Está claro que o solicitante tem razão, mas em compensação agora não há mais comedores de propinas: todos os chefes de repartição são homens honestíssimos e nobilíssimos, só os secretários e os escriturários é que são uns patifes.

Logo se apresentou a Tchítchicov um campo bem mais amplo: formou-se uma comissão para a construção de um edifício público de certa importância. Ele insinuou-se nessa comissão e revelou-se logo um dos seus membros mais ativos. A comissão pôs imediatamente mãos à obra. E ficaram seis anos às voltas com o edifício; mas, fosse devido ao clima desfavorável, ou fosse por culpa do material, o fato é que o edifício público não conseguia sair das fundações. E nesse meio tempo, em outros cantos da cidade, surgiu para cada um dos membros da comissão uma bonita casa de arquitetura urbana: evidentemente, a formação do terreno ali era melhor. Os membros já começavam a prosperar e a constituir família. E só então, só nesse ponto é que Tchítchicov começou, pouco a pouco, a se desvencilhar das rígidas leis de abstinência e de impiedosa privação que se havia imposto. Só aqui o seu longo jejum foi finalmente atenuado, e revelou-se que nem sempre ele fora avesso a toda espécie de deleites, dos quais soube abster-se durante os anos de fogosa juventude, quando homem algum é capaz de se dominar por completo. Permitiu-se até alguma coisa de supérfluo: um cozinheiro bastante bom, finas camisas holandesas. Já comprava tecidos de uma qualidade como ninguém tinha igual em toda a província, e desde então começou a usar roupas de cores predominantemente castanhas e avermelhadas com brilho; já adquirira uma excelente parelha, e ele mesmo segurava uma das rédeas, obrigando o cavalo lateral a trotar em volteios; já pegara o hábito de se esfregar com uma esponja molhada em água misturada com água-de-colônia; já comprava, a preço nada baixo, um certo sabonete especial para amaciar a pele, já...

Mas eis que de repente, para o lugar do antigo molenga, foi nomeado um chefe novo, um militar severo, inimigo dos comedores de propinas e de tudo o que se costuma chamar de iníquo. No dia seguinte à sua chegada ele já meteu medo em todos, até o último homem; exigiu contas e relatórios, viu as irregularidades, notou as quantias que faltavam a cada passo, descobriu no mesmo instante as casas de bonita arquitetura urbana, e começou a reviravolta. Muitos funcionários foram despedidos dos empregos; as casas de arquitetura urbana voltaram para o erário público e foram convertidas em toda sorte de instituições caritativas e escolas para filhos de soldados, todos foram reduzidos à expressão mais simples, e Tchítchicov mais que os outros. Seu rosto, apesar do aspecto agradável, desagradou ao chefe desde o primeiro momento, só Deus sabe por quê – às vezes estas coisas acontecem simplesmente sem motivo algum –, e o chefe tomou-se de um ódio mortal por ele. E era um terror para todos esse chefe implacável. Mas como, apesar de tudo, ele era um militar, e portanto não era versado em todas as sutilezas das maroteiras civis, aconteceu que, passado algum tempo, por meio de trejeitos de sinceridade e a habilidade de adaptar-se a tudo, outros funcionários conseguiram insinuar-se nas suas graças, e o general logo foi parar nas mãos de patifes ainda maiores, os quais ele em absoluto não considerava como tais; estava até muito satisfeito por ter finalmente escolhido auxiliares à altura da situação e gabava-se seriamente da sua fina perspicácia em saber distinguir as capacidades. Os funcionários depressa compreenderam o seu espírito e o seu caráter. Todos aqueles que se encontravam sob a sua chefia tornaram-se logo terríveis perseguidores da iniqüidade: por toda parte, em todos os assuntos, eles a perseguiam, como um pescador persegue com seu arpão um carnudo esturjão, e perseguiram-na com tanto empenho, que em pouco tempo cada um deles se viu dono de alguns milhares de rublos de capital. Nesse meio tempo voltaram ao bom caminho muitos dos funcionários que haviam sido despedidos e foram readmitidos aos seus empregos. Mas Tchítchicov já não conseguiu insinuar-se de maneira alguma, por mais que se esforçasse em seu favor, espicaçado pelas notas do Príncipe Khovánski, o primeiro secretário do general, que já era mestre na arte de levar seu chefe na conversa – mas aqui ele não conseguiu arranjar absolutamente nada. O general era um daqueles homens que, embora pudesse ser levado na conversa (se bem que sem o seu conhecimento), quando encasquetava alguma idéia na cabeça, essa idéia ficava lá cravada tal qual um prego de aço: era inteiramente impossível arrancá-la de lá. Tudo o que o habilidoso secretário conseguiu foi obter a anulação da folha de serviços maculada, e até isso só pôde arranjar apelando para a compaixão do general, comovendo-o com a vívida descrição do triste destino da infeliz família de Tchítchicov, que este, por sorte, não possuía.

"Ora, que é que se há de fazer?", disse Tchítchicov. "Quem fisgou, arrastou, mas, se a linha se rompeu, não pergunte a razão. Não adianta chorar, é preciso trabalhar." E assim ele resolveu começar uma nova carreira, armar-se novamente de paciência, privar-se novamente de tudo, por mais gostosa que tivesse sido a vida folgada que já experimentara. Teve de mudar-se para outra cidade, cuidar de tornar-se conhecido ali. Mas as coisas não queriam dar certo, teve de mudar de emprego duas, três vezes, num prazo bastante curto. Os empregos que conseguia eram sujos, inferiores. É preciso notar que Tchítchicov era o homem mais decoroso que jamais existiu neste mundo. Embora no princípio tivesse que abrir seu caminho num meio pouco asseado, sempre soube conservar o asseio da alma, gostava de escritórios com mesas de madeira envernizada e que em tudo houvesse um ar de nobreza. Nunca se permitia uma palavra indecorosa e sempre ficava ofendido quando percebia no falar dos outros alguma falta ao respeito devido à posição e à hierarquia. Creio que o leitor gostará de saber que ele trocava a roupa de baixo cada dois dias, e no verão, quando fazia calor, até mesmo todos os dias: qualquer odor um pouco menos sutil já o ofendia. Por esse motivo, toda vez que Petruchka vinha despi-lo e tirar-lhe as botas, ele punha um cravo no nariz, e em muitos casos seus nervos eram sensíveis como os de uma donzela. E por isso foi-lhe penoso ter de voltar àqueles meios onde tudo cheirava a aguardente e a falta de decoro no comportamento. E, por mais que ele se esforçasse para ser estóico, não pôde evitar de ficar magro e até esverdeado durante aquelas provações. Ele já começava a engordar e a readquirir aquelas formas arredondadas e decentes nas quais o leitor o encontrou quando travou conhecimento com ele, e mais de uma vez, mirando-se no espelho, ele já pensava em diversas coisas aprazíveis: uma mulherzinha, um quarto de crianças; e um sorriso acompanhava tais pensamentos. Mas agora, quando se viu de relance, assim por acaso, no espelho, não pôde deixar de exclamar: "Mãe do céu! Como fiquei feio!" E depois disso não quis olhar-se mais.

Mas nosso herói suportou tudo, suportou valentemente, suportou pacientemente – e, por fim, conseguiu passar para o serviço alfandegário. É preciso dizer que esse emprego era havia muito tempo o objeto dos seus devaneios secretos. Ele via que elegantes roupas estrangeiras usavam os funcionários da Alfândega, que porcelanas e cambraias mandavam às suas comadres, titias e irmãs. Mais de uma vez ele disse, suspirando: "Ali é que eu deveria estar: a fronteira é perto, as pessoas são ilustradas, e que finas camisas holandesas se podem arranjar!" Devemos acrescentar que ele pensava também num certo tipo de sabonete francês que comunicava uma brancura extraordinária à cútis e um frescor especial às faces; Deus sabe como se chamava esse sabonete, mas Tchítchicov tinha certeza de que ele poderia ser encontrado sem falta na fronteira. Assim, havia muito tempo que ele queria transferir-se para a Alfândega, mas detinha-o toda sorte de vantagens correntes na comissão de construção do edifício, e ele raciocinava corretamente que a Alfândega, apesar dos pesares, ainda era como os dois pássaros voando, enquanto a comissão já era um pássaro na mão. Mas agora ele decidiu entrar para a Alfândega custasse o que custasse, e entrou mesmo.

Nosso herói atacou este serviço com um zelo extraordinário. Parecia que o próprio destino lhe reservara o papel de funcionário aduaneiro. Tamanha eficiência, perspicácia e sagacidade não só eram nunca vistas, como eram até inauditas. Em três, quatro semanas ele já pegara tamanha prática no negócio aduaneiro, que sabia absolutamente tudo: nem precisava pesar ou medir, mas sabia pela fatura quantas jardas de lã ou qualquer outro tecido continha uma peça; sopesando na mão um embrulho, sabia imediatamente quantas libras pesava. E, no que se refere às buscas, os próprios colegas de serviço diziam que ele tinha um olfato de cão: era impossível deixar de pasmar diante da sua paciência em apalpar cada botão; e tudo isso era realizado com um sangue-frio mortal, com uma cortesia que chegava às raias do absurdo. E enquanto as vítimas da busca se enfureciam, ficavam fora de si e sentiam ímpetos malévolos de encher de bolachas a sua amável fachada, ele, sem mudar a expressão cortês da fisionomia nem as maneiras amenas, só repetia: "Não quer ter a bondade de se incomodar e se levantar um pouco?" Ou então: "Não quer ter a gentileza, *madame,* de passar para a outra seção? Lá a esposa de um dos nossos funcionários se entenderá com a senhora". Ou ainda: "Permite que eu solte um pouco com esta faquinha o forro do seu capote?" E dizendo isso ele extraía de lá xales e echarpes, calmamente, como se fosse da sua própria mala.

Até seus próprios chefes tinham de admitir que ele não era um homem, mas um demônio: encontrava coisas dentro de rodas, varais de carros, orelhas de cavalos e sabe-se lá que outros lugares, onde autor algum teria a idéia de se meter, e onde só aos funcionários aduaneiros é permitido meter-se. De modo que o pobre viajante, tendo por fim atravessado a fronteira, ainda ficava vários minutos sem poder voltar a si, e, enxugando o suor que lhe porejava o corpo inteiro, só podia persignar-se e repetir: "Arre, arre!" Sua situação era muito semelhante à do colegial que sai correndo do quarto secreto para o qual o diretor o chamou para repreendê-lo, mas que ao invés disso lhe aplicou uma surra totalmente inesperada.

Em pouco tempo Tchítchicov infernizou completamente a vida dos contrabandistas. Ele era a ameaça e o pesadelo de toda a judiaria polonesa. Sua honestidade e incorruptibilidade eram invencíveis, quase sobrenaturais. Ele nem sequer acumulou um pequeno capital com toda sorte de mercadorias confiscadas e alguns objetos apreendidos que não se registravam nas listas oficiais para evitar excesso de papelada. Um serviço tão zeloso e desinteressado não podia deixar de se tornar objeto da admiração geral e de chegar aos ouvidos da alta direção. Tchítchicov recebeu um cargo graduado e um aumento, e logo a seguir apresentou um projeto para a captura de todos os contrabandistas, pedindo tão-somente recursos para executá-lo ele mesmo. Imediatamente recebeu um destacamento e o direito ilimitado de proceder a quaisquer buscas. Era só isso que ele queria. Naquela época formara-se uma forte associação de contrabandistas, bem-preparada e bem-organizada; o audaz empreendimento prometia lucros milionários. Tchítchicov já tinha conhecimento disso havia muito tempo, e até já tinha afastado uns emissários enviados para suborná-lo com um seco: "Ainda não é hora".

Mas, agora que já tinha tudo à sua disposição, mandou imediatamente um aviso àquela associação, tendo dito: "Agora é hora". O negócio era garantido. Aqui ele poderia ganhar num ano o que não ganharia nunca em vinte anos do mais dedicado serviço. Antes ele não quisera entrar em quaisquer negociações com eles, porque não passava de um mero peão no tabuleiro, e portanto tinha pouco a lucrar; mas agora... agora a coisa era totalmente diversa: ele podia impor as condições que quisesse. Para que o negócio corresse ainda melhor, nosso herói atraiu mais um funcionário, seu colega, o qual não conseguiu resistir à tentação, apesar de já ter a cabeça encanecida. Consumado o acordo, a associação entrou em funcionamento. As operações tiveram um início brilhante: o leitor certamente já ouviu a história, tantas vezes repetida, da bem-engendrada viagem dos carneiros espanhóis, os quais, tendo atravessado a fronteira com uma pele dupla, trouxeram debaixo dela um milhão em rendas brabantinas. E isto ocorreu justamente na época em que Tchítchicov servia na Alfândega. Se ele não tivesse participado dessa operação pessoalmente, nenhum judeu no mundo conseguiria levá-la a bom termo. Depois de três ou quatro travessias de merinos pela fronteira, os dois funcionários se viram de posse de um capital de quatrocentos mil rublos cada um. Consta que o de Tchítchicov até passou dos quinhentos mil, pois ele era o mais esperto. E Deus sabe que cifras descomunais teriam atingido aquelas benditas somas, se um gato preto não lhes tivesse atravessado o caminho.

O demônio confundiu ambos os funcionários; para falar claramente, os dois funcionários se enraiveceram e brigaram sem nenhum motivo. Certa feita, durante uma discussão acalorada, ou talvez por ter bebido um pouco, Tchítchicov chamou o outro funcionário de filho de pope, e aquele, embora de fato fosse filho de pope, por motivos ignorados sentiu-se gravemente ofendido e deu-lhe imediatamente uma resposta forte e extremamente acerba, com as seguintes palavras: "Não, estás mentindo, eu sou conselheiro de Estado, e não filho de pope, o filho de pope és tu!" E ainda acrescentou, por desaforo e para feri-lo mais ainda: "Sim, senhor, é isso mesmo!"

Embora o tivesse aniquilado completamente, devolvendo-lhe o seu próprio insulto, e embora a expressão "É isso mesmo!" tivesse sido muito forte, ele não se deu por satisfeito e ainda fez uma denúncia anônima contra Tchítchicov. De resto, consta também que entre eles já havia uma rixa por causa de uma certa rapariga, viçosa e firme como um nabo maduro, como diziam os funcionários aduaneiros; que até haviam sido contratados uns indivíduos para agarrar e espancar nosso herói nalgum beco escuro, à noitinha; mas que ambos os funcionários ficaram a ver navios e quem ficou com a rapariga foi um certo Capitão Chamchariov. Como a coisa aconteceu de fato, só Deus sabe; o leitor que tiver vontade, que complete a história como achar melhor. O que importa é que as relações secretas com os contrabandistas tornaram-se públicas. O conselheiro de Estado enterrou-se a si mesmo, mas conseguiu afundar seu companheiro junto consigo. Os dois funcionários foram processados, confiscaram e penhoraram tudo o que eles possuíam, e tudo isso desabou como um raio sobre as suas cabeças. Só então, quando voltaram a si, como se fosse de uma intoxicação de fumaça, é que eles viram, horrorizados, o que tinham feito. O conselheiro de Estado, segundo o costume russo, afogou as mágoas na bebedeira, mas o conselheiro de Ministério agüentou firme. Conseguira esconder uma parte do dinheiro, apesar do faro agudo das autoridades que vieram fazer a investigação e a busca. Ele aplicou os mais finos recursos da sua inteligência, já muito experiente, já muito conhecedora da natureza humana: aqui ele agiu com seus modos insinuantes, ali com um discurso comovedor, acolá usou o incenso da lisonja, que jamais atrapalhou negócio algum, mais além passou um dinheirinho em suma, soube levar o seu caso de tal forma, que pelo menos conseguiu não ser exonerado de maneira tão desonrosa como o seu colega, e escapar de um processo criminal. Mas acabou ficando sem capital, sem as suas bugigangas estrangeiras, sem nada. Para tudo isso apareceram novos candidatos. Ele só conseguiu conservar uns dez mil rublos, guardados para um dia mais negro, e umas duas dúzias de camisas holandesas, e a pequena sege na qual costumam viajar os solteirões, e os dois servos – o cocheiro Selifan e o criado Petruchka. E os companheiros de Alfândega, movidos pela bondade dos seus corações, deixaram-lhe uns cinco ou seis pedaços do sabonete para a conservação do frescor das faces – e é só.

Eis pois a situação em que de novo se encontrou o nosso herói! Eis que avalancha de desgraças desabou sobre a sua cabeça! Era a isto que ele chamava "sofrer a bem do serviço público". Agora, poder-se-ia imaginar que, depois de tais borrascas, provações, reviravoltas do destino e vicissitudes da vida, ele se retiraria, com seus últimos dez milheiros de rublos, para alguma cidadezinha de província distante, e lá se quedaria para sempre, de roupão de chita, na janela de uma casinha baixinha, separando aos domingos as brigas dos mujiques debaixo das janelas, ou dando um passeio, para se refrescar, até o galinheiro, para apalpar pessoalmente a galinha escolhida para a sopa, e passaria desta forma o resto da sua vida sossegada, embora não inútil de todo. Mas não foi isso o que aconteceu.

É preciso fazer justiça à indômita força de caráter de nosso herói. Depois de tudo aquilo, que teria sido suficiente, senão para matar, pelo menos para esfriar e fazer sossegar para sempre qualquer outro homem, nele não se apagou a incoercível paixão. Ele estava amargurado, despeitado, murmurava contra o mundo inteiro, irritava-se contra a injustiça do destino, ficava indignado com a injustiça humana, mas apesar de tudo não conseguia desistir de fazer novas tentativas. Em suma, ele deu provas de uma paciência diante da qual empalidece a paciência empedernida do alemão, já contida na lenta e preguiçosa circulação do seu sangue. O sangue de Tchítchicov, ao contrário, borbulhava vigorosamente, e era necessária muita força de vontade consciente para pôr uma brida em tudo o que nele queria saltar e galopar em liberdade. Ele raciocinava, e no seu raciocínio havia um lado de certa forma justo: "Por que eu? Por que a desgraça foi cair logo sobre mim? Quem é que fica hoje em dia cochilando no serviço público? Todo mundo se defende, todo mundo ganha. Não causei a desgraça de ninguém: não roubei a viúva, não deixei ninguém na miséria, só me aproveitei do supérfluo, só peguei o que qualquer um teria pegado; se eu não aproveitasse, outro aproveitaria. Por que então os outros estão prosperando e só eu tenho de perecer como um verme? E o que sou eu agora? Para que sirvo? Com que olhos poderei encarar agora qualquer honrado pai de família? Como não sentirei remorsos, sabendo que sou um peso inútil sobre a terra? E o que dirão mais tarde os meus filhos? Está aí, dirão: 'Nosso pai era uma besta, não nos deixou coisa alguma!'"

Já sabemos que Tchítchicov se preocupava muito com a sua descendência. Um assunto tão delicado! Outro assunto talvez não o fizesse meter a mão tão fundo, se não fosse a pergunta que, não se sabe por quê, surge por si mesma: e o que dirão os filhos? E assim o futuro *paterfamilias*[4], qual um gato cauteloso, espiando de soslaio com um olho só para ver se o dono não o está observando, agarra às pressas qualquer coisa que lhe esteja ao alcance: pode ser sabão, ou velas, ou sebo, ou um canário que lhe caiu debaixo da pata – ele não deixa escapar nada. Assim chorava e lamentava-se o nosso herói,

4. Em latim, no texto: pai de família. (N. da E.)

mas nem por isso esmorecia a atividade na sua cabeça: lá dentro alguma coisa queria organizar-se a todo custo, e só aguardava que surgisse um plano. Mais uma vez ele se encolheu, de novo começou a levar uma vida apertada, de novo privou-se de tudo, de novo saiu do asseio e de uma situação decente para afundar-se na imundície e na vida infame e vil. E, à espera de coisa melhor, viu-se até obrigado a aceitar as funções de despachante-procurador, profissão que entre nós ainda não ganhou foros de cidadania. Empurrado por todos os lados, desrespeitado pela arraia-miúda das repartições e até pelos seus próprios mandantes, condenado a rastejar pelas ante-salas, exposto a grosserias e insultos, ele viu-se obrigado a enfrentar tudo, premido pela necessidade.

Entre outros encargos ele recebera um, que era o de conseguir a penhora de algumas centenas de almas de camponeses no Conselho de Tutela. Tratava-se de uma propriedade que estava arruinada ao último grau. Fora arruinada pela mortalidade do gado, pelas ladroeiras dos administradores, pelas más colheitas, pelas epidemias que dizimaram os melhores trabalhadores, e finalmente pela falta de juízo do proprietário das terras, que havia montado uma casa em Moscou em grande estilo e na última moda, esbanjando com ela toda a sua fortuna até o último copeque, a ponto de ficar sem dinheiro para a comida. Por esse motivo ele se viu obrigado a empenhar tudo o que lhe restava, que eram os camponeses. O empenho no Tesouro era então ainda um negócio novo, a que as pessoas tinham receio de se arriscar. Tchítchicov, na sua qualidade de despachante-procurador, tendo previamente conseguido angariar a boa disposição de todos (sem a boa disposição prévia, como se sabe, não se consegue nem uma simples informação: pelo menos uma garrafa de Madeira não se escapa de despejar-lhes na goela), tendo, pois, conseguido essa boa disposição de todos os elementos necessários, ele explicou que, aliás, existia a circunstância de metade daqueles camponeses estarem mortos – isso para evitar reclamações futuras...

– Mas eles estão incluídos na lista de recenseamento? – disse o secretário.

– Estão incluídos, sim – respondeu Tchítchicov.

– Então, por que se apoquenta? – disse o secretário. – No fim dá tudo no mesmo: uma morte, um nascimento, e tudo se resolve num momento.

Aquele secretário, pelo visto, sabia até falar em rimas. Mas nesse meio tempo o nosso herói foi iluminado por uma idéia inspiradíssima, a mais inspirada que jamais iluminara a cabeça de um ente humano.

"Mas que joão-bobo que eu sou!", disse ele consigo mesmo. "Procuro as luvas e elas estão no cinto! Se eu comprar todos esses camponeses que morreram enquanto as novas listas de recenseamento ainda não foram entregues, se eu adquirir, digamos, um milheiro deles, e o Conselho de Tutela me pagar uns duzentos rublos por alma, já terei duzentos mil rublos de capital na mão! E agora é um momento favorável, houve ainda há pouco uma epidemia que matou boa quantidade de gente, graças a Deus. Os proprietários andaram perdendo dinheiro na jogatina, em pândegas e rega-bofes, e esbanjaram valentemente os seus haveres; e agora correram todos para se empregar no serviço público em Petersburgo; as propriedades estão abandonadas, são administradas ao deus-dará, cada ano torna-se mais difícil pagar os impostos; nessas condições eles ficarão muito contentes de poderem ceder-me as almas mortas, nem que seja só para não pagar por elas as taxas *per capita*; pode até acontecer que um ou outro ainda me pague alguma coisa por cima. Está claro que o negócio é difícil, trabalhoso, há o perigo de eu me meter de novo em palpos de aranha, se a coisa falhar e for descoberta. Mas para alguma coisa um homem é dotado de inteligência. E o melhor da história é que o assunto vai parecer inverossímil a todo mundo, ninguém vai acreditar. É verdade que sem possuir terras não se pode nem comprar nem empenhar camponeses. Mas eu vou comprá-los para transferência, para colonização: nos distritos de Tavrida e Kherson agora estão dando terras de graça, só querem que sejam colonizadas. É para lá que vou transferi-los todos! Para Kherson! Que morem ali! E a transferência pode ser feita legalmente, pelas vias oficiais. E se quiserem uma certidão dos camponeses, pois não, não tenho objeções, passemos a certidão. Apresentarei até o testemunho assinado de próprio punho pelo chefe de polícia. E a aldeia pode-se chamar de Tchítchicovo, ou então pelo meu nome de batismo: Pávlovskoie."

E foi assim que brotou na cabeça do nosso herói este estranho enredo, pelo qual não sei se o leitor lhe será grato, mas sei que a gratidão do autor é até difícil de expressar. Porque, digam o que disserem, se não fosse essa idéia surgir na cabeça de Tchítchicov, este poema não veria a luz do dia.

Persignando-se à moda russa, ele pôs mãos à obra. Sob o pretexto da procura de um lugar para morar e sob outros pretextos, começou a visitar vários recantos do nosso país, especialmente aqueles que haviam sofrido mais do que os outros, atingidos por calamidades de toda espécie, más colheitas, mortalidade, e assim por diante; em suma, aqueles onde ele poderia comprar em melhores condições e a preços mais baixos os servos de que precisava. Não se dirigia a esmo a qualquer proprietário, mas escolhia pessoas mais a seu gosto, ou então aquelas com as quais teria menos dificuldades em fechar semelhantes negócios, procurando travar conhecimento com elas antes, despertar-lhes a boa disposição para com ele, para, se possível, adquirir os camponeses mais por amizade do que por dinheiro.

Assim, pois, os leitores não devem ficar indignados com o autor, se as personagens que apareceram até agora não estão de acordo com o seu gosto: o culpado disso é Tchítchicov, ele é quem manda aqui, e para onde ele inventar de ir, teremos de segui-lo. De nossa parte, se de fato formos acusados pela pobreza de colorido e pouca beleza das personagens e dos caracteres, só poderemos alegar que no começo nunca dá para perceber o fluxo e a dimensão do assunto em toda a sua amplitude. A entrada em qualquer cidade, mesmo numa capital, é sempre um tanto sem graça – no começo tudo é cinzento e monótono, desfilam interminavelmente usinas e fábricas enegrecidas pela fumaça, e só mais tarde é que começarão a aparecer as quinas dos prédios de seis andares, as lojas, os letreiros, as imensas perspectivas das avenidas, cheias de campanários, colunas, estátuas, torres, com todo o brilho, ruído e fragor da cidade, e todas aquelas maravilhas criadas pelo engenho e pela mão do homem.

O leitor já viu como se processaram as primeiras compras de Tchítchicov. Como as coisas caminharão daqui para a frente, que êxitos e malogros esperam o nosso herói, como ele terá de enfrentar, resolver e superar os obstáculos mais difíceis; como surgirão imagens enormes, como se moverão as misteriosas alavancas da grande narrativa, como se alargarão seus horizontes e toda ela ganhará um majestoso fluxo lírico, tudo isso veremos mais tarde. Ainda é longo o caminho que deverá ser percorrido por toda a equipagem de campanha composta pelo cavalheiro de meia-idade, a sege, daquelas em que viajam os solteirões, o criado Petruchka, o cocheiro Selifan e a tróica de cavalos já conhecidos pelos seus nomes próprios, desde o Presidente até o patife do pedrês.

E assim, eis apresentado o nosso herói, tal qual ele é! Mas quem sabe os leitores exigirão uma definição cabal sobre um traço específico: quem é ele no que se refere às qualidades morais? Que não se trata aqui de um herói cheio de perfeições e virtudes, é evidente. Mas então, quem é ele? Trata-se pois de um patife? Mas por que um patife, por que ser tão severo para com os outros? Hoje em dia não existem mais patifes entre nós, existem só pessoas bem-intencionadas, simpáticas; indivíduos que, para vergonha geral, possam expor a face às bofetadas públicas, desses encontraremos quando muito uns dois ou três, e esses mesmos já estão falando em virtude. Seria mais justo classificar nosso herói como um empreendedor, um adquiridor. A culpada de tudo é a aquisição: é por causa dela que têm sido feitos negócios que se convencionou chamar de "pouco limpos". É verdade que um caráter desse tipo já tem algo de repelente, e o mesmo leitor que, no caminho da sua vida, poderá ter relações amistosas com um homem desse, trocar visitas e passar momentos agradáveis em sua companhia, passará a olhá-lo de soslaio se ele de repente surgir no papel de herói de um drama ou poema. Mas sábio é aquele que não recua diante de caráter algum, mas, cravando nele o olhar perscrutador, sonda-o e penetra no seu imo mais recôndito.

Depressa tudo se transforma no ser humano: nem ele próprio percebe como cresce dentro dele um verme terrível, que, imperioso, atrai para si toda a seiva vital. E, mais de uma vez, não só uma imensa paixão, mas uma ínfima paixãozinha por alguma coisa reles desenvolveu-se num homem nascido para feitos melhores, obrigando-o a esquecer seus grandes e sagrados deveres e a tomar, pelo que é grande e sagrado, mesquinhas trivialidades. Incontáveis como as areias do mar são as paixões humanas, e todas elas diferem entre si; e todas elas, as vis como as nobres, no princípio são submissas ao homem, para logo depois se transformarem em suas terríveis dominadoras. Bem-aventurado aquele que soube escolher entre todas as paixões a mais elevada: sua bem-aventurança cresce e se multiplica, desmesurada, a cada hora, a cada minuto, e ele penetra cada vez mais fundo no paraíso infinito da sua própria alma. Mas existem paixões que não foi dado ao homem escolher, que já nascem com ele no momento em que ele mesmo nasce para a luz do dia, e não lhe são dadas forças para delas esquivar-se. Planos superiores as comandam, e existe nelas um apelo perene que não se cala pela vida inteira. Grandiosa é a trajetória terrena que elas são predestinadas a percorrer. Não importa se em forma sombria ou como luminosa aparição que alegra o mundo por um momento – são igualmente chamadas para um bem desconhecido do ser humano. E quiçá neste mesmo Tchítchicov a paixão que o arrasta já não parta dele, e na sua fria existência se encerre aquilo que mais tarde derrubará por terra o homem, e o fará cair de joelhos diante da sabedoria celeste. E também é um mistério a razão por que esta imagem apareceu no poema que ora sai a lume.

Mas o lamentável não é que o herói não agrade aos leitores; o lamentável é que no nosso foro íntimo reside a certeza absoluta de que esse mesmo herói, esse mesmo Tchítchicov, poderia ter-lhes agradado. Não tivesse o autor perscrutado tão a fundo a sua alma, não tivesse mexido com aquilo que, no fundo dela, escapa e foge à luz do dia, não tivesse desvendado os pensamentos mais recônditos, que homem nenhum confia a qualquer outro; mas se ao invés disso o tivesse mostrado tal como ele se apresentara a toda a cidade, a Manílov e aos outros, todos ficariam muito contentes e o tomariam por um homem interessante. Não havia necessidade de que o seu rosto e toda a sua imagem se agitassem como vivos diante dos olhos dos leitores; em compensação, ao terminar a leitura, suas almas não estariam perturbadas por coisa nenhuma, e poderiam voltar todos para a mesa de jogo, que distrai e diverte a Rússia inteira. Sim, meus bons leitores, vós preferiríeis não ver descoberta a miséria humana. Para quê, dizeis vós, qual é a utilidade disso? Então não sabemos sozinhos que existe muita coisa ridícula e desprezível na vida? Já sem isso nos acontece ver muitas vezes coisas bem pouco confortadoras. Melhor seria se nos mostrassem o belo, o atraente. Melhor seria que nos esquecêssemos, que escapássemos disso! "Para que me dizes, meu velho, que os negócios vão mal na minha propriedade?", diz o *pomiêchtchik* ao seu administrador. "Isso, meu velho, eu sei sem a tua ajuda. Será que não tens outras conversas para mim? Deixa-me esquecer essas coisas, não quero saber delas, só assim ficarei feliz." E assim, o dinheiro que serviria para pôr os negócios em ordem será empregado em recursos para induzir o estado de esquecimento. E dorme a inteligência, que talvez pudesse ter encontrado uma nova e rica fonte de recursos; e logo mais vai à garra a propriedade, vendida em hasta pública, e lá se vai o proprietário pelo mundo, com a alma perturbada pela necessidade extrema e disposta a baixezas que antes o teriam horrorizado.

E também cairão sobre o autor acusações por parte dos chamados patriotas, que ficam bem tranqüilos nos seus cantos, ocupados com os seus negócios particulares, inteiramente alheios ao caso, acumulando seus capitaizinhos, construindo seus destinos à custa dos outros; mas assim que acontece alguma coisa que, na sua opinião, é ofensiva à pátria; se aparece, por exemplo, um livro que constata às vezes alguma verdade amarga, eles surgem correndo de todos os cantos, como aranhas que pressentiram uma mosca na teia, e levantam logo uma gritaria: "Será que está certo trazer isso à luz do dia, proclamar essas coisas? Se tudo isso que está escrito aí é nosso – será que convém mostrá-lo? E o que dirão os estrangeiros? Então é agradável ouvir opiniões desairosas sobre nós mesmos? Então isso não dói? Estão pensando que nós não somos patriotas?"

Diante de tão sábias observações, especialmente as referentes à opinião dos estrangeiros, confesso que não é possível encontrar nada para contestá-las. A não ser talvez o seguinte: num longínquo recanto da Rússia viviam dois cidadãos. Um era pai de família, de nome Kifa Mokiêvitch, homem de índole mansa, que levava uma vida descuidada; não se preocupava com a família; sua existência era orientada mais para o lado contemplativo e seu pensamento era ocupado pelo seguinte problema filosófico, como ele o chamava: "Tomemos, por exemplo, uma fera", dizia ele, andando pelo aposento; "a fera nasce nua. E por que ela nasce justamente assim, nua? Por que ela não sai dum ovo, como um pássaro? Como é que é isso? O fato é que não dá para compreender a natureza, por mais que a gente se aprofunde no seu exame!" Assim pensava o cidadão Kifa Mokiêvitch. Mas isto ainda não é o essencial. O outro cidadão era Móki Kífovitch, seu próprio filho. Este era o que se costuma chamar um hércules, e enquanto seu pai se preocupava com o nascimento da fera, sua espadaúda natureza de rapagão de vinte anos vibrava e forcejava na ânsia de se soltar. Não sabia fazer nada leve com a mão: a toda hora aparecia alguém com o braço deslocado ou com o nariz inchado. Na casa e na vizinhança, tudo, desde o cachorro até a criada, fugia a bom correr assim que o via; até sua própria cama, no quarto de dormir, ele reduzira a pedaços. Assim era Móki Kífovitch – se bem que de resto fosse um moço de boa índole. Mas ainda não é aqui que está o essencial. O essencial é o seguinte: "Tem paciência, patrãozinho Kifa Mokiêvitch", diziam ao pai os servos domésticos, os seus e os dos outros, "que é que há com este teu Móki Kífovitch? Não dá sossego a ninguém, é um endemoninhado!" "É verdade, é travesso, é travesso", costumava responder o pai, "mas que é que eu vou fazer? É tarde para surrá-lo, e depois me acusariam de crueldade. E ele é um moço brioso – se for repreendido diante de uns e de outros, ficará quieto, mas e depois, se a coisa se torna pública? Seria uma desgraça: a cidade ficaria sabendo, chamá-lo-iam de cachorro, duma vez por todas! Então achais que isto não me dói? Então não sou eu o pai? Só porque me ocupo com questões filosóficas e às vezes não tenho tempo, já deixo de ser pai? Pois não é nada disso, sou o pai, sim! O pai, o pai, o Diabo que os carregue, o pai, sim! Móki Kífovitch está aqui, mora aqui dentro do meu coração!" Neste ponto Kifa Mokiêvitch batia com bastante força no próprio peito com o punho fechado e se deixava arrastar pelo entusiasmo: "E se o meu filho for cachorro e tiver de permanecer cachorro, que não seja por mim que os outros saibam disso, que não seja eu que o denuncie!"

E, tendo demonstrado tão paternais sentimentos, ele continuava a deixar Móki Kífovitch prosseguir com as suas proezas hercúleas, enquanto ele mesmo voltava para os seus temas favoritos, colocando-se de repente algum problema como este: "Se, por exemplo, o elefante nascesse de um ovo, a casca deste ovo deveria ser bastante grossa, nem um canhão a furaria; seria preciso inventar uma arma de fogo nova".

Assim passavam a sua vida os dois habitantes do pacífico rincão, os quais surgiram de chofre, como se fosse numa janela, no fim do nosso poema, assomaram inesperadamente, a fim de dar uma modesta resposta às acusações de alguns ardorosos patriotas, até há pouco tranqüilamente ocupados com alguma filosofia ou com o aumento dos seus cabedais às expensas da pátria amada, e que não pensam em não praticar o mal, mas em que ninguém fale que eles praticam o mal.

Mas não, não é o patriotismo nem é o primeiro sentimento a razão dessas acusações, outra coisa se oculta por trás delas. Por que guardarei silêncio? Quem, a não ser o autor, tem o dever de proclamar a sagrada verdade? Vós temeis o olhar que sonda fundo, tendes medo de dirigirdes vós mesmos um olhar perscrutador a quem quer que seja, preferis deixar os olhos deslizar pela superfície de tudo, sem pensar. Podereis até rir gostosamente de Tchítchicov, podereis quem sabe até elogiar o autor, dizendo: "Apesar de tudo, ele fez algumas observações bem-apanhadas, deve ser um homem divertido!" E, depois dessas palavras, voltar-vos-eis para vós mesmos com redobrado orgulho, um sorriso complacente iluminará vosso semblante, e acrescentareis: "Mas é preciso convir que existem pessoas bem estranhas e ridículas em algumas províncias, e ainda por cima são uns patifes de marca!" Mas qual de vós, cheio de humildade cristã, não em voz alta, mas em silêncio, a sós consigo mesmo, nos momentos de exame da consciência, cravará no fundo da própria alma esta penosa indagação: "Será que dentro de mim mesmo não existe alguma parcela de Tchítchicov?" Pois sim, era só o que faltava! Mas se neste momento passar por perto algum conhecido, de posição nem muito alta, nem baixa demais, ele cutucará no mesmo instante o seu vizinho e lhe dirá, mal conseguindo conter o riso: "Olha, olha, lá vai Tchítchicov, foi Tchítchicov quem passou!" E depois, qual uma criança, esquecendo o decoro devido à sua idade e posição, correrá atrás dele, provocando-o e caçoando: "Tchítchicov! Tchítchicov! Tchítchicov!"

Mas estamos falando bastante alto, esquecidos de que o nosso herói, que dormia enquanto contávamos sua história, já acordou e poderia facilmente ouvir o seu sobrenome tantas vezes repetido. E ele é um homem suscetível, ficará aborrecido se perceber que se referem a ele de um modo desrespeitoso. Ao leitor pouco se lhe dá que Tchítchicov fique ou não fique zangado com ele: mas o autor, este em hipótese alguma pode permitir-se brigar com o seu herói: ainda é longo o caminho que os dois terão de percorrer juntos, ombro a ombro; ainda há duas partes grandes pela frente – isto não é coisa de somenos.

– Eh-eh! Que estás fazendo? – disse Tchítchicov a Selifan. – Tu aí!

– O quê? – disse Selifan em voz mole.

– Como assim, o quê? Asno! Isso é jeito de andar? Toca para a frente, anda!

E, com efeito, havia muito tempo que Selifan já estava de olhos entrefechados, apenas sacudindo de vez em quando, estremunhado, as rédeas nos flancos dos cavalos também meio adormecidos. Quanto a Petruchka, o vento já lhe tinha levado o gorro não se sabe a que altura do caminho, e ele próprio, caído para trás, cochilava com a cabeça apoiada no joelho de Tchítchicov, de modo que este teve de lhe dar um cascudo.

Selifan reanimou-se e, dando algumas lambadas no lombo do pedrês, após as quais este partiu a trote, e sacudindo o chicote por cima dos outros, proferiu numa voz fininha e cantante: – Não tenha medo! – Os cavalinhos arrancaram e levaram como uma pluma a sege ligeira. Selifan só abanava o chicote e gritava: – Eh! Eh! Eh! – saltando agilmente na boléia, à medida que a tróica ora voava por cima de um outeiro, ora descia de chofre um outro, dos quais estava salpicada a estrada real, que seguia descendo sempre, em declive quase insensível. Tchítchicov sorria, saltando de leve na sua almofada de couro, pois gostava de uma corrida veloz.

E qual é o russo que não ama uma corrida veloz? Que alma, senão a alma russa, que aspira a embriagar-se, entrar num torvelinho, dizer de quando em quando: "Que vá tudo ao inferno!" – que alma senão a russa há de amá-la tanto, quando é nela, na corrida vertiginosa, que se pode sentir aquele quê de extático e maravilhoso? É como se uma força misteriosa te erguesse na sua própria asa, e tu voas, e tudo voa: voam os marcos de estrada, voam ao teu encontro as carretas cobertas dos mercadores, passa voando de ambos os lados o bosque com suas escuras fileiras de pinhos e abetos, o bater de machados e o grasnar dos corvos, voa a estrada inteira, não se sabe para onde, para a lonjura ignota, e há algo de assustador que se oculta nessas aparições fugidias, em que não tem tempo de se delinear o objeto que passa voando. E só o firmamento sobre a cabeça, e as nuvens ligeiras, e a lua que surge entre elas, só eles parecem imóveis.

Eh, tróica! Pássaro tróica, quem foi que te inventou? Só podias ter nascido de um povo atrevido, naquela terra que não está para brincadeiras, mas espraiou-se, imensa e alastrada, pela metade do mundo. E vá alguém tentar contar os marcos de verstas, até ficar com a vista mosqueada! E nem sequer é complicada a equipagem de estrada, não foi fixada com parafusos de ferro, mas armada às pressas, a machado e entalhadeira, pelo jeitoso mujique de Iaroslavl. Nem o cocheiro usa botas estrangeiras – só barbas e luvas grosseiras, e senta-se Deus sabe em que boléia. Mas põe-se de pé, e brande o chicote, e entoa uma cantiga – e os cavalos voam como o vento, os raios das rodas fundem-se num só disco liso, e a estrada estremece, e grita de susto o pedestre atarantado – e ei-la que voa, a tróica, que voa, que voa!... E já só se percebe ao longe um ponto que some, levantando poeira e varando o espaço.

E não é assim que tu mesma voas, Rússia, qual uma tróica impetuosa que ninguém consegue alcançar? Debaixo de ti fumega a estrada, tremem as pontes, tudo recua e fica para trás. E estaca o espectador espantado por este milagre divino: terá sido um raio lançado do céu? O que significa esse ímpeto assustador? E que força inaudita se encerra nesses corcéis nunca vistos no mundo? Eh, cavalos, cavalos – que cavalos! Que tempestades se agitam em vossas crinas? Que ouvidos apurados vibram em cada um dos vossos tendões? Escutais da boléia a velha canção conhecida, e todos juntos, num único esforço, estufais os peitos de bronze, e, quase sem tocar a terra com os cascos, transformais-vos numa só linha tesa, fendendo os ares, voando por Deus inspirada!...

Rússia, para onde voas? Responde! Ela não responde. Vibram os sininhos no seu tilintar mavioso, zune e transforma-se em vento o ar dilacerado em farrapos; passa voando ao largo tudo o que existe sobre a terra, e, de olhar enviesado, afastam-se e abrem-lhe caminho os outros povos e os outros países.

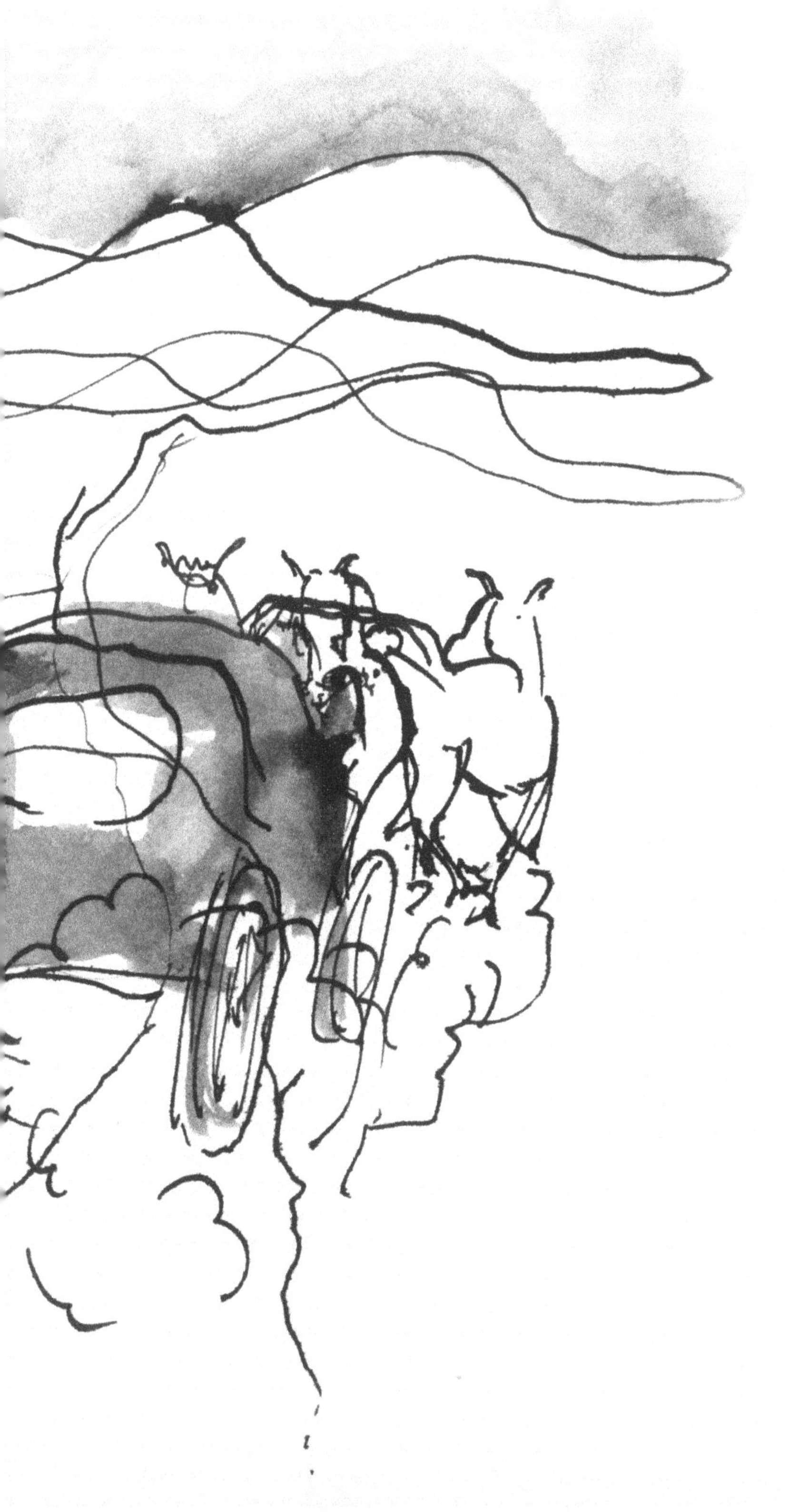

SEGUNDA PARTE*
CAPÍTULO I

Para que mostrar a pobreza e outra vez a pobreza, e a imperfeição da nossa vida, desenterrando personagens de perdidos cafundós, de recantos longínquos da nossa terra? Mas que fazer, se é esse o feitio do autor, que, doente da sua própria imperfeição, já não consegue pintar mais nada além da pobreza e outra vez a pobreza, e a imperfeição da nossa vida, desenterrando personagens de perdidos cafundós, de recantos longínquos da nossa terra? E eis que novamente fomos parar num cafundó, novamente nos encontramos num recanto longínquo.

Mas em compensação, que cafundó e que recanto!

Como gigantesca muralha duma fortaleza interminável, cheia de seteiras e ameias, estendia-se coleando por mais de mil verstas de extensão uma cadeia de elevações montanhosas. Esplêndidas, erguiam-se elas por sobre os espaços imensos das planícies, ora em cortes abruptos, como paredes verticais de argila calcária, sulcadas de brechas e fendas, ora arredondando-se suavemente em verdes colinas cobertas de arbustos novos, crespos como pele de carneiro, entre tocos de árvores derrubadas, ora, ainda, em sombrios maciços de bosques, salvos do machado por algum milagre. Um rio, fiel ao seu curso, ora as acompanhava em suas curvas e voltas, ora se

* A Segunda Parte do original de *Almas Mortas* tem duas redações; a presente tradução foi feita da última redação do autor, o qual não chegou a concluir a obra. (N. da T.)

afastava fugindo para os prados, para, serpenteando lá embaixo em caprichosos meneios, brilhar em reflexos de fogo diante do sol, sumir nos bosques de bétulas, olmos e álamos e reaparecer novamente em triunfante corrida, seguido por pontes, moinhos e diques, que pareciam correr-lhe ao encalço a cada uma das suas voltas.

Num certo ponto, o flanco escarpado das colinas escondia-se mais fundo entre os verdes cachos das árvores. Como numa plantação artificial, graças ao desnível do barranco montanhoso, o norte e o sul do reino vegetal encontravam-se ali, juntos. Carvalhos, pinheiros, pereiras silvestres, bordos, cerejeiras e espinheiros, sorveiras enleadas em lúpulo recobriam a montanha inteira, de alto a baixo, ora ajudando-se mutuamente no crescimento, ora sufocando-se uns aos outros. E lá no alto, já perto do topo, misturavam-se aos seus cumes verdes os tetos vermelhos de construções senhoriais, as cristas e telhados de isbás escondidas ao fundo, o andar superior de uma casa senhorial, com um balcão entalhado e grande janela oval. E, dominando toda essa aglomeração de árvores e telhados, mais alta que todos os outros, erguia suas cinco cintilantes cúpulas douradas uma veneranda igreja de aldeia. Cada uma das suas cinco torres redondas sustentava uma cruz de ouro rendilhado, as cinco cruzes firmadas e ligadas entre si por correntes do mesmo ouro, dando a ilusão, a distância, de que, sem apoio de espécie alguma, faiscava suspenso no ar ouro fino em ducados chamejantes. E, em forma invertida, tudo isso – cumes, telhados, cruzes – refletia-se graciosamente de cabeça para baixo no rio, onde velhos salgueiros de troncos disformes e ocos, uns pelas margens, outros no próprio leito, com seus galhos e folhas mergulhados na água, pareciam contemplar essa formosa imagem onde não os atrapalhava o limo viscoso e o verde-claro das folhas de nenúfares amarelos flutuantes.

Essa era uma vista muito bela, mas a vista de cima para baixo, do mirante da casa para a paisagem distante, era ainda mais bela. Nenhum hóspede ou visitante conseguia permanecer indiferente naquele balcão: faltava-lhe o fôlego de assombro, e só conseguia exclamar: "Meu Deus, que imensidão!" Sem fim, sem limites, descortinavam-se os espaços. Além dos prados, semeados de matagais e moinhos de água, verdejavam em várias faixas de verde os bosques; além dos bosques, através do ar que já começava a ficar enevoado, via-se o amarelo das areias, depois novamente bosques, agora já azulados, como mares ou nevoeiros distantes; e de novo areias, ainda mais pálidas, mas sempre amarelas. E ao longe, no horizonte, estendiam-se em cristas as montanhas calcárias, de brancura brilhante até nos dias

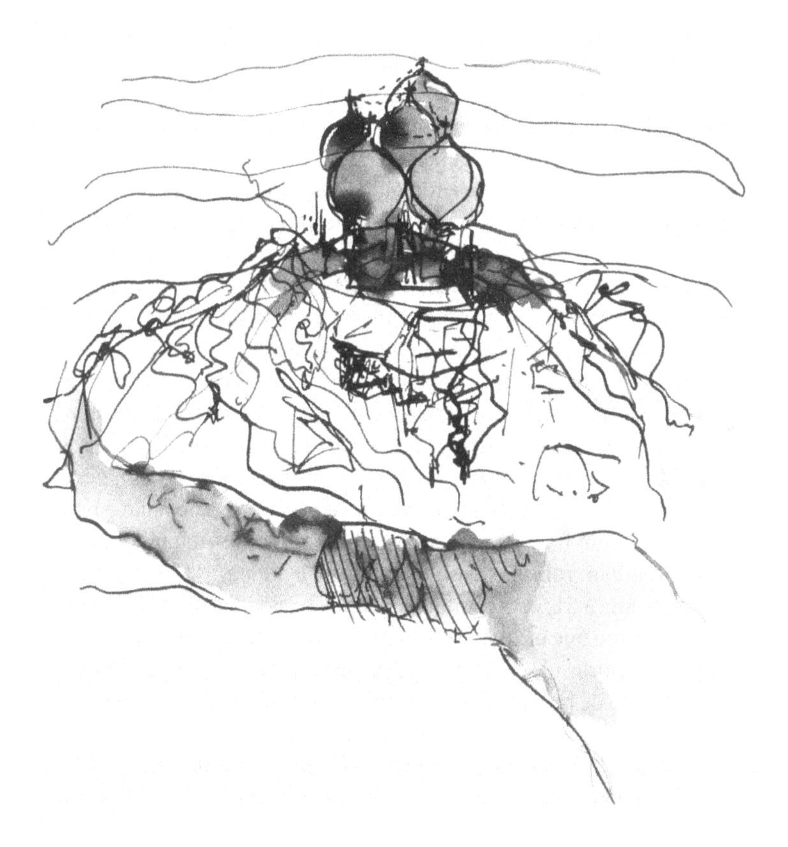

chuvosos, como iluminadas por um sol eterno. Sobre a alvura imaculada, junto ao sopé, viam-se de longe em longe como que umas manchas opacas e fumarentas: eram aldeias longínquas, mas o olho humano já não podia mais distingui-las. Só a faísca que saltava, sob os raios do sol, do cume dourado da igreja dava a perceber que ali existia um grande aglomerado humano. E tudo isso estava envolto num silêncio profundo, que não era perturbado nem mesmo pelas vozes apenas perceptíveis dos cantores do arvoredo, que se perdiam no espaço. E o hóspede, depois de duas horas de muda contemplação do alto do mirante, continuava não conseguindo dizer mais nada além de: "Meu Deus, que imensidão!"

Mas quem era o morador, senhor e dono dessa aldeia, à qual, como a uma fortaleza inexpugnável, não se podia chegar por aqui, mas da qual era preciso aproximar-se pelo outro lado, onde os carvalhos espalhados saudavam cordialmente o visitante, abrindo como para um amigável abraço seus largos galhos e acompanhando-o até a frente daquela mesma casa cuja cumeeira já havíamos visto por detrás, e que agora nos mostrava sua face, tendo de um lado uma fileira de isbás, aquelas mesmas que nos mostraram suas cristas entalhadas, e do outro a igreja que nos ofuscara com o ouro das suas cruzes e com os desenhos rendilhados das correntes de ouro suspensas no ar? Quem era o felizardo a quem pertencia esse recanto?

Pertencia a um *pomiêchtchik* do distrito de Triêmalakhan, Andrei Ivánovitch Tentiêtnikov, um jovem felizardo de trinta e três anos de idade, e ainda por cima um homem solteiro.

E quem é ele, o que é ele, que espécie de pessoa ele é? Aos vizinhos, é aos vizinhos, minhas leitoras, que é preciso perguntar essas coisas. Um vizinho, pertencente à espécie hoje em dia já quase extinta dos oficiais superiores reformados do Corpo de Bombeiros, referiu-se a ele nestes termos: "É um completo animal!" Um general, que vivia a dez verstas de distância, disse: "O moço não é nada tolo, mas é um bocado presunçoso. Eu poderia ser-lhe útil, porque não me faltam relações em Petersburgo, e até na..." – e o general não concluía a frase. O capitão de polícia respondeu da seguinte forma: "O cargo que ele tem é uma droga – amanhã mesmo vou lá para cobrar uns atrasados!" Um mujique da sua aldeia, à pergunta sobre que espécie de homem era o seu amo, não respondeu nada, de onde se conclui que a sua opinião a respeito dele não era favorável.

Mas, falando imparcialmente, ele não era mau sujeito – era simplesmente um boa-vida. Como não são poucos os que neste mundo passam a sua existência na boa vida, por que não haveria Tentiêtnikov de fazer o mesmo? De resto, eis aqui, para amostra, um dia na sua vida, inteiramente igual a todos os outros; o leitor que julgue sozinho qual era o caráter do homem e de que forma a sua vida se relacionava com as belezas que o rodeavam.

Tentiêtnikov acordava de manhã muito tarde, e, sentado na cama, esfregava os olhos durante muito tempo. E como os seus olhos, por azar, eram pequenos, essa operação era extremamente demorada, e durante esse tempo todo, o criado Mikhailo esperava, em pé junto da porta, com bacia, jarra de água e toalha nas mãos. Esse pobre Mikhailo ficava lá parado uma hora, outra, depois ia para a cozinha, depois voltava, e o seu amo ainda continuava sentado na cama, esfregando os olhos. Finalmente saía da cama, lavava-se, punha o roupão e ia para a sala de visitas, a fim de tomar chá, café, cacau e até leite fresco, bebericando um pouco de tudo, esfarelando pão por toda parte e enchendo tudo com as cinzas do seu cachimbo, sem dó nem piedade. Duas horas ficava ele sentado às voltas com o seu desjejum, e, não satisfeito com isso, ainda pegava uma xícara de chá frio e ia para a janela que dava para o quintal. Debaixo dessa janela tinha lugar, todos os dias, a seguinte cena:

Em primeiro lugar, urrava Grigóri, o servo doméstico que desempenhava as funções de mordomo, dirigindo-se à governanta Perfílievna quase nestes termos:

– Criatura desprezível, nulidade, zero! Cala a boca, nojenta!

– E não queres isto aqui! Toma! – berrava a nulidade, ou Perfílievna, mostrando-lhe uma figa. Era uma mulher de maneiras toscas, apesar de muito amiga das passas, docinhos e toda sorte de guloseimas confiadas à sua guarda, e que ela conservava trancadas a chave.

– Tu és bem capaz de atracar-te até com o administrador, ratazana de despensa! – urrava Grigóri.

– E o administrador é um ladrão igual a ti mesmo! Pensas que o patrão não vos conhece? Ele está aqui, está vendo tudo!

– Onde está o patrão?

– Está aqui, sentado à janela: está vendo tudo.

E, com efeito, o patrão estava sentado à janela e via tudo.

Para completar a baderna, esgoelava-se a plenos pulmões um moleque doméstico que acabava de apanhar uma sova da mãe, gania como um galgo, agachado de traseiro no chão, por motivo de um banho de água escaldante que o cozinheiro lhe dera de surpresa, pondo a cabeça para fora da cozinha; em suma, tudo vociferava e ululava de um modo intolerável. O patrão via e ouvia tudo. E só quando aquilo se tornava tão insuportável que o impedia até de não fazer nada, ele mandava dar ordens para fazerem um barulho mais baixo...

Duas horas antes do almoço, o patrão retirava-se para o seu gabinete, a fim de trabalhar seriamente numa obra que deveria abranger a Rússia inteira sob todos os pontos de vista – cívico, político, religioso, filosófico –, solucionar os complexos problemas e metas da atualidade do país e determinar claramente seu grandioso futuro; em suma, tudo à maneira e na forma da problemática dum homem da nossa época. Todavia, este colossal empreendimento estava mais restrito ao plano da meditação: roía-se a caneta, surgiam desenhos no papel, e depois tudo isso era posto de lado; pegava-se num livro, e ficava-se com ele nas mãos até a hora do almoço. Este livro era lido junto com a sopa, o molho, o assado, e até com a sobremesa, de modo que alguns dos pratos esfriavam e outros voltavam para a cozinha intatos. Seguia-se a isso o cachimbo com o café, uma partida de xadrez consigo mesmo; e o que se fazia depois, até a hora do jantar, confesso estar em dificuldade para dizê-lo. Parece que simplesmente não se fazia nada.

E assim passava o seu tempo, sozinho no mundo, aquele jovem de trinta e três anos, sentado e inerte, de roupão e sem gravata. Não tinha vontade de passear, nem de sair, nem mesmo de subir ao segundo andar, não tinha sequer vontade de abrir a janela para deixar entrar ar fresco no quarto; e o maravilhoso panorama da aldeia, ao qual nenhum visitante conseguia ficar indiferente, como que nem existia para o próprio dono.

Por tudo isso o leitor pode perceber que Andrei Ivánovitch Tentiêtnikov pertencia àquela categoria de pessoas cuja espécie não se extingue na Rússia, e que antigamente eram denominadas mandriões, pacholas, modorrentos, mas que hoje não sei mais como chamá-las. Será que os caracteres dessa espécie já nascem assim, ou será que se formam em conseqüência de tristes condições que cercam e influenciam rudemente o ser humano? Em vez de tentar responder a essa pergunta, será melhor que contemos a história da sua educação e da sua infância.

Parecia que tudo se inclinava para fazer dele alguma coisa de sério e útil. Garoto de doze anos, inteligente, meio ensimesmado, um tanto frágil, ele foi parar num estabelecimento de ensino que naquele tempo tinha por diretor um homem extraordinário. Ídolo dos jovens, maravilha dos educadores, o incomparável Aleksandr Petróvitch tinha o dom de intuir a natureza humana. Como ele conhecia as peculiaridades da alma russa! Como conhecia as crianças! Como sabia estimulá-las! Não havia menino travesso que depois da travessura não viesse a ele, *motu proprio*[1], confessar tudo. E, como se não bastasse isso, depois de receber uma severa admoestação, não só o menino não saía de lá acabrunhado, como até, pelo contrário, saía de cabeça mais alta. Havia na própria reprimenda algo de estimulante, algo que dizia: "Avante! De pé, rápido, não te importes com o tombo!" Ele jamais tocava no assunto do bom comportamento quando falava com os alunos. Costumava dizer: "O que eu exijo é inteligência e nada mais! Aquele que almeja ser inteligente não tem tempo para travessuras: a travessura tem que desaparecer por si mesma". E, com efeito, as travessuras sumiam por si mesmas. Aquele que não tentasse melhorar ganhava o desprezo dos companheiros. Os mais ridículos apelidos tinham que ser suportados pelos asnos e tapados mais velhos da parte dos

1. Expressão latina que significa: de própria iniciativa. (N. da E.)

menores, e não se atreviam a tocar neles com um dedo que fosse. "Mas assim já é demais!" diziam muitos. "Esses sabichões vão tornar-se arrogantes." "Não concordo, não é demais", dizia ele, "não fico muito tempo com os maldotados; para estes basta um só curso simples, mas para os inteligentes tenho um outro curso." E, de fato, todos os bem-dotados tinham de fazer com ele um curso diferente. Ele não reprimia muitas das expansões dos alunos, vendo nelas o princípio do desenvolvimento dos atributos espirituais do jovem, e afirmando que precisava delas como o médico precisa das erupções da pele: para averiguar e ficar sabendo o que se passa no interior do ser humano.

Como todos os meninos o amavam! Não, jamais existiu uma afeição tão grande dos filhos pelos próprios pais. Não, nem mesmo nos anos loucos das paixões violentas é tão forte a paixão devoradora como era forte o amor dos meninos por aquele mestre. Até o fim dos seus dias, o discípulo, agradecido, erguendo a taça no dia do aniversário do seu maravilhoso educador sepulto havia muito tempo, quedava-se de olhos fechados e derramava lágrimas por ele. O menor gesto de alento de sua parte fazia-os tremer e vibrar de emoção e felicidade e inspirava-lhes o ambicioso desejo de superar a todos.

Ele não retinha os menos dotados por muito tempo; tinha para eles um curso breve. Mas os talentosos eram obrigados a estudar em dobro. E a última classe, que ele mantinha somente para os escolhidos, não era em nada semelhante àquelas que existem em outras escolas. Só aqui ele exigia do educando tudo aquilo que outros, pouco sensatamente, exigem das crianças: aquela inteligência superior que sabe não zombar, mas suportar qualquer zombaria, perdoar o tolo e não se irritar, não ficar fora de si, não ser vingativa em hipótese alguma e manter a serenidade orgulhosa da alma imperturbável. E tudo o que podia contribuir para a formação de um homem autenticamente viril e forte era aqui aplicado na ação direta, e ele mesmo fazia com os seus alunos experiências ininterruptas. Oh, como ele conhecia a ciência da vida!

Não mantinha muitos professores na sua escola: era ele mesmo que ministrava a maior parte das matérias. Sem terminologia pedante, sem opiniões e expressões empoladas, sabia transmitir a própria essência do ensinamento, de forma que até a menorzinha das crianças percebia qual era a sua utilidade. E entre as ciências ele só escolhia aquela capaz de fazer de um homem um cidadão de sua pátria. A maior parte das suas aulas consistia em fazer compreender ao jovem o que o esperava adiante, e ele sabia delinear todo o horizonte da sua carreira futura de tal forma que o jovem, ainda no banco escolar, já vivia em espírito e pensamento ali, no seu trabalho. Não lhes ocultava nada: todos os desgostos e obstáculos que podem surgir no caminho da vida de um homem, todas as armadilhas e tentações que teriam de enfrentar, ele os expunha diante dos jovens em toda a sua nudez, sem ocultar nada. Tudo lhe era conhecido, como se ele mesmo, em pessoa, tivesse passado por todos os empregos e profissões. E, fosse porque a ambição já estivesse bem desenvolvida neles, fosse porque nos próprios olhos do extraordinário educador brilhasse alguma coisa que dizia ao jovem: "Avante!" – esta palavra, tão conhecida do homem russo, capaz de operar tais maravilhas em sua natureza sensível –, o fato é que o jovem procurava desde o começo somente as dificuldades, ansiando por agir só lá onde houvesse mais obstáculos, onde tudo fosse mais difícil, onde fosse preciso dar provas de maior força espiritual.

Eram poucos os que terminavam esse curso, mas em compensação eram homens temperados no fogo. No serviço público, eles se mantinham nos postos mais periclitantes, lá onde muitos outros, até mais inteligentes, não conseguiam agüentar-se, e, por causa de mesquinhos problemas pessoais, largavam tudo, ou então, desanimados, gastos, apáticos e indolentes, caíam nas garras de malandros e corruptos. Mas eles permaneceram inabaláveis, e, conhecendo a vida e a natureza humana, revigorados pela sabedoria, exerceram até notável influência sobre outros homens.

O coração ardente do ambicioso jovem que era então Andrei Ivánovitch palpitava forte ao simples pensamento de que ele iria finalmente para aquele departamento. Que é que poderia ter sido melhor do que este educador para o nosso Tentiêtnikov! Mas quis o destino que, justamente na época em que ele foi transferido para aquele curso dos eleitos – o que tanto ambicionava –, o extraordinário educador morresse de um mal súbito! Oh, que golpe isto foi para ele, que terrível primeira perda!

Tudo mudou no colégio. O lugar de Aleksandr Petróvitch foi ocupado por um certo Fiódor Ivánovitch, que imediatamente começou a se preocupar com questões de ordem externa e a exigir das crianças o que só se pode exigir de adultos. Na livre desenvoltura dos meninos ele começou logo a ver qualquer coisa de desenfreado. E, como se fosse de propósito para contrariar as posições do seu predecessor, ele declarou desde o primeiro dia que, para ele, inteligência e estudo nada significavam, e que ele só ia dar valor ao bom comportamento. Mas, coisa estranha: Fiódor Ivánovitch não conseguiu esse bom comportamento. Surgiram as travessuras escondidas. Durante o dia tudo ia às mil maravilhas, mas durante a noite imperava a pândega.

Também com os estudos aconteceu uma coisa estranha. Contrataram-se novos instrutores, com novos pontos de vista, novas opiniões e concepções. Eles bombardearam os ouvintes com uma infinidade de termos e palavras novas; demonstraram em sua exposição tanto uma coerência lógica como o ardor do seu próprio entusiasmo, porém – ai! – faltava vida ao ensino propriamente dito. Cheirava a carniça nos seus lábios a sua ciência morta. Em suma, tudo desandou às avessas. Perdeu-se o respeito pela autoridade e a direção: os alunos começaram a zombar dos instrutores e dos pedagogos. Começaram a chamar o diretor de Fiedka, Bolacha, e outros apelidos. Introduziu-se uma devassidão que já não tinha nada de infantil: houve coisas que levaram à exclusão e à expulsão de muitos alunos. Em dois anos não se reconhecia mais aquele estabelecimento de ensino.

Andrei Ivánovitch era de índole acomodada. Não conseguiam tentá-lo nem as orgias noturnas dos companheiros, que instalaram uma certa senhora bem diante das janelas do apartamento do próprio diretor, nem suas blasfêmias sacrílegas, só porque lhes foi designado um pope não muito inteligente. Não, sua alma sentia até dormindo a sua origem divina. Não conseguiram tentá-lo, mas ele caiu em desânimo. Sua ambição já tinha sido despertada, mas não havia perspectivas de atividade nem carreira para ele no futuro. Melhor teria sido não tê-la despertado. Ele ouvia os professores que se exaltavam nas cátedras, e lembrava-se do antigo instrutor, que, sem se excitar, sabia falar de maneira compreensível. A quantas matérias, a quantos cursos ele assistiu! Medicina, química, filosofia, até direito, e a história universal da humanidade, em forma tão vasta que, em três anos, o professor só conseguiu dar a introdução e o desenvolvimento social de não sei que cidades alemãs. E Deus sabe que outras aulas ele ainda ouviu! Mas de tudo isso só ficava em sua mente uma espécie de fragmentos disformes. Graças à sua inteligência inata, ele só percebia que não era assim que se devia ensinar, mas qual era a maneira correta ele não sabia. E muitas vezes ele se lembrava de Aleksandr Petróvitch, e ficava tão acabrunhado que não sabia onde se refugiar de tristeza.

Mas a sorte da juventude é esta grande vantagem: ela tem futuro. À medida que se aproximava o fim dos seus estudos, palpitava mais forte o seu coração. Ele dizia consigo mesmo: "Isto aqui ainda não é a vida, é só a preparação para a vida; a verdadeira vida é lá, no serviço público. É lá que estão os grandes feitos". E sem um olhar para o maravilhoso rincão que tanto impressionava os hóspedes e visitantes, sem despedir-se das cinzas dos pais, lá se foi ele, de acordo com o costume de todos os ambiciosos, voando para Petersburgo, ponto de convergência, como se sabe, da fogosa juventude de todos os cantos da Rússia, para servir, e brilhar, e progredir, ou simplesmente para apanhar pela rama o verniz daquela enganadora cultura social, pálida e fria como o gelo. Mas o ambicioso ímpeto de Andrei Ivánovitch foi aparado rente, no nascedouro, por seu tio, o Conselheiro de Estado Onúfri Ivánovitch. Este tio declarou que o mais importante e essencial é a boa escrita, e que, portanto, é preciso começar pelo estudo da caligrafia.

Com grande dificuldade e graças às proteções do tio, ele conseguiu finalmente sua nomeação para uma repartição oficial. Quando ele foi introduzido no esplêndido salão iluminado, com pisos de parquete e mesas envernizadas, que dava a impressão de que ali se reuniam os mais eminentes fidalgos do reino para tratar dos destinos de todo o país; quando viu as legiões de senhores distintos, a escrever com suas penas murmurantes e as cabeças inclinadas para um lado; e quando ele mesmo foi instalado numa das mesas e lhe deram imediatamente um documento para transcrever – aliás, como que de propósito, de conteúdo bastante mesquinho: era uma correspondência a respeito de três rublos, e já estava durando seis meses –, uma sensação deveras estranha invadiu o inexperiente jovem: foi como se tivesse sido rebaixado, punido por alguma falta, de uma classe superior para outra inferior; os cavalheiros sentados em volta dele pareciam-lhe tanto escolares na sala de aula! Para completar a semelhança, alguns deles liam um estúpido romance traduzido, escondido entre as grandes laudas de um processo em exame, como se estivessem trabalhando no processo, mas estremecendo toda vez que o chefe assomava à porta. Como tudo isso lhe pareceu estranho, como o trabalho da escola parecia mais significativo que o atual, a preparação para o serviço mais importante que o próprio serviço! Sentiu saudades da escola. E, súbito, como se fosse vivo, surgiu diante dele Aleksandr Petróvitch – e ele quase prorrompeu em lágrimas. A sala começou a girar, misturaram-se as mesas e os funcionários, e ele mal conseguiu conter uma vertigem. "Não", pensou ele consigo mesmo, refazendo-se, "vou pôr mãos à obra, por mais mesquinha que ela me pareça no princípio!" E, juntando as forças e fazendo das tripas coração, ele começou o seu serviço público segundo o exemplo dos outros.

Qual é o lugar que não possui seus encantos? Eles moram também em Petersburgo, apesar do seu aspecto exterior sombrio e taciturno. Na rua reina um frio bravo de trinta graus negativos; uiva a tormenta de neve, essa bruxa filha do norte varrendo as calçadas, cegando os olhos, empoando as golas de peles, os bigodes dos homens e os focinhos dos animais peludos; mas, varando o torvelinho de flocos de neve, brilha acolhedora a janela iluminada de algum quarto andar: num quartinho aconchegado, à luz de humildes velas de estearina, ao ronronar do samovar, há um colóquio que conforta o coração e a alma, lê-se uma página luminosa de um dos inspirados poetas russos, com os quais Deus brindou a sua Rússia, e o jovem coração do adolescente palpita com um calor tão ardente como não se encontra nem mesmo sob o céu do Meio-Dia.

Tentiêtnikov não demorou a se acostumar ao emprego, porém este já não constituía para ele a coisa mais importante, a meta, como imaginara antes, mas tornara-se algo de secundário. Servia-lhe para dividir o seu tempo, obrigava-o a dar mais valor aos minutos de lazer que lhe sobravam. O tio conselheiro de Estado já estava começando a pensar que conseguira pôr o sobrinho no bom caminho, quando de repente o sobrinho lhe pregou uma peça.

Entre os amigos de Andrei Ivánovitch, dos quais ele tinha muitos, apareceram dois que eram o que se costuma chamar de homens revoltados. Eram daqueles caracteres estranhos e inquietos, que não só não conseguem suportar com calma a injustiça, mas até qualquer coisa que aos seus olhos pareça uma injustiça. Em princípio bons sujeitos, mas desordenados nas próprias atitudes, exigindo indulgência para consigo mesmos, mas ao mesmo tempo cheios de impaciência para com os outros, eles exerceram forte influência sobre o rapaz, tanto pela veemência das suas palavras como pela imagem que ostentavam, de nobre indignação contra a sociedade. Tendo despertado nele os nervos e a irritação, obrigaram-no a prestar atenção a todas as coisas miúdas que ele antigamente nunca notara. O moço tomou-se de súbita antipatia pelo Senhor Fiódor Fiódorovitch Lenítsin, chefe de um dos departamentos, instalado em magníficos salões. Começou a procurar nele uma infinidade de defeitos. Parecia-lhe que este Lenítsin, quando falava com os superiores, transformava-se num açúcar melado, mas virava vinagre quando um subordinado se dirigia a ele; que, a exemplo de todas as pessoas mesquinhas, implicava com aqueles que não vinham congratular-se com ele nos dias de festa e vingava-se daqueles cujos nomes não figuravam na lista do porteiro. E, em conseqüência disso, sentiu por ele uma repulsa visceral, e era como se um espírito maligno o impelisse a fazer alguma coisa desagradável a Fiódor Fiódorovitch. Procurava uma oportunidade para isso com especial deleite, e conseguiu o que queria. Certo dia, falou com o chefe de maneira tão agressiva, que recebeu ordens dos superiores, ou de pedir desculpas, ou de apresentar sua demissão. Ele pediu demissão. O tio, conselheiro de Estado efetivo, viajou especialmente para vê-lo, assustado e suplicante:

– Pelo amor do próprio Cristo! Que estás fazendo, Andrei Ivánovitch? Abandonar uma carreira tão bem encaminhada só porque te calhou um chefe que não te é tão simpático! Tem paciência! Que é isso, que é isso? Se todos encarassem as coisas desta maneira, não restaria ninguém no serviço público! Toma juízo, põe de lado esse orgulho e amor-próprio, vai lá e explica-te com ele!

– Não se trata disso, titio – disse o sobrinho. – Não me custa nada pedir-lhe desculpas. Sou culpado: ele é o chefe e eu não devia ter falado com ele daquele modo. Mas o problema é o seguinte: tenho um outro trabalho em vista: trezentas almas de camponeses, a minha propriedade quase arruinada, um administrador inepto. O Estado pouco perderá se puser no meu lugar outro funcionário para rabiscar papéis, mas a perda será grande se trezentas pessoas deixarem de pagar os impostos. Afinal de contas, eu sou um proprietário rural; *pomiêchtchik* não é um título desprezível. Se eu cuidar da conservação, da saúde e da melhoria das condições da gente que me for confiada e oferecer ao Estado trezentos súditos bem-conservados, sóbrios e trabalhadores, em que o meu serviço será pior do que o serviço de algum chefe de seção do tipo de Lenítsin?

O conselheiro de Estado efetivo quedou-se boquiaberto de espanto. Ele não contava com semelhante torrente verbal. Depois de refletir um pouco, ia começando da seguinte forma:

– Mas, contudo... mas como assim?... Como é possível uma pessoa se enfumar numa aldeia? Que espécie de sociedade se pode ter no meio dos mujiques? Aqui, pelo menos, quando se anda na rua pode-se cruzar com um general, com um príncipe. Um homem pode passar até mesmo por algum... um certo... bem, aqui é a iluminação a gás, é a Europa industrializada; mas lá, lá só o que se pode encontrar ou é um mujique ou uma campônia. Por que fazer isso, por que condenar-se a este castigo, a esta ignorância, pelo resto da vida?

Mas os convincentes argumentos do tio não tiveram efeito algum sobre o sobrinho. A aldeia começava a parecer-lhe um refúgio da liberdade, uma inspiradora de pensamentos e meditações, o único lugar para uma carreira de atividade útil. Ele até já tinha descoberto e comprado os últimos livros sobre economia rural e agricultura. Numa palavra, duas semanas depois da conversa com o tio ele já estava nos arredores daquela região onde passara sua infância, não longe daquele recanto encantador ao qual não conseguia resistir nenhum hóspede ou visitante. Dentro dele despertou um sentimento novo. Na sua alma começaram a acordar impressões antigas, havia muito adormecidas. Muitos lugares ele já havia esquecido completamente, e olhava com a curiosidade de um neófito para os formosos panoramas. E eis que, não se sabe por que, seu coração começou a palpitar. E quando a estrada começou a levá-lo ao longo de um barranco estreito para o mais espesso do bosque silvestre, e ele viu, acima da sua cabeça e abaixo dele, carvalhos tricentenários, olmos e choupos, mais altos que os cumes dos álamos; e quando, à pergunta: "De quem é esta floresta?", responderam-lhe: "De Tentiêtnikov"; quando, emergindo da floresta, a estrada seguiu pelos prados, ao longo de bosques de faias, de velhos e novos salgueiros e vimeiros, à vista da serra distante, e atravessou o rio em dois lugares por cima de pontes, fazendo-o aparecer ora do lado direito, ora do esquerdo; e quando, em resposta à sua pergunta: "A quem pertencem esses prados e campinas irrigadas?", ouviu novamente: "A Tentiêtnikov"; quando, depois, a estrada galgou a montanha e continuou pelo planalto suave, passando por entre campos de trigo, centeio e cevada ainda por colher, balouçando de ambos os lados, e por todos os lugares que já ficaram para trás, agora visíveis em escala diminuída pela distância; e quando, mais adiante, escurecendo pouco a pouco, a estrada entrou na sombra de grandes árvores frondosas espalhadas a esmo pelo tapete verdejante até penetrar na própria aldeia, e começaram a surgir as isbás dos camponeses e os telhados vermelhos das construções de alvenaria do conjunto senhorial, a grande casa de pedra e a veneranda igreja, e faiscaram as cúpulas de ouro; quando seu coração ardente já sabia, sem precisar de perguntas, aonde tinha chegado – só então todas as sensações acumuladas durante a viagem explodiram finalmente nestas palavras retumbantes:

"Que besta tenho sido até agora! Os fados me destinaram a ser o dono deste paraíso terrestre, e eu, eu me enterrei na garatujice de papelada morta! Eu, instruído, culto, possuidor de toda uma reserva de conhecimentos necessários para a disseminação do bem entre os subordinados, para a melhoria de toda uma região, para o cumprimento das múltiplas obrigações de grande proprietário rural, que tem de ser ao mesmo tempo juiz e administrador e guardião da ordem, eu confiei este posto a um administrador ignaro, preferindo executar um trabalho qualquer, longe, no meio de gente que nunca vi antes, de quem não conheço nem o caráter nem quaisquer outras qualidades! A uma administração autêntica, eu preferi uma administração imaginária, uma administração de papel, de províncias situadas a milhares de verstas, onde meu pé nunca pisou, e onde eu só podia perpetrar um monte de tolices e absurdos!"

Entretanto, um outro espetáculo o aguardava. Quando souberam da chegada do amo, os camponeses reuniram-se na frente do portão da casa. As toucas, coifas, lenços, fitas, túnicas campesinas, faixas coloridas e largas barbas pitorescas da bonita povoação rodearam-no por todos os lados. E quando se ouviram as exclamações: "É o nosso benfeitor! Lembrou-se da gente!"... – e quando, sem querer, prorromperam em pranto os velhos e velhas que ainda se lembravam de seu avô e bisavô, ele próprio não conseguiu conter as lágrimas. E pensava consigo mesmo: "Quanto amor! E em troca do quê? Só se for porque eu nunca os vi, nunca me preocupei com eles!" E no seu foro íntimo ele fez o voto de, dali para diante, compartilhar os trabalhos e preocupações dos seus camponeses.

E Tentiêtnikov pôs-se a trabalhar, a administrar sua propriedade. Diminuiu a jornada dos servos, reduzindo os dias de corvéia[2] e aumentando o tempo de trabalho livre dos mujiques para si mesmos. Despediu o administrador inepto. Começou a penetrar em tudo pessoalmente, a aparecer nas plantações, na eira, nos celeiros, nos moinhos, no porto, a assistir à carga e expedição das barcaças e das chatas, tanto que até os mais lerdos começaram a se mexer. Mas tudo isso teve curta duração. O mujique é esperto e compreendeu logo que o patrão, embora ativo e cheio de vontade de empreender muita coisa, ainda não sabia de que maneira nem por onde começar; que "falava difícil", mas sem conhecimento de causa. E resultou que amo e camponês, não que não se entendessem de todo, não conseguiram harmonizar-se, entoar uma nota em uníssono.

Tentiêtnikov começou a reparar que nas terras senhoriais as coisas nunca funcionavam tão bem como nas dos camponeses. Nas primeiras, semeava-se mais cedo, mas as plantações brotavam mais

2. Trabalho obrigatório do servo para o senhor feudal. (N. da T.)

tarde – e, no entanto, os mujiques trabalhavam bem, ele próprio assistia ao trabalho e até distribuía medidas de vodca como prêmio pelas tarefas bem executadas. Mas nas terras dos mujiques já havia muito que se ceifava o trigo, espigava o centeio e a aveia, enquanto nas dele o trigo mal-e-mal começava a despontar, as espigas nem se formavam ainda. Em suma, o amo começou a perceber que os servos o estavam simplesmente enganando, apesar de todos os estímulos e vantagens. Tentou repreendê-los, mas recebeu a seguinte resposta:

– Mas como pode pensar, *bárin*[3], que a gente não se preocupa com os interesses do senhor?! O senhor mesmo viu como a gente se esforçou, quando estava arando e semeando – pois se o senhor mesmo até premiou a gente com uma medida de vodca para cada um!

O que se poderia responder a isso?

– Mas por que será que tudo vai indo tão mal agora? – indagava o *bárin*.

– E quem é que vai saber? Algum verme roeu as raízes por baixo, quem sabe? E o verão não é dos melhores: quase que não choveu de todo.

Mas o amo via muito bem que nas terras dos mujiques os vermes não roíam as raízes, e que até as chuvas vinham de um modo estranho, escolhendo as plantações: caíam nas dos mujiques e não derramavam uma gota que fosse nas do patrão.

Com as camponesas ele tinha mais dificuldades ainda. As *babas*[4] a toda hora pediam dispensa das tarefas, queixando-se do peso da corvéia. Coisa estranha! Tentiêtnikov já tinha suprimido inteiramente todos os seus tributos em tecidos, bagas, cogumelos e nozes, e reduzido à metade as outras tarefas, imaginando que as mulheres aproveitariam esse tempo para melhorar suas próprias condições domésticas, costurar para os seus maridos, aumentar suas hortas. Mas nada disso aconteceu. A vadiagem, as brigas, os mexericos e toda sorte de querelas desenvolveram-se de tal forma entre o belo sexo, que os maridos vinham a ele a toda hora, pedindo:

– *Bárin*, faça sossegar o diabo da minha mulher! É um verdadeiro demônio, não dá mais para viver com ela!

Muito a contragosto, quis tentar mostrar-se severo; mas de que maneira poderia ser severo? Chegava uma camponesa, gemendo

3. Senhor, patrão, em russo. Tratamento dado aos amos pelos servos. (N. da T.)

4. Mulher do povo, camponesa, mulher grosseira. (N. da T.)

e lamentando-se, com um aspecto tão doentio, tão enfermiço, tão andrajosa e maltrapilha – Deus sabe onde é que ela conseguia semelhantes trapos para pôr em cima do corpo –, que ele não agüentava:

– Vai, vai, some da minha vista, vai com Deus! – dizia o pobre Tentiêtnikov, e logo depois via com os próprios olhos como a doente, passando o portão, engalfinhava-se com a vizinha por causa de algum nabo, e dava-lhe tamanha surra, que nem o mais reforçado mujique conseguiria igualar.

Inventou de criar uma escola no meio deles, mas isso resultou em tamanha confusão que ele desanimou duma vez – melhor teria sido nem pensar nisso. Que escola, que nada! Ninguém tinha tempo para isso: um menino começava a trabalhar aos dez anos, ajudando em todos os serviços, e era assim que ele se educava.

E quanto aos assuntos de contendas e pendências, todas as sutilezas jurídicas que aprendera com seus mestres filósofos de nada lhe serviram para ajudá-lo nos julgamentos. Uma das partes mentia e a outra também, e nem mesmo o próprio Diabo seria capaz de conciliá-las. E ele percebeu que, mais do que sutilezas jurídicas e livros filosóficos, o que era necessário era o puro e simples conhecimento da natureza humana; e percebeu que lhe faltava alguma coisa – mas que coisa era essa, não conseguia descobrir. E aconteceu o que tantas vezes costuma acontecer: nem o mujique ficou conhecendo o seu senhor, nem o senhor ficou conhecendo o seu mujique; e tanto o mujique como o senhor apareceram um ao outro pelo seu lado pior. E o entusiasmo do nosso *pomiêchtchik* esfriou.

Desde então ele já assistia aos trabalhos sem dar-lhes atenção. Podia a foice zunir nos trigais, podiam os cereais estar sendo segados, enfeixados, empilhados, podiam ser feitas ao lado dele as tarefas do campo – seu olhar se perdia na distância; e se as tarefas eram feitas distante dele, ele fixava os olhos num ponto próximo, ou então olhava para o lado, para algum braço do rio em cuja margem passeava um martim de pernas e nariz vermelhos – uma ave, é claro, e não um homem. Seus olhos observavam curiosamente como esse martim-pescador apanhava um peixe perto da margem e, com ele atravessado no bico, parecia ponderar se devia ou não engoli-lo, enquanto espiava a outra margem, onde branquejava outro martim, que ainda não apanhara peixe nenhum, mas que fitava fixamente o martim que já apanhara um peixe. Ou então, de olhos fechados de vez e a cabeça levantada para o alto para os espaços celestes, deixava que seu olfato absorvesse os odores dos campos e que sua audição se deleitasse com as vozes da canora confraria aérea, quando esta, vinda de todas as partes, do céu e da terra, se unia num só coral sonoro em perfeita harmonia. Pia a codorniz entre as espigas de centeio, a galinhola grita no capinzal, esvoaça chilreando o milheiro, alça vôo trinando o frango-d'água, solta o seu gorjeio a cotovia perdida na luminosidade, e qual clarinada ressoa o grulhar dos grous, a formar triângulos em sua revoada lá nas alturas do firmamento. Toda a região ecoa, transformada em sonoridade. Ó Criador! Como ainda é belo o teu mundo na simplicidade da aldeia, no campo, longe das grandes e vis estradas e cidades! Mas também isso começou a cansar Andrei Ivánovitch. E logo ele deixou inteiramente de sair para os campos e fechou-se em casa, recusando-se a receber até mesmo o administrador com o seu relatório.

Antigamente, alguns dos vizinhos costumavam visitá-lo de vez em quando: um tenente de hussardos reformado, inveterado fumador de cachimbo, ou então um estudante de idéias radicais, que não terminara os estudos e enchera-se de sapiência pela leitura de jornais e brochuras contemporâneas. Mas isso também começou a entediá-lo. As conversas desses vizinhos começaram a parecer-lhe um tanto superficiais, suas maneiras à européia, com palmadinhas nos joelhos, desenvoltas demais, e também esses salamaleques e intimidades começaram a incomodá-lo, porque demasiado confiados e livres. E decidiu romper relações com todos esses vizinhos, decisão que pôs em prática de maneira até bastante brusca: um dia, quando Varvar Nicoláievitch Vichniepokrómov, o mais simpático dos especialistas em conversas superficiais sobre todos os assuntos – um daqueles coronéis do Corpo de Bombeiros, hoje em vias de extinção, concomitantemente precursor de uma corrente de idéias novas –, veio visitá-lo a fim de se fartar de falar sobre política, filosofia, literatura, moral, e até sobre o estado das finanças na Inglaterra, Andrei Ivánovitch mandou dizer que não estava em casa, cometendo ao mesmo tempo a indiscrição de se deixar ver na janela. Os olhos do visitante e do dono da casa se cruzaram, e o primeiro, está claro, rosnou entre dentes: "Animal!" E o segundo, aborrecido, devolveu-lhe o epíteto com uma referência a suínos. E com isto terminaram as suas relações. Desde então, nunca mais ninguém veio visitá-lo.

Tentiêtnikov ficou muito contente com isso e entregou-se à meditação de uma grande obra a respeito da Rússia. O leitor já viu de que maneira ele trabalhava nessa obra. E estabeleceu-se na sua vida uma estranha ordem desordenada. Não se pode afirmar, todavia, que não houvesse momentos em que ele como que despertava da sua sonolência. Quando chegava o correio trazendo jornais e revistas, e acontecia-lhe encontrar na imprensa o nome conhecido de algum antigo companheiro seu, que já obtivera grande êxito num posto preeminente na sua carreira de servidor público, ou de algum ex-colega que fizera uma contribuição importante às ciências ou a causas universais, uma tristeza secreta oprimia-lhe o coração, e uma queixa dolorida, silenciosa e melancólica, contra a sua própria inércia, escapava-lhe involuntariamente. E então parecia-lhe feia e repugnante a vida que levava. Com força extraordinária ressuscitavam dentro dele os velhos tempos do colégio, e ressurgia diante dele, como se estivesse vivo, o Professor Aleksandr Petróvitch, e lágrimas copiosas rolavam dos seus olhos, e ele passava o resto do dia chorando...

O que significavam essas lágrimas? Revelaria com elas sua alma dolorida o triste segredo da sua enfermidade: que não tivera tempo de formar-se e fortificar-se o incipiente homem de elevado padrão que nele germinara; que, não tendo sido adestrado desde tenra idade na luta contra os reveses da vida, ele não soubera atingir o estágio superior em que as dificuldades e os obstáculos elevam e fortificam o homem? Que, fundida qual metal no cadinho, sua rica reserva de grandes impressões não chegara a receber a têmpera final, e que cedo demais para ele morrera seu extraordinário mestre, e que agora não existia ninguém no mundo inteiro capaz de restaurar-lhe as forças abaladas por eternas vacilações e a vontade fraca e desprovida de resistência, ninguém que lhe lançasse, num brado capaz de despertar a alma, aquela palavra animadora: "Avante!", pela qual anseia em toda parte, qualquer que seja a sua categoria, classe, posição social ou profissão, o homem russo?

Onde está aquele que, no idioma natal da nossa alma russa, pode dizer-nos essa palavra poderosa: "Avante!", aquele que, conhecendo todas as forças e qualidades, toda a profundidade da nossa natureza, pode, com um só gesto mágico, lançar-nos numa vida elevada? Com que lágrimas, com quanto amor lhe pagaria o agradecido homem russo! Mas os séculos se sucedem, meio milhão de preguiceiros, pachorrentos e mandriões dorme imperturbavelmente, e é raro que na Rússia nasça um varão que saiba pronunciar essa palavra todo-poderosa.

Uma circunstância esteve a ponto de despertar Andrei Ivánovitch, e por um triz não determinou uma reviravolta em seu caráter. Sucedeu-lhe algo parecido com o amor. Mas também aqui o negócio deu em nada. Na vizinhança, a dez verstas da sua aldeia, residia um general que tinha, como já pudemos ver, uma opinião pouco lisonjeira a respeito de Tentiêtnikov. O general vivia como compete a um general: era hospitaleiro, gostava de que os vizinhos viessem visitá-lo e apresentar-lhe seus respeitos, não retribuía as visitas, falava com voz roufenha, lia livros e tinha uma filha, uma criatura nunca vista, muito estranha. Ela era algo de vibrante como a própria vida. Chamava-se Úlinka. Tinha recebido uma educação esquisita: tendo perdido a mãe ainda muito criança, fora criada e instruída por uma preceptora inglesa que não sabia uma palavra de russo. O pai não tinha tempo para ela e, de resto, amando a filha com loucura, só poderia estragá-la com mimos. Como uma criança criada em liberdade, ela era geniosa e voluntariosa. Se alguém visse como a ira repentina contraía em rugas severas sua formosa fronte, e quão fogosamente ela discutia com o pai, pensaria que estava diante duma criatura por demais caprichosa. Mas a sua ira só explodia quando ela tomava conhecimento de alguma injustiça ou má ação para com alguém. Porém jamais se zangava nem discutia em favor de si mesma e nunca se justificava. Sua cólera se apaziguaria num momento se ela visse que o objeto de sua ira estava em situação difícil. Ao primeiro pedido de esmola de quem quer que fosse, estava pronta a entregar-lhe a sua bolsa inteira, com tudo o que tinha dentro, sem pensar nem calcular nada. Havia nela qualquer coisa de impetuoso. Quando falava, parecia que tudo nela queria expressar seu pensamento – as feições, as inflexões da voz, os gestos; as próprias dobras do seu vestido pareciam querer exprimir a mesma coisa, e ela mesma parecia que a qualquer momento levantaria vôo para seguir o próprio pensamento. Não havia nela nada de oculto. Ela não teria receio de revelar suas idéias diante de ninguém, e poder algum poderia forçá-la a calar-se quando tinha vontade de falar. Seu andar encantador, único, inteiramente pessoal, era tão livre e seguro de si que sem querer tudo lhe abria caminho. Na sua presença uma pessoa de má índole ficava sem jeito e emudecia; o indivíduo mais desenvolto e de palavra mais fácil não encontrava palavras com ela e se perdia, ao passo que o tímido conseguia conversar com ela como nunca antes em toda a sua vida conseguira falar com quem quer que fosse, e desde os primeiros minutos ele tinha a impressão de já tê-la conhecido nalgum outro tempo e lugar, como se já tivesse visto essas mesmas feições nalguma infância esquecida, nalgum lar distante, nalguma tarde amena, entre alegres folguedos de crianças; e ainda muito tempo depois parecia-lhe tediosa a idade da razão.

E foi isso o que aconteceu com ela e Tentiêtnikov. Um sentimento novo, inexplicável, penetrou-lhe na alma. Por um momento, sua vida entediada iluminou-se.

No começo, o general recebeu Tentiêtnikov com bastante cordialidade; mas eles não conseguiram entender-se. Suas conversas terminavam em discussões e numa sensação desagradável de parte a parte, porque o general não gostava de contestações nem de argumentos; e Tentiêtnikov, por sua vez, também era homem suscetível. Está claro que perdoava muita coisa ao pai por causa da filha, e a paz agüentou-se entre eles até a chegada de duas hóspedas, parentas do general: a Condessa Boldíreva e a Princesa Iuziákina, antigas damas de honor da corte anterior, mas que conservavam ainda agora certas relações e influências, em vista do que o general carregava um pouco na obsequiosidade para com elas. Desde o próprio dia da sua chegada, pareceu a Tentiêtnikov que o general esfriara um tanto em relação a ele, que não lhe dava atenção ou tratava-o como pessoa sem importância; falava com ele de um modo desdenhoso, dirigia-se a ele com expressões como "caríssimo", "escuta aqui", "meu rapaz", e até com o "tu". Isto acabou por fazê-lo perder a paciência. Contendo-se e apertando os dentes, Tentiêtnikov teve, no entanto, a presença de espírito de dizer-lhe num tom extraordinariamente respeitoso e brando, enquanto o sangue lhe subia ao rosto e tudo fervia dentro dele:

– Agradeço-lhe, general, a sua boa disposição para comigo. Tratando-me por "tu", o senhor me acena com uma íntima amizade, o que me obriga a tuteá-lo também. Mas a diferença de idade impede um tratamento tão familiar entre nós dois.

O general ficou perturbado. Reunindo as idéias e as palavras, começou a explicar, embora de modo um tanto desconexo, que ele empregara o pronome "tu" com outra intenção, e que um velho pode permitir-se uma vez ou outra tratar um jovem por "tu". (E não mencionou o seu posto uma única vez.)

Evidentemente, daquele dia em diante as relações entre eles terminaram e o amor morreu no nascedouro. Apagou-se a luz que brilhara por um momento, e o crepúsculo que se seguiu a ela tornou-se ainda mais crepuscular. E tudo tomou o rumo para aquela existência que o leitor viu no começo deste capítulo – uma vida refastelada e inativa.

A sujeira e a desordem instalaram-se na casa. A vassoura ficava o dia inteiro no meio do quarto, junto com o lixo. As calças apareciam até na sala de visitas. Sobre a elegante mesinha de centro na frente do divã jazia um par de suspensórios ensebados, como se fosse uma guloseima para as visitas, e toda a sua vida tornou-se a tal ponto insignificante e sonolenta, que não só os servos domésticos perderam o respeito por ele, como até as galinhas quase que passaram a bicá-lo. Com a pena na mão, ele passava horas esquecidas esboçando distraidamente sobre o papel arabescos, casinhas, isbás, carroças, tróicas. Mas às vezes, esquecida de tudo, a pena esboçava por si mesma, sem o conhecimento do dono, uma cabecinha delicada de traços finos, de olhar penetrante, e uma mecha de cabelo solta, e o dono percebia, perplexo, que surgia a imagem daquela cujo retrato nenhum pintor famoso conseguiria fazer. E ele entristecia mais ainda, e, certo de que não existia felicidade neste mundo, tornava-se ainda mais taciturno e apático.

Tal era o estado de espírito de Andrei Ivánovitch Tentiêtnikov, quando, certo dia, aproximando-se como de costume da janela, com a xícara e o cachimbo nas mãos, ele percebeu de repente um movimento desusado, uma certa azáfama no seu quintal. O ajudante do cozinheiro e a faxineira estavam correndo para abrir o portão. E no vão do portão surgiram três cavalos, tal qual costumam ser representados em esculturas ou pinturas nos arcos de triunfo: um focinho para a direita, um para a esquerda, um no centro. Acima deles, na boléia, o cocheiro e um criado de casaco largo, cingido por um lenço à guisa de cinto. Atrás deles, um cavalheiro de boné e redingote, envolto num xale cor do arco-íris. Quando o veículo entrou e se deteve na frente dos degraus da casa, viu-se que se tratava da nossa bem conhecida sege de molas. Um cavalheiro de aspecto extremamente distinto apeou e saltou para o degrau com leveza e agilidade quase militares.

Andrei Ivánovitch sobressaltou-se. Pensou que se tratava de um funcionário do governo. Aqui é preciso contar que, na juventude, ele andara envolvido em certo caso pouco sensato. Dois hussardos de tendências filosóficas, influenciados pela leitura de certas brochuras, um estudante de estética que não concluíra o curso e um jogador falido fundaram uma espécie de organização filantrópica sob a direção e supervisão de um malandro velho, maçom e também jogador, mas homem de grande eloqüência. Essa sociedade propunha-se uma ampla finalidade: proporcionar felicidade duradoura a toda a humanidade, desde as margens do Tâmisa até a península de Kamtchatka. A caixa de fundos requerida era enorme: angariavam-se donativos descomunais das almas generosas. Onde foi parar esse dinheiro, só o sabia o dirigente supremo da sociedade.

E para essa sociedade atraíram-no os seus dois amigos, pertencentes à categoria dos homens revoltados, bons rapazes, mas que, graças às freqüentes libações em nome da ciência, da instrução e dos futuros serviços à humanidade, transformaram-se em autênticos beberrões. Tentiêtnikov não demorou a cair em si e a se afastar desse círculo de relações, mas a sociedade já tivera tempo de se enredar em certas outras atividades, até indecorosas para um fidalgo, de modo que mais tarde acabaram tendo de se haver com a polícia... De sorte que não é de admirar que Tentiêtnikov, mesmo tendo rompido com eles e abandonado a organização, não conseguisse ficar inteiramente tranqüilo. Sua consciência não estava de todo em paz. E não era sem receio que ele olhava agora para a porta que se abria.

Seus receios, entretanto, desvaneceram-se num instante, quando o visitante, executando uma vênia de saudação com extrema agilidade, de cabeça um pouco inclinada para um lado em sinal de deferência, explicou, em palavras breves mas precisas, que havia muito tempo viajava pela Rússia, impelido tanto pelas exigências do trabalho como pela curiosidade interessada; que o nosso país é riquíssimo em coisas notáveis, sem falar da abundância de indústrias e da diversidade de solos férteis; que ele ficara apaixonado pela situação pitoresca da sua aldeia; mas que, entretanto, apesar do pitoresco da paisagem, ele não teria ousado incomodá-lo com essa sua chegada intempestiva, se não lhe tivesse acontecido, graças às enchentes primaveris e ao mau estado das estradas, uma inesperada avaria na sua carruagem; mas que, contudo, mesmo que nada tivesse acontecido com a sua sege, ele não conseguiria furtar-se ao prazer de apresentar pessoalmente seus respeitos ao dono da casa.

Terminado o discurso, o visitante fez um gracioso e encantador rapapé com o seu pé calçado de elegantíssima botina de verniz, abotoada com botões de madrepérola, e, não obstante a robustez do seu corpo, imediatamente recuou um pouco, com a leveza elástica de uma bola de borracha.

Andrei Ivánovitch, tranqüilizado, concluiu que estava diante de algum curioso e sábio professor, em viagem de estudos pela Rússia, quiçá à procura de plantas raras, ou talvez de produtos minerais. E sem perda de tempo manifestou-lhe sua prontidão para colaborar com ele em tudo, ofereceu-lhe os seus artesãos, ferreiros e rodeiros, convidou-o a instalar-se como se estivesse em sua própria casa, fê-lo sentar-se na grande *bergère*, e preparou-se para ouvi-lo discorrer a respeito das ciências naturais.

O hóspede, no entanto, preferiu abordar mais os acontecimentos do mundo interior. Comparou sua vida a um barco em alto-mar, tangido de toda parte por ventos contrários; observou que tivera de mudar muitas vezes de emprego, que sofrera muito a bem da justiça, que até sua própria vida estivera mais de uma vez ameaçada por mãos inimigas; e contou muitas outras coisas, que revelavam ser ele um homem prático mais que outra coisa. Em conclusão do seu discurso, o cavalheiro assoou-se num alvo lenço de cambraia, com uma sonoridade que Andrei Ivánovitch nunca antes tinha ouvido. Às vezes acontece que, numa orquestra, uma trombeta desgarrada solta uma clarinada tal, que parece ressoar não na orquestra, mas dentro do próprio ouvido do ouvinte. Um som exatamente assim rompeu o silêncio modorrento da casa adormecida, ao mesmo tempo que inundava o ambiente com o perfume de água-de-colônia espalhado por ágil floreio do lenço de cambraia.

O leitor talvez já tenha adivinhado que o visitante não era outro senão o nosso estimado Pável Ivánovitch Tchítchicov, há tanto tempo por nós abandonado na estrada. Estava um pouco envelhecido; ao que parece, esse tempo não fora isento de tempestades e dissabores para ele. O próprio fraque parecia um tanto surrado em seu corpo, e tanto a sege como o cocheiro, o criado, os cavalos e os arreios estavam como que usados e gastos. Parecia mesmo que as suas finanças não se encontravam em bom estado. Mas a expressão do seu rosto, a distinção, as maneiras conservavam-se inalteradas. Até parecia que ele ficara ainda mais agradável nos gestos e atitudes, cruzava ainda mais graciosamente os tornozelos quando se sentava na poltrona, conferia mais maciez à fala, mais comedimento às palavras, e usava de maior tato em tudo. Mais alvos e puros do que a neve estavam seus colarinhos e o peitilho da camisa, e, apesar de recém-chegado da estrada, nem um grão de poeira maculava-lhe o fraque – nem que estivesse ataviado e pronto para um banquete de aniversário. Suas faces e queixo estavam tão escanhoados que só um cego não ficaria encantado com a sua arredondada convexidade.

Na casa operou-se uma súbita transformação. Metade dela, que até então permanecera na cegueira, de janelas e reposteiros fechados, de repente recuperou a visão e iluminou-se. Tudo começou a ocupar seu devido lugar nos aposentos claros, e logo tudo assumiu o seguinte aspecto: o aposento destinado a servir de dormitório recebeu os objetos necessários à toalete noturna; o aposento destinado a servir de escritório... Mas primeiro é preciso notar que neste aposento havia três mesas: uma escrivaninha, em frente ao divã, uma de jogo, entre duas janelas e diante de um espelho, e a terceira, uma cantoneira, no ângulo entre a porta do dormitório e a porta de um salão desabitado, com móveis inválidos, que agora servia de vestíbulo e onde até então ninguém pusera os pés havia quase um ano. Sobre esta mesa de canto foram sendo colocadas as roupas retiradas da mala, a saber: uma calça de fraque, uma calça nova, uma calça cinzenta, dois coletes de veludo e dois de cetim, uma sobrecasaca e dois fraques. Tudo isso foi empilhado em pirâmide e coberto por um lenço de seda. No outro canto, entre a porta e a janela, foram colocados em fila os calçados: um par de botas meio velhas, outro par bem novo, um par de botinas de verniz e um par de chinelos. Também eles foram pudicamente cobertos por um lenço de seda, como se nem estivessem ali. Sobre a escrivaninha foram imediatamente arrumados, em perfeita ordem, um estojo, um frasco de água-de-colônia, um calendário e dois romances – ambos segundos tomos. A roupa de baixo limpa foi colocada na cômoda que já se encontrava no quarto; a roupa destinada à lavanderia foi amarrada numa trouxa e posta debaixo da cama, assim como a mala esvaziada. O sabre, que percorrera as estradas com o fim de infundir temor aos assaltantes, também encontrou seu lugar no dormitório, ficando pendurado num prego perto da cama. Tudo assumiu um aspecto de limpeza e de ordem extraordinárias. Nem um papelzinho, um grãozinho de poeira, uma peninha, em canto algum. O próprio ar como que purificou-se: instalou-se nele o agradável odor de um homem sadio e asseado, que não deixa de trocar a roupa de baixo, que freqüenta a casa de banhos e que se fricciona com uma esponja molhada aos domingos. Na ante-sala tentou instalar-se temporariamente o odor do criado Petruchka. Mas Petruchka foi logo transferido para a cozinha, como era de direito.

Nos primeiros dias, Andrei Ivánovitch receou pela sua independência, caso o hóspede o incomodasse de alguma forma, causando qualquer modificação na sua maneira de viver, ou qualquer perturbação na ordem do seu dia, tão convenientemente distribuído; mas seus temores eram infundados. O nosso Pável Ivánovitch demonstrou uma notável capacidade de adaptação a todas as circunstâncias. Ele aprovou a filosófica pachorra do dono da casa, dizendo que ela prometia longa vida. A respeito do seu isolamento, teve uma expressão feliz: que o isolamento alimenta no homem pensamentos profundos. Lançando um olhar para a biblioteca, fez uma referência elogiosa aos livros em geral e observou que eles salvam o homem da ociosidade. Deixou escapar poucas palavras, mas eram palavras de peso. Nas suas atitudes, então, mostrou-se ainda mais adequado. Aparecia a tempo, retirava-se a tempo; não criava dificuldades ao anfitrião, solicitando-o para conversas quando este não sentia vontade de conversar; jogava xadrez com ele com muito prazer, calava-se também com muito gosto. Nas horas em que um soltava em volutas as baforadas do seu cachimbo, o outro, sem fumar, encontrava no entanto uma ocupação correspondente: por exemplo, tirava do bolso uma tabaqueira de prata oxidada e, firmando-a entre dois dedos da mão esquerda, fazia-a girar com a direita, à maneira do globo terrestre girando em torno do seu eixo, ou então tamborilava sobre ela com um dedo, assobiando baixinho. Em suma, não atrapalhava o anfitrião.

"Pela primeira vez vejo um homem com o qual é possível viver", dizia Tentiêtnikov consigo mesmo; "esta arte, de resto, é muito rara entre nós. Temos muita gente inteligente, instruída, bondosa, mas gente de caráter permanentemente equilibrado, gente com quem se possa viver por tempo indefinido sem brigar, não sei se é possível encontrar entre nós muita gente assim. Este é o primeiro homem assim que eu vejo." Era esta a opinião de Tentiêtnikov sobre o seu hóspede.

Tchítchicov, por seu lado, estava muito contente por estar hospedado por algum tempo em casa de um anfitrião tão sossegado e pacífico. Ele estava cansado da vida cigana que levava. Um repouso, por um mês que fosse, nessa maravilhosa aldeia, à vista dos prados e da primavera que chegava, era útil até mesmo do ponto de vista hemorroidal.

Seria difícil encontrar um recanto melhor para o repouso. A primavera, havia muito atrasada devido ao frio, eclodiu de repente em toda a sua beleza, e a vida renasceu por toda parte. Já azulavam as clareiras do bosque e pelo verde-esmeralda dos gramados frescos surgia o amarelo dos dentes-de-leão, e as anêmonas inclinavam suas delicadas corolas lilás-rosadas. Nuvens de mosquitos e enxames de insetos surgiram por sobre os pântanos, já perseguidos pelas aranhas-d'água; e logo os juncos secos se encheram de aves de toda espécie. E tudo se reunia e se juntava para se ver e se mirar. De repente a terra se povoou, despertaram os bosques e os prados. Na aldeia começaram as rondas e as danças. Quanto espaço para os folguedos! Quanto brilho no verde novo! Quanto frescor no ar! Quanto chilrear de pássaros nos jardins! Um paraíso, uma alegria, um júbilo em tudo! A aldeia ressoava e cantava como numa festa de casamento.

Tchítchicov caminhava muito. Havia muito lugar, muito espaço para caminhadas e passeios. Ora dirigia o seu passeio para o platô de uma elevação de onde se avistavam os vales que se estendiam embaixo, ainda cheios de lagos formados pelas inundações do degelo, semeados de ilhas de bosques ainda desfolhados; ora penetrava nos maciços, nas ravinas da floresta, onde se aglomeravam árvores carregadas de ninhos de pássaros, abrigo dos corvos que escureciam o céu, sobrevoando-as em nuvens crocitantes. Pela terra ressequida podia-se passar até o porto, de onde partiam as primeiras barcaças carregadas de ervilha, trigo e cevada, enquanto, com um ruído ensurdecedor, a água se precipitava sobre as rodas do moinho que começava a trabalhar. Tchítchicov ia observar os primeiros trabalhos da primavera, contemplar os sulcos frescos que cortavam em faixa negra o verde do campo, e o semeador, batendo com a mão na peneira que trazia pendurada no peito, espalhava o grão aos punhados, com precisão, sem desperdiçar uma única sementinha.

Tchítchicov visitou tudo. Falou e conversou com o capataz, com os mujiques, com o moleiro. Ficou sabendo tudo sobre tudo, e como iam as coisas, e o andamento dos trabalhos, e a como se vendia o trigo, e quanta farinha se moía na primavera e no outono, e o nome de cada um dos mujiques, e quem era parente de quem, e onde comprara a vaca, e com que alimentava o porco. Em suma – tudo. Ficou sabendo também quantos mujiques haviam morrido. Não tinham sido muitos. Como homem arguto, percebeu logo que a propriedade de Andrei Ivánovitch não ia lá muito bem. Por toda parte reinava a omissão, a incúria, a ladroeira, não faltando também a bebedeira. E Tchítchicov pensava consigo mesmo: "Que besta é afinal de contas este Tentiêtnikov! Uma propriedade desta, abandonada deste jeito! Pensar que ela poderia dar cinqüenta mil rublos de renda por ano!"

Muitas vezes, durante esses passeios, vinha-lhe à mente a idéia de algum dia ele mesmo tornar-se – isto é, está claro, não agora, mas mais tarde, quando o negócio principal estivesse realizado e ele tivesse em mãos os recursos necessários –, tornar-se ele mesmo o pacato possuidor de uma propriedade como aquela. Neste ponto, naturalmente, já imaginava até uma esposa, jovem, viçosa e alva mulherzinha, de uma família de negociantes ou de qualquer outra classe abastada, que conhecesse até mesmo música. Imaginava também a nova geração que deveria perpetuar o nome dos Tchítchicov: um garoto travesso e uma linda filha, ou até dois meninos, duas e mesmo três garotas, para que todos ficassem sabendo que ele realmente vivera e existira, e não passara pela terra como uma sombra ou um fantasma qualquer – para que ele não precisasse ficar envergonhado tampouco perante a pátria. E então começava a imaginar que não seria mau subir de categoria e acrescentar alguma coisa ao seu grau: conselheiro de Estado, por exemplo, era um título digno e respeitável... Quantas coisas podem passar pela mente de um homem durante um passeio, coisas que tantas vezes arrancam um homem do enfadonho momento presente, sacodem-no, espicaçam-no, mexem com a sua imaginação e fazem-no sentir-se feliz mesmo quando ele tem certeza de que elas jamais se realizarão!

Os criados de Pável Ivánovitch também gostaram da aldeia. Do mesmo modo que ele, os dois sentiam-se bem naquele lugar. Petruchka logo travou amizade com o despenseiro Grigóri, muito embora no começo ambos se dessem grandes ares um diante do outro e se pavoneassem de maneira insuportável. Petruchka tentou impressionar Grigóri com os nomes dos lugares onde tinha estado, mas Grigóri revidou imediatamente com Petersburgo, onde Petruchka ainda não estivera. Este último ainda quis tirar vantagem das distâncias entre lugares por onde andara, mas Grigóri deu-lhe o nome de um lugar tão distante que nem figurava em mapa nenhum, e deu-lhe a cifra de mais de trinta mil verstas, de modo que o criado de Pável Ivánovitch deixou cair o queixo de espanto e viu-se logo alvo da zombaria de toda a criadagem. Mas o assunto terminou entre eles na maior camaradagem: no limite da aldeia, Pimen, o Calvo, tio de todos os camponeses, mantinha uma tasca, de nome Akulka. Nesta instituição os dois novos amigos eram vistos a todas as horas do dia. Ali eles se tornaram íntimos, ou, como se diz entre o povo, ratos de botequim.

Para Selifan havia outro atrativo. Na aldeia, todas as noites, havia cantoria, danças e rondas de primavera. Moças viçosas e bonitas, como é raro hoje em dia encontrarem-se nas grandes aldeias, obrigavam-no a ficar durante horas parado como um basbaque. Era difícil dizer qual delas era a mais jeitosa: todas de colo alvo, de pescoço branco, todas de olhos lânguidos do tamanho de nabos, de andar de pavão e trança até a cintura. Quando, segurando em ambas as mãos duas alvas mãozinhas, ele se movia lentamente com elas na roda da ronda, ou quando avançava em frente cerrada com os outros rapazes para as raparigas que cantavam risonhas com vozes sonoras: "Boiardos[5], mostrem o noivo!" – e anoitecia suavemente

5. Nome dos antigos nobres russos. (N. da T.)

e o refrão voltava, devolvido pelo eco tristonho –, ele mesmo não sabia mais o que se passava consigo. Em sonhos e acordado, de manhã e ao crepúsculo, ele só se via segurando nas suas mãos as brancas mãozinhas e movendo-se em roda na ronda. "Malditas raparigas!", dizia ele então, sacudindo a cabeça.

Os cavalos de Tchítchicov também gostaram da sua nova morada. Tanto o baio como o Presidente e o próprio pedrês acharam a estada na propriedade de Tentiêtnikov nada aborrecida, a aveia de ótima qualidade e a disposição das cavalariças extremamente confortável: cada um tinha a sua baia, é certo que separada, mas por cima dos tabiques dava para ver os outros cavalos – de tal forma que, se algum deles, até mesmo o mais afastado, tivesse de repente vontade de relinchar, era possível responder-lhe na mesma moeda e na mesma hora.

Numa palavra, todos se instalaram como em sua própria casa. No que se refere, porém, àquele empreendimento por causa do qual Tchítchicov percorria a vasta Rússia – isto é, no que se refere às almas mortas –, Tchítchicov tornara-se muito cauteloso e delicado ao extremo. Se lhe calhasse ter de negociar com um completo imbecil, nem assim ele entabularia as negociações imediatamente. E Tentiêtnikov não era nenhum tolo; afinal de contas, lia, filosofava, procurava explicar a razão de todas as coisas, por que e para que... Não, era melhor tentar pegá-lo por algum outro lado, ponderava o nosso herói.

Conversando amiúde com os servos domésticos, ele descobriu, como quem não quer nada, que o patrão costumava visitar, antigamente, o vizinho general, que o general tinha uma filha solteira, que o patrão e a senhorinha tinham sido namorados, mas que depois houvera uma desavença qualquer e eles se haviam separado. E o próprio Tchítchicov já havia reparado que Andrei Ivánovitch vivia desenhando, a lápis e a bico de pena, umas cabecinhas de mulher, todas parecidas entre si.

Certo dia, depois do almoço, girando como de costume a tabaqueira de prata em torno do seu eixo, Tchítchicov disse:

– O senhor tem tudo, Andrei Ivánovitch, só lhe falta uma coisa...

– O quê? – perguntou o outro, soltando uma baforada de fumo.

– Uma companheira de vida – disse Tchítchicov.

Andrei Ivánovitch não respondeu nada. E assim terminou a conversa.

Tchítchicov não se deu por achado, escolheu outro momento, desta vez antes do jantar, e, conversando sobre uma coisa e outra, disse de repente:

– Francamente, Andrei Ivánovitch, não seria nada mau se o senhor se casasse.

Tentiêtnikov não retrucou, não disse uma palavra sequer, como se a simples menção desse assunto lhe fosse desagradável.

Tchítchicov não se deu por achado. Pela terceira vez escolheu um momento propício, já depois do jantar, e falou assim:

– Apesar de tudo, por onde quer que eu examine as suas circunstâncias, só vejo uma solução: o senhor precisa casar-se, senão fica hipocondríaco.

Fosse porque as palavras de Tchítchicov desta vez eram mais convincentes, ou porque a disposição de Andrei Ivánovitch nesse dia fosse como que mais propícia para confidências, o fato é que ele deu um suspiro e disse, soltando para cima uma baforada de fumo do seu cachimbo:

– Para todas as coisas é preciso ter-se nascido com sorte, Pável Ivánovitch. – E contou-lhe tudo, conforme aconteceu, toda a história, desde quando e como conheceu o general até o rompimento.

Quando Tchítchicov ouviu, palavra por palavra, todo o caso, e viu que só por causa do pequeno pronome "tu" acontecera uma coisa daquela, ficou estarrecido. Permaneceu mais de um minuto olhando fixamente nos olhos de Tentiêtnikov, sem saber o que pensar dele: se era um completo imbecil, ou apenas um pouco atoleimado, e finalmente:

– Andrei Ivánovitch! Por quem é! – disse ele, tomando-lhe ambas as mãos nas suas. – Onde está o insulto? O que é que há de ofensivo na palavra "tu"?

– A palavra em si não tem nada de ofensivo – disse Tentiêtnikov –, mas no espírito da palavra, no tom em que foi pronunciada, encerra-se a ofensa. "Tu", aqui, significa: "Lembra-te de que não passas de um lixo; eu só te recebo porque não existe nada melhor por aqui; mas quando chega qualquer Princesa Iuziákina, conhece o teu lugar, não passes da soleira". Eis o que ela significa! – E, ao dizer isso, o manso e quieto Andrei Ivánovitch fuzilava com os olhos, na sua voz vibrava a irritação do amor-próprio ofendido.

– Mas, mesmo que seja este o sentido, que é que há nisso? – disse Tchítchicov.

– Como! O senhor queria que eu continuasse a freqüentá-lo depois de um procedimento como aquele?

– Mas que procedimento é esse? Não chega sequer a ser um procedimento! – disse Tchítchicov friamente.

– Como assim, não é um procedimento? – perguntou Tentiêtnikov, espantado.

– É um costume de general, e não um procedimento: os generais tratam todo mundo por "tu". De resto, por que isso não seria permitido a um homem respeitável que bem serviu a pátria?

– Isto é outro assunto – disse Tentiêtnikov. – Se ele fosse um ancião, um homem pobre, não fosse orgulhoso, soberbo, se não fosse um general, eu lhe permitiria que me tratasse por tu, e até o receberia com respeito.

"É um completo imbecil!", pensou consigo Tchítchicov. "Permitiria a um pobretão, mas não a um general!"

– Está bem – disse ele em voz alta –, suponhamos que ele o tenha insultado, mas o senhor está quite com ele: ele ao senhor, o senhor a ele, pronto! Brigar, em prejuízo de si mesmo, do seu próprio interesse, isso, desculpe-me, é... Quando se escolhe um alvo, é preciso ir em frente, custe o que custar. Para que dar confiança às cusparadas dos outros? O homem está sempre dando cusparadas: é assim que ele foi feito. O senhor não encontrará hoje em dia no mundo inteiro um homem que não dê cusparadas.

"Que sujeito estranho é esse Tchítchicov!", pensava consigo mesmo o perplexo Tentiêtnikov, completamente perturbado por essas palavras.

"Que sujeito excêntrico é esse Tentiêtnikov!", pensava ao mesmo tempo Tchítchicov.

– Andrei Ivánovitch! Vou falar-lhe como se fosse meu irmão. O senhor é um homem inexperiente; permita-me que trate eu desse assunto. Eu mesmo irei à casa de Sua Excelência e lhe explicarei que o que aconteceu foi um mal-entendido da sua parte, causado por sua juventude e desconhecimento dos homens e do mundo.

– Não tenho a intenção de rastejar diante dele – disse Tentiêtnikov, melindrado –, nem posso delegar-lhe poderes para fazê-lo em meu lugar.

– Sou incapaz de rastejar – disse Tchítchicov, melindrado. – Posso cometer outros deslizes, sou humano, mas rastejar isso nunca... Desculpe-me, Andrei Ivánovitch, pela minha boa intenção, eu não esperava que tomasse as minhas palavras num sentido tão ofensivo.

Tudo isso foi dito com muita dignidade.

– Sou culpado, peço perdão! – apressou-se a dizer Tentiêtnikov, tocado, agarrando-lhe ambas as mãos. – Não tive a intenção de ofendê-lo. Juro que a sua boa intenção me é preciosa! Mas deixemos este assunto. Nunca mais falemos nisso.

– Neste caso, vou visitar o general assim mesmo.

– Para quê? – perguntou Tentiêtnikov, fitando-o nos olhos, perplexo.

– Para apresentar-lhe os meus respeitos.

"Que homem estranho é esse Tchítchicov!", pensou Tentiêtnikov.

"Que homem estranho é esse Tentiêtnikov!", pensou Tchítchicov.

– Amanhã mesmo, ao redor das dez horas da manhã, Andrei Ivánovitch, eu irei à casa dele. Na minha opinião, quanto mais cedo se apresentam os respeitos a uma pessoa, tanto melhor. Como a minha sege ainda não se encontra em ordem, peço licença de tomar emprestada a sua carruagem.

– Mas o que é isso, que pedido é esse? O senhor aqui é o patrão e dono: tanto a equipagem como tudo o mais está à sua inteira disposição.

Depois dessa conversa eles se despediram e foram dormir, não sem meditar cada um nas esquisitices do outro.

Coisa estranha, porém! No dia seguinte, quando lhe trouxeram os cavalos e Tchítchicov saltou para a carruagem com uma agilidade quase de militar, envergando o fraque novo, gravata branca e colete, e saiu rodando para apresentar seus respeitos ao general, Tentiêtnikov sentiu-se presa de uma agitação de espírito como havia muito tempo não experimentava. Todo aquele curso emperrado e sonolento das suas idéias transformou-se em quieta atividade.

Uma excitação nervosa despertou de repente todos os sentimentos do indolente bicho-preguiça até então mergulhado em despreocupado langor. Agitado, ora sentava-se no divã, ora ia até a janela, ora pegava num livro; ora queria pensar – desejo inútil! os pensamentos não paravam na sua cabeça; ora tentava não pensar – tentativa inútil! fragmentos de alguma coisa parecida com pensamentos, pontas e rabinhos de pensamentos, insinuavam-se por todos os lados e grudavam-se no seu cérebro.

"Que estado estranho, este meu!", disse ele, e aproximou-se da janela a fim de olhar para a estrada que cortava o matagal, no fim da qual ainda não se havia assentado a nuvem de poeira levantada pela carruagem. Mas deixemos Tentiêtnikov e sigamos Tchítchicov.

CAPÍTULO II

Em pouco mais de meia hora, os valentes cavalos venceram a distância de dez verstas entre as duas propriedades: no princípio pelo carvalhal, depois pelos trigais que começavam a verdejar nos sulcos recém-lavrados, depois beirando as montanhas de onde se descortinavam a cada momento novas perspectivas, para no fim, por uma larga alameda de tílias de folhagem ainda incipiente, transportar Tchítchicov ao próprio centro da aldeia do general. Aqui a alameda de tílias dobrava à direita e se transformava numa rua ladeada de álamos de troncos protegidos na parte inferior por cercados de madeira trançada, rua esta que terminava num grande portão de grades de ferro forjado, através do qual se via o frontispício ricamente lavrado da casa do general, apoiado sobre oito colunas coríntias. Tudo cheirava a tinta a óleo, que conservava tudo como novo, não deixando que nada envelhecesse. O pátio parecia um assoalho, de tão limpo.

Tchítchicov desceu da sege com toda a deferência, fez-se anunciar e foi conduzido diretamente ao gabinete do general, cujo aspecto majestoso o surpreendeu deveras. Trajava um *robe de chambre* de cetim acolchoado, magnificamente purpúreo. Olhar franco, semblante viril, bigodes e grandes suíças grisalhas, cabelos cortados à escovinha na nuca, a parte traseira do pescoço grossa, de três andares, como se costuma dizer, ou três pregas, com um sulco atravessado; em suma, era um daqueles generais pitorescos de que foi tão rico o famoso ano de 1812. O General Bétrichtchev, como muitos de nós, tinha, ao lado de uma porção de virtudes, também uma porção de defeitos. Uns e outros, como sói acontecer com o caráter russo, misturavam-se nele em pitoresca desordem. Nos momentos decisivos, magnanimidade, bravura, generosidade ilimitada, sabedoria em tudo; e, ao lado disso, caprichos, vaidade, amor-próprio e todas aquelas mesquinharias às quais nenhum russo escapa quando não tem o que fazer. Ele não gostava daqueles que o ultrapassaram no serviço e referia-se a eles acerbamente, em epigramas mordazes. Implicava especialmente com um antigo camarada, que ele considerava inferior a si mesmo tanto em inteligência como em aptidões, e que, no entanto, passara-lhe à frente e já era governador-geral de duas províncias, as quais, como que de propósito, eram justamente aquelas em que se situavam as suas propriedades, de maneira que o general se viu numa espécie de dependência em relação ao outro. Em represália, o general não perdia oportunidade de criticá-lo, de achar defeitos em tudo o que ele fazia, e via em todas as suas medidas e ações o cúmulo da insensatez. Tudo no general era um tanto estranho, a começar pela instrução, da qual era defensor e admirador; ele gostava de brilhar e gostava de saber coisas que os outros não sabiam; e não gostava das pessoas que tinham conhecimentos que ele não possuía. Numa palavra, o general gostava de se gabar um pouco da sua inteligência. Tendo recebido uma educação meio estrangeira, ele queria desempenhar ao mesmo tempo o papel de *bárin*, de grão-senhor russo. E não é de admirar que, com semelhantes flutuações de caráter e tão grandes e nítidas contradições, ele inevitavelmente tivesse de encontrar na sua carreira inúmeras contrariedades, graças às quais acabou por se demitir, culpando de tudo um tal de grupo hostil, sem ter a sinceridade de culpar-se a si próprio de coisa alguma. Reformado, ele conservou o velho porte e o garbo majestoso; quer estivesse de casaca, de fraque ou de *robe de chambre*, era sempre o mesmo. Desde a voz até o mínimo gesto, tudo nele era imperioso, autoritário, inspirando nos escalões inferiores, senão respeito, pelo menos um certo temor.

Tchítchicov experimentou ambos: tanto o respeito como o temor. Inclinando respeitosamente a cabeça para um lado e abrindo os braços e as mãos, como se fosse apresentar uma bandeja cheia de xícaras, ele fez uma reverência de corpo inteiro com extraordinária agilidade e disse:

– Considerei meu dever apresentar meus respeitos a Vossa Excelência. Nutrindo respeito para com as virtudes dos varões que salvaram a pátria no campo de batalha, considerei meu dever apresentar-me pessoalmente a Vossa Excelência.

Obviamente, este preâmbulo não desagradou ao general. Com um movimento de cabeça assaz benevolente, ele falou:

– Muito prazer em conhecê-lo. Queira sentar-se. Onde foi que o senhor serviu?

– A minha carreira no serviço público – disse Tchítchicov, sentando-se não no meio da poltrona, mas de viés, e agarrando-se com a mão ao braço da poltrona – começou num departamento do Tesouro, Excelência. Seu transcurso subseqüente, porém, deu-se em diversos postos: trabalhei no Tribunal de Justiça, numa comissão de construções e na Alfândega. Minha vida pode ser comparada a uma embarcação ao sabor das ondas, Excelência. A paciência tem sido, por assim dizer, minha eterna companheira, e eu mesmo sou, por assim dizer, a própria encarnação da paciência... E o que sofri às mãos de inimigos, que chegaram a atentar contra a minha própria vida, não existem palavras, nem tintas, nem, por assim dizer, pincéis de artistas que possam descrevê-lo, de maneira que agora, no declínio da vida, procuro apenas um recanto onde possa passar meus derradeiros dias. Por enquanto, estou hospedado na casa de um vizinho próximo de Vossa Excelência.

– Na casa de quem?

– De Tentiêtnikov, Excelência.

O general franziu o sobrolho.

– Ele, Excelência, está assaz arrependido por não ter demonstrado o respeito devido...

– A quê?

– Aos méritos de Vossa Excelência. Ele não encontra palavras: "Se ao menos eu pudesse, de alguma forma... Porque, na verdade", diz ele, "sei dar valor aos varões que salvaram a pátria..."

– Mas o que é isso? eu nem fiquei zangado! – disse o amolecido general. – No fundo de minha alma eu lhe quero muito bem, e estou certo de que, com o tempo, ele virá a ser um homem útil.

– Vossa Excelência falou com muito acerto: com efeito, ele é um homem dos mais úteis, capaz de convencer pelo dom da palavra, e que sabe manejar a pena.

– Mas escreve bagatelas, eu calculo, versinhos etc., não é?

– Não, Excelência, não são bagatelas... é coisa séria... Ele está escrevendo... história, Excelência.

– História? Que história?

– É a história... – aqui Tchítchicov fez uma pausa e, ou porque diante dele estivesse um general, ou para dar maior importância ao tema, acrescentou: – a história dos generais, Excelência.

– Como, dos generais? Que generais?

– Dos generais em geral, Excelência, em geral. Isto é, para ser mais preciso, dos generais da nossa pátria.

Tchítchicov sentiu-se completamente confuso e atrapalhado, quase cuspiu de desgosto e pensou consigo mesmo: "Arre, que disparates estou engrolando aqui!"

– Desculpe, não estou entendendo bem... O que vem a ser isso, afinal: a história de determinada época ou biografias avulsas? E depois, é sobre todos os generais, ou só sobre aqueles que tomaram parte na campanha de 1812?

– Justamente, Excelência, aqueles que tomaram parte na campanha de 1812. – E, dizendo isso, pensou consigo mesmo: "Matem-me se entendo alguma coisa!"

– Mas então por que ele não me vem visitar? Eu poderia fornecer-lhe boa quantidade de materiais curiosos.

– Por timidez, Excelência – ele não se atreve.

– Que tolice! Por causa de uma palavrinha sem importância que se interpôs entre nós... Mas eu não sou em absoluto um homem desses... Estou até disposto a ir em pessoa procurá-lo.

– Ele não deixará que chegue a isso – disse Tchítchicov, aprumando-se, completamente reanimado, e pensou com os seus botões: "Que sorte! Como os tais generais vieram a calhar! E pensar que a minha língua os soltou à toa!"

No gabinete ouviu-se um leve ruído. A porta de nogueira de um armário entalhado abriu-se por si mesma, e no vão, com a mão na maçaneta de cobre, surgiu uma figurinha viva. Se na sala sombria se acendesse de súbito um quadro transparente, fortemente iluminado por detrás, nem ele conseguiria surpreender mais do que o aparecimento repentino daquela figurinha, surgida como que para iluminar aquele ambiente. Junto com ela, como que entrara um raio de sol, como que se pusera a rir o taciturno gabinete do general. No primeiro momento, Tchítchicov não conseguiu dar-se conta do que era aquela aparição. Difícil adivinhar qual era o seu lugar de origem. Traços tão puros, tão nobres, era impossível encontrar em parte alguma, salvo talvez nalgum camafeu antigo. Reta e leve como uma flecha, ela como que superava a todos em estatura. Mas era uma ilusão. Ela não era alta, a impressão resultava da extraordinária harmonia entre todas as partes do seu corpo. O vestido lhe assentava como se as mais hábeis costureiras do mundo se tivessem reunido para melhor enfeitá-la. Mas também isso era ilusão: ela se vestia como que por si mesma; aqui e ali a agulha apanhava um pedaço de pano singelo, de cor lisa, e ele logo se ajeitava e caía em volta do seu talhe em dobras e panejamentos tais que, se a pintassem ao lado de senhoritas trajadas à última moda, estas pareceriam umas pobres desenxabidas, vestidas de colcha de retalhos. E se a esculpissem em mármore, com todas aquelas pregas que a modelavam, diriam que era uma obra de artista de gênio.

– Apresento-lhe a minha menina travessa! – disse o general a Tchítchicov. – Mas eu ainda não sei o seu nome, patronímico e sobrenome...

– Valerá a pena conhecer o nome e sobrenome de um homem que não se distinguiu por suas virtudes? – disse Tchítchicov modestamente, inclinando a cabeça para um lado.

– Não obstante, é necessário sabê-lo...

– Pável Ivánovitch, Excelência – disse Tchítchicov, fazendo uma curvatura com agilidade quase militar e recuando de um salto com a leveza de uma bola de borracha.

– Úlinka! – disse o general, dirigindo-se à filha. – Pável Ivánovitch acaba de me contar uma novidade muito interessante. O nosso vizinho Tentiêtnikov não é tão tolo como supúnhamos. Está trabalhando numa obra bastante importante: a história dos generais de 1812.

– Mas quem foi que pensou que ele era tolo? – proferiu ela rapidamente. – Só se foi Vichnepokrómov, em quem tu confias, e que é um homem inútil e vil!

– Por que dizes vil? Que ele é meio inútil, isso eu admito – disse o general.

– Ele é meio patife e meio asqueroso, além de meio inútil. Quem causou tanto dano aos irmãos e expulsou de casa a própria irmã é um homem asqueroso.

– Tudo isso são falatórios ociosos.

– Coisas como essas não se falam à toa. Eu não compreendo, pai, como é que tu, com essa alma bondosa, com esse coração raro, podes receber um homem tão distante e diferente de ti, e que bem sabes que não presta.

– É assim, está vendo? – disse o general a Tchítchicov, sorrindo – é assim que nós dois discutimos sempre. – E, voltando-se para a filha, continuou: – Mas eu não posso enxotá-lo, meu coração!

– Para que enxotá-lo? Mas também para que dar-lhe tanta confiança? Para que gostar dele?

Aqui Tchítchicov considerou-se no dever de interpor também a sua opinião.

– Todos desejam e esperam ser amados, senhorita – disse Tchítchicov. – Que fazer, pois? Até um animal gosta de ser acariciado, mete o focinho pelas tábuas do chiqueiro: "Aqui, faze-me um carinho!"

O general desandou a rir:

– Isso mesmo, enfia o focinho: faze-lhe um agrado, um agradinho! Ha, ha, ha! E não é só o focinho, é todo ele que está imundo, negro de lama, mas também exige, como se diz, um estímulo... Ha, ha, ha, ha! – E o corpo do general sacudia-se com as gargalhadas. Os ombros, que outrora ostentavam ricas dragonas, estremeciam, como se ainda ostentassem as ricas dragonas.

Tchítchicov também teve um frouxo de riso, mas, por deferência ao general, soltou-o em vogal *e*: – He, he, he, he, he! – E o seu corpo também se sacudia de gargalhadas, embora seus ombros não estremecessem, porque não ostentavam ricas dragonas.

– O tipo rouba, mete as mãos no Tesouro, e ainda reclama recompensas, o canalha! Não se pode, diz ele, trabalhar sem estímulo... Ha, ha, ha, ha!

Uma expressão dolorosa contraiu as nobres feições da jovem.

– Ah, papai! Não compreendo como podes rir! A mim essas ações desonrosas só deprimem, e nada mais. Quando eu vejo que diante de todos se perpetram as piores fraudes, e esses indivíduos não são punidos pelo desprezo geral, eu não sei o que se passa comigo, fico tão raivosa que até me sinto mal; eu penso, penso... – E ela quase prorrompeu em choro.

– Por favor, não te zangues conosco – disse o general. – Nós aqui não temos culpa de nada. Não é verdade? – disse ele, dirigindo-se a Tchítchicov. – Dá-me um beijo e retira-te para os teus aposentos. Eu já vou vestir-me para o almoço. Porque tu – disse ele, fitando Tchítchicov nos olhos – vais almoçar aqui comigo, espero.

– Se Vossa Excelência...

– Nada de tratamentos cerimoniosos, que é isso? Graças a Deus, ainda posso convidar para comer, há sopa de repolho que chegue.

Abrindo os braços para trás com grande agilidade, Tchítchicov inclinou a cabeça com tanta deferência e gratidão, que por um momento todos os objetos existentes na sala sumiram da sua vista, permanecendo visíveis apenas as pontas das suas próprias botinas. E quando, após permanecer por algum tempo em tão respeitosa posição, ele tornou a erguer a cabeça, já não encontrou mais Úlinka. Ela desaparecera. No seu lugar apresentou-se, ornado de espessos bigodes e suíças, um gigantesco criado de quarto, com uma bacia de prata e uma jarra de água nas mãos.

– Permites que me vista na tua frente?

– Não só que se vista, mas que faça na minha frente tudo o que aprouver a Vossa Excelência.

Abaixando o *robe de chambre* com uma das mãos e arregaçando as mangas da camisa nos braços hercúleos, o general começou a se lavar, espirrando água e bufando como um pato. Água e sabão voavam para todos os lados.

– Eles gostam, gostam mesmo, todos gostam de estímulo – disse ele, enxugando o pescoço de todos os lados. – Acaricia-o, faze-lhe um agrado! Sem estímulo o tipo não vai nem poder roubar! Ha, ha, ha!

Tchítchicov estava num estado de ânimo indescritível. De repente, veio-lhe uma inspiração. "O general é um pândego e um bonachão – que tal se eu tentasse?", pensou ele, e, vendo que o criado acabara de sair com a bacia, exclamou:

– Excelência! Já que o senhor é tão bondoso e atencioso para com todos, gostaria de fazer-lhe um pedido.

– Que pedido?

Tchítchicov olhou em volta.

– Tenho um tio, Excelência, um velhinho decrépito, dono de trezentas almas e cinco mil acres. Eu sou seu único herdeiro. Ele mesmo não consegue administrar a propriedade, por motivo da decrepitude, mas também não quer transmiti-la a mim, e alega uma razão estapafúrdia: "Não conheço o meu sobrinho", diz ele; "quem sabe se ele não é um pródigo. Ele que me prove que é homem de confiança: que adquira antes, com seus próprios recursos, trezentas almas; só então eu lhe entregarei as minhas trezentas".

– Mas o que é isso? Pelo visto ele é um idiota completo!

– Se fosse apenas idiota, não teria importância, seria assunto só dele. Mas Vossa Excelência imagine a minha situação! O velhote arranjou-se lá com uma certa despenseira, e a despenseira tem filhos. Se eu me descuido, ele acaba passando tudo para eles.

– O bobo do velho perdeu o juízo, e é só – disse o general. – Só que não percebo de que maneira eu poderia ser-lhe útil! – continuou ele, fitando Tchítchicov com espanto.

– Pois eu tive a seguinte idéia: se o senhor, Excelência, me passasse todas as almas mortas da sua aldeia, como se fossem vivas, com um contrato de compra na forma devida, eu poderia apresentar esse contrato ao velho, e ele então me entregaria a herança.

Aqui o general prorrompeu em gargalhadas tais como provavelmente homem algum jamais soltou neste mundo. Assim como estava, deixou-se desabar na poltrona, atirou a cabeça para trás e quase engasgou. A casa inteira estremeceu. Acudiu o criado de quarto. A filha veio correndo, alarmada.

– Pai, o que foi que te aconteceu? – dizia ela assustada, fitando-o nos olhos, perplexa.

Mas o general ficou bastante tempo sem conseguir articular qualquer som.

– Não é nada, minha querida, não é nada. Podes retirar-te; nós já vamos comparecer para o almoço. Podes ficar tranqüila. Ha, ha, ha!

E, sufocado diversas vezes, irrompia com nova força o riso do general, reboando desde o vestíbulo até o último aposento.

Tchítchicov ficou preocupado.

– E o titio, hein, o titio! Com que cara de palerma vai ficar o velhote! Ha, ha, ha! Vai ganhar defuntos em lugar de vivos! Ha, ha!

"Lá vai ele de novo!", pensou consigo Tchítchicov. "Irra, como é coceguento!"

– Ha, ha! – continuava o general. – Mas que velho burro! Onde já se viu uma exigência dessa: "Que arranje por si mesmo, a partir de nada, trezentas almas, e então eu lhe darei trezentas almas!" Mas que asno!

– É um asno, Excelência.

– E a tua malandragem, então, de mimosear o velhote com almas mortas! Ha, ha, ha! Eu daria Deus sabe o quê para estar presente quando tu lhe entregares o contrato de compra! E ele, que tal é? Que jeito tem? É muito velho?

– Uns oitenta anos.

– Mas ainda se mexe, é sacudido? Ele tem que ter força, porque tem a despenseira vivendo com ele!

– Que força, Excelência! Areia esfarelando-se…

– Mas que burro! Porque ele é um burro, não é?

– É burro, Excelência.

– Mas ainda sai de casa? Apresenta-se na sociedade? Ainda se agüenta firme nas pernas?

– Agüenta-se, mas com dificuldade, Excelência.

– Mas que asno! Não te zangues, mano, ele pode ser teu tio, mas não deixa de ser um asno.

– É um asno, Excelência. É meu parente, e é duro ter de reconhecê-lo, mas que se há de fazer?

Tchítchicov mentia: não lhe era nada duro reconhecê-lo, tanto mais que era totalmente duvidoso que ele tivesse algum tio.

– Então, Excelência... ceda-me...

– Ceder-te as almas mortas? Por uma idéia desta eu te dou as almas junto com a terra e a morada! Podes levar o cemitério inteiro! Ha, ha, ha, ha! O velho, ah, o velho! Ha, ha, ha, ha! Com que cara de palerma ele vai ficar, o teu tio! Ha, ha, ha, ha!...

E o riso generalesco atroou de novo os aposentos do general.

CAPÍTULO III

"Se o Coronel Kochkariov está de fato louco, não é mau de todo", dizia Tchítchicov, vendo-se novamente em meio a campos abertos e espaços livres, quando tudo o mais desapareceu e sobrou apenas o firmamento celeste e duas nuvens de um lado.

– Tu te informaste bem, Selifan, sobre qual é o caminho para a casa do Coronel Kochkariov?

– Mas veja, Pável Ivánovitch, acontece que eu fiquei o tempo todo tão ocupado com a carruagem, que nem deu para indagar; mas o Petruchka perguntou tudo ao cocheiro.

– Mas que imbecil que tu és! lá te disse que não se pode confiar no Petruchka: Petruchka é burro como uma porta, Petruchka é tapado; mesmo agora, estou certo de que Petruchka ainda está curtindo a bebedeira.

– Mas se aqui não há problema nenhum! – disse Selifan, olhando para o patrão de soslaio. – É só descer a encosta, tomar o caminho do campo, e pronto, mais nada.

– E tu, o que foi que já puseste na boca hoje, além de aguardente? Estás lindo, lindo de causar espanto à Europa inteira! – E, dizendo isso, Tchítchicov acariciou o próprio queixo e pensou: "Mas que diferença entre um cidadão civilizado e uma grosseira caraça de lacaio!"

A sege começara a descer a encosta. Descortinaram-se novamente prados e amplidões semeadas de pequenos bosques de faias.

Estremecendo de leve sobre as molas flexíveis, a tranqüila carruagem continuava a descer com cuidado pelo declive suave, e finalmente partiu veloz pelos descampados, ao largo de moinhos, com leve fragor sobre as pontes, com ligeiro balouçar pelos trechos de terra macia, sem que um só obstáculo, uma só elevação de terreno perturbasse seu embalo sossegado. Um verdadeiro consolo, aquela carruagem!

Ao longe branquejavam areais, passavam voando touceiras de juncos, esguios amieiros e álamos prateados, fustigando com seus ramos a Selifan e Petruchka, sentados na boléia, derrubando a toda hora o gorro do criado. O taciturno servidor saltava da boléia, descompunha a estúpida árvore e o dono que a plantara, mas não se decidia a amarrar o gorro ou ao menos segurá-lo com a mão, sempre na esperança de que aquela fosse a última vez em que ele caía. Outras árvores foram-se seguindo àquelas: aqui bétulas, adiante pinheiros, com espessa vegetação junto às raizes: cálamo azul e tulipa do bosque. As sombras da floresta interminável aprofundavam-se e pareciam querer transformar-se em trevas noturnas. Mas de repente pontos de luz começaram a varar a escuridão por todos os lados, como espelhos faiscantes. As árvores começaram a rarear, os pontos luminosos se multiplicaram, e eis que diante deles surgiu um lago, uma planície líquida de umas quatro verstas de diâmetro. Do lado oposto, à beira do lago, espalhavam-se as casinhas de troncos cinzentos de uma aldeia.

Ouviam-se gritos na água. Uns vinte homens, com água pela cintura e até pelo pescoço, arrastavam uma rede para a margem oposta. Era um acontecimento: junto com os peixes, embaraçara-se na rede um homem rotundo, medindo o mesmo em altura e diâmetro, um perfeito tonel ou melão. Encontrava-se em situação desesperada e berrava a plenos pulmões:

– Denis Pesado, passa a corda para o Kuzmá! Kuzmá, segura a ponta do Denis! Não forces tanto, Fomá Grande! Vai para o lugar do Fomá Pequeno! Demônios! Cuidado, eu já disse, assim arrebentam-me com a rede!

Pelo visto, a melancia não temia por si própria: não poderia afundar e afogar-se, graças à sua corpulência, e, como quer que se debatesse tentando mergulhar, a água sempre a faria boiar; e, mesmo que mais dois se lhe sentassem em cima, ela, como uma bolha teimosa, continuaria a flutuar na superfície do lago, quando muito bufando um pouco e soltando borbulhas pelo nariz. Mas ela temia muito que a rede se rompesse e os peixes fugissem, e por isso, por cima da rede, ainda se fizera laçar por cordas e arrastar por vários homens parados na margem.

– Aquele deve ser o patrão, o Coronel Kochkariov, dono da aldeia – disse Selifan.

– Por quê?

– Porque o corpo dele é mais alvo que o dos outros, como o senhor pode ver, e também o volume dele é mais respeitável, como deve ser um *bárin*.

O *bárin*, enroscado na rede, a essa altura já tinha sido puxado para bem perto da margem. Sentindo que conseguia alcançar o fundo, ele ficou de pé, e nesse momento viu a carruagem que descia pela encosta, com o seu passageiro, Tchítchicov.

– Já almoçou? – gritou o *bárin*, aproximando-se da margem junto com os peixes apanhados, todo envolto na rede, qual mãozinha de senhora em luva de renda no verão, protegendo os olhos contra o sol com uma das mãos em pala, e a outra mais abaixo, como a Vênus de Medici emergindo do banho.

– Não – disse Tchítchicov, soerguendo o gorro e continuando a cumprimentar de dentro da sege.

– Nesse caso, dê graças a Deus!

– Por quê? – perguntou Tchítchicov, curioso, segurando o gorro por cima da cabeça.

– Pelo seguinte: olhe aqui! Fomá Pequeno, solta a rede e mostra o esturjão na bacia! Denis Pesado, vai ajudá-lo!

Os dois pescadores ergueram da bacia a cabeça de um verdadeiro monstro.

– Olhe só que príncipe! Veio do rio! – gritava o rotundo *bárin*. – Senhor, entre no pátio! Cocheiro, pega o caminho de baixo, pela horta! Corre, Fomá Grande, abre a cerca para eles passarem! Ele vai acompanhá-lo, e eu vou lá em seguida.

O pernalta e descalço Fomá Grande, assim como estava, em fraldas de camisa, atravessou correndo na frente da sege a aldeia inteira, onde diante de cada isbá secavam redes, arrastões e tarrafas: todos os mujiques eram pescadores. Depois arrancou um pedaço de cerca de uma horta, e por entre as hortas a sege passou para uma praça, perto de uma igreja de madeira. Atrás da igreja, mais longe, divisavam-se os telhados das construções senhoriais.

"É um excêntrico, este Kochkariov", pensou Tchítchicov consigo mesmo.

– E eis-me aqui! – ouviu-se uma voz ao seu lado.

Tchítchicov voltou-se. O proprietário estava viajando emparelhado com ele, já vestido, de sobrecasaca de nanquim verde-grama, calças amarelas e o pescoço sem gravata, à maneira de Cupido! Vinha sentado de banda numa charrete, ocupando-a inteira com seu volume. Quis dirigir-lhe a palavra, mas o gordo já desaparecera. A charrete reapareceu no lugar onde estavam puxando a rede. Novamente ouviram-se vozes: "Fomá Grande e Fomá Pequeno! Kuzmá e Denis!" Mas quando Tchítchicov chegou à entrada da casa, viu, para seu grande espanto, que o gordo *bárin* já estava nos degraus, para recebê-lo nos braços abertos. Como conseguira locomover-se com aquela rapidez era coisa incompreensível. Os dois homens beijaram-se à velha maneira russa – três vezes em cruz: o senhor do lugar era um homem à moda antiga.

– Vim trazer-lhe saudações de Sua Excelência – disse Tchítchicov.

– De que excelência?

– De seu parente, o General Aleksandr Dmítrievitch.

– Quem é esse Aleksandr Dmítrievitch?

– O General Bétrichtchev – respondeu Tchítchicov, um tanto perplexo.

– Não conheço – disse o dono da casa, igualmente perplexo.

A perplexidade de Tchítchicov aumentou.

– Mas como?... Espero ao menos que tenha a honra de estar falando com o Coronel Kochkariov?

– Não, pode abandonar essa esperança. O senhor não está em casa dele, e sim na minha: Piotr Petróvitch Pietukh[1]! Pietukh Piotr Petróvitch!

Tchítchicov ficou estarrecido.

– Mas o que é isso? – voltou-se ele para Selifan e Petruchka, que por sua vez estavam boquiabertos e de olhos arregalados, um sentado na boléia, outro em pé ao lado da portinhola da sege. – Como foi que fizestes isso, imbecis? Não vos foi dito: "Para a casa do Coronel Kochkariov"?... E como é que viemos parar na do Piotr Petróvitch Pietukh?!...

– Os rapazes fizeram muito bem! Para a cozinha, os dois – lá vos darão uma boa caneca de vodca – disse Piotr Petróvitch Pietukh. – Podeis desatrelar os cavalos e ir correndo para a casa da criadagem.

– Sinto-me encabulado: um engano assim tão imprevisto... – disse Tchítchicov.

– Engano nenhum. Primeiro prove o almoço e depois diga-me se cometeu um engano. Tenha a bondade de entrar – disse Pietukh, tomando o braço de Tchítchicov e levando-o para dentro. Do interior da casa saíram-lhes ao encontro dois jovens em trajes de verão, fininhos e compridos como varas de junco, uma boa jarda mais altos que o pai.

Meus filhos, ginasianos, vieram aqui passar as férias... Nicolacha, fica aqui com o nosso hóspede; e tu, Aleksacha, vem comigo. – E, tendo dito isso, o anfitrião desapareceu.

Tchítchicov ficou em companhia de Nicolacha. Nicolacha, aparentemente, prometia vir a ser uma boa droga de homem. Logo de entrada ele disse a Tchítchicov que não havia vantagem alguma em estudar no ginásio do distrito, e que ele e o irmão queriam ir embora para Petersburgo, porque a província não merece que se viva nela...

"Já compreendi", pensou Tchítchicov; "isto aqui vai acabar mas é nos cafés e nas ruas da cidade..." – E como é – perguntou ele em voz alta –, qual é a situação da propriedade do senhor seu papai?

– Está hipotecada – respondeu o próprio senhor papai, que acabava de surgir na sala –, hipotecada.

1. *Pietukh* significa, em russo, "galo". (N. da T.)

"Mau", pensou Tchítchicov. "Desse jeito logo não sobrará mais propriedade nenhuma: preciso apressar-me."

– Pois o senhor fez mal – disse ele com um ar condoído – fez mal em hipotecá-la tão apressadamente.

– Não é nada, não – disse Pietukh. – Dizem que é vantajoso. Todos estão hipotecando propriedades, como poderia eu ficar para trás? Depois, eu sempre vivi aqui: seria interessante tentar morar em Moscou. Os meus filhos aqui também insistem, querem adquirir uma instrução excelente.

"Que tolo, que tolo!", pensava Tchítchicov. "Vai esbanjar tudo e fará dos filhos uns esbanjadores. E a propriedade até que é bem boa. Logo à primeira vista se vê: os camponeses estão bem, e eles próprios também não estão mal. Mas, quando começarem a 'adquirir instrução' lá nos restaurantes e pelos teatros, tudo irá para o diabo. Ficaria bem melhor vivendo no campo, sossegado, este bolacha."

– Pois eu sei o que o senhor está pensando – disse Pietukh.

– O quê? – perguntou Tchítchicov, sem graça.

– O senhor está pensando: "É um bobão, um bobão, este Pietukh: convidou-me para almoçar e ainda não vi almoço nenhum". Pois estará tudo pronto logo mais, meu caríssimo. Em menos tempo do que leva uma rapariga de cabelo cortado para fazer a trança estará pronto o almoço.

– Paizinho! Platon Mikháilovitch está chegando! – disse Aleksacha, olhando pela janela.

– Montado num cavalo baio! – secundou Nicolacha, debruçando-se na janela.

– Onde, onde? – gritou Pietukh, aproximando-se da janela.

– Quem é esse Platon Mikháilovitch? – perguntou Tchítchicov a Aleksacha.

– É o nosso vizinho, Platon Mikháilovitch Platónov, um homem ótimo, excelente homem – disse o próprio Pietukh.

Nisso entrou na sala o próprio Platónov, um belo rapaz, de porte esbelto, louro-claro, de cabelos anelados e brilhantes e olhos escuros; atrás dele, fazendo retinir a coleira de cobre, entrou um mastim enorme, de nome Iarbe.

– Já almoçou? – perguntou o dono da casa.

– Almocei.

– Mas o que é isso, o senhor veio aqui para zombar de mim? De que me serve o senhor, almoçado?

O visitante respondeu com um leve sorriso:

– Posso consolá-lo, dizendo que não comi nada – estou sem apetite nenhum.

– Pois devia ver o que rendeu a pescaria hoje! Que enorme esturjão houve por bem comparecer! Que carpas imensas!

– Até dá despeito ouvi-lo. Por que o senhor está sempre tão alegre?

– E por que motivo haveria eu de estar aborrecido? Por favor! – disse o anfitrião.

– Como, por que motivo? Porque tudo é aborrecido, um tédio.

– O senhor come pouco, é isso. Experimente almoçar bem, como se deve. Bem sabe que foi só nos últimos tempos que inventaram o tédio; antigamente ninguém ficava entediado.

– Ora, deixe de se vangloriar! Como se o senhor nunca tivesse ficado aborrecido!

– Nunca! Nem sei o que é isso, nem tenho tempo para me aborrecer. Acordo pela manhã, e logo aparece o cozinheiro, e é preciso encomendar o almoço. E depois o chá, e logo o administrador, em seguida a pescaria, e pronto, já é hora do almoço. Depois do almoço, mal dá tempo de puxar um ronco, e pronto, já vem o cozinheiro de novo, e é preciso encomendar o jantar. Onde o tempo para me aborrecer?

No decorrer dessa conversa, Tchítchicov ficou observando o visitante, que o encantou por sua extraordinária beleza, pelo porte esbelto e elegante, pelo frescor da juventude imaculada, pela pureza virginal do rosto, sem uma espinha sequer a insultar-lhe a harmonia. Nem paixões, nem tristezas, nem mesmo nada de semelhante a emoções ou inquietudes ousaram tocar a sua tez puríssima; não a marcaram com uma ruga sequer, mas também não a enriqueceram de vida. Seu rosto permanecia como que sonolento, apesar do sorriso irônico que por momentos parecia animá-lo.

– Também eu, se me permite a observação – disse Tchítchicov –, não consigo compreender como, com uma aparência como a sua, lhe é possível sentir-se entediado. Está claro, se há falta de dinheiro, ou se há inimigos, que às vezes existem, daqueles que até atentam contra a nossa própria vida...

– Pode crer – interrompeu o recém-chegado – que, para variar, eu às vezes até gostaria de sofrer alguma perturbação: se ao menos alguém me irritasse, me fizesse ficar zangado! Mas nem isso. Sinto tédio, e é só.

– Será que é por falta de terras, propriedades? Insuficiente quantidade de almas para trabalhá-las?

– De maneira alguma. Meu irmão e eu temos para mais de vinte e cinco mil acres de terras e mais de mil almas de camponeses servos da gleba.

– É estranho, não compreendo. Quem sabe, então, teve más colheitas, epidemias? Morreram-lhe muitos mujiques do sexo masculino?

– Pelo contrário, está tudo na mais perfeita ordem; meu irmão é um excelente administrador das propriedades.

– Mas então, por que se aborrece? Não compreendo! – disse Tchítchicov, e até deu de ombros.

– Pois nós vamos enxotar o tédio agora mesmo – disse o anfitrião. – Corre, Aleksacha, vai para a cozinha e dize ao cozinheiro que nos mande ligeiro os bolinhos de peixe. Mas por onde andam o basbaque do Iemelian e o ladrão do Antochka? Por que não servem o antepasto?

Mas já a porta se abriu e surgiram o basbaque Iemelian e o ladrão Antochka, e, de guardanapo no braço, puseram a mesa e colocaram sobre ela uma bandeja com seis frascos de aguardentes de cores diversas. Logo formou-se em volta das bandejas e dos frascos um colar de pratos com toda sorte de bocados estimulantes. Os criados moviam-se agilmente, trazendo sem parar baixelas cobertas por tampas, sob as quais podia-se ouvir o borbulhar da manteiga. O basbaque Iemelian e o ladrão Antochka desincumbiam-se às mil maravilhas. Os apelidos tinham-lhes sido postos assim, a título de estímulo. O patrão até que não era propenso a descomposturas, era um bonachão. Mas qualquer russo gosta de uma palavrinha mais forte. Precisa dela como de um cálice de vodca para a digestão. Que fazer? É a sua natureza: não suporta nada insosso.

O antepasto foi seguido pelo almoço. Aqui o amável anfitrião transformou-se em completo bandido. Assim que via um solitário pedaço de comida no prato de um conviva, acrescentava-lhe logo outro, dizendo: "Sem par, nem homem nem ave conseguem viver neste mundo". Se alguém tinha dois pedaços no prato, juntava-lhe um terceiro, acrescentando: "Que conta é essa, dois? Deus gosta da trinca". Se o comensal comia as três porções, explicava-lhe: "Onde já se viu um carro de três rodas? Quem vai construir uma casa com três cantos?" Para o número quatro ele tinha outro provérbio, para cinco, ainda outro. Tchítchicov comeu coisa de doze fatias de um certo assado, e pensou: "Bem, agora ele não vai achar mais nada para dizer", mas nada disso: sem articular uma só palavra, o anfitrião lhe pôs no prato um naco de vitela assado no espeto, com rins e tudo – e que vitela!

– Foi criada dois anos a leite puro – disse Pietukh; – eu mesmo cuidei dela como de uma filha!

– Não agüento mais! – disse Tchítchicov.

– Prove primeiro, depois diga: "Não agüento mais!"

– Não entra, não há mais lugar.

– Na igreja também não havia mais lugar, mas entrou o chefe de polícia e o lugar apareceu – e no entanto era tamanha a aglomeração que nem uma maçã tinha onde cair. O senhor experimente: este pedaço é aquele mesmo chefe de polícia.

Tchítchicov experimentou: de fato, aquele pedaço era algo como um chefe de polícia: encontrou um lugarzinho onde parecia que não podia caber mais nada.

"Mas como é que um homem como este poderá viver em Petersburgo ou Moscou? Com esta hospitalidade ele não leva nem três anos para gastar tudo e arruinar-se duma vez por todas!" É que ele não sabia que hoje em dia isto está ainda mais aperfeiçoado: hoje até mesmo sem hospitalidade é possível arruinar-se, não em três anos, mas em três meses.

Pietukh não parava de encher os copos dos outros; e o que os convivas não acabavam de beber, oferecia a Aleksacha e a Nicolacha, que consumiam um cálice após outro; já dava para perceber bem qual a parte dos conhecimentos humanos que mereceria a sua atenção quando chegassem à capital.

Os convidados não agüentavam mais: a duras penas, arrastaram-se até o terraço, e a duras penas acomodaram-se nas poltronas. O dono da casa, assim que se aboletou na sua – uma poltrona especial, de largura quádrupla –, pegou no sono sem perda de tempo. Sua obesa pessoa, transformada em fole de ferreiro, começou a soltar pela boca e fossas nasais sons que raramente acodem à cabeça até mesmo de um compositor moderno: lá estavam o tambor e a flauta, e uma espécie de alarido entrecortado, como que de cães latindo.

– Eta, como sopra o nosso homem! – disse Platónov.

Tchítchicov desatou a rir.

– Está claro, depois de um almoço deste, o tédio não acha lugar: o sono vem primeiro. Não é mesmo? – continuou Platónov.

– Certamente. Mas eu, no entanto – o senhor me perdoe –, não posso entender como é possível alguém sentir tédio. Existem tantos remédios contra o aborrecimento!

– Quais, por exemplo?

– Ah, não faltam remédios para um homem moço. Dançar, tocar algum instrumento musical... ou então, o casamento.

– Com quem?

– Não me diga que não existem nesta região moças casadouras bonitas e ricas!

– Não existem.

– Então é preciso procurar em outra parte, viajar... – e uma idéia brilhante surgiu de súbito na mente de Tchítchicov. – Mas eis um recurso excelente! – disse ele, fitando Platónov nos olhos.

– Que recurso?

– Viajar.

– Viajar para onde?

– Se o senhor dispõe de tempo livre, venha viajar comigo – disse Tchítchicov, e pensou consigo mesmo, olhando para Platónov: "Isto não seria nada mau. Poderíamos rachar as despesas meio a meio, e o conserto da sege iria por conta dele duma vez".

– E para onde se dirige o senhor?

– Por enquanto, estou viajando não tanto por necessidade própria como por conta de outrem. O General Bétrichtchev, meu íntimo amigo e, posso dizer, meu benfeitor, pediu-me que visitasse seus parentes... Naturalmente, parentes são parentes, mas em parte eu faço isso por mim mesmo: porque ver o mundo, ter novos contatos humanos, digam o que disserem, mas isso é como um livro vivo, uma verdadeira ciência. – E, ao dizer isso, Tchítchicov pensava ao mesmo tempo: "Realmente, seria muito bom. Pode-se até fazer correr todas as despesas por conta dele, pode-se até viajar com os cavalos dele, enquanto os meus descansam e se refazem na sua aldeia!"

"E por que não? Por que não dar uma volta?", pensava Platónov nesse meio tempo. "Não tenho nada para fazer em casa, a administração da propriedade está mesmo nas mãos do meu irmão, de modo que não haveria inconveniente algum. Por que então, realmente, não dar um passeio?"

E em voz alta:

– Será que o senhor concordaria em se hospedar em casa do meu irmão por uns dois dias? De outra forma ele não me deixará partir.

– Com grande prazer. Até três dias, se quiser.

– Então está combinado! Partiremos! – disse, animando-se, Platónov.

Os dois confirmaram o trato com um aperto de mãos: – Vamos!

– Para onde, para onde?! – exclamou o anfitrião, acordando e esbugalhando os olhos para eles. – Não, queridos cavalheiros! Já mandei tirar as rodas da sege, e o seu corcel, Platon Mikháilovitch, foi despachado a quinze verstas daqui. Não, os senhores vão pernoitar aqui, e amanhã, depois do primeiro almoço, podem tomar o seu caminho.

O que se podia fazer com Pietukh? Tiveram de ficar. Em compensação, eles foram premiados com uma maravilhosa noite de primavera. O anfitrião organizou um passeio pelo rio. Doze remadores, com vinte e quatro remos, levaram-nos entre canções pela superfície lisa do lago espelhado. Do lago, eles saíram para o rio, interminável, com margens suaves de ambos os lados, passando o tempo todo por baixo de cabos de pesca esticados através do rio. As águas serenas nem se arrepiavam; apenas as paisagens passavam em silêncio diante dos seus olhos e, bosque após bosque, encantavam a vista pela diversidade da sua vegetação. Os remadores, sob o impulso unânime de vinte e quatro remos, levantavam-nos de repente, todos juntos, e o barco deslizava por si mesmo, como um pássaro livre, pela superfície espelhada e tranqüila. O rapaz que puxava o coro, mocetão espadaúdo, o terceiro a partir do leme, entoava com voz sonora e límpida, tirando como de uma garganta de rouxinol os acordes iniciais da canção; cinco outras vozes uniam-se a ele, outras seis entravam no coro, e a canção se espraiava, infinita como a própria Rússia. E Pietukh, animando-se, juntava também a sua voz, ajudando onde faltava força ao coro, e o próprio Tchítchicov sentiu que era russo. Apenas Platónov pensava: "O que é que há de bom nesta cantiga tristonha? Só serve para aumentar a angústia de minha alma".

Quando voltaram para casa, já anoitecia. No escuro, os remos cortavam a água, que não refletia mais o firmamento. E no escuro eles atracaram na margem, onde havia fogueiras acesas: os pescadores cozinhavam, sobre tripés, sua sopa de peixe, com percas ainda palpitantes de vida.

Todo mundo já estava em casa. O gado e as aves da aldeia já estavam havia muito recolhidos, e a poeira da sua passagem já se havia assentado, e os pastores que os recolheram estavam parados diante dos portões, à espera de uma caneca de leite e de um convite para a sopa de peixe. No lusco-fusco ouvia-se o rumor de vozes humanas vindo da ala da criadagem e o latir de cães ecoando de alguma aldeia distante. A lua nascia e as regiões adjacentes começaram a clarear, e tudo ficou iluminado. Maravilhosos quadros! Mas não havia ninguém para apreciá-los. Nicolacha e Aleksacha, ao invés de passar diante deles, galopando à porfia sobre dois fogosos corcéis, pensavam em

Moscou, nas suas confeitarias e nos seus teatros, dos quais lhes falara em visita um cadete da capital. E o seu pai pensava em como alimentar seus hóspedes. Platónov bocejava. Em resumo, o mais animado de todos era Tchítchicov. "Realmente, qualquer dia desses preciso adquirir uma aldeiazinha!" E começou a imaginar-se casado com jeitosa consorte e cercado de um bando de Tchítchicovinhos.

Na hora do jantar, empanturraram-se de novo. Quando Pável Ivánovitch entrou no seu quarto de dormir, estendeu-se na cama, apalpou a própria barriguinha e disse: "É um tambor! Não há chefe de polícia que caiba aqui!" Mas tinha de acontecer, por uma dessas coincidências estranhas, que o seu quarto ficasse contíguo ao gabinete do anfitrião, de parede tão fina, que se ouvia tudo o que se dizia do outro lado. O dono da casa estava dando ordens ao cozinheiro para preparar, à guisa de desjejum matinal, um verdadeiro banquete. E como encomendava! Até um morto sentiria apetite.

– E o empadão, faze-o quadrado – dizia ele, estalando a língua e aspirando o ar. – Num dos cantos, quero que ponhas as bochechas do esturjão e as cartilagens; no outro, uma papa de trigo-sarraceno com cogumelos e cebolinhas, creme de leite e miolos, e mais alguma coisa boa daquelas, já sabes, alguma coisa assim... E que ele fique bem tostado de um lado, entendes? mas do outro quero que fique mais claro. E por baixo, deixa-o bem torradinho, para ficar todo bem-sequinho, mas que não se esfarele, e sim que se derreta na boca, assim como se fosse neve, entendes? para que a gente nem perceba como... – E, dizendo isso, Pietukh estalava a língua e chupava os lábios.

"Que vá para o inferno! Não vai deixar-me dormir!", pensava Tchítchicov, enrolando a cabeça no cobertor para não ouvir mais nada. Mas mesmo através do cobertor ele continuou ouvindo:

– E para a guarnição do esturjão, arruma-me beterrabas em estrelinhas, e cogumelos branquinhos, e também, sabes como é, nabinhos e cenourinhas e ervilhas, e mais, já sabes, alguma coisa assim, gostosa, para que haja *garniture*[2], bastante *garniture* de toda espécie. E na tripa de porco recheada põe um pouco de gelo, para que fique bem estufadinha.

Pietukh encomendou ainda muitas outras iguarias. Só se ouvia "Deixa fritar bem, assa direitinho, deixa bem abafado no forno!" Tchítchicov só conseguiu pegar no sono num complicado peru recheado.

2. Em francês, no texto: guarnição, acompanhamento (em culinária). (N. da E.)

Na manhã seguinte os visitantes se empacharam de tal forma, que Platónov já nem podia mais montar. O seu cavalo foi despachado com o cavalariço de Pietukh, e os dois hóspedes se acomodaram na sege. O canzarrão arrastava-se preguiçosamente atrás da carruagem: ele também estava empanturrado.

– Aquilo já é demais – disse Tchítchicov, quando eles saíram do pátio.

– E ele nunca se aborrece, isso é que me dá raiva! – disse Platónov.

"Se eu tivesse, como tu, setenta mil rublos de renda por ano", pensou Tchítchicov, "eu é que não deixaria aborrecimento algum aparecer na minha frente. E pensar que o arrendatário Murazov – dez milhões!... Isto é que é uma soma!"

– Então, o senhor não se importa de passarmos em casa de minha irmã e de meu cunhado? Eu gostaria de despedir-me deles.

– Com muito prazer – disse Tchítchicov.

– Se o senhor se interessa pela administração de propriedades rurais, gostará de conhecê-lo. Administrador mais perfeito o senhor não encontrará em parte alguma. Em dez anos ele fez a sua propriedade progredir tanto, que, de trinta mil que ela dava, tira dela agora duzentos mil rublos de renda.

– Mas evidentemente trata-se de um homem respeitabilíssimo! Tenho enorme interesse em conhecê-lo. Para mim será importantíssimo, como não... Qual é o sobrenome dele?

– Costangioglio.

– E o prenome e patronímico?

– Constantin Fiódorovitch.

– Constantin Fiódorovitch Costangioglio. Terei muito prazer em conhecê-lo, muito interesse. Será proveitoso para mim conhecer um homem desse.

Platónov encarregou-se de guiar Selifan, o que era de fato necessário, porque o cocheiro mal se mantinha na boléia. Petruchka por duas vezes já se despencara do alto da sege, de modo que foi preciso finalmente amarrá-lo à boléia com uma corda. – Mas que animal! – só conseguia repetir Tchítchicov.

– Repare agora – disse Platónov –, aqui começam as terras dele: o aspecto é totalmente diferente do das outras.

E, de fato, todo o campo estava coberto de bosques plantados – árvores retas como flechas; atrás delas, outro bosque, mais alto, também de árvores novas; atrás deste, um bosque antigo, sempre um mais alto que o outro. Depois, novamente uma faixa de campo coberta de mata espessa, sempre na mesma sucessão, bosques novos e outra vez bosques antigos. E por três vezes eles passaram, como quem atravessa portões de muralhas, por faixas de bosques e matas.

– Tudo isso ele fez crescer assim no decorrer de uns oito, dez anos – o que com outro não cresceria nem em vinte.

– E como foi que ele conseguiu isso?

– Pergunte a ele mesmo. É um grande agrônomo, não faz nada à toa. Não só conhece o solo, como sabe também qual é a vizinhança apropriada para cada plantação, que árvores se devem plantar perto de que cereais. Cada coisa desempenha duas, três funções nas mãos dele. O bosque, além de ser bosque, é necessário para em tal lugar aumentar a umidade do solo para os campos, para adubar a terra com as folhas que caem, para dar determinada quantidade de sombra. Quando por toda parte há seca, ele não tem seca; quando em redor as colheitas são más, ele não tem más colheitas. Pena que eu mesmo entenda pouco desses assuntos, não sei explicá-los, mas ele tem aqui umas coisas… ele é chamado de feiticeiro.

"Realmente, trata-se de um varão extraordinário", pensou Tchítchicov. "É uma pena que este jovem seja tão superficial e não saiba explicar tudo isso."

Finalmente chegaram à aldeia. Como se fosse uma cidade, ela surgiu com uma infinidade de isbás, espalhadas em três colinas coroadas por três igrejas, cercada por todos os lados de gigantescas medas e palheiros. "Sim, senhor", pensou Tchítchicov, "logo se vê que o dono daqui é um ás."

As casinhas eram todas sólidas, as ruas largas e retas. Se havia uma carroça parada na rua, era uma carroça reforçada e novinha; se passava um mujique, tinha uma expressão inteligente na cara; o gado de chifre era de escol; até um porco pertencente a um mujique tinha cara de fidalgo. Via-se logo que ali viviam camponeses como aqueles da canção, que "cavam prata com pás de terra". Não havia ali jardins ingleses nem gramados com toda sorte de novidades, mas, à moda antiga, uma avenida de armazéns e oficinas estendia-se até a porta da casa senhorial, a fim de que o amo tivesse sempre diante dos olhos tudo o que acontecia em seu redor; e, para completar o quadro, um farol colocado no alto da casa iluminava toda a região a quinze verstas em volta.

Tchítchicov e Platónov foram recebidos na porta da casa por criados expeditos, em nada parecidos com o bêbado Petruchka, muito embora não trajassem fraques, mas túnicas cossacas de lã azul de fabricação caseira.

A dona da casa apareceu em pessoa nos degraus da entrada. Era viçosa como uma flor e formosa como o dia; parecia-se com Platónov como uma gota de água com outra, com a única diferença de que não era lânguida como ele, mas alegre e comunicativa.

– Bom dia, irmão! Como estou contente por teres vindo! Mas o Constantin não está em casa – vai chegar logo.

– E onde é que ele está?

– Tem um negócio na aldeia com uns compradores – disse ela, acompanhando os recém-chegados para dentro da casa.

Tchítchicov examinava com curiosidade a moradia desse homem extraordinário que tinha duzentos mil rublos de renda, esperando deduzir desse exame as qualidades do próprio dono, do mesmo modo como se deduz pela concha vazia como era a ostra ou a lesma que a habitara e nela deixara a sua marca. Mas não era possível tirar dedução alguma. Os aposentos eram todos simples, até despojados: nem afrescos, nem quadros, nem bronzes, nem flores, nem estantes com porcelanas, nem mesmo livros. Em suma, tudo indicava que a parte principal da vida da criatura que ali morava não transcorria entre as quatro paredes de uma sala, mas no campo, e as suas próprias idéias não eram concebidas antecipadamente, à maneira sibarita, diante do fogo da lareira, numa poltrona confortável, mas surgiam-lhe na cabeça ali mesmo, no local do trabalho, e ali mesmo, onde surgiam, eram convertidas em ação. Nos aposentos, Tchítchicov só pôde notar marcas de trabalho feminino: sobre mesas e cadeiras havia tábuas de tília, limpas, sobre as quais se espalhavam umas pétalas de flores preparadas para secar.

– Mas que lixo é esse que puseste aqui, irmã? – disse Platónov.

– Como assim, lixo?! – disse a dona da casa. – Isto aqui é o melhor remédio contra a febre. Com ele curamos todos os mujiques, no ano passado. E isto aqui é para fazer licores; e isto, para geléias. Vós, homens, estais sempre caçoando das nossas conservas de doces e salgados, mas depois, na hora de comer, sois os primeiros a elogiá-las.

Platónov aproximou-se do piano e pôs-se a folhear as notas.

– Deus do céu! Que velharia! – disse ele. – E não tens vergonha, irmã?

– Ah, peço desculpas, irmão, mas eu não tenho tempo para me ocupar de música. Tenho uma filha de oito anos, a quem preciso ensinar. Deixá-la nas mãos duma governanta estrangeira, só para eu mesma ter tempo para a música não, perdoa-me, irmão, mas isso é coisa que não farei!

– Realmente, irmã, como te tomaste aborrecida! – disse o irmão, e foi para a janela. – Ah! Aí vem ele! Vem vindo, vem vindo! – disse Platónov.

Tchítchicov também se dirigiu para a janela. Aproximava-se da entrada um homem de uns quarenta anos, vivo, de pele morena, trajando um casaco de lã de camelo. Não se preocupava com a sua roupa. Tinha na cabeça um boné de veludo de imitação. Ladeando-o, gorros na mão, vinham dois homens de classe inferior, conversando com ele. Um era um simples mujique; o outro, um camponês espertalhão e aproveitador, em trânsito por ali, envergando um casaco siberiano azul. Como o grupo parou nos degraus da entrada, podia-se ouvir sua conversa dentro da casa.

– Vós outros deveríeis fazer o seguinte: resgatar-vos do vosso senhor – eu até poderia adiantar o dinheiro, e vós outros me pagaríeis depois, em serviços.

– Não, Constantin Fiódorovitch, para que resgatar-nos? Fique conosco. Aqui, com o senhor, a gente aprende a ter juízo. Homem de tanto saber como o senhor não se encontra em parte alguma do mundo. E os tempos agora são assim, a gente não consegue livrar-se da tentação. Os taverneiros inventaram agora umas bebidas tais, que depois de um só cálice a barriga arde como fogo, dá vontade de engolir um balde de água – e num instante um homem perde tudo o que tinha. É muita tentação, deve ser o tinhoso a mandar no mundo, sei lá! Inventam toda sorte de coisas, só para desencaminhar os mujiques: o tabaco também, e coisas assim... E que se há de fazer, Constantin Fiódorovitch? A carne é fraca, é difícil resistir.

– Presta atenção, o caso é assim: bem sabes que comigo tu não serás livre. É certo que logo para começar receberás tudo – uma vaca, um cavalo; mas o fato é que eu exijo dos mujiques o que ninguém mais exige. Aqui, comigo, o trabalho vem antes de tudo; seja para mim, seja para si mesmo, mas eu não deixo ninguém largar o corpo. Eu mesmo trabalho como um boi de canga, e os meus mujiques também; porque uma coisa eu sei por experiência, meu velho: as besteiras só entram na cabeça de quem não trabalha. De modo que pensai nisso juntos, discuti bem entre vós, antes.

– Mas nós já discutimos tudo isso, Constantin Fiódorovitch. Até os velhos dizem isso, todos sabem que qualquer um dos mujiques do senhor é rico: coisa assim não se diz à toa. E os padres da sua aldeia são tão compassivos! Os nossos, levaram-nos embora, nem temos mais quem nos enterre.

– Mesmo assim, vai e conversa com os outros.

– O senhor é quem manda.

– Mas então, Constantin Fiódorovitch, tenha essa bondade, faça-me um abatimento... – dizia do outro lado o aproveitador em trânsito, de casaco siberiano azul.

– Eu já te disse: não gosto de regatear. Não sou como esses outros proprietários que tu vens procurar em cima da hora do pagamento do penhor. Conheço-vos bem a todos: tendes listas de todos os devedores, com as datas dos pagamentos. Qual é o grande segredo? Se lhe der na veneta, muito bem, ele te entregará o que queres por metade do preço. Mas eu, para que quero eu o teu dinheiro? Comigo a mercadoria pode ficar no armazém três anos, que não importa: não tenho penhores para pagar.

– É um negócio às direitas, Constantin Fiódorovitch. Se eu falei, foi só para poder ter contato com o senhor também no futuro, e não por alguma ganância. Queira receber três mil de entrada. – O aproveitador tirou do peito um maço de notas ensebadas. Costangioglio pegou-as calmamente e, sem contá-las, meteu-as no bolso traseiro do casaco.

"Hum!", pensou Tchítchicov. "Como se fosse um lenço!"

Costangioglio apareceu na porta da sala de visitas. Tchítchicov ficou ainda mais surpreso com a cor morena do seu rosto, os cabelos ásperos, precocemente encanecidos em alguns pontos, a expressão viva dos olhos e um certo quê de bilioso, marca de fogosa origem meridional. Não era inteiramente russo. Ele mesmo não sabia de onde tinham vindo os seus antepassados. Não se preocupava com a sua genealogia, pois achava que isso não tinha importância e era coisa supérflua na economia rural. Estava até inteiramente convencido de ser russo, e nem conhecia outra língua a não ser a russa.

Platónov apresentou-lhe Tchítchicov. Eles se beijaram.

– Resolvi dar uma volta pelas diversas províncias – disse Platónov –, para afugentar o tédio. E Pável Ivánovitch, aqui, convidou-me a viajar com ele.

– Excelente idéia – disse Costangioglio. – E para que lugares – continuou, voltando-se amavelmente para Tchítchicov – tenciona o senhor dirigir o seu caminho?

– Confesso – disse Tchítchicov, inclinando amavelmente a cabeça para um lado, ao mesmo tempo que alisava o braço da poltrona com a mão – que por enquanto viajo menos por necessidade própria do que pela de outrem: o General Bétrichtchev, meu íntimo amigo e, pode-se dizer, benfeitor, pediu-me que visitasse seus parentes. Parentes, naturalmente, são parentes, mas por outro lado, por assim dizer, faço isso também por mim mesmo, porquanto, já sem falar do proveito que isso pode representar na parte hemorroidal, ver o mundo, ter novos contatos humanos, digam o que disserem, é como um livro vivo, uma verdadeira ciência.

– É verdade, não é mau visitar e conhecer outros recantos.

– Excelente observação! É isso mesmo: de fato, realmente não é mau. Vêem-se coisas que nunca se viram antes; encontram-se pessoas que jamais se teriam conhecido – pessoas cuja conversa é como ouro puríssimo –, como, por exemplo, a oportunidade que estou tendo agora... Recorro às suas luzes, respeitabilíssimo Constantin Fiódorovitch: ensine-me, ensine-me, orvalhe a minha sede com os ensinamentos da verdade. Espero como por um maná por suas doces palavras.

– Mas de que está falando? Que espera que eu lhe ensine?... – disse Costangioglio, desapontado. – Eu mesmo tenho pouca instrução.

– Sabedoria, estimadíssimo, sabedoria! A sabedoria no domínio do pesado leme da economia rural, no saber extrair dela lucros sólidos, na aquisição de propriedades não-imaginárias, mas reais, cumprindo assim o dever de cidadão e merecendo o respeito dos compatriotas.

– Sabe duma coisa? – disse Costangioglio, fitando-o com ar pensativo. – Passe um dia aqui comigo. Vou mostrar-lhe toda a administração e explicar tudo. O senhor poderá ver por si mesmo que não há nisso sabedoria alguma.

– Mas naturalmente, fique conosco – disse a dona da casa, e acrescentou, dirigindo-se ao irmão: – Fica aqui, irmão, que pressa tens agora?

– Para mim tanto faz. Que acha, Pável Ivánovitch?

– Eu gostaria muito, teria muito prazer... Mas é que tenho um problema: o parente do General Bétrichtchev, um certo Coronel Kochkariov...

– Mas esse coronel está louco!

– É verdade, está louco. E eu nem iria visitá-lo, mas o General Bétrichtchev, meu íntimo amigo, e, posso dizer, benfeitor...

– Neste caso, sabe duma coisa? – disse Costangioglio. – Vá até lá, é a menos de dez verstas daqui. Tenho um cabriolé pronto e atrelado: o senhor pode ir até lá agora mesmo, e terá tempo de estar de volta para o chá.

– Excelente idéia! – exclamou Tchítchicov, pegando o chapéu.

Foi-lhe trazido o cabriolé, que o levou em meia hora até a casa do coronel.

A aldeia do coronel era toda espalhada: construções, reconstruções, montes de entulho, tijolos e tábuas por todas as ruas. Havia umas casas construídas à maneira de repartições públicas. Numa delas estava escrito, em letras douradas: "Depósito de Implementos Agrícolas"; em outra: "Contabilidade Geral"; e noutra: "Comissão de Assuntos Rurais"; e mais adiante: "Escola Rural de Ensino Normal"; e sabe Deus o que mais!

Tchítchicov encontrou o coronel em pé diante de uma escrivaninha alta, de pena entre os dentes, e foi recebido com extrema afabilidade. O coronel tinha toda a aparência de um homem bondoso e cordial: pôs-se a explicar ao visitante quanto trabalho tinha tido para fazer chegar a propriedade ao seu atual estado de progresso; queixou-se, lamentando a dificuldade de fazer compreender ao camponês que existem emoções superiores, despertadas no ser humano pelo luxo civilizado, as belas-artes, a pintura; de que até agora ele não conseguira convencer as camponesas a usarem espartilhos, quando na Alemanha, onde ele acampara com o seu regimento em 1814, a filha do moleiro sabia até tocar piano; mas que, apesar de toda a obstinação por parte da ignorância, ele conseguiria, custasse o que custasse, que o mujique da sua aldeia, marchando atrás do arado, lesse ao mesmo tempo um livro sobre os pára-raios, de Franklin, ou as *Geórgicas*, de Virgílio, ou a *Pesquisa Química dos Solos*.

"Pois sim, como não!", pensou Tchítchicov. "E eu, que ainda não terminei a *Condessa de Lavalier* até agora, por falta de tempo..."

Muito ainda falou o coronel sobre como levar a sua gente ao bem-estar. A roupa tinha grande importância para ele. Jurava pela própria cabeça que, se se conseguisse fazer com que metade dos camponeses russos vestissem calças alemãs, as ciências floresceriam, o comércio prosperaria e uma idade de ouro teria início em toda a Rússia.

Fitando-o atentamente, Tchítchicov pensou: "Parece que com este aqui não há necessidade de preâmbulos", e declarou sem rebuços que tinha necessidade de tais e tais almas, mediante contrato assim e assim, assinado na forma da lei.

– Pelo que posso deduzir das suas palavras – disse o coronel sem demonstrar surpresa alguma –, trata-se de um requerimento?

– Exatamente.

– Nesse caso, tenha a bondade de apresentá-lo por escrito. Esse requerimento passará pelo Escritório de Recepção de Relatórios e Petições, o qual por sua vez o passará às minhas mãos, após o devido registro, depois do que ele irá para a Comissão de Assuntos Rurais, de onde, após as informações de praxe, irá para o diretor. O diretor, junto com o secretário...

– Mas pelo amor de Deus! – exclamou Tchítchicov. – Desta maneira o caso se arrastará sabe Deus por quanto tempo! E, ademais, como é que eu poderia tratar esse assunto por escrito? Afinal, é um negócio de natureza um tanto... assim... As almas são, de certa forma... mortas.

– Pois está muito bem. Escreva assim mesmo, que as almas são de certa forma mortas.

– Mas como assim, escrever "mortas"? O senhor bem sabe que não é possível escrever isso. Elas, apesar de mortas, quero dizer – é preciso que elas pareçam vivas.

– Está bem. Escreva assim mesmo: "mas é preciso, ou é necessário, ou é desejável, procura-se que elas pareçam estar vivas". Impossível realizar o negócio sem a necessária emissão de papéis, a exemplo da Inglaterra e até do próprio Napoleão. Vou mandar um encarregado para acompanhá-lo a todos os lugares.

Ele tocou a sineta. Apareceu uma personagem.

– Secretário! Mande-me aqui o encarregado!

Surgiu o encarregado, algo de intermediário entre um mujique e um funcionário público.

– Aqui, ele o acompanhará pelos lugares mais indispensáveis.

De pura curiosidade, Tchítchicov resolveu seguir o encarregado para ver todos esses lugares mais indispensáveis.

O Escritório de Recepção de Relatórios e Petições existia só no letreiro, e a porta estava fechada. O seu diretor, Khruliov, tinha sido transferido para a recém-criada Comissão de Construções Rurais. No seu lugar ficara o mordomo Berezóvski; mas também ele tinha sido despachado algures pela Comissão de Construções. Encaminharam-se então para o Departamento de Assuntos Rurais, que encontraram em reforma: acordaram um bêbado que lá se encontrava, mas não conseguiram dele nenhuma informação.

– Isto aqui está um pandemônio – disse finalmente o encarregado a Tchítchicov. – O nosso *bárin* está sendo engabelado. Quem manda em tudo é a Comissão de Construções: arranca todo mundo do serviço, manda-os para onde bem entende. O único lugar onde é vantajoso ficar aqui é na Comissão de Construções.

O encarregado estava obviamente insatisfeito com a Comissão de Construções. Tchítchicov não quis ver mais nada, mas, voltando à casa, contou ao coronel como as coisas andavam ali, que a sua organização era uma completa barafunda, que não se podia arranjar nada naquela desordem, e que o Escritório de Recepção de Relatórios e Petições simplesmente não existia.

O coronel inflamou-se de nobre indignação, apertando com força a mão de Tchítchicov, em sinal de reconhecimento. E incontinênti lançou mão de papel e pena, a fim de escrever oito indagações imperiosas: com que direito a Comissão de Construções dispusera arbitrariamente de funcionários que não estavam sob a sua autoridade; como pudera o diretor permitir que, sem a prévia delegação de poderes, um chefe de seção abandonasse o seu posto para empreender um inquérito; e como é que a Comissão de Assuntos Rurais pudera tolerar indiferentemente a total inexistência do Escritório de Recepção de Relatórios e Petições?

"Irra, que confusão!", pensou Tchítchicov, já pronto para partir.

– Mas não, eu não o deixarei ir. Agora já se trata do meu amor-próprio, que foi atingido. Vou mostrar-lhe o que significa uma organização correta e racional da economia rural. Vou entregar o seu caso a um homem que, sozinho, vale por todos os outros: completou o curso universitário. São dessa categoria os meus servos!... Para não lhe fazer perder o seu precioso tempo, peço-lhe a fineza de aguardar aqui na minha biblioteca – disse o coronel, abrindo uma porta lateral. Aqui terá livros, papel, penas, lápis, tudo. Faça o favor de usar, de utilizar o que quiser – aqui o senhor é o dono. A cultura deve estar aberta para todos.

Assim falava Kochkariov, fazendo-o entrar na biblioteca. Era um salão imenso, atulhado de livros de alto a baixo. Havia ali até animais empalhados. Havia livros sobre todos os ramos e especialidades: livros sobre silvicultura, pecuária, criação de suínos, horticultura, jardinagem; revistas especializadas de todos os tipos, daquelas que são mandadas sob assinatura e que ninguém lê. Vendo que se tratava de livros de teor não-recreativo, Tchítchicov voltou-se para outra estante – e caiu da frigideira no fogo: eram todos livros de filosofia. Seis enormes volumes surgiram diante dos seus olhos, sob o título: *Introdução Preparatória para o Domínio do Pensamento – Teoria da Generalidade, da Concomitância, da Essência, Aplicada à Compreensão dos Princípios Orgânicos da Dissociação Recíproca da Produtividade Social.* Em qualquer página que Tchítchicov abrisse o livro, encontrava: "fenômeno", "desenvolvimento", "abstração", "retenção e retração", e o diabo sabe o que mais. "Isto não é para mim", disse ele, e voltou-se para a terceira prateleira, que abrigava livros sobre as belas-artes. Tirou um enorme volume com ilustrações pouco recatadas sobre temas mitológicos e pôs-se a examiná-las. Esse tipo de gravuras agrada aos solteirões de meia-idade, e às vezes até àqueles velhotes que procuram excitação nos balés e outras coisas picantes. Terminado o exame desse livro, Tchítchicov já ia retirando outro do mesmo gênero, quando apareceu o Coronel Kochkariov, radiante e de papel em punho.

– Está tudo feito e muito bem feito! O homem de quem lhe falei é um autêntico gênio! Por isso, vou colocá-lo acima de todos os outros e abrirei um departamento especial só para ele. O senhor já vai ver que mente lúcida a dele, e como ele resolveu tudo em poucos minutos.

"Arre, graças a Deus!", pensou Tchítchicov, e preparou-se para ouvir. O coronel começou a ler:

– "Começando a meditar a respeito do encargo que me foi imposto por Vossa Excelência, tenho a honra de, por meio desta, informar o que segue:

"Em primeiro lugar, o próprio requerimento do Sr. Conselheiro de Estado e Cavalheiro Pável Ivánovitch Tchítchicov já contém um mal-entendido, pois, de maneira inadvertida refere-se às almas recenseadas como sendo mortas, presumindo-se que Sua Senhoria queria dizer próximas da morte, mas, não mortas. Aliás, a própria referência à morte já indica um estudo de ciências mais empírico, provavelmente limitado à escola paroquial, pois que a alma é imortal". Que maroto! – disse Kochkariov complacentemente, interrompendo-se. – Aqui ele mexeu um pouco com o senhor. Mas, convenhamos, que pena afiada! "Em segundo lugar, não existem nesta propriedade almas recenseadas não empenhadas, não só próximas da morte, como tampouco quaisquer outras, pois todas elas, sem exceção, não só estão empenhadas, como reempenhadas, com acréscimo de cento e cinqüenta rublos por alma, além da pequena aldeia Gurmáilovka, que está em litígio por motivo de demanda com o *pomiêchtchik* Prêdichtchev, encontrando-se em vista disso interditada, o que consta de edital publicado no número quarenta e dois das *Notícias de Moscou*."

– Mas por que então o senhor não me declarou isso logo? Por que me fez perder tempo com ninharias? – disse Tchítchicov, irritado.

– Sim! Mas era preciso que o senhor tomasse conhecimento de tudo isso na forma da necessária emissão de papéis. De outra forma não é possível. Qualquer bobo pode ver as coisas inconscientemente – mas é necessário que elas sejam compreendidas conscientemente.

Encolerizado, Tchítchicov agarrou o chapéu e saiu da casa correndo, esquecidas todas as conveniências, pela porta afora: estava realmente irado.

O cocheiro estava com o cabriolé de prontidão, sabendo que não podia desatrelar os cavalos, porque, se tivesse de alimentá-los, desencadearia uma enxurrada de petições, e a resolução de dar aveia aos cavalos só sairia no dia seguinte.

Não obstante a atitude desrespeitosa e grosseira de Tchítchicov, Kochkariov mostrou-se extremamente cortês e delicado para com ele. Apertou-lhe a mão com força, estreitou-a contra o coração e agradeceu por ter-lhe dado a oportunidade de ver na prática o andamento da sua produção; que era necessário repreender e sacudir a todos, pois do contrário tudo era capaz de adormecer e as molas da administração podiam enferrujar e enfraquecer; que, em conseqüência do acontecido, viera-lhe à cabeça uma idéia feliz: criar uma nova comissão, que se chamaria Comissão de Controle da Comissão de Construções, de maneira que dali para diante ninguém mais se atreveria a roubar.

Tchítchicov voltou, zangado e mal-humorado, bem tarde, quando todas as velas já estavam acesas havia muito tempo.

– O que foi que o atrasou tanto? – perguntou Costangioglio, quando ele apareceu à porta.

– Sobre o que ficou conversando com o coronel durante tanto tempo? – disse Platónov.

– Em toda a minha vida, nunca vi um tonto como aquele! – disse Tchítchicov.

– E isto ainda não é nada – disse Costangioglio. – Kochkariov é um fenômeno consolador. Ele é necessário, porque nele se refletem em forma caricatural e mais nítida as imbecilidades de todos os nossos sabichões, que, sem procurar conhecer primeiro o que é seu, enchem-se de bobagens no estrangeiro. Está aí, esse é o tipo de proprietários que agora entraram em voga: instituíram departamentos e manufaturas, escolas e comissões, e o Diabo que entenda o que mais inventaram! Eis os nossos sabichões! Nem bem as coisas se arranjaram um pouco depois dos franceses em 1812, que já agora eles começaram a desarranjar tudo de novo. Fizeram mais estragos que os próprios franceses, tanto que agora até um Piotr Petróvitch Pietukh passa por bom administrador de propriedades.

– Mas se também ele agora já penhorou seus bens! – disse Tchítchicov.

– Pois é, penhorou, todos eles acabam penhorando tudo! – E, dizendo isso, Costangioglio começou aos poucos a se irritar. – Montam fábricas de chapéus, de velas, mandam vir mestres especialistas de Londres, transformam-se em mercadores da noite para o dia. Um *pomiêchtchik*, título tão honrado, vira manufatureiro, fabricante! Teares mecânicos, musselinas para as mundanas da cidade, para as rameiras!

– Mas tu mesmo também tens tuas fábricas – observou Platónov.

– E quem foi que as criou? Elas surgiram por si mesmas! A lã foi-se acumulando, eu não tinha como dar-lhe saída, então comecei a tecer pano: fazendas rústicas, grosseiras, que me são logo arrematadas a preço baixo aqui mesmo, na feira local, porque meus próprios mujiques necessitam delas. Seis anos a fio os peixeiros jogaram escamas de peixe na minha margem do rio: como livrar-me daquele lixo? Pus-me a cozinhar cola com ele – e ganhei quarenta mil rublos. E é assim que tudo acontece aqui comigo.

"Mas que demônio de homem!", pensava Tchítchicov, os olhos grudados nele. "Que pata de arrastão que ele tem!"

– E mesmo assim só me meti nessas empresas porque me apareceram muitos trabalhadores que sem elas morreriam de fome.

Tiveram um ano ruim, e isso graças aos senhores fabricantes, que se descuidaram das semeaduras. Desse tipo de fábricas, meu caro, eu tenho muitas, todo ano me aparece uma fábrica nova, dependendo do que se acumula de restos e refugos. É só ficar atento ao que acontece na propriedade, e qualquer lixo acaba dando lucro, tanto assim que a gente até acaba por desistir de muita coisa, achando que já é demais: eu não sou daqueles que vão construir palácios com frontispícios e colunatas só por causa disso.

– É espantoso! Mas o mais espantoso de tudo é que qualquer lixo pode produzir lucros! – disse Tchítchicov.

– E o que tem isso? É só encarar o assunto com simplicidade, tal como ele é. Mas não, qualquer um quer logo fazer-se de mecânico, quer abrir uma caixa de ferramentas, e isso não pode ser feito de modo simples; ele tem que fazer uma viagem especial à Inglaterra por causa disso, aí é que está! Cambada de cretinos! – E, dizendo isso, Costangioglio até cuspiu. – Como se não ficassem cem vezes mais burros, depois dessas viagens ao estrangeiro!

– Ah, Constantin! Já estás irritado de novo! – disse a esposa, preocupada. – Bem sabes que isso te faz mal.

– Mas como não ficarei irritado? Se ao menos não se tratasse de coisa nossa! Mas acontece que o assunto me toca de perto. Meu coração se revolta ao ver o caráter russo degenerar dessa maneira. Nos últimos tempos, revelou-se no caráter russo um quixotismo que não existia antes. Se ao sujeito lhe passa pela cabeça a idéia da instrução, torna-se logo um dom-quixote da instrução, e funda uma escola que nem um louco entende! E dessa escola sai um homem que não serve para nada: nem para a aldeia, nem para a cidade – um bêbado com a consciência da própria dignidade, e nada mais. Se a veneta que lhe dá é a filantropia, torna-se um dom-quixote da filantropia: gasta um milhão na construção dos mais absurdos hospitais e instituições ornadas de colunas, arruína-se e deixa todo mundo na miséria: aqui tens a filantropia!

Mas Tchítchicov não estava interessado em instrução ou filantropia. O que ele queria era perguntar minuciosamente sobre a maneira de fazer qualquer sobra produzir lucros, mas Costangioglio não lhe dava oportunidade de encaixar uma só palavra. As tiradas biliosas já fluíam da sua boca, e nem ele mesmo conseguia contê-las.

– Ficam pensando em como educar o camponês! Primeiro façam-no ficar abastado e eficiente no seu trabalho e economia, então ele já vai tratar de se educar sozinho. O senhor não imagina como todo mundo ficou burro nos últimos tempos! O que escrevem agora os nossos plumitivos? Um fedelho qualquer solta um livrinho, e todos se atiram para devorá-lo. Sabe o que estão dizendo agora? "O camponês leva uma vida demasiado simples. É preciso fazê-lo conhecer objetos de luxo, incutir-lhe necessidades acima da sua condição..." Esquecem-se de que eles próprios, por causa desse mesmo luxo, estão reduzidos a trapos em vez de homens, e que se encheram de sabe Deus que doenças, e que não há rapazote de dezoito anos que já não tenha provado de tudo: já não tem dentes, já está calvo como uma bolha; e agora querem contaminar também os camponeses! Precisamos dar graças a Deus porque nos sobrou uma classe sadia, que não conhece esses caprichos! Simplesmente temos de dar graças a Deus por isso! Para mim, ninguém merece mais respeito do que o lavrador. Por que não o deixam em paz? Deus permita que todos sejam lavradores!

– Então o senhor acha que a agricultura é o que existe de mais lucrativo? – perguntou Tchítchicov.

– É o que existe de mais legítimo, não se trata de ser mais lucrativo. "Trabalharás a terra com o suor do teu rosto", é o que está escrito. E nada de contestações. A experiência de séculos já mostrou que, quando no trabalho agrícola, o homem é mais moral, mais puro, mais nobre, mais elevado. Não digo que ninguém se ocupe de outra coisa, mas que a base tem que ser a agricultura – é isso! As fábricas vão aparecer por si mesmas, e fábricas legítimas, daquilo que é necessário ao homem no seu próprio lugar, à mão, e não de todas essas falsas necessidades que enfraquecem os homens de hoje; não essas fábricas que, mais tarde, para conseguirem manter-se e dar vazão ao que produzem, empregam os meios mais escusos, pervertem e corrompem o povo desgraçado! E eu me recuso a instalar na minha propriedade, por mais que se fale em seu favor, uma só das tais indústrias que criam necessidades superiores: nem tabaco, nem açúcar, ainda que eu perca um milhão. Se a devassidão tem que entrar neste mundo, que não seja pelas minhas mãos! Só quero ter razão perante Deus... Há vinte anos que eu vivo com o povo; sei bem quais são as conseqüências disso.

– Para mim, o mais assombroso é que, com uma sábia e eficiente administração da propriedade, as sobras, os restos, qualquer rebotalho acaba dando lucro – comentou Tchítchicov.

– Ora! Economia política! – continuava Costangioglio, sem ouvi-lo, uma expressão de bilioso sarcasmo no rosto. – São muito bons os tais economistas políticos! Um cego na garupa do outro, guiado pelo terceiro. Não conseguem enxergar um palmo adiante do nariz! Asnos encarapitados na cátedra, e de óculos, ainda por cima! – E ele cuspiu de raiva.

– Está tudo certo, tens toda a razão, mas, por favor, não fiques encolerizado – disse a mulher. – Como se não fosse possível falar de todas essas coisas sem ficar fora de si!

– Ouvindo-o, prezado Constantin Fiódorovitch, penetra-se por assim dizer no sentido da vida, sente-se o próprio cerne da questão. Porém, deixando de lado as generalidades, permita-me chamar sua atenção para o pessoal e privado. Se, por exemplo, tornando-me um proprietário rural, eu tivesse a idéia de, num prazo relativamente curto, enriquecer, a fim de, por assim dizer, cumprir a obrigação primordial do cidadão, de que maneira eu deveria agir?

– De que maneira deve agir para enriquecer? – retrucou Costangioglio. – Vou dizer-lhe de que maneira...

– Vamos jantar – disse a dona da casa, erguendo-se do divã e avançando para o meio da sala, os ombros friorentos envoltos no xale.

Tchítchicov saltou da cadeira com agilidade quase militar, ofereceu-lhe o braço dobrado em ângulo reto e conduziu-a cerimoniosamente através de dois cômodos à sala de jantar, onde, sobre a mesa, a sopeira descoberta já exalava o agradável odor da sopa de verduras frescas e dos primeiros legumes da primavera. Todos sentaram-se à mesa. Os criados desenvoltos trouxeram de uma só vez todos os pratos, em travessas cobertas, com tudo o mais, e retiraram-se incontinênti. Costangioglio não gostava de que os criados escutassem as conversas dos patrões, e menos ainda de que lhe olhassem para dentro da boca enquanto comia.

Tendo tomado a sopa e um cálice de excelente bebida parecida com vinho húngaro, Tchítchicov dirigiu-se ao dono da casa:

– Permita-me, estimadíssimo, tornar a chamar sua atenção para o tópico de nossa conversa interrompida. Eu estava perguntando como fazer, como agir, de que maneira[3] ...

– É uma propriedade pela qual eu lhe pagaria até mesmo quarenta mil rublos, à vista, se ele me pedisse isso.

– Hum! – Tchítchicov ficou pensativo. – Mas então por que motivo o senhor mesmo – articulou ele com certa timidez – não compra essa propriedade?

– Porque um homem deve ser capaz de reconhecer os limites. Já tenho trabalho e preocupações suficientes com as minhas pro-

3. Aqui faltam duas páginas no manuscrito original. (N. da T.)

priedades. Além disso, os nossos fidalgos já estão resmungando em voz alta que eu me estaria aproveitando das suas dificuldades e ruína financeira para arrematar terras a preços irrisórios, e eu já estou cansado disso, o Diabo que os carregue!

– Como a humanidade é dada à maledicência! – disse Tchítchicov.

– E em nossa província mais do que em qualquer outro lugar, nem queira saber? A mim não me chamam de outra coisa a não ser de avarento e miserável da pior espécie. Para si próprios eles sempre acham desculpas: "É verdade que eu me arruinei, mas foi só porque vivi de acordo com as necessidades superiores da existência, porque estimulei os industriais (entenda-se 'os salafrários'); claro que é mais fácil sobreviver, levando uma vida de porco, como aquele Costangioglio".

– Quisera eu ser um porco dessa espécie! – disse Tchítchicov.

– E todas aquelas conversas não passam de mentiras e absurdos. Que necessidades superiores são essas? Quem é que eles estão enganando? Sim, eles se enchem de livros, mas nem por isso os lêem, está claro. E no fim tudo vai terminar mesmo em bebedeira e jogo de baralho. E tudo isso só porque eu não lhes ofereço almoços nem lhes empresto dinheiro. Não ofereço almoços porque isso me aborrece, não estou habituado a essas coisas. Mas se alguém vier à minha casa, sentar-se à minha mesa e comer o que eu como, será sempre bem-vindo. Agora, essa história de que eu nunca empresto dinheiro é balela. Se alguém realmente necessitado vier procurar-me e explicar-me com todas as minúcias como tenciona usar o meu dinheiro, e se eu perceber pelas suas palavras que ele o usará judiciosamente e que esse dinheiro lhe trará real proveito, eu não recusarei o empréstimo, e até nem cobrarei juros.

"Está aí uma coisa que é preciso não esquecer", pensou Tchítchicov.

– E nunca recusarei – continuou Costangioglio. – Mas atirar dinheiro ao vento, isso eu não faço. Que façam o favor de me desculpar! Ora bolas! O sujeito inventa de oferecer, sei lá, um banquete para a amante, ou sem mais aquela resolve trocar toda a mobília da casa, ou então solta-se pelos bailes de máscaras com alguma rameira, a comemorar a sua vida desperdiçada, e eu é que tenho de lhe emprestar o dinheiro para isso?

Aqui Costangioglio cuspiu de novo e quase deixou escapar algumas palavras fortes e indecorosas na frente da esposa. Uma sombra taciturna obscureceu-lhe o rosto. Sua fronte ficou sulcada de rugas, reveladoras da irada turbulência da sua bílis perturbada.

– Permita-me, meu prezadíssimo, conduzi-lo de volta ao assunto da nossa conversa interrompida – disse Tchítchicov, tomando mais um cálice de aguardente de framboesa, que era de fato ótima. – Se por hipótese eu adquirisse aquela mesma propriedade à qual o senhor acaba de se referir, pergunto-lhe em quanto tempo e de que maneira eu poderia enriquecer ao ponto de...

– Se o que o senhor deseja – retrucou Costangioglio em tom seco e brusco, cheio de má disposição de espírito – é enriquecer depressa, então nunca enriquecerá; porém, se quiser enriquecer sem se preocupar com o tempo que isso leva, ficará rico depressa.

– Com que então, é assim? – disse Tchítchicov.

– Sim – disse Costangioglio, bruscamente, como se estivesse irritado com o próprio Tchítchicov –, é preciso ter amor ao trabalho. Sem isso, nada se pode fazer. É preciso amar os afazeres da economia rural, sim! E, creia-me, isso nada tem de monótono. Inventaram que a vida na aldeia é tediosa – pois eu lhe digo que eu morreria, eu me enforcaria de tédio, se tivesse de passar um só dia na cidade da maneira como eles passam nos seus estúpidos clubes, tavernas e teatros. Burros, imbecis, raça de asnos! Um proprietário agricultor não pode, não tem tempo para sentir tédio. Na sua vida não existe nem meia polegada de vazio – tudo está repleto. Só essa variedade de ocupações – e que ocupações! –, o que vale! Ocupações que verdadeiramente elevam o espírito! Diga o que quiser, mas aqui o homem caminha junto com a natureza, com as estações do ano, colabora com tudo, participa de tudo o que acontece na Criação. Procure observar um ano de trabalho no campo: veja como, ainda antes de entrar a primavera, já tudo está de prontidão à sua espera; o preparo das sementes, a escolha, a distribuição do trigo nos celeiros, a secagem, a fixação das novas taxas da jornada. O ano inteiro é examinado com antecipação e tudo se calcula no princípio. E quando se rompe o gelo e os rios começam a fluir; e quando tudo seca e a terra começa a ser rasgada – então a pá e a enxada trabalham nas hortas e pomares, o arado e a charrua nos campos: é a semeadura, é o plantio! Está entendendo o que é isso? Coisa de nonada! É a próxima colheita que estão plantando! É o sustento de milhões de seres que estão semeando! E chega o verão... E começa a sega, a sega... E de repente é a colheita que ganha ímpeto; depois do trigo, a cevada, e ali o centeio, a aveia. Tudo ferve, não se pode perder um só minuto; nem que se tenham vinte olhos, todos estarão ocupados. E quando termina a festa e começa o transporte para as eiras, o recolher aos celeiros, a armazenagem para o inverno; e o conserto dos armazéns, o preparo dos palheiros e dos estábulos, e ao mesmo tempo todos os serviços das mulheres, então se começa a fazer as contas, e a ver o que foi realizado, mas isto é... É o inverno! É a debulha em todas as eiras, o transporte do trigo debulhado dos palheiros para os celeiros, e é preciso ir ao moinho, e às fábricas também, é preciso dar uma olhadela nas oficinas, e também fazer uma visita aos camponeses, ver como é que eles se arranjam lá no seu próprio pedaço de terra. Para mim, se um carpinteiro é bom no machado, simplesmente sou capaz de ficar olhando para ele duas horas a fio, tanto me deleita a vista do trabalho. E quando ainda por cima se vê que tudo isso acontece com uma finalidade, se vê como tudo em redor se multiplica e se reproduz, dando frutos e produzindo lucros – aí eu nem sou capaz de explicar o que nos acontece por dentro. E não é porque o dinheiro vai crescendo – o dinheiro não importa tanto –, mas é porque tudo isso é o resultado do trabalho das nossas próprias mãos; porque nós vemos a causa de tudo, tudo é nossa criação, e de nós, como de uma cornucópia mágica, fluem a fartura e o bem-estar de todos. Diga-me onde poderia eu encontrar deleite comparável a este? – disse Costangioglio, e o seu rosto se levantou para o alto, as rugas desapareceram da sua fronte. Como um rei no dia da sua solene coroação, ele estava todo radioso, raios de luz pareciam sair do seu rosto. – Mas no mundo inteiro não é possível encontrar um deleite como esse! É aqui, somente aqui, que o homem imita a Deus. Deus reservou para si mesmo o ato da criação, como o mais elevado de todos os deleites, e exige do homem que também ele seja um criador de bem-estar ao seu redor. E é a isso que chamam de trabalho entediante!

Tchítchicov ouvia as doces palavras do anfitrião, como se ouvisse o canto de uma ave do paraíso. A boca se lhe enchia de água. Os seus olhos expressavam beatitude, e ele poderia ficar assim a ouvi-lo o resto da vida.

– Constantin! Já podemos sair da mesa! – disse a dona da casa, erguendo-se da cadeira.

Todos se levantaram. Oferecendo-lhe o braço dobrado em ângulo reto, Tchítchicov reconduziu a anfitrioa à sala de estar. Mas agora já faltava agilidade aos movimentos do seu corpo, porque sua mente estava ocupada com movimentos de real substância.

– Dize o que quiseres, mas a verdade é que a vida aqui é um tédio – falava Platónov, andando atrás deles.

"O meu hóspede não é nenhum tolo", pensava o dono da casa. "É circunspecto no falar e não é dado a fanfarronice."

E, com este pensamento, ele ficou ainda mais bem-disposto, como que arrebatado pelas suas próprias palavras e cheio de júbilo por ter encontrado um homem capaz de ouvir conselhos judiciosos.

Mais tarde, quando todos se acomodaram numa saleta aconchegada, à luz de velas, defronte à porta envidraçada da varanda que dava para o jardim, de onde os contemplavam as estrelas, a brilhar por sobre as frondes do arvoredo adormecido, Tchítchicov sentiu um doce bem-estar, como havia muito tempo não sentia. Era como se a casa paterna o acolhesse sob o seu teto amigo depois de longas peregrinações; como se, tendo conseguido tudo o que desejava, ele largasse enfim o cajado de caminhante, dizendo: "Basta!" Tal era o aprazível estado de espírito a que o induzira a prosa ponderada do hospitaleiro anfitrião.

Para todo homem há palavras que lhe são mais próximas, mais afins do que quaisquer outras. E muitas vezes, quando menos se espera, nalgum perdido rincão esquecido, no ermo dos ermos, encontra-se um homem cuja conversa amena faz com que se esqueçam os descaminhos das estradas, as inóspitas estalagens, a vã agitação dos nossos tempos, a mentira das ilusões que enganam o ser humano. E grava-se na memória, para todo o sempre, o agradável serão, e tudo será lembrado com nitidez e fidelidade: quem estava presente, quem e onde estava sentado, o que tinha nas mãos; e as paredes, e os cantos, e toda e qualquer ninharia.

Assim aconteceu naquela noite com Tchítchicov – tudo se gravou na sua mente: a saleta despretensiosa e aconchegada, a expressão bonachona que se instalara no rosto do inteligente anfitrião, e até o desenho do papel das paredes, e o cachimbo de bocal de âmbar trazido a Platónov, e a fumaça que ele soltava no gordo focinho de Iarbe, e o bufar do cão, e o riso da bonita senhora, interrompido pelas palavra: "Chega, pára de atormentá-lo!"; e as chamas alegres das velas, e o grilo no canto da sala, e a porta de vidro, e a noite primaveril que os mirava de fora, debruçada nas copas das árvores, salpicada de estrelas, cheia de vozes de rouxinóis a cantar entre as frondes dos maciços verdejantes.

– Que doçura é para mim ouvi-lo falar, meu estimado Constantin Fiódorovitch! – pronunciou Tchítchicov. – Posso afiançar-lhe que em toda a Rússia jamais encontrei um homem que o igualasse em inteligência.

Costangioglio sorriu. Ele mesmo achava que aquelas palavras não eram infundadas.

– Não – disse ele, no entanto. – Se o senhor quer mesmo conhecer um homem inteligente, temos um aqui, de quem de fato se pode dizer: "Eis um homem de escol", e do qual eu nem mesmo chego aos pés.

– Que homem pode ser esse? – perguntou Tchítchicov, com assombro.

– É o nosso arrendatário Murazov.

– É a segunda vez que ouço falar dele! – exclamou Tchítchicov.

– Este é um homem capaz de governar não só uma propriedade rural, mas todo um Estado. Se eu tivesse um reino, faria dele o meu ministro das Finanças.

– Dizem também que ele é dono de riqueza incalculável – dizem que já acumulou dez milhões de rublos.

– Que dez milhões, que nada! Ele tem mais de quarenta milhões. Logo mais terá nas mãos metade da Rússia.

– O que me diz! – exclamou Tchítchicov, de olhos arregalados e queixo caído.

– É isso mesmo. E é lógico. Só enriquece lentamente quem tem umas centenas de milhares de rublos. Mas quem possui milhões, esse tem o raio de ação mais amplo: o que quer que ele toque, dobra e triplica no mesmo instante. Seu campo de ação é demasiado largo: aqui já não existem rivais para ele. Ninguém pode fazer-lhe concorrência. Qualquer preço que ele estabeleça, para o que quer que seja, ficará valendo, não há quem possa enfrentá-lo.

– Deus Nosso Senhor! – articulou Tchítchicov, persignando-se e fitando Costangioglio nos olhos. Até o fôlego lhe faltava. – É inconcebível! Meus pensamentos ficam petrificados de espanto. Há quem admire a sabedoria da Criação num ínfimo inseto: pois para mim é mais espantoso que semelhantes quantias possam ser movimentadas pelas mãos de um simples mortal. Permita que lhe faça uma pergunta: certamente uma fortuna como essa não começou sem pecado?

– Foi conseguida pelos meios mais irrepreensíveis e pelos caminhos mais honestos!

– É inacreditável! Se fossem milhares… mas milhões!

– Pelo contrário: é difícil adquirir milhares sem pecado, mas os milhões se ganham com facilidade. Um milionário não precisa recorrer a meios ilícitos: ele pode avançar firme e colher tudo o que lhe surge pela frente. Outro não poderá fazê-lo – não é qualquer um que tem forças para tanto. Mas ele não tem rivais. Seu raio de ação é grande, como eu já disse: tudo o que toca, dobra e triplica logo. Já com um simples milhar, o que se pode conseguir? Dez ou vinte por cento...

– Mas o que é mais espantoso é que tudo começou de uma nonada.

– Nem poderia ser de outra forma. É assim que as coisas acontecem – disse Costangioglio. – Quem nasceu entre milhares de rublos e se criou com milhares, esse já não aumentará sua fortuna: já está eivado de caprichos e coisas que tais. É preciso começar pelo princípio e não pelo meio; partir do copeque, e não do rublo, sair de baixo, e não de cima. Só assim se poderá ficar conhecendo bem os homens e o meio onde mais tarde se terá de agir. Quando se experimenta na própria pele toda sorte de azares, e se aprende que cada copeque vem suado e sofrido, quando se atravessa toda espécie de tribulações – então acaba-se ficando sabido e escolado, e não mais se cai em erro ou equívoco em qualquer empreendimento, e não se fracassa mais. Pode crer que lhe digo a verdade. É preciso começar pelo princípio, nunca pelo meio. Se alguém me diz: "Dêem-me cem mil rublos, e eu ficarei rico num instante", eu não lhe dou crédito, porque ele joga na sorte e não na certeza. É preciso começar pelo copeque.

– Nesse caso, eu farei fortuna – disse Tchítchicov, pensando involuntariamente nas almas mortas –, porque realmente estou começando do nada.

– Constantin, já é tempo de deixarmos que Pável Ivánovitch descanse e durma um pouco – disse a dona da casa –, e tu ficas aí a conversar.

– O senhor fará fortuna, com toda a certeza – disse Costangioglio, sem ouvir a esposa. – Rios fluirão para o senhor, rios de ouro. O senhor não saberá o que fazer com os seus lucros.

Pável Ivánovitch continuava sentado, como um homem enfeitiçado; seus pensamentos pairavam na região dourada dos sonhos e devaneios. Sua imaginação exaltada bordava arabescos dourados no tapete de ouro dos seus lucros futuros, e nos seus ouvidos ecoavam as palavras: "Rios, rios de ouro fluirão para o senhor!"

– Realmente, Constantin, Pável Ivánovitch precisa dormir.

– Mas que te importa? Vai dormir, se tens vontade – disse Costangioglio, e interrompeu-se, porque por toda a sala ressoou alto o ronco de Platónov, e logo em seguida Iarbe puxou um ronco mais forte ainda. Vendo que realmente já era tempo de descansar, ele sacudiu Platónov, dizendo: – Chega de roncar! – e desejou a

Tchítchicov uma boa noite. Todos se recolheram e logo adormeceram nos seus leitos.

Só Tchítchicov não conseguia conciliar o sono. Seus pensamentos velavam.

Refletia em como tornar-se o dono de uma propriedade não fantástica, mas real. Depois da conversa com o dono da casa, tudo se lhe afigurava tão claro! A possibilidade de enriquecer parecia tão evidente! O difícil ofício de proprietário rural parecia-lhe agora tão simples e compreensível, afigurava-se-lhe tão adaptado à sua própria natureza! Só faltava penhorar aqueles defuntos e adquirir uma gleba não imaginária. Ele já se via agindo e administrando de acordo com os ensinamentos de Costangioglio: com desenvoltura e ponderação, não instituindo nada de novo antes de conhecer a fundo todo o antigo; vendo tudo com os próprios olhos, conhecendo bem cada um dos mujiques, afastando de si todo o supérfluo, dedicando-se somente ao labor e à administração rural.

Tchítchicov já prelibava a satisfação que iria sentir quando tudo estivesse correndo em ordem harmoniosa, e as molas e engrenagens da máquina administrativa funcionassem ativamente, uma roda impelindo a outra. O trabalho ferveria; e, tal como no moinho diligente o grão se transforma ligeiro em farinha, toda sorte de lixo e refugo se transformaria em lucros e mais lucros.

O dono da casa, esse maravilhoso administrador, surgia diante dos seus olhos a todo instante. Era o primeiro homem em toda a Rússia por quem Tchítchicov sentia respeito pessoal. Até então ele só respeitava um homem ou pela posição elevada, ou pela grande fortuna. Pela inteligência pura ele ainda não respeitara homem algum. Costangioglio era o primeiro. E ele compreendeu que com esse não adiantaria tentar nenhum dos seus truques. Outro projeto ocupava-lhe o pensamento: comprar a propriedade de Khlobúiev. Já tinha os primeiros dez mil rublos; outros quinze mil ele tencionava conseguir emprestados de Costangioglio, já que este se declarara disposto a ajudar quem quisesse enriquecer. O resto, arranjaria de algum jeito, fosse sob hipoteca, fosse simplesmente obrigando alguém a esperar: isto não era impossível – quem é que tem disposição para se arrastar pelos tribunais?

Muito tempo Tchítchicov ficou refletindo sobre tudo isso. E, por fim, o sono, que, como se diz, já tinha a casa toda em seus braços fazia quatro horas, acabou abrindo os braços também para Tchítchicov.

E ele mergulhou em sono profundo.

CAPÍTULO IV

No dia seguinte, tudo se resolveu da melhor maneira. Costangioglio emprestou-lhe com prazer dez mil rublos sem juros e sem garantia, contra um simples recibo: tal era a sua disposição para ajudar quem tivesse vontade de prosperar.

Ele mostrou a Tchítchicov toda a sua propriedade. Era tudo tão simples e sensato! Tudo estava tão bem-organizado que funcionava por si mesmo. Não se perdia um minuto, nenhum deslize passava despercebido. Se um camponês cochilava no trabalho, o dono, como um vidente ubíquo, punha-o de pé na mesma hora. Não se via um desocupado em parte alguma. Tchítchicov não podia deixar de pensar com espanto em quanta coisa esse homem conseguira realizar em silêncio, sem alarde, sem projetos bombásticos nem tratados pretensiosos sobre a criação de bem-estar para toda a humanidade; e pensava também em como se perdia, inútil e estéril, a vida do homem da capital, em rapapés pelos assoalhos encerados dos salões, ou a do projetista no seu cubículo, a ditar regras num recanto distante do país.

Tchítchicov encheu-se de entusiasmo e a idéia de se tornar um *pomiêchtchik* fortalecia-se cada vez mais em sua mente. Costangioglio, depois de mostrar-lhe tudo, ofereceu-se para acompanhá-lo na visita a Khlobúiev, para juntos examinarem a propriedade.

Tchítchicov estava de bom humor. Após farta refeição matinal, os três homens saíram juntos, acomodando-se todos na sege de Pável Ivánovitch. O cabriolé do dono da casa seguia-os, vazio. Iarbe corria na frente, espantando os pássaros pelo caminho. Por quinze verstas a fio, rodaram pela estrada, entre os bosques e campos de Costangioglio, lavrados de ambos os lados. Bosques e prados se sucediam. Tudo era ordem, tudo tinha sua razão de ser, nem uma graminha fora do lugar, tudo parecia um jardim bem-tratado. Mas calaram-se de repente, quando entraram nas terras de Khlobúiev: em vez dos bosques, começaram a surgir moitas meio comidas pelo gado, trigais raquíticos, sufocados por parasitas. E por fim surgiram casebres caindo aos pedaços, sem cercas, e no meio deles uma casa de pedra enegrecida, inabitável, porque evidentemente não pudera ser terminada por falta de recursos: não tinha telhado, e lá estava, abandonada, coberta de palha e enegrecida. O dono do lugar morava em outra casa, térrea. Saiu ao encontro dos visitantes, descabelado, de botas furadas, estremunhado e relaxado – mas com certa expressão de bondade no rosto.

Recebeu os visitantes com alegria extraordinária, como se fossem irmãos de quem havia muito estava separado.

– Constantin Fiódorovitch! Platon Mikháilovitch! Mas que prazer me dá sua visita! Não acredito nos meus próprios olhos! Já estava pensando que nunca mais ninguém viria aqui – todos fogem de mim como da peste, pensam que vou pedir-lhes dinheiro emprestado. É duro, Constantin Fiódorovitch, ah, como é duro! Bem sei que o culpado sou eu mesmo. Mas que fazer? Estou vivendo como um porco. Desculpem, cavalheiros, por recebê-los nestes trajes: as botas, como podem ver, estão furadas. Em que posso servi-los?

– Nada de cerimônias. Viemos aqui a negócios. Apresento-lhe um comprador, Pável Ivánovitch Tchítchicov – disse Costangioglio.

– Tenho imenso prazer em conhecê-lo. Permita que lhe aperte a mão.

Tchítchicov estendeu-lhe ambas.

– Gostaria muito, estimado Pável Ivánovitch, de mostrar-lhe uma propriedade digna da sua atenção... Mas com licença, meus senhores, permitam que lhes pergunte: já almoçaram?

– Almoçamos, almoçamos – disse Costangioglio, querendo desvencilhar-se. – Não percamos tempo e vamos vê-la agora mesmo.

– Vamos. – E Khlobúiev pegou o seu gorro.

Os visitantes também puseram seus gorros e os quatro homens saíram pela rua da aldeia, entre vetustos tugúrios cegos, de minúsculas janelas tapadas com trapos.

– Vamos, pois, examinar a minha desordem e desorganização – dizia Khlobúiev. – Ainda bem que os senhores já almoçaram. Pode crer, Constantin Fiódorovitch, que nem uma galinha eu tenho em casa – cheguei a este ponto!

Ele suspirou e, como se sentisse que pouca simpatia poderia esperar da parte de Constantin Fiódorovitch, tomou Platónov pelo braço e adiantou-se com ele, apertando-o fortemente contra o peito. Costangioglio e Tchítchicov ficaram para trás e seguiam-nos a distância, de braços dados.

– É duro, Platon Mikháilovitch, é duro! – dizia Khlobúiev a Platónov. – O senhor não imagina como é duro! Falta dinheiro, falta comida, falta calçado. Mas isto para o senhor são palavras de um idioma estrangeiro. E tudo isso não passaria de bagatelas, se eu fosse jovem e só. Mas quando essas vicissitudes desabam sobre a cabeça de um quase velho, ainda por cima com mulher e cinco filhos – dá para desanimar, palavra que dá para desanimar...

– E se o senhor vender a aldeia, isso resolverá seus problemas? – indagou Platónov.

– Qual o quê! – disse Khlobúiev, com um gesto de desalento. – Tudo irá para o pagamento das dívidas, não sobrarão nem mil rublos para as minhas próprias necessidades.

– Mas então o que vai fazer?

– Só Deus sabe.

– Mas como é que o senhor não toma medidas para sair dessa situação?

– Que medidas eu posso tomar?

– Ora, o senhor pode arranjar um emprego, quem sabe...

– Que emprego poderiam dar-me? Sou um mero secretário do governo, o emprego que eu poderia conseguir seria insignificante. Que ordenado eu posso esperar? Quinhentos rublos? Mas eu tenho mulher, cinco filhos...

– Empregue-se como administrador.

– E quem é que vai confiar-me sua propriedade, se eu arruinei a minha própria?

– Mas, quando se está ameaçado de morrer de fome, é preciso fazer alguma coisa, agir. Vou indagar se meu irmão não poderia arranjar-lhe um serviço público qualquer, por intermédio de alguém na cidade.

– Não, Platon Mikháilovitch – disse Khlobúiev com um suspiro, apertando-lhe a mão com força. – Agora não sirvo mais para nada. Estou decrépito antes do tempo, tenho dores lombares, graças aos pecados da mocidade, e dores reumáticas no ombro. Que é que vou fazer? Para que dilapidar o Tesouro? Mesmo sem mim já sobram hoje funcionários públicos, que só entram para o serviço por causa da boa remuneração. Deus me livre de que por causa dos meus vencimentos aumentem os impostos da classe pobre!

"Eis os frutos da vida desregrada", pensou Platónov. "Isto é ainda pior do que a minha indolência."

Enquanto conversavam assim, Costangioglio, seguindo-os ao lado de Tchítchicov, fervia de indignação:

– Olhe para isso! – dizia ele, apontando com o dedo. – Como é que se deixa o mujique chegar a este estado de penúria? Nem cavalo, nem carroça... Quando acontece uma epidemia entre o gado, não é hora de pensar nos próprios bens: o patrão tem o dever de vender tudo o que é seu a fim de repor o gado dos camponeses, para não os deixar nem um dia sem os seus instrumentos de trabalho! Agora, nem anos seguidos poderão reparar o estrago. O mujique já descambou para a preguiça, tornou-se vadio e beberrão. Bastou deixarem-no um ano sem trabalho para pervertê-lo para sempre: ele já se habituou aos farrapos e à vagabundagem. E a terra, olhe só para esta terra! – dizia ele, mostrando os campos que começavam a surgir por detrás das isbás. – Tudo abandonado! Eu aqui plantaria linho, e só com o linho tiraria uns cinco mil rublos; plantaria nabos, e os nabos me dariam mais uns quatro mil. E olhe ali adiante: é centeio despontando na encosta – tudo isto é coisa morta, eu sei que ele não semeou grão este ano. E ali, os barrancos! Ali eu plantaria bosques tão altos que nem os corvos lhes alcançariam os cumes. E deixar ao abandono uma terra rica como esta, um verdadeiro tesouro! Se ele não tem arados para lavrar a terra, que faça uma horta a enxada! Horta também dá lucro. Que pegue na enxada com as próprias mãos, que ponha a mulher, os filhos, a criadagem toda a trabalhar – é uma coisa de nada! Arrebente-se, animal, morra no trabalho – pelo menos morrerá cumprindo um dever, e não empachando-se à mesa, como um porco! – E, dizendo isso, Costangioglio escarrou, enojado, e a disposição biliosa escureceu-lhe a fronte como uma nuvem.

Quando chegaram mais perto e pararam à beira de um declive coberto de urzes, de onde se descortinavam uma curva do rio a brilhar ao longe e uma ravina escura, surgiu por entre o arvoredo do bosque uma parte da casa do General Bétrichtchev, parecendo mais próxima em perspectiva. Atrás dela via-se uma montanha de aspecto fofo, coberta de mata frondosa, que a distância polvilhava de névoa azulada, e que Tchítchicov reconheceu logo como sendo a propriedade de Tentiêtnikov.

– Se plantassem bosques neste lugar – disse ele –, o panorama desta aldeia poderia superar em beleza aquela de...

– E o senhor é apreciador de panoramas? – perguntou Costangioglio, fitando-o com súbita severidade. – Veja lá, se começa a correr atrás de paisagens, ficará sem pão e sem paisagem. Olhe para o proveito, não para a beleza. A beleza virá por si mesma. Veja o exemplo das cidades: são mais belas e melhores as cidades que nasceram e cresceram por si mesmas, onde cada um construiu segundo o seu próprio gosto e necessidade. Mas aquelas que foram construídas a régua e compasso não passam de casernas e mais casernas... Deixe de lado a beleza e pense mais nas necessidades...

– Eu só acho uma lástima que seja preciso esperar tanto tempo; eu já queria ver tudo no estado desejado.

– Mas o que é isso, acaso o senhor é um jovenzinho de vinte e cinco anos, um prestidigitador, um funcionário de Petersburgo? Que coisa estranha! Paciência! Trabalhe seis anos seguidos: plante, semeie, revire a terra sem descansar um minuto. É duro, é duro. Mas em compensação, mais tarde, quando a terra estiver bem revolvida e ela mesma começar a colaborar com o senhor e a ajudá-lo, aí já não se tratará mais de um milhão qualquer. Não, meu caro, aí, além de uns setenta braços a trabalhar para o senhor, estarão trabalhando mais setecentos, invisíveis. Tudo se multiplica por dez. Eu agora já não preciso mais mover um dedo, tudo funciona e se faz por si mesmo. Sim, a natureza gosta de paciência: esta é uma lei que lhe foi dada pelo próprio Deus, que prometeu a bem-aventurança aos pacientes.

– Ouvindo-o, sente-se um afluxo de forças. O espírito se eleva – disse Tchítchicov.

– Olhe para ali: de que jeito a terra foi lavrada! – exclamou Costangioglio com profunda amargura, apontando para a colina. – Não posso ficar mais tempo aqui: para mim é mortal olhar para tamanha desordem e desperdício. O senhor agora pode terminar as negociações com ele sem a minha presença. Trate de tirar logo este tesouro das mãos desse idiota. Ele só desonra a dádiva divina.

E a estas palavras, a sombra da disposição biliosa do seu espírito perturbado tornou a escurecer o semblante de Costangioglio, que se despediu de Tchítchicov e, alcançando o dono da casa, começou a se despedir também dele.

– Mas o que é isso, Constantin Fiódorovitch? – exclamou o anfitrião, surpreso. – O senhor nem bem acaba de chegar e já está voltando!

– Não posso demorar-me. Tenho extrema necessidade de estar em casa – disse Costangioglio, e despediu-se, partindo no seu cabriolé.

Parecia que Khlobúiev compreendera o motivo da sua partida.

– Constantin Fiódorovitch não agüentou – disse ele; – é triste para um administrador como aquele ver o descalabro de tudo isto. Acredita, Pável Ivánovitch, que eu nem semeei grão este ano? Palavra de honra. Não tinha sementes, já sem falar da falta de arados! Dizem que seu irmão, Platon Mikháilovitch, é um excelente administrador, mas de Constantin Fiódorovitch nem há o que falar, é um verdadeiro Napoleão entre os seus pares. Muitas vezes eu me pergunto: "Para que tanta sabedoria numa só cabeça? Por que não sobrou um pouquinho para minha cachola tonta?" Cuidado aqui, cavalheiros, para não caírem na lama! Mandei consertar estas tábuas na primavera, mas... Tenho mais pena é dos pobres camponeses: eles precisam de exemplo, e que exemplo sou eu? Mas que querem que eu faça? Fique com eles, Pável Ivánovitch, eles que fiquem por sua conta. Como posso eu ensinar-lhes ordem, se eu mesmo sou um desmazelado? Eu já os teria soltado, já lhes teria dado alforria há muito tempo, mas de que lhes serviria a liberdade? Não lhes traria benefício algum. É preciso que primeiro eles sejam guiados, até aprenderem a viver. É necessário que um homem severo e forte conviva com eles durante muito tempo, influenciando-os com o exemplo da sua própria austeridade e atividade infatigável. O homem russo, e isso eu vejo por mim mesmo, precisa ser espicaçado, senão começa a fraquejar, a cochilar, e acaba amolecendo de vez.

– É estranho – disse Platónov; – por que será que o povo russo é propenso a cochilar e a amolecer tanto que, se não se fica continuamente de olho no homem do povo, ele logo se transforma em borracho e delinqüente?

– Conseqüência da falta de instrução – observou Tchítchicov.

– Só Deus é que sabe o motivo – disse Khlobúiev. Nós outros recebemos instrução, estudamos, freqüentamos a universidade, e para que servimos? Diga-me, o que foi que eu aprendi? Não só não aprendi a arte de bem viver, como, ao contrário, aprendi a arte de esbanjar dinheiro em toda sorte de refinamentos, e de travar conhecimento com outras matérias, daquelas que exijem ainda mais dinheiro. Só aprendi a gastar em confortos e luxos de toda espécie. Será porque fui um mau estudante? Não, porque os outros companheiros também eram assim. Só uns dois ou três tiraram real proveito dos estudos, e mesmo assim porque decerto já eram inteligentes e ajuizados antes, enquanto os outros só procuravam conhecer aquilo que estraga a saúde e dá cabo do dinheiro. Palavra de honra! Mas o que eu próprio penso disso... Às vezes, na verdade, parece-me que o russo é simplesmente uma espécie de homem perdido. Quer fazer tudo, e não consegue fazer nada. Pensa sempre: "Amanhã vou começar vida nova, amanhã vou dar início a uma dieta", mas nada disso! Na noite do mesmo dia ele torna a se empanzinar até revirar os olhos e ficar com a língua enrolada, e lá se queda sentado como um mocho, de olho parado... É um fato! E são todos assim.

– Sim – comentou Tchítchicov com um sorriso –, essas coisas de fato acontecem.

– Nós não nascemos para viver de maneira sensata. Não acredito que algum de nós seja sensato. Mesmo quando vejo alguém que vive de um modo organizado, acumula e economiza dinheiro, eu não acredito nele. Depois de velho nem ele escapará da tentação do Diabo: acabará largando tudo dum só golpe. E são todos assim, realmente, tanto os instruídos como os ignorantes. Não, o que lhes falta é uma outra coisa – mas que coisa é essa, não sei dizer.

Conversando assim, eles deixaram para trás as isbás, depois deram um passeio de sege pelos campos. Os lugares seriam bons, se não fosse a derrubada das árvores. Descortinaram-se vistas – ao lado viu-se o flanco das colinas, as mesmas onde Tchítchicov estivera ainda havia pouco, mas não se podia ver nem a aldeia de Tentiêtnikov, nem a do General Bétrichtchev, que estavam ocultas pelas montanhas. Descendo para os prados, onde só cresciam salgueiros e choupos rasteiros – as árvores altas tinham sido derrubadas –, visitaram um moinho de água em mau estado, viram o rio, que poderia servir de embarcadouro, se houvesse o que embarcar. De longe em longe via-se um pouco de gado magro a pastar.

Tendo visto tudo sem apear da sege, eles voltaram para a aldeia, onde cruzaram na rua com um mujique que, coçando-se onde acabam as costas, escancarou um bocejo tamanho que até espantou as peruas que ciscavam na rua. O bocejo era visível por toda parte. Até os telhados abriam-se em bocejos. Olhando para aquilo, Platónov também bocejou.

"Remendo sobre remendo", pensou Tchítchicov, vendo que um dos casebres estava coberto por um portão inteiro, à guisa de telhado. Era o sistema de despir um santo para vestir outro.

– É assim que as coisas estão por aqui – disse Khlobúiev. – Agora vamos olhar a casa – e conduziu-os para o interior da habitação.

Tchítchicov esperava encontrar também ali velharias e objetos que provocassem bocejos, mas, para grande surpresa sua, os aposentos estavam arrumados. Entrando no interior da casa, eles ficaram surpreendidos pela mistura de miséria e vistosas bugigangas de luxo moderno. Uma estatueta de Shakespeare adornava o tinteiro; sobre a escrivaninha repousava uma elegante mãozinha de marfim para coçar as próprias costas.

Foram recebidos pela dona da casa, vestida com bom gosto e na última moda, e quatro crianças, igualmente bem vestidas e até acompanhadas por uma governanta. Eram crianças bonitas, mas estariam melhor se trajassem sainhas de algodão e blusões singelos, e corressem livres pelo quintal, sem em nada se distinguirem dos filhos dos camponeses. Logo depois, a senhora recebeu uma visitante, dama fútil e tagarela, e as duas se retiraram para a sua ala. As crianças saíram correndo atrás delas e os homens ficaram sozinhos.

– Qual é, então, o seu preço? – perguntou Tchítchicov. – Confesso que espero ouvir o seu último preço, o preço mínimo, porque encontrei a propriedade em estado muito pior do que esperava.

– No pior dos estados, Pável Ivánovitch – disse Khlobúiev. – E ainda não é tudo. Não vou ocultar-lhe nada: das cem almas de servos que constam da lista do recenseamento, apenas cinqüenta se encontram ainda vivas – este foi o saldo do cólera, aqui. Os outros fugiram sem documentos, de modo que podemos considerá-los como mortos também. Se fôssemos procurá-los pelos meios legais, o resto ficaria pelos tribunais. É justamente por isso que eu só peço trinta e cinco mil rublos.

Naturalmente, Tchítchicov começou a regatear.

– Mas como assim, trinta e cinco mil? Trinta e cinco mil por uma coisa dessa? Vamos, aceite vinte e cinco mil rublos!

Platónov sentiu escrúpulos.

– Feche o negócio, Pável Ivánovitch – disse ele. – A propriedade sempre vale este preço. Se o senhor não quiser pagar os trinta e cinco mil, meu irmão e eu nos associaremos para comprá-la.

– Está muito bem, de acordo – disse Tchítchicov, alarmado. – Está certo, mas com a condição de eu pagar metade daqui a um ano.

– Não, Pável Ivánovitch – com isso eu não posso concordar de maneira alguma. O senhor terá de me pagar metade agora e o resto daqui a quinze dias. É uma quantia que eu poderia receber até como penhor, se tivesse com que engraxar as sanguessugas.

– Nem sei o que fazer, realmente... Só tenho comigo agora dez mil rublos – disse Tchítchicov. Disse e mentiu: ele tinha ao todo vinte mil, incluindo o dinheiro tomado de empréstimo a Costangioglio. Mas tinha pena de soltar tanto dinheiro duma só vez.

– Não, por favor, Pável Ivánovitch! Digo-lhe que preciso sem falta de quinze mil rublos, agora.

– Eu lhe empresto cinco mil – acudiu Platónov.

– Só se for assim! – disse Tchítchicov, e pensou com seus botões: "Veio bem a propósito este oferecimento de empréstimo!"

O bauzinho foi trazido da sege, os dez mil rublos foram retirados e entregues a Khlobúiev; os restantes cinco mil foram prometidos para o dia seguinte; isto é, foram prometidos. A intenção, porém, era de trazer três mil, e os outros dois, mais tarde, dali a dois ou três dias, se possível até um pouco mais tarde. A Pável Ivánovitch repugnava de um modo especial soltar dinheiro das mãos. Mas, se havia necessidade premente disso, ele sempre achava preferível soltá-lo no dia seguinte, nunca no mesmo dia. Em suma, ele se comportava como todos nós. Qual de nós não acha agradável ir levando um solicitante? Ele que fique esquentando o banco na sala de espera! Como se ele não pudesse esperar! Que nos importa se, quem sabe, cada hora lhe é preciosa e os seus negócios são prejudicados pela espera? "Volte amanhã, meu caro, hoje eu estou com um pouco de pressa."

– E onde é que o senhor vai morar, depois disso? – perguntou Platónov a Khlobúiev. – Possui acaso alguma outra aldeola?

– Terei de mudar-me para a cidade: lá tenho uma casinha. Terei de fazê-lo pelas crianças: elas vão precisar de professores. Aqui ainda se pode conseguir um instrutor de história sagrada; mas um professor de música, de dança, não se arranja aqui na aldeia por dinheiro algum.

"O homem não tem o que comer, mas ensina os filhos a dançar", pensou Tchítchicov.

"Que coisa estranha!", pensou Platónov.

– De qualquer maneira, precisamos comemorar o fechamento do negócio – disse Khlobúiev. – Eli, Kiriúchka! Vai buscar uma garrafa de champanha!

"O homem não tem comida, mas tem champanha!", pensou Tchítchicov.

Platónov nem sabia o que pensar.

Khlobúiev tinha sido forçado a adquirir o champanha por necessidade. Mandara buscar *kvas*[1] na cidade, mas o vendeiro se

1. Bebida fermentada. (N. da T.)

recusara a vender-lhe fiado – e a sede não espera. E o francês, que viera recentemente de Petersburgo, vendendo vinhos, abria crédito a todo mundo. Paciência, fora preciso ficar com o champanha.

O champanha foi trazido. Esvaziaram três taças cada um e ficaram alegres. Khlobúiev expandiu-se, ficou amável e espirituoso, derramou-se em chistes e anedotas. Revelou tanto conhecimento do mundo e da natureza humana! Via tão bem, com tanta precisão, um sem-número de coisas, retratava em poucas palavras, com tanta argúcia e penetração, os seus vizinhos *pomiêchtchiki*, percebia com tanta clareza os erros e defeitos de cada um, conhecia tão bem a história dos senhores rurais arruinados, sabia por quê, e como, e de que maneira eles se arruinaram; sabia mostrar com tanta graça e originalidade os seus menores costumes e cacoetes – que os dois visitantes ficaram inteiramente enfeitiçados pelas suas palavras e prontos a reconhecer nele o mais inteligente dos homens.

– Estranha-me muito – disse Tchítchicov – que o senhor, com tanta inteligência, não consiga encontrar modos e meios de sair dos seus apuros.

– Meios existem – disse Khlobúiev, e imediatamente expôs-lhes uma porção de projetos, todos eles tão estranhos, tão absurdos, tão pouco condizentes com o conhecimento do mundo e da natureza humana, que só lhes restava encolher os ombros e pensar:

“Deus do céu, que distância imensurável há entre o conhecer o mundo e o saber utilizar-se desse conhecimento!”

Tudo se baseava na necessidade de ele conseguir de algum lugar, e, de uma vez, cem ou duzentos mil rublos. Então, parecia-lhe que tudo se arranjaria facilmente: a administração funcionaria bem, as falhas todas seriam remendadas, os lucros poderiam ser quadruplicados, e todas as dívidas poderiam ser pagas. E concluía a exposição:

– Mas o que querem que eu faça? Não há meios de me aparecer um benfeitor que queira ceder-me duzentos ou mesmo só cem mil rublos emprestados. Evidentemente, não é esta a vontade de Deus.

“Pois sim!”, pensou Tchítchicov. “Era só o que faltava. que Deus enviasse duzentos mil rublos a um tonto desse!”

– É verdade que eu tenho uma tia que vale três milhões – disse Khlobúiev. – A velhinha é devota, dá contribuições às igrejas e aos conventos, mas, no que se refere à ajuda ao próximo, é dura de roer. É uma tia à moda antiga, que vale a pena conhecer. Só de canários ela tem umas quatro centenas, cachorrinhos fraldeiros, agregadas e criados como hoje já não existem mais. O mais jovem dos criados tem uns sessenta anos, embora ela continue a chamá-lo: "Eh, menino!" Se um comensal não se comporta como ela quer à sua mesa, manda o lacaio passar sem servi-lo. E ele fica sem ser servido! É assim que ela é!

Platónov sorriu.

– Qual é o seu sobrenome e onde é que ela mora? – indagou Tchítchicov.

– Ela mora aqui mesmo, na nossa cidade: Aleksandra Ivánovna Khanasárova.

– Mas por que então o senhor não a procura? – disse Platónov, compadecido. – Quer-me parecer que, se ela se inteirasse da situação da sua família, não lhe poderia recusar ajuda.

– Ah, isso ela pode, sim. Titia tem um caráter duro de roer. É uma velhinha-sílex, Platon Mikháilovitch! De resto, ela já tem vassalos suficientes a rastejar em volta dela. Tem um ali que faz mira na governança e se diz seu aparentado. Faça-me a gentileza – disse ele de repente, voltando-se para Platónov –, na semana que vem vou oferecer um almoço a todos os altos funcionários da cidade...

Platónov arregalou os olhos. Ele ainda não sabia que na Rússia, nas cidades e nas capitais, proliferam uns sabichões cuja vida é um enigma totalmente indecifrável. Tudo indica que o homem já esbanjou tudo, está endividado até o pescoço, não tem recursos de espécie alguma – mas oferece um banquete. E todos os comensais afiançam que esse será o último, que no dia seguinte mesmo o anfitrião será arrastado à cadeia. Mas transcorrem mais dez anos, e o sabichão continua a agüentar-se na sociedade, mais crivado de dívidas do que nunca, e, como dantes, oferece um banquete onde todos os convidados estão convictos de que esse será o último e logo no dia seguinte o anfitrião estará trancafiado na cadeia.

A casa de Khlobúiev na cidade constituía um espetáculo invulgar. Num dia um sacerdote paramentado celebrava missa ali dentro; no outro, eram atores franceses que a usavam para os seus ensaios. Num dia não se encontrava lá nem uma migalha de pão; no dia seguinte, era palco de opulenta recepção a toda espécie de atores e artistas, com generosa distribuição de brindes.

Havia na vida de Khlobúiev momentos tão difíceis, que outro em seu lugar já se teria suicidado com um tiro ou uma corda; mas salvava-o uma disposição religiosa que se coadunava de um modo estranho com a sua vida dissipada. Nesses momentos amargos ele lia as vidas de santos e mártires que educaram o espírito para pairar acima dos infortúnios. Então sua alma se enternecia toda, seu coração se comovia e os olhos ficavam marejados de lágrimas. Ele rezava, e – coisa estranha! – quase sempre lhe vinha de alguma parte uma ajuda inesperada: ora era um dos velhos amigos que se lembrava dele e lhe mandava dinheiro; ora alguma desconhecida, de passagem pela região, tendo por acaso ouvido falar das suas desgraças, num generoso impulso do seu coração feminino, enviava-lhe uma rica contribuição; ou então, em alguma parte, resolvia-se em seu favor uma causa da qual nunca antes ouvira falar. E, cheio de veneração, ele reconhecia então a misericórdia da Providência, mandava celebrar com unção uma missa de ação de graças, e recomeçava a sua vida desregrada.

– Realmente, ele me causa pena, muita pena – disse Platónov a Tchítchicov, quando, feitas as despedidas, eles retomaram o caminho de volta para casa.

– É um filho pródigo! – disse Tchítchicov. – Gente assim nem sequer merece a nossa compaixão.

E logo ambos deixaram de pensar nele: Platónov, porque encarava as situações humanas com a mesma preguiça e sonolência com que via tudo o mais que acontecia no mundo. Seu coração se apertava e se condoía à vista do sofrimento alheio, mas as impressões não ficavam gravadas em seu espírito. Ele não pensava em Khlobúiev simplesmente porque tampouco pensava em si mesmo.

Já Tchítchicov não pensava em Khlobúiev porque todos os seus pensamentos estavam seriamente ocupados com a compra que acabava de fazer. Ficou pensativo, suas idéias e pensamentos tomaram um rumo mais grave e imprimiram ao seu semblante uma expressão involuntariamente profunda.

"Trabalho! Paciência! Isso é fácil de entender: conheço essas coisas, por assim dizer, desde o berço. Para mim não constituem novidade. Mas terei eu, agora, nesta idade, tanta paciência como na juventude?"

Como quer que fosse, qualquer que fosse o ângulo pelo qual examinasse e revirasse sua nova aquisição, ele via que, de qualquer forma, era um negócio vantajoso. Poder-se-ia também fazer o seguinte: hipotecar a propriedade, tendo previamente vendido em lotes os pedaços melhores da gleba. Ou então, organizar-se para tomar conta pessoalmente da propriedade e tornar-se um *pomiêchtchik* segundo o modelo de Costangioglio, aproveitando os seus conselhos de amigo e benfeitor. E poder-se-ia até revender a propriedade a particulares – naturalmente, no caso de não se ter vontade de administrá-la pessoalmente –, reservando para si mesmo as almas mortas e fugitivas. Neste último caso, havia uma vantagem adicional: poder-se-ia simplesmente escapulir dessa região, sem pagar a Costangioglio o dinheiro emprestado...

Estranho pensamento! Não é que Tchítchicov o tivesse concebido voluntariamente: ele surgira por si mesmo, de repente, tentador e zombeteiro, piscando para ele. Irrequieto! Sem vergonha! E quem é o culpado por essas idéias que nos assolam de repente?

Tchítchicov experimentava uma sensação de prazer. Prazer porque se tinha tornado proprietário rural, um *pomiêchtchik* não de fantasia, mas de verdade, um senhor que já possuía terras e dependências e servos: gente não imaginária, mas existente na realidade. E pouco a pouco Pável Ivánovitch começou a dar pulinhos no seu lugar, a esfregar as mãos, a piscar o olho para si mesmo; executou mesmo uma espécie de marcha, soprando no punho fechado, encostado aos lábios à guisa de corneta, e até chegou a articular em voz alta algumas palavras de estímulo para si mesmo, tais como "Queixinho" e "Raposinho". Mas, lembrando-se de repente de que não estava só, aquietou-se, procurando disfarçar como pôde aquele arroubo de entusiasmo; e quando Platónov, tomando alguns daqueles sons por palavras a ele dirigidas, perguntou: – O que foi? – ele respondeu: – Nada.

Só agora, olhando em volta de si, Tchítchicov percebeu que já havia muito eles estavam rodando no meio de um bosque maravilhoso, escoltados de ambos os lados por vistosa alameda de álamos e bétulas, de alvos troncos esguios faiscando como neve fresca em contraste com o verde delicado da folhagem nova de suas leves frondes. Rouxinóis gorjeavam no maciço do arvoredo. Tulipas silvestres salpicavam de amarelo a grama, e ele não conseguia compreender como e quando tinham vindo parar naquele lugar encantado, se ainda havia pouco estavam rodando por entre campos abertos. Por entre as árvores divisava-se agora uma igreja de pedra, branca, e do outro lado apareceu um gradil.

No fim da rua apareceu um senhor, vindo ao encontro deles, de gorro na cabeça e bengala nodosa na mão. Um galgo inglês de pernas altas e finas corria na sua frente.

– Aqui está o meu irmão – disse Platónov. – Cocheiro, pára! – E saltou da sege. Tchítchicov fez o mesmo.

Os cães já haviam tido tempo de se oscularem. O pernalta Azor deu uma ágil lambida no focinho de Iarbe, depois lambeu as mãos de Platónov, depois pulou sobre Tchítchicov e lambeu-lhe a orelha.

Os irmãos se abraçaram.

– O que é isso, Platon, o que queres fazer comigo? – disse, parando, o irmão, que se chamava Vassíli.

– Fazer o quê? – perguntou Platónov com indiferença.

– Mas como podes fazer-me isso? Três dias sem uma só notícia! O cavalariço de Pietukh trouxe o teu potro. "O patrão foi viajar com um senhor", disse-me ele. Se ao menos deixasses uma palavra, um recado: para onde? para quê? por quanto tempo? Convenhamos, mano, isso não se faz! Nem eu mesmo sei o que imaginei durante esses dias!

– Que é que eu posso fazer? Esqueci – disse Platónov. – Fizemos uma visita a Constantin Fiódorovitch: ele te manda lembranças, e a mana também. Pável Ivánovitch, apresento-lhe o meu irmão Vassíli. Mano Vassíli, este é Pável Ivánovitch Tchítchicov.

Assim apresentados e convidados a entabular relações, os dois homens apertaram-se as mãos, e, tirando os gorros, beijaram-se.

"Quem poderá ser este Tchítchicov?", pensava o irmão Vassíli. "O mano Platon não é muito exigente na escolha de novas relações." E, examinando Tchítchicov na medida em que permitiam as boas maneiras, achou que ele tinha o aspecto de pessoa bastante bem-intencionada.

Por sua parte, Tchítchicov também examinou o irmão Vassíli na medida em que permitiam as boas maneiras, e viu que o irmão era de estatura mais baixa que Platon, de cabelo mais escuro e de feições muito menos belas, mas que nos traços do seu rosto havia muito mais ânimo e vitalidade, uma expressão mais cordial e bondosa. Percebia-se que ele cochilava menos.

– Resolvi, mano Vássia, dar um passeio com Pável Ivánovitch pelas terras da Santa Rússia. Quem sabe esta viagem espantará meu tédio.

– Mas como resolveste assim, de repente? – disse perplexo o irmão Vassíli, e quase acrescentou: "E ainda por cima vais viajar com um homem a quem vês pela primeira vez, que é quiçá um imprestável e sabe-se lá o que mais?" Cheio de desconfiança, relanceou mais um olhar de esguelha sobre Tchítchicov e constatou nele um ar de respeitabilidade extraordinária.

Entraram à direita, pelo portão. O pátio era muito antigo, a casa também, dessas que já não se constroem hoje em dia, com alpendres e telhado alto. Duas tílias no meio do pátio cobriam quase metade da casa com a sombra das suas frondes. Debaixo delas havia uma porção de bancos de madeira. Lilases e amieiros em flor envolviam como um colar de miçangas o pátio junto com a cerca, totalmente oculta sob as suas folhas e flores. A casa senhorial estava toda encoberta por elas; apenas as portas e janelas espiavam graciosamente por entre os seus ramos espessos. Por entre os troncos das árvores, retos como flechas, divisavam-se cozinhas, despensas e adegas. Tudo estava situado no meio do bosque. Os rouxinóis trinavam alto no espesso das copas e uma sensação de calma e bem-estar nos invadia, malgrado nosso. Tudo ali recendia àqueles tempos despreocupados, quando a vida de todos era tranqüila e tudo era simples e sem complicações. O irmão Vassíli convidou Tchítchicov a sentar-se. Os três sentaram-se nos bancos à sombra das tílias.

Um rapaz de uns dezessete anos, trajando bonita camisa de algodãozinho cor-de-rosa, trouxe e colocou diante deles jarras multicores com vários tipos de *kvas* de frutas, uns espumantes como limonada gasosa, outros espessos como azeite. Deixando as jarras, o moço lançou mão de uma enxada encostada a uma árvore e se foi para o jardim.

Os irmãos Platónov, tal qual o cunhado Costangioglio, não tinham criados propriamente ditos: todos eram jardineiros. Ou, melhor dizendo, havia criados, sim, mas todos os servos cumpriam essas funções por turnos: o irmão Vassíli sustentava que o serviço de criado doméstico não é uma profissão; qualquer um pode levar e trazer alguma coisa, e para isso não é necessário manter pessoal especializado; e que o homem do povo russo só é bom trabalhador, eficiente e nunca preguiçoso, enquanto anda de blusão camponês e casaco rústico, mas, assim que se enfarpela numa jaqueta alemã, logo deixa de ser bom trabalhador e eficiente, fica preguiçoso, não troca de camisa, dorme de jaqueta, e debaixo da jaqueta alemã começam a proliferar um sem-número de pulgas e percevejos. No que, aliás, ele tinha razão. Na sua aldeia o povo se vestia com especial esmero: as toucas das mulheres eram bordadas a ouro e as mangas das camisas dos homens pareciam bordas de um xale turco.

– Nossa casa é famosa por seus vários tipos de *kvas* de frutas – disse o irmão Vassíli.

Tchítchicov encheu um copo da primeira jarra – era tal qual o mel de tília que ele bebera outrora na Polônia: efervescente como champanha, e o gás fazia cócegas agradáveis subindo da boca para o nariz.

– É um néctar! – disse ele. Provou um copo da outra jarra: melhor ainda.

– É a bebida das bebidas! – disse Tchítchicov. – Posso dizer que em casa do seu respeitável cunhado Constantin Fiódorovitch eu bebi um licor de primeiríssima, e aqui, um *kvas* de igual categoria.

– Sim, mas o licor também é daqui; foi minha irmã que o fez. Minha mãe era da Malo-Rússia, de perto de Poltava[2]. Agora todos esqueceram as prendas e artes domésticas. Mas em que direção e para que lugares o senhor tenciona viajar? – perguntou o irmão Vassíli.

– Minha viagem – disse Tchítchicov, balançando-se de leve no banco e alisando o joelho com a mão – não é tanto por necessidade própria como a negócio alheio. O General Bétrichtchev, meu íntimo amigo e, pode-se dizer, benfeitor, pediu-me que visitasse parentes seus. Parentes à parte, no entanto, posso dizer que viajo também para mim mesmo, pois, já sem falar do proveito no sentido hemorroidal, o fato de ver o mundo e as relações humanas já constitui de per si, por assim dizer, um livro vivo e um segundo aprendizado.

O irmão Vassíli ficou pensativo.

"Este homem fala de maneira um tanto rebuscada, mas há uma parcela de verdade nas suas palavras", pensou ele. E, após pequena pausa, disse, dirigindo-se a Platon:

– Estou começando a pensar, Platon, que esta viagem pode realmente sacudir-te. O que te aflige não é outra coisa senão sonolência espiritual. Estás simplesmente adormecido – e adormeceste não por fartura ou cansaço, mas por falta de impressões e sensações vivas. Eu sou exatamente o oposto – gostaria muito de não sentir tão vivamente nem de tomar tão a peito tudo o que acontece.

– Quem te manda tomar tudo a peito? – disse Platon. – Tu mesmo procuras preocupações e crias tuas próprias inquietudes.

– Para que as criaria, quando sem isso tenho aborrecimentos de sobra a cada passo? – disse Vassíli. – Já soubeste da peça que nos pregou Lenítsin? Apossou-se do nosso terreno baldio. Em primeiro lugar, eu não vendo esse terreno por dinheiro algum. Os nossos camponeses o usam todos os anos para a festa da primavera, à qual estão ligadas as tradições da aldeia. E para mim tradição é coisa sagrada, por ela estou pronto a sacrificar tudo.

– Ele não sabe disso, por isso apossou-se do terreno – disse Platon. – O homem é novo aqui, acaba de chegar de Petersburgo: é preciso esclarecer-lhe as coisas, explicar tudo.

– Ele sabe, e sabe muito bem. Mandei dizer-lhe tudo, mas ele respondeu com grosserias.

– Devias ir lá, explicar-lhe as coisas diretamente. Vai lá falar com ele em pessoa.

2. Cidade da Ucrânia onde se travou famosa batalha de Pedro, o Grande, contra Carlos XII da Suécia (1709). (N. da T.)

– Isso não. Ele já está muito cheio de si, eu não vou procurá-lo. Se tens vontade, vai tu mesmo falar com ele.

– Eu iria, mas não costumo intrometer-me... Ele é capaz de me despachar ou de me enganar.

– Se o senhor quiser, posso eu ir falar com ele – ofereceu Tchítchicov. – Explique-me do que se trata.

Vassíli olhou para ele e pensou: "Mas que disposição para viajar tem este cavalheiro!"

– Dê-me apenas uma idéia de que espécie de pessoa ele é – disse Tchítchicov –, e do que se trata.

– Tenho escrúpulos de encarregá-lo de tão desagradável missão. Na minha opinião, como pessoa ele não vale nada: de uma família de fidalgotes, pequenos proprietários da nossa província, ele fez carreira no serviço público em Petersburgo, onde se casou com a filha natural de um figurão, e ficou enfunado. Dá o tom. Mas a nossa gente aqui não é tola: moda para nós não é lei e Petersburgo não é a Igreja.

– Naturalmente – disse Tchítchicov. – E do que se trata?

– Bem, veja o senhor – ele realmente precisa de terra. Se não tivesse agido assim, eu teria muito prazer em separar para ele um pedaço de terra em outro lugar, coisa melhor que o terreno baldio. Mas agora... Ele é um sujeito impertinente, pode pensar que...

– Pois eu acho melhor conversar com ele: quem sabe podem-se resolver as coisas por bem. Outros já me confiaram seus negócios e não se arrependeram. O General Bétrichtchev, por exemplo...

– Mas eu tenho escrúpulos, realmente, em colocá-lo na contingência de ter de conversar com um homem daquela espécie...[3]

....

–...[4]o importante é que tudo se realize em segredo – disse Tchítchicov – porque não é tanto como crime em si, como a tentação – essa é que é perniciosa.

– Ah, lá isso é assim, é assim – disse Lenítsin, inclinando a cabeça completamente para um lado.

– Como é agradável encontrar unanimidade de opiniões! – disse Tchítchicov. – Eu também tenho um negócio, legal e ilegal ao mesmo tempo: é ilegal na aparência, mas no fundo é legal. Tendo

3. A continuação do manuscrito original se perdeu. (N. da T.)

4. O começo da frase, no manuscrito original, perdeu-se. (N. da T.)

necessidade de garantias, não quero entretanto induzir ninguém ao risco de pagar dois rublos por alma de servo viva. Se eu chegasse a quebrar – do que Deus me livre e guarde –, seria um transtorno para o proprietário; e foi por isso que resolvi aproveitar-me das almas mortas e fugitivas, ainda não riscadas das listas de recenseamento, a fim de, dum golpe só, realizar uma obra cristã e aliviar o pobre proprietário do encargo de ter de pagar tributo por elas. Apenas entre nós, aqui, lavraremos um contrato legal, como se se tratasse de almas vivas.

"Mas isto é muito estranho", pensou Lenítsin, recuando um pouco a cadeira.

– Acho que este negócio... esta transação... de uma espécie que... – começou ele.

– E não haverá tentação, porque será tudo sigiloso – respondeu Tchítchicov –, e realizado entre pessoas de confiança.

– Mas, apesar disso... no entanto... é um negócio assim...

– Não haverá perigo algum – retrucou Tchítchicov, muito direto e franco. – Trata-se de uma transação séria, entre pessoas de bem, sensatas e, segundo me parece, de classe respeitável – e ainda por cima, realizado em sigilo. – E, dizendo isso, Tchítchicov fitava-o nos olhos com nobre sinceridade.

Por muito experiente que fosse Lenítsin, por muito que entendesse de negócios em geral, aqui ele se viu tomado de perplexidade, tanto mais que lhe parecia ter-se emaranhado na sua própria teia. Ele era de todo incapaz de cometer uma injustiça, e não gostaria de fazer nada que não fosse justo, nem mesmo em sigilo.

"Mas em que enrascada me fui meter!", pensava ele consigo mesmo. "E vá um homem entabular relações de amizade até mesmo com gente de bem! Que problema!"

Porém o destino e as circunstâncias pareciam estar trabalhando a favor de Tchítchicov. Como de propósito para ajudar a resolver o complicado assunto, entrou na sala a esposa de Lenítsin, jovem senhora pálida, baixa, magrinha, mas vestida à moda de Petersburgo e muito apreciadora de pessoas *comme il faut*[5]. Atrás dela, carregada nos braços da ama-de-leite, vinha uma criança, fruto primogênito do terno amor dos esposos casados havia pouco tempo.

Com suas maneiras ágeis e saltitantes e a delicada inclinação da cabeça para um lado, Tchítchicov enfeitiçou incontinênti a dama de Petersburgo, e logo a seguir também a criança. Esta, no começo,

5. Em francês, no texto: "como devem ser". (N. da E.)

prorrompeu em berreiro, mas ele, por meio das palavras "agu, agu, tetéia", acompanhadas de estalar de dedos e do brilho fascinante da *châtelaine*[6] do seu relógio de algibeira, conseguiu atraí-la para os seus próprios braços. Então, começou a balançar e a erguer a criança quase até o teto, conseguindo arrancar dela um riso gostoso, o que despertou alegria desusada em ambos os progenitores. Mas, fosse por causa do prazer inesperado, ou por qualquer outra causa, de repente o bebê se comportou de um modo inconveniente.

– Ai, Deus do céu! – exclamou a esposa de Lenítsin – ele lhe estragou o fraque todo!

Tchítchicov olhou: a manga do fraque novo em folha estava totalmente estragada. "O diabo que te carregue, pestinha!", pensou ele, furioso.

O patrão, a patroa, a ama, todos se precipitaram em busca de água-de-colônia; de todos os lados, muitas mãos puseram-se a esfregá-lo.

– Não é nada, não é nada, absolutamente nada! – dizia Tchítchicov, esforçando-se por emprestar ao rosto uma expressão alegre, na medida do possível. – Como pode uma criança estragar alguma coisa nesta fase de ouro da sua infância! – E, repetindo isso, pensava ao mesmo tempo: "Mas como este diabinho me borrou com certeira pontaria, raios que o partam, canalhinha danado!"

Esta circunstância aparentemente insignificante inclinou definitivamente o dono da casa a favor do negócio de Tchítchicov. Como recusar alguma coisa ao hóspede que fizera tantos carinhos inocentes ao pequerrucho e tão generosamente pagara por eles com seu próprio fraque?

Para não dar mau exemplo, decidiram realizar o negócio em sigilo, pois não era o negócio em si que era pernicioso, mas só a tentação.

– Permita que agora, em retribuição ao seu favor, eu lhe preste por minha vez um serviço. Quero ser seu intermediário no negócio com os irmãos Platónov. O senhor precisa de terras, não é mesmo?[7]

6. Em francês, no texto: "corrente". (N. da E.)
7. Aqui o manuscrito se interrompe. (N. da T.)

UM DOS ÚLTIMOS CAPÍTULOS

Neste mundo cada um cuida dos seus negócios como melhor lhe convém – e Tchítchicov não constituía exceção. A pedição pelos baús foi coroada de êxito, de tal forma que na parte dos resultados passou para a sua caixinha particular. Não é que Tchítchicov tivesse roubado – ele apenas se aproveitou. Pois cada um de nós se aproveita de alguma coisa: um, das florestas do Estado; outro, dos dinheiros entregues aos seus cuidados; aquele outro rouba dos próprios filhos em proveito de alguma atriz em *tournée*, outro ainda rouba dos camponeses para comprar móveis no Gambs[1], ou uma carruagem. Que fazer, se existem agora tantas tentações no mundo? Há os restaurantes caros, com seus preços loucos, há os bailes de máscaras, as festas, as farras com ciganas. É difícil resistir, quando todos em volta fazem o mesmo, e a moda também ordena – vá alguém abster-se! Impossível resistir o tempo todo, um homem não é Deus. E foi assim que Tchítchicov, a exemplo de tanta gente de hoje em dia, que ama o conforto, também torceu o negócio em seu próprio proveito.

Está claro que ele já deveria ter deixado a cidade, mas as estradas estavam ruins, ao passo que na cidade ia abrir-se outra feira, esta destinada à gente da nobreza. A anterior fora mais uma feira de cavalos, de gado, de produtos rústicos e grosseiros, arrematados por boiadeiros e atravessadores. Agora, porém, tudo o que fora

1. Conhecida casa de móveis em Petersburgo. (N. da T.)

comprado na grande feira de Níjni Nóvgorod pelos revendedores de mercadorias dos grão-senhores tinha sido trazido para cá. O lugar se encheu de flagelos das bolsas russas – franceses com suas pomadas e francesas com seus chapéus –, exterminadores de economias conseguidas com suor e sangue, essa praga de gafanhotos do Egito, como dizia Costangioglio, que, não satisfeita com devorar tudo, ainda deixa atrás de si seus ovos, escondendo-os na terra.

Somente a má colheita e o ano realmente infeliz conseguiram segurar muitos dos proprietários em suas aldeias. Em compensação, os funcionários, que não sofreram com as más colheitas, desembestaram, e suas mulheres, por desgraça, também. Tendo enchido a cabeça com a leitura de uma quantidade de livros, publicados nos últimos tempos com o fim de insuflar toda espécie de novas necessidades à humanidade, desenvolveram uma sede extraordinária de experimentar esses novos deleites. Um francês abriu um estabelecimento nunca visto naquela província – um tal de *vauxhall*[2], com jantares a preços excepcionalmente baixos e metade a crédito. E isto foi suficiente para que não só presidentes de mesa, mas até simples escriturários se soltassem à toda, contando com as propinas futuras dos solicitantes. Surgiu o desejo de se pavonearem uns diante dos outros com cavalos e cocheiros. Ah, esse encontro das classes para o divertimento!... Apesar do tempo miserável e da lama, as elegantes carruagens rodavam em todas as direções. De onde elas surgiram, só Deus sabe, mas nem em Petersburgo elas fariam feio. Comerciantes e caixeiros, cheios de rapapés, contavam os lucros. Eram raros os homens de barbas e gorros de peles: todos ostentavam um aspecto europeu, de queixos escanhoados e dentes cariados.

– Tenha a bondade, tenha a bondade! Faça o favor de entrar na barraca! Meu senhor, meu senhor! – gritavam uns garotos, aqui e ali.

Mas eram encarados com desprezo pelos intermediários que já tinham tido contato com a Europa, e que só de raro em raro, e com muita consciência da sua dignidade, anunciavam em voz alta a qualidade dos seus tecidos.

– Tem lãs em cores de framboesa com brilho? – indagou Tchítchicov.

– Excelentes lãs – respondeu o comerciante, tocando o gorro com uma das mãos e apontando o balcão com a outra.

Tchítchicov entrou na barraca. O vendedor soergueu agilmente a tábua do balcão e foi parar do outro lado, de costas para a

2. Nome arcaico de um restaurante-recreio popular. (N. da T.)

mercadoria, empilhada rolo sobre rolo até o teto, e de frente para o comprador. Apoiando-se agilmente sobre as duas mãos e balançando ligeiramente o torso, ele articulou:

– Que espécie de fazenda deseja?

– Tecidos com brilho, cor de oliva ou de garrafa, mais próximos da cor de framboesa – disse Tchítchicov.

– Posso garantir que o senhor receberá a melhor qualidade; melhor do que essa só se encontra talvez nas grandes capitais civilizadas. Rapaz! Tira para mim o rolo lá de cima, o de número quarenta e dois! Não é esse, menino! Por que te metes sempre mais alto que a tua esfera, como um proletário qualquer? Joga-o aqui! Isto é que é tecido! – E, desenrolando-a pela outra ponta, o comerciante enfiou a peça praticamente no nariz de Tchítchicov, de forma que este não só pôde alisar com a mão a sua textura sedosa, como até cheirá-la.

– É bonito, mas ainda não é o que eu procuro – disse Tchítchicov. – Sabe, eu servi na Alfândega, de modo que quero qualidade superior, a melhor que existe, e a cor tem que ser mais avermelhada, aproximando-se menos da garrafa do que da framboesa.

– Compreendo: o que o senhor deseja é realmente a cor que está entrando em moda em Petersburgo nesta estação. Tenho uma lã dessa, de excelente qualidade. Devo avisar, porém, que o preço é alto, mas vale o que custa.

O europeu subiu para buscar o pano. A peça caiu. Ele a desenrolou com artes de antanho, esquecido de que pertencia à nova geração, e apresentou-a em plena luz do dia, saindo até da barraca para mostrá-la do lado de fora, apertando os olhos e dizendo:

– Excelente cor, lã fumo-navarino-com-chama[3].

O tecido agradou. O preço foi combinado, embora fosse com *prifix*[4], como afirmava o comerciante. O corte foi destacado por meio de um ágil rasgão executado com ambas as mãos, embrulhado em papel com rapidez fenomenal, à russa, atado com um leve cordão, amarrado com nó instantâneo, cortado a tesoura, e, um momento depois, tudo já se encontrava na sege.

– Mostre-me fazenda de lã negra – ouviu-se uma voz.

"Oh, diabo, é o Khlobúiev", disse Tchítchicov consigo mesmo, e voltou-se de maneira a não vê-lo, achando que seria pouco pru-

3. Navarino foi uma batalha famosa durante a guerra da independência grega (1827); o autor alude humoristicamente ao fumo e ao fogo da batalha para designar a cor do tecido comprado pelo herói. (N. da T.)

4. Preço fixo, em francês abastardado. (N. da T.)

dente de sua parte entrar em qualquer tipo de discussão com ele a respeito da herança. Mas o outro já o havia visto.

– Que é isso, Pável Ivánovitch, não estará o senhor evitando-me de caso pensado? Não consigo localizá-lo em parte alguma, e no entanto os nossos negócios requerem uma conversa muito séria.

– Caríssimo, prezadíssimo – disse Tchítchicov, apertando-lhe as mãos –, creia, quero demais conversar com o senhor, mas realmente não tenho tido tempo. – E pensava, dizendo isso: "O Diabo que te carregue!" E de repente deu com Murázov, que acabava de entrar: – Ah, meu Deus, Afanássi Vassílievitch! Como tem passado?

– E o senhor? – disse Murázov, tirando o chapéu.

O vendedor e Khlobúiev tiraram o chapéu.

– A dor na cintura tem-me incomodado, e também não tenho dormido muito bem. Deve ser por causa da vida sedentária...

Mas Murázov, ao invés de se aprofundar nas causas dos achaques de Tchítchicov, dirigiu-se a Khlobúiev:

– Vi o senhor entrando na tenda, Semion Semiónovitch, e entrei também. Tenho um assunto para tratar com o senhor – gostaria de que viesse para casa comigo.

– Pois não, pois não – apressou-se a responder Khlobúiev, e saiu com ele.

"Que assunto será esse que eles têm para tratar?", pensou Tchítchicov.

– Afanássi Vassílievitch é um homem sensato e respeitável – disse o comerciante; conhece o seu mister, mas falta-lhe cultura: um homem do comércio é um negociante, não é um simples vendedor. Isso está ligado ao orçamento e também à reação, senão o que resulta é o pauperismo.

Tchítchicov deu de ombros.

– Pável Ivánovitch, andei à sua procura por toda parte – soou atrás dele a voz de Lenítsin.

O comerciante tirou o chapéu, respeitosamente.

– Ah, Fiódor Fiódorovitch! – disse Tchítchicov.

– Pelo amor de Deus, venha para casa comigo: preciso falar-lhe com urgência – disse Lenítsin.

Tchítchicov olhou para ele – estava lívido. Pagou o vendedor e saiu da barraca.

....

[5]– À espera, Semion Semiónovitch – disse Murázov, ao ver Khlobúiev, que acabava de entrar. – Queira entrar na minha saleta.

E conduziu Khlobúiev para a saleta já conhecida do leitor, mais despretensiosa que a de um funcionário de setecentos rublos por ano.

– Diga-me... Suponho que agora a sua situação tenha melhorado? Com o passamento da sua tia sempre deve ter-lhe cabido alguma coisa.

– Não sei como dizer-lhe, Afanássi Vassílievitch. Não sei se a minha situação melhorou. Recebi apenas cinqüenta almas de camponeses e trinta mil rublos em dinheiro, que tive de usar para o pagamento parcial das minhas dívidas – e não me sobrou simplesmente nada. E o principal é que a causa relativa a esse espólio não é das mais limpas. Digo-lhe, Afanássi Vassílievitch, que aqui há muita malandragem! Vou contar-lhe já, e o senhor mesmo verá o que está acontecendo. Este tal de Tchítchicov...

– Permita-me, Semion Semiónovitch, antes de falar daquele Tchítchicov, permita-me que fale do senhor mesmo. Diga-me: segundo os seus cálculos, quanto o senhor acharia necessário e suficiente para resolver definitivamente os seus problemas e sair da situação em que se encontra?

– Minha situação é difícil – disse Khlobúiev. – E, para sair da situação em que me encontro, pagar todas as dívidas e ter a possibilidade de levar a mais modesta das vidas, eu precisaria de pelo menos cem mil rublos, senão mais – em suma, é uma coisa impossível.

– Mas, supondo que o senhor conseguisse essa quantia, como organizaria então a sua vida?

– Bem, nesse caso eu alugaria um pequeno apartamento e cuidaria da educação dos meus filhos. Em mim mesmo nem há o que pensar, minha carreira já terminou, eu já não sirvo para mais nada.

– Mas assim o senhor continuaria numa vida ociosa, e o ócio traz tentações nas quais um homem nem pensaria se estivesse ocupado, trabalhando.

– Não posso trabalhar, não sirvo para nada, estou entorpecido, sofro de lumbago, dores na cintura.

– Mas com é que se poder viver sem trabalho? Como continuar no mundo sem um lugar definido, sem uma obrigação? Tenha paciência! Olhe para qualquer criatura de Deus: todas servem para

5. Aqui, ficou no manuscrito o texto da primeira redação, que não corresponde às correções precedentes. (N. da T.)

alguma coisa, têm a sua finalidade. Até uma pedra, até ela existe para ser usada para alguma utilidade – mas que um homem, o mais racional dos seres, que um homem fique por aí sem serventia – isso então é admissível?

– Bem, eu não ficaria inteiramente sem serventia: poderia ocupar-me com a educação dos filhos.

– Não, Semion Semiónovitch, esta é a coisa mais difícil de todas: como é que pode educar crianças quem nunca soube educar-se a si mesmo? Os filhos só podem ser educados pelo exemplo da própria vida dos pais. E a sua vida, será que lhes serviria de exemplo? Só se fosse para eles aprenderem a desperdiçar o tempo no ócio e no jogo de baralho. Não, Semion Semiónovitch, entregue-me a mim os seus filhos, o senhor só os estragaria. Pense seriamente: o senhor foi destruído pelo ócio. Precisa fugir dele. Como viver no mundo sem estar ligado a coisa alguma? É preciso cumprir uma função, qualquer que ela seja. Até um simples faxineiro, até ele serve a um fim. O pão que ele come é o mais barato, mas é ganho com o seu trabalho, e ele sente o interesse da sua ocupação.

– Palavra de honra que eu tenho tentado, Afanássi Vassílievitch! Tenho-me esforçado para vencer a inércia. Que posso fazer? Envelheci, tornei-me incapaz. Que quer que eu faça? Será que acha que eu devo entrar para o funcionalismo? Mas como posso eu, aos quarenta e cinco anos, sentar-me à mesma mesa de trabalho com funcionários principiantes? De resto, sou incapaz de aceitar propinas, acabaria prejudicando a mim mesmo e aos outros. Lá nas repartições eles já têm as suas castas formadas. Não, Afanássi Vassílievitch, já pensei, já tentei, já examinei todos os cargos possíveis: sei que seria incapaz de preencher qualquer um deles. Só resta internar-me no asilo dos indigentes...

– O asilo é para aqueles que já trabalharam; mas aqueles que passaram toda a mocidade em divertimentos receberão a resposta que a formiga deu à cigarra: "Agora, dance!" De resto, até mesmo no asilo, os asilados se esforçam e trabalham, não jogam *whist*. Semion Semiónovitch – disse Murázov, fitando-o nos olhos –, o senhor está enganando a si mesmo e a mim também.

Murázov fitava-o fixamente nos olhos, mas o pobre Khlobúiev não conseguia responder nada. Murázov começou a ficar com dó dele.

– Escute, Semion Semiónovitch, afinal de contas o senhor reza, vai à igreja, nunca falta, que eu sei, nem à missa matinal nem à vespertina. O senhor bem que não tem vontade de se levantar cedo, mas acorda e vai – vai às quatro da madrugada, quando ninguém ainda se levantou.

– Mas isso é uma coisa diferente, Afanássi Vassílievitch. Aqui eu sei que faço isso não por mim, mas por aquele que mandou que todos nós ficássemos neste mundo. O que posso fazer? Tenho fé na sua misericórdia para comigo; creio que, por mais vil, por mais desprezível que eu seja, ele sempre poderá perdoar-me e compreender-me, ao passo que os homens me afastarão de si com um pontapé e que o melhor dos amigos me trairá e ainda dirá depois que me traiu por uma boa causa.

E uma expressão de mágoa apareceu no rosto de Khlobúiev. O velho até derramou uma lágrima, mas não o contradisse.

– Pois então sirva aquele que é tão misericordioso. O trabalho lhe é tão agradável quanto a oração. Assuma qualquer espécie de ocupação, mas assuma-a como se servisse a ele e não aos homens. Pode socar água no pilão, mas pense que o faz por ele. Pelo menos uma utilidade essa ocupação terá – a de não lhe deixar tempo para o que não presta, para perder no jogo, para se empanturrar entre glutões, para a vida mundana. Pois é, Semion Semiónovitch! Conhece o Ivan Potápitch?

– Conheço-o, e respeito-o muito.

– O senhor bem sabe que ele já foi um grande comerciante: possuía meio milhão de rublos. Mas quando viu que tudo aquilo em que ele tocava dava lucro fácil, corrompeu-se. Contratou um professor de francês para o filho, casou a filha com um general. E, fosse na loja, fosse na rua da Bolsa, onde quer que se encontrasse com um amigo, logo o arrastava à taberna para tomar chá. Passava os dias inteiros tomando chá, até que faliu. E aí Deus ainda lhe mandou uma desgraça: perdeu o filho. Agora ele trabalha comigo, como administrador. Recomeçou do marco zero. Seus negócios melhoraram. Se quisesse, poderia voltar ao comércio, movimentar novamente quinhentos mil rublos. Mas não o quer mais. "Sou administrador e como administrador quero morrer", diz ele. "Agora, sinto-me sadio e bem-disposto, mas naquele tempo eu já tinha criado barriga e estava ameaçado de hidropisia. Não, não quero mais." E quanto ao chá, nem olha mais para ele. Sopa de repolho e papas de trigo, é só isso que ele come agora. Pois é. E reza, como nenhum de nós jamais rezou na vida. E ajuda os pobres, como nenhum de nós jamais os ajudou. Outro talvez também gostasse de ajudá-los, mas já torrou o dinheiro todo.

O pobre Khlobúiev ficou pensativo. O velho tomou-lhe ambas as mãos.

– Semion Semiónovitch! Se soubesse que pena me dá! Pensei no senhor o tempo todo. E agora, ouça-me. Sabe que no mosteiro vive um recluso que não vê ninguém. É um homem de grande saber, tanto que nem sei como lhe explicar. Pois fui falar com ele e comecei a lhe contar, mas sem dizer o nome, que tenho um amigo assim, que sofre de um mal assim e assim, e no começo ele me ouviu, mas de repente interrompeu-me com estas palavras: "Primeiro os assuntos de Deus, depois os dos homens! Estamos construindo uma igreja e não há dinheiro: é preciso fazer coleta para a igreja!" E fechou a porta na minha cara. Fiquei pensando: "O que será que significa isto? Decerto ele não quer dar-me conselhos". Então fui procurar o nosso arquimandrita[6]. Nem bem pisei a soleira, ele já começou a me interpelar: se por acaso eu não conhecia uma pessoa à qual se pudesse confiar a coleta para a construção da igreja, um homem que fosse da nobreza ou do alto comércio, com mais instrução que os outros, e que encarasse esse trabalho como se fosse a sua própria salvação. Foi aí que eu compreendi tudo: "Meu Deus do céu! Era isso o que o anacoreta queria dizer-me: era essa a tarefa que ele queria confiar a Semion Semiónovitch. Essa viagem será até boa para a sua doença. Deslocando-se com o seu livro de donativos do proprietário para o mujique e do mujique para o burguês, ele também ficará sabendo como todos eles vivem e do que necessitam, de modo que voltará das suas jornadas tendo visitado diversas províncias e conhecendo toda a região melhor do que todos aqueles que vivem na cidade. Gente assim é muito necessária hoje em dia". O próprio príncipe me disse que daria muito para conseguir um funcionário que entendesse do assunto não por papéis, mas como ele é na vida real, porque pelos papéis, disse-me ele, não se fica sabendo nada, está tudo muito confuso e emaranhado.

– O senhor me deixou completamente perplexo e perturbado, Afanássi Vassílievitch – disse Khlobúiev, fitando-o com espanto. – Eu nem consigo acreditar que esteja de fato dizendo-me essas coisas. Para essa tarefa é necessário um homem ativo e infatigável. E depois, como é que eu posso abandonar minha mulher e meus filhos, que não têm o que comer?

– Não se preocupe com a mulher e os filhos. Eu os tomarei sob a minha guarda, e as crianças terão seus preceptores. Em vez de sair por aí de mão estendida pedindo para si mesmo, é bem mais dignificante e nobre sair a pedir para Deus. Eu lhe darei uma simples

6. Superior de mosteiro na Igreja Ortodoxa. (N. da E.)

carruagem coberta, e não tenha medo dos solavancos, são bons para a saúde. E lhe darei algum dinheiro para levar, a fim de que possa ajudar os mais duramente necessitados. O senhor pode fazer muitas boas obras neste caminho; sei que não vai enganar-se e aquele a quem ajudar terá sido merecedor de ajuda. Viajando dessa maneira, ficará conhecendo verdadeiramente tudo e todos. Com o senhor não será como com qualquer outro funcionário, a quem todos temem e de quem se escondem; com o senhor, sabendo que está pedindo para a Igreja, todos falarão de bom grado.

– Compreendo, é uma idéia magnífica, e eu gostaria muito de poder executar ao menos uma parte dela; mas, sinceramente, parece-me que isso está acima das minhas capacidades.

– Mas o que é que está dentro das nossas capacidades? – disse Murázov. – Coisa alguma está dentro das nossas capacidades. Tudo está acima das nossas capacidades. Sem ajuda do alto nada é possível. Mas a oração nos dá forças. Persignando-se, o homem diz: "Valha-me Deus!", e consegue remar até a margem. Nem é preciso pensar muito a respeito: é preciso aceitar isso como uma ordem de Deus. O seu carro ficará pronto imediatamente; enquanto isso, o senhor corre até a casa do padre arquimandrita para pegar o livro e a bênção, e em seguida – a caminho!

– Obedeço e aceito o encargo como um mandamento divino. – "Abençoa-me, Senhor!", pensou ele, e sentiu o ânimo e a força que lhe penetravam na alma. A própria mente parecia estar despertando com a esperança de encontrar uma saída da triste e desesperadora situação em que se encontrava. Uma luz começou a brilhar para ele, ao longe...

Mas deixemos Khlobúiev e voltemos para Tchítchicov.

Nesse meio tempo, com efeito, os tribunais estavam recebendo petição sobre petição. Surgiram parentes dos quais nunca antes se tinha tido notícia. Como urubus sobre a carniça, toda uma revoada baixou de todos os lados sobre a enorme herança que ficou após a morte da velha. Apareceram denúncias contra Tchítchicov, tanto sobre a falsificação do último testamento como também sobre a falsidade do primeiro, testemunhos sobre apropriação indébita e sonegação de dinheiro. Vieram à tona denúncias contra Tchítchicov a respeito da compra das almas mortas e até referentes a contrabando passado por ele no tempo em que servia como funcionário da Alfândega. Desenterraram tudo, foram buscar toda a sua história pregressa. Só Deus sabe como desenfurnaram e farejaram tudo isso; o fato é que havia testemunhos até sobre negócios que

Tchítchicov pensava fossem conhecidos apenas dele mesmo e das quatro paredes.

Por ora, tudo aquilo ainda era segredo judiciário, e nem sequer chegara aos seus ouvidos, embora um bilhete confidencial, que logo mais ele recebeu do jurisconsulto, lhe tivesse dado a entender até certo ponto que as coisas estavam fervendo. O bilhete era breve: "Apresso-me a informá-lo de que vai haver turbulência. Mas lembre-se de que não deve de maneira alguma ficar perturbado. O principal é não perder a calma. Tudo se resolverá". Esse bilhete tranqüilizou-o completamente. "Esse homem é um verdadeiro gênio", disse Tchítchicov.

Para cúmulo da sorte, o alfaiate acabava de chegar com a sua roupa nova, e Tchítchicov sentiu uma forte vontade de se ver enfarpelado no seu fraque novo cor de fumo-navarino-com-chama. Enfiou as calças, que o envolveram com perfeição por todos os lados, como num desenho, modelando-lhe as coxas com muita graça e também as panturrilhas; o pano aderia a todos os detalhes anatômicos, conferindo-lhes ainda maior elasticidade. Quando ele apertou a fivela nas costas, a barriga ficou dura como um tambor. Então Tchítchicov deu-lhe uma pancadinha com a escova e acrescentou: – À primeira vista pode parecer pouca coisa, mas no conjunto é uma verdadeira pintura. – O fraque parecia ainda mais bem-feito do que as calças: nem uma ruga ou reentrância na altura dos rins, mostrando toda a curva do dorso. À observação de Tchítchicov, de que estava um pouco apertado sob a axila direita, o alfaiate apenas sorriu: graças a isso, alegou, a cintura parecia ainda mais fina. – Fique tranqüilo, fique tranqüilo – repetia ele com indisfarçável orgulho –, a não ser em Petersburgo, em parte alguma o senhor conseguiria um talhe desse. – O alfaiate era natural de Petersburgo, e na sua placa mandara escrever: "Estrangeiro de Londres e Paris". Ele não gostava de brincar, e decidira tapar a boca dos outros alfaiates com duas capitais de peso, de tal modo que nenhum pudesse apresentar-se com cidades dessa importância, ficando reduzidos a se anunciarem como vindos de qualquer Karlsruhe ou Copenhague.

Tchítchicov pagou generosamente o alfaiate, e, a sós com o seu traje novo, começou a admirar-se no espelho, com vagar, como um artista: com senso estético e *con amore*[7]. Achou que tudo nele ficara melhor que dantes: as bochechas mais interessantes,

7. Em italiano, no texto: com amor. (N. da E.)

o queixo mais atraente, os colarinhos alvos davam destaque às faces, a gravata de cetim azul-celeste dava destaque aos colarinhos, as modernas pregas do peitilho davam destaque à gravata, o rico colete de veludo dava destaque ao peitilho, e o fraque cor de fumo-navarino-com-chama dava o tom ao conjunto. Virou-se para a direita – excelente! Para a esquerda – melhor ainda! A linha da cintura era digna de um mordomo ou de um cavalheiro que só se manifesta em francês e que, mesmo encolerizado, é incapaz de uma invectiva no idioma russo, mas que até distribui insultos em dialeto francês: uma finura dessa categoria!

Inclinando a cabeça um pouco de lado, ensaiou uma pose, como se estivesse dirigindo-se a uma senhora de meia-idade, com moderníssimos requintes de educação: o resultado era um verdadeiro quadro. Artista, lança mão do pincel e pinta! Entusiasmado, Tchítchicov executou um pequeno salto, espécie de *entrechat*. A cômoda estremeceu e o frasco de água-de-colônia estatelou-se no assoalho, o que não lhe causou a menor perturbação. Com toda a propriedade, chamou de imbecil o estúpido frasco e já ia começando a pensar: "A quem eu poderia ir visitar agora, em primeiro lugar? O melhor seria...", quando, de repente, ouviu-se no vestíbulo o inconfundível tilintar de botas e esporas, e surgiu um gendarme armado até os dentes, um batalhão inteiro na cara: – Ordens para o senhor se apresentar imediatamente perante o governador-geral!

Tchítchicov ficou gelado. Diante dele erguia-se um espantalho de bigodes, cauda de cavalo na cabeça, um talabarte no ombro direito, outro talabarte no ombro esquerdo, um enorme sabre pendurado na ilharga. Pareceu-lhe que da outra ilharga pendia um fuzil e sabe Deus o que mais: um batalhão inteiro num só homem! Tchítchicov fez menção de responder, mas o monstro rosnou, grosseiro: – A ordem é: já! – Pela porta do vestíbulo, Tchítchicov percebeu que lá se encontrava outro espantalho; espiou pela janela: uma viatura já estava à espera. Nada a fazer: assim como estava, de fraque cor de fumo-navarino-com-chama, Tchítchicov teve de entrar no coche e, tremendo dos pés à cabeça, dirigir-se à presença do governador-geral, escoltado pelos gendarmes.

Na ante-sala nem sequer deixaram que tomasse fôlego.

– Entre! O príncipe já está à sua espera – disse o funcionário de plantão.

Como num nevoeiro, passou pela ante-sala, onde postilhões recebiam pacotes, atravessou obnubilado um salão, só conseguindo pensar: "Agora agarram-me e despacham-me para a Sibéria, sem julgamento nem nada!" Seu coração palpitava mais forte que o do mais ciumento dos amantes. Finalmente, abriu-se a porta fatídica e o nosso herói encontrou-se num gabinete cheio de arquivos, armários e livros, frente a frente com o próprio príncipe, irado como a própria ira.

"Estou perdido, perdido!", pensou Tchítchicov. "Ele vai devorar-me como o lobo devorou o cordeiro!"

– Eu o poupei, permiti que permanecesse na cidade quando o seu lugar era na prisão, mas o senhor tornou a sujar-se com a mais infame das patifarias com que jamais homem algum se maculou! – E os lábios do príncipe tremiam de cólera.

– Que patifaria, Alteza, que infâmia? – perguntou Tchítchicov, trêmulo dos pés à cabeça.

– A mulher – articulou o príncipe, aproximando-se alguns passos e fitando Tchítchicov nos olhos –, a mulher que assinou o testamento ditado pelo senhor foi presa e será acareada com o senhor.

Tudo escureceu diante dos olhos de Tchítchicov.

– Alteza! Vou confessar-lhe toda a verdade. Sou culpado, é certo, culpado, mas não tão culpado assim: os meus inimigos me caluniaram!

– Ninguém pode caluniá-lo, porque o senhor está mais cheio de abominações do que seria capaz de inventar o mais requintado caluniador. Acredito que em toda a sua vida o senhor não fez um só negócio que não fosse desonesto. Todo e qualquer copeque ganho pelo senhor foi ganho desonestamente, é um roubo e uma patifaria, pelas quais o prêmio é o *knut*[8] e a Sibéria. Mas agora, basta! Neste mesmo instante tu serás levado ao calabouço, e lá, junto com os últimos facínoras e bandidos, ficarás à espera da decisão do teu destino. E isto ainda é muita leniência, porque tu és muitas vezes pior do que eles: eles são uns miseráveis andrajosos, ao passo que tu...

E, com um olhar para o fraque cor de fumo-navarino-com-chama, ele puxou o cordão e tocou a sineta.

– Alteza – exclamou Tchítchicov –, tenha misericórdia! O senhor é pai de família – não me poupe a mim, mas à minha velha mãe!

– Mentes! – exclamou, irado, o príncipe. – Dessa mesma forma tu me imploraste da outra vez em nome dos filhos e da família que nunca tiveste – e agora é em nome da mãe.

8. Chicote; no caso presente, açoite com que se puniam os criminosos. (N. da T.)

– Alteza! Eu sou um crápula, sou o último dos canalhas – disse Tchítchicov com voz de[9]... – É verdade que eu menti, eu não tinha filhos nem família; mas Deus é testemunha de que sempre desejei ter uma esposa, cumprir meu dever de homem e de cidadão, a fim de mais tarde merecer de fato o respeito dos meus concidadãos e das autoridades. Mas que desgraçada confluência de circunstâncias! A preço de sangue, Alteza, foi ao preço do meu próprio sangue que fui obrigado a conquistar o pão nosso de cada dia. A cada passo, armadilhas e tentações... inimigos, rivais e traidores... Toda a minha vida foi como uma terrível tempestade, ou como uma embarcação entre as vagas, joguete dos ventos. Eu... sou um ser humano, Alteza!

E de repente as lágrimas saltaram em torrentes dos seus olhos. Tchítchicov caiu aos pés do príncipe, assim, como estava: de fraque cor de fumo-navarino-com-chama, de colete de veludo, gravata de cetim, calças maravilhosamente talhadas e penteado que exalava odor de água-de-colônia de primeira qualidade, e bateu com a testa no assoalho.

– Sai da minha frente! Levem-no, soldados! – disse o príncipe aos que estavam entrando.

– Alteza! – gemia Tchítchicov, enroscando-se com ambos os braços na bota do príncipe.

Um estremecimento de asco percorreu todos os membros do governador-geral.

– Afasta-te de mim, estou dizendo! – disse ele, forcejando para libertar a perna do abraço de Tchítchicov.

– Alteza! Não me arredarei daqui enquanto não conseguir obter a sua graça – dizia Tchítchicov, sem soltar a bota, escorregando pelo assoalho arrastado pela perna do príncipe, no seu fraque cor de fumo-navarino-com-chama.

– Larga-me, estou dizendo! – dizia o príncipe, com aquela indefinível sensação de repulsa que uma pessoa sente perante um inseto asqueroso que não tem ânimo de esmagar com o pé. Por fim, sacudiu a perna com tanta força, que Tchítchicov sentiu o golpe da bota no nariz, nos lábios e no queixo arredondado, mas não soltou a bota; pelo contrário, abraçou-a com redobrado vigor. Dois gendarmes espadaúdos arrancaram-no à viva força e o arrastaram meio suspenso através de todos os aposentos. Tchítchicov estava lívido, esmagado, naquele estado de estupor medonho no qual se

9. Incompleto no manuscrito. (N. da T.)

encontra um homem que vê diante de si a morte negra e inexorável, esse espantalho terrível, contrário à nossa natureza...

Quando já estavam na porta, diante da escada, apareceu, vindo-lhes ao encontro, Murázov. Um raio de esperança tocou Tchítchicov. Num instante, com uma força descomunal, ele se libertou das mãos dos dois gendarmes e atirou-se aos pés do ancião estarrecido.

– Pável Ivánovitch, o que é isso?! O que foi que lhe aconteceu?

– Salve-me! Arrastam-me para a prisão e a morte!...

Os gendarmes agarraram-no e o levaram embora, sem deixar o velho ouvir o que ele dizia.

Um cubículo infecto e úmido, cheirando a botas e perneiras dos soldados da guarnição, uma mesa tosca, duas cadeiras cambaias, uma janela gradeada, uma vetusta estufa que soltava fumaça por todas as frestas, mas não dava calor – eis a morada na qual foi colocado o nosso herói, que estava apenas começando a entrar no gozo das delícias da vida e a chamar a atenção dos concidadãos com o seu fraque novo cor de fumo-navarino-com-chama. Nem ao menos permitiram que ele levasse consigo os objetos de uso indispensável, o bauzinho com o dinheiro, talvez suficiente para[10]... Os papéis, os contratos referentes às almas mortas, tudo agora estava nas mãos dos funcionários.

Tchítchicov desabou no chão e uma tristeza infinita enroscou-se no seu coração, qual verme voraz. Com crescente rapidez ela começou a roer-lhe esse coração tão desamparado. Mais um dia de tamanha tristeza e não haveria mais Tchítchicov na face da terra. Mas até sobre Tchítchicov velava um braço salvador. Uma hora depois, a porta da prisão se abriu e entrou o velho Murázov.

Se na garganta ressequida de um peregrino torturado por sede ardente, coberto de poeira da estrada, exausto e extenuado se vertesse um jorro de água da fonte, ele não ficaria tão refrescado, não reviveria tanto como reviveu o pobre Tchítchicov.

– Meu salvador! – disse Tchítchicov, e, agarrando-lhe a mão, beijou-a rapidamente e apertou-a contra o peito. Deus há de recompensá-lo por ter vindo visitar este desgraçado!

E prorrompeu em lágrimas.

O ancião fitou-o com um olhar de dolorosa compaixão e disse apenas: – Ah, Pável Ivánovitch, Pável Ivánovitch! O que foi o senhor fazer!

10. Incompleto no manuscrito. (N. da T.)

– Que quer que eu faça? Foi a ambição que me arruinou, a maldita! Perdi o senso da medida, não soube parar a tempo! Satanás, o maldito, tentou-me, arrastou-me além dos limites do juízo e da sensatez humana. Sou culpado, culpado! Mas uma coisa dessa, como é possível?! Um fidalgo, um fidalgo ser atirado à prisão assim, sem julgamento, sem investigação! Eu sou um fidalgo, Afanássi Vassílievitch! Como puderam nem ao menos dar-me tempo de ir a minha casa, cuidar das minhas coisas? Agora tudo ficou lá, sem guarda, sem nada! O bauzinho, Afanássi Vassílievitch, o meu bauzinho – todos os meus bens ficaram lá! Os bens que adquiri com o meu suor, o meu sangue, com anos de labor e privações... O bauzinho, Afanássi Vassílievitch! Vão roubar-me tudo, vai sumir tudo! Oh, meu Deus!

E, sem forças para conter a nova onda de tristeza que o sufocava, Tchítchicov rompeu em choro convulsivo, com soluços tão altos que sua voz atravessou a grossura das paredes e ressoou surdamente a distância; arrancou do pescoço a gravata de cetim e, agarrando a roupa junto ao colarinho, rasgou no corpo o fraque cor de fumo-navarino-com-chama.

– Ah, Pável Ivánovitch, como o senhor se deixou ofuscar por esses seus bens! Por causa deles o senhor nem percebeu sua terrível situação.

– Meu benfeitor, salve-me, salve-me! – bradou o pobre Pável Ivánovitch, desesperado, caindo aos pés do velho. – O príncipe o estima, ele fará tudo pelo senhor.

– Não, Pável Ivánovitch, não posso, por mais que o queira e deseje. O senhor caiu nas malhas da lei inexorável, e não sob o poder de qualquer indivíduo.

– Seduziu-me Satanás, o tentador, o carrasco do gênero humano!

Ele bateu com a cabeça na parede e deu um murro na mesa com tanta força que sua mão começou a sangrar; mas não sentiu dor nem na cabeça nem no punho ferido.

– Pável Ivánovitch, acalme-se; pense em como fazer as pazes com Deus, não com os homens; pense um pouco na sua pobre alma.

– Mas que destino o meu, Afanássi Vassílievitch! Será que existe um homem no mundo a quem tivesse cabido um destino como este? Pois se eu consegui cada copeque que ganhei na vida com uma paciência pode-se dizer que sangrenta, com pesado labor, não roubei ninguém, não dilapidei o Tesouro, como sói acontecer! E para que lutei pelo copeque? Para poder desfrutar tranqüilidade nos meus últimos anos de vida, para poder deixar alguma coisa aos filhos que eu pretendia gerar para o bem, para o serviço da pátria. Era para isso que eu queria adquirir bens! Prevariquei, confesso, prevariquei... que fazer? Mas só enveredei por estrada tortuosa quando percebi que pelo caminho reto não chegaria à meta, e que a senda esconsa é a mais direta. Mas eu trabalhei, esforcei-me. Se alguma coisa tirei de alguém, foi só dos ricos. Não como certos canalhas, que arrancam milhares de rublos do Tesouro por meios judiciários, que espoliam gente pobre, despojam do último copeque aquele que já não tinha nada! Que azar é este que me persegue, diga-me, quando toda vez em que apenas começo a alcançar os frutos dos meus esforços, toda vez em que por assim dizer já os estou tocando com a mão... irrompe uma tempestade, surge um recife, e a nave inteira se estilhaça? Eu já tinha quase trezentos mil de capital... Já tinha uma casa de três andares. Por duas vezes já comprei uma aldeia... Ai, Afanássi Vassílievitch! Por que tão cruel destino? Por que semelhantes golpes? Como se sem eles minha vida já não fosse como uma nau entre as ondas encapeladas! Onde está a justiça dos céus? Onde a recompensa da paciência, da indômita perseverança? Por três vezes recomecei tudo do marco zero; tendo perdido tudo, tudo recomeçava do nada, quando outro em meu lugar há muito já se teria entregue à embriaguez e apodrecido na sarjeta. Quanta coisa eu tive de vencer, quanta provação suportei! Cada copeque, por assim dizer, foi conquistado com o empenho de todas as forças da minha alma!... Para outros quiçá tudo foi fácil, mas para mim, como reza o ditado, cada copeque estava pregado com prego de aço, e esse copeque pregado com prego de aço, eu tive de arrancá-lo, Deus é testemunha, com esforço tão férreo e infatigável que...

Ele não terminou, e, soluçando alto na mágoa insuportável do seu coração, caiu sobre a cadeira e acabou de arrancar a aba já pendente do seu fraque, atirou-a longe e, enfiando ambas as mãos nos cabelos, cuja estabilidade tanto o preocupava antes, pôs-se a puxá-los impiedosamente, deleitando-se com a dor, com a qual tentava abafar a outra, a insuportável dor que lhe queimava a alma.

Por muito tempo Murázov permaneceu sentado diante dele, presenciando aquela explosão de extraordinário sofrimento que via pela primeira vez, enquanto o infortunado ente humano, que ainda havia pouco adejava por toda parte com a desenvolta leveza de um homem mundano ou militar, agitava-se agora, encarniçado, descabelado e indecoroso, de calças desabotoadas e um punho

ensangüentado, derramando fel sobre as forças adversas, inimigas do homem.

– Ah, Pável Ivánovitch, Pável Ivánovitch! Eu só estou imaginando que homem o senhor teria chegado a ser, se empregasse toda essa energia, perseverança e obstinação em trabalho honesto, com um alvo melhor na vida! Deus do céu, quanto bem o senhor poderia ter feito! Se ao menos alguns daqueles homens que amam o bem envidassem para consegui-lo tanto esforço quanto o senhor empregou na conquista do seu copeque, e soubessem sacrificar pela boa causa tanto o amor-próprio como a própria ambição, sem se pouparem, como o senhor não se poupou na caça ao seu copeque – meu Deus do céu, como iria florir a nossa terra! Pável Ivánovitch, Pável Ivánovitch! O mais doloroso não é que o senhor seja culpado perante os outros, mas sim que o senhor seja culpado perante si mesmo, perante a riqueza de dons e de forças que lhe coube neste mundo. O seu destino era ter sido um grande homem, mas o senhor se rebaixou e se destruiu com suas próprias mãos.

Existem segredos da alma. Por muito que um homem se tenha desviado da senda da retidão, por mais empedernido que esteja o criminoso, por mais irreversível que seja o caminho da sua vida transviada, quando seu próprio exemplo é usado como reproche, quando lhe atiram no rosto suas próprias virtudes, por ele mesmo maculadas, ele fica perturbado malgrado seu e tudo nele sofre um abalo.

– Afanássi Vassílievitch! – disse o pobre Tchítchicov, agarrando-lhe ambas as mãos. – Oh, se eu conseguisse ficar livre, recuperar meus bens! Juro-lhe que daqui em diante eu levaria uma vida completamente diferente! Salve-me, meu benfeitor, salve-me!

– Mas o que é que eu posso fazer? Tenho de lutar contra a lei. Suponhamos por hipótese que eu me decidisse a tentá-lo: mas é preciso não esquecer que o príncipe é um homem justo: ele não cederá de maneira alguma.

– Meu benfeitor! O senhor pode qualquer coisa. Não é a lei que me apavora – perante a lei eu saberei achar recursos. O que me apavora é ter sido atirado à prisão sem culpa formada, é pensar que arrebentarei aqui como um cão e que todas as minhas propriedades, os papéis, o bauzinho... Salve-me!

E ele abraçou as pernas do velho, banhando-as em lágrimas.

– Ali, Pável Ivánovitch, Pável Ivánovitch! – repetia o velho Murázov, balançando a cabeça. – Como essas suas propriedades o cegaram! Por causa delas o senhor se esquece da sua própria e pobre alma.

– Cuidarei da alma também, mas salve-me!

– Pável Ivánovitch – disse o velho Murázov, e parou. – Salvá-lo não está nas minhas forças, o senhor mesmo pode ver isso. Mas envidarei todos os esforços possíveis para aliviar a sua sorte e para libertá-lo. Não sei se o conseguirei, mas vou tentar. Se, porém, contra todas as expectativas, eu o conseguir, Pável Ivánovitch, então eu lhe pedirei uma recompensa pelos meus serviços: abandone essa ganância de aquisição de bens. Dou-lhe a minha palavra de honra de que, se eu perdesse tudo o que possuo – e as minhas posses são bem maiores do que as suas –, não o lamentaria nem um pouco. Afianço-lhe que o importante não são essas propriedades, que podem ser-me confiscadas, mas aquilo que ninguém me pode tomar ou roubar. O senhor já tem vivido bastante. O senhor mesmo chama sua vida de nau entre as ondas encapeladas. O senhor já tem com que viver o resto dos seus dias: trate de estabelecer-se num recanto tranqüilo, perto de uma igreja e de gente simples e boa; ou então, se tem tanta vontade de deixar descendentes, case-se com uma moça boa e que não seja rica, acostumada à moderação e vida doméstica simples. Esqueça este mundo ruidoso com todas as suas atrações tentadoras, e deixe que ele por sua vez o esqueça: nele não existe paz. O senhor mesmo está vendo: tudo nele é inimigo, tentador e traidor.

– Certamente, certamente! Eu já queria, eu já tinha a intenção de começar uma vida como se deve, pensei em cuidar da minha casa, em levar uma existência moderada. Foi o Demônio tentador que me tirou do caminho, que me desviou da rota, Satanás, Diabo, emanação do inferno!

Sentimentos estranhos, até então desconhecidos e inexplicáveis, emergiram nele, como se alguma coisa quisesse despertar no seu imo, uma coisa distante, havia muito sufocada, abafada na infância pela educação austera e taciturna, a meninice árida e sem alegria, a casa paterna deserta, a solidão sem companhia familiar, a pobreza e indigência das primeiras impressões. Era como se tudo aquilo que nele fora inibido pelo olhar severo do destino, que o fitara como que através de uma janela baça, obscurecida pelas nevascas de inverno, quisesse agora fugir para a liberdade. De seus lábios escapou um gemido e, cobrindo o rosto com ambas as mãos, ele articulou com voz aflita:

– É verdade, é verdade!

– Nem o conhecimento dos homens nem a experiência puderam ajudá-lo nessas ilegalidades. E, no entanto, se com tudo isso trabalhasse com bases legais!... Ai, Pável Ivánovitch, para que foi arruinar-se assim? Desperte! Ainda não é, tarde, ainda há tempo.

– Não, é tarde, é tarde! – gemeu ele com uma voz que quase partiu o coração de Murázov. – Começo a sentir, percebo que está tudo errado, tudo errado, que já me desviei demais do caminho reto, mas nada mais posso fazer! Não, não foi assim que fui educado. Meu pai me repetia lições de moral, batia-me, obrigava-me a copiar regras de boa conduta, mas ele próprio roubava madeira dos vizinhos e ainda me fazia ajudá-lo. Começou uma pendência injusta diante de mim. Perverteu uma pobre órfã de quem era tutor. O exemplo é mais forte que as regras. Eu vejo, eu sinto, Afanássi Vassílievitch, que a minha vida não é o que deveria ser, mas não sinto muita repugnância diante do vício: minha natureza se rebaixou, não tenho amor ao bem, essa bela inclinação para as boas obras que se transforma em hábito, em segunda natureza. Não tenho esse impulso para me esforçar pela prática do bem como o tenho para a aquisição de bens. Estou dizendo a verdade – que é que eu posso fazer?

O ancião soltou um suspiro profundo.

– Pável Ivánovitch, o senhor tem tanta força de vontade quanto paciência. O remédio é amargo, mas o doente o toma porque sabe que sem ele não ficará são. Se não tem amor ao bem, pratique o bem à força, sem amá-lo. Isso lhe será levado mais em conta do que o bem que é feito por aquele que o faz por amor. Obrigue-se algumas vezes apenas – o amor virá depois. Creia-me, tudo se faz[11]... "O Reino vem à força", foi-nos dito. É somente à força que se chega a ele... é preciso forçar a passagem, conquistá-lo pela força. Eh, Pável Ivánovitch, veja bem, o senhor possui essa força que outros não têm, essa férrea obstinação: quem, a não ser o senhor, pode vencer aqui? A mim me parece que o senhor, se quisesse, seria um verdadeiro herói. Os homens de hoje são todos fracos, desprovidos de vontade.

Via-se que essas palavras calaram fundo na alma de Tchítchicov e tocaram algo de orgulhoso no seu íntimo. Se não uma decisão, alguma coisa forte e parecida com ela brilhou nos seus olhos.

– Afanássi Vassílievitch – disse ele com firmeza –, se o senhor conseguir obter minha libertação e os meios para eu partir daqui com alguma coisa de meu, dou-lhe minha palavra de que começarei vida nova: comprarei uma aldeola, passarei a administrá-la eu mesmo, pouparei dinheiro, não para mim, mas para poder ajudar o próximo, farei o bem na medida das minhas forças; esquecerei a mim mesmo e todos os festins e banquetes da cidade, levarei uma vida simples e sóbria.

– E que Deus lhe dê forças para cumprir essa resolução! – disse o velho, reanimado. – Vou empenhar-me com todas as forças, suplicarei ao príncipe que lhe conceda a liberdade. Se o conseguirei ou não, só Deus sabe. De qualquer maneira, sua sorte provavelmente ficará atenuada. Ah, meu Deus! Dê-me um abraço, permita que eu o abrace! Que alegria o senhor acaba de dar-me, deveras! Bem, adeus, vou já procurar o príncipe.

Tchítchicov ficou só.

Toda a sua natureza ficou abalada e amolecida. Até a platina se derrete, o mais duro dos metais, o que por mais tempo resiste ao fogo: quando aumentam as chamas no cadinho, sopram os foles e o calor intenso se torna insuportável, o obstinado metal vai branqueando e por fim também se liquefaz. Assim o mais forte dos varões também acaba cedendo no cadinho das desgraças, quando, crescendo em força, elas queimam a natureza enrijecida com o seu fogo insuportável.

11. Incompleto no manuscrito. (N. da T.)

"Eu mesmo não o sei e não o sinto, mas usarei todas as minhas forças para fazer sentir aos outros; eu mesmo não presto e não sei fazer nada, mas empregarei todas as forças para induzir os outros à ação; eu mesmo sou um mau cristão, mas envidarei todos os esforços para não ceder à tentação. Trabalharei, labutarei na aldeia com o suor do meu rosto, e esforçar-me-ei honestamente, a fim de exercer boa influência sobre os outros. Afinal de contas, não sou um imprestável completo. Tenho dons de administrador, sou capaz de ser econômico, expedito e sensato, e até mesmo perseverante. É preciso apenas tomar a decisão."

Assim pensava Tchítchicov, parecendo até começar a sentir um certo quê com as faculdades semidespertas da sua alma. Parecia que, no fundo da sua consciência, uma espécie de instinto obscuro começava a perceber que existe um dever que o homem é destinado a cumprir na terra, um dever que pode ser cumprido em toda parte, em qualquer lugar, apesar de todas as dificuldades, confusões e perturbações que assolam o ser humano. E uma vida laboriosa, distante do bulício das cidades e de todas as tentações que, olvidando-se do trabalho, o homem inventou por excesso de ócio, delineou-se na sua mente com tanta força que ele quase esqueceu todo o desconforto da sua situação, e já estava disposto a quem sabe até agradecer à Providência por esta penosa lição, se ao menos fosse solto e lhe devolvessem uma parte que fosse da... Mas aí a porta da cela infecta se abriu de novo e entrou um representante do funcionalismo: Samosvístov, um rapagão espadaúdo, de pernas fortes, *bon vivant*[12], grande camarada, valentão e fanfarrão dos quatro costados, como diziam dele os seus próprios companheiros. Em tempo de guerra este homem faria maravilhas: era um tipo para ser mandado a lugares inacessíveis e perigosos, para surripiar o canhão debaixo do nariz do inimigo – essa espécie de serviço. Mas, à falta de uma carreira militar que talvez fizesse dele um homem de honra, ele gastava todas as suas energias em malandragens. Coisa incompreensível, ele tinha regras e convicções estranhas: era ótimo para os amigos, nunca traíra nenhum deles, e, quando empenhava a palavra, cumpria o prometido. Mas a autoridade de hierarquia superior era para ele algo de semelhante a uma bateria inimiga que precisa ser furada, aproveitando qualquer ponto fraco, distração ou brecha.

12. Em francês, no texto: boa-vida, pessoa alegre, que ama sobretudo os prazeres. (N. da E.)

– Já sabemos tudo a seu respeito, estamos a par da situação, ouvimos tudo – disse ele, depois de constatar que a porta estava bem fechada. – Não há de ser nada! Não desanime, tudo se arranjará. Todos nós trabalharemos pelo senhor e estamos aqui às suas ordens. Trinta mil rublos para todos, e nada mais.

– Deveras?! – exclamou Tchítchicov. – E eu ficarei inteiramente inocentado?

– Redondamente! E ainda receberá indenização por perdas e danos.

– E pelo seu trabalho?

– Trinta mil rublos. Aqui já está tudo incluído: o que é para os nossos, para os do governador-geral e para o secretário.

– Mas, um momento – como poderei pagar-lhes? Tudo o que é meu, o baú, tudo está lacrado e debaixo de guarda.

– O senhor receberá tudo dentro de uma hora. Negócio fechado?

Tchítchicov apertou-lhe a mão para selar o trato. Seu coração palpitava, ele não conseguia crer que isso fosse possível.

– Por hora, até a vista! O nosso amigo comum encarregou-me de dizer-lhe que o principal é conservar a calma e a presença de espírito.

"Hum!", pensou Tchítchicov. "Compreendo: o jurisconsulto!"

Samosvístov sumiu. Tchítchicov, sozinho, ainda não acreditava nas suas palavras. Mas, menos de uma hora depois daquela conversa, trouxeram-lhe o bauzinho: papéis, dinheiro, tudo na mais perfeita ordem. Samosvístov se apresentara na hospedaria como autoridade: descompôs os guardas de serviço por negligência no cargo, exigiu soldados extranumerários para reforço da guarda, e não só confiscou o baú como também recolheu quaisquer outros documentos que poderiam de alguma forma comprometer Tchítchicov, amarrou tudo, lacrou e mandou a própria sentinela levar tudo imediatamente ao próprio Tchítchicov, como sendo os indispensáveis objetos de uso e de toucador, de modo que este recebeu, junto com a papelada, toda a roupa e os agasalhos necessários para cobrir o seu corpo de pecador.

A rapidez dessa operação alegrou-o imensamente. Tchítchicov criou alma nova e já começou a sonhar de novo com toda sorte de tentações: o teatro à noite, uma dançarina que ele estava cortejando. A aldeia e a tranqüilidade começaram a recuar e a empalidecer, a cidade e o bulício, a ressurgir mais brilhantes e atraentes. Oh, vida!

Nesse ínterim, nos tribunais e nas câmaras entabulava-se uma causa de proporções nunca vistas. Rangiam as penas dos escrivães, e, cheirando rapé, funcionavam as cabeças dos causídicos, deliciando-se como artistas com as intrincadas linhas caligráficas. O jurisconsulto, qual mago invisível, movia às ocultas todo o mecanismo, enredando a todos sem exceção, antes que alguém tivesse tempo de perceber o que quer que fosse. A confusão aumentou. Samosvístov superou-se em audácia e descaramento inauditos. Tendo descoberto onde se encontrava presa e guardada a mulher detida, apresentou-se diretamente no local e entrou com tamanho garbo e autoridade, que a sentinela bateu continência e se aprumou em posição de sentido.

– Faz tempo que estás aqui de guarda?

– Desde a manhã, Excelência.

– Falta muito para a rendição?

– Três horas, Excelência.

– Vou precisar dos teus serviços. Darei ordem ao oficial para que ponha outro em teu lugar.

– Sim, Excelência.

E, voltando para casa, para não envolver ninguém e apagar quaisquer pegadas, disfarçou-se ele mesmo em gendarme e reapareceu de bigodes e suíças, tão diferente que nem o Diabo o reconheceria. Apareceu na casa onde morava Tchítchicov, prendeu a primeira mulher do povo que lhe passou pela frente, entregou-a a dois colegas funcionários, rapagões da sua própria laia, e apresentou-se em pessoa, de fuzil e bigode, como é de praxe, diante da sentinela:

– Podes ir embora, o comandante me mandou terminar o quarto de guarda em teu lugar, até a rendição.

E plantou-se no lugar do outro, fuzil ao ombro.

Era só o que estava faltando. Nesse ínterim, no lugar da primeira mulher detida apareceu outra, que não sabia de nada nem entendia coisa alguma. A primeira foi escamoteada e tão bem escondida, que nem mais tarde ficaram sabendo onde ela fora parar.

Enquanto Samosvístov representava o papel de guerreiro, o jurisconsulto operava milagres no campo de batalha civil: fez chegar ao governador-geral a notícia confidencial de que o procurador estava escrevendo uma denúncia contra ele; ao funcionário-chefe dos gendarmes, deu a entender que o funcionário incógnito residente estava preparando denúncias contra ele; convenceu o funcionário incógnito residente de que na cidade residia outro funcionário ainda mais incógnito, que estava aprontando uma denúncia contra ele – e levou todos a um estado tal, que cada um deles teve de procurá-lo para pedir-lhe conselho.

A confusão generalizou-se: uma denúncia saiu montada sobre outra, e começaram a revelar-se coisas nunca vistas debaixo do sol, e até coisas que nunca existiram. Tudo entrou em movimento e circulação: quem era filho natural, e de que classe e categoria era a amante de um, e quem está namorando a esposa de outro. Escândalos, seduções e tudo misturou-se e confundiu-se de tal maneira com o caso das almas mortas de Tchítchicov, que não era mais possível entender qual desses casos constituía a trapalhada maior: ambos pareciam ter a mesma importância.

Quando finalmente a papelada começou a chegar às mãos do governador-geral, o pobre príncipe não conseguiu entender nada. Um funcionário assaz inteligente e expedito, que fora encarregado de elaborar um resumo, quase enlouqueceu: não havia meios nem modos de agarrar a ponta do fio da história. Nessa época, o príncipe estava assoberbado por uma infinidade de outros problemas, cada qual mais espinhoso que o outro. Numa parte da província surgiu o flagelo da fome. Os funcionários enviados para distribuir trigo não agiram, ao que parece, conforme lhes competia. Em outra parte da província começou uma agitação religiosa: entre os crentes correra o boato de que surgira um anticristo que nem os defuntos deixava em paz, e estava comprando umas almas mortas. Arrependiam-se e pecavam, e, sob o pretexto de apanhar o anticristo, aproveitavam para eliminar não-anticristos. Em outra parte, ainda, os camponeses se amotinaram contra os proprietários e os chefes de polícia. Uns vagabundos itinerantes soltaram entre eles o boato de que chegara o tempo de os mujiques virarem proprietários e enfarpelarem-se em fraques, e os proprietários, de envergarem roupas camponesas e tornarem-se mujiques – e então uma região inteira, sem pensar que dessa maneira haveria um número excessivo de proprietários e chefes de polícia, recusou-se a pagar quaisquer tributos. Foi preciso recorrer à coação violenta. O pobre príncipe estava no pior dos estados de ânimo, quando lhe anunciaram a visita do arrendatário.

– Que entre – disse o príncipe.

O velho Murázov entrou.

– Aqui tem o seu Tchítchicov! O senhor se pôs do lado dele e o defendeu; e agora ele foi apanhado num negócio em que nem o último dos larápios se atreveria a meter-se.

– Permita que lhe diga, Alteza, que eu não entendo muito bem que negócio foi esse.

– Falsificação de testamento – e de que espécie!... É caso para pena de açoite em praça pública.

– Alteza, não tenho a intenção de defender Tchítchicov, mas quero observar que esse caso ainda não está comprovado. Não foi feita investigação alguma.

– Existe a prova testemunhal: a mulher que foi usada para substituir a falecida foi apanhada. Quero de propósito interrogá-la na sua presença.

E o príncipe tocou a sineta e mandou trazer a mulher. Murázov permaneceu em silêncio.

– Um caso desonrosíssimo! E, para maior vergonha, nele estão envolvidos os mais altos funcionários da cidade, e o próprio governador. Ele não tinha nada que se meter com ladrões e vagabundos! – disse o príncipe com calor.

– Mas acontece que o governador é herdeiro, tem direito a pretensões legítimas. Agora, que outros tenham acorrido de todos os lados, isso, Alteza, é humano. Morreu uma ricaça sem deixar disposições sensatas e justas: então surgiram de todos os quadrantes pretendentes às sobras do espólio: é coisa humana...

– Mas para que fazer patifarias? Canalhas! – disse o príncipe, com indignação. – Não tenho um único funcionário decente, são todos uns patifes!

– Alteza, afinal de contas, qual de nós é inteiramente bom? Todos os funcionários da nossa cidade são humanos, têm suas virtudes, e muitos conhecem bem o seu ofício – mas ninguém está livre do pecado.

– Escute, Afanássi Vassílievitch, eu o conheço como o único homem honesto aqui; diga-me: que estranha paixão é essa sua de defender todo e qualquer canalha?

– Alteza, quem quer que seja o homem que o senhor chama de canalha, ele não deixa de ser um homem. Como não defender um ser humano, quando se sabe que metade dos males que ele faz é por grosseria e ignorância? Nós também cometemos injustiças a cada passo, mesmo sem más intenções, e a cada momento somos a causa da desgraça alheia. Vossa Alteza também cometeu uma grande injustiça.

– Como! – exclamou estupefato o príncipe, completamente assombrado pelo fato de a conversa ter tomado tão inesperado rumo.

Murázov parou, fez uma pausa, como que procurando coordenar as idéias, e finalmente disse:

– Por exemplo, tomemos o caso de Derpênnikov[13].

– Afanássi Vassílievitch! O crime contra a lei básica do Estado é equivalente ao de traição à pátria!

– Não procuro justificá-lo. Mas será justo condenar um jovem, que, por causa da sua inexperiência, foi seduzido e envolvido por outros, à mesma pena que receberam os instigadores? Porque a mesma sorte atingiu Derpênnikov e um desclassificado como Voronov. E, no entanto, seus crimes não são idênticos.

– Pelo amor de Deus! – disse o príncipe, visivelmente emocionado. – O senhor sabe alguma coisa sobre aquele caso? Conte-me. Ainda há pouco eu escrevi diretamente para Petersburgo solicitando a redução da sua pena.

– Não, Alteza, não me refiro a nada que eu saiba e não seja do seu conhecimento. Se bem que, realmente, exista uma circunstância que poderia servir para ajudá-lo; mas ele mesmo não concordará em alegá-la, porque isso iria prejudicar a um terceiro. Eu só estava pensando se o senhor não se teria precipitado demais naquela ocasião. Perdoe-me, Alteza, mas eu julgo com as minhas próprias e fracas luzes, e o senhor por mais de uma vez mandou que eu falasse com franqueza. Quando eu ainda era chefe, tive sob as minhas ordens muitos auxiliares de todas as categorias, tanto bons como maus. É preciso tomar em consideração a vida pregressa do indivíduo, porque, se não se examinar tudo com muita calma, se se gritar com ele logo da primeira vez, só se conseguirá intimidá-lo, e não se conseguirá dele uma confissão verdadeira. Mas, se se fizer um interrogatório compreensivo, como de irmão para irmão, então ele revelará tudo de moto próprio e nem sequer pedirá indulgência, e não haverá revolta contra ninguém, porque o próprio homem verá que não é outro homem que o pune, mas sim a lei.

O príncipe ficou pensativo. Nisso entrou um jovem funcionário de pasta na mão e parou em atitude respeitosa diante dele. Preocupação e esforço desenhavam-se no seu rosto moço e ainda viçoso. Via-se que não era por acaso que ele servia em missões especiais. Era um daqueles poucos que exerciam suas funções *con amore*. Não ardendo de ambição de lucros materiais nem de honrarias, nem interessado em imitar outros, ele trabalhava simplesmente porque estava convencido de que esse era o seu lugar, que era ali que ele devia ficar e não em outra parte, e que era para isso que lhe fora dada a vida. Investigar, destrinçar por partes e, apanhando as

13. Antes: Tentiêtnikov. (N. da T.)

pontas de todos os fios de uma causa complexa, deslindá-la e esclarecê-la – este era o seu ofício. E os labores, os esforços, as noites insones eram-lhe amplamente recompensados quando finalmente o caso começava a se esclarecer diante dele, os motivos ocultos começavam a se revelar, e ele sentia que já podia transmitir tudo em poucas palavras, com clareza e precisão, de modo que qualquer um o poderia compreender. Pode-se dizer que um estudante, quando conseguia deslindar o significado de alguma frase complicadíssima e diante dele se revelava o verdadeiro sentido do pensamento de um grande escritor, não ficava tão feliz como ele, quando diante dele se desenredava uma causa enredadíssima. Em compensação[14]...

....

–...[15]de trigo, lá onde há fome – esta parte eu conheço melhor do que os funcionários; irei pessoalmente ver quem e de que necessita. E, se Vossa Alteza permitir, irei falar também com os crentes. Essa gente se abre com mais facilidade com pessoas simples, da nossa categoria. Assim, quem sabe, conseguirei acertar as coisas com eles, de maneira pacífica. Mas os funcionários não conseguiriam nada com eles: começariam a trocar correspondência, papelada, e eles já estão tão enredados nos seus papéis que, por trás dos papéis, nem enxergam mais as causas. E não lhe pedirei dinheiro algum por isso, porque palavra que tenho vergonha de pensar em proveito próprio num momento como este, quando há gente morrendo de fome. Tenho trigo já pronto, armazenado de reserva; ainda agora fiz uma remessa para a Sibéria, e no próximo verão mandarei mais.

– Só Deus pode recompensá-lo por tais obras, Afanássi Vassílievitch. Quanto a mim, não lhe direi uma só palavra, porque o senhor mesmo pode percebê-lo: aqui as palavras são impotentes... Mas permita que lhe pergunte uma coisa a respeito daquele pedido. Diga o senhor mesmo: será que eu tenho o direito de deixar passar aquele caso, e será que é justo, será que é honesto da minha parte perdoar àqueles patifes?

– Alteza, palavra que não se pode classificá-los assim, tanto mais que entre eles há muitos homens bastante dignos. Um homem às vezes se vê em situações embaraçosas, muito embaraçosas.

14. Aqui falta uma parte do manuscrito. (N. da T.)

15. O texto começa em nova página; falta o começo da frase no manuscrito. (N. da T.)

Acontece que, na aparência, o homem é redondamente culpado, mas, quando se examina o caso de perto, às vezes nem era dele que se tratava.

– Mas o que será que eles mesmos dirão, se eu me omitir? O senhor bem sabe que alguns deles depois disso empinarão o nariz ainda mais e até dirão que me meteram medo. Serão os primeiros a me desrespeitar...

– Alteza, permita que lhe dê a minha opinião: reúna-os todos, faça-os ver que está a par de tudo e apresente-lhes a sua situação da mesma maneira como acaba de mostrá-la a mim; e peça-lhes o seu conselho: o que cada um deles faria se estivesse em seu lugar?

– E o senhor imagina realmente que eles serão capazes de algo mais nobre do que o impulso de chicanear e de se locupletar? Creia-me, eles zombarão de mim.

– Não creio, Alteza. Um homem russo, mesmo aquele que é pior que os outros, tem o sentimento de justiça... Só se for algum judeu, não um russo. Não, Vossa Alteza não tem motivo para ocultar o que quer que seja. Fale com eles como falou comigo. Pois eles não o criticam, apontando-o como homem arrogante, orgulhoso, certo de si, que não quer ouvir nada? Então, que vejam tudo tal qual é. Que lhe importa? A justiça está do seu lado. Fale com eles, não como se estivesse diante deles, mas diante do próprio Deus, fazendo sua confissão.

– Afanássi Vassílievitch – disse o príncipe, pensativo –, meditarei sobre isso, e, por ora, agradeço-lhe muito o seu conselho.

– E quanto a Tchítchicov, Alteza – ordene que seja solto.

– Diga a esse Tchítchicov que ele se remova daqui o mais depressa possível, e para quanto mais longe, melhor. A esse é que eu jamais teria perdoado.

Murázov despediu-se e foi diretamente falar com Tchítchicov. Encontrou Tchítchicov já bem-disposto, mui calmamente ocupado em consumir um almoço bastante aceitável, que lhe foi trazido em louça de faiança de uma cozinha assaz decente.

Pelas primeiras frases da conversa, o velho percebeu logo que Tchítchicov já tivera tempo de trocar idéias com alguns dos funcionários-causídicos. Ele até compreendeu que aqui já se infiltrara a invisível participação do onisciente jurisconsulto.

– Escute-me, Pável Ivánovitch. Eu lhe trouxe a liberdade, sob a condição de que deixe a cidade imediatamente. Junte pois os seus pertences e vá com Deus, sem adiar a partida nem por um minuto, porque o caso é ainda pior do que pensa. Eu sei que aqui há uma certa pessoa que lhe está pondo idéias na cabeça; e por isso eu lhe declaro em segredo que está para estourar mais um caso, e este de tal envergadura que força alguma poderá salvá-lo. Ele, claro, está muito disposto a arruinar os outros, para não ficar sozinho, e de caso pensado. Eu deixei o senhor numa disposição excelente – melhor que a de agora. Afianço-lhe que o que menos importa são os bens por causa dos quais os homens se dilaceram mutuamente, como se se pudesse criar o bem-estar nesta vida, sem pensar na outra vida. Creia-me, Pável Ivánovitch: enquanto não abandonarem tudo aquilo por que se entredevoram e se exterminam na terra, e não pensarem no bem-estar espiritual, não conseguirão o bem-estar terreno. Chegarão os tempos de fome e penúria, tanto para o povo em geral, como para cada um em particular... Isto está claro... Diga o que quiser, mas o corpo depende da alma. Como quer que tudo caminhe como deve? Pense não nas almas mortas, mas na sua própria alma viva, e siga com Deus por outro caminho! Eu também vou partir amanhã. Apresse-se, porque senão, sem mim, estará em apuros.

E, dizendo isso, o velho saiu. Tchítchicov ficou pensativo. O sentido da vida novamente pareceu-lhe importante.

“Murázov tem razão!”, disse ele. “É tempo de encetar outro caminho!”

E, dizendo isso, saiu da prisão. Uma sentinela carregou o baú atrás dele; outra, a sua mala com as roupas. Selifan e Petruchka ficaram fora de si de alegria pela libertação do amo.

– Bem, meus caros – disse Tchítchicov, dirigindo-se a eles amavelmente –, está na hora de fazer as malas e partir.

– Vamos rodar, Pável Ivánovitch – disse Selifan. – A estrada já deve estar firme: caiu bastante neve. E já é mesmo tempo de sairmos desta cidade. Estou tão farto dela que nem quero vê-la mais.

– Vai ao carpinteiro, para que ele ponha a sege sobre patins – disse Tchítchicov, e dirigiu-se para a cidade; mas não quis fazer visitas de despedida a ninguém. Depois de todos aqueles acontecimentos, ficava sem jeito, tanto mais que na cidade corria toda sorte de boatos dos mais desagradáveis a seu respeito. Evitou todo e qualquer encontro e apenas entrou sorrateiramente na loja daquele comerciante que lhe vendera a lã cor de fumo-navarino-com-chama, adquiriu mais quatro jardas para um fraque e um par de calças, e foi procurar o mesmo alfaiate. Por um preço dobrado, o mestre concordou em redobrar o zelo, e pôs toda a população de oficiais de costura da cidade a trabalhar a noite inteira à luz de velas, com agulhas, ferros e dentes, e o fraque ficou pronto no dia seguinte, embora um pouco tarde. Os cavalos já estavam atrelados, mas nem por isso Tchítchicov deixou de experimentar o fraque. Estava perfeito, como o primeiro. Mas, ai! ele percebeu que algo de branco e liso transparecia na sua cabeça, e murmurou com tristeza: "Para que fui entregar-me de tal forma ao desespero? E, certamente, não precisava ter arrancado os cabelos".

Pagou o alfaiate e finalmente deixou a cidade, num estado de espírito um tanto estranho. Já não era o Tchítchicov de antes. Era uma ruína do antigo Tchítchicov. Poder-se-ia comparar sua situação interior com um prédio demolido, que fora demolido com o fim de se construir outro com o mesmo material; mas o prédio novo ainda não fora iniciado, porque o arquiteto não entregara o plano da construção, e os operários estavam perplexos, sem saber o que fazer.

Uma hora antes de Tchítchicov, partira o velho Murázov na sua pequena carruagem de capota de vime, junto com Potápitch, e uma hora depois da partida de Tchítchicov saiu uma ordem do príncipe, convocando todos os funcionários, sem exceção, a sua presença, por motivo de sua iminente partida para Petersburgo.

No grande salão da casa do governador-geral reuniu-se toda a população de funcionários públicos da cidade, começando pelo governador e chegando até o conselheiro titular: chefes de escritório e dos assuntos internos, conselheiros, assessores, Kisloiédov, Krasnonóssov, Samosvístov; comedores de propinas e não-comedores, corruptos, semicorruptos e incorruptíveis – todos aguardavam, não sem emoção e intranqüilidade, o aparecimento do governador-geral.

O príncipe entrou, nem sereno, nem taciturno. Seu olhar era firme, assim como o seu passo. Todos os funcionários curvaram-se em saudação, muitos da cintura para baixo. Respondendo com uma leve inclinação de cabeça, o príncipe começou:

– De partida para Petersburgo, considerei correto avistar-me com os senhores e até explicar-lhes parcialmente as minhas razões. Aqui na cidade entabulou-se um negócio sumamente tentador. Suponho que muitos dos presentes sabem a que negócio me refiro. Esse negócio acarretou negócios outros, não menos desonestos, nos quais envolveram-se, por fim, inclusive pessoas que até agora eu considerava honradas. É também do meu conhecimento o plano secreto de confundir tudo de tal sorte que se torne totalmente impossível deslindar o assunto por meios legais e formais. Sei até quem é a mola mestra e de quem sigilosamente[16]... muito embora ele tenha ocultado sua participação com grande habilidade. Acontece, porém, que eu decidi investigar este caso não por meio dos trâmites formais da justiça ordinária, mas por meio de um rápido tribunal militar, como em tempo de guerra, e espero que o monarca me concederá esse direito, quando eu lhe tiver exposto este caso todo. Em casos como este, quando não há possibilidade de proceder pelos meios civis ordinários, quando arquivos com documentos pegam fogo, e quando se tenta, finalmente, por meio de denúncias falsas e testemunhos forjados, obscurecer um caso já de per si bastante obscuro – é minha opinião que um julgamento militar é o único recurso que sobra, e desejo agora ouvir a opinião dos senhores.

O príncipe fez uma pausa, como se esperasse uma resposta. Todos permaneciam em silêncio, de olhos fitos no chão. Muitos estavam pálidos.

– Tenho conhecimento também de certo outro negócio, embora os seus realizadores estejam persuadidos de que ele não pode ter chegado ao conhecimento de ninguém. A instrução deste caso já não será feita por meio de documentação pelas vias comuns, porque aqui eu mesmo serei testemunha e demandante, e apresentarei as provas materiais.

Entre os funcionários reunidos, alguém estremeceu; alguns dos mais timoratos também ficaram perturbados.

– É óbvio e evidente que os principais implicados serão punidos com a perda do cargo e o confisco dos bens; os outros serão sumariamente demitidos. Naturalmente, entre os culpados sofrerão também muitos inocentes. Mas que posso fazer? O assunto é escandaloso demais e clama por justiça. Embora eu saiba que isto nem sequer servirá de lição aos outros, porque no lugar dos expulsos aparecerão funcionários novos, e aqueles mesmos que até então eram homens honestos tornar-se-ão desonestos, e aqueles que forem investidos de cargos de confiança trairão esta confiança e prevaricarão – apesar de tudo isso, terei de agir impiedosamente, por causa do clamor da Justiça. Sei que serei acusado de rigor excessivo e crueldade, mas sei também que aqueles que[17]... – Agora eu sou obrigado a me transformar num simples instrumento de justiça desprovido de sentimentos, num machado que deverá cair sobre as cabeças dos culpados.

16. Incompleto no manuscrito. (N. da T.)
17. Incompleto no manuscrito. (N. da T.)

Um estremecimento involuntário percorreu todas as faces.

O príncipe estava calmo. Seu rosto não exprimia nem ira nem indignação.

– Agora, aquele mesmo em cujas mãos repousa a sorte de muitos e a quem súplica nenhuma conseguiria abrandar, esse mesmo curva-se diante dos senhores, com um pedido. Tudo será esquecido, apagado, perdoado; eu mesmo, em pessoa, intercederei por todos, se atenderem ao meu pedido. Eis o meu pedido: eu sei que não existem meios, intimidações ou castigos que possam erradicar a corrupção: ela já está muito enraizada. A desonrosa prática de receber propinas tornou-se necessidade – indispensável até a homens que não nasceram para ser desonestos. Bem sei que já é quase impossível a muitos remar contra a corrente geral. Mas agora eu sou obrigado, como num momento sagrado e decisivo, quando está em jogo o destino da pátria, quando para salvá-la todo cidadão oferece tudo e sacrifica tudo – eu sou obrigado a lançar meu apelo ao menos àqueles que ainda guardam no peito um coração russo e que ainda compreendem, um pouco que seja, o sentido da palavra "nobreza de alma". Não vale a pena indagar quem aqui é mais culpado que o outro. Quem sabe, sou eu o mais culpado de todos. Talvez eu os tenha recebido com demasiada severidade, logo no começo; afastei, talvez, com a minha desconfiança excessiva, aqueles dentre os senhores que tinham a intenção sincera de me serem úteis – embora pela minha parte eu também pudesse reprová-los: se realmente eles tinham amor à justiça e queriam o bem da sua terra natal, não deveriam ter ficado melindrados com a arrogância dos meus modos; deveriam ter sufocado o seu amor-próprio e sacrificado suas suscetibilidades. Teria sido impossível que eu não tivesse chegado a perceber sua dedicação abnegada e seu nobre amor à verdade, e não tivesse acabado por aceitar seus conselhos úteis e sensatos. Apesar de tudo, ainda cabe mais ao subordinado adaptar-se ao caráter do chefe que ao chefe adaptar-se ao do subordinado. Isto ao menos é mais legítimo e mais fácil, porque os comandados têm um só comandante, ao passo que o comandante tem centenas de comandados. Mas deixemos agora de lado o problema de quem é o mais culpado. O problema que se nos defronta agora é que chegou a hora de salvarmos a nossa pátria. Que a nossa pátria está perecendo, não pela invasão de vinte tribos estrangeiras, mas por nossas próprias mãos. Que já se formou, ao lado do governo legítimo, um outro governo, muito mais forte que o governo legal. Estabeleceram-se condições próprias, tudo tem preço marcado, e os preços já foram até levados ao conhecimento público. E estadista algum, embora seja o mais sábio de todos os legisladores e governantes, tem forças suficientes para remediar o mal, por mais que tente limitar a ação nefasta dos maus funcionários, nomeando para vigiá-los outros funcionários. Tudo será inútil enquanto cada um de nós não sentir que, assim como na época da revolta dos povos ele se armou contra os inimigos, assim – ele deve armar-se e levantar-se contra a corrupção e a falsidade. É como homem russo, como irmão, ligado aos senhores pelos laços indissolúveis do sangue, que eu me dirijo agora a todos. Dirijo-me àqueles dentre os presentes que têm algum resquício de compreensão do que seja nobreza de idéias. Convido-os todos a se lembrarem do dever, que é o destino do homem, onde quer que ele se encontre. Convido-os a examinarem mais de perto o seu dever e a obrigação do seu cargo na terra, porque isto já se nos afigura de maneira distante e obscura, e mal-e-mal[18]...

18. Aqui o manuscrito se interrompe. (N. da T.)

ACERVO TATIANA BELINKY

TATIANA BELINKY (1919-2013) nasceu em São Petersburgo durante a guerra civil na Rússia, logo mudando-se para Riga, Letônia, terra natal da família. Preocupada com a insegurança financeira e com o antissemitismo, a família resolve emigrar para o Brasil e estabelecer-se em São Paulo, em 1929. Fluente em russo, alemão, inglês, francês e português, frequentou as aulas do curso de filosofia da Faculdade de São Bento. A partir dos anos de 1940, começou a trabalhar profissionalmente com teatro infantil, tendo formado o Teatro-Escola de São Paulo (Tesp) com Júlio Gouveia, psiquiatra e educador, com quem era casada. A partir de então, dedicou-se a escrever peças teatrais e roteiros infantis para a televisão – recém-surgida no Brasil –, bem como artigos, livros, traduções e adaptações de obras infantis e adultas, de autores como Bertold Brecht, Dostoiévski, Gógol, Tchékhov, Scholem Aleichem, Goethe, Irmãos Grimm, Lewis Carroll, Stevenson, Bashevis Singer entre outros, transformando-se, ao longo da carreira, numa das mais brilhantes e renomadas personalidades da cena intelectual brasileira.

COLEÇÃO TEXTOS

1. *Marta, a Árvore e o Relógio*
   Jorge Andrade
2. *Antologia dos Poetas Brasileiros da Fase Colonial*
   Sérgio Buarque de Holanda
3. *A Filha do Capitão e o Jogo das Epígrafes*
   Aleksandr S. Púchkin; Helena S. Nazario
4. *Textos Críticos*
   Augusto Meyer (João Alexandre Barbosa, org.)
5. *O Dibuk*
   Sch. An-ski (J. Guinsburg, org.)
6. *Panorama do Movimento Simbolista Brasileiro (2 vols.)*
   Andrade Muricy
7. *Ensaios*
   Thomas Mann (Anatol Rosenfeld, seleção)
8. *Leone de' Sommi: Um Judeu no Teatro da Renascença Italiana*
   J. Guinsburg (org.)
9. *Caminhos do Decadentismo Francês*
   Fulvia M. L. Moretto (org.)
10. *Urgência e Ruptura*
    Consuelo de Castro
11. *Pirandello: Do Teatro no Teatro*
    J. Guinsburg (org.)
12. *Diderot: Obras I. Filosofia e Política*
    J. Guinsburg (org.)
    Diderot: Obras II. Estética, Poética e Contos
    J. Guinsburg (org.)
    Diderot: Obras III. O Sobrinho de Rameau
    J. Guinsburg (org.)
    Diderot: Obras IV. Jacques, O Fatalista, e seu Amo
    J. Guinsburg (org.)
    Diderot: Obras V. O Filho Natural
    J. Guinsburg (org.)
    Diderot: Obras VI. O Enciclopedista – História da Filosofia i
    J. Guinsburg e Roberto Romano (orgs.)
    Diderot: Obras VI (2). O Enciclopedista – História da Filosofia ii
    J. Guinsburg e Roberto Romano (orgs.)
    Diderot: Obras VI (3). O Enciclopedista – Arte, Filosofia e Política
    J. Guinsburg e Roberto Romano (orgs.)
    Diderot: Obras VII. A Religiosa
    J. Guinsburg (org.)
    Diderot: Obras VIII. Ensaio Sobre os Reinados de Cláudio e de Nero e Sobre a Vida e os Escritos de Sêneca
    J. Guinsburg e Newton Cunha (orgs.)
13. *Makunaíma e Jurupari: Cosmogonias Ameríndias*
    Sérgio Medeiros (org.)
14. *Canetti: O Teatro Terrível*
    Elias Canetti
15. *Idéias Teatrais: O Século XIX no Brasil*
    João Roberto Faria

16. *Heiner Müller: O Espanto no Teatro*
Ingrid D. Koudela (org.)
17. *Büchner: Na Pena e na Cena*
J. Guinsburg e Ingrid D. Koudela (orgs.)
18. *Teatro Completo*
Renata Pallottini
19. *I. A República de Platão*
J. Guinsburg (org.)
II. Górgias, de Platão
Daniel R. N. Lopes (org.)
20. *Barbara Heliodora: Escritos sobre Teatro*
Claudia Braga (org.)
21. *Hegel e o Estado*
Franz Rosenzweig
22. *Almas Mortas*
Nikolai Gógol
23. *Machado de Assis: Do Teatro*
João Roberto Faria (org.)
24. *Descartes: Obras Escolhidas*
J. Guinsburg, Roberto Romano e Newton Cunha (orgs.)
25. *Luís Alberto de Abreu: Um Teatro de Pesquisa*
Adélia Nicolete (org.)
26. *Teatro Espanhol do Século de Ouro*
J. Guinsburg e Newton Cunha (orgs.)
27. *Tévye, o Leiteiro*
Scholem Aleikhem
28. *Tatiana Belinky: Uma Janela para o Mundo – Teatro para Crianças e para Todos*
Maria Lúcia de Souza Barros Pupo (org.)
29. *Spinoza – Obra Completa I: (Breve) Tratado e Outros Escritos*
J. Guinsburg; Newton Cunha e Roberto Romano (orgs.)
Spinoza – Obra Completa II: Correspondência Completa e Vida
J. Guinsburg; Newton Cunha e Roberto Romano (orgs.)
Spinoza – Obra Completa III: Tratado Teológico-Político
J. Guinsburg; Newton Cunha e Roberto Romano (orgs.)
Spinoza – Obra Completa IV: Ética e Compêndio de Gramática da Língua Hebraica
J. Guinsburg; Newton Cunha e Roberto Romano (orgs.)
30. *Comentário Sobre a "República"*
Averróis (Rosalie H.S. Pereira, org.)
31. *Hóspede Por uma Noite*
Sch.I. Agnon
32. *Peter Handke: Peças Faladas*
Samir Signeu (org.)
33. *Dramaturgia Elizabetana*
Barbara Heliodora (org.)
34. *Lessing: Obras*
J. Guinsburg e Ingrid D. Koudela (orgs.)
35. *Thomas Bernhard: O Fazedor de Teatro*
Samir Signeu (org.)

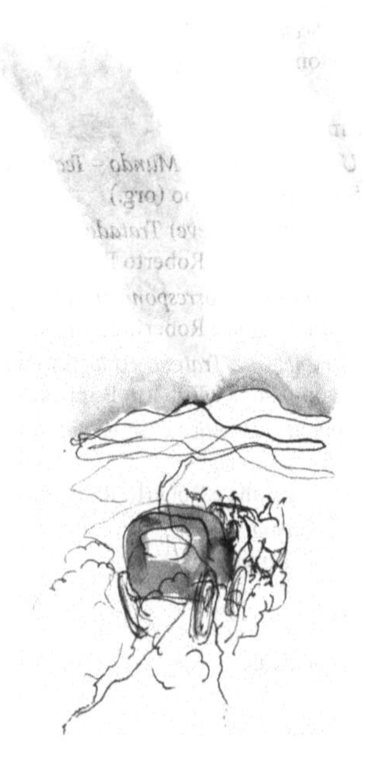

Este livro foi impresso na cidade de Cotia,
nas oficinas da Meta Brasil,
para a Editora Perspectiva.